GOLDMANN

W0346013

Horror-Lesebücher im Goldmann Verlag

John Skipp / Craig Spector (Hg.): Das große Horror-Lesebuch. Die Nacht der lebenden Toten. Stories von Stephen King, Robert McCammon, Ramsey Campbell u. a. Vorwort von George Romero (42079)

Robert Vito (Hg.): Das große Horror-Lesebuch II. Stories von Dean R. Koontz, Stephen King, Anne Rice, Dan Simmons, Nancy A. Collins u. v. a. Mit einem Essay von Robert Vito (42019)

»Eine der besten Anthologien der letzten Jahre. Der Herausgeber beweist, daß er horrorbeschlagen und auch subkulturell gut drauf ist. Fast alle Stories sind vorzüglich. Hart und gut.« (Hans-Joachim Alpers)

ROBERT VITO (HRSG.)

DAS GROSSE HORROR LESEBUCH III

Stephen King * Whitley Strieber *
Dan Simmons * James Herbert *
Nancy A. Collins und andere

GOLDMANN VERLAG

Originalausgabe

Die Angaben zu den Übersetzungen und Quellennachweisen der einzelnen Texte finden Sie am Ende des Bandes

Umwelthinweis:
Alle bedruckten Materialien dieses Taschenbuches sind chlorfrei und umweltschonend.
Das Papier enthält Recycling-Anteile.

Der Goldmann Verlag
ist ein Unternehmen der Verlagsgruppe Bertelsmann

Umschlaggestaltung: Design Team München
Satz: IBV Satz- und Datentechnik GmbH, Berlin
Druck: Elsnerdruck, Berlin
Verlagsnummer: 42395
SN · Herstellung: Peter Papenbrok
Made in Germany
ISBN 3-442-42395-3

1 3 5 7 9 10 8 6 4 2

Inhalt

Intro

»There's a place, and it's called hell
where they don't treat you all that well«

THE LEFT, HELL

Laut einer aktuellen Untersuchung leidet etwa jeder fünfte Deutsche an behandlungsbedürftigen Angstzuständen. Die Leute fürchten sich vor vollen U-Bahnen und leeren Duschkabinen, vor Flugzeugabstürzen, Dobermännern und Körperkontakten. Bis jetzt haben sie noch keine Angst vor Büchern – aus der zweifelhaften Gewißheit heraus, ein Grisham hätte noch niemandem geschadet.

Als Kind hatte der Herausgeber dieser Anthologie panische Angst vor seiner Edgar-Allan-Poe-Clubausgabe, wegen einer Radierung, die einen Unglücklichen zeigte, aus dessen rechtem Auge eine Schnecke kroch. Auf Vignetten dieser Art müs-

sen wir hier leider verzichten. Nicht aber auf die Worte – die Auslöser für den tückischen, unberechenbaren, spontanen Angstanfall.
Im »Jahrzehnt der Angst«, wie der Psychologe Hans-Ulrich Wittchen die neunziger Jahre getauft hat, kann eine Anthologie wie diese nur Katalysatorfunktion haben. Sie kriegen, was Sie wollen: Blood & Guts, Gore & Grand Guignol, Krazed Kats & Thrill Killers. Was bleibt? Von der Schule abzugehen, die Sicherungskette vorzulegen und den Beton im Keller anzurühren. Wie auch immer: Sie werden wissen, was Sie zu tun haben.
Sie haben es noch vor sich: achtzehn Stories, die ein Leben vielleicht nicht für immer verändern, aber doch nachhaltig prägen können. Simmons, Fowler, Billson, Burns – das mögen nicht die Autoren sein, vor denen Sie Ihre Eltern gewarnt haben. Aber statt immer nur Miller, Jong & D. H. Lawrence zu verteufeln, hätten sie lieber ihren Blick aufs Wesentliche gerichtet. Der Beat geht weiter. Etwas härter, etwas wuchtiger. Feuchte Handflächen könnten der Anfang sein. Und wenn Ihr Therapeut keinen Ausweg mehr weiß, kommen Sie mich besuchen. Dann zeige ich Ihnen ein paar wirklich schreckliche Dinge.

Thank you: Cliff Burns. Mr. Decker. Anne Billson. Pavement. Ulrich. Anke. Johanna. Nancy. And, as always: Andrew Vachss.

Robert Vito

Halloween Child

James Herbert

James Herbert hält wenig von der feinen englischen Art. Seine Romane, angefangen bei den legendären Ratten, *sind auf den Punkt gebrachte, voll effektzentrierte Schocker, die an Deutlichkeit nichts zu wünschen übrig lassen. Hier eine Seltenheit – die einzige Shortstory des Begründers der sogenannten »Nasties«, eine Geschichte von geradezu klassischem Zuschnitt, die in gewisser Weise einem Chuck-Berry-Intro ähnelt – das Riff ist simpel, aber nach wie vor unerreicht.*

Wenn ich es nicht so eilig gehabt hätte, wäre es vermutlich gar nicht dazu gekommen.

Und wenn ich nicht so müde gewesen wäre.

Und wohl auch, wenn ich nicht so voller Angst gewesen wäre.

Ja, das vor allem. Voller Angst um Anne. Unser erstes Baby – das hieß für uns beide sieben Monate Angst (von dem Tag an gerechnet, an dem wir es genau wußten). Elf Jahre ständigen

Hoffens – das heißt, die letzten waren eher Jahre der schieren Verzweiflung gewesen –, und danach diese quälend-ekstatischen Monate, nachdem man uns gesagt hatte: Ja, es könnte was daraus werden, nun müßten wir einfach Geduld haben. In der einundzwanzigsten Schwangerschaftswoche wußten wir durch das Ergebnis der Fruchtwasserpunktion, daß wir uns auf ein Mädchen freuen konnten.

Alles schien in schönster Ordnung zu sein, aber wir wollten kein Risiko eingehen, nicht mal das allerkleinste. Ihre Stelle als Sekretärin hatte Anne bereits aufgegeben, schon seit wir wußten, daß das Ei befruchtet war, aber jetzt lebte sie geradezu im Schongang – sie ließ alles liegen, was nicht unbedingt nötig war und sie irgendwie anstrengen konnte. Konsequent. Sie schlüpfte regelrecht in die Rolle eines armen, gebrechlichen Wesens. Sehen Sie, Anne war achtunddreißig – für manche Frauen kein sonderlich angenehmes Lebensalter, gerade dann nicht, wenn sie noch keine Kinder haben. »Desinteressiert« hätte man den Zustand nennen können, ich würde allerdings »trostlos« für die treffendere Beschreibung halten. Ich weiß nicht, ob Männer, sogar wenn sie extrem einfühlsam sind, das überhaupt nachempfinden können. Diejenigen unter uns, die gemeinsam mit ihren Frauen oder Lebensgefährtinnen das bange Hoffen auf Kinder durchlitten haben, ahnen vielleicht vage, worum es geht, aber das persönliche traumatische Erleben ist nun mal eine Erfahrung, die uns Männern fehlt. Anne hat mir das alles ganz genau erklärt.

An einem Sonntagabend, ungefähr um acht, setzten die Wehen ein. Wir waren schon den ganzen Oktober darauf vorbereitet. Anne gab sich vorbildlich gefaßt, und ich bemühte mich, denselben Eindruck zu machen. Daß es mir bei den beiden ersten Versuchen nicht gelungen war, die Telefonnummer des Arztes einzutasten – mein Zeigefinger ist manchmal ein bißchen störrisch –, wurde von Anne mit keiner Silbe kommentiert. Als ich's dann endlich geschafft hatte, stellte mir Dr. Golding die üblichen Fragen (üblich für ihn, für mich war alles neu) über die Zeitintervalle zwischen den Wehen, wie und wo Anne den Schmerz verspürte, wie es ihr überhaupt ginge und so weiter. Er war sehr freundlich zu mir und schien um mich genauso besorgt zu sein wie um Anne. Andererseits wurde er für seine Mühe ja auch gut bezahlt, und zwar aus meiner eigenen Tasche, denn aus egoistischen, unter den gegebenen Umständen sicherlich einleuchtenden Gründen hatte ich beschlossen, die Geburt unseres Kindes als Privatsache und nicht als Ereignis des öffentlichen Interesses zu betrachten. Mal ganz davon abgesehen, daß die Staatliche Gesundheitsfürsorge genug Probleme hatte – wenn ich bereit war, den Staatshaushalt nach meinen (zugegeben bescheidenen) Kräften zu entlasten, konnte das den Leuten vom National Health Service nur recht sein.

Der Doktor ließ mich wissen, er werde das Krankenhaus verständigen, es sei aber entschieden zu früh, schon jetzt in die Startlöcher zu gehen. Ich solle ihn wieder anrufen, sobald die Wehen regelmäßig kämen.

Ungefähr um Mitternacht, vielleicht ein bißchen später, war es dann soweit. Und diesmal sagte Dr. Golding, ich solle losfahren.

Rund zwölf Meilen waren es bis zum Krankenhaus, eine lange Fahrt über Landstraßen und durch Dörfer, aber Anne war, im Gegensatz zu mir, den ganzen Weg über heiter und gelassen. Man sollte es nicht für möglich halten – jedesmal, wenn ich zu ihr hinübersah, lächelte sie sogar (während die Wehen kamen, versuchte ich allerdings, nicht hinüberzusehen).

Es war ein kleines, gemütliches Krankenhaus, im Landhausstil gehalten, mit nur wenigen Zimmern – für Privatpatienten, die willens und in der Lage waren, sich derlei Extravaganzen zu leisten. Die Nachtschwester kümmerte sich persönlich um alles, ich lungerte verloren herum, während sie Anne unterbrachte. Als ich meine Frau wiedersah, saß sie schon in pausbackiger Zufriedenheit im Bett, obwohl ich sagen muß, daß ihr Lächeln jetzt ein wenig gezwungen aussah.

Ich blieb eine Stunde, bis sie mir sagten, ich solle lieber nach

Hause fahren und versuchen, eine Mütze Schlaf zu kriegen. Es werde in den nächsten Stunden sowieso nichts passieren, und sobald die Dinge – bildlich gesprochen – herangereift wären, würden sie sofort anrufen, erst Dr. Golding, dann mich.

»In Ordnung«, sagte ich, obwohl eigentlich gar nichts in Ordnung war. Ich machte mir Sorgen. Für uns war es das erste Mal, und in mir sammelten sich alle Ängste, die einen Mann peinigen können, wenn seine Frau Mutter wird. Trotzdem schickte ich mich an zu gehen; mir blieb, wenn ich die Miene der Schwester richtig deutete, sowieso nichts anderes übrig.

An jenem Tag tat sich überhaupt nichts. Ich rief im Büro an und teilte mit, soeben habe meine Urlaubswoche begonnen. Mein Geschäftspartner hatte kein wichtigeres Thema, als mir irgendwas von einer neuentdeckten Zigarrenmarke vorzuschwärmen. Die meiste Zeit des Vormittags verbrachte ich – jede Minute darauf gefaßt, daß das Telefon läutete – mit Hausputz, ich fuhrwerkte mit dem Staubsauger herum, jede Minute darauf gefaßt, daß das Telefon läutete, stopfte die Waschmaschine voll, jede Minute darauf gefaßt, daß das Telefon läutete, fing mit Staubwischen an, jede Minute... na, Sie wissen schon.

Zweimal fuhr ich zum Krankenhaus, das erste Mal nachmittags und dann noch mal am frühen Abend. Anne thronte immer noch wie ein glückseliger Buddha in ihrem Bett, und wie sie so dasaß, die Arme um den gewölbten Bauch geschlungen, deutete absolut nichts darauf hin, daß sich in absehbarer Zeit irgend etwas an ihrem Leibesumfang ändern würde. Bei meinem zweiten Besuch schaute Dr. Golding kurz herein und sprach mir Mut zu. Bevor er sich allerdings wieder zur Tür hinausschlängelte, murmelte er irgendwas von »einleitenden Maßnahmen«, falls sich bis morgen nichts getan habe. Anne, die beruhigend meine Hand tätschelte, sagte, ich solle mir keine Sorgen machen.

Ich fuhr nach Hause zurück, kochte mir etwas zu essen, rührte aber kaum etwas davon an. Ich war überängstlich, das stand fest, nur, wer wollte mir das verübeln, nachdem ich elf

Jahre lang auf den großen Augenblick gewartet hatte? Um Viertel vor zehn kam dann schließlich der Anruf.

Die Dinge seien in Bewegung geraten, ließ Dr. Golding mich wissen. Meine Tochter sei plötzlich neugierig geworden auf die Welt da draußen. Und wenn ich mich beeilte, könnte ich's vielleicht schaffen, ihr gleich beim ersten Schrei hallo zu sagen.

Die Nacht war lausig kühl, aber ich machte mir nicht die Mühe, den Mantel überzuziehen, schnappte mir nur das Jakkett, grapschte nach den Autoschlüsseln und war noch nicht richtig zum Luftholen gekommen, als ich schon im Auto saß.

Der Motor sprang nicht an. Die verdammte Karre wollte ums Verrecken nicht anspringen.

Ich trommelte mit den Fäusten aufs Lenkrad, aber das brachte erwartungsgemäß gar nichts. Ich pumpte ein paarmal mit dem Gaspedal, was dem Motor ein trockenes Keuchen entlockte.

Dann hätte ich mich wegen meiner Blödheit am liebsten selber verflucht. Die Nacht war kalt, da mußte ich natürlich den Choke ziehen.

Ich machte meinen Fehler wieder gut, und prompt fing der Motor geschmeidig zu schnurren an. Nur, als ich gerade losfahren wollte und plötzlich irgend so ein Dussel mit Affenzahn an mir vorbeirauschte, mußte ich ziemlich hart auf die Bremse treten.

Ganz ruhig bleiben, sagte ich mir. Keiner, ich am allerwenigsten, hatte etwas davon, wenn ich das Opfer eines Verkehrsunfalls würde. Also fuhr ich schön langsam stadtauswärts, erst auf dem Highway gab ich Gas. Bis dieser entgegenkommende Lastwagen mich wie verrückt anblinkte. Na ja, ich schaltete jedenfalls erst mal meine Scheinwerfer ein.

Als die stillen Straßen der Stadt hinter mir lagen und sich ringsum Ackerland dehnte, merkte ich, daß Dunst über den Feldern waberte, aber nur in Bodennähe; der Himmel war klar, und ein heller, kalter Mond tauchte alles in gespenstisches Licht.

Ich kam durch ein Dorf, und auf einmal klappte mir der Unterkiefer herunter. Trotz aller Ängste um Anne und das Baby mußte ich grinsen.

Putzig, die Kids, wie sie – als Hexen und Monster verkleidet, manche mit selbstgebastelten Laternen und Besen – durch die Nacht zogen. Ich hörte ihr Kichern und aufgeregtes Schnattern und die »Huhuus« und »Puuhs«, mit denen sie sich gegenseitig zu Tode erschrecken wollten.

Der 31. Oktober... Meine Tochter würde am Hallow's Eve geboren werden, an Halloween. Na, auch egal, ein Datum wie jedes andere. Hauptsache, sie kam bald an – gesund und kräftig.

Eins von den Kids kam an die Bürgersteigkante gerannt, das grün angemalte, von unten durch eine Taschenlampe angestrahlte Gesicht zu einer albern grinsenden Fratze verzerrt. Ich war zu sehr mit meinen Gedanken beschäftigt, um schnell genug zu reagieren und genauso albern zurückzugrinsen.

Mein Fuß trat automatisch das Bremspedal durch, als ich im Scheinwerferlicht auf der Kreuzung vor mir einen weiteren Pulk falscher Gespenster ausmachte. Der Wagen kam bockend zum Stehen, und die Kids wollten sich ausschütten vor Lachen. Sie umringten mein Auto, pochten an die Seitenfenster und riefen im Chor: »Gib uns was, sonst gibt es was.«

Alles in mir drängte danach weiterzufahren, aber dann fing ich doch an, in der Tasche nach losen Münzen zu kramen – vielleicht nur, weil sich zwei Gruselmasken frech über die Motorhaube lümmelten und ihre Raffzähne aus Plastik im Mondlicht so gräßlich fluoreszierten. Besser, ich zahlte, statt mich auf zeitraubende Diskussionen einzulassen. Also kurbelte ich das Seitenfenster herunter und ließ ein paar Münzen in die gierigen kleinen Hände fallen, die auf mich zugeschossen kamen. Eine davon habe ich, glaube ich, noch ein bißchen hart erwischt, weil ich so schnell losgeprescht bin.

Wieder hinaus in die kalte Nacht. Der Dunst hüllte den Wagen ein, als hätte er hinter dem schützenden Dorf auf mich gelauert. Ich fröstelte, langte nach vorn und drehte die Heizung auf. Immerhin, es ging vorwärts. Halt durch, Anne, fang nicht ohne mich an!

Dann sah ich vor mir die Lichter eines Weilers, nur ein paar Häuser links und rechts der Straße. Ich drosselte die Geschwindigkeit nicht – oder, ehrlich gesagt: ich gab sogar noch Gas, denn der Dunstschleier war dünn, und die Scheinwerfer fraßen ihn mühelos weg. Bei den letzten Häusern tauchten wieder ein paar Spukgestalten auf, maskierte Gesichter starrten mir entgegen, eine Hexe – in einen weitgeschnittenen Umhang gehüllt, mit einem spitzen Hut auf dem Kopf – drohte mir mit ihrem Besen. Ich rauschte vorbei, ohne den Fuß vom Gas zu nehmen, winkte den Kids zu und hörte sie schauerlich johlen.

Jäh hüllte die Dunkelheit mich ein, das Licht der Scheinwerfer wurde von dem wallenden grauen Tuch zurückgeworfen (der Dunst kam mir jetzt dicker vor), ich schaltete von Fernlicht auf Fahrlicht, nahm das Gas weg und ertappte mich dabei, daß ich schon wieder nervös aufs Lenkrad trommelte.

Lieber Gott, heb den Schleier ein bißchen hoch, ja? Bitte, laß mich's schaffen, ich muß doch zu Anne!

Und, Sie werden's nicht glauben, der Dunst schien tatsächlich nach oben zu steigen – also, jedenfalls öffnete sich die weiße Wand vor mir ein bißchen. Das wollte ich natürlich ausnützen, ich drückte also wieder auf die Tube – leider, denn das mit der freien Sicht war eine trügerische Augenblickslaune der Natur, Sekunden später wallten die weißen Nebel wieder – und wie. Ich bremste ab und hielt das Lenkrad fester umklammert, krampfhaft bemüht, nur ja nicht von der Fahrbahn abzukommen.

Dann hörte ich den Aufprall, ich *spürte* ihn, und ein Schrei löste sich von meinen Lippen – fragen Sie mich nicht, was ich geschrien habe.

Gummi schleifte quietschend über den Teerbelag der Straße, und eine Ewigkeit schien zu vergehen, bis der Wagen endlich stand. Ich saß wie erstarrt da. Den Motor hatte ich abgewürgt. Und in mir würgte es auch.

Ich hatte irgendwas angefahren. Oder – nein, der Aufprall war merkwürdig weich gewesen. Nicht irgendwas, *irgend jemanden* hatte ich angefahren. Zum zweiten Mal in dieser Nacht flehte ich – diesmal mit einem Eisklumpen der Angst in der Brust – den lieben Gott an. Laß es ein Tier sein, bettelte ich, bitte, ein Tier! Aber ich hatte im Moment des Aufpralls ein kleines schwarzes Bündel über die Motorhaube rollen sehen – nur einen flüchtigen Augenblick lang. Alles sprach dafür, daß ich ein Kind angefahren hatte.

Ich glaube, ich hatte ein gemurmeltes Gebet auf den Lippen, als ich aus dem Wagen gewankt kam.

Die Sicht reichte nicht weit, obwohl die Nebelschwaden mir lockerer vorkamen als im freien Gelände. So weit sich die Lichtkegel der Scheinwerfer ins Dunkel reckten, verschwamm alles zu einer dicken, undurchdringlichen Suppe, dahinter zerfaserte der Dunst. Ich suchte – halb kauernd – die Straße rund um den Wagen ab, stolperte durchs Gras der linken Bankette und malte mir im Geiste schon alle möglichen Schreckensbilder aus.

Ich rief laut, aber niemand antwortete. Und in der Nähe des Wagens sah ich nichts auf dem Boden liegen. Einen Atemzug lang dachte ich in meiner fiebrig heißen Verzweiflung daran, einfach wieder einzusteigen und loszufahren. Da ist ja niemand, redete ich mir zu, du hast gar nichts angefahren. Ich war so vollgestopft mit Ängsten und so gehetzt, daß mein Gewissen gar nicht zu Wort kam. Vielleicht war mir ein Vogel vor den Kühler geflogen, eine große Krähe zum Beispiel. Ich ging zum Wagen zurück.

Aber dann packten mich Schuldgefühle, ich stellte mich den Realitäten, und all das hielt mich schließlich doch davon ab, ins Auto zu steigen und weiterzufahren. Als ich ein schwaches, heiseres Wimmern hörte, drehte ich mich um.

Ich fing selber zu wimmern an. Der Nebel hatte sich so weit gelichtet, daß ich den dunklen Schatten wahrnehmen konnte, der am Straßenrand auf mich zugekrochen kam.

Anfangs wollten meine Füße mir nicht gehorchen, als weigerten sie sich, mich dahin zu tragen, wo mich mit Sicherheit nichts als Grauen erwartete. Doch dann trieben mich Mitleid und Erbarmen voran. Und als ich da ankam, wo sich das kleine schwarze Bündel kriechend am Straßenrand entlangschleppte, sah ich meine schlimmsten Befürchtungen bestätigt: Ich hatte tatsächlich ein Kind angefahren.

Das schwarze Tuch, das den schmächtigen Körper umhüllte, schien ein Cape oder ein loser Mantel zu sein – eins von den Kostümen, von denen ich heute abend schon viele gesehen hatte. Nur die Kopfbedeckung war ganz anders – kein spitzer Hut, wie ihn die meisten Kids an Halloween tragen, nein, eine Kapuze –, eine schwarze Mönchskapuze, die den Kopf des Kindes fast vollständig verbarg.

Was hatte so ein Kind ganz allein hier draußen zu suchen? Was, zum Teufel, dachten die Eltern sich dabei, es, ohne daß ein Erwachsener dabei war, durch die Nacht stromern zu lassen?

Das hätte natürlich im Moment meine geringste Sorge sein sollen. Daß ich überhaupt darüber nachdachte, war wohl unterschwellig der Versuch, anderen die Verantwortung anzulasten für das, was geschehen war.

Von Schuldgefühlen und Mitleid bewegt, beugte ich mich zu dem schwarzen Bündel hinunter und faßte es sanft an der Schulter. Ich hatte weiche Knie, und meine ausgestreckte Hand zitterte.

Die Schulter fühlte sich spröde an, zerbrechlich wie Krokant; es war, als hätte ich die zarten Knochen eines Vögelchens berührt.

»Mach dir keine Sorgen«, sagte ich – und, obwohl ich selber nicht recht daran glaubte: »Das kriegen wir schon wieder hin. Ich bringe dich ins Krankenhaus, bald bist du wieder gesund.« Ich kniete mich neben das Kind und beugte mich tiefer. Mein Gesicht streifte fast die Kapuze.

Und plötzlich fuhr mir etwas Scharfes in die Augen. Die Gestalt hatte sich blitzschnell herumgewälzt und war in Panik (wie ich damals glaubte) oder vor Schmerz mit gespreizten Fingern auf mich losgegangen. Einen Augenblick lang konnte ich nichts mehr sehen, aber ich spürte, daß das Kind sich zappelnd von mir wegbewegte. Die scharfen kleinen Schreie, die es ausstieß, erinnerten mich ein wenig an das Wimmern eines verwundeten Tieres.

»Bleib hier!« rief ich. »Ich will dir doch helfen!«

Ein huschendes Scharren war alles, was ich hörte.

Der Schmerz in meinen Augen ließ nach, aber ich sah immer noch alles verschwommen, von Tränenschleiern verhangen. Unter äußerster Anstrengung vermochte ich nach einer Weile einen dunklen Schatten auszumachen, der sich wankend auf meinen Wagen zubewegte.

»Halt, ich tu dir doch nichts!« rief ich und versuchte, auf die Beine zu kommen. Die vermummte Gestalt stemmte sich – gegen die Karosserie des Wagens gelehnt – hoch, und erst da fiel mir auf, daß das Kind das eine Bein ein wenig nachzog. Gemessen an den schweren Verletzungen, die es davongetragen haben mußte, humpelte es erstaunlich schnell um die Kühlerhaube herum, und dort – im Licht der Scheinwerferkegel – blieb es stehen. Die typische Hysterie des Schocks, dachte ich und war besorgt, das arme kleine Ding könne seinen Zustand durch all die Anstrengung womöglich noch schlimmer machen.

»Warte doch!« rief ich.

Ein winziger Schrei war die Antwort, seltsam verzerrt und von wilder Wut erfüllt.

Ich erwischte einen Zipfel des losen Mantels und hielt das Kind fest. Aber es entwickelte unglaubliche Kräfte (in der ersten Angst und Verwirrung, dachte ich), und dann war auf einmal ich es, der ins Stolpern geriet und auf den Knien lag. Im Fallen hatte ich den Mantel fester gefaßt und das Kind mit mir heruntergerissen. Es wehrte sich strampelnd, ich hatte meine liebe Mühe, uns beide vor Prellungen und Hautabschürfungen zu bewahren, als wir wie balgende Katzen über die Straße rollten. Nicht zu fassen, woher das kleine Scheusal die unglaublichen Kräfte nahm (und in gewisser Weise, muß ich zugeben, ist mir das heute noch ein Rätsel).

»Halt endlich still!« fuhr ich das Kind an – frustriert, ungeduldig und wohl auch im verwirrenden Gefühl meiner Unterlegenheit.

Und dann drehte ich das Kind zu mir herum.

Ein paar Sekunden war ich wie gelähmt. Ich starrte in ein so grotesk verzerrtes, so vom Bösen geprägtes Gesicht, wie ich es noch nie gesehen hatte.

Das Cape rutschte weg, und sie – ja, ein Mädchen war's, eine Frau, nehme ich an – reckte den Kopf und fixierte mich aus milchig gelben Augen, und das alles im vollen Scheinwerferlicht, so daß ich ihr verwüstetes, wie von Fäulnis befallenes Gesicht deutlich vor mir sah: die scharfe Hakennase mit der qualligen Warze, aus der ein einzelnes weißes Haar sproß, die tief eingefallenen, hohlen Wangen, die wulstigen grauen Augenbrauen, die bis in die zerfurchte Stirn wucherten, den grausamen lippenlosen Mund, aus dem eine schwarze Zunge schnellte. Ein unbeschreiblicher Schock, und dennoch war es nicht dieser grauenhafte Anblick, vor dem ich zurückwich.

Nein, zurückgeprallt bin ich, als sie auf einmal die Zunge verschwinden ließ, mir einen scharfen Strahl grünen Schleims ins Gesicht spie und dazu ein wahres Triumphgeheul der Genugtuung ausstieß.

Ich war wie versteinert, ich starrte sie entsetzt und fassungslos an, während mir der glitschige grüne Speichel übers Kinn lief. Sie richtete sich auf. Aus ihrem Kopf wuchsen borstige graue Haarbüschel wie Stachel. Sie hielt die gnomenhaften mageren Beine weit gespreizt; der lange Rock war ihr bis über die knorpeligen Knie gerutscht, und um ihre Knöchel schmiegten sich fast wadenhohe Stiefel.

Irgend etwas bewegte sich kringelnd unter ihrem Rock, wie eine Schlange, die sich aufrollt. Und dann ragte auf einmal eine graue, pinkfarben gesprenkelte Schwanzspitze heraus, und im nächsten Augenblick ringelte sich der mit hornigen, behaarten Schuppen besetzte, unförmig dicke Rest ins Freie.

Die Frau beobachtete mein verblüfftes Gesicht und fing zu lachen an, das heißt, sie stieß einen schrillen, kreischenden Laut aus, ein meckerndes Hexengelächter – ja, das Kichern einer Hexe (so jedenfalls hatte ich es mir immer vorgestellt, und, mein Gott, heute war ja Halloween).

Mag sein, daß ich gefaßter reagiert hätte, wenn ich nicht schon vorher innerlich so aufgewühlt gewesen wäre. Nun genügte der wippende Schuppenschwanz zwischen ihren Beinen, um mich – der ich ohnehin auf einem schmalen Grat zwischen mühsamer Beherrschung und blinder Panik balancierte – vollends aus dem Gleichgewicht zu bringen. Ihre knotigen, entstellten Züge, die blecherne, schrille Lache, die ganze Aura des Bösen – das alles war schon schlimm genug, aber der schuppige Schwanz gab mir den Rest.

In wilder Flucht stürmte ich – von ihrem gellenden Gelächter verfolgt – zum Wagen.

Die Tür hatte ich offengelassen. Ich rutschte auf den Fahrersitz, drehte hastig den Zündschlüssel und stöhnte gequält auf, als ich den Motor stottern hörte. Endlich, beim dritten Versuch, sprang der Wagen an.

Die Straße vor mir – oder soviel ich davon sehen konnte – war wie leergefegt. Ich trat das Gaspedal voll durch, die Reifen schienen mehr über die feuchte Fahrbahn zu schlittern als wirklich zu greifen. Der Wagen schoß durch die Nacht.

Und plötzlich saß sie auf der Motorhaube, die Hexe, saß da und starrte mich durch die Windschutzscheibe an. Ihr verzerrter Mund formte Worte, die ich nicht verstehen konnte, aber was ich sah, ließ mich unflätige Beschimpfungen ahnen. Ihr zahnloser Mund grinste mich an, die schwarze Zunge schnellte nach vorn und leckte über die Frontscheibe. Mein Verstand sagte mir, daß das nicht wahr sein könne, aber meine Gefühle und Empfindungen weigerten sich entschieden, auf die Steuerungsversuche meines Gehirns zu hören.

Und dann fing sie an, mit Krallenfingern auf der Scheibe herumzukratzen – ich bildete mir das nicht nur ein, ich hörte das knirschende Schaben der gekrümmten Klauen und sah ja auch die Kratzer, die sie in das Glas ritzte.

Die bösartigen, milchig gelben Augen starrten mich in höhnischer Herausforderung an, als legten sie es darauf an, mich so lange zu verwirren, bis ich nicht mehr wußte, ob ich glauben sollte, was ich sah. Durch die Frontscheibe hindurch sprang mich das gräßliche Gelächter an, und die Klauenfinger, die unablässig hin und her fuhren und immer tiefere Rillen ins Glas gruben, drangen auf mich ein.

Ich glaube, ich habe geschrien. Oder war es nur das Kreischen der Bremsen, als ich das Pedal durchtrat?

Das Zwergenmonster war verschwunden, es war wohl heruntergeschleudert worden, weil ich den Wagen so abrupt abgebremst hatte. Ich zögerte keinen Augenblick – wie in einer Reflexbewegung trat ich aufs Gaspedal. Als ich den kurzen Ruck spürte, wurde mir speiübel; ich hätte schwören können, daß ich unter mir das gräßliche Geräusch zermalmter Knochen hörte.

Fahr weiter, schrie es in mir, laß den Alptraum hinter dir! Aber im Grunde meines Herzens bin ich eben, soweit einer von uns das für sich in Anspruch nehmen darf, ein menschliches Wesen. Ich habe ein Gewissen und bilde mir ein, vernünftig denken zu können – damals jedenfalls vermochte ich es noch. Ich hatte jemanden zu Schaden gebracht, ein Lebewesen, ganz anders zwar als du und ich, gnomenhaft und mißgebildet (wobei mein Verstand sich weiter beharrlich weigerte, zu akzeptieren, was ich selbst gesehen hatte – den Schwanz, die schwarze Zunge, die Krallen, die mir das Glas der Frontscheibe zerkratzt hatten), und dennoch: Es war ein lebendes Wesen.

Ich hielt an.

Kaum ausgestiegen, überlief mich ein Frösteln; die Nacht war eher noch kälter geworden. Aber vielleicht war es auch etwas anderes, was mich zittern ließ: die Angst vor dem, was ich gleich sehen würde. Ich hatte Blei in den Füßen, aber ich wußte, ich konnte die Hexe – oder was immer sie war –, ich konnte sie nicht hier liegenlassen und weiterfahren, ganz gleich, wie schrecklich der Anblick auch sein mochte.

Der tiefhängende Dunst hatte sich merklich gelichtet. Ich hatte keine Mühe, den Leichnam zu finden. Reglos lag er auf der Straße, mit eingedrücktem Brustkorb. Eiseskälte durchlief mich, als ich mir klarmachte, daß es die Reifen meines Wagens gewesen waren, die das angerichtet hatten. Ich mußte gar nicht erst näher hinsehen, um zu wissen, daß sie tot war. Die halb offenen Augen – zwei wäßrig gelbe Höhlen links und rechts der Hakennase – starrten ins Leere. Dieses Mal hatte ich sie wirklich umgebracht.

Aber während ich sie anstarrte, schlug sie – langsam, wie im Zeitlupentempo – die Augen ganz auf, und die Pupillen schienen träge aus der Tiefe der Augäpfel nach oben zu schwimmen.

Und dann krächzte sie einen sonderbaren Singsang:

Hallow's Eve, sei auf der Hut,
Die Kobolde tanzen, hüte dich gut.

Die Drachenklauen krallten sich in meiner Kleidung fest und zogen mich nach unten. Wieder rollten wir auf der Straße hin und her, ich schrie, sie dagegen kreischte vor Wonne, und erst als ich spürte, wie ihre Fingernägel sich in meine Brust gruben, auf mein Herz zu, begriff ich endlich, in welcher tödlichen Gefahr ich schwebte (und plötzlich, allen Zweifeln, wenn ich denn je welche gehegt hatte, zum Trotz – plötzlich *wußte* ich, daß das alles nicht nur ein böser Traum war).

So schrecklich sie auch zugerichtet war, sie hatte unvorstellbare Kräfte. Aber mir half meine Körpergröße – und vor allem meine Angst. Ich schaffte es, nach oben zu kommen. Meine Finger umklammerten ihren mageren Hals. Und als ich zudrückte, spürte ich, wie ihre Knochen unter dem Druck meiner Hände zerbrachen.

Sie sah zu mir hoch und lächelte ihr schwarzes Lächeln.

»Du kannst mich nicht töten«, sang sie, »o nein, das kannst du nicht.«

Wie eine wütende Schlange kam ihre spitze Zunge aus dem zahnlosen Mund geschossen und zerkratzte mir (ich hatte nicht ahnen können, wie rauh sie war) die Nasenspitze.

»Hüte dich vor den Kobolden«, krächzte sie, während sie die schwarze Zunge zurück in die Mundhöhle gleiten ließ.

Alles, was ich zu meiner Rechtfertigung vorbringen könnte, war die panische Angst, die mich beherrschte und mir den Verstand vernebelte. Ich packte ihren Kopf und schlug ihn hart auf die feucht glänzende Fahrbahn, so lange, bis ein dicker, klebriger Sud aus ihrem Hinterkopf auf die Straße quoll.

Sie blinzelte mich an. »Du kannst mich nicht töten«, höhnte sie.

Als ihr Kopf zum letzten Mal aufschlug, hörte ich ein seltsam weiches Knistern – wie bei einer Zuckerdose, wenn das Porzellan zerbricht und die weißen Kristalle herausrieseln.

Noch ein heiseres Seufzen... Und dann, als sie sich endlich nicht mehr rührte, sagte sie: »Wir können nicht sterben.«

Ich konnte – mutlos, zu keinem klaren Gedanken mehr fähig – nur noch schreien.

Ich hob sie hoch. Ich glaube, ich hatte vor, sie ins Gras des Seitenstreifens zu legen, vielleicht auch auf den Rücksitz des Wagens, ich weiß es nicht. Aber dann traf es mich wie ein Schlag ins Gesicht, als ich sie in den Armen trug und auf einmal sagen hörte: »Das wird dir leid tun. Dir und dem Baby.«

Ich schleuderte das kleine Monster über die Hecke, die den Seitenstreifen begrenzte, einfach irgendwohin in die Dunkelheit, und zuckte jäh zusammen: ein platschendes Geräusch. Jenseits der Hecke muß ein Wasserloch gewesen sein, ein Teich oder so. Ich lauschte. Ein japsendes, hechelndes Gurgeln. Ich hielt den Atem an, bis es verstummt war.

Nahmen die Schrecken dieser Nacht überhaupt kein Ende mehr?

»... dem Baby«, hatte sie gesagt. Was, zum Teufel, konnte sie damit gemeint haben? Sekundenlang lähmte mich ahnungsvolle Angst. Ich trommelte mir, weil ich fürchtete, mein Herzschlag werde aussetzen, mit den Fäusten vor die Brust.

Und dann dachte ich nur noch an Flucht. Weg vom Schauplatz meines Verbrechens! Ich stieg in den Wagen – nein, ich kroch hinein. Was hatte sie gemeint? Großer Gott, was konnte sie nur gemeint haben? Sicherlich hatte sie sagen wollen...

Erschrocken verbannte ich den Gedanken aus meinem Gehirn, ehe ich ihn zu Ende denken konnte. Nur eins war wichtig: Ich mußte so schnell wie möglich ins Krankenhaus. Die Polizei konnte ich später rufen, das hatte Zeit. Ich würde mit den Beamten hierher zurückfahren, alles erzählen, die ganze Geschichte, und ihnen klarmachen, daß es nicht meine Schuld war.

Die ganze Geschichte erzählen? Ich schielte zur Windschutzscheibe, auf die langen tiefen Kratzer im Glas. Das sollte ich ihnen erzählen? Und etwa auch das mit der schwarzen Zunge? Und wie diese Kreatur mit mir gekämpft hatte, obwohl ihr Brustkorb eingedrückt war? Und von dem Hornschuppenschwanz, den sie zwischen den Beinen hängen hatte, sollte ich ihnen das wirklich erzählen? Sie würden mich für verrückt halten. Selbst wenn sie den Leichnam untersuchten. Vorausgesetzt, daß sie ihn je fanden.

Warum mußte ich überhaupt etwas erzählen? Es gab keine Zeugen, niemand hatte den Unfall beobachtet. Aller Wahrscheinlichkeit nach dauerte es eine halbe Ewigkeit, bis jemand die Leiche entdeckte. Und wer sollte dann auf den Gedanken kommen, daß das Ganze etwas mit mir zu tun haben könnte? Die Kratzer im Glas – falls mich je einer danach fragte – konnten von einem tiefhängenden Ast stammen. Das war jedenfalls eine glaubwürdigere Erklärung als die Geschichte von den Krallenfingern.

Ich war längst losgefahren, als all diese Gedanken in meinem Kopf Purzelbäume schlugen. Ich fuhr wie ein Wahnsinniger, und daß ich nicht noch einen Unfall hatte, verdanke ich wohl nur der Tatsache, daß ich schon so nah am Ziel war. Das Licht der Scheinwerfer fraß sich in die Nacht, und ich trat das Gas bis zum Anschlag durch. Ich wollte endlich bei Anne sein. Und das Kind sehen. War es schon geboren? Oder noch nicht?

Als ich das Krankenhaus erreichte, kamen mir die Kratzer in der Windschutzscheibe flacher vor. Und als ich hielt und ausstieg, sah ich es genau: Sie waren spurlos verschwunden. Ich nahm mir nicht einmal die Zeit, verblüfft zu sein.

Annes Krankenzimmer war leer. Ich hastete durch die Halle, suchte nach einer Schwester, einem Arzt, irgend jemandem, der mir sagen konnte, wo meine Frau war. Weiter hinten entdeckte ich ein paar junge Mütter, die ihre Babys stillten. Sie starrten mich – vermutlich wegen meines ramponierten Aussehens – erschrocken an (mein Gott, ich war nicht mehr taufrisch, ich hatte mich auf der Straße herumgebalgt und schaute wohl auch ein bißchen finster drein). Und dann kam endlich eine Schwester vorbeigehuscht. Zum Glück erkannte sie mich gleich.

»Ihre Frau ist seit ungefähr zwanzig Minuten im Kreißsaal«, sagte sie mit gedämpfter Stimme. »Aber nun beruhigen Sie sich erst mal, es ist ja alles in Ordnung.«

Ich war schon unterwegs zur Treppe, nahm immer zwei Stufen auf einmal und hatte, als ich oben ankam, Herzklopfen und Seitenstechen und schweißnasse Hände und weiß Gott was. Niemand im Vorraum, die Tür zum Kreißsaal war zu. Am liebsten wäre ich einfach hineingestürmt, aber ich nahm mich zusammen und klopfte an.

Unwirsches Gemurmel, dann hörte ich Schritte näher kommen.

Die Hebamme steckte den Kopf heraus. »Gerade noch rechtzeitig! Kommen Sie rein, halten Sie Ihrer Frau die Hand.« Und nach einem langen kritischen Blick: »Mein Gott, ich glaube, Sie brauchen eher jemanden, der Ihnen die Hand hält.«

Dr. Golding lächelte mir zu, dann runzelte er die Stirn. »Setzen Sie sich.« Er deutete auf einen Stuhl neben dem hohen Bett und wandte sich wieder meiner Frau zu.

Anne sah mitgenommen aus, aber sie brachte ein Lächeln zustande. Sie hielt meine Hand umklammert, und als sie fest zudrückte, ahnte ich etwas vom Schmerz der Wehen. Aber sie ließ sich nicht anmerken, was sie aushalten mußte. Nichts als verträumten Glanz sah ich in ihren Augen.

»Wundervoll«, sagte der Doktor, »ja, sehr gut. Ihre Tochter ist auf dem besten Weg. Noch einmal fest drücken, dann haben wir's bestimmt geschafft. Sie machen das ganz ausgezeichnet.«

»Das wird dir leid tun. Dir und dem Baby.«

Obwohl sie nur in meinem Kopf widerhallte, hörte ich die Stimme ganz deutlich.

Anne japste – aber nicht von den Wehen. Als sie den Kopf herumwarf und fragend auf meine Hand sah, wurde mir klar, daß ich wohl unbewußt zugedrückt hatte.

»...Dir und dem Baby.«

Ein Schrei – so schrill wie die Stimme, die ich draußen in der Nacht gehört hatte.

Aber das alles konnte gar nicht geschehen sein, nicht wirklich. Streß, Erschöpfung, die Ängste vieler Monate, die Qual der Hoffnung, daß wir endlich ein Kind unser eigen nennen dürften, daß ja nichts mehr schiefginge, nicht im letzten Augenblick irgend etwas unseren Traum zerstörte... Bestimmt war alles nur Einbildung – all das, was vermeintlich während der Fahrt zum Krankenhaus geschehen war, hatte mir nur meine überreizte Phantasie vorgegaukelt. Ja, das war die einzig mögliche Erklärung. Hatte ich mich nicht vorhin, als ich angekommen war, mit eigenen Augen davon überzeugt, daß es keine Kratzer auf der Windschutzscheibe gab? Man muß nur in Ruhe nachdenken, dann findet sich für alles eine Erklärung.

Und auch die Stimme war auf einmal weg – diese häßliche, krächzende Stimme in meinem Kopf.

»Willkommen!« hörte ich Dr. Golding sagen.

Denn inzwischen war meine Tochter da. Nach so vielen

Stunden der Qual und der Anstrengung war sie, so schien es, sanft und mühelos aus dem Leib ihrer Mutter gerutscht – direkt in Dr. Goldings ausgestreckte Hände.

Das Zimmer fing zu schaukeln an. Alles schwebte. Mein Kopf war federleicht.

»Großer Gott, fangt ihn auf!« hörte ich jemanden aus unendlich weiter Ferne rufen.

Hände packten mich um die Taille. Ich blinzelte und wunderte mich, wieso Anne auf einmal von oben zu mir herunterstarrte.

»Nicht das erste Mal, daß uns der stolze Vater aus den Pantoffeln kippt«, hörte ich Dr. Golding launig sagen. »Warten Sie ein Weilchen draußen, während wir hier weitermachen. Ach – und stecken Sie den Kopf zwischen die Knie, dann geht's Ihnen gleich wieder besser.«

Anne nickte mir zu, aber ihr schwaches Lächeln verriet, wie sehr alles an ihren Kräften gezehrt hatte.

»Und das Baby...?« stammelte ich.

»Ein prächtiges kleines Mädchen«, sagte die Hebamme, während sie das triefnasse, rosig rote Bündel trockenrieb und zur Waage trug.

Ich taumelte zur Tür und drehte mich um, weil ich noch einen Blick auf mein Kind werfen wollte, das – nun schon in weiche weiße Tücher gehüllt – in den Armen der Hebamme lag. Erleichtert ließ ich mich auf die harte Holzbank im Vorraum fallen. Gott sei Dank, murmelte ich stumm in mich hinein, Gott sei Dank...

Aber dann hörte ich aus dem Kreißsaal einen halb erstickten Schrei. Ich erstarrte, mein Gehirn weigerte sich weiterzudenken, nur zuhören konnte ich noch – zuhören, wie Dr. Golding im Kreißsaal sagte: »Das ist ausgeschlossen. Da kann doch nicht noch eins...«

Der Schrei einer Frauenstimme riß mich auf die Füße. Die Tür zum Kreißsaal flog auf, ehe ich noch ganz dort war. Das Gesicht der Hebamme war weißer als ihre Schwesterntracht. Sie hielt sich die Hand vor den Mund, ihre Brust bebte; tief zusammengekrümmt hastete sie an mir vorbei.

Ich streckte die Hand aus, ehe die Tür zufallen konnte, und huschte in den Kreißsaal.

Anne hielt unser Baby im Arm und starrte den Doktor an. Ich las alles Elend dieser Welt in ihren Augen.

Dr. Golding stand mit dem Rücken zu mir. Er kam mir seltsam versteinert vor. Und auch er hielt irgend etwas in den Armen.

Ich ahnte es. Noch ein Baby. Es waren Zwillinge.

Ich hörte einen winzigen krächzenden Schrei.

Und dann sah ich, wie sich um Dr. Goldings Ellenbogen ein dünner Schuppenschwanz ringelte.

In weiteren Hauptrollen

Cliff Burns

Fragen Sie mal Ihren Nachbarn, ob er einen Autor aus der kanadischen Arktis kennt. Cliff Burns jedenfalls ist einer, hat etwa siebzig Stories verfaßt, die allesamt in Small-Press-Magazinen erschienen sind, und weigert sich standhaft, einen Roman zu schreiben. In weiteren Hauptrollen *zeigt eine Menge Talent, darüber hinaus zielsicheres Gespür für absurde Volten, von denen das Genre bekanntlich nie genug bekommen kann. Okay, hier ist sie: eine Story für alle, die Charlotte Rampling nie gemocht haben.*

Um exakt 11.00 Uhr morgens (Pacific Standard Time) betrat ein Mann, der wie Harry Dean Stanton aussah, die Savings and Loan auf dem Wilshire Boulevard, fuchtelte mit einer Pistole vor der Kassiererin herum und verlangte Geld, so viel, wie in die braune Papiertüte paßte, die er ihr reichte. Als sie seiner Aufforderung nachgekommen war, salutierte er in Richtung der an der Decke angebrachten Kameras und flüchtete.

Der Filmfreak unter den Bankangestellten erkannte ihn sofort. Die auf den Alarm hin eintreffenden Polizisten blieben skeptisch. Trotzdem stellten sie Nachforschungen an, bei denen herauskam, daß sich der Schauspieler am Set des neuen David-Lynch-Films in Gainesville, Florida, befand. Er spielte die zweite Hauptrolle, und der Dreh dauerte noch sechs Wochen. Über die Handlung des Films war vorerst nichts zu erfahren, aber als der Pressemann unter Druck gesetzt wurde, gab er zu, daß Stanton die Rolle eines gewissenlosen Gewaltverbrechers spielte. Alle stimmten überein, daß das ein interessanter Zufall war.

Weniger als eine Woche später wurde ein Juwelierladen von einem Wilford-Brimley-Doppelgänger überfallen. Es war nichts weiter als ein simpler Diebstahl mit eingeschlagenem Schaufenster, aber die schlichte Perfektion des Ganzen war nicht zu bestreiten. Irgend jemand hatte seine Werbespots für Frühstücksflocken gesehen und ihn erkannt. Der Schauspieler stand kurz unter Verdacht, aber sein Manager und ein Fotograf konnten ihn mit überzeugenden Alibis versorgen.

Es war klar, daß alles nach einem bestimmten Muster ablief. Ein Mann, der in die Rolle bekannter Charakterdarsteller schlüpfte, befand sich auf Raubzug. Ein Team von Detectives wurde für den Fall abgestellt, dem ihre Vorgesetzten oberste Priorität einräumten. Ein Polizeisprecher versicherte, daß man schnell zu ersten Ergebnissen kommen würde.

Die Gewerkschaft der Schauspieler und die übrige Filmindustrie sicherten der Polizei ihre volle Unterstützung zu. Dutzende von verärgerten Künstlern, professionellen Maskenbildnern und Möchtegernschauspielern wurden gründlich durchleuchtet. Auf einen anonymen Anruf hin wurden die Studios von Paramount Pictures durchkämmt.

Zwei Tage später wurde ein 7-Eleven von Maureen Stapleton überfallen.

Die Stadt befand sich in Aufruhr. Edward Herrmann und Joe Pesci wurden auf offener Straße bedrängt. Beide mußten aufgrund ihrer Verletzungen stationär behandelt werden. Es wurde berichtet, daß Michael J. Pollard aus Sicherheitsgründen untergetaucht war.

Die großen Studios heuerten zusätzliches Sicherheitspersonal an. Neue Copyright-Klauseln wurden vereinbart, die die Darstellung von Berühmtheiten unter Androhung von Geld- und Haftstrafen verboten. Mehrere um ihre Existenz gebrachte Travestiedarsteller begingen Selbstmord. Rich Little erklärte seinen Bankrott.

Dann war Funkstille.

Ein Mann, der Ned Beatty täuschend ähnlich sah, wurde beobachtet, als er sich vor einem exklusiven Herrenbekleidungsgeschäft in Bel Air herumtrieb. Ein Schwarm Polizisten riegelte mehrere Blocks hermetisch ab. Der echte Mr. Beatty befand sich zu diesem Zeitpunkt in San Francisco.

Aus irgendeinem Grund bemerkte der Hochstapler die Anwesenheit der Polizei, stürzte über die Straße und verschwand in einer Menge von neugierigen Passanten. Unglücklicherweise kam er als Charlotte Rampling wieder hervor, mit Akzent und allem. Er wurde aufgefordert stehenzubleiben und von mehreren Kugeln getroffen, während er versuchte, etwas – das später als Puderdose identifiziert wurde – aus seiner Handtasche zu entfernen.

Als der Hochstapler im Sterben lag, umringt von Polizei und Schaulustigen, kamen keine coolen Abschiedsworte über seine Lippen, keine griffigen Schlußsätze wie »Ich hab's geschafft, Ma, ich bin ganz oben« oder »Der Horror, der Horror«.

Viele rätselten darüber, wie er es schaffte, seine Rolle bis zum Schluß durchzuhalten, diesen einzigartigen Augenaufschlag, während er die dünnen, sinnlichen Lippen verzog und sein Leben mit Anmut und Würde aushauchte.

Wie Charlotte es getan hätte.

Das schöne unverschnittene Haar von Gräbern

DAVID MORRELL

Ausgezeichnet von den Horror Writers of America *als beste Erzählung 1992: David Morrells folgende, von Trauer und Wut getragene Story, die nur allzu deutlich beweist, daß der Mann, der die Vorlage zu* Rambo *geschrieben hat, zu den originellsten Stimmen des Genres gehört. Seine von Walt Whitman inspirierte Elegie ist nicht nur ein stilistisches Kunststück, sondern auch ein vorzüglicher Diskurs über kulturelle Identität. Selten hat man einen Antihelden lauter aufschreien hören.*

Trotz des Regens warst du schon wieder auf dem Friedhof, hast die kalten Herbstböen ignoriert, die unter deinen Schirm fuhren und an ihm zerrten, die tristen, nassen Blätter, die an deinen durchnäßten Hosenbeinen und Schuhen hängenblieben.

Zwei Gräber. Du schauderst, blinzelst durch Tränen auf die frisch ausgelegte Grasnarbe. Noch wurden keine Grabsteine errichtet, das wird noch ein Jahr dauern. Aber du stellst dir vor, wie die Aufschrift aussehen wird, zwei verschiedene Geburtsdaten, aber – Gott im Himmel! – derselbe Todestag. Simon und Esther Weinberg. Deine Eltern. Leise flüsterst du die Kaddischgebete, die Rabbi Goldstein auf der Beerdigung gesprochen hat. Dann kannst du einfach nicht mehr, drehst dich um und trottest zu deinem Wagen zurück, auf dem der Regen perlt, wirfst den Schirm auf den Beifahrersitz, drückst auf den Knopf, mit dem man das Gebläse einschaltet, versuchst, die zitternden Hände wieder in deine Gewalt zu bekommen und irgendwie den Zorn zu unterdrücken, der deinen Brustkorb fast zum Bersten bringt.

Obwohl deine Augen verweint und geschwollen sind, gelingt es dir irgendwie, zum Haus deiner Eltern zurückzufahren. Ein Anwesen am Lake Michigan, nördlich von Chicago; das herrschaftliche Haus kommt dir ohne die eigentlichen Besitzer geisterhaft und leer vor. Du durchquerst die gewaltige Vorhalle und betrittst das eichengetäfelte Arbeitszimmer. Eine Wand wird ganz von Bücherregalen eingenommen, eine andere von Fotos, auf denen dein geliebter Vater die Hände lokaler und nationaler Würdenträger schüttelt, sogar die eines Präsidenten. Als du dich an den riesigen Schreibtisch setzt, um damit fortzufahren, die Papiere deines Vaters durchzusehen, die letzten, die Dokumente, die du aus dem Schließfach deiner Eltern geholt hast, kommt deine Frau herein, eine Tasse Kaffee in der Hand. Sie lehnt sich an die Wand und sieht dich tadelnd an, wie sie es auch schon getan hat, als du diesem immer wiederkehrenden unwiderstehlichen Zwang gefolgt bist, *schon wieder* zum Friedhof zu fahren.

»Warum?« fragt sie.

Du siehst blinzelnd von den Dokumenten auf. »Ist das nicht offensichtlich? Ich will einfach bei ihnen sein.«

»Das habe ich nicht gemeint«, sagt Rebecca. Sie ist neunundvierzig, groß, mit einem schmalen Gesicht und nachdenklichem Blick. »Die ganze Arbeit, die du dir aufhalst. All die Dokumente und Gespräche. All die Anrufe. Kannst du dich denn nie entspannen? Du siehst schrecklich aus.«

»Verdammt, wie soll ich denn sonst aussehen? Der Brustkorb meines Vaters wurde zerquetscht. Der Kopf meiner Mutter wurde… Das besoffene Arschloch, das ihren Wagen erwischt hat, ist mit ein paar Verletzungen davongekommen, die lediglich genäht werden mußten.«

»Das habe ich nicht gemeint«, wiederholt Rebecca. Mit beiden Händen – und beide zittern – führt sie die Kaffeetasse an die Lippen. »Versteh mein Mitgefühl doch nicht als Anklage! Du hast alles Recht der Welt, schrecklich auszusehen. Es ist schlimm genug, *einen* Elternteil zu verlieren, ganz zu schweigen von beiden gleichzeitig, und ihr Tod war« – sie schüttelt den Kopf – »einfach widerwärtig. Aber was du jetzt machst, dein Zwang, dich… du wirst dich noch selbst in den Zusammenbruch treiben. Quäl dich doch nicht so! Dein Vater hat einen Nachlaßverwalter berufen, einen durchaus fähigen Anwalt aus seiner Kanzlei. Laß den Mann doch seine Arbeit machen. Du bist selbstverständlich ein hervorragender Anwalt, aber jetzt ist es an der Zeit, daß du die Sache einem anderen übergibst. Um Gottes willen, Jacob – und wenn nicht um Gottes, dann um meinetwillen –, gönn dir ein bißchen Ruhe.«

Du seufzt, weißt, daß sie es gut meint und nur dein Bestes will. Aber sie versteht es nicht: du *mußt* dich beschäftigen, du *mußt* dich mit Details ablenken, damit du nicht über all dem Entsetzen und der Trauer vollends den Verstand verlierst.

»Ich bin fast fertig«, sagst du. »Nur noch ein paar Dokumente aus dem Schließfach. Dann werde ich versuchen, mich etwas auszuruhen. Ich verspreche es. Ein Bad wäre… Mein Gott, ich kann es noch immer nicht fassen… Wie sehr sie mir fehlen… Schenk mir einen Scotch ein. Vielleicht hilft das, mich zu betäuben.«

»Ich trinke einen mit dir.«

Als Rebecca zum Schrank mit dem Barfach geht, wirfst du einen Blick auf das nächste Dokument: eine verblichene Kopie deiner Geburtsurkunde. Du schüttelst den Kopf. »Dad hat aber auch *alles* aufgehoben. Was für eine Krämerseele.« Dein Tonfall ist bittersüß, und Zuneigung schnürt dir die Kehle zu.

»Deshalb ist sein Nachlaß auch so schwer zu ordnen. Man weiß nie, was wichtig ist, was eine sentimentale Erinnerung und was nur ein...«

Du wirfst einen Blick auf das nächste Dokument, hättest es beinahe wieder beiseite gelegt, schaust noch einmal hin, runzelst die Stirn und glaubst, einen eisigen Widerhaken in deinem Magen zu spüren. »Mein Gott...« Dir stockt der Atem.

»Jacob?« Deine Frau dreht sich um, Scotchflasche und Glas in der Hand, stellt beides schnell ab und eilt zu dir hin. »Was ist los? Du bist so blaß wie...«

Du starrst weiter auf das Dokument, fühlst dich, als hätte man dir in die Rippen getreten, bekommst kaum mehr Luft. Rebecca kauert sich neben dich, berührt dein Gesicht. Du schluckst, und es gelingt dir, wieder zu atmen. »Ich...«

»Was ist denn? Jacob, sag's mir. Was ist los?«

»Da muß irgendein Fehler vorliegen.« Du deutest auf das Dokument.

Rebecca überfliegt es hastig. »Das verstehe ich nicht. Lauter Juristenchinesisch. Eine Frau verspricht, zwei Kinder zur Adoption freizugeben, geht es darum?«

»Ja.« Du kannst kaum sprechen. »Sieh dir das Datum an.«

»Fünfzehnter August neunzehnhundertachtunddreißig.«

»Eine Woche vor meinem Geburtstag. Dasselbe Jahr.« Deine Stimme klingt heiser.

»Na und? Ein Zufall. Dein Vater hat sich um alle möglichen juristischen Transaktionen gekümmert, wahrscheinlich auch um Adoptionen.«

»Aber er hätte keine Geschäftsunterlagen bei seinen persönlichen Papieren aufbewahrt. Hier, da unten steht, wo die notarielle Beglaubigung stattfand.«

»Redwood Point, Kalifornien.«

»Genau«, sagst du. »Und jetzt sieh dir die Kopie meiner Geburtsurkunde an. Mein Geburtsort ist...«

»Redwood Point, Kalifornien.« Rebeccas Stimme ist leiser geworden.

»Hältst du das noch immer für einen Zufall?«

»Es muß einer sein. Jacob, du stehst unter ungeheurem Streß, aber diese Angelegenheit kannst du getrost vergessen. Du weißt doch, daß du nicht adoptiert wurdest.«

»Ach ja? Woher?«

»Nun, es…«

Du winkst ungeduldig ab.

»Ich meine, so etwas nimmt man doch als selbstverständlich an«, sagt Rebecca.

»Wieso?«

»Weil deine Eltern es dir gesagt hätten.«

»*Wieso!* Warum hätten sie das Risiko eingehen sollen, mich so zu erschüttern, wenn kein Grund dazu bestand? Wäre es nicht besser für sie gewesen, die Sache einfach auf sich beruhen zu lassen?«

»Hör auf mich, Jacob. Laß deine Phantasie nicht mit dir durchgehen.«

»Vielleicht ist es nur Phantasie.« Du stehst auf, gehst mit unsicheren Schritten zum Barfach und gießt die Drinks ein. »*Vielleicht.*« Du trinkst einen Fingerbreit; du hast den Scotch absichtlich nur wenig verdünnt, und er brennt in deiner Kehle. »Aber ich werde es niemals genau wissen, oder? Es sei denn, ich finde heraus, warum mein Vater die Adoptionseinwilligung dieser Frau bei seinen privaten Unterlagen aufbewahrt hat und wieso ich eine Woche später und am selben Ort geboren wurde, an dem die Frau ihre Einwilligung unterzeichnete und datierte.«

»Und dann?« Rebecca reibt sich die Stirn. »Begreifst du denn nicht? Das spielt doch keine Rolle! Deine Eltern haben dich geliebt! *Du* hast *sie* geliebt. Angenommen, obwohl ich es mir einfach nicht vorstellen kann, angenommen, dein Verdacht erweist sich als berechtigt. Was ändert sich dadurch? Deine Trauer wird davon nicht weniger. Es wird nichts daran ändern, daß du sie ein Leben lang geliebt hast.«

»Es könnte vieles ändern.«

»Komm, trink aus. Wir haben Freitag. Es ist noch nicht zu spät, um zur Synagoge zu fahren. Wenn du es je nötig hattest, neue Kraft zu finden, dann jetzt.«

Gequält trinkst du noch einen Schluck. »Sieh dir die Adoptionseinwilligung noch mal an. Die Frau verpflichtet sich, *zwei* Babys wegzugeben. Falls ich wirklich adoptiert wurde, bedeutet das, daß ich noch einen Bruder oder eine Schwester habe. Wir waren *Zwillinge.*«

»Dein Bruder oder deine Schwester wäre dir völlig fremd. Jacob, es gehört mehr dazu, jemandem ein Bruder oder eine Schwester zu sein, als nur die biologische Verwandtschaft.«

Der letzte Schluck Scotch dreht dir fast den Magen um. »Sieh dir die Erklärung noch mal an. Ganz unten. Der Name der Frau.«

»Mary Reilly.«

»Ein irischer Name.«

»Und?« fragt Rebecca.

»In die Synagoge gehen? Denk doch mal darüber nach. Hast du je von einem Iren gehört, der... vielleicht bin ich gar nicht jüdischer Abstammung.«

Die normalerweise schlaffen Gesichtszüge deines Onkels geraten in Bewegung. Er ist verwirrt. »Adoptiert? Wie um alles in der Welt kommst du denn darauf...?«

Du sitzt neben ihm auf dem Sofa in seinem Wohnzimmer und erklärst es ihm, während du ihm die Dokumente zeigst.

Er runzelt die ohnehin schon faltige Stirn und schüttelt den kahlen Kopf. »Ein Zufall.«

»Das behauptet Rebecca auch.«

»Dann hör auf sie. Und höre auf *mich*. Jacob, dein Vater und ich, wir standen uns so nah, wie es bei zwei Brüdern nur möglich ist. Wir hatten keine Geheimnisse voreinander. Keiner von uns tat etwas Wichtiges, ohne den anderen vorher nach dessen Meinung zu fragen. Als sich Simon – möge er in Frieden ruhen – entschloß, deine Mutter zu heiraten, besprach er es zuerst mit mir, bevor er mit unseren Eltern redete. Glaube mir, vertraue mir, wenn er und Esther vorgehabt hätten, ein Kind zu adoptieren, *hätte ich das gewußt.*«

Du seufzt, willst es glauben, wirst aber von Zweifeln gequält. »Warum hat er dann...?« In deinem Schädel pocht es.

»Heraus damit, Jacob.«

»Na schön, gehen wir mal davon aus, diese Dokumente hätten tatsächlich zufällig im Schließfach meiner Eltern gelegen. Gehen wir davon aus, daß es keine familiären Unterlagen sind. Aber warum...? Soweit ich weiß, hat Dad immer hier in Chicago gewohnt. Ich habe noch nie darüber nachgedacht, aber warum wurde ich nicht hier geboren, sondern in Kalifornien?«

Dein Onkel versucht, sich zu konzentrieren. Müde zuckt er die Achseln. »Das ist alles schon so lange her. Neunzehnhundert...« – er späht durch die Brille auf deine Geburtsurkunde – »...achtunddreißig. So viele Jahre. Ich kann mich kaum mehr erinnern.« Er hält inne. »Deine Mutter und dein Vater wollten unbedingt Kinder haben. *Das* weiß ich noch genau. Aber ganz gleich, wie sehr sie es auch versuchten... Also, sie hatten schon beinahe die Hoffnung aufgegeben. Dann, eines Nachmittags, kam dein Vater strahlend in mein Büro. Er sagte mir, ich solle den Rest des Tages freinehmen. Wir hätten etwas zu feiern. Deine Mutter war schwanger.«

Der Gedanke an deine Eltern und daran, wie sehr du sie vermißt, läßt dich gequält zusammenzucken. Du schluckst die Tränen herunter und sagst ganz unwillkürlich: »Das erklärt noch immer nicht, warum ich in Kalifornien geboren wurde.«

»Darauf komme ich ja gerade.« Dein Onkel reibt sein faltiges Kinn. »Ja, ich wollte gerade... neunzehnhundertachtunddreißig. Die schlimmste Phase der Depression war vorüber, aber die Zeiten waren noch längst nicht wieder gut. Dein Vater hat erklärt, wenn das Baby käme, müsse er mehr Geld verdienen. Er war der Ansicht, Kalifornien – Los Angeles – böte bessere Chancen. Ich wollte es ihm ausreden. In einem Jahr, habe ich gesagt, wird Chicago das Schlimmste überstanden haben. Außerdem mußte er in Kalifornien ja erst die Zulassung als Anwalt beantragen. Aber er hat darauf bestanden. Und natürlich behielt ich recht. In Chicago ging es bald wieder aufwärts. Und hinzu kam noch, daß dein Vater und deine Mutter in Los Angeles nicht warm wurden, also kehrten sie nach sechs oder sieben Monaten wieder zurück, direkt nach deiner Geburt.«

»Aber das erklärt noch immer nicht...«

»Was?«

»Los Angeles ist nicht Redwood Point. Ich habe noch nie von diesem Ort gehört. Was hatten meine Eltern dort zu suchen?«

»Ach, das.« Dein Onkel zieht die schütteren weißen Brauen hoch. »Kein Geheimnis. Redwood Point war ein Ferienort an der Küste. Im August war es in L. A. unglaublich heiß. Als deine Mutter kurz vor der Niederkunft stand, wollte dein Vater sie irgendwohin bringen, wo es nicht so heiß war, an die See, wo die Brise für Linderung sorgte. Also nahmen sie eine Art Urlaub, und du wurdest dort geboren.«

»Also gut«, sagst du. »Völlig logisch. Alles vollkommen klar. Nur...« Du deutest auf den Tisch vor euch. »Warum hat mein Vater die Adoptionseinwilligung dieser Frau behalten?«

Dein Onkel hebt resigniert die leberfleckigen Hände. »*Oi vei!* Vielleicht hat er die Gelegenheit genutzt, in Redwood Point als Anwalt zu arbeiten. Um einen Teil der Krankenhaus- und Arztrechnungen deiner Mutter abzutragen. Als er nach Chicago zurückkehrte, hat er vielleicht irrtümlicherweise ein paar geschäftliche Papiere zu seinen persönlichen Unterlagen gelegt. Zufällig ist alles, was mit Redwood Point zu tun hatte, in eine Ablage gekommen.«

»Und mein Vater hat den Fehler niemals bemerkt, obwohl er wer weiß wie oft an seinem Schließfach gewesen sein muß? Das kann ich mir nicht vorstellen...«

»Jacob, Jacob, letzten Monat habe ich in meinem Schließfach ein öffentliches Rentenpapier gefunden, und ich kann mich nicht mal mehr daran erinnern, es gekauft zu haben. So ein Versehen kann schon mal vorkommen.«

»Mein Vater war der ordentlichste Mensch, den ich je gekannt habe.«

»Gott weiß, wie sehr er mir fehlt.« Dein Onkel nagt nervös an seiner bleichen Unterlippe und holt dann, von Gefühlen überwältigt, mühsam tief Luft. »Aber er war nicht vollkommen, und im Leben geht nicht immer alles ordentlich vonstatten. Wir werden wahrscheinlich niemals genau erfahren, wieso dieses Dokument bei seinen privaten Papieren lag. Aber eins weiß ich ganz genau: Du kannst dich darauf verlassen, du bist Simons und Esthers natürliches Kind. Du wurdest nicht adoptiert.«

Du suchst seinen Blick und nickst. »Danke.«

»Du mußt mir nicht danken. Geh einfach nach Hause, ruh dich aus und hör auf, so viel nachzudenken. Was mit Simon und Esther geschah, war für uns alle ein Schock. Sie werden uns noch lange fehlen.«

»Ja«, sagst du, »sehr lange.«

»Wie geht es Rebecca?«

»Genau wie mir. Sie kann nicht glauben, daß sie tot sind.«

Dein Onkel umklammert deine Hand mit seinen knochigen Fingern. »Ich habe euch beide seit der Beerdigung nicht mehr gesehen. Es ist wichtig, daß eine Familie zusammenhält. Warum kommt ihr beide am Rosch Ha-Schanah nicht her und eßt mit mir einen Honigkuchen?«

»Ich würde gern kommen, Onkel, aber es tut mir leid. Ich muß für ein paar Tage fort.«

»Und wohin...?«

»Nach Redwood Point.«

Der Flughafen, der deinem Ziel am nächsten liegt, ist Salinas. Dort mietest du einen Wagen und fährst gen Westen zur Küste und dann nach Süden, vorbei an Carmel und Big Sur. In Gedanken versunken, achtest du kaum auf die dramatische Landschaft: im Wind schwankende Zypressen, zerklüftete Klippen, weiße Schaumkronen, die ans Ufer schlagen. Du fragst dich, warum du nicht einfach die zuständigen Behörden in Redwood Point angerufen und ihnen erklärt hast, daß du Anwalt bist und bestimmte Informationen brauchst, um einen Nachlaß zu regeln. Was hat dich veranlaßt, den ganzen Weg zu einem Nest zurückzulegen, das so klein ist, daß du es nicht einmal in deinem Hammond-Atlas gefunden hast, sondern nur auf der großen Generalkarte von Kalifornien in der Stadtbibliothek von Chicago? Woher kommt dieser merkwürdige Zwang? Sowohl deine Frau als auch dein Onkel haben dich gedrängt, die Sache auf sich beruhen zu lassen. Du bist nicht adoptiert, haben sie dir versichert, und selbst wenn, was würde das schon für einen Unterschied machen?

Die Antworten darauf beunruhigen dich. Erstens hast du vielleicht einen Zwillingsbruder oder eine Zwillingsschwester, und nun, da du deine Eltern verloren hast, verspürst du das intensive Bedürfnis, das Vakuum, das ihr Verlust hinterlassen hat, auszufüllen, indem du ein Familienmitglied findest, von dem du bislang nichts gewußt hast. Zweitens leidest du an einer Art Midlife-crisis, aber nicht im üblichen Sinn. Daß du so viele Jahre gelebt und vielleicht nie deine natürlichen Eltern gekannt hast, hat bewirkt, daß du dir deiner Identität nicht mehr sicher bist. Ja, du hast die Eltern geliebt, die du kanntest, aber diese Unsicherheit, diese Ungewißheit, dieser Schwebezustand, in dem du dich befindest, erzeugt in dir den verzweifelten Wunsch, die Wahrheit herauszufinden, so oder so, damit du die Möglichkeit ausschließen kannst, adoptiert worden zu sein. Aber der jetzige Zustand, diese Ungewißheit, treibt dich schier in den Wahnsinn, und das, wo du ohnehin vor Trauer und Kummer nicht mehr weißt wohin. Und drittens, und das ist eine Identitätskrise größten Ausmaßes, willst du wissen, ob du nach einem Leben, das du als Jude geführt hast – du bist beschnitten worden, auf die hebräische Schule gegangen, hast Bar-Mizwa gefeiert, bist des Freitag abends in den Tempel gegangen, hast die heiligen Feiertage genauestens eingehalten –, ob du nach alledem der Abstammung nach gar kein Jude bist.

Du sagst dir selbst, daß Judentum nichts mit Rasse und Genen zu tun hat, sondern eine Sache der Kultur und Religion ist. Doch tief in deinem Herzen bist du immer stolz darauf gewesen, ganz und gar Jude zu sein, und dein Selbstwertgefühl ist bedroht. Wer bist du eigentlich?

Du trittst aufs Gas, um dein Ziel schneller zu erreichen, und denkst verdrossen über deine irrationale, starrköpfige Weigerung nach, Rebecca mitzunehmen. Warum hast du darauf bestanden, allein zu fahren?

Darum, wird dir mit grimmiger Entschlossenheit klar.

Weil ich nicht wollte, daß mich jemand zurückhält.

Der Pacific Coast Highway windet sich über eine Granitklippe. In Gesteinsrissen und Spalten klammern sich verkümmerte Tannen an flaches Erdreich und kämpfen ums Überleben. Abrupt verkündet ein verwittertes Schild: REDWOOD POINT. Genauso abrupt siehst du rechts unter dir eine Stadt, die Gebäude sogar aus dieser Entfernung trostlos; ungestrichen und windschief ziehen sie sich an einer einwärts geschwungenen Bucht entlang, in deren Mitte ein halb verfallenes Pier in den Ozean vorragt. Nur das Funkeln der Nachmittagssonne auf den Wellen mit ihren weißen Schaumkronen bringt so etwas wie Schönheit ins trübselige Bild.

Du verlierst fast den Mut. Redwood Point. Ein Ferienort? Das hat zumindest dein Onkel behauptet. Vielleicht 1938, denkst du, aber jetzt nicht mehr. Und als du vom Highway abbiegst, die Geschwindigkeit verringerst und über die schmale, holprige Straße vorbei an noch kleineren, noch verkümmerteren Zypressen zu der schmutzigen Stadt hinabrollst, in der du der Geburtsurkunde zufolge das Licht der Welt erblickt hast, fühlst du dich ganz leer. Du kommst an einem baufälligen Hotel vorbei, dessen Fenster teilweise mit Brettern vernagelt sind. Auf einem Grat hoch über der Stadt bemerkst du die verkohlten, eingestürzten Überreste eines Gebäudes – vielleicht eines weiteren Hotels –, und du kommst entmutigt zu dem Schluß, daß deine Frau und dein Onkel recht hatten. Diese lange, ermüdende Reise war sinnlos. So viele Jahre. Der Geist einer Stadt, die vielleicht einmal berühmt gewesen ist. Hier wirst du nie eine Antwort bekommen.

Die staubige Straße führt dich vorbei an verfallenen Gebäuden bis zum Skelett des Piers. Du hältst neben einem Schuppen an, steigst aus und atmest die salzige Meeresbrise ein. Ein alter Mann hockt vornübergebeugt auf einem Stuhl auf den wenigen sicheren Brettern vor dem Pier. Einem Impuls folgend gehst du auf ihn zu; deine Schritte knirschen auf Muscheln und Kies.

»Entschuldigen Sie«, sagst du.

Der alte Mann hat dir den Rücken zugewandt und starrt auf das Meer hinaus.

Der Geruch von Fäulnis – von totem Fisch, der ans Ufer gespült wurde – steigt dir in die Nase.

»Entschuldigung«, wiederholst du.

Langsam dreht der alte Mann sich um. Er legt den faltigen Kopf schief, entweder aus Neugier oder Feindseligkeit.

Du stellst die Frage, die dich beschäftigt, seit du den Hang hinabgefahren bist. »Warum heißt diese Stadt Redwood Point? So weit im Süden gibt es doch gar keine Rotholzbäume.«

»Sie befinden sich direkt vor Ihnen.«

»Ich glaube, ich weiß nicht, was...«

Der alte Mann deutet auf das verfallene Pier. »Die Planken bestehen aus Rotholz. Zu seiner Blütezeit« – er nippt an einer Dose Bier – »war es wunderschön. So stolz hat es sich in die Bucht erstreckt, so stolz.« In einem Anflug von Nostalgie seufzt er. »Redwood Point.«

»Gibt es hier ein Krankenhaus?«

»Fehlt Ihnen was?«

»Reine Neugier.«

Der alte Mann blinzelt. »Das nächste Krankenhaus liegt sechzig Kilometer die Küste rauf.«

»Und was ist mit einem Arzt?«

»Es gab mal einen. Sagen Sie, wieso stellen Sie so viele Fragen?«

»Ich habe doch gesagt, reine Neugier. Gibt es hier ein Gerichtsgebäude?«

»Sieht das hier aus wie eine Kreisstadt? Früher waren wir mal was. Jetzt sind wir...« Der alte Mann wirft die Bierdose zu einem Abfalleimer hinüber, verfehlt ihn jedoch. »Ein Haufen Scheiße.«

»Tja, und was ist mit... gibt es hier einen Polizeiposten?«

»Klar. Chief Kitrick.« Der alte Mann hustet. »Immerhin haben wir einen. Nicht, daß wir ihn brauchen. Hier passiert nie was. Deshalb hat er auch keine Deputies.«

»Und wo kann ich ihn finden?«

»Kein Problem. Um diese Zeit ist er immer in der Redwood Bar.«

»Können Sie mir sagen, wo...«

»Hinter Ihnen.« Der alte Mann öffnet eine neue Bierdose. »Gehen Sie nach links. Das einzige Gebäude, das noch anständig aussieht.«

Die Redwood Bar, an einer rissigen Asphaltstraße hinter dem Strand, hat eine neue Rotholzverkleidung, die die benachbarten Gebäude noch schäbiger wirken läßt. Du gehst auf eine Tür zu, auf die jemand einen Anker gemalt hat, und kommst dir vor, als hättest du ein Geschäft für Bootsbedarf oder ein Fischerboot betreten. In einer Ecke stehen Angelruten. Ein mit Bojen gespicktes Netz hängt an einer Wand. Verschiedene nautische Instrumente, ein Sextant, ein Kompaß, weitere, die du nicht kennst – alle sehen trotz ihres schimmernden Metalls uralt aus –, stehen auf einem Regal neben einem verwitterten Steuerrad, das hinter dem Tresen hängt. An den stabilen rechteckigen Tischen stehen Kapitänsstühle.

Stimmen in der rechten hinteren Ecke erregen deine Aufmerksamkeit. Fünf Männer sitzen dort und spielen Karten. Der Rauch ihrer Zigaretten trübt das Licht über dem Tisch. Einer der Männer – in den Fünfzigern, breitschultrig, mit kurzem hellem Haar und rötlich-frischer Hautfarbe – trägt eine Polizeiuniform. Nachdenklich starrt er seine Karten an.

»Ray«, ruft ein Mitspieler dem Barkeeper zu, »noch ein Bier, ja? Wie steht's mit dir, Hank?«

»Es ist erst zehn vor fünf. Ich bin noch im Dienst«, sagt der Polizist und deckt seine Karten auf. »Full House.«

»Verdammt. Da komm ich nicht mit.«

»Besser als ein Straight, wie?«

Die Männer werfen die Karten auf den Tisch.

Der Polizist sammelt Vierteldollarmünzen ein. »Ich gebe. Sieben Karten.« Als er die Karten mischt, sieht er in deine Richtung.

Der Barkeeper bringt ein Glas zum Tisch und wendet sich dann dir zu. »Was darf es sein?«

»Äh, ein Mineralwasser«, sagst du. »Was ich... Eigentlich wollte ich mit Chief Kitrick sprechen.«

Als der Polizist seinen Namen hört, mustert er dich noch genauer. »Ist es dringend?«

»Nein. Das gerade nicht.« Unsicher zuckst du die Achseln. »Es geht um eine Sache, die vor vielen Jahren passiert ist. Sie kann wohl auch noch etwas länger warten.«

Der Polizist runzelt die Stirn. »Dann spielen wir noch diese Runde, wenn Sie nichts dagegen haben.«

»Nur zu.«

An der Bar bezahlst du dein Wasser und nippst daran. An der Wand gegenüber entdeckst du Fotos, Dutzende, vergilbt, gewellt und verblichen. Doch selbst aus dieser Entfernung weißt du, was die Fotos zeigen, und du unterdrückst ein Schaudern und gehst wie unter Zwang hinüber.

Redwood Point. Die Fotos zeigen den Ferienort in seiner Blütezeit, vor fünfzig, sechzig Jahren. Autos, die heute Antiquitäten wären, schimmern wie neu auf der ehemals ordentlich gepflasterten, belebten Straße. Am Strand drängen sich Urlauber in altmodischer Badekleidung. Auf dem beeindruckend langen

Pier sitzen Angler. Überall in der Bucht sind Boote unterwegs. Spaziergänger schlendern über Bürgersteige, sehen sich Schaufensterauslagen an oder deuten zum Meer. Einige essen Hot Dogs oder Zuckerwatte. Alle sind gut gekleidet, und die Gebäude sehen sauber aus, die Fenster funkeln geradezu. Die Zeit der Wirtschaftskrise, denkst du. Aber nicht jeder war arbeitslos, und hier suchten die finanziell Bessergestellten Zuflucht vor der Sommerhitze und dem Dreck der Großstadt. Ein prachtvolles Hotel: Gäste halten geeiste Gläser in den Händen oder fächern sich auf der geräumigen Veranda Luft zu – zweifellos die baufällige Ruine, die du gesehen hast, als du in die Stadt hineingefahren bist. Ein anderes Gebäude, ausgedehnt, mit viktorianisch anmutenden Türmchen und Giebeln, auf einem Kamm über der Stadt, wahrscheinlich der verkohlte Trümmerhaufen, der dir aufgefallen ist. Gespenster. Du schüttelst den Kopf. Die meisten Menschen auf diesen Fotos sind schon lange tot, und die Gebäude sind genauso gestorben, nur noch nicht eingestürzt. Was für eine Verschwendung, denkst du. Was ist hier nur geschehen? Wie konnte die Zeit so grausam zu diesem Ort sein?

»Früher war es hier mal wunderschön«, sagt eine heisere Stimme hinter dir.

Du drehst dich zu Chief Kitrick um und stellst fest, daß er ein Glas Bier in der Hand hält.

»Nach fünf. Bin jetzt nicht mehr im Dienst«, sagt er. »Danke, daß ich das Spiel noch zu Ende bringen durfte. Was kann ich für Sie tun? Etwas, das vor vielen Jahren passiert ist, haben Sie gesagt?«

»Ja. Etwa zu der Zeit, als diese Fotos aufgenommen wurden.«

Der Polizeichef starrt an dir vorbei auf die Fotos. »Ach?«

»Können wir uns irgendwo ungestört unterhalten? Es ist eine ziemlich persönliche Angelegenheit.«

Chief Kitrick nickt. »Mein Büro ist direkt nebenan.«

Es riecht muffig. In einer Ecke baumeln Spinnweben von der Decke. Du gehst an einer Bank für die Wartenden vorbei, durch ein knarrendes, hüfthohes Tor und stehst im geräumigen Dienstbereich vor drei Schreibtischen, von denen zwei verstaubt und leer sind. Ein Telefon, aber kein Funkgerät. Ein Aktenschrank. An einer Wand ein Kalender. Ein Büro dieser Größe – offensichtlich haben hier früher einmal mehrere Polizisten gearbeitet. Du spürst so etwas wie Leere, die Abwesenheit der Geschäftigkeit früherer Jahre. Du kannst fast die Echos jahrzehntealter Gespräche hören.

Chief Kitrick deutet auf einen Holzstuhl. »Vor Jahren?«

Du setzt dich. »Neunzehnhundertachtunddreißig.«

»Das ist wirklich lange her.«

»Ich wurde hier geboren.« Du zögerst. »Meine Eltern sind beide vor drei Wochen gestorben, und…«

»Ich habe meinen Dad vor einem Jahr verloren. Mein Beileid.«

Du nickst, holst tief Luft und versuchst, deine Gedanken zu ordnen. »Als ich die Papiere meines Vaters durchsah, fand ich… Es könnte sein, daß ich adoptiert wurde.«

Wie in der Bar starrt der Polizeichef plötzlich an dir vorbei ins Leere.

»Vielleicht aber auch nicht«, fährst du fort. »Aber *falls* ich adoptiert wurde, hieß meine Mutter wahrscheinlich Mary Reilly. Ich kam her, um… Nun ja, ich dachte, es gibt hier Unterlagen, die ich mir mal ansehen kann.«

»Was für Unterlagen?«

»Die Geburtsurkunde, die mein Vater zugeschickt bekam, führt meinen Geburtsort und Geburtstag auf, und die Namen meiner Eltern; Simon und Esther Weinberg.«

»Juden.«

Du zuckst zusammen. »Spielt das eine Rolle?«

»Nur eine Feststellung.«

Du überlegst und fährst dann fort. »Aber die Ausfertigung der Geburtsurkunden, die die Eltern bekommen, ist eine Kurzfassung derjenigen, die im Bezirksgericht zu den Akten genommen wird.«

»Was sich in diesem Fall sechzig Kilometer nördlich von hier befindet. In Cape Verde.«

»Das habe ich nicht gewußt, als ich hierherfuhr. Aber ich habe gedacht, hier gäbe es ein Krankenhaus. Das müßte genaue Unterlagen über meine Geburt haben.«

»Kein Krankenhaus. Hat nie eins gegeben«, sagt der Chief.

»Das habe ich auch schon herausbekommen. Aber ein Ferienort, der in den dreißiger Jahren so beliebt wie Redwood Point war, *muß* doch irgendeine medizinische Einrichtung gehabt haben.«

»Eine Privatklinik«, sagt der Chief. »Mein Vater hat sie mal erwähnt. Aber sie wurde in den vierziger Jahren geschlossen.«

»Wissen Sie, was mit den Unterlagen passiert ist?«

Chief Kitrick zuckt mit den Schultern. »Eingepackt. Fortgeschafft und irgendwo eingelagert. Aber nicht hier. Ich kenne jedes Fleckchen in der Stadt, und es gibt keine medizinischen Unterlagen aus alten Zeiten. Ich wüßte auch nicht, wie diese Unterlagen Ihnen weiterhelfen könnten.«

»In meiner Akte muß stehen, wer meine Mutter war. Wissen Sie, ich bin Anwalt, und...«

Der Chief runzelt die Stirn.

»...die übliche Praxis bei Adoptionen besteht darin, die bei Gericht zu den Akten genommene Geburtsurkunde abzuändern und die Namen der Adoptiveltern als die der natürlichen einzusetzen. Doch die ursprüngliche Geburtsurkunde, die die Namen der natürlichen Eltern enthält, wird nicht vernichtet. Sie wird versiegelt und separat eingelagert.«

»Dann sollten Sie zum Bezirksgericht fahren und nach dieser Akte suchen«, sagt Chief Kitrick.

»Das Problem ist, obwohl ich als Anwalt vielleicht einen gewissen Einfluß habe, müßte ich Anträge stellen, und es würden Monate vergehen, bevor ich diese versiegelte Akte einsehen kann – wenn überhaupt. Aber an Krankenhausunterlagen kommt man viel einfacher ran. Ich brauche nur einen verständnisvollen Arzt, der ...« Ein Gedanke läßt dein Herz schneller schlagen. »Kennen Sie zufällig die Namen der Ärzte, die hier praktiziert haben? Vielleicht wissen *die*, wer...«

»Nee, hier gibt's schon seit 'ner geraumen Weile keinen Arzt mehr. Wenn wir krank werden, müssen wir die Küste rauf fahren. Ich will Sie ja nicht entmutigen, Mr....?«

»Weinberg.«

»Ja. Weinberg. Neunzehnhundertachtunddreißig. Das ist gewaltig lange her. Ich fürchte, Sie verschwenden nur Ihre Zeit. Wer erinnert sich schon, was vor so langer Zeit geschah? Falls überhaupt einer der Beteiligten noch lebt. Und Gott allein weiß, wo diese Klinikunterlagen jetzt sind.«

»Dann muß ich es wohl auf die harte Tour versuchen.« Du stehst auf. »Das Bezirksgericht. Danke für Ihre Hilfe.«

»Ich glaube nicht, daß ich Ihnen irgendwie helfen konnte. Aber, Mr. Weinberg...?«

»Ja?« Du bleibst an dem Tor stehen.

»Manchmal ist es besser, die Vergangenheit ruhen zu lassen.«

»Ich wünschte, ich könnte das.«

Cape Verde erweist sich als angenehme, attraktive Stadt mit zwanzigtausend Einwohnern und einer vorherrschend spanischen Architektur: rot gedeckte Dächer und Hauswände aus hellen, sauberen luftgetrockneten Ziegeln. Der Schäbigkeit Redwood Points entkommen, fühlst du dich nicht mehr so niedergeschlagen, doch nur, bis du in dem Motelzimmer neben dem deinen ein Baby schreien hörst. Nach einer fast schlaflosen Nacht, in der du Rebecca angerufen hast, um ihr zu versichern, daß du in Ordnung bist, erkundigst du dich beim Portier nach dem Weg, fährst zum Gerichtsgebäude, das wie eine Hacienda aussieht, und triffst um kurz nach neun dort ein.

Das Bezirksarchiv befindet sich ganz hinten im ersten Stock, und der junge, rothaarige Mann hinter dem Schalter muß nicht lange nachdenken. »Geburtsurkunden? Neunzehnhundertachtunddreißig? Kein Problem.« Schließlich sind diese Unterlagen der Öffentlichkeit ja zugänglich. Du mußt keinen Grund angeben.

Zehn Minuten später kommt der Archivar mit einem großen, verstaubten Hauptbuch zurück. Du siehst keinen Schreibtisch, also stellst du dich ans Ende des Schalters. Während der junge Mann sich wieder seiner Arbeit widmet, blätterst du die Seiten des Hauptbuchs bis zum August um und studierst sie dann.

Die Einträge sind nach den einzelnen Gemeinden des Bezirks geordnet. Als du zum Abschnitt für Redwood Point kommst, liest du ganz genau. Du suchst nicht nur nach dem Eintrag über deine Geburt, sondern auch nach Hinweisen auf Mary Reilly. In jenem August wurden zwanzig Kinder geboren. Einen Augenblick lang kommt dir das ungewöhnlich vor – so viele für eine so kleine Gemeinde. Doch dann fällt dir ein, daß im August in dem Ferienort wohl Hochbetrieb geherrscht hat und vielleicht auch andere werdende Eltern dorthin gefahren sind, um der Sommerhitze zu entkommen und der Mutter eine bequeme Niederkunft zu ermöglichen, wie es deinem Onkel zufolge deine Eltern ja auch getan hatten.

Du liest die Namen verschiedener Mütter und Väter. Miriam und David Meyer. Ruth und Henry Begelman. Gail und Jeffrey Markowitz. Schließlich stößt du auf deinen eigenen Eintrag – Eltern: Esther und Simon Weinberg. Aber das beweist nichts, mahnst du dich. Du wirfst einen Blick auf den unteren Teil des Formulars. Medizinische Betreuung: Redwood Point Clinic. Beglaubigt von: Dr. Jonathan Adams. Zeugin: June Engle, examinierte Krankenschwester. Adams war wahrscheinlich der Arzt, der sich um deine Mutter gekümmert hat. Schnelles Überfliegen der anderen Dokumente aus Redwood Point zeigt, daß Adams und die Engle jede Geburtsurkunde unterschrieben haben.

Doch nirgendwo findest du einen Hinweis auf Mary Reilly.

Du blätterst zum September weiter für den Fall, daß Mary Reilly später als angenommen niederkam. Keine Erwähnung. Na ja, denkst du, vielleicht hat sie die Adoptionseinwilligung ganz am Anfang ihrer Schwangerschaft unterschrieben, und so siehst du die Einträge für das restliche Jahr 1938 durch. Nichts.

Du bittest den Angestellten um die Geburtsurkunden des Jahres 1939. Er bringt sie dir. Doch nachdem du die Einträge des Monats April erreicht und dann sogar noch die vom Mai überprüft und noch immer keine Erwähnung Mary Reillys gefunden hast, runzelst du die Stirn. Selbst wenn sie – ein Ding der Unmöglichkeit – schon im ersten Monat gewußt haben sollte, daß sie schwanger war, und selbst wenn ihre Schwangerschaft keine neun, sondern zehn Monate gedauert hätte, müßte ihr Name irgendwo in diesen Unterlagen erscheinen. *Was war passiert?* Hatte sie es sich anders überlegt und die Stadt verlassen, um sich irgendwo zu verstecken und die beiden Kinder zu gebären, die sie anderen Menschen zur Adoption versprochen hatte? Möglich. Du weißt, jeder fähige Anwalt hätte ihr sagen können, daß ihre Einverständniserklärung, ganz gleich wie offiziell und kompliziert sie aussah, rechtlich nicht bindend war. Oder war sie...?

»Bitte die Sterbeurkunden«, sagst du zu dem Sachbearbeiter, »der Jahre neunzehnhundertachtunddreißig und -neununddreißig.«

Diesmal wirkt der junge Mann leicht verärgert, als er loszieht, um die Unterlagen herauszusuchen. Doch als er zurückkommt und du gespannt die Hauptbücher inspizierst, findest du kein Anzeichen dafür, daß Mary Reilly im Kindbett gestorben ist.

»Danke«, sagst du zu dem Angestellten, als du deine Notizen einsteckst. »Sie waren sehr hilfreich.«

Der junge Mann grinst, dankbar, keine weiteren Akten mehr heranschleppen zu müssen.

»Da wäre nur noch eine Sache.«

Der junge Mann läßt die Schultern hängen.

»Diese Geburtsurkunde von Jacob Weinberg.« Du deutest auf ein geöffnetes Hauptbuch.

»Was ist damit?«

»Als seine Eltern werden Esther und Simon Weinberg aufgeführt. Es ist jedoch möglich, daß Jacob adoptiert wurde. In diesem Fall gibt es eine zweite Geburtsurkunde, in der der Name der biologischen Mutter angegeben ist. Ich würde sie mir gern ansehen und...«

»Ursprüngliche Geburtsurkunden bei Adoptionsfällen sind der Öffentlichkeit nicht zugänglich.«

»Aber ich bin Anwalt, und...«

»Sie sind auch Anwälten nicht zugänglich, und wenn Sie wirklich einer sind, müßten Sie das wissen.«

»Ja, sicher, ich weiß, aber...«

»Sprechen Sie mit einem Richter. Bringen Sie mir einen Gerichtsbescheid. Dann helfe ich Ihnen gern weiter. Ansonsten... Mann, die Regeln sind ganz eindeutig. Diese Unterlagen sind versiegelt. Ich würde meinen Job verlieren.«

»Klar.« Deine Stimme droht, dir den Dienst zu versagen. »Ich verstehe.«

Das Jugendamt des Bezirks befindet sich ebenfalls im Gerichtsgebäude von Cape Verde. Du wartest im zweiten Stock auf dem Gang, bis die Beamtin, die für die Adoptionen zuständig ist, von einem Termin zurückkommt. Ihr Name, hast du erfahren, lautet Becky Hughes. Sie ist in den Dreißigern, blond, gut gekleidet, aber leicht übergewichtig. Ihre Intelligenz und ihr Engagement für die Arbeit sind offensichtlich.

»Der Archivar hat sich genau richtig verhalten«, sagt Becky.

Anscheinend schaust du nicht so überzeugt drein.

»Es gibt gute Gründe für die Vorschrift, daß bei Adoptionsfällen die ursprünglichen Geburtsurkunden versiegelt werden, Herr Anwalt.«

»Aber eine andere Regel kann genauso wichtig sein: Wer nichts wagt, der nichts gewinnt.«

»Wichtig?« Becky trommelt mit den Fingern auf den Schreibtisch. »Bei Adoptionsfällen ist am wichtigsten, die Anonymität der biologischen Mutter zu wahren.« Sie wirft einen Blick auf eine Kaffeekanne auf einer Warmhalteplatte. »Wollen Sie einen?«

Du schüttelst den Kopf. »Meine Nerven sind schon gereizt genug.«

»Koffeinfreier.«

»Na dann, sicher, warum nicht?«

Sie schenkt zwei Tassen ein, stellt deine auf den Schreibtisch und nimmt dir gegenüber Platz. »Wenn eine Frau ihr Baby aufgibt, fühlt sie sich deswegen oft schuldig... Vielleicht ist sie nicht verheiratet, kommt aus einer streng religiösen Familie und schämt sich, oder sie ist erst siebzehn und begreift, daß sie nicht die Möglichkeiten hat, sich richtig um das Kind zu kümmern, oder vielleicht hat sie schon zu viele Kinder, oder... Aus welchem Grund auch immer, wenn eine Frau sich entschließt, ein Kind auszutragen, anstatt es abzutreiben, und es zur Adoption freizugeben... sind ihre Gefühlsregungen üblicherweise so stark, daß sie einen absoluten Bruch mit der Vergangenheit vollziehen muß, um bei Verstand zu bleiben. Sie versucht sich einzureden, daß das Kind auf einem anderen Planeten lebt. Sie bemüht sich, mit ihrem Leben weiterzumachen. Und es ist grausam von einem Anwalt oder einem Sohn oder einer Tochter, sie viele Jahre später aufzuspüren und daran zu erinnern, daß...«

»Ich verstehe«, sagst du. »Aber in *diesem* Fall ist die Mutter wahrscheinlich tot.«

Beckys Finger hören zu trommeln auf. »Fahren Sie fort, Herr Anwalt.«

»Ich habe keinen Klienten. Oder um es anders auszudrükken, ich habe einen, aber der Klient ist...« Du deutest auf deine Brust.

»Sie?«

»Ich sollte vielleicht...« Du erzählst ihr von dem betrunkenen Fahrer, von dem Tod des Mannes und der Frau, die du für deine Eltern gehalten, die du geliebt hast.

»Und Sie wollen wissen, ob sie wirklich Ihre Eltern waren?« fragt Becky.

»Ja, und ob ich einen Zwillingsbruder oder eine Zwillingsschwester habe, von der ich nichts wußte… und…« Du hättest fast hinzugefügt: ob ich als Jude geboren wurde.

»Herr Anwalt, entschuldigen Sie bitte, aber Sie sind ein Narr.«

»Das haben meine Frau und mein Onkel auch gesagt, ganz zu schweigen von einem Cop in Redwood Point.«

»Redwood Point?«

»Eine Kleinstadt sechzig Kilometer südlich von hier.«

»Sechzig oder sechstausend Kilometer. Was für eine Rolle spielt das schon…? Haben Esther und Simon Sie geliebt?«

»Sie haben mich angebetet.« Deine Augen brennen vor Kummer.

»Dann *sind* sie Ihre Eltern. Hören Sie, ich bin selbst ein adoptiertes Kind. Und der Mann und die Frau, die mich adoptiert hatten, haben mich *mißbraucht*. Deshalb habe ich mich für diesen Beruf entschieden – um sicherzugehen, daß andere adoptierte Kinder nicht zu Eltern kommen, bei denen sie durchmachen müssen, was ich erlitten habe. Gleichzeitig möchte ich verhindern, daß man einer *Mutter* Schmerzen zufügt. Wenn eine Frau so klug war einzusehen, daß sie ein Kind nicht richtig aufziehen kann, und es zur Adoption freigibt… hat sie meines Erachtens einen Orden verdient… und Schutz.«

»Ich verstehe«, sagst du. »Aber ich will meine Mutter gar nicht kennenlernen. Wahrscheinlich ist sie tot. Ich will nur… ich muß… die Fakten wissen. Hat man mich adoptiert?«

Becky sieht dich abschätzend an, nickt, greift nach dem Telefon und tippt drei Ziffern ein. »Archiv? Charley? Wie geht's dir, Junge? Toll. Hör zu, vor einer Weile war ein Anwalt bei dir und wollte eine versiegelte Adoptionsakte sehen. Ja, du hast richtig gehandelt. Aber ich will etwas anderes. Du verstößt nicht gegen die Vorschriften, wenn du nachsiehst, *ob* es eine versiegelte Akte gibt.« Becky gibt ihm das Datum, den Ort und die Namen durch, die du ihr vorher genannt hast. »Ich bleibe dran.« Minuten kommen dir wie Stunden vor. Dann hebt Becky den Kopf. »Ja, Charley, was hast du gefunden?« Sie legt auf. »Herr Anwalt, es gibt keine versiegelte Akte. Beruhigen Sie sich. Sie wurden nicht adoptiert. Fahren Sie zu Ihrer Frau zurück.«

»Es sei denn...« sagst du.

»Es sei denn?«

»Die Adoption wurde nicht durch eine Agentur arrangiert, sondern war eine private Abmachung zwischen der Mutter und dem Ehepaar, das das Kind adoptieren wollte. Der graue Markt.«

»Ja, doch auch in diesem Fall hätten die örtlichen Behörden die Adoption billigen müssen. Es müßte eine Urkunde über die Transaktion zu den Akten genommen worden sein. In Ihrem Fall gibt es keine.« Becky schaut unbehaglich drein. »Lassen Sie es mich erklären. Heutzutage werden nur wenige Babys zur Adoption freigegeben. Wegen der Verhütungsmittel und der Möglichkeit, legal abzutreiben. Doch selbst heute besteht großer Bedarf nach WASP-Babys – weiße angelsächsische Protestanten. Ein schwarzes Kind? Ein Latino? Ein Asiat? Vergessen Sie's. Sehr wenige Eltern dieser Bevölkerungsgruppen wollen adoptieren, und noch weniger Weiße wollen Kinder aus diesen Gruppen. Vor fünfzig Jahren war die Lage noch schlimmer. Es gab so viele WASPs, die ungewollt schwanger wurden und ihre Babys weggeben wollten... Herr Anwalt, ich möchte Sie nicht beleidigen, aber ich muß Ihnen etwas erklären.«

»Ich bin nicht so schnell beleidigt.«

»Ihr Nachname lautet Weinberg«, sagt Becky. »Ein jüdischer Name. Damals in den dreißiger Jahren war, genau wie heute, die Mehrheit der Eltern, die adoptieren wollte, protestantisch, und sie wollten das Kind einer protestantischen Mutter. Falls *Sie* zur Adoption freigegeben worden wären, selbst auf dem grauen Markt, hätte fast kein adoptionswilliges Ehepaar ein jüdisches Baby haben wollen. Die Aussichten wären so gering gewesen, Ihrer Mutter wäre nur noch eine Möglichkeit geblieben...«

»Der Schwarzmarkt?« Deine Wangenmuskeln zucken.

»Das Baby zu verkaufen. Wenn man für einen Menschen Geld bezahlt, verstößt man damit gegen das Gesetz gegen die Sklaverei. Aber so etwas kommt vor, und die Anwälte und Ärzte, die diesen Menschenhandel arrangieren, verdienen ein Vermögen an verzweifelten Eltern, die auf andere Weise kein Kind bekommen können.«

»Aber was, wenn meine Mutter irischer Abstammung war?«

Becky blinzelt. »Sie wollen damit sagen...?«

»Jüdische Ehepaare.« Gequält erinnerst du dich an die Namen der Eltern, die du in den Hauptbüchern gelesen hast. »Meyer. Begelman. Markowitz. Weinberg. Juden.«

»Die sich so verzweifelt nach einem Baby sehnen, daß sie, nachdem sie sich überall nach einer jüdischen Mutter umgesehen haben, die bereit ist, ihr Kind wegzugeben...

Die das einer weißen, angelsächsischen Protestantin adoptieren. Und es so drehen, daß Ihre Verwandtschaft nichts davon erfährt.«

Reine Spekulation, versuchst du dir einzureden. Es gibt einfach keine Verbindung zwischen dir und Mary Reilly, abgesehen davon, daß du in der Stadt geboren wurdest, in der sie die Vereinbarung unterschrieben hat und diese Vereinbarung eine Woche vor deinem Geburtstag zustande kam. Dürftige Indizien, und das ist noch vorsichtig ausgedrückt. Du weißt genau, vor Gericht würdest du damit niemals durchkommen. Sogar für die gleichförmige Präsenz jüdischer Namen auf den Geburtsurkunden aus Redwood Point in diesem August gibt es eine logische Erklärung: der Ferienort hat sich vielleicht besonders um jüdische Gäste bemüht und zum Beispiel koschere Speisen angeboten. Vielleicht hat es sogar eine Synagoge gegeben.

Doch die Logik ist deinem zunehmenden Unbehagen nicht gewachsen. Du kannst dir das frostige Gefühl in deiner Magengrube nicht erklären, spürst jedoch, daß irgend etwas auf eine furchtbare Art und Weise nicht stimmt. Nervös gehst du in deinem Hotelzimmer auf und ab, aber dir fällt nicht ein, was du jetzt tun sollst. Sollst du nach Redwood Point zurückfahren und Chief Kitrick weitere Fragen stellen? Welche Fragen? Er wird genauso reagieren wie Becky Hughes. Spekulationen, Mr. Weinberg. Nicht überzeugend.

Dann fällt es dir wie Schuppen von den Augen. Der Name, den du in den Unterlagen gefunden hast. Der Arzt, der nicht nur *deine* Geburtsurkunde unterschrieben hat, sondern *alle* Geburtsurkunden in Redwood Point. Deine Aufregung legt sich schnell wieder. Es ist so lange her. Der Arzt wird mittlerweile längst tot sein. Dann beschleunigt sich dein Pulsschlag. Tot? Nun... Simon und Esther haben bis vor drei Wochen auch noch gelebt. Der Kummer schnürt dir die Kehle zu, aber du konzentrierst dich. Dr. Adams war vielleicht nicht älter als Simon und Esther. Es besteht die Möglichkeit, daß er...

Aber wie willst du ihn finden? Die Redwood Point Clinic wurde in den vierziger Jahren geschlossen. Dr. Adams kann es überallhin verschlagen haben. Du greifst nach dem Telefon. Vor einem Jahr hat man dich angeheuert, einen drogensüchtigen Augenarzt, dessen Achtlosigkeit einen Patienten das Augenlicht gekostet hatte, zu verklagen. Du hast stundenlang mit dem Amerikanischen Ärzteverband telefoniert. Du schlägst das Büchlein mit den Telefonnummern auf, das du immer in deiner Brieftasche bei dir trägst, und rufst bei der Zentralverwaltung des Verbandes in Chicago an. Dr. Jonathan Adams? Der Mann am anderen Ende der Leitung gibt sich betont eifrig und hilfsbereit. Sogar durch das statische Rauschen des Ferngesprächs hörst du das leise Klacken einer Computertastatur.

»Dr. Jonathan Adams? Tut mir leid. Wir haben keinen... Augenblick mal, da ist ein Jonathan Adams *junior*. Ein Frauenarzt. In San Francisco. Die Nummer seines Büros lautet...«

Du notierst sie rasch und wählst sie genauso schnell wieder. Genau, wie Anwälte oft möchten, daß ihre Söhne und Töchter ebenfalls Anwälte werden, ermutigen Ärzte ihre Kinder dazu, den Arztberuf zu ergreifen, und geben einem Sohn gelegentlich den eigenen Namen. Dieser Arzt ist vielleicht nicht der Sohn des Mannes, der deine Geburtsurkunde unterschrieben hat, doch du mußt es herausfinden. Ein Frauenarzt? Noch ein gemeinsamer Nenner. Wie der Vater, so der...?

Eine Sprechstundenhelferin meldet sich.

»Dr. Adams, bitte«, sagst du.

»Der Doktor hat gerade eine Patientin. Kann er Sie zurückrufen?«

»Unbedingt, und das ist meine Nummer.« Du gibst sie durch. »Aber ich glaube, er wird sofort mit mir sprechen wollen. Sagen Sie ihm nur, es geht um seinen Vater. Sagen Sie ihm, es geht um die Klinik in Redwood Point.«

Die Sekretärin klingt verwirrt. »Aber ich darf ihn nicht stören, wenn er eine Patientin...«

»Tun Sie's«, sagst du. »Ich garantiere Ihnen, der Doktor wird verstehen, daß es sich um einen Notfall handelt.«

»Na ja... wenn Sie...«

»Sicher sind? Ja. Vollkommen.«

»Einen Augenblick, bitte.«

Dreißig Sekunden später sagt eine nervöse männliche Stimme: »Hier Dr. Adams. Was hat das zu bedeuten?«

»Ich habe es Ihrer Sekretärin gesagt. Ich nehme an, sie hat es ausgerichtet. Es geht um das Jahr neunzehnhundertachtunddreißig. Es geht um die Redwood Point Clinic.«

»Damit hatte ich nichts... Oh, Gott im Himmel.«

Du hörst ein lautes Klicken, dann Rauschen. Du legst den Hörer auf. Und nickst.

Den gesamten Nachmittag lang gehst du deiner einzigen anderen Spur nach und versuchst herauszufinden, was aus June Engle wurde, der Krankenschwester, deren Name auf den Geburtsurkunden von Redwood Point steht. Wenn sie nicht gestorben ist, ist sie mittlerweile mit Sicherheit in den Ruhestand gegangen. Doch viele ehemalige Krankenschwestern bleiben ihrem alten Beruf verbunden, gehören weiterhin Genossenschaften oder Verbänden an oder lassen Abonnements von Fachzeitschriften weiterlaufen. Aber ganz gleich, bei wie vielen verschiedenen Berufsgenossenschaften du anrufst, du findest keine Spur von June Engle.

Mittlerweile ist es Abend geworden. Zwischen den Anrufen hast du dir vom Zimmerservice pochierten Lachs kommen lassen, doch du schickst ihn zurück, ohne ihn angerührt zu haben; die Galle in deinem Mund hat dir den Appetit genommen. Über die Auskunft von San Francisco hast du dir Dr. Adams' Privatnummer besorgt.

Eine müde klingende Frau ist am Hörer. »Er ist noch in... Nein, Augenblick, ich glaube, er kommt gerade zur Tür herein.«

»Ja«, sagt die dir schon bekannte, angespannte männliche Stimme etwas atemlos, »hier spricht Doktor Adams.«

»Ich bin es wieder. Ich habe heute in Ihrer Praxis angerufen. Wegen der Klinik in Redwood Point. Neunzehnhundertachtunddreißig.«

»Dreckskerl!«

»Legen Sie nicht auf, Doktor. Sie müssen nur meine Fragen beantworten, und ich werde Sie in Ruhe lassen.«

»Es gibt Gesetze gegen Belästigung.«

»Glauben Sie mir, ich weiß alles über die Gesetze. Ich bin selbst Anwalt in Chicago. Doktor, warum verhalten Sie sich so ablehnend? Warum machen Fragen über diese Klinik Sie so nervös?«

»Ich muß nicht mit Ihnen sprechen.«

»Aber wenn Sie nicht mit mir sprechen, erwecken Sie den Eindruck, Sie hätten etwas zu verbergen.«

Du hörst, wie der Arzt schluckt. »Warum wollen Sie...? Ich hatte nichts mit dieser Klinik zu tun. Mein Vater ist vor zehn

Jahren gestorben. Können Sie die Vergangenheit nicht ruhen lassen?«

»Nein, das kann ich nicht«, beharrst du. »Nicht *meine* Vergangenheit. Ihr Vater hat im Jahr neunzehnhundertachtunddreißig meine Geburtsurkunde ausgestellt. Es gibt da einige Dinge, die ich wissen muß.«

Der Arzt zögert. »Na schön. Also?«

»Schwarzmarktadoptionen.« Du hörst, wie der Arzt nach Luft schnappt, und fährst fort. »Ich glaube, Ihr Vater hat auf meiner Geburtsurkunde falsche Daten eingetragen. Ich glaube, er hat den Namen meiner biologischen Mutter niemals angegeben und statt dessen den Namen des Ehepaars eingetragen, das mich adoptiert hat. Deshalb gibt es auch keine versiegelte Geburtsurkunde, die den Namen meiner wirklichen Mutter enthält. Die Adoption war nicht rechtmäßig, und deshalb bestand auch kein Grund, die Geburtsurkunde abzuändern, die das Gericht zu den Akten nimmt.«

»O Gott«, sagt der Arzt.

»Habe ich recht?«

»Woher, zum Teufel, soll *ich* das wissen? Ich war noch ein Kind, als mein Vater Anfang der vierziger Jahre die Klinik schloß und Redwood Point verließ. Falls Sie illegal adoptiert wurden, hat das nichts mit *mir* zu tun.«

»Genau. Und Ihr Vater ist tot, also kann man ihn nicht mehr strafrechtlich belangen. Und es ist schon so lange her, wen interessiert das überhaupt noch? Nur mich. Aber, Doktor, Sie reagieren auf meine Fragen sehr nervös. Damit ist für mich offensichtlich, daß Sie *irgend etwas* wissen. *Sie* kann man natürlich nicht wegen etwas belangen, das Ihr Vater getan hat. Wem könnte es also schaden, wenn Sie mir erzählen, was Sie wissen?«

Die Stimme des Arztes ist heiser geworden. »Dem Andenken meines Vaters.«

»Ah«, sagst du. »Ja, sein guter Ruf. Hören Sie, ich habe kein Interesse daran, einen großen Skandal zu entfachen und jemanden zu ruinieren, ob er nun tot ist oder noch lebt. Ich will nur die Wahrheit wissen. *Über mich.* Wer war meine Mutter? *Habe ich irgendwo einen Bruder oder eine Schwester?* Wurde ich *adoptiert?*«

»So viel Geld.«

»Was?« Du umklammerst das Telefon fester.

»Als mein Vater die Klinik schloß und Redwood Point verließ, hatte er so viel Geld. Ich war nur ein Kind, doch selbst *mir* war klar, daß er dieses kleine Vermögen nicht nur damit verdient haben konnte, in einem Ferienort Babys auf die Welt zu holen. Und es gab so *viele* Babys! Ich erinnere mich noch daran, daß er jeden Morgen ins Treibhaus ging. Und dann brannte es ab. Unmittelbar danach hat er die Klinik geschlossen, ein Haus in San Francisco gekauft und nie wieder gearbeitet.«

»Treibhaus? Meinen Sie eine Gärtnerei?«

»Nein. Das Gebäude oben über der Stadt. Groß, mit allen möglichen Kaminen und Giebeln.«

»Viktorianisch?«

»Ja. Und da haben die Schwangeren gewohnt.«

Du schauderst. Eine Eisschicht scheint sich auf deine Brust zu legen.

»Mein Vater hat es immer das Treibhaus genannt. Ich weiß noch, wie er gelächelt hat, wenn er es sagte. *Warum wollen Sie ihn schlechtmachen?*« fragt der Frauenarzt. »Er hat nur Babys entbunden! Und er war ein guter Arzt! Und wenn jemand ihm viel Geld bezahlt hat, damit er falsche Daten auf Geburtsurkunden schreibt, was ich noch nicht einmal mit Sicherheit weiß...«

»Aber Sie vermuten es.«

»Ja, verdammt das vermute ich«, gesteht Dr. Adams. »Aber ich kann es nicht beweisen, und ich habe ihn nie danach gefragt! Sie sollten den Gunthers die Schuld dafür geben! *Sie* haben das Treibhaus geleitet! Auf jeden Fall haben die Babys liebevolle Eltern bekommen, und wenn diese kinderlosen Paare endlich bekommen haben, was sie sich so sehnsüchtig wünschten, ist doch niemandem ein Schaden entstanden! Lassen Sie die Vergangenheit ruhen!«

Einen Augenblick lang bekommst du kein Wort heraus. »Vielen Dank, Doktor«, sagst du dann. »Ich habe nur noch eine Frage.«

»Machen Sie schon. Ich will es hinter mich bringen.«

»Die Gunthers. Die Leute, denen das Treibhaus gehörte.«

»Ein Ehepaar. An ihre Vornamen erinnere ich mich nicht.«

»Haben Sie eine Ahnung, was aus ihnen geworden ist?«

»Nachdem das Treibhaus abgebrannt ist? Das weiß Gott allein«, sagt Dr. Adams.

»Und was ist mit June Engle, der Krankenschwester, die Ihrem Vater assistiert hat?«

»Noch *eine* Frage, haben Sie gesagt.« Der Frauenarzt holt tief Luft. »Egal, ich werde sie beantworten, wenn Sie versprechen, mich in Ruhe zu lassen. June Engle wurde in Redwood Point geboren und ist dort auch aufgewachsen. Vielleicht wohnt sie noch immer dort.«

»Vielleicht. Wenn sie noch lebt.« Dich fröstelt wieder, und du legst den Hörer auf.

Genau wie in der Nacht zuvor schreit im Nebenzimmer ein Baby. Du gehst auf und ab und rufst Rebecca an. Du sagst ihr, es gehe dir den Umständen entsprechend gut. Du weißt aber noch nicht, wann du nach Hause kommen wirst. Du versuchst zu schlafen. Aber du bist zu nervös, schreckst immer wieder auf.

Der Morgen ist bewölkt, trüb wie deine Gedanken. Nachdem du die Rechnung bezahlt hast, läßt du dir vom Portier erklären, wie du zur Stadtbibliothek von Cape Verde kommst. Eine beunruhigende Stunde später fährst du unter einem immer düsterer werdenden Himmel nach Redwood Point zurück.

Vom Highway auf den Klippen aus sieht die Stadt noch trostloser aus. Du fährst die holprige Straße hinab, erreichst das baufällige, mit Brettern vernagelte Hotel und stellst deinen

Leihwagen ab. Durch Unkraut, das sich an deine Hosenbeine schmiegt, gehst du an der einst prachtvollen Veranda des Hotels vorbei, findest ausgetretene Steinstufen, die schräg am Hang verlaufen, und steigst zu dem kahlen Kamm über der Stadt hinauf.

Kahl bis auf eine Ausnahme: die verkohlten Balken und flammenversengten, eingestürzten Mauern des viktorianischen Gebäudes mit seinen Türmchen und Giebeln, das Dr. Adams jr. Treibhaus genannt hat. Dieses Wort – eine eisige Nadel scheint sich in dein Herz zu bohren. Die Wolken hängen tiefer, werden dunkler. Wegen des kalten Windes verschränkst du die Arme vor der Brust. Das Treibhaus. Und 1941 – das hast du aus alten Zeitungen auf Mikrofilm in der Stadtbibliothek in Cape Verde erfahren – sind hier dreizehn Frauen gestorben, verbrannt, die Leichen grotesk verkohlt und eingeschrumpft, bei einem Großbrand, dessen Ursache die Behörden niemals ermitteln konnten.

Dreizehn Frauen. *Ausschließlich* Frauen. Am liebsten würdest du vor Wut laut aufschreien. Und waren sie schwanger? Und waren da auch...? Dir wird schlecht, als du dir ihre Angstschreie vorstellst, ihre Hilferufe, ihr schrilles Kreischen, ihre unbeschreibliche Qual, und die Atmosphäre dieser Ruine kommt dir auf einmal so bedrückend vor, daß du zurückweichst, stolpernd, als hätte man dich gestoßen. Mit zitternden Beinen, die dir kaum gehorchen, schaffst du es die ausgetretenen Stufen hinab. Du torkelst durch das hohe Unkraut am Fuß des Hangs, stolperst an dem abstoßend heruntergekommenen Hotel vorbei und erreichst deinen Wagen, wo du dich an den Kühler lehnst und gegen den Drang ankämpfst, dich zu übergeben. Trotz des zunehmend schärferen Windes schwitzt du.

Das Treibhaus.

Großer Gott.

Die Redwood-Bar sieht nicht anders aus als bei deinem ersten Besuch. Chief Kitrick und seine Freunde spielen wieder am Tisch in der hinteren rechten Ecke Karten. Erneut trübt Zigarettenrauch das Licht über ihnen. Der Kellner steht an der Bar links von dir, die uralten nautischen Instrumente funkeln auf dem Regal hinter ihm. Doch etwas treibt dich zu den welligen, verblichenen Fotos an der Wand rechts von dir.

Diesmal betrachtest du sie ohne Unschuld. Du siehst ein vergilbtes Foto des Treibhauses mit seinen Türmchen und Giebeln. Du kneifst die Augen zusammen, um ein paar Einzelheiten ausmachen zu können, denen du zuerst keine Beachtung geschenkt hast. Mehrere Frauen, winzig klein, weil der Fotograf die Aufnahme aus einiger Entfernung gemacht hat, um das gesamte Gebäude auf das Bild zu bekommen, sitzen auf einem blumengesäumten Rasen mit den Rücken zum – deine Gedanken scheuen davor zurück – Treibhaus.

Jede der Frauen – jung! so jung! – hält ein Kleinkind auf dem Schoß. Die Frauen lächeln so süß. Tun sie nur so? Wurden sie gezwungen, freundlich zu lächeln?

War eine dieser Frauen deine Mutter? Bist du eins dieser Kinder? Mary Reilly, welche Verzweiflung hat dich dazu getrieben, so zu lächeln?

»Heutzutage«, sagt Chief Kitricks heisere Stimme hinter dir, »statten uns nicht viele Touristen einen zweiten Besuch ab.«

»Ja, ich kann von Redwood Point nicht genug kriegen.« Du drehst dich um und bemerkst, daß Chief Kitrick ein Glas Bier in der Hand hält, obwohl es noch nicht fünf Uhr ist. »Man könnte sagen, die Stadt verfolgt mich.«

Chief Kitrick nippt an seinem Bier. »Ich nehme an, Sie haben im Bezirksgericht nicht gefunden, was Sie gesucht haben.«

»Eigentlich habe ich sogar mehr erfahren, als ich erwartet habe.« Deine Stimme zittert. »Wollen Sie hier mit mir sprechen oder in Ihrem Büro?«

»Kommt darauf an, worüber Sie mit mir sprechen wollen.«

»Über die Gunthers.«

Du öffnest das knarrende kleine Tor im Büro.

Chief Kitrick nimmt hinter seinem Schreibtisch Platz. Sein Gesicht wirkt röter als vor zwei Tagen. »Die Gunthers? Herrje. Diesen Namen habe ich seit Jahren nicht mehr gehört. Was ist mit ihnen?«

»Das ist die Frage, nicht wahr? Was ist mit ihnen? Sagen Sie es mir.«

Chief Kitrick zuckt die Achseln. »Da ist nicht viel zu erzählen. Ich erinnere mich nicht an sie. Ich war noch ein Knirps, als sie... Ich weiß nur, was ich gehört habe, als ich aufwuchs, und das ist nicht viel. Ein Ehepaar. Sie hatten eine Pension.«

»Das Treibhaus.«

Chief Kitrick runzelt die Stirn. »Ich glaube nicht, das man sie je Treibhaus genannt hat. Was soll dieser Name bedeuten?«

»Die Gunthers nahmen junge Frauen auf. *Schwangere* Frauen. Und nachdem die Babys geboren waren, haben die Gunthers sie an verzweifelte jüdische Ehepaare vermittelt, die keine Kinder bekommen konnten. Schwarzmarktadoptionen.«

Chief Kitrick richtet sich langsam auf. »Schwarzmarkt...? Woher, zum Teufel, haben Sie denn diesen Blödsinn...?«

Du drückst die Handflächen auf die Schreibtischplatte und beugst dich vor. »Wissen Sie, damals wollten die Adoptionsagenturen keine Kinder an Juden vermitteln, nur an Protestanten. Also sind die Gunthers eingesprungen. Sie und der Arzt, der die Kinder auf die Welt geholt hat, haben ein Vermögen verdient. Aber ich glaube nicht, daß das alles war. Ich habe das schreckliche Gefühl, daß noch mehr dahintersteckt, etwas Schlimmeres, wenngleich ich noch nicht genau weiß, was. Ich weiß nur, daß dreizehn Frauen – sie waren wahrscheinlich schwanger – bei einem Brand gestorben sind, der das Treibhaus im Jahre neunzehnhunderteinundvierzig zerstört hat.«

»Ja, klar, das Feuer«, sagt Chief Kitrick. »*Davon* habe ich gehört. Ich erinnere mich sogar noch verschwommen daran, die Flammen da oben auf dem Kamm gesehen zu haben, obwohl ich damals noch ganz klein war. Die ganze Stadt war taghell erleuchtet. Eine schreckliche Sache, all die Frauen, die auf so schreckliche Weise sterben mußten.«

»Ja.« Du schluckst. »Schrecklich. Und dann sind die Gunthers fortgezogen, und auch der Arzt. Warum?«

Chief Kitrick zuckt die Achseln. »Da ist Ihre Vermutung genauso gut wie... Vielleicht wollten die Gunthers das Haus nicht wieder aufbauen. Vielleicht dachten sie, es sei an der Zeit für eine Veränderung.«

»Nein, ich glaube, sie sind weggezogen, weil das Haus im November abbrannte und die Behörden mißtrauisch wurden, weil all diese Frauen, und *nur* Frauen, dort wohnten, obwohl die Saison doch vorbei war. Ich glaube, die Gunthers und der Arzt bekamen es dermaßen mit der Angst zu tun, daß sie die Stadt verließen, damit die Behörden sie nicht befragen und eine Ermittlung einleiten konnten, die vielleicht zu einer Anklageerhebung geführt hätte.«

»Denken Sie, was Sie wollen. Sie werden es niemals beweisen können. Aber jetzt will *ich* Ihnen mal was sagen. Als Kind habe ich manchmal gehört, wie die Leute von den Gunthers sprachen, und die Leute hier aus der Stadt haben immer nur betont, wie nett die Gunthers waren, wie großzügig. Sicher, Redwood Point war mal ein beliebter Ferienort, aber dem war nur während der Touristensaison so. Den Rest des Jahres über, damals in den Dreißigern, während der Depression, wäre die Stadt ohne diese Pension verhungert. Das Haus war immer voll belegt, das ganze Jahr über, und die Gunthers haben hier immer viel Geld ausgegeben. So viele Gäste. Sie haben eine Menge gegessen, und die Gunthers haben die Lebensmittel immer hier im Ort gekauft, und sie haben immer Hilfskräfte eingestellt. Köche. Zimmermädchen. Frauen, die gewaschen und gebügelt haben. Hausmeister, die sich um alles gekümmert und alles repariert und dafür gesorgt haben, daß alles ordentlich aussah. Diese Stadt verdankt den Gunthers sehr viel, und nachdem sie weggezogen waren, na ja, da ging hier alles zum Teufel. Allein von den Touristen konnte Redwood Point nicht leben. Die Einzelhändler konnten ihre Läden nicht mehr so hübsch wie zuvor herrichten. Die Stadt sah immer schäbiger aus, und es kamen nicht mehr so viele Touristen. Es wurden immer weniger... Na ja, Sie sehen ja, wohin es schließlich geführt hat. Früher einmal war diese Stadt jedoch von den Gunthers abhängig, und Sie werden niemanden finden, der etwas Schlechtes über sie sagt.«

»Genau das ist es, was mich stört.«

»Das verstehe ich nicht.«

»All diese schwangeren Mädchen, die in der Pension gewohnt haben«, sagst du. »Das ganze Jahr über. Von Anfang der dreißiger bis Anfang der vierziger Jahre. Selbst wenn die Gunthers kein Personal aus der Stadt angeheuert hätten, hätten die Einheimischen doch merken müssen, daß mit dieser Pension etwas nicht stimmt. Die Leute hier haben *gewußt*, was da vor sich ging. Ehepaare kamen kinderlos an und fuhren mit einem Baby wieder ab. Die ganze Stadt – sogar der Polizeichef – *muß* gewußt haben, daß die Gunthers Babys verkauft haben.«

»Jetzt machen Sie aber mal 'nen Punkt.« Chief Kitrick steht auf, und seine Augen funkeln vor Wut. »Damals war mein Vater Polizeichef, und ich lasse nicht zu, daß Sie so über ihn sprechen.«

Du winkst angewidert ab. »Die Sache hätte nicht funktionieren können, wenn der Polizeichef nicht weggesehen hätte. Wahrscheinlich haben die Gunthers ihn bestochen. Aber dann hat das Feuer alles verdorben. Weil es Außenstehende angelockt hat. Ermittler der Feuerversicherung. Den amtlichen Leichenbeschauer des Bezirks. Vielleicht sogar die Staatspolizei. Und als sie anfingen, Fragen über das Treibhaus zu stellen, sind die Gunthers und der Arzt aus der Stadt verschwunden.«

»Ich habe doch gesagt, ich dulde nicht, daß Sie meinen Vater beleidigen! Bestechung? Mann, mein Vater hat nie...«

»Klar«, sagst du. »Eine Stütze der Gesellschaft. Wie alle anderen auch.«

»Raus hier!«

»Sofort. Nur noch eine letzte Frage. June Engle. Lebt sie noch? Wohnt sie noch hier?«

»Ich habe nie von ihr gehört«, knurrt Chief Kitrick.

»Klar doch.«

Chief Kitrick sieht dir durch die geöffnete Bürotür nach. Du steigst in deinen Wagen, fährst die holprige Straße hinauf, wendest und fährst an ihm vorbei. Der Chief blickt noch mürrischer drein. Im Rückspiegel siehst du sein wütendes Profil kleiner werden. Du reduzierst die Geschwindigkeit und biegst nach links ab, als wolltest du die holprige Straße hügelaufwärts aus der Stadt nehmen. Doch bei einem vorsichtigen Blick zurück zum Chief stellst du fest, daß er nervös, aber auch triumphierend den Bürgersteig entlangschreitet. Du siehst, daß er die Tür zur Bar öffnet, und in dem Augenblick, da du um die Ecke gefahren und außer Sicht bist, hältst du an.

Die Wolken sind dunkler geworden. Der Wind nimmt zu. Vereinzelte Regentropfen treffen die Windschutzscheibe. Du steigst aus, knöpfst die Jacke zu und spähst durch den beißenden Wind zu dem elenden Skelett des Piers. Der alte Mann, mit dem du vor zwei Tagen gesprochen hast, hockt nicht mehr auf seinem wackligen Stuhl, doch kurz bevor du um die Ecke gebogen bist, hat eine Bewegung zu deiner Rechten – hinter einer staubigen Scheibe in einem Schuppen neben dem Pier – deine Aufmerksamkeit erregt. Du näherst dich dem Schuppen, dessen Tür dem brodelnden Ozean zugewandt ist, doch noch bevor du anklopfen kannst, öffnet sich die Tür mit einem Knarren. Der alte Mann – er trägt einen abgewetzten Pullover – steckt stirnrunzelnd den Kopf hinaus; zwischen seinen Lippen baumelt eine selbstgedrehte Zigarette.

Du greifst nach deiner Brieftasche. »Ich habe neulich mit Ihnen gesprochen, erinnern Sie sich noch daran?«

»Jau.«

Du nimmst einen Hundert-Dollar-Schein aus deiner Brieftasche. Die blutunterlaufenen Augen des alten Mannes werden größer. Hinter ihm, auf einem Tisch im Schuppen, siehst du ein halbes Dutzend leere Bierflaschen. »Wollen Sie sich leicht und schnell etwas verdienen?«

»Kommt drauf an.«

»June Engle.«

»Und?«

»Schon mal von ihr gehört?«

»Jau.«

»Lebt sie noch?«

»Jau.«

»Hier in der Stadt?«

»Jau.«

»Wo kann ich sie finden?«

»Um diese Zeit?«

Was der alte Mann dir sagt, läßt deine Hand zittern, mit der du ihm das Geld reichst. Schaudernd, aber nicht wegen des Windes, kehrst du zu deinem Wagen zurück. Du gehst auf Nummer Sicher und nimmst einen Umweg auf dich, um zu dem Ort zu gelangen, den der alte Mann dir genannt hat, damit der Chief nicht zufällig aus dem Fenster der Bar schaut und sieht, daß du vorbeifährst.

»In der Synagoge«, hat der alte Mann dir gesagt. »Na ja, oder was früher jedenfalls mal eine war. Nennt man das nicht so? Synagoge?«

Aus den sporadischen Regentropfen wird ein Nieseln. Eiskalte Feuchtigkeit durchdringt den Wagen, obwohl du das Gebläse eingeschaltet hast. Am anderen Ende der Stadt, oberhalb des Strands, steht ein trostloses, einstöckiges Gebäude mit einem Flachdach. Die Rotholzwände weisen Risse auf und haben sich verzogen. Die Fenster sind mit abblätterndem Sperrholz vernagelt. Hüfthohes Unkraut umgibt das Haus. Mit hämmerndem Herzen steigst du aus dem Wagen, ignorierst den Wind und den peitschenden Regen und betrachtest stirnrunzelnd einen schmalen Pfad durch das Unkraut, der zur Eingangstür führt. Diese Tür besteht aus einer Sperrholzplatte und hängt nur noch an einem Scharnier. Fast fällt sie aus der Angel, als du eintrittst.

Du stehst in einer kleinen Eingangshalle. Der Wind hat Sand hier hineingeweht. In einer Ecke hat ein Tier ein Nest gebaut. Von der Decke hängen Spinnweben. Der stechende Geruch von Schimmel dringt dir in die Nase. Die hebräischen Buchstaben an einer Wand sind so verblichen, daß du sie nicht mehr entziffern kannst. Doch vor allem fällt dir auf, daß sich durch Sand und Dreck ein schmaler Pfad zum Eingang des Hauptraums zieht.

Deine Schädeldecke fühlt sich nackt an. Instinktiv siehst du dich nach einer Yarmulke um. Doch nach so vielen Jahren gibt es hier keine mehr. Du holst ein Taschentuch hervor, legst es auf deinen Kopf, öffnest die Tür zum Tempel und verharrst wie gelähmt.

Der Tempel – oder was früher einmal ein Tempel war – ist völlig unmöbliert. In der hinteren Wand befindet sich eine Nische, wo ein Vorhang einmal die Thora verbarg. Vor der Nische hockt eine alte, welke Frau auf knochigen Knien, ein Taschentuch um den Kopf gebunden. Sie murmelt leise vor sich hin und bewegt nervös die Hände, als hielte sie etwas darin verborgen.

Endlich kannst du dich wieder rühren. Langsam gehst du auf sie zu, bleibst neben ihr stehen und siehst nun, was sie umklammert: einen Rosenkranz. Tränen rinnen ihr über die Wangen. Obwohl du dicht neben ihr stehst, mußt du dich anstrengen, um ihr Gemurmel zu verstehen.

»... erlöse uns von dem Bösen. Amen.«

»June Engle?«

Sie antwortet nicht, fummelt einfach weiter mit dem Rosenkranz herum und setzt ihr Gebet fort. »Gegrüßest seist du, Maria... gebenedeit sei die Frucht deines Leibes...«

»June, mein Name ist Jacob Weinberg.«

»Bete für uns Sünder jetzt und in der Stunde unseres Todes...«

»June, ich will mit Ihnen über Dr. Adams sprechen. Über die Klinik.«

Die Finger der alten Frau krallen sich fester um den Rosenkranz. Langsam dreht sie sich um und blinzelt aus tränennassen Augen hoch. »Die Klinik?«

»Ja. Und über die Gunthers. Über das Treibhaus.«

»Gott steh mir bei. Gott stehe *ihnen* bei.« Sie schwankt; ihr Gesicht ist ganz bleich.

»Kommen Sie, June, wenn Sie noch länger knien, werden Sie noch ohnmächtig. Ich helfe Ihnen auf.« Du berührst ihre erschreckend fleischlosen Arme und ziehst sie sanft hoch. Sie schwankt. Du stützt ihren ausgemergelten Körper. »Das Treibhaus. Sind Sie deshalb hier, June? Tun Sie Buße?«

»Dreißig Silberlinge.«

»Ja.« Deine Stimme hallt unheimlich. »Ich glaube, ich verstehe. Dr. Adams und die Gunthers haben viel Geld verdient. Haben *Sie* auch viel Geld verdient, June? Haben sie Sie gut bezahlt?«

»Dreißig Silberlinge.«

»Erzählen Sie mir vom Treibhaus, June. Ich verspreche Ihnen, danach werden Sie sich besser fühlen.«

»Margarete, Rose, Jasmin, Iris.«

Du zuckst zusammen, befürchtest, daß sie den Verstand verloren hat. Genau, wie du zuerst gedacht hast, daß sich der Begriff »Treibhaus« auf Pflanzen bezieht, hat June Engle denselben Schluß gezogen. Aber sie weiß es besser. Sie weiß, daß das »Treibhaus« nichts mit Pflanzen zu tun hatte, sondern mit Babys unverheirateter schwangerer Frauen. Zumindest *sollte* sie es wissen, wenn nicht die Auswirkungen des Alters und der Schuld ihren Verstand und ihr Gedächtnis getrübt haben. Sie scheint sinnlos vor sich hinzumurmeln.

»Erika, Linda, Camilla«, plappert sie.

Deine Brust zieht sich zusammen, als du begreifst, daß diese Worte in einem bestimmten Zusammenhang doch einen Sinn ergeben. Es könnten... »Sind das Namen, June? Wollen Sie mir sagen, daß die Frauen im Treibhaus sich nach Pflanzen und Blumen genannt haben?«

»Orval Gunther hat die Namen ausgesucht. Anonymität.« June weint. »Niemand durfte wissen, wer sie wirklich waren. So konnten sie ihre Schande verbergen und ihre Identität schützen.«

»Aber wie haben sie vom Treibhaus erfahren?«

»Anzeigen.« June reibt sich mit eingeschrumpften Knöcheln über die Augen. »In Zeitungen von Großstädten. Unter ›Vermischtes‹.«

»*Anzeigen?* Aber damit ist er doch ein schreckliches Risiko eingegangen. Die Polizei hätte doch ...«

»Nein. Nicht Orval. Er ging nie ein Risiko ein. Er war clever. Sehr clever. Er hat nur für ein Erholungsheim für werdende Mütter annonciert. ›Fühlen Sie sich allein gelassen?‹ lautete die Anzeige. ›Brauchen Sie mitfühlendes Fachpersonal, das Ihnen dabei hilft, in strengster Zurückgezogenheit niederzukommen? Wir stellen keine Fragen. Wir garantieren, Ihnen Ihre Unsicherheit zu nehmen. Lassen Sie sich von Ihrer Last befreien.‹ Mein Gott, diese Frauen kamen zu *Hunderten* her.«

June zittert an deiner Brust. Ihre Tränen durchtränken deine Jacke und sind so kalt wie der vom Wind gepeitschte Regen, der durch das Dach rinnt.

»Haben diese Frauen Geld für die Babys bekommen, die sie an Fremde abgaben?«

»*Bekommen?* Nein, sie haben *bezahlt*!« June versteift sich, und ihre schwachen Arme bringen eine erstaunliche Kraft auf, als sie sich aus deinem Griff losreißt. »Orval, dieser Mistkerl...! Er hat ihnen Verpflegung und Unterkunft berechnet! Fünfhundert Dollar!«

Ihre Knie geben nach.

Du hältst sie fest. »*Fünfhundert...*? Und die Ehepaare, die die Babys genommen haben? Wieviel haben die Gunthers von *ihnen* bekommen?«

»Manchmal bis zu zehntausend Dollar.«

Deine Arme, in denen du sie hältst, zittern. Zehntausend Dollar? Während der Depression? Hunderte von schwangeren Frauen? Dr. Adams jr. hatte nicht übertrieben. Die Gunthers hatten ein Vermögen verdient.

»Und Orvals Frau war schlimmer als er. Eve! Sie war ein Ungeheuer! Ihr ging es nur um... Schwangere waren nicht wichtig! Babys waren nicht wichtig. Nur das *Geld*!«

»Aber wenn Sie sie für Ungeheuer gehalten haben...? June, warum haben Sie ihnen geholfen?«

Sie umklammert den Rosenkranz. »Dreißig Silberlinge. Heilige Maria, Mutter... von Margarete, Rose, Jasmin und Iris. Von Erika, Linda und Camilla.«

Du zwingst sie, dich anzusehen. »Ich habe Ihnen gesagt, mein Name ist Jacob Weinberg. Aber ich bin vielleicht nicht... Ich glaube, der Name meiner Mutter war Mary Reilly. Ich glaube, ich wurde hier geboren. Neunzehnhundertachtunddreißig. Haben Sie je eine Frau gekannt, die...«

June schluchzt. »Mary Reilly? Wenn sie bei den Gunthers wohnte, hätte sie nicht ihren wirklichen Namen benutzt. Wie viele Frauen! Sie wäre Rose oder Lily gewesen. Man kann unmöglich sagen, wer...«

»Sie war mit Zwillingen schwanger. Sie versprach, beide Kinder wegzugeben. Erinnern Sie sich an eine Frau, die...?«

»Zwillinge? *Mehrere* Frauen bekamen Zwillinge. Die Gunthers, Gott verdamme sie, waren begeistert. Zwei für den Preis von einem, haben sie gesagt.«

»Aber meine Eltern« – die Worte bleiben dir im Hals stecken – »haben nur *mich* genommen. War es üblich, daß kinderlose Eltern Zwillinge getrennt haben?«

»Geld!« June bäumt sich auf. »Es kam nur darauf an, wieviel *Geld* die Ehepaare aufbringen konnten. Manchmal wurden Zwillinge getrennt. Man kann unmöglich feststellen, wohin das andere Kind kam.«

»Gab es denn keine Unterlagen?«

»Die Gunthers waren klug. Sie haben nie Buch geführt. Für

den Fall, daß die Polizei... Und dann das Feuer... Selbst wenn es Unterlagen gegeben hätte, *geheime* Unterlagen, hätte das Feuer sie...«

Dir wird übel. Trotz deines dringenden Wunsches, Antworten zu bekommen, mußt du erkennen, daß du in einer Sackgasse gelandet bist.

Dann murmelt June etwas, das du kaum verstehst, doch das wenige, das du mitbekommst, schnürt dir die Kehle zu. »Was? Ich habe nicht... June, sagen Sie das bitte noch mal.«

»Dreißig Silberlinge. Dafür habe ich... oh, wie ich dafür bezahlt habe. Sieben totgeborene Kinder.«

»Ihre Kinder?«

»Ich dachte, mit dem Geld, das die Gunthers mir bezahlten, könnten mein Mann und ich unsere Kinder in Wohlstand großziehen, ihnen jeden Vorteil geben, sie Medizin studieren lassen, oder... Gott stehe mir bei, was ich für die Gunthers getan habe, hat meinen Schoß verflucht! Es machte mich schlimmer als unfruchtbar. Es verdammte mich, tote Kinder auszutragen. Meine Buße! Wegen meiner Taten mußte ich leiden! Genau wie...«

»Die Mütter, die ihre Kinder weggaben und es später vielleicht bedauerten?«

»Nein! Wie die...«

Was du hörst, läßt dich würgen. *Schwarzmarktadoptionen*, hast du zu Chief Kitrick gesagt. *Aber ich glaube nicht, daß das alles ist. Ich habe das schreckliche Gefühl, daß noch mehr dahintersteckt, etwas Schlimmeres, wenngleich ich noch nicht genau weiß, was.* Jetzt weißt du, was das Schlimmere ist, und die Enthüllung läßt dich vor Zorn weinen. »Zeigen Sie es mir, June«, bringst du schließlich hervor. »Bringen Sie mich dorthin. Ich verspreche, es wird Ihre Erlösung sein.« Du versuchst, dich daran zu erinnern, was du über den Katholizismus weißt. »Sie müssen beichten, und danach wird Ihr Gewissen Frieden finden.«

»Ich werde *niemals* Frieden finden.«

»Sie irren sich, June. Sie *werden*. Sie haben Ihr Geheimnis zu lange bewahrt. Es eitert und schwärt in Ihnen. Sie *müssen* das Gift herauslassen. Nach all diesen Jahren sind Ihre Gebete hier in der Synagoge erhört worden. Sie haben genug gelitten. Nun brauchen Sie die Absolution.«

»Und Sie glauben, wenn ich dorthin gehe...« June erschaudert.

»Und wenn Sie ein letztes Mal beten. *Ja*. Ich bitte Sie. Zeigen Sie es mir. Ihre Qualen werden endlich ein Ende finden.«

»Es ist so lange her! Ich war nicht mehr dort seit...«

»Neunzehnhunderteinundvierzig? Genau das meine ich, June. Es ist an der Zeit. Endlich ist es an der Zeit.«

Durch beißenden Wind und kalten Regen führst du June von diesem Geist einer Synagoge weg in die schützende Wärme deines Autos. Du bist so wütend, daß du dir nicht die Mühe machst, den Umweg zu fahren. Dir ist es gleichgültig, ob... ja, du *willst* es sogar fast... Chief Kitrick soll dich sehen, wenn du an der Kneipe vorbeifährst. Du verläßt die Stadt auf der holprigen Straße, deren Schlaglöcher von Schaum und Regen beinahe geglättet worden sind. Als du den Küstenhighway erreichst, beruhigst du June erneut und läßt dir von ihr den Weg erklären.

»Es ist so lange her. Ich weiß nicht mehr... Ja. Biegen Sie rechts ab«, sagt sie. Einen knappen Kilometer weiter zittert sie plötzlich. »Jetzt links«, fügt sie hinzu. »Die unbefestigte Straße hinauf. Glauben Sie, Sie können...«

»Durch den Matsch bis zum Gipfel hinauffahren? Wenn es sein muß, steige ich aus und schiebe. Und wenn *das* nicht klappt, gehen wir zu Fuß. Gott stehe mir bei, ich werde Sie tragen. Ich werde auf die Knie fallen und *kriechen*.«

Doch der Vorderantrieb des Wagens ist dem Schlamm gewachsen. Du gewinnst sofort Schwung, preschst den Hügel hinauf, hältst schleudernd an und siehst völlig unerwartet eine Wiese vor dir. Obwohl schon Anfang Oktober ist, ist das Gras saftig. Sogar *erschreckend* saftig. Du kennst das Geheimnis dieser Wiese, und plötzlich fallen dir – Erinnerungen einer unschuldigen Jugend – Zeilen eines Gedichtes ein, das ihr im College durchgenommen habt. Walt Whitmans »Gesang von mir selbst«.

Ein Kind sagte: Was ist das Gras? *und pflückte es mir mit vollen Händen;*
Wie konnt ich dem Kinde antworten? Ich weiß nicht besser als das Kind, was es ist.
Ich glaube, es muß die Flagge meines Wesens sein...

Du zwingst dich, den Wagen zu verlassen. Du kämpfst dich um die Motorhaube herum, ignorierst den Schlamm, stellst dich dem scharfen Wind und dem Regen und hilfst der schwankenden June vom Beifahrersitz. Die bleigrauen Wolken tosen am Himmel über dir.

»War es hier?« fragst du. »Sagen Sie es mir! Haben sie sie *hier*...?«

»Ja! Hören Sie nicht, wie sie klagen? Hören Sie nicht, wie sie *leiden*?«

...die Flagge meines Wesens sein, gewoben aus hoffnungsgrünem Stoff.
Oder ich glaube, es ist das Taschentuch Gottes.
Oder vielleicht ist das Gras selber ein Kind, das Neugeborene der Pflanzenwelt.

»June! In Gottes Namen« – Regen brennt auf deinem Gesicht – »sagen Sie es mir!«

...eine einzige große Hieroglyphe...
Und bedeutet: Trieb und Wachstum sind die gleichen überall,
in breiten Zonen und schmalen Zonen
Bei schwarzen Völkern und weißen.

»Sagen Sie es mir, June!«

»*Spüren* Sie es nicht? Fühlen Sie nicht dieses Grauen?«

»Ja, June.« Du sinkst auf die Knie. Du liebkost das Gras. »Ich fühle es.«

Und nun scheint es mir das schöne, unverschnittene Haar von Gräbern.

»Wie viele, June?« Du beugst dich vor, dein Gesicht berührt fast das Gras.

»Zweihundert. Vielleicht noch mehr. All diese Jahre. So viele Babys.« June weint hinter dir. »Ich kam schließlich nicht mehr mit dem Zählen mit.«

»Aber *warum*?« Du hebst das Gesicht dem wütenden Regen entgegen. »Warum mußten sie sterben?«

»Einige waren krank. Einige mißgebildet. Wenn die Gunthers der Ansicht waren, daß sie sie nicht verkaufen konnten...«

»Haben sie sie ermordet? Sie erstickt? Erwürgt?«

»Sie haben sie verhungern lassen. Dieses Jammern.« June krümmt sich. »Diese armen, hungrigen, gequälten Babys. Einige brauchten *drei Tage*, bis sie tot waren. In meinen Alpträumen höre ich sie wimmern. Ich höre sie noch immer.« June hinkt auf dich zu. »Zuerst haben die Gunthers die Leichen in ein Boot gebracht und sie ins Meer geworfen. Doch eine der Leichen wurde an den Strand gespült, und hätten sie nicht den Polizeichef bestochen...« Ihre Stimme bricht. »Also kamen sie zu dem Schluß, daß sie eine sicherere Methode brauchten, die Leichen zu beseitigen. Sie haben sie hierhergebracht und sie in Papiertüten oder Kartoffelsäcken oder Butterkartons begraben.«

»Butterkartons?«

»Einige Babys waren Frühgeburten.« June sinkt neben dir weinend auf die Knie. »Sie waren klein, so schrecklich klein.«

»*Zweihundert!*« Der tosende Wind stößt dir die Worte in die

Kehle zurück. Schaudernd kommt dir eine Erkenntnis. Falls deine Mutter tatsächlich Mary Reilly hieß, hättest du auch mit rotem Haar auf die Welt kommen können. Die Gunthers hätten zu dem Schluß kommen können, daß du zu offensichtlich wie ein Nichtjude aussiehst. Dann hätten sie dich hier begraben, zusammen mit...

Deinem Bruder oder deiner Schwester? Deinem Zwilling? Liegt dein Gegenstück unter dem Gras, das du umklammerst? Du schreist. »*Zweihundert!*«

Trotz des heulenden Sturms hörst du einen Wagen, das Dröhnen des Motors, das Durchdrehen der Reifen, die im Schlamm Halt suchen. Du siehst einen Polizeiwagen, der auf die Kuppe des regenumhüllten Hügels fährt und schlitternd anhält.

Chief Kitrick schiebt seine Tür auf, kommt steifbeinig auf dich zu. »Verflucht, ich habe Ihnen gesagt, Sie sollen die Vergangenheit ruhen lassen!«

Du erhebst dich, ballst die Hand zur Faust und schlägst ihn so fest auf den Mund, daß er in den Schlamm fällt. »Sie haben es gewußt! Sie Arschloch, Sie haben es die ganze Zeit über gewußt!«

Der Chief wischt Blut von seiner aufgeplatzten Lippe. Wütend fummelt er am Halfter herum, um seine Waffe zu ziehen.

»Genau! Na los, erschießen Sie mich!« Du breitest die Arme aus, und der Regen peitscht deinen Körper. »Aber June ist Zeugin, und sie müssen Sie dann auch töten! Aber was kümmert Sie das? Zwei Morde spielen doch keine Rolle, oder? Nicht im Vergleich zu ein paar hundert Kindern!«

»Ich hatte nichts damit zu tun...«

»Mit den Morden an diesen Babys? Nein, aber Ihr *Vater* hatte etwas damit zu tun!«

»Er war nicht darin verwickelt!«

»Er hat es zugelassen! Er hat das Geld der Gunthers genommen und weggesehen! Also *hatte* er damit zu tun! Er trägt genauso Schuld daran wie die Gunthers! Die ganze verdammte

Stadt war darin verwickelt!« Du drehst dich zu der Klippe um, wirst von der vollen Kraft des Sturms getroffen. In dem tobenden Unwetter kannst du die Stadt nicht sehen, aber du schreist sie trotzdem an. »Ihr Arschlöcher! Ihr Bastarde! Ihr habt es gewußt! Ihr alle habt es geduldet! Ihr habt nichts unternommen, um es zu verhindern! Ihr seid dafür verantwortlich, genau wie die Gunthers, daß all diese Babys umgebracht wurden! Deshalb fiel eure Stadt in Trümmer! Gott hat euch verflucht! Arschlöcher! Bastarde!«

Abrupt wird dir die schreckliche Ironie deiner Worte bewußt. Bastarde? All diese ermordeten Kinder waren Bastarde. Du wirbelst auf dem Gras herum, dem schönen, unverschnittenen Haar von Gräbern, und verlierst das Gleichgewicht. Fallend umarmst du die regengetränkte Erde, die durchnäßten, saftigen Grashalme. »Arme Babys! Arme, unschuldige Babys!«

»Sie können nichts beweisen, Weinberg«, knurrt Chief Kitrick. »Sie haben nur Vermutungen. Nach fünfzig Jahren wird von diesen Babys nichts mehr übrig sein. Sie sind schon lange verfallen, zu...«

»Gras geworden«, stöhnst du, und Tränen glühen auf deinem Gesicht. »Das schöne Gras.«

»Der Arzt, der die Babys auf die Welt geholt hat, ist tot. Die Gunthers – mein Vater hat sich auf dem laufenden gehalten – sind ebenfalls tot. Qualvoll gestorben, wenn das Ihren Drang nach Gerechtigkeit befriedigt. Orval bekam Magenkrebs. Eve ist an Alkoholismus gestorben.«

»Und jetzt brennen sie in der Hölle«, murmelt June.

»Ich wurde als Jude erzogen... ich *bin* Jude«, stöhnst du und begreifst plötzlich die Bedeutung deiner Erklärung. Ganz gleich, unter welchen Umständen du geboren wurdest, du *bist* Jude, ganz und gar, vollkommen. »Ich glaube nicht an die Hölle. Aber ich wünschte... O Gott, wie sehr ich mir wünschte...«

»Der einzige Beweis, den Sie haben«, sagt Chief Kitrick,

»ist diese alte Frau, eine Katholikin, die jeden Nachmittag in eine verfallene Synagoge geht, um dort zu beten. Sie sind Anwalt. Sie wissen, daß Junes Aussage vor Gericht nichts wert wäre. Es ist vorbei, Weinberg. Es hat vor fünfzig Jahren ein Ende gefunden.«

»Nein! Es hat nie ein Ende gefunden! Das Gras wächst immer noch!« Du legst dich auf den Bauch, fühlst die kühle, nasse Erde, umarmst das üppige Gras. Du versuchst, deinen Bruder oder deine Schwester zu umarmen, und bebst, weil du jetzt weißt, daß *all* diese Kinder deine Brüder und Schwestern sind. »Gott stehe ihnen bei! Gott sei ihnen gnädig!«

Was, glaubst du, ist aus den Weibern und Kindern geworden?
Sie sind am Leben irgendwo und wohlbehalten;
Der kleinste Sproß beweist, daß es in Wahrheit keinen Tod gibt,
Und wenn es ihn je gab, so war er Vorläufer des Lebens und wartet nicht am Ziel, um es aufzuhalten.
Ins Weite und Breite drängt alles; nichts zerfällt,
Und Sterben ist anders, als je einer gedacht, und glücklicher.

»Glücklicher?« Du umarmst das Gras, reibst dein Gesicht dagegen, wischst deine Tränen fort. »*Glücklicher?* Whitman, du Idiot! Dieses Grauen!« Du glaubst, durch die regengetränkte Erde Babys schreien zu hören, und hebst das Gesicht dem tobenden Sturm entgegen. Während du Regen schluckst und das Salz deiner Tränen schmeckst, sagst du die Kaddischgebete auf. Du trauerst um Mary Reilly, Simon und Esther Weinberg, deinen Bruder oder deine Schwester, all diese Kinder.

Und um dich selbst.

»Erlöse uns von dem Übel«, murmelt June Engle. »Bete für uns Sünder. Jetzt und in der Stunde unseres Todes.«

* Die Übertragung von Walt Whitmans »Gesang von mir selbst« folgt der Übersetzung von Hans Reisiger, Hamburg, Rowohlt 1956 (neu durchgesehene und erweiterte Auflage)

Ma Qui

Alan Brennert

Eine Horrorstorry, wie sie sich vielleicht Michael Herr oder Larry Heinemann an besonders verhangenen Tagen ausdenken würden, ausgezeichnet mit dem Nebula Award. Alan Brennert, sonst – im übrigen Emmy-preisgekrönter – Drehbuchautor von Serien wie L. A. Law, *erzählt hier eine Geschichte von zähneknirschender Verzweiflung, die er selbst als »Inner Sanctum meets Vietnam« definiert. Man kann den Monsun kommen spüren. Kein Vogel kreist mehr, und die Toten starren aus ihren Hütten. Es ist wieder Regenzeit.*

Während der Nacht dröhnen die Hubschrauber über dem Bambusdach des Dschungels, lassen sich aus dreitausend auf knapp über hundert Fuß fallen, steigen und kreisen wieder – nirgendwo eine Schneise, in der sie landen, und weit und breit keiner, den sie bergen könnten. Über das Knattern der Rotorblätter hinweg gellen die Schreie der Verdammten: Wimmern, Stöhnen, Heulen, eindeutig auf vietnamesisch. Ein echtes William-Castle-Horror-Szenario, Power-Grooves, das Jammern der Meemies. Und den VCs dampft die Kacke, obwohl sie genau wissen, daß alles vom Tonband kommt, sie hören sogar die Lautsprecher rauschen, die an den Hueys hängen. »Die Wandernden Seelen« sagen sie – das gespenstische Lamentieren der toten Vietcongs, deren Geister ruhelos über die Erde irren, weil niemand sie anständig beerdigt hat. Psychologische Kriegführung. Der Schrein der inneren Qualen ist aufgerichtet – auch in Vietnam. Charlie, unten in den Tunnels, hört es, weiß, daß es ein Vietcong ist, versucht zu schlafen, kann's aber nicht, und der Spuk geht die halbe Nacht weiter. Das Gewinsel wird lauter, je tiefer die Hubschrauber fliegen, und verhuscht zu schauerlichem Winseln, sobald sie höher steigen. Bis dann der nächste Helikopter mit seiner Kassettenladung toter Seelen kommt.

Was für ein hirnverbrannter Blödsinn.

Nein, ist es nicht, ganz und gar nicht.

Ich sehe, wie der letzte Hubschrauber sich schräg legt und nach Süden abdreht, und eine Zeitlang deckt nun wieder Stille den Dschungel zu. Der Boden ringsum ist eine einzige große Brandblase, ein vom Mörserfeuer gepflügter Krater, umgeben von einem milchigen Kranz aus Rauchschwaden – Atem versengter Erde, letzter Hauch der Gräser und Bäume, die während des Feuergefechts in Flammen aufgegangen sind.

Der Krater ist mein Bett, meine Koje, meine Zuflucht. Hier schlafe ich – soweit man's schlafen nennen kann –, und hier endet regelmäßig meine Wanderschaft, wenn ich mich auf den Dschungelpfaden müde gelaufen habe, bei meiner Suche nach dem Weg zurück nach Da Nang oder Cam Ne oder Than Quit. Hier komme ich an, weil es außer dem verbrannten Fleck Erde meilenweit gottverdammt nichts gibt, was nicht Nam ist. Hier allein ist kein Dschungel und kein Sumpfwasser, auch die mit Gift verschmierten Vietcongspargel gibt's nicht. Es ist häßlich und öde hier, es sieht aus wie eine beschissene Mondlandschaft, aber es waren meine Leute, die diesen Fleck geschaffen und ihm ihr Zeichen aufgebrannt haben, den einzigen Stempel, mit dem sie dieses dampfende, durch und durch verfaulte Land markieren können, und nun schlafe ich in diesem Krater und fühle mich hier zu Hause.

Nicht weit von hier bin ich krepiert, auf einer Lichtung am Ufer des Song Cai. Die VCs hatten uns in der Zange, und von den Jungs, die uns rausboxen sollten, haben wir nie was gesehen. Wir hatten's mächtig eilig, zur nächsten Landeschneise zu kommen, da sollten uns die Sanitätshubschrauber aufnehmen. Ein paar von uns wurden leichtsinnig. Martinez hat den Stolperdraht im Gras nicht gesehen und sich eine Bouncing Betty eingefangen, direkt in die Leistengegend, er starb, bevor wir ihn zum Landeplatz schleppen konnten. Dunbar ist in eine Bärenfalle getappt, die beiden mit angespitzten Rundhölzern gespickten Bügel haben zugeschnappt wie die Kiefer eines hölzernen Krokodils und sich in seinem linken Bein festgefressen. Ich dachte, Prosser und DePaul hätten ihn schon rausgeholt, aber als ich mich umdrehte und zurücksah, lagen die beiden nicht weit von der Falle, umgemäht vom Feuer aus dem Hinterhalt. Dunbar haben die Saukerle leben lassen, er hing im Rachen des Holzkrokodils fest, brüllte um Hilfe, und zwischen den Bügeln quoll ihm das Blut aus dem Bein. Ich rannte zurück, ballerte aus meinem M16 blindlings auf den Waldrand und hoffte, die Scharfschützen wenigstens so lange in Deckung zu zwingen, bis ich Dunbar...

Ein paar Meter vor ihm haben sie mich erwischt, ein halbes Dutzend Treffer, die mir die Brust zerfetzten. Ich schrie und kippte um, aber gleichzeitig sah ich selber zu, wie es mich von den Beinen riß. Sah zu, wie mir die rasierklingenscharfen Elefantengrasblätter, in die ich fiel, das Gesicht aufschlitzten und wie das Blut hochspritzte – eine rote Wolke, ich dachte zuerst, sie würde gleich auf mich niederregnen, aber dann zerstob das Rot, sprenkelte das Gras und gaukelte mir einen Augenblick lang vor, da unten müsse eine Quelle aufgebrochen sein, die roten Tau versprühte.

Ein paar Minuten danach starb Dunbar. In der Ferne, drüben im Westen, rollte das Donnern der Hubschrauber über die Baumwipfel. Ich stand da, starrte auf den leblosen Körper vor meinen Füßen und dachte, irgendwie müsse es die Leiche eines anderen sein, das Blut eines anderen, und machte kehrt, rannte los, auf die Hubschrauber zu, und merkte überhaupt nicht, daß ich den Boden nicht berührte, und achtete nicht auf das Gewirr aus Stolperdrähten, über das ich – leichtfüßig wie mit Flügelschuhen – huschte.

Ein Stück weiter vorn zerrten Sanis Verwundete in zwei Huey Cobras. Die meisten aus meiner Einheit hatten es geschafft. Ich sah, wie sie Silverman an Bord hievten, und sah Esteban, der sich an einem Sanitäter festklammerte – mit blutigen Armstümpfen, er dachte allerdings immer noch, es wären seine Hände. Ich rannte weiter, ich wollte doch unbedingt mit, aber die Chinooks hatten alle aufgeladen und hoben ab. »He, wartet auf mich!« schrie ich, aber sie schienen mich wegen des Lärms der Rotorblätter nicht zu hören. »Ihr verdammten Arschlöcher, wartet doch auf mich!«

Sie wurden nicht langsamer, dachten nicht daran, auf der Stelle zu schweben, nein, sie gewannen Höhe, beachteten mich gar nicht, ließen mich im Stich. Was, zum Teufel, hatten sie vor? *He, ihr gottverdammten Schweinebacken, kommt zurück, los, kommt schon...*

Erst als ich sah, wie der kräftige, von schwüler Luft geschwängerte Wind der Drehflügel das Gras flach drückte und die Stämme der Dschungelbäume sich verneigten, während die Stahldrachen sich höher schraubten, wurde mir plötzlich bewußt, daß ich selber den Wind gar nicht spürte, kein Hauch streifte mein Gesicht. Ich trotzte dem Hurrikan, er konnte mir – während ich hier mitten auf der Lichtung stand – nichts anhaben.

Ich drehte mich um. Irgendwo in der Ferne, in der Tiefe des Dschungels, hörte ich die dumpfen Abschußgeräusche der Mörser. Ein paar Granaten trafen ihre Ziele im Busch, andere streuten, schlugen in unsere eigenen Linien ein. Ich hörte die Vietcongs schreien – hörte sie schreien, bevor sie getroffen wurden und danach, sah, wie sie aus dem Wald gerannt kamen, einige brannten lichterloh, andere bewegten sich hüpfend, auf einem Bein, ohne Arme, aber sie gaben erst auf, wenn die nächste Salve sie endgültig von den Beinen riß.

Heute weiß ich, wie es sich wirklich abgespielt hat. Weiß, daß ich wie in Trance auf den Waldrand zugegangen bin und mir den Weg durch lodernde Flammen gebahnt habe, ohne auch nur so viel zu spüren wie bei einem Sonnenbrand. Weiß, daß der Boden unter meinen Füßen bebte, während ich unbeirrt und ohne zu schwanken weiterging – wie in dem alten Witz über den Betrunkenen beim Erdbeben.

Schließlich hörte das Mörserfeuer auf. Die verbrannte Lichtung bot ein Bild der Verwüstung, überall lagen verkohlte Tote herum, Vietnamesen und Amerikaner, kreuz und quer durcheinander. Ich ging mitten durch das Leichenfeld, sog den aufsteigenden Rauch auf wie eine Wolke den Dunst... Und dann sah ich auf einmal die anderen Geister der Toten, Gestalten, die über ihren eigenen sterblichen Überresten standen, fragile Gebilde aus waberndem Gas, so schwach und zerbrechlich, daß man denken konnte, schon der Windhauch der Helikopter, die über ihnen davonschwebten, müßte genügen, um ihre Umrisse zu verwehen.

Prosser blickte auf seine zerschmetterte Leiche. »Scheiße«, sagte er nur.

»Ja«, gab ihm Dunbar recht, »da geht dir glatt einer ab.«

»Mann, irgendwie wußte ich's schon vorher«, behauptete Martinez. »Mich hat's doch gerade erst in Da Nang erwischt. Ist das die verdammte Wiedergeburt – oder was?«

Ich nahm mir im stillen vor, mich mit ihm nie auf die Erörterung metaphysischer Fragen einzulassen, nicht mit Martinez, das brachte nichts.

»Also«, fragte ich, »was kommt jetzt?«

Dunbar zuckte die Achseln. »Der Himmel, nehme ich an.«

»Oder die Hölle.« Martinez. Immer Optimist.

»Ja – schon, aber wann?«

»Muß jeden Augenblick soweit sein«, sagte Prosser, als ob er auf den 11-Uhr-Bus wartete. Er blickte auf unsere Leichen und verzog das Gesicht zu einer Grimasse. »Ich meine, wir sind schließlich tot, oder?«

Ich starrte auf Dunbars abgequetschtes Bein. Auf Martinez' zerfetzten Rumpf. Auf...

»He... Collins? Wo, zum Teufel, steckst *du* denn?«

Ich hätte höchstens ein, zwei Schritte von Dunbars Leichnam entfernt liegen dürfen, aber da lag ich nicht. Zuerst kam mir der Gedanke, das halbe Dutzend Kugeln, das mich umgehauen hatte, müsse meine Leiche weggefegt haben, aber auch als wir ausschwärmten und alles durchkämmten, fanden wir sie nicht. Dann nahm ich, als ich wieder vor Dunbars Leiche stand, das Elefantengras wahr, in das ich gestürzt war, und die inzwischen angetrockneten Blutstropfen, die sich deutlich auf den Blättern abzeichneten. Ich kauerte mich hin, und da fiel mir zum ersten Mal auf, daß die Blätter zackenförmige Ränder hatten, daß sie an der Stelle, wo ich umgekippt war, beinahe hüfthoch wucherten – und daß sie niedergetrampelt waren.

»Heiliger Arsch mit Ohren«, sagte ich, »die haben mich geklaut.«

»Was denn?« fragte Martinez, »etwa die 'congs?«

»Ein Stück weit haben sie mich durch das Gras geschleift, und danach...« Ich deutete dahin, wo die Spur im Elefantengras aufhörte. »...danach müssen mich zwei von ihnen gepackt und weggebracht haben.«

»Ich hab keinen gesehen«, sagte Dunbar.

»Wahrscheinlich warst du gerade mit dir selbst beschäftigt«, vermutete ich.

Prosser suchte die Umgebung ab und zog die Stirn in Falten. »DePaul ist auch verschwunden. Er war dicht neben mir, als es ihn erwischt hat. Das war unten am Fluß, ich erinnere mich genau, ich hab das Wasser gehört. Aber jetzt ist er weg.«

»Vielleicht war er nur verwundet«, sagte ich. Vor ein paar Monaten hatte DePaul mich auf einem Dschungelpfad gerade noch zurückgerissen, als ich den Fuß auf ein Büschel dürres Gras setzen wollte – das heißt, es sah aus wie dürres Gras. Erst als wir einen kindskopfgroßen Stein darauf geworfen hatten, stellte sich heraus, daß es eine Schaukelfalle war, so ähnlich wie eine Wippe, bloß mit Zähnen. Wenn DePaul nicht gewesen wäre, hätte ich darauf geschaukelt, aufgespießt auf einem Dutzend oder mehr rostiger Nägel, mit denen das Ding gespickt war. DePaul hatte mir ein paar Monate Leben geschenkt. Und vielleicht hatte ich mich vorhin, als ich losgerannt war und blindlings auf den Waldrand gefeuert hatte, revanchieren können. Vielleicht hatte ich die Scharfschützen tatsächlich lange genug eingedeckt, daß DePaul sich in Sicherheit bringen konnte.

»He«, sagte Dunbar, »horcht mal – ein Hubschrauber.«

Die Müllcrew schwebte ein, um die Toten aufzusammeln, schnelle Drecksarbeit. Die Lichtung war – jedenfalls im Augenblick – feindfrei. Zwei Menschenmüllsammler zerrten Dunbars zermatschtes Bein aus der Falle und stopften seine Leiche in einen Totensack. Aber dann klemmte der Reißverschluß, er hatte sich in Dunbars Lippen festgehakt, und eins von den Etappenschweinen mußte lange daran herumfummeln. Dunbar war stinksauer.

»Paßt gefälligst auf, ihr dämlichen Arschlöcher!« Er fuhr zu mir herum. »Sind die denn noch zu retten?«

Zwei andere Müllsammler entschärften erst pedantisch einen Blindgänger, der nicht weit von Martinez' Leiche lag, ehe sie zusammenrafften, was von dem armen Schwein übriggeblieben war. In einem Totensack verstauten sie den Rumpf, die Beine stopften sie in einen anderen – Reißverschluß zu, fertig. Martinez beobachtete, wie sie die beiden Säcke in den Hubschrauber warfen, dann drehte er sich zu mir um.

»Collins, findest du nicht, ich sollte...«

Ich wandte mich um, wollte ihm ins Gesicht sehen, aber da war er schon nicht mehr da.

»Martinez?«

Dunbars Leichnam wurde in die Huey gewuchtet, er schlug auf wie ein Sack Zement. Und im selben Augenblick meinte ich den Luftzug zu spüren, als ob eine plötzliche Leere neben mir aufgefüllt würde.

Ich wirbelte herum. Auch Dunbar war verschwunden.

»Dunbar!«

Die Huey hob ab, ringsum fingen die Zweige an zu zittern, winkten und wedelten wie zornige Lover, die einen ungebetenen Eindringling verscheuchen wollen, und dann war ich allein.

Ob Sie's glauben oder nicht, ich hatte mich freiwillig gemeldet. Damals schien das gar keine so schlechte Idee zu sein. Eine Familie der unteren Einkommensstufe konnte sich's kaum leisten, ein Kind aufs College zu schicken, geschweige denn zwei. Und da meine ältere Schwester aufs Ann Arbor ging, rechnete ich mir aus, daß eine Zurückstellung vom Wehrdienst für die Dauer des Studiums bei mir wohl fürs erste nicht in Frage kommen würde. Also schluckte ich den Köder, mit dem sie einem das Ganze im Rekrutierungsbüro schmackhaft machten: daß unsere Arbeit hier drüben im wesentlichen darin bestünde, Brücken zu bauen und Hütten mit Stroh zu decken, kurzum, den Menschen in Vietnam zu helfen. Hörte sich verdammt nach Friedenskorps an, bloß beschissen heiß und schwül.

Mein Vater war Vorarbeiter auf dem Bau; ich hatte mich zeitlebens auf Baustellen herumgetrieben, und ich mochte das ganze Drumherum, den Lärm und den Geruch nach Bauholz und frischem Zement... Wie oft hatte ich hochgestarrt zu den Balken und Sparren, zu den Streben aus Holz und Stahl, die mir als Achtjährigem wie ein mächtiges Dinosauriergerippe vorkamen. Jedesmal war mir das gleiche durch den Kopf gegangen: Die Leute, die eines Tages hier wohnen, werden das nie richtig sehen, sie wissen überhaupt nicht, wie ihr Haus wirklich aussieht, unter der Haut – aber ich, ich weiß es.

Darum hörte sich das mit den Häusern für Menschen, die kein Dach über dem Kopf haben, und mit den Brücken, über die sie ihre Ochsen treiben können, ganz gut an. Nur, nach acht Monaten in Nam waren die meisten Brücken, die ich gesehen hatte, gerade von Amerikanern aus der Luft zerbombt worden, und mit Dachdeckerarbeiten war ich nur einmal in Berührung gekommen, da ging's allerdings lediglich um hastiges Flickwerk – in einer Bar in Da Nang, in der wir festsaßen, als ein Monsunregen runterkam.

Alles in allem war die Freiwilligenmeldung nicht gerade das Große Los gewesen, früher vielleicht mal, aber die Zeiten hatten sich geändert.

Während der ersten Tage blieb ich in der Nähe des Kraters, und wenn ich loszog, ging ich immer nur so weit, daß ich den Hin- und Rückweg an einem Tag schaffen konnte. Ich mußte losziehen, mußte mir den Weg zurück suchen, obwohl ich eines nur zu gut wußte: Der Weg zurück war so weit, daß er sich nicht in Meilen messen ließ, und die Pfade, die ich ging, waren nicht ausgeschildert. Ich versuchte, gar nicht erst ins Grübeln zu kommen, denn sonst hätte ich nie und nimmer den Nerv gehabt, mich überhaupt aus meinem winzigen Fleckchen Hölle fortzubewegen. Ich konnte nicht mit Sicherheit sagen, wo die nächste U. S. Basis lag, aber mir fiel das kleine Dorf ein, durch das wir vor ein paar Tagen gekommen waren, und ich glaubte mich zu erinnern, daß vor einer Hütte ein Rot-Kreuz-Jeep gestanden hatte – ein französischer Arzt vom Katholischen Sozialdienst, der sich um die Dorfbewohner kümmerte. Vielleicht ließ er sich mal wieder dort blicken, und ich konnte einsteigen und mitfahren nach… Tja, das war die entscheidende Frage: *Wohin?* Was, zum Teufel, sollte ich machen? Nach dem Weg ins Jenseits fragen? Bei meinem Glück hatte die Army dort wahrscheinlich auch schon das Kommando übernommen.

(Das war plötzlich ein erschreckender Gedanke, erschreckend plausibel. Die ganze gottverdammte Chose war so beknackt, daß es sich tatsächlich um eine Operation der Army handeln konnte. Was hatte ich falsch gemacht – irgendwo auf einem Vordruck eine Zeile nicht richtig ausgefüllt oder was?)

Ich nahm den Pfad, auf dem wir in den Tod marschiert waren, jetzt in umgekehrter Richtung, und da hörte ich plötzlich (abgesehen von all den anderen Dschungellauten, dem Rascheln im Dickicht zum Beispiel, bei dem du hoffst, daß es nur eine Bambusviper ist oder ein Tiger) die andere Stimme des Dschungels, das Knattern der Helikopter, die mit ihrer Mogelpackung Seelen-auf-Band angerauscht kamen...

Und ich hörte ein Weinen.

Kein Stöhnen, kein Wimmern, nicht dieser Roger-Corman- oder Vincent-Price-Scheiß, nein, ganz normal, wie es sich eben anhört, wenn erwachsene Männer weinen, unbezähmbar und untröstlich. Es schien nicht aus einer bestimmten Richtung zu kommen, sondern von überall her gleichzeitig. Und allmählich nahm das Bild Konturen an: VCs in ihren schwarzen Seidenpyjamas, über und über mit Blut besudelt. Sie kauerten im Busch, in der komischen Art, in der Vietnamesen gewöhnlich sitzen: in der Hocke, nicht so, wie unsereins auf dem Hintern sitzt, nein, mit angewinkelten Knien kauerten sie da – und weinten.

Ich blieb verblüfft stehen. Ich hatte noch nie einen Vietnamesen weinen sehen. Ich weiß, wie sie aussehen, wenn sie zu Tode erschrocken oder fuchsteufelswild sind, aber weinen – weinen hatte ich sie nie gesehen. Der Blödsinn, daß die VNs anders sind als wir und daß sie nichts so empfinden wie wir... daß das Bullenscheiß ist, weiß ich natürlich. Sie fühlen alles genauso wie wir, sie zeigen's nur nicht. Trotzdem, die Show, die die Jungs hier abzogen, war – weiß der Henker – was Besonderes. Aber vielleicht ist es einfach so, daß man als VC, vorausgesetzt, man ist tot, weinen darf, vielleicht gehört sich's dann so.

Ich ging weiter. Und irgendwo auf dem Pfad, der dem gewundenen Flußlauf des Song Cai nach Süden folgte, kam mir der Gedanke, daß ich wahrscheinlich gar nicht zu den Toten gehörte, sondern quicklebendig war, trotz allem.

Vielleicht, dachte ich, hat mich die Salve nur verwundet,

und die Vietcongs haben sich meinen Körper geholt, weil sie später irgendwelche Informationen aus mir rauspressen wollen. Je länger ich darüber nachdachte, desto einleuchtender kam es mir vor. Die Kerle haben mich geholt und pflegen mich gesund, damit sie mich später foltern können. (Das hörte sich mindestens genauso logisch an wie alles andere in diesem verfickten Land.) Und irgendwann, erklärte ich mir das Ganze weiter, irgendwann, während sie mich schon hatten, bin ich aus meinem Körper geschlüpft, indem ich einfach meine Hülle abgeschüttelt habe wie einen Schatten.

Ich lauschte dem Weinen rings um mich – großer Gott, inzwischen wäre mir sogar das Corman-Price-Gewinsel lieber gewesen, das hätte ich leichter ertragen können – und traf für mich die Entscheidung, daß ich tatsächlich nicht tot war, ich konnte gar nicht tot sein.

Ein Stück weiter flußabwärts öffnete sich der Pfad zu einer Lichtung, und mitten auf der Lichtung stand etwas, das aussah wie ein riesiges Vogelhäuschen – eine Bambushütte, nicht größer als eine geräumige, auf den Rest eines dicken Baumstamms gepflanzte Holzkiste mit einem Dach.

Solche Seelenhäuschen findet man überall in Nam, sie stellen sie für das ewige Wohlergehen verstorbener Verwandter auf oder zur Besänftigung böser Geister, die, wenn man ihnen kein Refugium baut, womöglich Unheil über das Dorf bringen. In der Army haben sie uns in heimische Sitten eingewiesen und dies und das über den Aberglauben der Vietnamesen erzählt – so in der Art wie: Tätschelt einem VN ja nicht den Kopf, er glaubt nämlich, daß dort der Sitz der Seele ist, und laßt euch bloß nie einfallen, ein Bein übers andere zu schlagen, weil sonst ein Fuß auf den Kopf eures Gegenübers zeigt, und das ist die schlimmste Beleidigung, die ihr einem VN antun könnt. Lauter solchen Krampf. Ein paar Schlitzaugen verwenden sogar die Bezeichnungen für weibliche Geschlechtsorgane als Vornamen für männliche Babys, um böse Geister glauben zu machen, das Kind wäre ein Mädchen. Und das alles nur, weil Jungs mehr wert sind als Mädchen und deshalb besser geschützt werden müssen. Allmächtiger Gott.

Also, das mit den Seelenhäuschen, das kannte ich schon, und wenn ich früher an einem vorbeigekommen bin, habe ich jedesmal gedacht: He, sieh mal da, saubere Arbeit, sogar besser als das Vogelhäuschen, das ich seinerzeit für Großvaters Garten gebastelt habe – obwohl, da war ich ja auch erst zwölf. Hab's gedacht und bin weitergegangen.

Heute blieb ich stehen. Und starrte hin.

Denn heute waren Leute in dem Seelenhäuschen.

Ein Papa-san, schon reichlich betagt, und eine junge Frau, vielleicht acht-, neunundzwanzig. Sie brannten Räucherstäbchen ab, und die schwüle Luft trug den süßlichen Duft zu mir herüber. Ringsum waren brennende Kerzen aufgestellt, und im Hintergrund konnte ich ein paar handgearbeitete Möbelstücke erkennen, fast so klein wie für eine Puppenstube, und einige Bücher. Zögernd, betont langsam ging ich weiter, und als mich nur noch wenige Schritte von dem Häuschen trennten, hob der Papa-san den Blick, blinzelte erst ein bißchen verdutzt, lächelte dann und legte sich die flache Hand auf die Brust – *gassho,* die traditionelle Art einer respektvollen Begrüßung. Sein anderer Arm, fiel mir auf, hing seltsam schief im seidenen Pyjamaärmel, als wäre er gebrochen – um nicht gleich an das Schlimmste zu denken.

»Willkommen, Reisender«, sagte er. Er sprach vietnamesisch, aber irgendwie verstand ich ihn trotzdem.

»Äh – hallo«, sagte ich und war mir nicht sicher, ob es andersherum auch funktionieren würde. Anscheinend klappte es aber, denn er lächelte wieder und deutete auf die junge Frau, die neben ihm saß.

»Ich bin Phan Van Duc. Das ist meine Tochter Chau.«

Die Frau wandte den Kopf und fixierte mich. Sie war hübsch, auf ihre Art jedenfalls, es fiel nur ein bißchen schwer, ihr höhnisches Feixen zu übersehen. Das Grinsen saß wie festgewurzelt in ihrem Gesicht, eingebrannt wie eine Tätowierung. Und weil ich mir nicht schlüssig wurde, ob die Wut, die ich in ihrer Miene las, mir persönlich galt, beschloß ich, die verzerrte Grimasse einfach zu ignorieren, und wandte mich wieder dem alten Mann zu.

»Mein Name ist William Anthony Collins«, sagte ich. Ob das mit allen drei Namen hier drüben üblich war, wußte ich nicht so genau, dachte mir aber, es könne ja nichts schaden.

»Dürfen wir dich als Gast bei uns aufnehmen?« fragte Phan mit herzlicher Wärme. Seine Tochter sah mich finster an.

In dem Vogelhäuschen war kaum Platz für zwei, und mit Chau auf engstem Raum zusammenzusein – danach stand mir wahrhaftig nicht der Sinn. Ich lehnte ab, dankte dem alten Mann aber für sein Anerbieten.

Und dann fragte der Papa-san plötzlich: »Bist du schon lange tot?« Ich zuckte zusammen.

»Ich bin nicht tot«, sagte ich störrisch.

Der alte Mann sah mich an, als sei ich nicht recht bei Sinnen, und seine Tochter stieß ein blechernes, spöttisches Gelächter aus.

Ich erklärte, was mit mir geschehen war – oder, was meiner Meinung nach mit mir geschehen war, und daß ich zu dem flußabwärts gelegenen Dorf wollte, um nachzusehen, ob die Vietcongs meinen Körper dorthin geschleppt hatten. Solange ich redete, ruhten Phans ernste, wissende Augen auf mir; danach nickte er mir kurz zu (mehr aus Höflichkeit, vermutete ich), und dann – ganz unvermittelt – schien er sich auf einmal meine Theorie zu eigen zu machen.

»Was du sagst, ist möglicherweise gar nicht so weit von der Wahrheit entfernt«, grübelte er, »obwohl mir nichts Derartiges zu Ohren gekommen ist. Andererseits denke ich mir, statt einen Gefangenen in ein Dorf zu bringen, wo er leicht entdeckt werden kann, würden sie ihn wohl eher in eine ihrer Tunnelbasen schleppen.«

Die VCs betrieben Hunderte von Tunnels, fast unter der ganzen Kampfzone liefen sie lang, ein Spinnennetz aus unterirdischen Mannschaftsunterkünften und Gefechtsständen und Lazaretten – ein so ausgedehntes Labyrinth, daß wir bislang kaum mehr als eine Ahnung von seinen wahren Ausmaßen hatten. Wenn sie mich gefangengenommen und dahin verschleppt hatten, standen meine Chancen, mich je wiederzufinden, etwa so gut wie die Aussicht, die Ergebnisse der Dreierwette im Derby, im Endspiel um die U. S.-Baseball-Meisterschaft und im Super-Cup punktgenau vorauszusagen, und zwar alles in ein und demselben Jahr.

»In diesem Fall«, sagte ich und wagte gar nicht, ernsthaft daran zu denken, »werde ich einfach abwarten, bis… tja, bis mein Körper stirbt. Und wenn das passiert ist, bin ich weg.«

Der Papa-san sah mich halb mitleidig, halb verwirrt an, als hätte ich behauptet, der Himmel sei grün und der Mond aus Reis gemacht. *Zum Teufel, reiß dich zusammen, kann ja sein, daß die schlitzäugigen Idioten tatsächlich glauben, der Mond wäre aus Reis gemacht.*

»Wie steht's mit dir?« fragte ich, nur um möglichst rasch das Thema zu wechseln. »Warum bist du… hier?«

Phans Miene verriet weder Schmerz noch Trauer, als er meine Frage beantwortete.

»Mich hat ein Tiger zerfleischt und liegenlassen, bis ich verblutet war.« Er sagte es so ruhig und selbstverständlich, als wäre damit alles erklärt. Als er aber aus meinem rätselnden Blick sah, daß ich nichts begriffen hatte, machte er sich die Mühe, es geduldig zu erklären. »Weil ich eines gewaltsamen Todes gestorben bin, ist mir der Zugang zur nächsten Welt verwehrt.«

Ich blinzelte. Weil ich keinen Zusammenhang sah.

»Es ist doch nicht deine Schuld, wenn du von einem Tiger angefallen wirst«, sagte ich verblüfft.

Er guckte genauso verdutzt. »Was für eine Rolle spielt es, ob man schuld hat? Wie's ist, so ist es nun mal«, sagte er und hob die Schultern.

Ich verspürte keine Lust, das Thema zu vertiefen. Martinez

und Phan hätten sich prächtig verstanden. »Und deine Tochter?«

Er warf ihr einen schiefen Blick zu. Sie musterte mich mißmutig, dann verkroch sie sich tiefer in das Häuschen, krallte die Finger in die Fußbodenbretter und spuckte mir ihre Antwort hin – jeder der harten vietnamesischen Konsonanten hätte ein scharf geschliffener Splitter aus ihrem versteinerten Herzen sein können.

»Ich bin kinderlos gestorben«, fauchte sie mich an. »War's das, was du hören wolltest? Jetzt weißt du's. Eine Kinderlose bin ich, eine, die nichts taugt, und darum bin ich verflucht.«

»Das ist doch verrückt«, rutschte es mir heraus.

Sie lachte brüchig. »Du bist es, der verrückt ist«, sagte sie. »Ein *ma qui* – einer, der glaubt, daß er noch lebt. Du tust mir leid.«

»Nein«, sagte der Papa-san, »dir tut niemand leid, außer dir selbst.«

Sie schielte böse zu ihm hinüber, ihre Nasenflügel bebten, und dann lachte sie noch einmal auf, ganz kurz nur. »Ja«, sagte sie, »du hast recht, ich habe mit niemandem Mitleid. Und ich weiß gar nicht, warum ich mich von dir hier festhalten lasse. Ich kann tun, was ich will. Denen da unten Pest und Cholera ins Dorf tragen und die Kinder sterben lassen, auch die von meinen früheren Freunden, alles kann ich tun, und ich glaube – o ja, ich glaube, es würde mir Spaß machen.« Sie grinste so boshaft, daß man meinen mochte, solche verruchten Gedanken seien Balsam für ihre verlorene Seele.

»Das wirst du nicht tun«, sagte Phan warnend. »Ich bin dein Vater, und ich verbiete es dir.«

Sie murmelte einen halb verschluckten Fluch und verkroch sich noch weiter nach hinten. Der Papa-san wandte sich zu mir um und sah mich aus traurigen Augen an.

»Beurteile meine Tochter nicht danach, wie sie jetzt ist. Der Tod macht aus uns, was er will«, sagte er leise.

Großer Gott, diese Leute glaubten das tatsächlich. Und was

dabei herauskommt, habe ich ja gerade erlebt, dachte ich. Sie wollen's eben nicht anders.

Na schön, aber nicht mit mir. Nein, da spielt sich nichts ab, Mann. Ich mach das nicht mit.

Ich trat einen Schritt zurück. »Ich muß jetzt gehen.«

»Warte noch«, sagte Phan. Ich blieb stehen, ich weiß selber nicht, warum. Er beugte sich vor, als wollte er mir etwas sehr Wichtiges anvertrauen. »Sei auf der Hut, wenn du in das Dorf kommst. Betritt kein Haus durch die Vordertür, denn die Lebenden haben Spiegel in die Türrahmen gehängt, weil sich jeder, der eintreten will, vorher im Spiegel betrachten soll. Wenn's aber ein Geist ist, der in sein Spiegelbild blicken muß, dann erschrickt er bis ins Mark. Und noch eins: Wenn die Türschwelle mit rotem Papier ausgelegt ist, mach auf der Stelle kehrt, weil du sonst den Zorn des Schwellengottes auf dich lenkst. Hast du alles verstanden?«

Ich nickte benommen, dankte ihm für seinen Rat und sah zu, daß ich so schnell wie möglich wegkam.

Ich eilte den Pfad flußabwärts und verspürte plötzlich ein dumpfes Verlangen nach Gewalt – hundsgewöhnliches Mörserfeuer hätte mir schon genügt. Ich lechzte nach dem Heulen von Artilleriegranaten, den grellen Blitzen von Leuchtspurmunition, dem heiseren Belfern von Handfeuerwaffen, dem Dröhnen der großen Chinooks, wenn sie einschwebten, um Tod und Verderben zu spucken. Teufel noch mal, das war die Hölle der asiatischen Winzlinge, nicht meine, gottverdammt. Ich dachte nicht daran, mich da mit reinziehen zu lassen, nein, ich kaufte ihnen den beknackten abergläubischen Blödsinn nicht ab.

Das Weinen rings um mich wurde lauter. Ich fing zu rennen an, meine Beine – die Beine eines Phantoms – trugen mich über Stolperdrähte und über Vietcongspargel, ohne daß ich Schaden genommen hätte, sogar das scharfe Elefantengras spürte ich nur wie ein Kitzeln an den Waden, während ich am Ufer des Song Cai entlangjagte.

Und dann klang das Weinen auf einmal anders, irgendwie klang es tiefer. Ich wußte sofort, daß es nicht mehr das Weinen der Vietnamesen war. Und dann wußte ich plötzlich noch mehr. Urplötzlich, mit jähem Brechreiz in der Kehle, wußte ich, daß es ein Amerikaner war, den ich weinen hörte.

Ich blieb stehen, blickte mich wie gehetzt um, sah aber nirgendwo einen Verwundeten liegen. Nur die Stimme hörte ich, und dann machte ich auch einzelne Worte aus:

»...Jesus, Maria und Josef, helft mir...«

O Gott, dachte ich.

DePaul.

Ich sah nach oben. Er schwebte wie ein Fesselballon anderthalb Meter über dem schlammigen Wasser, gut und gern einsneunzig groß, aber beinahe so durchsichtig wie eine gasgefüllte Hülle, und die schwarze Haut sah seltsam ausgebleicht aus. Er hatte die Hände vors Gesicht geschlagen, weinte, stammelte, betete, fluchte und weinte weiter. Zuerst kam es mir vor, als würde er flußaufwärts getrieben, doch dann merkte ich, daß es nur eine optische Täuschung war – das unter ihm dahinfließende Wasser narrte mich. DePaul schwebte ruckweise vor und zurück, aber seine Position veränderte sich nicht, er hing wie festgezurrt in der Luft.

Ich brauchte einen Moment, bis ich wieder meine fünf Sinne beisammenhatte. Dann schrie ich gegen das Rauschen und Quirlen der Stromschnellen an und rief seinen Namen.

Er starrte mich erschrocken an.

Als er mich erkannte – als ihm klar wurde, daß ich ihn auch erkannt hatte, daß ich ihn überhaupt wahrnehmen konnte –, ging ein Leuchten über sein Gesicht, als sei der Augenblick der Erlösung gekommen. »O mein Gott«, sagte er so leise, daß ich ihn kaum hören konnte, »Collins, bist du's? In Fleisch und Blut?«

»Das will ich, verdammt noch mal, hoffen.«

»Bist du noch am Leben?«

Die Frage überhörte ich. »He – Mann, was, zum Teufel, ist

mit dir passiert? Prosser hat uns erzählt, daß es dich von den Beinen gerissen hat, direkt neben ihm, aber wir konnten deine Leiche...«

»Charlie hat mich in den Rücken getroffen...« Ich sah das aufgerissene Fleisch; unter dem letzten Halswirbel, und vorn unterm Schlüsselbein, wo das Geschoß ausgetreten war, klaffte auch eine Wunde. »Ich hab keine Luft mehr gekriegt. Und mit Denken war's auch Sense. Irgendwie hab ich mich hochgerappelt und bin losgerannt, aber in die falsche Richtung. Ich bin in den Fluß gestürzt. O Gott, Bill, es war grauenhaft. Ich hing fest, bin aber trotzdem abgesoffen. Und das nächste, woran ich mich erinnern kann...« Er legte sich die Hand vor die Kehle – eine Reflexbewegung, er wollte das Loch zudecken, das ihm die Kugel ins Fleisch gerissen hatte. »Meine Leiche wurde flußabwärts getrieben, und dann hat sie sich in einem Felsen verfangen, da drüben.«

Ich folgte seinem Blick. Sein Leichnam hing zwischen zwei Felsquadern, von wirbelndem Wasser mit weißen Schaumkronen umspült. Ich drehte mich wieder zu ihm um und ging einen Schritt auf ihn zu.

»Mein Gott, De«, sagte ich sanft, »wie kommt's, daß du... ich meine – daß du da oben... Warum hängst du denn da?«

»Ich kann nicht runter, Mann«, sagte er, und zum ersten Mal hörte ich, wie schmerzverzerrt seine Stimme klang. »Ich häng hier schon drei Tage, und es tut weh – Gott im Himmel, es tut beschissen weh. Das ist kein Schweben, das ist wie Wassertreten, ich kann schon jeden einzelnen Muskel spüren, alles verkrampft, Mann. Und ich bin so saumüde, ich bin...« Er fing zu schluchzen an; so hatte ich ihn noch nie erlebt. Er wandte das Gesicht ab, ließ den Tränen freien Lauf, und dann sah er mich aus weit aufgerissenen Augen an. »Hilf mir, Collins«, bettelte er leise, »hilf mir doch.«

»Sag mir bloß, wie.« Ich fühlte mich ja selber hilflos, wie gelähmt vor Entsetzen. »Warum... warum ist das so bei dir? Hast du irgendeine Ahnung?«

»Ja…« Er schnappte röchelnd nach Luft. »Ja, ich weiß es, ich weiß, warum. Es ist, weil ich… weil ich im Wasser krepiert bin, kapierst du? Wenn's dich in einem Fluß erwischt, ist dein Geist am Wasser festgehakt, bis du einen findest, der dich…«

»*Was* ist los? Großer Gott, De, wer hat dir den Scheiß eingeredet?«

»Einer, der auch hier rumspukt, ein VC, dem hat's den halben Kopf weggeblasen, und jetzt treibt's ihn hin und her, den Fluß rauf und runter – der hat mir das erzählt.«

»Und du hast ihm den Schwachsinn abgekauft?« schrie ich ihn an. »Die Schlitzaugen glauben solchen Quatsch, aber deswegen mußt du das doch nicht glauben, Mann! Du bist Amerikaner, Himmel noch mal!«

»Collins…«

»Wenn du so was glaubst, dann passiert's auch. Glaub nicht dran, und es hört auf. Du mußt einfach…«

Seine Augen waren in Verzweiflung ertrunken. »Bitte, Mann! Hilfst du mir?«

Egal, was ich von diesem Scheißdreck hielt, jetzt gab's nur eins, was zählte: Er hatte mir mal das Leben gerettet, und auch wenn bei ihm kaum noch was zu retten war, konnte ich wenigstens versuchen, seine Qualen zu lindern. Ich *mußte* es versuchen.

»Also gut«, sagte ich. »Was kann ich machen?«

Er zögerte.

»Bring ein Kind her«, sagte er dann ganz ruhig.

»Warum?«

Er zögerte wieder, dann gab er sich einen Ruck und sagte: »Damit ich erlöst werde. Leben um Leben.«

Ich machte große Augen. »Was?«

»Es ist die einzige Möglichkeit«, sagte er hastig. »Wenn du im Wasser krepierst, gibt's nur eins, um Erlösung zu finden: Du mußt… ein Kind… ertränken. Als Opfergabe.« Ein Schatten legte sich über seine Augen, sein Blick war, während er noch redete, vor Scham verschleiert. Eine kleine Ewigkeit lang waren das Rauschen der Wirbel, die um DePauls Leiche quirlten, und das ferne Weinen die einzigen Laute ringsum.

Schließlich sagte ich: »Mann, das kann ich nicht machen.«

»Bill...«

»Selbst wenn ich glauben würde, daß das was bringt – oder nein, gerade wenn ich daran glauben würde, könnte ich...«

»Kein gesundes Kind«, unterbrach mich DePaul und verfiel in seiner Verzweiflung in weinerliches Betteln, »ein krankes, natürlich. Eins, das sowieso sterben muß. Scheiß drauf, von den schlitzäugigen Kids stirbt doch sowieso die Hälfte weg, bevor sie...«

»Bist du übergeschnappt, Mann?« fuhr ich ihn an. »Schlitzauge oder nicht, ich kann doch...«

Ich hielt inne, lauschte meinen eigenen Worten nach.

DePauls Gesicht war vor Qual aschgrau. »Collins – bitte, es tut so furchtbar weh!«

Ich fing an, den Blödsinn zu glauben. Genau wie er. Jemand hatte ihm das Hirn mit dem Aberglauben dieser Asiaten vollgestopft, und das war's nun, was ihn am Leben hielt – oder woran er verreckte. Darauf läuft's doch hinaus, oder nicht? Wenn du stirbst, kriegst du, worauf du dein Leben lang gewartet hast: die Katholiken Himmel oder Hölle, die Atheisten vielleicht das Nichts, die Existenzlosigkeit, die ewige Bewußtlosigkeit, und die Schlitzaugen – na ja, eben das hier. Und wir sind schon so lange hier und waten so knietief durch ihr verhurtes Land, daß wir anfangen zu glauben, woran sie glauben.

Aber der DePaul, den ich kannte, würde nie und nimmer ein Kind umbringen. Nicht mal, um sich selber zu retten. Das mußte ich ihm klarmachen. Vielleicht war das der einzige Weg, um ihn aus diesem verfluchten Gedankensumpf zu zerren.

Ich ließ mir Zeit, dachte gründlich nach und entwarf einen Plan. Und dann fragte ich: »Ein krankes Kind?« Ganz bedächtig, als hätte ich den Schwachsinn inzwischen selber geschluckt.

Er sah hoch, Hoffnung im Blick. »Eins, das sowieso sterben muß. Du hast sie ja oft genug gesehen, du weißt, wie sie aussehen, du kannst's ihnen an den Augen ablesen…«

»Ich bring schon keins, das irgendwie durchkommen könnte.«

»Nein, Mann, nein, sollst du ja auch nicht. Ein krankes, 'n richtig krankes Kind.« O Gott, auf einmal hatte er so einen pathetischen Tonfall drauf.

Ich sagte ihm, ich wüßte nicht, wie lange es dauern würde, aber ich würde jetzt in das Dorf gehen, durch das wir vor ein paar Tagen gekommen waren, und sehen, was sich machen ließe. Ich versprach ihm, so schnell wie möglich zurückzukommen.

»Beeil dich, Mann, beeil dich um Himmels willen.«

Das hörte ich gerade noch, dann war ich im Busch verschwunden. Er hatte meine Geschichte geschluckt. Nun mußte ich ihm nur noch klarmachen, daß das andere – das, was die Schlitzaugen ihm weisgemacht hatten – genauso frei erfunden war und daß er, das war das allerwichtigste, sich den verdammten Quatsch aus dem Kopf schlagen mußte.

Bis zum Dorf waren es – immer den Fluß entlang – ungefähr zwei Stunden. Kein Rot-Kreuz-Jeep und kein Arzt vom Katholischen Sozialdienst, der Aspirin und Antibiotika verteilt hätte, nur schmutzige kleine Hütten, halbnackte Kids, die durch schlammige Pfützen patschten, in denen es vermutlich von Typhuserregern wimmelte, und verhärmte Frauen, die in einem Bach Wäsche wuschen. Am Dorfrand gähnte ein riesiger Krater – das Mörserfeuer, das nur ein bißchen zu spät gekommen war, um mich und Dunbar und DePaul zu retten. In der Nähe des Kraters waren die Dächer verkohlt, mindestens zwei Hütten waren ganz abgebrannt. *Friendly fire.* Noch ein paar von diesen Freundschaftsgesten, und das halbe Dorf konnte Hand in Hand mit mir durch die Botanik geistern. Ich ging die Dorfstraße entlang und spitzelte in die Fenster. Wenn DePaul darauf reinfallen sollte, mußte ich ihm ein Kind bringen, das wirklich todkrank war. Ich wußte nur noch nicht, wie ich das Ganze anstellen sollte.

Von draußen hörte ich, wie in einer Hütte eine Mutter beruhigend auf ihr schreiendes Baby einredete, und dachte mir, geh einfach mal rein und guck dir das aus der Nähe an. Natürlich, genau wie's der Papa-san vorausgesagt hatte: Die Tür war mit rotem Papier ausgelegt. Also dann, großer Schwellengott, deine Stunde ist gekommen! Ich ging los...

Und stieß einen Schrei aus.

Im Spiegel, der gleich hinter der Tür hing, sah ich einen Mann mit einem tellergroßen Loch in der Brust. Die Wundränder waren blutverkrustet, und innen sah alles wund und rot aus wie rohes Gehacktes. An hauchdünnen Fleischfäden baumelten, ihrer Funktion beraubt, zwei Lungenflügel, die, als ich entsetzt zurückzuckte, schlaff zu schaukeln anfingen, und daneben klopfte ein von mindestens einem halben Dutzend Wunden zerfetztes Herz seinen sinnlosen Trommelwirbel trügerischen Lebens.

Und dann nahm ich noch etwas im Spiegel wahr, nur Bruchteile von Sekunden, direkt hinter mir: einen Schatten, blutrot, rot wie das Papier, mit dem die Schwelle ausgelegt war – einen Schatten, der meinen Bewegungen nicht folgte, nur lauernd hinter mir hing und immer größer wurde...

Ich rannte los.

Rannte aus der Hütte, die Dorfstraße hinunter, weg von den schmutzigen Behausungen, weg, so weit ich nur konnte, bis ich schließlich irgendwo im Elefantengras zusammenbrach. Eine Weile traute ich mich nicht mehr, an mir herunterzusehen, aber als ich's endlich wagte, konnte ich nichts entdecken. Ich sah genau das, was ich immer gesehen hatte: den abgewetzten, grüngefleckten, mit Blut bespritzten Tarnanzug. Und auf einmal wurde mir bewußt, daß ich bei allen anderen die Wunden deutlich gesehen hatte, schon die ganze Zeit über, nur bei mir nicht.

Ich saß da und versuchte, einen klaren Kopf zu kriegen und wieder Mut zu fassen – genug Mut, um noch einmal zu wagen, in irgendeine Hütte einzudringen. Über die Spiegel wollte ich mir lieber nicht den Kopf zerbrechen, ich verdrängte den Gedanken, was sie mir zeigen würden. Es half mir eher, in mich hineinzuhorchen und zu spüren, daß irgendwas in mir sich sogar wünschte, mein Spiegelbild zu sehen. Aber als ich schließlich zurück ins Dorf ging und an den Hütten entlangschlich, machte ich dann doch einen großen Bogen um die Türschwellen.

Das übliche Häuflein kränkelnder Kids – meistens war's Malaria, aber ein paar sahen so aus, als hätten sie sich was Schlimmeres eingefangen, bei einigen schien's Typhus zu sein, bei anderen ein Grippevirus, und ein paar Fälle von Ruhr waren auch darunter. Als ich die Kids näher in Augenschein nahm, um mir eins auszusuchen, kam ich mir vor wie einer, den der Teufel persönlich losgeschickt hat. Andererseits war mir natürlich bewußt, daß es nur um eine List ging – nur darum, den armen DePaul von seinen Wahnvorstellungen zu heilen. Ich warf einen Blick durch eins der Fenster und sah ein Kind, ungefähr zwei Jahre alt mochte es sein, anscheinend ein Mädchen – in einem Kleid, das aus alter Fallschirmseide geschneidert war, und mit einem Ohrring, der viel zu groß für das winzige Ohrläppchen war. Die Mutter war gerade dabei, das Kind zu waschen, und erst als sie es umdrehte, sah ich unter dem hochgerutschten Kleid den kleinen braunen Penis. Da fiel's mir wieder ein: Die Mutter wollte die bösen Geister an der Nase herumführen, sie sollten glauben, ihr kränkelnder Junge sei ein Mädchen und es lohne sich nicht, ihr's wegzunehmen.

Ach du lieber Gott, dachte ich, das sagt eine Menge darüber aus, was Frauen hier drüben wert sind. Aber davon mal ganz abgesehen: Das Mädchen – nein, der Junge war vielleicht wirklich sehr krank, und nachdem er seine Rolle gespielt hatte bei dem Trick, der DePaul wieder zur Vernunft bringen sollte, konnte ich ihn ja beim nächsten Feldlazarett abliefern. Ich mußte ihn nur bei der Zivilwache vors Tor legen – mit einem Zettel, in welches Dorf er gehörte.

Vorausgesetzt, ich schaffte es, so eine Notiz zu schreiben.

Und vorausgesetzt natürlich, ich schaffte es überhaupt, an das Kind heranzukommen.

Ich atmete tief durch, und als die Mutter einmal kurz hinausging, nutzte ich die Gelegenheit und drang in die Hütte ein – einfach so, durch die Wand. Die Bambusstangen spürte ich gar nicht, ich huschte genauso durch wie durch die Stolperdrähte. Dann, als ich mich über den kleinen Kerl beugte, wurde mir auf einmal klar, daß es womöglich noch ein Problem gab: Wer sagte mir, ob ich ihn überhaupt mitnehmen konnte, ob ich mit den Händen nicht einfach nur durch ihn hindurchlangen würde? Zögernd versuchte ich es.

Ich faßte ihn an – und spürte ihn. Ich weiß nicht, weshalb und wie, aber ich spürte ihn.

Ich nahm den Jungen in die Arme und drückte ihn an meine Brust. Er sah mich aus uralten, traurigen Augen an. Alle Kids hier hatten denselben Blick: müde, freudlos und irgendwie voller Wissen, als wäre ihnen alles schon seit den Tagen vor ihrer Geburt vertraut; das Elend der Bürgerkriege und die Not, die fremde Eindringlinge dem Land gebracht hatten – erst die Franzosen, dann die Japaner und nun wir, die Amerikaner. Ihre Wiege hieß Krieg, darum konnte es sie nicht mehr erschrecken, wenn das Wiegenlied, das sie aufweckte, Kanonendonner war.

Ich verließ die Hütte wieder durch die Wand; das Kind hielt ich mit ausgestreckten Händen und reichte es mir, mit der Linken in die Rechte, durchs Fenster zu. Als die Hütte hinter uns lag, barg ich den Jungen wieder an meiner Brust und lief, ehe uns jemand entdecken konnte, mit ihm in den Busch.

Auf die Straße wagte ich mich nicht, aus Furcht, daß uns jemand sehen könnte, das heißt: das Kind, mich vermutlich nicht, ich war ja unsichtbar. Unterwegs fragte ich mich: Wenn da einer wäre, was würde er denn sehen? Einen Jungen, der einfach so, vom Wind getragen, in der Luft hing? Oder ein kleines Kind, das die Arme um einen Schatten, einen verwischten dunklen Fleck schlang? Ich wußte es nicht, und ich wollte es auch gar nicht wissen.

Von Zeit zu Zeit kam ich an einem toten Vietcong vorbei, der am Flußufer oder im Schatten eines Gummibaums saß und zu uns herüberblickte, manchmal nur neugierig, manchmal voller Groll, manchmal ängstlich. Sie sagten nie etwas, die toten VCs, sie starrten nur zu uns herüber und fingen wieder zu weinen an.

Eine halbe Meile mochte es noch sein bis zu der Stelle, an der DePaul über dem Wasser schwebte, als ich – zehn, zwölf Meter neben mir im Dschungel – eine Gruppe VCs entdeckte. Diesmal waren es keine Toten, nein, sie lebten noch, und was sie mitschleppten, sah ganz nach einem bewußtlosen Amerikaner aus; wahrscheinlich hatte er zu einem Fernspähtrupp gehört. Blitzschnell kauerte ich mich hin, warf dem Jungen, damit er sich nicht an den scharfen Gräsern verletzte, rasch ein Tuch übers Gesicht und versuchte ihn, so gut es ging, zu verstecken. Ich beobachtete, wie sich ein VC bückte und anfing, im Erdboden zu scharren, als ob er einen Klumpen Erde losbrechen wollte. Aber dann schoben sich seine Finger in eine Schlinge – es schien so etwas wie ein Griff zu sein, und plötzlich klappte ein Stück Boden hoch. Eine Falltür, unter einer dünnen Erdschicht verborgen. Und die VCs krochen, einer nach dem anderen, kopfüber in den Tunnel. Schließlich standen nur noch zwei draußen – die beiden, die den ohnmächtigen Amerikaner trugen. Ich rang mit mir, was ich tun sollte. Konnte ich überhaupt etwas tun? Und während ich noch darüber nachdachte, war es schon zu spät. Ich sah noch, daß der Kopf des GI's, als sie ihn den Tunnel hinunterließen, in einem unnatürlichen Winkel wegknickte. Erst da wurde mir klar: Er war nicht bewußtlos, er war tot. Und Sekunden später war er verschwunden.

Psychologische Kriegsführung. Es machte uns Amerikaner wahnsinnig, wenn wir unsere Toten nicht bergen konnten, das wußte Charlie genau. So trieben sie auf ihre Weise ihre Spielchen mit uns, genau wie wir's mit ihnen taten, mit den Wandernden Seelen. Ich stemmte mich hoch und ging weiter.

Nach nicht ganz einer halben Stunde war ich am Ziel – da, wo DePaul immer noch hilflos über dem Fluß schwebte. Er sah auf, seine Miene veränderte sich, statt unendlicher Qualen las ich grenzenlose Verblüffung darin – und noch etwas, vielleicht Angst?

Ich trug das Kind ans Flußufer, und dann spulte ich die Sergeanten-Masche herunter, mit Stahl in der Stimme.

»Hat Malaria«, sagte ich. Eisenhart, unbewegt. »Kannst dich selbst davon überzeugen, mußt ihm nur die Augenlider ein Stück runterziehen, alles rosa angelaufen. Blutarm ist er auch. Kann höchstens noch zwanzig Pfund wiegen. Trotzdem, im Feldlazarett 510 könnten sie ihm wohl helfen. Oder du nimmst ihn dir, um dich selbst zu retten.« Ich sah ihm fest in die Augen. »Wofür entscheidest du dich, DePaul?«

Ich kannte ihn seit der Rekrutenzeit. Ich wußte genau, welche Entscheidung er, wenn es ernst wurde, treffen würde.

Und während ich noch dastand und selbstgefällig darauf wartete, daß er's mir selber sagte, kam seine Geistererscheinung, dieses Gebilde aus waberndem Gas, urplötzlich auf mich zugerast. Wie eine Rakete schoß er auf mich nieder, die Wucht seiner Geschwindigkeit riß mich um, ich stürzte, und das Kind wurde mir aus den Armen geschleudert.

Noch leicht benommen, schrie ich hinter ihm her, aber bevor ich mich hochrappeln konnte, hatte er den Jungen schon roh gepackt und drückte das arme Kerlchen unter Wasser. Ich lief los, rannte mit voller Wucht in DePaul hinein, aber er stieß mich weg und rammte mir den Ellbogen ins Gesicht – ich taumelte und konnte mich kaum auf den Beinen halten.

Und die ganze Zeit über sagte er – als wär's eine Litanei – immer wieder: »Tut mir leid, Mann, tut mir leid...«

Ich sprang ihn noch einmal an, und diesmal warf ich ihn glatt um. Das Kind entglitt seinem Griff. Ich tauchte ins Wasser, um den Jungen zu holen. Es war ein komisches Gefühl, das Wasser flutete durch mich hindurch, es kam mir nicht naß vor oder kalt, ich spürte überhaupt nichts. Aber es war so schlammig, daß ich kaum die Hand vor Augen sah. Und endlich – meinem Empfinden nach mußte eine halbe Ewigkeit vergangen sein – konnte ich dicht vor mir irgend etwas ausmachen. Ich packte instinktiv zu, meine Finger schlossen sich um einen schmächtigen Arm. Und irgendwie schaffte ich es sogar, aufzutauchen und – das Kind in den Armen – ans Ufer zu wanken.

Ich legte den Jungen auf den Boden. Sein Gesicht war blau angelaufen, er rührte sich nicht. Ich versuchte es mit Mund-zu-Mund-Beatmung, aber da tat sich nichts. Und dann brach ich in irres, klägliches Gelächter aus, weil mir klarwurde, was ich da tat: Ich, ausgerechnet ich, wollte dem Kind Leben einhauchen.

Ich blickte hoch, rechnete damit, DePaul auf mich zukommen zu sehen, aber ich konnte ihn nirgendwo entdecken. Und als ich zum Fluß zurücksah – auf die Stelle, an der er so lange hilflos, wie festgezurrt, in der Luft gehangen hatte...

In diesem Moment sah ich den Geist des kleinen Jungen dort schweben, sah, daß er nun dort hing, und hörte ihn verwirrt und von Schmerzen gepeinigt schreien.

Ich schrie mit ihm. Ich hörte nicht mehr auf zu schreien.

Und auf einmal wußte ich, warum meine Hände den Jungen hatten spüren können, obwohl ich doch sonst nichts spürte, egal, womit ich in Berührung kam: weil ich der *ma qui* war, der böse Geist, der kommt, um die kranken Kinder zu holen. Das war meine Bestimmung, und ich hatte es getan, ohne zu begreifen, daß ich es tat. Ich mußte an Phan denken und an seine Tochter Chau, und ich dachte auch über DePaul nach – und über mich selbst.

Der Tod macht aus uns, was er will.

Da fing ich zu weinen an, zum ersten Mal. Ich weinte wie die VCs, die ich gesehen und gehört hatte. Ich weinte wie die Wandernden Seelen, zu denen ich ja, auch das begriff ich, nun selber gehörte.

Mindestens einen ganzen Tag mußte ich dort am Flußufer gestanden und gegrübelt haben, wie ich meine Schuld wiedergutmachen und die Seele des Kindes, das ich ins Verderben geführt hatte, retten könnte. Aber es gab nichts, was ich tun konnte. Ich wäre bereit gewesen, mit dem armen kleinen Kerlchen zu tauschen, nur, ich wußte nicht, wie.

Nun war ich wieder in dem Vogelhäuschen angekommen, in dem Phan und seine Tochter hausten, und berichtete ihnen, was ich getan hatte. Ich las kein Entsetzen in ihren Augen, keine Wut, sie wunderten sich nur, daß ich so lange gebraucht hatte, um herauszufinden, welcher Platz mir in dieser Welt bestimmt war.

Chau, die Tochter, gratulierte mir sogar zu meiner Tat. »*Ma qui*«, sagte sie fröhlich – und diesmal wußte ich, als ich den Ausdruck hörte, daß sie nicht nur den Toten meinte, den Geist, sondern auch den Dämon, der das Böse bringt –, »*ma qui*, ganz ehrlich – hat's dir nicht Spaß gemacht?«

Und in diesem Augenblick zerbarst irgendwo tief in mir eine Blase mit eiskaltem schwarzen Gift, grausame Freude regte sich in mir, erschreckend und beglückend zugleich. Es war erlösend, meine verruchte Tat auf einmal nicht mehr abstoßend zu finden, sondern mich dem Bösen willig in die Arme zu werfen. All meine Schuldgefühle waren erloschen.

Chau, die zu spüren schien, was in mir vorging, lachte tief und kehlig. Ihre spöttische Grimasse kam mir plötzlich verlokkend verführerisch vor. »*Yêu dâu*«, sagte sie, »*yêu quái.*«

Geliebter Dämon.

Spielerisch zwirbelte sie eine Strähne ihres schulterlangen Haares zwischen den Fingern. »Gemeinsam könnten wir so vieles tun.« Bosheit glitzerte in ihren Augen. »So vieles.« Sie lachte wieder. Grausame Augen, kaltblütiges Lächeln...

Das Schicksal verhöhnte mich: Ich spürte eine Erektion. Ich wollte Chau haben – und wollte sie nicht haben. Ich wollte sie nehmen, und während ich sie begehrte, brannte meine Sehnsucht immer heißer. Verlangen, auch wenn es noch so abartig ist, ist eben Verlangen. Ich wollte ihr meinen Schwanz reinstecken, so schlaff und tot er auch war, wollte ihn in ihr haben, um mich wieder lebendig zu fühlen.

Als mir klarwurde, mit welcher unbezähmbaren Gier ich mich nach ihr sehnte, rannte ich davon.

Sie lachte nur um so lauter.

»Geliebter Dämon«, rief sie hinter mir her, »wart's nur ab, du wirst schon wiederkommen!«

Aber ich bin nicht wiedergekommen, jedenfalls bislang nicht. Und auch in jenem Krater, in dem ich gestorben bin, war ich seit Monaten nicht mehr. Ich bin immer noch unterwegs, auf der Suche nach meinem Körper, obwohl ich weiß, wie verschwindend klein die Chance ist, ihn je in einem der Tunnels zu finden, die sich so viele hundert Meilen weit kreuz und quer durch den Boden unter meinen Füßen ziehen. Tagsüber suche ich ihn, abends kehre ich zum Schlafen zurück in mein neues Zuhause.

Ich habe nämlich jetzt mein eigenes Vogelhäuschen, ein paar Schritte abseits vom Dorf, nicht viel größer als eine geräumige Holzkiste mit einem Dach, auf einen Bambusstumpf gepflanzt, mit Räucherstäbchen und Kerzen und winzig kleinen Puppenmöbeln bestückt. Wenn ich abends hierher zurückkomme, muß ich mich gegen die Erinnerung wehren, wer ich war und was ich bin, und mit mir ringen, damit ich nicht wirklich der *yêu quái* werde, den Chau so gern in mir sehen würde. Nur manchmal, wenn die Stimme des Blutes in mir zu singen anfängt, wird mir klar, daß der Dämon sich längst in mir eingenistet hat und daß nur mein Wille mich davon abhält, mich wie ein Dämon zu verhalten – mein Gewissen, die letzten, halb verkümmerten Überbleibsel aus der Zeit, als ich noch gelebt habe. Ich weiß nicht, wie lange es mir gelingen wird, den Dämon zu unterdrücken – weiß nicht mal, wie lange ich's will. Ich kann es nur nach besten Kräften versuchen. Versuchen, nicht an Chau zu denken und daran, wie wundervoll bitter ihre Lippen schmecken mögen – bitter wie Salz, bitter wie Blut.

Ach, verdammt.

Über mir jammern aus den Lautsprecherboxen die Wandernden Seelen, heulen und winseln die lächerliche Groteske von ewiger Verdammnis in die Nacht, und mir fällt wieder ein, was sie uns über Nam erzählt haben – und all das, was sie uns nicht erzählt haben. Seinerzeit in Da Nang hat unter uns – so oft uns jemand mit dem »Befriedungsprogramm« der Army daherkam und damit, daß wir »die Herzen und das Denken der Vietnamesen gewinnen« müßten – der Witz die Runde gemacht: Pack sie einfach an den Eiern, der Rest kommt dann schon freiwillig mit... Nur eins hat uns niemand erzählt: daß sie, während wir noch um ihre Herzen und ihr Denken buhlten, längst Herr über unsere Seelen geworden waren.

Die Army hat uns im Dschungelkampf ausgebildet, uns Gott weiß was über heimische Sitten und Gebräuche beigebracht und immer wieder eingetrichtert, wir müßten Charlie nach seinen eigenen Regeln bekämpfen, aber keiner hat uns gesagt, daß wir auch nach seinen Regeln sterben müßten. Alles haben sie in diesen Krieg hineingestopft: Technologie, Versorgung, Unterstützung, jede Menge Planung, aber das Wichtigste haben sie vergessen.

Davon, wie wir mit dem Ganzen fertigwerden sollten – davon hat nie einer geredet.

Das diesjährige Klassenfoto

Dan Simmons

Eine Zombie-Geschichte der etwas anderen Art, Untoten-Horror mit Human Touch und literarischer Basiskomponente, mit einem Wort: eine Dan-Simmons-Story. Das diesjährige Klassenfoto *dokumentiert einmal mehr seinen Ausnahmestatus, eine – nicht zufällig sehr amerikanische – Erzählung, die den Schnittpunkt von Trauer und Ironie, Sinnlosigkeit und Hoffnung einmal mehr im Absurden findet. Dazu gibt es nur einen Soundtrack:* Be True To Your School *von den* Beach Boys. *Ausgezeichnet mit dem Bram Stoker Award '93.*

Miss Geiss sah von ihrem Posten auf dem Glockenturm den neuen Schüler quer über den Spielplatz der Erstkläßler auf die alte Schule zukommen. Sie schwenkte den Lauf der Remington .30-.06, bis sie das Kind im Fadenkreuz des Zielfernrohrs hatte. Klar und deutlich zeichnete es sich im ersten Morgenlicht ab. Ein Junge, den sie nicht kannte. Dem Äußeren nach mußte er ungefähr neun oder zehn gewesen sein, als er gestorben war. Sein grünes Rettet-die-Babyschildkröten-T-Shirt war vorn zerfetzt, und an den Stoffrändern klebte getrocknetes Blut. Miss Geiss konnte das bleiche Weiß einer bloßgelegten Rippe sehen.

Sie zögerte, löste den Blick vom Okular und verfolgte mit bloßem Auge, wie die schmächtige Gestalt sich – vorbei an den Schaukeln und Klettergerüsten – mit stolperndem Schritt taumelnd ihren Weg bahnte. Vom Alter her hätte der Junge in ihre Klasse gepaßt, aber es waren ohnehin schon zweiundzwanzig Schüler. Allmählich wurde es schwierig, alles fest im Griff zu behalten.

Außerdem sollte heute das Klassenfoto gemacht werden, da hatte sie wirklich genug um die Ohren, zusätzliche Belastungen konnte sie wahrhaftig nicht brauchen. Dazu kam, daß das Erscheinungsbild des Jungen hart an der Toleranzgrenze dessen lag, was sie in ihrer vierten Klasse duldete. Erst recht an einem Tag wie diesem, an dem das Klassenfoto gemacht werden sollte.

Denk daran, rief sie sich stumm zur Ordnung, *vor den Tagen der Großen Drangsal bist du nicht so verwöhnt worden.* Sie legte das Auge wieder an den Schutzwulst des Okulars und verzog das Gesicht bei dem Gedanken an die Kinder, die seinerzeit – und das über viele Jahre hinweg – die traurige Norm gewesen waren: taube oder blinde Kinder, andere, bei denen sich erste Symptome von Autismus zeigten, Kinder, die an Epilepsie litten oder am Downsyndrom, an Hyperazidität, an Dyslexie, vernachlässigte oder sexuell mißbrauchte Kinder, und Kinder, in denen alle Hoffnung erloschen war, seit sie – von Krebs oder Aids gezeichnet – dem Tod entgegensiechten…

Das tote Kind hatte den flachen Wallgraben durchwatet und näherte sich dem Stacheldrahtverhau, den Miss Geiss rund um das Schulgelände gezogen hatte, zwischen dem Spielplatz der Erstkläßler und dem inneren Bezirk, in dem die Pausenhöfe und das Basketballfeld ihrer vierten Klasse lagen. Sie wußte, daß der Junge unbeirrt weitergehen und sich auch vom Stacheldraht nicht aufhalten lassen würde, selbst wenn ihm die scharfen Zacken das Fleisch in Streifen vom Leib rissen.

Seufzend, erschöpft, noch ehe der Schultag richtig begonnen hatte, ließ Miss Geiss die Remington sinken, sicherte die Waffe und schickte sich an, die Leiter hinunterzuklettern, um ihren neuen Schüler zu begrüßen.

Auf dem Weg zum Geräteraum im zweiten Stock warf sie im Vorbeigehen einen Blick ins Klassenzimmer. Unruhig waren sie da drin, zerrten an den Ketten und Halseisen – wie immer, wenn es hell wurde und der Hunger sich rührte. Die kleine Samantha Stewart, eigentlich noch nicht reif für die vierte Klasse, hatte sich in ihren nächtlichen Anfällen fast alles heruntergerissen, was sie am Leibe trug. Sara und Sarah J. hatten sich gegenseitig in ihren Ketten verheddert. Bei Todd, dem größten in der Rasselbande, früher von allen als Schläger gefürchtet, war wieder mal der Gummischutz am Halseisen abgekaut. Miss Geiss sah, daß ihm noch die schwarzen Gummifetzen an den weißen Lippen klebten, und konnte sich vorstellen, wie ihm der eiserne Ring den Hals aufgescheuert hatte, sicherlich bis auf die Knochen. Was Todd anging, mußte sie sich bald etwas einfallen lassen, so oder so.

Auf der breiten Anschlagtafel hinter ihrem Pult waren die achtunddreißig Klassenfotos festgepinnt. Achtunddreißig Jahre. Achtunddreißig Fotos, alle in dieser Schule aufgenommen. Vom zweiunddreißigsten Jahr an waren es nicht mehr die großformatigen Abzüge, die das Fotostudio geliefert hatte, denn von da an hatte Miss Geiss, um die Tradition überhaupt fortsetzen zu können, die Fotos selbst gemacht, mit der Schulpolaroid, und da fielen sie eben kleiner aus. Nun, auch die Klassen waren ja kleiner geworden. Im fünfunddreißigsten Jahr hatte sie in ihrer vierten Klasse gerade noch fünf Schüler gehabt, darunter Sarah J. und Todd – lebendig und mit rosig frischer Haut, mager wie die Spatzen zwar und die Augen halb ertrunken in Ängsten, aber gesund. Im sechsunddreißigsten

Jahr… nun ja, sieben Kinder waren es gewesen, aber keins davon hatte gelebt. Auf dem Foto vom vorletzten Jahr waren es bereits wieder sechzehn Gesichter gewesen. Und dieses Jahr, heute, würde sie ihre liebe Mühe haben, alle zweiundzwanzig auf die Platte zu bannen. *Dreiundzwanzig*, korrigierte sie sich, mit dem neuen Jungen.

Kopfschüttelnd ging sie weiter zur Gerätekammer. Fünfzehn Minuten blieben ihr noch bis zum ersten Glockenzeichen.

Mit dem Fangholz, der großen Zange, den Handschellen, den Schutzhandschuhen und der Gummischürze beladen, eilte sie die breite Treppe zum ersten Stock hinunter. An der Eingangstür vergewisserte sie sich mit einem raschen Blick auf die Monitore, daß sich außer dem Jungen niemand draußen herumtrieb, weder auf den Schulhöfen noch auf dem Spielfeld oder einem der Gehwege, band sich die Schürze um, hängte sich die Remington über die Schulter, zog die Handschuhe an, überzeugte sich, daß die Zange und die Handschellen griffbereit in der Schürzentasche steckten, schulterte den Holzstab, entriegelte die schwere Stahltür und trat ins Freie, um ihrem neuen Schüler entgegenzugehen.

Der Stacheldraht hatte das T-Shirt und die Jeans des Jungen noch mehr ramponiert. Fetzen blutlosen Fleisches hingen ihm von den bloßen Unterarmen. Als die Lehrerin ins Sonnenlicht trat, hob er das tote Antlitz und richtete die leblosen Augen auf sie. Seine Zähne schimmerten gelb.

Miss Geiss hielt, während der Junge torkelnd auf sie zuwankte, den Atem an. Nicht so sehr wegen des Gestanks; sie war daran gewöhnt, daß die Kinder bestialisch stanken. Bei diesem hier war es ein bißchen ärger als bei den anderen, wenn auch nicht ganz so schlimm wie bei Todd. Seine Hose hatte sich, als er durch den Wallgraben an der Grenze zum inneren Schulbereich gewatet war, mit Benzin vollgesogen, was den Gestank wenigstens etwas milderte. Nein, sie hielt den Atem an, weil die Begegnung mit einem neuen Schüler sogar nach all den Monaten – nein, *Jahren* der Gewöhnung, verbesserte sie sich in Gedanken – ein spannender Augenblick war.

Taumelnd kam der Junge die wenigen letzten Meter auf sie zu. Miss Geiss gab sich einen Ruck und brachte das Fangholz in Position.

Ursprünglich war es eine ungefähr zwei Meter lange Stange mit einem Bronzehaken zum Öffnen und Schließen der Oberlichter an den Fenstern des alten Schulgebäudes gewesen. Miss Geiss hatte sie mittels einer Drahtschlinge, deren Zugseil über eine Angelrolle lief und sich im richtigen Augenblick mit einem Handgriff einrasten ließ, für die neue Funktion umgerüstet. Die Idee war ihr gekommen, als sie sich ein altes Videoband mit *Mutual of Omaha's Wild Kingdom* angesehen hatte. Der eine – wie hieß er doch gleich? –, so ein kräftiger, gutaussehender Bursche, der immer eingreifen mußte, wenn es brenzlig wurde, hatte in dem Film ein ähnliches Gerät benutzt, um Klapperschlangen zu fangen.

Das arme Kind ist so tot – so tot kann eine Klapperschlange gar nicht sein, dachte Miss Geiss, bevor sie sich voll auf den Fangwurf konzentrierte.

Das Ganze lief ohne Probleme ab. Der Junge hatte gerade zum Sprung nach vorn angesetzt, als Miss Geiss ihm den doppelt geschlungenen Draht über den Kopf warf; sie brauchte nur einen Moment lang lockerzulassen, damit die Schlinge sich straffen und die Sicherung einrasten konnte. Der Draht rutschte dem Jungen tief über den Hals, schnitt ihm aber, weil er so dick war, nicht ins Fleisch. Freilich, wenn das Kind geatmet hätte, wäre es von der Schlinge stranguliert worden, aber derlei Komplikationen mußte Miss Geiss nicht mehr ins Kalkül ziehen.

Sie tat einen Schritt nach vorn, und als der Junge schwankend ausweichen wollte, geriet er aus dem Tritt, fing an, wild mit den Armen zu rudern, und kippte nach hinten um. Es hörte sich schaurig an, als sein Schädel auf dem Betonboden aufschlug – matschig, wie bei einer überreifen Melone. Die Lehrerin warf rasch einen Blick über die Schulter, um sich zu vergewissern, daß niemand in der Nähe herumlungerte, dann nagelte sie den Jungen auf dem Boden fest, zuerst mit der Holzstange, danach mit dem Fuß. Er wollte sich wehren, konnte aber, so wild er auch mit den Fingernägeln an ihren festen hohen Stiefeln zu kratzen versuchte, keinen Schaden anrichten.

Alles weitere war eine Frage der Übung. Miss Geiss ließ die Stange fallen, zwang – die Hand durch den dicken Handschuh geschützt – dem Jungen die Arme auf die Brust, hielt sie mit einer Hand fest und legte ihm mit der anderen die Handschellen an. Sie raffte ihr Kleid und setzte sich dem Kind auf die Brust. Miss Geiss wog neunundachtzig Kilo – der Junge hatte nicht die geringste Chance, ihr zu entkommen. Mit kundigem Blick nahm sie seine Verletzungen in Augenschein: die Brustwunde war's, die zum Tode geführt hatte; allem Anschein nach war sie ihm mit einem Fleischerbeil oder einem langen Messer beigebracht worden. Die anderen Verletzungen – teils tief klaffende Wunden, teils Kratzer oder Einstiche – hatte er, genau wie die Schußwunde in der Schulter, erst später hinnehmen müssen, als er schon tot gewesen war.

Miss Geiss nickte; alles entsprach ihren Erwartungen. Sie schob dem zappelnden Kind die Lippen hoch, wie man es gewöhnlich tut, wenn man ein Pferd inspiziert, und zog ihm mit der Zange die Zähne. Kein Schmerzensschrei. Sie sah, daß Schmeißfliegen dem Jungen ihre Eier in die Augenwinkel gelegt hatten, und nahm sich vor, darauf nachher, wenn sie ihn wusch, besonders zu achten.

Ohne das Kind länger als für Sekunden von ihrem Gewicht zu erlösen, rückte sie sich auf seinem Brustkorb zurecht und zog ihm mit der Zange die Fingernägel. Eine unblutige Aktion, abgesehen von den Spuren getrockneten, verblaßten Blutes, die sich unter den Nägeln des Jungen festgesetzt hatten.

Er schnappte nach ihr wie eine wütende Schildkröte, aber mit seinem stumpfen Zahnfleisch hätte er nicht mal ihrer bloßen Haut etwas anhaben können, und noch viel weniger vermochte er sich in den schweren Schaftstiefeln oder der dicken Kordhose festzubeißen, die Miss Geiss unter dem Kleid trug.

Wieder warf sie einen Blick über die Schulter. Vor ein paar Monaten hätten fünf von ihnen – lauter Erwachsene – sie um ein Haar überrumpelt. Lautlos waren sie – während Miss Geiss die Pause der Kinder überwachte – durch den Stacheldraht gekommen. Zu fünft, und sie hatte ja nur sechs Patronen in der Remington. Einer der Schüsse hatte das Ziel, den Kopf eines der Burschen, lediglich gestreift, und das, als der Kerl kaum noch anderthalb Schritte von ihr entfernt gewesen war. Sie hatte noch mal feuern müssen und glaubte jetzt noch zu spüren, wie ihr Adrenalinspiegel damals in die Höhe geschnellt war.

Der Schulhof war leer. Miss Geiss murmelte etwas in sich hinein, zog den Jungen an der Drahtschlinge auf die Füße, öffnete mit einer Hand die Stahltür und schob das Kind am Fangholz vor sich her. Zum Waschen würde die Zeit noch reichen, bevor das erste Glockenzeichen ertönte.

Den Stundenplan an die Wandtafel zu schreiben, war stets der erste Akt ihres morgendlichen Rituals. Das hatte Miss Geiss immer so gehalten, damit die Kinder wußten, womit sie sich heute beschäftigen und was sie dazulernen sollten.

Der Stundenplan fing mit dem Treuegelöbnis an. Miss Geiss beschloß, auch heute daran festzuhalten und den neuen Jungen der Klasse erst danach vorzustellen. Er saß nun in der drittletzten Bank der Fensterreihe. Miss Geiss hatte ihm die Handschellen abgenommen, die am Boden verschraubten Fußfesseln angelegt, die längs durch die Bankreihe laufende Kette um seinen Bauch geschlungen und das Halseisen zuschnappen lassen. Der Junge war mit den Fäusten auf sie losgegangen, und sie hatte sekundenlang in seinen toten Augen etwas aufblitzen sehen, was lechzende Wut sein mochte. Aber Kinderarme sind zu kurz, als daß sie einem Erwachsenen ernsthaft gefährlich werden könnten.

Schon vor den Tagen der Großen Drangsal hatte sie nur ein nachsichtiges Lächeln dafür übrig gehabt, wenn in einem Film oder im Fernsehen gezeigt wurde, wie Kinder mit Judogriffen oder Karateschlägen Erwachsene von einer Ecke in die andere trieben. Aus jahrelanger Erfahrung wußte sie, daß die Schläge, die ein Kind austeilt, gewöhnlich harmlos sind. Die Gesetze der Mechanik bestimmen das so; Kinder haben weder genug Wucht noch Reichweite, um viel Schaden anzurichten. Mit dem neuen Jungen wäre sie, nachdem sie ihm die Zähne und die Krallen gezogen hatte, auch ohne Fangholz und Ketten fertiggeworden, wenn sie es gewollt hätte.

Aber das wollte sie gar nicht. Sie achtete auf Distanz und ließ die Kinder spüren, daß sie sich der Ansteckungsgefahr bewußt war; genauso hatte sie es damals vor den Tagen der Großen Drangsal mit dem einzigen HIV-positiven Kind in ihrer Klasse gehalten.

Zeit für das Treuegelöbnis. Sie ließ den Blick durch das Klassenzimmer schweifen. Dreiundzwanzig Kinder. Nur ein paar wenige waren aufgestanden; sie zerrten an den Fesseln und rasselten mit den Ketten. Die meisten lümmelten über ihren Pulten oder hatten sich seitwärts wegkippen lassen, als wollten sie sich verstecken oder – ach du meine Güte! – als hätte es auch nur den Hauch einer Chance gegeben, über den Fußboden davonzukriechen. Miss Geiss schüttelte mißbilligend den Kopf, langte nach dem Schaltkasten und legte ihn vor sich auf das Pult. Sechs in Serie angeordnete Zwölf-Volt-Batterien – die Drähte waren mit der Kette verbunden, die durch die Bankreihen lief. Sie konnte die Funken sprühen sehen, scharfer Ozongeruch stieg ihr in die Nase.

Der Stromschlag tat ihnen nicht weh, natürlich nicht. Diesen Kindern konnte nichts mehr weh tun. Aber irgendwie schien die elektrische Spannung sie zu galvanisieren, wie eben damals auch Galvanis Versuch Froschschenkel in zuckende Bewegung versetzt hatte, obwohl sie längst von den Froschleibern abgetrennt waren.

Die Schüler zappelten und reckten und streckten sich, daß die Ketten nur so klirrten. Sie stemmten sich auf den Zehenspitzen hoch, denn die Stromstöße kamen von unten, und die Kinder versuchten instinktiv, nach oben auszuweichen. Die vor der Brust verkrampften Hände spreizten und krümmten sich im Rhythmus der Spasmen. Ein paar Kinder hatten den Mund weit aufgerissen wie zu einem lautlosen Schrei.

Miss Geiss legte die Hand aufs Herz und richtete den Blick auf die Fahne über der Tür. »Der Fahne der Vereinigten Staaten von Amerika gelobe ich Treue...«

Sie stellte den neuen Jungen unter dem Namen Michael vor. Einen Ausweis hatte er natürlich nicht dabei. Miss Geiss war sicher, daß er vor den Tagen der Großen Drangsal noch nicht zur Schule gegangen war. Aber es gab sonst keinen Michael in ihrer Klasse, und irgendwie sah er so aus, als hieße er so. Der Klasse war es sowieso egal. Und Michael offensichtlich auch.

Der Stundenplan sah Mathematik vor – gleich nach dem Treuegelöbnis. Miss Geiss ließ die Klasse für ein paar Minuten allein, nur gerade so lange, wie sie brauchte, um nach unten zu gehen, die Überwachungsmonitore zu checken und einen Karton mit Leckerchen für gute Leistungen aus einer der offenen Kühltruhen zu nehmen, die sie letztes Jahr – mit Donnies Hilfe – aus dem geplünderten Supermarkt abgeschleppt hatte. Beim Gedanken an Donnie, den früheren Hausmeister, der ihr ein so guter Freund geworden war, mußte sie rasch eine Träne wegblinzeln. Er war ihr bei vielen Gelegenheiten ein unentbehrlicher Helfer gewesen, ohne ihn hätte sie das alles nie und nimmer geschafft. Zum Beispiel die Kartons mit den Leckerchen zu holen – den ganzen weiten Weg von der Fabrik am Stadtrand, in der sie die Würfel aus Hähnchenfleisch hergestellt hatten. Oder die Überwachungsanlage mit den Videokameras aufzubauen und richtig zu verkabeln. Ach, wenn Donnie nur damals auf der Interstate nicht angehalten hätte, um dem liegengebliebenen Lastwagen mit Flüchtlingen zu helfen...

Miss Geiss verscheuchte die trüben Erinnerungen, rückte den Trageriemen der Remington zurecht und trug den Karton mit den Leckerchen ins Lehrerzimmer. Sie stellte die Mikrowelle auf drei Minuten ein.

Als Miss Geiss das Klassenzimmer betrat, versetzte der Geruch der heißen Fleischwürfel die Mädchen und Jungen in zappelnde, kettenklirrende Unruhe. Sie stellte die Schale neben dem Lehrerpult ab und trat an die Wandtafel, um mit der Mathematikstunde zu beginnen.

Gott sei Dank hat Donnie sich da draußen in der Fabrik mit der Bedienung der Maschinen für die Verarbeitung von Hähnchenfleisch zu mundgerechten Würfeln ausgekannt, ging ihr, während sie die Ziffern 1 bis 10 an die Tafel schrieb, durch den Kopf.

Denn Würfel aus Hähnchenfleisch – so etwas hätten die Kinder natürlich nicht gemocht. Es ging ihnen wie allen, die nach den Tagen der Großen Drangsal zurückgekommen waren: Sie hatten sich an einen anderen Geschmack gewöhnt.

Miss Geiss warf einen Blick auf die Schale mit den dampfenden Würfeln. Unwillkürlich lief auch ihr bei dem Duft das Wasser im Mund zusammen. Dabei wußte sie genau, daß irgendwo in einer der Kühltruhen – tiefgefroren und in Würfelform verarbeitet – die Überreste des früheren Rektors, Mister Delmonico, und in anderen Truhen die des halben ehemaligen Lehrstabes der Grundschule lagen. Donnies Idee war es gewesen, nicht einfach ungenutzt verkommen zu lassen, was die Flut der Selbstmorde ihnen bescherte. Er war es auch gewesen, dem die Fabrik und die riesigen Tiefkühlkammern, die sie dort hatten, eingefallen waren. Und seiner vorsorglichen Weitsicht war die Erkenntnis zu verdanken, daß es sich als außerordentlich nützlich erweisen könnte, bei der Begegnung mit einer Gruppe Untoter ein paar dieser Würfel zur Hand zu haben. Donnie hatte gesagt, es sei im Grunde die gleiche Methode, deren sich auch Einbrecher bedienten, wenn sie ein rohes Steak einstecken hätten, um die Wachhunde abzulenken.

Zu erkennen, wie trefflich sich die Würfel zur Belohnung guter Leistungen eigneten, war indessen Miss Geiss' Verdienst. Und ihrer bescheidenen Meinung nach hatten sich der arrogante Mister Delmonico und die stinkfaulen Mitglieder des Lehrkörpers nie auch nur annähernd so viele Meriten um die schulischen Fortschritte der Kinder erworben wie in ihrer derzeitigen tiefgefrorenen, gewürfelten Form.

»Eins«, sagte Miss Geiss und zeigte auf die Ziffer, die sie groß an die Tafel geschrieben hatte. Zusätzlich streckte sie einen Finger hoch. »Sprecht mir nach: eins.«

Todd kaute an dem frischen Gummiring, den Miss Geiss ihm ins Halseisen geschoben hatte. Kirsten verhedderte sich in den Fußfesseln und schlug mit dem Gesicht auf ihr Pult. Die kleine Samantha zerfetzte sich schon wieder das Kleid. Justin – schon zehn Monate tot und immer noch rund und pausbäckig – war damit beschäftigt, sich den Plastikbezug seines Stuhls auf die Brust zu kleben. Megan zerrte an den Ketten. Michael hatte sich um die eigene Achse gedreht und starrte die Rückwand des Klassenzimmers an.

»Eins«, wiederholte Miss Geiss. »Wenn ihr's nicht aussprechen könnt, haltet einfach *eine* Hand hoch. Eins – ein, eine.«

John verfiel in stummes, zahnloses Mümmeln – speichelsprühend, aber durchaus rhythmisch. Abigail, die hinter ihm saß, ließ langsam die verdorrte Zunge vor und zurück gleiten. David schlug wieder und wieder seinen Kopf auf den Pultdeckel. Sara kaute an einem der weißen Knochenzipfelchen herum, die ihr aus dem Finger wuchsen. Und Sarah J. riß auf einmal die Hand hoch, bohrte sich einen Finger ins Auge und ließ ihn stecken.

Miss Geiss zögerte keine Sekunde. »Sehr gut, Sarah«, sagte sie, hastete – vorbei an grapschenden Händen und schmatzenden Mündern – die Bankreihe entlang, stopfte Sarah einen Fleischwürfel in den schlaffen Mund und eilte zurück ans Lehrerpult.

»Eins«, sagte sie, »einen Finger hat Sarah bewegt.«

Sie trat wieder an die Tafel. Insgeheim wußte sie sehr gut, daß Sarahs Reaktion nur eine zufällige spastische Zuckung gewesen war. Macht nichts, sagte sie sich, mit der Zeit und bei entsprechender Ermunterung wird sie den Zusammenhang erkennen. Denk nur an Helen Keller und ihre Lehrerin Annie Sullivan. Ein völlig taubstummes Kind, dem nur wenige Monate vergönnt gewesen waren, den Laut menschlicher Sprache aufzunehmen, bevor es vom Dunkel eingehüllt worden war, und dennoch hatte das *wa-wa* ihrer Babysprache Helen genügt, um Jahre später alles andere dazuzulernen. Diese Kinder hier hatten sich dagegen viele Jahre lang im Sprechen und Denken geübt, ehe sie…

Ehe sie starben, führte Miss Geiss den Gedanken zu Ende. *Ehe ihr Verstand, ihr Erinnerungsvermögen, ihre ganze Persönlichkeit sich in Fasern aufgelöst hatte wie das verrottete Ende eines Bindfadens.*

Miss Geiss seufzte verstohlen und deutete auf die nächste Ziffer. »Zwei«, rief sie aufmunternd. »Kann mir eines von euch Kindern… Weiß jemand, wie er mir… Also gut, zeigt mir irgendwie *zwei.*«

Nachdem sie ihren Lunch eingenommen hatte, widmete sich Miss Geiss – während die Kinder nach der Abfütterung ihre Mittagsruhe hielten – der Aufgabe, mit Hilfe des Bulldozers freies Schußfeld zu schaffen.

Anfangs hatte sie geglaubt, es würde genügen, den Schulbereich mit Stacheldraht und Gräben einzugrenzen, nachts die Suchscheinwerfer einzuschalten und das ganze Gelände rund um die Uhr mit Videokameras zu überwachen. Aber sie waren trotzdem durchgekommen.

Zum Glück lag die Schule in einer Kleinstadt, die nicht ganz dreitausend Einwohner gezählt hatte, und bis zum nächstgelegenen größeren Ort waren es vierzig Meilen. Nun, da die Tage der Großen Drangsal sie aufgespalten hatten in das Häuflein derer, die schnell genug gewesen waren, und die Schar der Toten, war die Gegend nahezu entvölkert. Kaum jemand hauste noch hier, weder von der einen noch von der anderen Gruppe.

Gelegentlich sah man einen Wagen – vollgepackt mit lebenden, von Angst und Schrecken gezeichneten Flüchtlingen – durch das Städtchen rasen, aber meistens bogen sie gar nicht erst von der Interstate ab, und in den letzten Monaten war der Lärm hochdrehender Automotoren fast ganz verstummt.

Aber ein paar von den anderen – sie kamen aus den ländlichen Gegenden, aus der fernen Großstadt oder einfach aus ihren Gräbern – schlugen sich, von den generatorgetriebenen Suchscheinwerfern angezogen wie Motten vom Licht, immer wieder durch. Das dicke Gemäuer der Schule, die Stahlblenden vor den Fenstern und die aufwendigen Alarmanlagen hatten bis jetzt immer dafür gesorgt, daß es ihnen nie gelungen war, ins Gebäude einzudringen, bevor der Morgen graute. Nur darum ging es, denn dann, vom ersten Büchsenlicht an, löste die Remington das Problem.

Daher legte Miss Geiss Wert auf freies Schußfeld – Donnie hatte es die »uneingeschränkte Todeszone« genannt. Sie hatte ihn freilich darauf hingewiesen, daß der Ausdruck die Sache nicht traf, weil sie ja nichts töteten, sondern lediglich die Angreifer in das ihnen nach den Naturgesetzen gebührende Stadium versetzten.

So war Miss Geiss schließlich zum Bauschuppen am noch nicht fertiggestellten Abschnitt der Interstate hinausgefahren und mit Dynamit, Sprengkapseln, Zündschnur und einem Caterpillar-Bulldozer D-7 zurückgekehrt. Sie hatte nie zuvor einen Bulldozer gefahren und auch nie Dynamit gezündet, aber im Bauschuppen lagen Bedienungsanleitungen, und was sie sonst noch wissen mußte, hatte sie der einschlägigen Fachliteratur in der Carnegie-Bibliothek entnommen.

Eine halbe Stunde Mittagspause blieb ihr noch – sie eilte zum Schutzdach, unter dem der Bulldozer abgestellt war, kletterte auf den breiten Sitz, löste den Kupplungshebel, stellte die Gangschaltung auf Leerlauf und streckte schon die Hand nach dem Starterknopf aus, als ihr die Remington .30-.06 einfiel. Sie überzeugte sich davon, daß die Waffe fest und griffbereit in der – ursprünglich für den Feuerlöscher gedachten – Halterung lag. Das Schußfeld war, nachdem sie in einem Radius von hundert Metern rund um die Schule sämtliche Gebäude gesprengt hatte, schon recht gut, aber noch standen Reste der Grundmauern, und es lag auch eine Menge Schutt herum – lauter Hindernisse, hinter denen sie sich verstecken konnten. Im Augenblick konnte Miss Geiss allerdings nirgends eine Bewegung ausmachen.

Sie prüfte, ob die Schalter für die Bedienung der Planierschaufel richtig eingestellt waren, öffnete den Sperrhebel der Treibstoffzufuhr, zog den Choke, brachte den Zündschalter in Starterstellung und drückte den Anlasser.

Der D-7 sprang fauchend an, der Auspuff spuckte eine mächtige dunkle Dieselwolke. Miss Geiss korrigierte den Stand der Drosselklappe, schaltete die Kraftübertragung auf die rechte Spurstange, gab Gas und lenkte den Bulldozer auf den größten Schutthaufen zu.

Rechts von ihr kam ein erwachsener Leichnam aus den Trümmern eines Kellers gekrochen und hangelte sich, die Klauen in die Reste der Backsteinmauern geschlagen, auf sie zu. Das Ding hatte über und über weiß bestäubtes Haar, seine Zähne waren abgebrochen, aber dadurch nur um so schärfer, ein Auge fehlte. Miss Geiss glaubte, in ihm Todds Stiefvater zu erkennen – den elenden Trunkenbold, der den armen Jungen jeden Freitagabend grün und blau geschlagen hatte.

Der Leichnam reckte die Arme und wollte sie angreifen.

Miss Geiss schielte kurz nach der Remington, entschied sich dann aber anders. Sie legte den Antrieb auf die linke Spurstange um, zog den Bulldozer leicht nach rechts, öffnete die Drosselklappe ganz und ließ blitzschnell das schwere Schaufelblatt so weit herunter, daß es den Toten mit der unteren Schneide genau in Gürtelhöhe erwischte. Zweimal stieß sie mit der Schaufel zu, beim dritten Mal schaffte sie es: Das Stahlblatt schnitt den Leichnam in der Mitte durch. Die untere Hälfte zappelte weiter, die Beine zuckten wie in einem sinnlosen Veitstanz. Auch die obere Hälfte gab nicht auf, die Finger klammerten sich am Schaufelblatt fest und zogen den Kadaver – das heißt, die Hälfte davon – hoch, bis der Kopf-Bauch-Torso in die Bulldozerschaufel plumpste.

Miss Geiss hantierte hektisch mit dem Schaltgestänge, ließ den Bulldozer rückwärts rollen, dann wieder langsam nach vorn, senkte das Schaufelblatt, kippte den Torso in die Kellerruine, schob die zappelnde untere Hälfte hinterher und deckte alles mit einer Tonne Gesteinsschutt zu. Es dauerte nicht mal eine Minute, bis sie die nächste Tonne Schutt über das Kellerloch geschoben hatte. Dann setzte sie den Bulldozer zurück, vergewisserte sich, daß weit und breit keine anderen Leichname herumlungerten, und machte sich daran, den Keller vollends mit Bauschutt und Erde aufzufüllen.

Als sie fertig war, stieg sie vom Bulldozer und schritt das Gelände ab. Flach und glatt planiert wie ein ordentlich geschotterter Parkplatz.

Es war durchaus möglich, daß Todds Stiefvater – zumindest die obere Hälfte – noch da unten zuckte und strampelte, aber das half ihm nun, unter zwölf Tonnen aufgeschüttetem, plattgewalztem Dreck begraben, auch nichts mehr. Miss Geiss bedauerte nur, daß ihr nicht vergönnt war, mit allen trunksüchtigen, kinderschändenden Vätern und Stiefvätern, die sie im Laufe der Jahrzehnte kennengelernt hatte, gleichermaßen zu verfahren.

Sie rieb sich das Gesicht mit dem Taschentuch ab und warf einen Blick auf die Armbanduhr. Noch drei Minuten, dann fing die Lesestunde an. Miss Geiss ließ den Blick über die gesprengten Wohnblöcke schweifen. Nur hier und da schränkte noch ein Mauerrest oder eine Schutthalde das Schußfeld ein, aber in einer Woche würde sie das auch geschafft haben. Weil sie die Last der mehr als sechzig Lebensjahre in allen Knochen und den Schmerz der Arthritis in den Gelenken spürte, gönnte sie sich eine kurze Atempause, dann kletterte sie auf den D-7 und ließ den Motor an, um den Bulldozer wieder unter das Schutzdach zu fahren, wo er gewöhnlich über Nacht stand.

Miss Geiss las ihrer Klasse laut vor. Jeden Nachmittag tat sie das. Immer nach der Lunchzeit, wenn auch die Kinder abgefüttert und daher – trotz der Pause – ein wenig schläfrig waren, griff sie nach einem der Bücher, von denen sie dachte, sie hätten vielleicht in der kurzen Zeit ihres Lebens selbst darin gelesen oder sich daraus vorlesen lassen: *Gute-Nacht-Mond, Heidi, das Super-Quatsch-Buch, Black Beauty, die ABC-Geschichten, Tom Sawyer, das Buch der Tierlaute, Harold und der purpurrote Malstift, Peter Rabbit, Polarexpreß* – und was nicht alles. Und während sie vorlas, wartete sie darauf, wenigstens eine Spur des Erinnerns, einen Hauch von Leben in den toten Augen der Kinder wahrzunehmen.

Wartete – und sah nichts.

Im Lauf der Zeit war sie dazu übergegangen, der Klasse aus Serien vorzulesen, die bei Kindern so beliebt gewesen waren: spaßige Streiche von *George-Naseweis*, die Herz-und-Schmerz-Geschichten von *Madeleine* und *Ramona*, die Geschichten von *Fury* und den *Berenstain-Bären*, die *Clifford*-Bände und – obwohl einige Moralapostel in politischem Übereifer kurz vor den Tagen der Großen Drangsal in den Regalen öffentlicher Bibliotheken rigoros aufgeräumt hatten – auch die lustigen Geschichten von den *Bobsey-Zwillingen*, den *Hardy-Boys* und *Nancy Drew*.

Die Kinder zeigten keine Reaktion.

An verregneten Tagen, wenn Miss Geiss' Gemüt sich noch düsterer bewölkte als der Himmel, las sie aus der Bibel oder aus Shakespeares Werken vor, gewöhnlich aus den Komödien, mitunter aber auch aus *Romeo und Julia* oder *Hamlet*, und gelegentlich griff sie zu einem Gedichtband ihres Lieblingspoeten John Keats. Indessen, wenn der betörende Tanz der Worte vorüber, das Echo des Wohlklangs verebbt war und Miss Geiss erwartungsvoll aufblickte, flackerte nicht das leiseste Verstehen in den Gesichtern, die sie absuchte.

Nur leblose Augen, offene Münder, zappelnde Unruhe ohne Sinn und Verstand und der faulige Gestank verwesenden Fleisches.

Der Unterschied zu den Erfahrungen aus all den Jahren, in denen sie lebende Kinder unterrichtet hatte, war eigentlich gar nicht so kraß.

Heute nachmittag las sie aus der *Gute-Nacht-Mond*-Geschichte vor, einem ihrer Lieblingsbücher. Es machte ihr selber Freude, als sie an die Stelle kam, wo der kleine Hase mit viel Tamtam in einer schier endlosen Litanei immer wieder jedem aus seiner Familie gute Nacht wünschen will, weil er einen Vorwand sucht, noch nicht unter die Bettdecke schlüpfen zu müssen. Miss Geiss klappte das Büchlein zu und sah rasch hoch. Wieder hoffte sie, ein Flackern in irgendeinem Auge zu erhaschen, sogar ein zuckender Mundwinkel hätte ihr schon genügt.

Träges, leeres Starren. Sie hatten Ohren, aber sie hörten nichts.

Miss Geiss seufzte leise. »Beschäftigen wir uns, bevor es Zeit für die Pause wird, ein wenig mit Geographie.«

Der Raum war abgedunkelt, und die Dias leuchteten in klaren Farben. Washington, die Kuppel des Kapitols. Der St.-Louis-Bogen. Seattle, die Raumfahrtnadel. Das World Trade Center.

Miss Geiss hob die Stimme, um das Rauschen der Projektorkühlung zu übertönen. »Hebt die Hand, wenn ihr eine Stadt seht, die ihr kennt. Gebt mir ein Zeichen, wenn euch irgend etwas bekannt vorkommt.«

Chicago – von der Seeseite gesehen. Denver, im Hintergrund die Ausläufer der Rocky Mountains. Die Bourbon Street am Fastnachtsdienstag. Die Golden Gate Bridge.

Ein Dia nach dem anderen klickte durch den Projektor. Die Kinder rekelten sich träge, hier und da war ein leises Murren zu hören, offenbar regte sich schon wieder der erste Hunger. Aber nirgendwo reckte sich eine Hand. Die Kinder schienen das hell und klar leuchtende Bild auf der Leinwand, die Brooklyn Bridge, gar nicht zu sehen.

New York...

Miss Geiss erinnerte sich an den Septembertag vor siebenundzwanzig Jahren – den Tag, an dem sie das Foto gemacht hatte. Eine herbstlich frische Brise wehte, sie hatten sich, als sie über das Fußgängerdeck der Brooklyn Bridge geschlendert waren, die Sweater übergezogen – sie und Mr. Farnham, der Studienkoordinator, den sie bei der Tagung des Lehrerverbandes von New England kennengelernt hatte. Sie waren zusammen ins Metropolitan Museum of Art gegangen und danach durch den Central Park spaziert. An diesem wunderschönen Nachmittag hätte sie im Überschwang ihrer Gefühle geschworen, jedes einzelne Blatt unter ihrem Schritt rascheln zu hören. Und später, nach dem Dinner im River Café, beim Abschied vor dem Hotel Barbizon, hätten sie sich beinahe geküßt. Er hatte versprochen, sie anzurufen. Aber ein paar Monate später hatte sie von einer befreundeten Lehrerin aus Connecticut erfahren, daß Mr. Farnham verheiratet war – schon seit zwanzig Jahren.

Die Kinder rasselten mit ihren Ketten.

Niedergeschlagen versuchte sie es noch einmal: »Hebt den Arm, wenn ihr auf den Bildern New York City erkennt.« Kein Arm fuhr in die Höhe, kein Schatten kreuzte den Lichtstrahl des Projektors. Miss Geiss versuchte sich das New York von heute vorzustellen, Jahre nach dem Beginn der Tage der Großen Drangsal. Wenn es Überlebende gab, war ihnen doch nur bestimmt, die Beute der fleischgierigen, schmutzigen Kreaturen zu werden, denen die verkommenen Straßen jetzt gehörten...

Sie ließ die letzten Dias rasch durchlaufen: San Diego, die Freiheitsstatue, eine sonnenüberflutete Sandbucht auf Hawaii, die Monhegan Islands im Morgendunst, Las Vegas bei Nacht... all den Zauber, den ihre Augen in jenen wundervollen Sommern getrunken hatten, all die Orte, die sie nie wieder sehen würde.

»Das ist dann für heute alles in Geographie«, sagte sie und schaltete den Projektor aus. Die jähe Dunkelheit schien die Kinder aufzuwiegeln. »Pause!« rief Miss Geiss rasch.

Sie wußte sehr wohl, daß die Kinder keinen körperlichen Ausgleich brauchten. Ihre toten Muskeln konnten nicht noch mehr erschlaffen. Das helle Licht dieses strahlenden Frühlingstages ließ die Körper – die ausnahmslos, wenn auch unterschiedlich stark von den Spuren der Verwesung gezeichnet waren – nur noch widerwärtiger erscheinen.

Aber es gehörte sich einfach, daß Viertkläßler zwischen den Unterrichtsstunden eine Pause hatten, so war es immer gewesen.

Miss Geiss führte ihre Schüler – immer noch angekettet, jeweils vier an einer Kette – nach draußen und hakte die Kettenenden an den Eisenpfosten fest, die sie in den Schotter der Pausenhöfe getrieben hatte. Die Kinder zerrten eine Weile an ihren Fesseln. Dann, wenn die Ketten nicht weiter nachgaben, blieben sie plötzlich wie angewurzelt stehen und erinnerten Miss Geiss an die Trauben kitschig-drolliger Luftballons in Zwergengestalt, die früher bei den Kinderfesten von Macy's Kaufhaus gang und gäbe gewesen waren. Kein Kind nahm vom anderen Notiz. Ein paar stemmten sich Miss Geiss entgegen und mahlten gierig schmatzend mit den zahnlosen Kiefern, aber sie kannte die scheinbare Drohgebärde schon und war so an das Geräusch gewöhnt, daß sie keinen Augenblick beunruhigt war oder sich gar gefürchtet hätte.

Sie selbst verschaffte sich ein wenig Bewegung, suchte sich ihren Weg durch den Zickzackkurs der Schlupfwege, die sie im Stacheldrahtverhau offengelassen hatte, spazierte quer über den Spielplatz der Erstkläßler und machte erst am Wallgraben halt, den sie um das Schulgelände gezogen hatte. Sie nannte es einen »Wallgraben«, in den pioniertechnischen Handbüchern, die sie in der Carnegie-Bibliothek gefunden hatte, war von »Panzergräben« die Rede. Aber regelrechte Panzergräben hätten, den Handbüchern nach, mindestens zwei Meter tief, zehn Meter breit und mit einer Böschungsneigung von 45 Grad angelegt sein müssen. Miss Geiss hatte die Gräben mit dem D-7 gezogen, halb so breit und halb so tief, mit einem Böschungswinkel von nur 20 Grad. Was immer die Toten sich ausdachten, um in die Schule einzudringen, mit Panzern würden sie wohl kaum anrücken.

Das mit dem Benzin in den Gräben war ihr bei der Lektüre eines alten Zeitungsartikels über die irakischen Verteidigungsanlagen während des Golfkrieges eingefallen. An Sprit heranzukommen war kein Problem gewesen. Donnie war mit einem riesigen Kesselwagen zu den unterirdischen Texaco-Tanks gefahren, und schon hatten sie mehr Benzin gehabt, als sie je für den Schulgenerator brauchen würden. Mit dem Auffüllen der Wallgräben hatten sie sich indessen schwergetan. Immer wieder war das Benzin im Boden versickert, bis Miss Geiss schließlich die großen schwarzen Polyestermatten eingefallen waren, die im Schuppen des Highwaybautrupps herumlagen.

Nun stand sie vor dem Wallgraben, starrte in die von der Sonne lauwarm gewordene Benzinbrühe und dachte über die Sinnlosigkeit all ihrer Mühe nach... Der Graben, die Punktscheinwerfer, die Videokameras – im Grunde gab es keine wirksamen, unüberwindlichen Schutzmaßnahmen.

Na ja, wenigstens hatten sie etwas zu tun gehabt.

Und wie stand es mit dem frommen Selbstbetrug, daß sie diesen armen verlorenen Seelen je etwas beibringen könnte? Miss Geiss verscheuchte den Gedanken, ging zurück zum Pausenhof und schob sich die Trillerpfeife zwischen die Lippen, um das Ende der Pause zu signalisieren.

Keines der Kinder reagierte auf den Pfiff. Aber Miss Geiss pfiff trotzdem. Das war Tradition.

Für das Foto führte sie die Kinder in den Werkraum. Sie wußte selber nicht, warum sie das Foto ausgerechnet hier machen wollte, draußen im Freien wären die Farben viel besser herausgekommen. Aber die Klassenfotos waren eben von jeher hier gemacht worden, immer nach derselben Prozedur: die kleinsten ganz vorn, obwohl die erste Reihe sowieso kniete, dahinter der Größe nach die anderen, und das Ganze vor der riesigen Keramikkarte der Vereinigten Staaten, die irgendeine Klasse – mit je einer Kachel aus gebranntem braunen Ton für jeden Staat – vor einem halben Jahrhundert geschaffen hatte. Die Ekken der Keramikstaaten fingen zu bröckeln an, und ein paar hatten sich in den Fugen verzogen, so daß allmählich der Eindruck entstand, ein gewaltiges Erdbeben habe die Nation erschüttert. Texas war vor acht oder neun Jahren heruntergefallen, und weil man die Splitter ein wenig lieblos zusammengeleimt hatte, sah die Texas-Kachel nun wie eine Föderation aus lauter Kleinstaaten aus.

Für Texas hatte Miss Geiss nie viel übrig gehabt. In ihren frühen Mädchenjahren war Präsident Kennedy dort ermordet worden. Seither schleppte sie das Vorurteil mit sich herum, daß da unten der Teufel los wäre, Jahr für Jahr mehr.

Reihenweise ließ sie die Kinder herein, hakte die Enden der Laufketten an der Heizung fest, stellte eine Schale mit frisch gerösteten Leckerchen zwischen die Kamera und die Klasse, vergewisserte sich, daß der Film richtig eingelegt und vorgespult war, stellte den Selbstauslöser ein, huschte rasch nach vorn – neben Todd, der, vom Duft der Fleischwürfel verlockt, wie alle anderen an der Kette zerrte – und versuchte krampfhaft, während die Zeitautomatik mit leisem Zischen lief, ins Objektiv zu lächeln, bis der Auslöser klickte.

Sie machte noch zwei weitere Aufnahmen, warf aber nur einen kurzen Blick darauf, bevor sie sie in der Schürzentasche verschwinden ließ. Die meisten Kinder guckten nach vorn, mehr war nicht zu erwarten.

Als die Kinder wieder in den Bankreihen angekettet waren,

blieben noch zehn Minuten bis zum Ende des Unterrichtstages, aber Miss Geiss konnte sich nicht dazu aufraffen, Beispiele zum Buchstabieren an die Tafel zu schreiben oder noch einmal etwas vorzulesen oder den Kindern wenigstens Malstifte in die Hand zu drücken und einen Bogen Schmierpapier aufs Pult zu legen. Sie saß da, starrte die Klasse an und spürte, wie unendliche Müdigkeit und die Einsicht der Sinnlosigkeit all ihres Bemühens sich zentnerschwer auf ihre Schultern legten.

Die Schüler starrten sie auch an. Das heißt, sie starrten in ihre Richtung, eigentlich allerdings mehr auf die Schale mit den Fleischwürfeln.

Das Glockenzeichen um drei Uhr nachmittags zeigte das Ende des Schultages an. Miss Geiss eilte durch die Bankreihen und warf den Kindern Fleischwürfel zu. Dann schaltete sie die Lichter aus und verriegelte die Tür von außen. Wieder war ein Schultag vorüber.

Es ist früher Morgen, und die Luft ist so vollgesogen mit hellem Licht, wie Miss Geiss es seit Jahren nicht erlebt hat. Während sie zur Tafel geht, um die Gruppenteilung neben den Stundenplan zu schreiben, fällt ihr auf, daß sie auf einmal viel jünger ist. Sie trägt das Kleid, das sie seinerzeit getragen hat, als sie mit Mr. Farnham über die Brooklyn Bridge geschlendert ist.

»Nehmt bitte eure Lesebücher heraus«, sagt sie leise. »Die Gruppe Kopfsalat – ihr legt euch die Bogen mit den Ergänzungsfragen daneben. Die Krümelmonster – von euch will ich nachher die Vokabelhefte sehen. Und die Flitzergruppe – ihr schreibt alle Schlüsselwörter, die im Lesebuch fett gedruckt sind, einmal ab. Seht zu, daß ihr bis Viertel nach zehn fertig seid, dann will ich euch hier vorn an der Tafel prüfen. Wenn's einer schneller schafft, kann er sich im Sekretariat den Förderbogen holen und ein paar Extrapunkte sammeln.«

Rasch und ohne viel Geschnatter setzen sich die Kinder in den eingeteilten Gruppen zusammen. Ganz vorn sitzt die Gruppe, in der – immer wieder von Miss Geiss' Zwischenfragen und den Antworten der Schüler unterbrochen – vorgelesen wird, mit gedämpfter Stimme, versteht sich, damit die anderen nicht gestört werden, die – mit jenem dumpfen Gemurmel, das in allen Klassenzimmern rund um den Globus den gleichen Klang hat – über ihren Aufgaben brüten.

Die Kopfsalat-Gruppe fängt damit an, die vorgedruckten Fragen am Ende der Geschichte schriftlich zu beantworten. Miss Geiss geht zwischen den anderen Gruppen auf und ab.

Sara hat sich ein Kopftuch umgebunden, die Knoten ragen wie lustige Hasenohren nach links und rechts. Normalerweise duldet Miss Geiss nicht, daß jemand im Klassenzimmer ein Tuch oder eine Mütze trägt, aber Sara bekommt Bestrahlungen, und von der chemotherapeutischen Behandlung sind ihr die Haare ausgefallen. Niemand hänselt sie deswegen, nicht mal Todd.

Im Augenblick sitzt sie tief über ihr Heft mit den Schlüsselwörtern gebeugt, blinzelt ratlos und knabbert den Radiergummi am stumpfen Ende des Bleistifts an. Sie ist neun Jahre, ihre Augen sind blau, und ihre Haut hat den feinen Schimmer hauchzarten, edlen Porzellans. Auf den ersten Blick glaubt man auf ihren Wangen einen rosig gesunden Hauch zu erkennen, erst bei näherem Hinsehen merkt man, daß ihre Mutter mit Make-up nachgeholfen hat, um die fahle, ungesunde Blässe abzumildern.

Miss Geiss bleibt an Saras Pult stehen. »Probleme?«

»Das hier...« Sara legt den Zeigefinger unter eine Zeile. Ihre Fingernägel sind genauso angeknabbert wie der Radiergummi. »Das versteh ich nicht.«

»Da steht's doch: Du sollst die richtige Vorsilbe herausfinden und vor das Wort setzen«, flüstert Miss Geiss.

Vorn steht Kirsten, spitzt schabend ihren Bleistift, pustet die Holzspäne in den Papierkorb, ist anscheinend mit dem Ergebnis noch nicht zufrieden und schabt weiter – alle gucken hin, die ganze Klasse wird gestört.

»Was ist eine Vorsilbe?« flüstert Sara zurück.

Miss Geiss beugt sich tiefer hinab. Auf einmal sind sie einander für einen kurzen Augenblick ganz nahe, Sara und sie, wie zwei, die insgeheim etwas zu tuscheln haben, und Miss Geiss spürt den warmen Atem des Kindes, die Glut seiner Wangen.

»Denk mal nach, Sara, es fällt dir bestimmt wieder ein.«

Sie geht wieder nach vorn. Die Kinder von der Gruppe Kopfsalat, die Klassenbesten, füllen eifrig ihre Ergänzungsbogen aus. Die Flitzer – das sind die sechs, die ein bißchen hinter dem Leistungsdurchschnitt herhinken, vier Jungen und zwei Mädchen – stellen sich neben dem Lehrerpult auf.

»David«, beginnt Miss Geiss die Prüfung, »kannst du mir erzählen, wie der Delphin dem Jungen zunächst geholfen, ihm später aber um ein Haar böse mitgespielt hätte?«

David legt die Stirn in Falten, täuscht angestrengtes Nachdenken vor, kaut am Bleistift, hält aber, wie Miss Geiss mit einem raschen Blick feststellt, ein leeres Heft in der Hand.

»Todd, kannst du's uns sagen?«

Der Junge fährt herum, seine Augen blitzen wütend. Offensichtlich ist er mit seinen Gedanken wieder mal Gott weiß wo, wahrscheinlich überlegt er gerade, wen er in der nächsten Pause vermöbeln will. »Was ist? Was soll ich sagen?«

»Du sollst uns erzählen, wie der Delphin dem Jungen erst geholfen und ihn dann in Gefahr gebracht hat.«

Todd spannt schon die Muskeln an, will die Achseln zucken, nimmt sich aber im letzten Moment zusammen. Das mit dem ständigen Achselzucken hat ihm Miss Geiss nämlich gerade erst mühsam abgewöhnt – mit geduldigen Ermahnungen, freundlichem Zureden und gelegentlichen schriftlichen Belobigungen, die er am Wochenende zu Hause vorzeigen kann, wenn er's eine ganze Woche lang geschafft hat, seine dumme Angewohnheit zu unterdrücken. »Er hat den Jungen gerettet«, sagt er.

»Sehr gut«, lobt ihn Miss Geiss lächelnd. »Und vor wem?«

»Vor dem Hai«, sagt Todd. Er hat sich die Haare nicht gewaschen, ist nicht ordentlich gekämmt, läuft mit einem speckigen Hemdkragen herum – aber blitzende blaue Augen hat er, voller Lust am Leben und an seiner Kraft.

»So, und nun wollen wir noch hören, wie er dem Jungen fast zum Verhängnis geworden wäre.« Miss Geiss läßt den Blick über die Gruppe wandern, um den auszugucken, der als nächster drankommen soll.

Und da ruft Todd laut: »Miss Geiss, sie kommen!«

Die Lehrerin sieht ihn streng an und will ihn gerade zur Ordnung rufen, weil er ungefragt dazwischenredet, aber beim ersten Blick auf Todd verschlägt es ihr die Sprache.

Auf einmal hat der Junge leere, tief eingesunkene, wie von weißem Moder überschattete Augen. Seine Haut ist bleich und schuppig wie der aufgeblähte Bauch eines Fischkadavers. Er hat keine Zähne mehr, das Zahnfleisch ist verschrumpelt und schimmert mit bläulichem Belag. In panischer Angst sperrt er den Mund auf – aber plötzlich ist es gar kein Mund mehr, sondern ein hohler Trichter in einem leeren Gesicht. Und seine Stimme klingt verzerrt, als käme sie tief aus dem Bauch, wie bei einer von diesen albernen Sprechpuppen, die neuerdings in Mode gekommen sind.

»Schnell, Miss Geiss! Sie kommen, sie wollen uns was tun! Wachen Sie auf!«

Atemlos, mit jagendem Herzen, saß Miss Geiss kerzengerade im Bett. Hastig tastete sie auf dem Nachttisch nach ihrer Brille, setzte sie auf und sah sich gehetzt um.

Alles war so, wie es sein mußte. Durch die Vorhänge an den hohen Fenstern drang das helle Licht der Suchscheinwerfer in das ehemalige Klassenzimmer, das Miss Geiss sich als Wohn- und Schlafraum eingerichtet hatte. Sie lauschte, gab sich alle Mühe, den Pulsschlag ihres Herzens auszublenden, der ihr in den Ohren pochte, um sich ganz auf andere Geräusche zu konzentrieren, aber sie konnte nichts Ungewöhnliches hören, weder im Klassenzimmer unter ihr noch draußen auf dem Schulgelände. Auf den neben ihrem Bett aufgebauten Monitoren der

Video-Überwachungsanlage waren die Schulflure, die in grelles Licht getauchten Pausenhöfe und Spielplätze zu sehen – überall Leere. Einer der Monitore zeigte den Klassenraum im Erdgeschoß: ihre Viertkläßler. Ein paar Schüler hatten sich bäuchlings über die Pulte gelümmelt, andere dösten, von den Ketten gehalten, müde und erschöpft im Stehen vor sich hin.

War nur ein Traum, beruhigte sich Miss Geiss, *leg dich wieder schlafen.*

Statt dessen stand sie auf, zog den gefütterten Morgenmantel über das Flanellnachthemd, band die Gummischürze um, fuhr in die Stiefel, griff nach der Remington, nahm aus der Schublade das unhandliche Nachtsichtgerät, das Donnie ihr seinerzeit besorgt hatte, stürmte aus dem Zimmer und schickte sich an, den Glockenturm zu besteigen.

Am oberen Ende der Leiter angekommen, konnte sie vom schmalen, rund um das Glockengestühl verlaufenden Ausguck alle vier Himmelsrichtungen einsehen, nur nach Osten hin versperrte der Frontgiebel einen Teil der Sicht. Die Punktscheinwerfer leuchteten den Spielplatz und die Pausenhöfe aus, der Lichtstrahl reichte bis zum Wallgraben und bis zu den Schutthaufen – den letzten Überresten der gesprengten Häuser der Umgebung.

Sie gähnte, und ihr Atem wehte wie ein dünner Schleier durch die nachtkalte Luft. Kopfschüttelnd dachte sie: *Ich werde allmählich zu alt für solche Gespensterjagden zu nachtschlafender Zeit.* Und sie dachte auch: *Vor den Banden der Überlebenden, die überall herumstreunen, muß man sich ohnehin mehr fürchten als vor den toten Erwachsenen.*

Sie drehte sich um und wollte schon den Fuß auf die Leiter setzen, aber im letzten Augenblick blieb sie an der Steuerung der Lichtanlage stehen, die sie zusammen mit Donnie auf dem Glockenturm installiert hatte. Leise seufzend ließ sie den Richtungshebel kreisen, die Scheinwerfer schwenkten herum und suchten das Gelände ab. Miss Geiss kämpfte mit den Tükken des Nachtsichtgeräts. Ein widerborstiges Ding, es wollte ihr nicht gelingen, sich die Gläser über den Kopf zu stülpen. Ach ja – sie mußte ja erst die Brille abnehmen... Sie schob die Brille hoch und zog sich das Nachtsichtgerät über die Stirn. Herrje, mit dem Ding über dem Kopf kam sie sich jedesmal wie ein dummer August vor! Trotzdem, sie wollte nicht undankbar sein, schließlich hatte Donnie seinerzeit die riskante Fahrt in die Stadt gewagt, um ihr das Gerät zu besorgen.

Sie trat an die Brüstung. Und erstarrte.

Da waren sie, die wandelnden Leichname – drüben im Westen, genau da, wo das Lichtbündel der Suchscheinwerfer sich im Dunkel verlor. Bleiche Schattengestalten kamen aus den Kellerruinen gekrochen und huschten torkelnd von einem Schutthaufen zum anderen. Kein Zweifel, so taumelten nur die Toten durch tückisches, mit Fallen gespicktes Gelände, kein Lebender hätte Sekunden, nachdem er in ein tiefes Kellerloch gestürzt war, unverletzt wieder auftauchen und in stoischer Verbissenheit seinen Weg fortsetzen können.

An die zwanzig mochten es sein – oder nein, viel mehr... Mindestens dreißig knochendürre Gestalten bewegten sich auf das Schulgebäude zu.

Sie wandte sich nach Norden. Genauso viele, wenn nicht noch mehr, sie hatten schon fast die Straße erreicht. Drüben im Osten dasselbe, dort waren sie kaum noch einen Steinwurf vom Wallgraben entfernt. Im Süden – o Gott, da schienen es sogar noch mehr zu sein.

Alles in allem über hundert Tote, die wankend näher kamen.

Miss Geiss zerrte das Nachtsichtgerät herunter, setzte sich auf die oberste Sprosse der Leiter, zog die Knie an und barg den Kopf im Schoß, bis das Bild der leblosen Schatten, das sich ihr ins Hirn gebrannt hatte, zu weichen begann und sie allmählich wieder zu Atem kam.

Sie hatten sich doch bis jetzt nie derart zusammengerottet. Nie waren sie alle auf einmal gekommen.

Sie glaubte, das Herz müsse ihr stehenbleiben. Ein Zittern schüttelte sie. Und dann setzte der Herzschlag wieder ein.

Ich hätte nie gedacht, daß noch so viele Tote in unmittelbarer Nähe der Schule herumlungern.

Eine innere Stimme schrie stumm in ihr auf. *Laß das*, schrie sie, *hör auf zu grübeln, die Toten kommen, um sich die Kinder zu holen!*

Was nicht stimmen konnte. Die Toten nährten sich nur vom Fleisch der Lebenden. Oder vom Fleisch derer, die bis vor kurzem noch gelebt hatten. Die Gestalten da draußen kamen also eher, um *sie* zu holen. Und doch war Miss Geiss im tiefsten Inneren davon überzeugt: *Sie wollen mir die Kinder wegnehmen.*

Achtunddreißig Jahre lang hatte sie ihre Kinder behütet. Sie hatte sie davor bewahrt, an den Klippen des Lebens zu scheitern – jedenfalls da, wo sie am schärfsten waren. Hatte alles getan, was in ihren Kräften stand, um ihnen ein Jahr der Geborgenheit zu geben, ein Jahr, in dem sie nichts von ihren schulischen Aufgaben ablenken sollte. Sie hatte die Kinder vor den Rowdies unter den Schülern beschützt, vor gedankenlosen und gleichgültigen Lehrern und vor der sturen Schulbürokratie. Sie hatte sich schützend vor sie gestellt, wenn ein Kollege sie piesacken und ihnen Kadavergehorsam beibringen wollte. Sie hatte ihre Viertkläßler, so gut sie es vermochte, davor bewahrt, allzu früh mit dem konfrontiert zu werden, was Erwachsene so leichtfertig den Ernst des Lebens nennen. Hatte versucht, all jene Auswüchse von ihnen fernzuhalten, die sich in einer immer vulgärer und pöbelhafter werdenden Gesellschaft breit machten.

Und mit all ihren Kräften hatte sie die Kinder vor denen beschützt, die sie prügeln wollten, vor Kidnappern, vor geistigen Verführern und vor jenen Unholden, die – unter der Maske des liebenden Vaters, Stiefvaters oder Onkels oder in der Gestalt irgendeines wohlmeinenden Biedermanns – unschuldige Kinder sexuell belästigen.

Und nun kamen diese wandelnden Leichen und wollten die Kinder holen.

Der Morgenmantel bauschte sich im Nachtwind, so schnell eilte Miss Geiss die Leiter hinunter.

Sie hatte sich damals nicht erklären können, warum im Bauschuppen an der Interstate Leuchtpistolen lagen, aber einer plötzlichen Eingebung folgend hatte sie eine davon mitgenommen. Allerdings waren nur drei Leuchtpatronen dabeigewesen, große runde Dinger, die aussahen wie überdimensionierte Schrotpatronen. Abgefeuert hatte Miss Geiss bis jetzt nie eine.

Mit der Leuchtpistole in der Hand hastete sie zum Glockenturm zurück; die drei Patronen steckten – zusammen mit vier Päckchen .30.06er Munition, die sie in aller Eile zusammengerafft hatte – in der Schürzentasche.

Das Gros der Leichen trieb sich noch im Vorgelände herum, gut achtzig Meter von den Schulhöfen entfernt, aber einige wateten schon durch den Wallgraben.

Miss Geiss fischte eine Leuchtpatrone aus der Schürzentasche, klappte die Pistole auf und stopfte die Patrone in die Kammer. Sie zwang sich, kurz stehenzubleiben und tief durchzuatmen. Das schwere Nachtsichtgerät baumelte ihr um den Hals.

Wo ist eigentlich meine Brille? Wo hab ich nur meine Brille gelassen?

Sie tastete die Stirn ab, wurde fündig und zog sich die Brille auf die Nase. Noch ein tiefer Atemzug. Dann klappte sie die Leuchtpistole zu und schwenkte den Suchscheinwerfer.

Gut ein Dutzend Leichen lungerte noch beiderseits des Wallgrabens herum, aber es kam ihr so vor, als wären die Toten, die sich bereits der Straße näherten, in der Überzahl.

Mit beiden Händen brachte Miss Geiss die Leuchtpistole in Anschlag. Sie schloß die Augen und drückte ab. Die Leuchtkugel stieg in einem viel zu steilen Winkel hoch, schlug mindestens zwanzig Meter vor dem Graben auf und brannte mit grellrotem Schein auf dem Schotter des Schulhofs aus. Ein nackter Leichnam mit aufgescheuerten, fleischlosen Schienbeinen torkelte, ohne Schaden zu nehmen, über die Brandstelle weg und kam wankend näher. Miss Geiss lud die Leuchtpistole neu, hielt tiefer an und zog den Abzug durch.

Diesmal schlug das Leuchtgeschoß direkt hinter dem Wallgraben auf, rollte die Böschung hinunter und verschwand. Nur sekundenlang sah Miss Geiss den roten Feuerschein aufflakkern, dann schien der Brandsatz zu ersticken. Und schon tauchte wieder ein Dutzend bleicher Gestalten auf; die nächste Gruppe watete durch den Graben.

Miss Geiss schob die letzte Patrone in die Leuchtpistole. Und plötzlich machte es *wuuuschhh* – wie von einer jähen Windböe, und im nächsten Augenblick stand der Graben westlich der Schule in Flammen. Es war, als hätte das Feuer rasch noch Atem geholt, ehe es losstürmte. Nach Norden und nach Süden jagten die lodernden Flammenzungen, zuckend sprangen sie um die Grabenecken. Miss Geiss eilte auf die Ostseite des Glockenturms und beobachtete, wie das Feuer sich weiterfraß, bis das ganze Schulgelände von einer gewaltigen, an die zehn Meter hohen Flammenwand eingeschlossen war. Bis herauf auf den Turm spürte sie die Hitze. Erleichtert ließ sie die Leuchtpistole in der Schürzentasche verschwinden.

Aber da waren ja immer noch die, die den Graben schon überwunden hatten: Zwei Dutzend Leichname mochten es sein, die vom Spielplatz aus taumelnd näher kamen. Ein paar verfingen sich im Stacheldrahtverhau, doch es dauerte nicht lange, bis sie sich losgerissen hatten und torkelnd weiterstolperten.

Miss Geiss warf einen Blick auf ihre Hände: Nein, da zitterte nichts mehr. Sorgfältig lud sie die Remington, bis das Magazin voll war. Dann schlang sie – wie auf der Abbildung, die sie im Infanteriehandbuch studiert hatte – den Trageriemen der Waffe um den Daumen, stützte den Ellbogen fest auf die Turmbrüstung, atmete tief durch und drückte das Auge ans Okular des Zielfernrohrs. Die Punktscheinwerfer hätte sie jetzt beim hellen Schein der Flammen gar nicht mehr gebraucht. Sie suchte das Zielgelände ab, hatte die erste Gestalt im Visier, richtete das Fadenkreuz auf das Schläfenbein des Leichnams und krümmte langsam den Zeigefinger. Und schon konnte sie den Lauf der Remington auf das nächste Ziel lenken.

Weiter hinten, wo der Spielplatz der Erstkläßler endete, krochen die Toten die Böschung des Wallgrabens hinunter – mitten hinein in die lodernden Flammen. Keine der bleichen Gestalten zuckte auch nur einen Augenblick vor dem Feuer zurück. Und tatsächlich – ein paar kamen durch. Versengte, halb verschmorte und dennoch scheinbar unaufhaltsam wandelnde Fackeln. Von leckenden orangefarbenen Flammen und beißendem schwarzen Rauch eingehüllt wankten sie weiter, bis ihnen die vermoderten Stoffetzen und das letzte Fleisch vom Leib gebrannt waren. Aber schließlich – sobald die Hirnflüssigkeit zu sieden begann und sich in Gas verwandelte – ereilte das Geschick sie doch: Die bleichen Schädel zerplatzten mit lautem Knall, wie von einer Sprengladung zerrissen, und die Leichname brachen in sich zusammen. Nicht lange, und überall auf dem Spielplatz lagen rotglühende Knochenhäufchen – wie die wirr durcheinandergeratene Befeuerung einer Landebahn.

Miss Geiss ließ das Zielfernrohr über den Spielplatz wandern. Da und dort rührte sich noch etwas, sie half mit einem sorgfältig gezielten Schuß nach, schwenkte den Lauf langsam seitwärts, fand das nächste Ziel, feuerte wieder…

Fünfmal mußte sie das Magazin nachladen. Als sie getan hatte, was sie tun mußte, zählte sie mehr als hundert reglose Gestalten. Ein paar brannten noch, aber selbst die rührten sich nicht mehr.

Dann aber ging es drüben auf der Ostseite los – da, wo der Giebel des Schuldachs ihr die Sicht versperrte. Dumpf trommelten Knochenfäuste gegen Stahl. Um die dreißig Leichname mochten es sein, vielleicht sogar mehr, die sich bis an die Mauern der Schule vorgearbeitet hatten und nun an den Stahlblenden der Fenster und den eisenbeschlagenen Türen zerrten.

Miss Geiss erwischte einen Kragenzipfel ihres Morgenmantels und wischte sich damit übers Gesicht. Eine schwarze Rußschicht blieb auf dem Kragen zurück; ihre Augen tränten. Sie schulterte die Remington, kletterte die Leiter hinunter und hastete in ihr Zimmer. In der Kommode lag Donnies 9mm Browning; sie bewahrte sie seit jenem Tage, an dem sie ihren guten Freund, den ehemaligen Hausmeister der Schule, feuerbestattet hatte, dort auf. Die Waffe war geladen, zwei zusätzliche Magazine und eine gelbe Schachtel mit Munition lagen daneben.

Miss Geiss steckte die Magazine und die Schachtel in die Schürzentasche, wog die Browning in der Hand und eilte treppabwärts ins Erdgeschoß.

Am Schluß war sie so erschöpft, daß sie fürchtete, im nächsten Augenblick tot zusammenzubrechen.

Sie hatte alle drei Magazine leergefeuert und sogar einmal nachgeladen. Sie war, als sie sich ermattet auf den Gehweg vor der Schule kauerte, absolut sicher, daß keiner der Leichname ungeschoren davongekommen sein konnte.

Der letzte, mit dem sie es zu tun hatte, war ein langaufgeschossener, bärtiger Kerl. Nur anderthalb Meter trennten sie noch von dem Toten, als sie die Browning auf ihn richtete, abdrückte und ihm den Schuß durchs linke Auge jagte. Der Leichnam sackte in sich zusammen wie eine Marionette, der man die Fäden durchgeschnitten hat. Miss Geiss selber ging es nicht viel besser. Am Ende ihrer Kräfte, von Entsetzen geschüttelt, nicht einmal in der Lage, wenigstens noch das kurze Stück bis zum Schulportal zu wanken, ließ sie sich, wo sie gerade stand, zu Boden gleiten.

Die Flammen im Wallgraben waren heruntergebrannt, nur dicht über dem Benzinsud bleckte hier und da noch eine Feuerzunge. Dicke schwarze Rauchschwaden hingen in der heißen Luft. Auf den Gehwegen vor dem Schulgebäude und auf den Stufen vor dem Hauptportal lagen sie zuhauf: die bleichen Gestalten, deren sie sich mit letzter Kraft erwehrt hatte – hingestreckt, mit gespreiztem Gebein, reglos.

Miss Geiss hätte sich gewünscht, ihren Tränen freien Lauf

lassen zu können, aber sie war zu müde, um zu weinen. Sie ließ den Kopf auf die Brust sinken, atmete langsam in tiefen Zügen ein und versuchte krampfhaft, sich möglichst wenig von dem entsetzlichen Gestank, den die verschmorten Leichen ausströmten, in die Lungen zu pumpen.

Der bärtige Tote, der dicht vor ihr zusammengebrochen war, raffte sich – kaum einen Meter von ihr entfernt – noch einmal auf und kroch mit gespreizten Klauen auf sie zu.

Das Geschoß ist ihm in den Schädel gedrungen, aber das genügt nicht, es hätte ihm das Hirn wegblasen müssen, konnte sie gerade noch denken, dann fiel das Ding über sie her, schlug ihr die Browning aus der Hand und drückte sie zu Boden. An die Remington, die sie sich um die Schulter gehängt hatte, kam sie nicht heran; die Waffe war unter ihr begraben. Und als ihr der Leichnam mit seinen Fingern ins Gesicht fuhr, ging die Brille zu Bruch. Und dann hörte sie das grauenhafte Schmatzen, als der Mund des Toten – ein knöcherner, lippenloser Mund, wie zu einem Kuß gespitzt – immer näher auf sie zukam.

Ihre rechte Hand war unter dem Rücken festgeklemmt, nur die linke blieb ihr noch. Tastend suchte sie nach der Öffnung der Schürzentasche, fuhr hinein, wühlte zwischen den lose herumliegenden Patronen, suchte nach der Zange und packte, als ihre Finger endlich etwas Schweres, Festes zu fassen bekamen, entschlossen zu.

Der Leichnam war über ihr, sein Schädel zuckte nach vorn – gleich, gleich würde er zubeißen und sich durchnagen bis zu ihrem Gehirn. Im letzten Augenblick stieß ihm Miss Geiss die Mündung der Leuchtpistole in die Mundhöhle, zog mit dem Daumen den Schlagbolzen zurück und drückte ab.

Als die Sonne aufging, waren fast alle Feuer ausgebrannt; Rauch und beißender Verwesungsgeruch hingen in der Luft. Miss Geiss schlurfte müden Schrittes den Flur hinunter, riegelte die Tür zum Klassenzimmer auf, blieb stehen und starrte auf die Schar ihrer Schüler.

Die Kinder verhielten sich ungewöhnlich ruhig, fast so, als hätten sie mitgekriegt, was heute nacht geschehen war.

Aber der Lehrerin fiel das gar nicht auf. Müde und erschöpft nestelte sie an den Kettenhaken und Halteschnallen herum, nahm den Kindern die Halseisen und die Fußfesseln ab und führte sie an der Laufkette ins Freie. Wie eine Gruppe Blinder, nein, richtiger wohl: wie eine Meute tollpatschiger junger Hunde lotste sie ihre Schüler durch die Schlupflöcher im Stacheldrahtverhau. Als sie den Spielplatz erreicht hatten, hakte sie die letzten Ketten auf und ließ sie achtlos auf den geschotterten Boden fallen. Und da standen sie nun, die Kinder, standen – des gewohnten Halts beraubt – auf unsicheren Beinen und versuchten mühsam, das Gleichgewicht zu wahren.

»Die Schule ist aus«, sagte Miss Geiss müde. Die aufgehende Sonne brannte ihr in den Augen, das Häuflein ihrer Schutzbefohlenen warf lange Schatten. »Nun geht schon«, flüsterte sie, »geht heim.«

Und sie warf keinen Blick hinter sich, als sie sich durch den Stacheldraht schlängelte, zurück zum Schulgebäude.

Sie hätte nicht sagen können, wie lange sie bereits an ihrem Pult saß. Sie war zu müde, um aufzustehen, viel zu müde, um nach oben zu gehen und sich schlafen zu legen. Leer und öde gähnten die vier Wände sie an. Nichts auf der Welt ist so leer wie ein leeres Klassenzimmer.

Nach einer Weile, als das Sonnenlicht auf seinem Weg über den polierten Holzfußboden fast bis ans Lehrerpult herangekrochen war, wollte sie endlich aufstehen, aber da war ihr die störrische Gummischürze im Weg. Sie nahm sie ab, leerte die Tasche und legte alles, was darin gewesen war, nebeneinander aufs Pult: die Zange, die gelbe Munitionsschachtel, die 9mm Browning, die Handschellen, die sie gestern gebraucht hatte, als Michael gekommen war, lose Patronen und die drei Polaroidfotos. Sie warf einen Blick auf das oberste Foto. Und auf einmal sank sie auf ihren Stuhl zurück.

Sie hielt das Foto ins Licht, sah es sich genauer an, dann langte sie nach dem zweiten Foto und dann nach dem dritten.

Todd lächelte in die Kamera. Da konnte es gar keinen Zweifel geben. Er verzog nicht etwa nur das Gesicht, und es war auch kein zufälliges Zucken. Er starrte direkt in die Kamera und lächelte. Ja – freilich, man sah nur das Zahnfleisch, aber es war eindeutig ein Lächeln.

Miss Geiss sah sich die Fotos noch genauer an und entdeckte, daß auch Sara in die Kamera blickte. Auf dem ersten Foto hatte sie noch nach den Fleischwürfeln geschielt, aber auf dem zweiten...

Ein leise schlurfendes, scharrendes Geräusch draußen auf dem Flur...

Mein Gott, ich habe vergessen, das Westtor abzuschließen! Miss Geiss legte die Fotos weg und griff nach der Browning. Das Magazin war aufgefüllt, die Waffe durchgeladen.

Das Schlurfen und Scharren hörte nicht auf. Miss Geiss hielt die Pistole im Schoß und wartete.

Todd kam als erster herein. Sein Gesicht war schlaff und ausdruckslos wie immer, aber in seinen Augen... Sie meinte, irgendeinen seltsamen Glanz in seinen toten Augen zu lesen. Hinter ihm kam Sara herein. Und eine Sekunde danach Kirsten und David. Einer nach dem anderen kamen sie ins Klassenzimmer gewankt.

Bleischwere Müdigkeit lähmte Miss Geiss die Arme. Es war leicht gewesen, fest an die körperliche Überlegenheit der Erwachsenen zu glauben. Aber das hier, das war kein Spiel, und sie wußte genau, daß sie gegen dreiundzwanzig Kinder, wenn sie wie ein Wirbelwind über sie herfielen, keine Chance hatte. Sie hätte nicht mal dreiundzwanzig Patronen gehabt. Aber selbst wenn sie sie gehabt hätte...

Das war nicht der entscheidende Punkt. Sie hätte es nicht fertiggebracht, den Kindern – ihren Kindern – ein Leid anzutun. Sie legte die Pistole vor sich auf das Pult.

Die Kinder blieben nicht stehen, sie torkelten immer weiter.

Justin kam durch die Tür, hinter ihm Sarah J., Michael kam als letzter. Alle dreiundzwanzig waren da. Sie drängten sich rempelnd auf die Bankreihen zu und stolperten – an den Halt der Ketten gewöhnt, die es nicht mehr gab – unbeholfen durch die Gänge.

Miss Geiss saß da und wartete.

Todd fand als erster seinen Platz. Er ließ sich auf den Stuhl fallen, wollte sich schon nach vorn lümmeln, gab sich einen Ruck und setzte sich gerade hin. Die anderen irrten noch ziellos umher, schubsten sich, prallten aufeinander, aber schließlich fanden sie alle ihre Plätze. Mit rollenden Augen saßen sie da, der Blick irrte immer wieder ab, aber so gut sie es vermochten, versuchten sie nach vorn zu sehen, und hin und wieder schafften sie es sogar, Miss Geiss anzuschauen.

Wieder schien eine unendlich lange Zeit zu vergehen. Die Lehrerin saß stumm an ihrem Pult und wagte kaum zu atmen – aus lauter Angst, selbst der sanfteste Lufthauch könnte genügen, um den Traum verwehen zu lassen.

Aber da war nichts, was verwehen konnte. Statt dessen läutete die Schulglocke mit blechernem Lärm die erste Stunde ein. Die Lehrerin – die letzte, die es noch gab – ließ sich noch einen Augenblick Zeit, gerade so lange, wie sie brauchte, um sich zu sammeln und rasch die Tränen zu unterdrücken, die ihr in die Augen traten.

Dann stand Miss Geiss auf, ging zur Tafel und schrieb in ihrer schönsten Sonntagsschrift den Stundenplan hin, damit die Kinder wußten, was sie heute dazulernen sollten.

Wege zum Ruhm

Karl Edward Wagner

Ein etwas anderes Märchen. Erzählt von Karl Edward Wagner, einem der Veteranen des Horrorgeschäfts. Zugleich eine Traumfabrik-Geschichte, wie man sie in den Hollywood-Stories von Francis Scott Fitzgerald ganz bestimmt nicht findet. Und das kriegen Sie, gratis, umsonst, obendrauf: Sex, Crime, Sleaze, Gewalt, Wasserstoffblondinen auf der Casting-Couch, beißenden Zynismus – unangenehme Wahrheiten und gekonnte Schreibe sowieso. Hölle, das nennt man harten Stoff. Sie werden's mögen.

Ihre Geschichte war so gewöhnlich, daß sie einen unangenehmen Balanceakt zwischen Tragik und Armseligkeit zu vollführen schien.

Ihr richtiger Name war Katharina Oglethorpe, doch sie änderte ihn in Candace Thornton, als sie nach Los Angeles zog. In den wenigen Filmen, die sie je drehte – die Sorte, bei denen ein Vorspann nicht gefragt ist, da keiner der Mitwirkenden später wiedererkannt werden möchte –, trat sie als Candi Thorne in Erscheinung. Sie kam aus einer Kleinstadt im östlichen North Carolina, in der es hauptsächlich eine baptistische Kirche und eine Textilmühle gab, obwohl sie später behauptete, sie wäre aus Charlotte. Sie bestand stets darauf, daß ihre zufälligen und vorübergehenden Freunde sie Candace nannten, und sie signierte mit diesem Namen in großer, leserlicher Schrift die Fotos, die ihr ebenso zufällige, vereinzelte Autogrammjäger hinhielten. Sie hatte hochfliegende Ziele und minimales Talent. Einer ihrer früheren Agenten diagnostizierte treffenderweise, sie sei eine Lady mit einer Menge Mut, aber zuviel Herz. In den Polizeiberichten wurde sie als Candy Thorneton geführt.

Früher hatte ihre Familie Geld gehabt und damit auch den unvermeidlichen Dünkel derer, die vermögender waren als die anderen ungefähr tausend Einwohner der Stadt zusammengenommen. Ausländische Konkurrenz ruinierte die Textilmühle; ein paar falsche Investitionen taten ein ihriges, das Geld zerrinnen zu lassen. Was blieb, war ein vages und verblassendes Standesbewußtsein.

Sollte irgend etwas aus ihrer Vergangenheit tatsächlich von Interesse sein: Candace besaß den Abschluß eines Junior-Colleges in kirchlicher Trägerschaft, und außerdem hatte sie ein oder zwei regionale Schönheitswettbewerbe gewonnen, hatte es sogar fast in die Vorausscheidung für die Miss-North-Carolina-Wahl geschafft. Ihre Figur war gut, wenn auch eher Typ Miss Flipperautomat als Topmodel, und ihre schauspielerischen Bemühungen waren von ganzem Herzen, wenn auch von minderer Qualität. Ihre Eltern glaubten sie an der Universität von Los Angeles gut aufgehoben und verziehen ihr niemals vollkommen, als sie schließlich erfuhren, daß dem nicht so war.

Ihre Unterstützungsschecks ermöglichten es Candace, in dem Strom gebrochener Versprechen, zwielichtiger Tauschhandel und halbseidener Agenten, dem sie sich als aufstrebende junge Schauspielerin ausgesetzt sah, den Kopf über Wasser zu behalten. Irgendwann unterwegs opferte sie schließlich ihre behütete Jungfräulichkeit gleich dutzendweise, so daß es ihr schließlich nichts mehr ausmachte, noch nicht einmal die dumpfe Enttäuschung des nächsten Tages, wenn der ersehnte Durchbruch trotzdem nicht greifbarer geworden zu sein schien. Ihre Familie hätte möglicherweise – wenn auch ohne große Begeisterung – ihre verlorene Tochter wieder aufgenommen, wenn Candace sie nicht anläßlich ihrer ersten Abtreibung um Geld angebettelt hätte. Sie gaben ihr keins, Candace kam anders an Geld, doch ihre Familie wollte fortan nichts mehr mit ihr zu tun haben.

Er nannte sich Richards Justin, und das war genauso wahr oder auch nicht wie alles, was er je sagte. Er begegnete Candace, als sie gerade dabei war, ihr Leben wieder in den Griff zu bekommen, obgleich er sich für ihren späteren Niedergang niemals verantwortlich fühlte. Er behauptete von sich, daß er ein Mann sei, der aus den Fehlern anderer lernte, doch hätte er statt dessen das Wort »profitieren« benutzt, wäre das der Sache wesentlich näher gekommen.

Sie trafen sich, weil sie es beide mit demselben Produzenten trieben, beide in der Hoffnung, sich eine Rolle in dessen nächstem Film zu sichern. Unglücklicherweise kam der Produzent nicht mehr dazu, seine Versprechen einzulösen, da er es ebenfalls versäumt hatte, für ein Kilo Koks zu bezahlen, weshalb ein südamerikanischer Zwischenhändler eine Browning Hi-Power in ihn entleerte. Candace und Richards Justin kondolierten sich gegenseitig ob der verpaßten Gelegenheit, und bald darauf zog er zu ihr.

Candace teilte eine Reihenhaushälfte in Venice mit zwei Katzen und ein paar tausend Küchenschaben. Das Haus war mit verrottenden rosafarbenen Stuckmotiven verziert, was ihm das Aussehen eines im Regen aufgeweichten Knusperhäuschens verlieh. Daneben verlief ein trübes Rinnsal, das einst ein Kanal gewesen war. Die Bruchbude zwei Häuser weiter war im Verlauf einer Auseinandersetzung zwischen rivalisierenden Motorradgangs ausgebrannt. Das Wohnviertel war reif für eine gründliche Sanierung, aber bisher schien sich noch niemand darüber Gedanken gemacht zu haben, ob diese in Renovierungsversuchen oder in einem warmen Abbruch bestehen sollte. Die Miete war billiger als für ein Apartment, und an der Außenmauer rankte sich Efeu, den Candace zuweilen versonnen bewunderte.

Zu dieser Zeit befand sich Candace gerade in einem Stimmungshoch, da sie zuversichtlich hoffte, die Rolle als Hauptopfer in einem kleinen Blut-und-Gehirnmasse-Streifen zu erhalten. Ihr Gesicht sowie ihre Zähne waren immer gut gewesen, und durch den regelmäßigen Gebrauch von Aufheller für ihr mausfarbenes Haar hatte sie es zu einer akzeptablen Replik einer Malibu-Blondine gebracht. Sie hatte die Sorte ausladende Figur, die besser aussieht, je weniger sie verhüllt wird, und am besten ohne jede Hülle zur Geltung kommt, und auf einigen Fotos in einigen der gewagteren Tittenmagazine machte sie sich recht gut. Sie war zwar nicht in der Lage, eine Sprechrolle zu bewältigen, doch mit ein wenig Schauspielunterricht hätte sie ihre Schwierigkeiten möglicherweise überwunden.

Richards Justin – Rick für seine Freunde – war ein echter Brocken, um einen passenden Ausdruck zu gebrauchen. Er maß breitschultrige, schmalhüftige Einsneunzig, auf die sich ca. 215 Pfund wohltrainierte Muskelmasse verteilten. Sein Bauch war hart und flach, seine Oberschenkel waren gestählt vom Joggen, und eine leichte Sonnenbräune milderte die dunkle Brustbehaarung optisch gerade richtig. Sein schwarzes Haar war sorgfältig frisiert, und der dichte Schnurrbart verlieh ihm die männliche Note, ohne die sein Gesicht fast ein wenig zu niedlich gewirkt hätte. Er schien wie dafür geschaffen, in engen Jeans und mit über seiner breiten Brust verschränkten Armen zu posieren, und zuweilen tat er es auch. Er behauptete, in seiner New Yorker Zeit vielfältige schauspielerische Erfahrung erworben zu haben, was jedoch niemals zweifelsfrei verifiziert werden konnte.

Candace war der Typ Frau, der streunende Tiere bei sich aufnimmt, und so nahm sie auch Richards Justin auf. Sie hatte zwei Jahre in Hollywoods äußerer Umlaufbahn erlebt, und Rick war neu in Los Angeles – immer noch verletzbar in seiner Suche nach der ungreifbaren großen Chance. Sie war überzeugt, daß ein paar ihrer Freunde ihm weiterhelfen konnten, außerdem brauchte sie wirklich dringend jemanden, der sich die Miete mit ihr teilte – wenn er erst Arbeit gefunden haben würde. Rick brachte seinen Koffer bei ihr unter und richtete sich zum Bleiben ein. Er bestand darauf, seinen Anteil an den gemeinsamen Unkosten selbst zu bestreiten und lieh sich vierhundert Dollar von ihr, um Klamotten zu kaufen – bei einem Rollencasting zählte bekanntlich der erste Eindruck.

Sie waren gut im Bett miteinander, und Candace war verliebt. Sie erahnte die einsame, sensible Künstlerseele, die sich hinter seinem Machogehabe verbarg. Sie nahmen beide ihre Karrierebestrebungen geradezu schmerzhaft ernst und verbrachten Dutzende von Nächten mit langen Gesprächen über Filme und Schauspieler, geniale Regisseure und Theorien der dramatischen Darstellung. Sie stimmten darin überein, daß man zwar niemals die Kunst zugunsten schnöder finanzieller Erwägungen verraten durfte, aber kleinere Kompromisse auf dem Weg zum großen Durchbruch manchmal durchaus von Nöten sein konnten.

Der Produzent des Blut-und-Gehirnmasse-Streifens entschied, daß Candaces Südstaaten-Akzent für eine tragende Rolle doch zu ausgeprägt sei. Am Ende ihrer Ersparnisse, absolvierte Candace mit Todesverachtung einen All-night-Vorsprechtermin mit ihm und rettete immerhin noch eine Nebenrolle. Es war nicht direkt eine Sprechrolle, doch während der wahnsinnige Killer sie mit einer Mistgabel aufspießte, hatte sie markerschütternde Schreie von sich zu geben. Das gelang ihr sehr eindrucksvoll, und ein Standbild ihrer großen Szene schmückte das Filmposter von *Camp Hell*. Dies war der Höhepunkt ihrer Karriere.

Rick erschien der große Durchbruch sogar noch ungreifbarer, als ein tougher, zynischer Typ wie er, der wußte, wo es im Leben langging, hätte voraussehen können. Der Künstler in ihm war entmutigt, und der Mann in ihm empfand es als ein wenig peinlich, auf Candaces Ersparnisse angewiesen zu sein. Glücklicherweise verlieh ihm der Genuß von Kokain neuen Lebensmut, doch unglücklicherweise war Kokain sehr teuer. Sie kamen überein, daß Kokain eine notwendige Ausgabe sei, sozusagen karrierefördernd. Kokain wirkte ermutigend und inspirierend; außerdem war ein aufstrebender junger Schauspieler ohne ein paar Gramm zum Rumreichen ebenso unglaubwürdig wie ein Motorradrocker, der kein Bier trank.

Candace war sich im klaren darüber, wie niederschmetternd das alles auf Rick wirken mußte. In vieler Hinsicht war sie cleverer als er, wußte besser Bescheid. Ihre Besorgnis wegen seiner Schwierigkeiten lenkte sie von der Enttäuschung über ihre eigene, nicht stattfindende Karriere ab. Zugegebenermaßen war Ricks Talent noch ein wenig unpoliert – er war ein Diamant ohne Schliff. Man konnte Kurse und Workshops besuchen, aber auch das kostete Geld. Candace ließ ihre Beziehungen spielen und wechselte den Agenten. Wenn sie sich für ein bißchen Titten-und-Arsch nicht zu schade wäre, versicherte ihr der neue Agent, könne er ihr jederzeit ein paar kleinere Rollen in Softsexfilmen beschaffen. Geld war Geld.

Candace gab die dumme Südstaatenblondine in *Jiggle High* und das dumme Südstaaten-Cheerleadergirl in *Cheerleader Superbowl*, und sie spielte die dumme Südstaaten-Stewardeß in *First Class Only* und dann die dumme Südstaaten-Krankenschwester in *Sex Clinic* und schließlich die dumme Südstaatenhure in *Hard Streets*, aber es war immer nur Candi Thorne, die diese Rollen spielte, nicht Candace Thornton, und irgendwie war der Übergang vom Softcore- zum Hardcore-Genre so ein wenig leichter zu ertragen.

Sie hatten ihren ersten großen Streit, als Candace ihre Rolle in *Malibu Hustlers* hinschmeißen wollte; sie hatte vorher nicht voll durchschaut, daß es sich um eine Doppelproduktion handelte – eine »saubere« und eine X-rated-Version. Den Nakkedei zu spielen und bei heißen Liebesszenen so-tun-als-ob war eine Sache, aber es vor der Kamera richtig zu treiben, brachte sie nicht über sich. Ihr Agent beschwor sie, wenn sie vertragsbrüchig würde, wäre sie für alle Zeiten aus dem Geschäft. Rick schrie sie an und schubste sie ein wenig herum, um anschließend in Tränen auszubrechen. Er hatte es ja nicht so gemeint, es war ja nur, daß er unmittelbar vor dem großen Durchbruch stand, und wenn ihnen jetzt das Geld ausging, alles, wofür sie gemeinsam so hart gearbeitet und worauf sie gehofft hatten...

Candace verzieh ihm und fühlte sich schuldig, weil sie so herzlos und selbstsüchtig gewesen war. Wenn sie hinter der Kamera rumbumste, um sich Rollen zu sichern, konnte sie es ja auch gleich davor tun.

Candace erfuhr niemals, was aus ihrem Scheck für *Malibu Hustlers* geworden war, noch konnte die Polizei den Aufenthaltsort ihres Agenten herausfinden. Der Produzent des Films war mitfühlend, aber nicht juristisch verantwortlich. Jedenfalls tat es ihm in der Seele weh zu sehen, daß so ein süßes Ding so schauderhaftes Pech hatte, deswegen bot er ihr eine Hauptrolle in *Hot'n Horny* an. Allerdings würde von vornherein nur eine Version gedreht – X-rated oder XXX, wie man das in der Branche jetzt nannte –, aber eine Menge talentierter Mädchen wären schon groß damit rausgekommen, und Candi Thorne hätte wirklich das Zeug zum nächsten Super-X-Superstar. Er hatte die richtigen Beziehungen, und wenn sie es sich mit ihm nicht verdarb...

Es war nicht der große Durchbruch, von dem Candace geträumt hatte, aber es brachte Geld. Und sie brauchten es wirklich dringend. Sie machte sich Sorgen wegen des Imageverlustes und ihrer geminderten Chancen, ernsthaft Karriere zu machen, aber Rick riet ihr, ihre Selbstsucht zu vergessen und an ihre gemeinsame Zukunft zu denken. Er würde in absehbarer

Zeit groß rauskommen, und dann würden sie sich über Geld nie wieder Sorgen zu machen brauchen. Abgesehen davon hatte das einschlägige Publikum sie ja bereits in *Malibu Hustlers* gesehen, weshalb also sollte sie sich jetzt noch anstellen?

Das Problem mit dem Koks war, daß Rick wirklich eine Menge davon brauchte, um sich und sein Macho-Image aufrechtzuerhalten. Das Problem mit einer Menge Koks war, daß Rick davon zu aufgedreht wurde und Downer brauchte, um die Wirkung auszugleichen. Smack funktionierte am besten, doch das Problem mit Smack war, daß es fast noch teurer als Koks war. Wie auch immer, das kommende männliche Sexsymbol konnte schließlich nicht irgendwelche Billigbarbiturate einwerfen – Smack war in diesen Kreisen einfach eine Frage des Sozialstatus –, und Koks zog nun auch wirklich jeder. Ohne daß es Grund zur Sorge gab, hatte Rick hier und da ein bißchen Heroin genommen, auch früher schon in New York – ohne Spritze, nur ein bißchen gesnieft. Es kam damit klar.

Wer nicht damit klarkam, war Candace – weder mit dem Smack noch mit den steigenden Ausgaben. Rick lernte allmählich die wirklich wichtigen Leute kennen, er mußte sich gut kleiden, auf den richtigen Parties erscheinen. Manchmal entschieden sie, daß es besser für seine Karriere sei, wenn er allein ging. Sie benötigten eine bessere Wohnung, jetzt, wo sie es sich leisten konnten.

Nach *Wet'n Willing* mietete Candace ein kleines Haus am North Beverly Glen Boulevard – es stellte keine große Verbesserung dar, aber die Adresse war gesellschaftsfähiger. Was ihr am meisten leid tat, war, ihre Katzen weggeben zu müssen: Haustiere unerwünscht. Ihr Produzent hatte ihr etwas Geld für den Umzug vorgeschossen, und sie war sich darüber klar, daß Rückzahlung in Naturalien erwartet wurde. Es gab Parties bei einflußreichen Freunden, und Candace fand kaum noch etwas dabei, vor der Kamera zu agieren – es schien harmlos, verglichen mit einigen Dingen, die zu tun man sie auf einigen dieser Parties gebeten hatte.

Candace hätte das alles nicht ertragen können, wäre da nicht ihre aufopferungsvolle Liebe zu Rick und das Kokain und Smack und all die Pillen gewesen. Rick äußerte sich besorgt über ihren steigenden Drogenkonsum, besonders wenn die Drogen ihnen auszugehen drohten. Candace wurde sparsamer, indem sie zum Spritzen überging – weniger Verschwendung und ein besseres High als beim Sniefen.

Am Set von *Voodoo Vixens* war sie so stoned, daß sie selbst die minimale Handlung kaum im Kopf behalten konnte. Der Regisseur gab es auf; der Produzent erinnerte sie daran, daß Retakes Geld kosteten, und stellte privat fest, daß ihr Aussehen allmählich unter ihrem Lebenswandel zu leiden begann. Als sie sich zu guter Letzt in den Schoß ihres Co-Stars übergab, kam er zu der Erkenntnis, daß Candi Thorne echte Star-Qualitäten eindeutig vermissen ließ.

Rick war mehr enttäuscht als wütend über die Tatsache, daß sie stockbesoffen am Set erschienen war – allerdings nachdem er ihr die Lippe blutig geschlagen hatte. Es ging schließlich nicht nur darum, daß der finanzielle Rückschlag seine erblühende Karriere ruinieren konnte – aufgrund ihres Narkotikabedarfs standen sie mit ein paar Tausendern bei ihrem Dealer in der Kreide, und wie sollten sie das bezahlen?

Candace kannte immer noch ein paar Leute, die im Zweifelsfall etwas für sie tun konnten, so daß sie wieder vor der Kamera stand, bevor ihre Blutergüsse ganz verschwunden waren. Dies waren nicht die Filme, mit denen sich irgendein Verleih abgegeben hätte. Es handelte sich um fünfzehnminütige Acht-Millimeter-Machwerke, in denen man selten mehr als eine Einstellung verwendete. Ihre Kontakte waren erfreut, eine zweitrangige Porno-Queen in ihren Diensten zu haben, obwohl die Filme selten einen Titel oder Vorspann zeigten. Es war einfacher, mit einer Professionellen zu arbeiten als mit irgendwelchen Amateurnutten oder süchtigen Ausreißerinnen, die hysterisch wurden, sobald es richtig zur Sache ging oder beim Anblick eines Dobermanns plötzlich Phobien entwickelten.

Es war schnelle Arbeit für schnelle Dollar. Aber nicht genug Dollar.

Rick geriet in Panik, als er eines Nachts nach einem Barbesuch von zwei großen schwarzen Gentlemen um ein kleines Gespräch gebeten wurde bezüglich seiner Kreditsituation in Verbindung mit der Notwendigkeit, in dieser grausamen Welt auch weiterhin im Besitz zweier intakter Kniescheiben zu bleiben. Sie hatten durchaus Verständnis für die momentanen Liquiditätsprobleme eines jungen Schauspielers, waren jedoch zuversichtlich, daß Rick seine Schulden innerhalb von achtundvierzig Stunden würde begleichen können.

Candace blieb nichts anderes übrig, als ihr Glück auf der Straße zu versuchen. Das – oder tatenlos abzuwarten, wie Rick vielleicht etwas Furchtbares zustieß. Nach der Besetzungscouch und exotischen Partnern im Scheinwerferlicht kam es ihr fast normal vor, schnelle Nummern in Motelzimmern oder auf Autorücksitzen zu schieben. Sie vermißte die Kameras. Es war alles so glanzlos ohne irgendeine Form von Beiwerk.

Geld kam rein, und Rick behielt seine Kniescheiben. Die Einkünfte aus ihrer freiberuflichen Nebentätigkeit zusammen mit ein paar Acht-Millimeter-Streifen jeden Monat deckten die Unkosten. Problematisch war nur die Tatsache, daß sie wirklich Drogen brauchte, um überhaupt irgendwie durchzuhalten, und daß mehr Drogen mehr Arbeit bedeuteten. Candace wußte, daß ihr Aussehen langsam den Bach runterging, und war dankbar für Ricks Anteilnahme an ihrem Gesundheitszustand. Aber Ricks großer Durchbruch war in Aussicht. Es machte ihr schon lange nichts mehr aus, daß er andere Frauen hatte, während sie anschaffen ging, oder daß er manchmal tagelang wegblieb, ohne sie anzurufen. Sie verkaufte ihren Körper für seine Karriere und sollte in der Lage sein einzusehen, daß Rick es eben brauchte, in der Gegend herumzuschlafen. Am Anfang mußte man eben manchmal kleinere Kompromisse in Kauf nehmen.

Eines Nachts wurde sie von einem Zuhälter zusammengeschlagen. Er schätzte keine Freiberufler, die den Mädels in seinem Revier die Kundschaft streitig machten. Er hätte ihr lediglich ein bißchen Angst eingejagt, wäre sie bereit gewesen, in Zukunft unter seiner Flagge zu segeln, aber sie brauchte ihre gesamten Einkünfte für Rick – abgesehen davon erschien sie ihm bereits ein wenig zu abgenutzt, um den Aufwand intensiverer Überzeugungsarbeit zu rechtfertigen. Also verpaßte er ihr seine Spezialbehandlung, glücklicherweise ohne ihr Gesicht allzusehr in Mitleidenschaft zu ziehen, und nach einer Woche war Candace wieder in der Lage zu arbeiten.

Sie probierte es in einer anderen Gegend und wurde in der zweiten Nacht geschnappt; sie stellte selbst ihre Kaution, um eine Woche später wieder einkassiert zu werden. Diesmal holte Rick sie raus – sie stand den kalten Entzug nicht durch, und er wollte nicht in die Geschichte verwickelt werden. Er mußte schließlich an seine Karriere denken und fand es gedankenlos von Candace, daß sie durch ihren unkontrollierten Lebensstil alles in Gefahr brachte.

Er hätte sie rausgeschmissen, aber schließlich war sie es, die die Miete bezahlte. Sicher, er liebte sie noch immer. Aber sie sollte wirklich mehr auf sich achten. Sie ließ sich zu sehr gehen. Seit ihrer Herpesinfektion schliefen sie nur noch selten miteinander, doch Candace hatte Verständnis dafür, daß Rick nach wichtigen Castings, die seine gesamte Konzentration und Energie erforderten, einfach wie ausgelaugt war.

Sie hatten beinahe zwei Jahre zusammengelebt, und Candace war fast fünfundzwanzig, sah aber aus wie Ende Dreißig. Ein kleiner Zwischenfall mit einem Kunden, der ihr in einem verspielten Moment das Nasenbein brach und ein paar Zähne ausschlug, beraubten sie endgültig dessen, was von ihrem guten Aufstrebende-junge-Schauspielerin-Aussehen noch übrig gewesen war.

Sie ließen die besten kosmetischen Operationen vornehmen, die Candace sich leisten konnte, aber danach nahmen weder die schnellen Kunden noch die Produzenten einschlägiger Filme weitere Notiz von ihr. Wenn sie sich in fünftklassigen Pornokinos auf der Leinwand sah, in den Momenten, in denen sie es über sich brachte hinzusehen, anstatt sich hinter den schäbigen Sitzreihen vor dem Anblick zu verstecken, erkannte sie sich selbst nicht mehr.

Doch Ricks Karriere machte die ganze Zeit über Fortschritte, und das war all ihre Opfer wert. Ein Teil von Candace begriff, daß all ihre eigenen Hoffnungen auf Hollywoodstarruhm längst die Toilette runtergespült worden waren, aber zumindest Rick befand sich auf dem äußersten Rand des Sprungbretts. Er hatte ein paar Modeljobs an Land gezogen und sogar ein paar Fernsehwerbespots gemacht. Einige seiner jüngsten Rollen in etwas, das Rick als »experimentelles Theater« bezeichnete, schienen geeignet, die Aufmerksamkeit von Talentscouts zu erregen. Niemand zweifelte mehr daran, daß Ricks großer Durchbruch lediglich eine Frage der Zeit war. Candace hielt sich mit Gottvertrauen in Ricks Liebe und der Aussicht auf bessere Zeiten aufrecht. Wenn seine Karriere erst mal richtig ins Rollen kam, konnte sie mit dem Anschaffen aufhören und von den Drogen runterkommen. Sie würde zehn Jahre jünger aussehen, wenn sie sich nur würde ausruhen können, eine Weile gesund leben und ihre Nase richten lassen. Wenn es soweit war, wäre Rick in der Lage, ihr bei einem neuen Karriereversuch unter die Arme zu greifen.

So war Candace nicht erstaunt, als Rick sie eines Morgens wachrüttelte, um ihr mitzuteilen, daß er einen neuen Film für sie in Aussicht hatte. Es war irgendwas über Teufelsanbetung und nannte sich *Satan's Sluts*, X-rated, natürlich, aber die Bezahlung würde gut sein, und Candace hatte in den letzten Monaten noch nicht mal irgendeinen Peepshowgruppenfick gemacht. Der Produzent, erläuterte Rick, erinnerte sich an ihre Darbietung in *Camp Hell* und wäre deshalb bereit, ihr eine größere Rolle anzuvertrauen.

Eventuell hätte die begrenzte Zahl der Crewmitglieder und die Tatsache, daß der Drehort ein als Folterkammer hergerichteter Keller war, Candaces Besorgnis in stärkerem Maße erregen müssen, aber ihre letzten Filme waren in billigen Motelzimmern mit Videokameras gedreht worden. Es gefiel ihr zwar nicht, an ein umgedrehtes Kreuz über einem schwarzdrapierten Altar gefesselt zu werden, aber Rick war ja da – und zog sich gemeinsam mit den Crewmitgliedern mit Koks voll.

Als die ersten Peitschenschläge in ihr Fleisch schnitten, brauchte der Schmerz eine Weile, um durch den Drogennebel in Candaces Bewußtsein vorzudringen, doch mit ihm kam die Erkenntnis, für welche Art Film Rick sie verkauft hatte. Als das Brandeisen heiß genug war und der schwarze Ziegenbock hereingeführt wurde, gab Candace die überzeugendste dramatische Vorstellung ihres Lebens.

Sie wurde ohnmächtig und erwachte am nächsten Tag im vagen Erstaunen, noch am Leben zu sein. Es war lediglich Ricks Einfluß auf Candace zu verdanken, daß sie sie nicht umgebracht hatten. Nicht, daß sie mit irgend etwas, das sie sagte, große Aufmerksamkeit hätte erregen können – einem ausgebrannten, drogenabhängigen Pornostar mit Festnahmenrekord für Prostitution würde niemand Glauben schenken. Rick hatte zwar mit dem Gedanken gespielt, sie für einen Snuff-Film zu verschachern, doch diese Leute bevorzugten anonyme Ausreißerinnen und illegale, nirgendwo registrierte Einwanderinnen, und die Geldgeber von *Satan's Sluts* hatten dafür bezahlt, eine namhafte Darstellerin zu bekommen, wie hinüber sie auch immer sein mochte, um der Produktion so etwas wie Klasse zu verschaffen – besonders da dieser Star hinterher keine Schwierigkeiten bereiten konnte.

Rick blieb gerade lange genug bei ihr, um sicherzugehen, daß sie nicht an ihren Verletzungen sterben würde und um seine Sachen zu packen. Rick war auf Candaces Kosten vorangekommen in dieser Welt – er hatte die richtigen Leute kennengelernt und entscheidende Kontakte geknüpft. Das Geld für *Satan's Sluts* reichte außer zum Bezahlen seiner Schulden noch für eine Viertelunze einer völlig ausgeflippten neuen Chemiedroge, mit der er seine Partyfreunde dermaßen beeindruckte, daß eine aufstrebende Fernsehregisseurin ihm vorschlug, fürs erste bei ihr einzuziehen, während sie eine mögliche Rolle für ihn in einer neuen, vielbeachteten Miniserie erörterten.

Der Schmerz, als er sie verließ, war das Schlimmste von allem. Genau damit hatte Rick gerechnet und ihr ein Gramm reines, unverschnittenes Heroin dagelassen – in der Absicht, dem natürlichen Gang der Dinge ein wenig Vorschub zu leisten.

Candace hatte mit Körper und Seele dafür bezahlt, doch dies war definitiv der große Durchbruch. Die Vorabend-Miniserie *Destiny's Fortune* lief in fünf Teilen und übertraf die Einschaltquoten jedesmal aufs neue. Ricks Nebenrolle als tougher Stahlarbeiter, der in den Folgen vier und fünf eine Romanze mit der Unternehmerstochter hat, zog, getragen vom Erfolg der Serie, mehr Aufmerksamkeit auf sich als mancher der Hauptdarsteller. Talentsucher sahen einen neuen Muskelprotz in Richards Justin, dem neuesten Jungstar des Serienhits *Destiny's Fortune*.

Ricks neuer Manager wußte genau, wie man seinen Mercedes in die Fahrspur eines aufgehenden Sterns brachte. Richards Justin schaffte es auf die Titelseiten von *TV Guide* und *People* und war als Centerfold im *Playgirl* zu sehen. Innerhalb eines Monats hatte die enorme Resonanz auf *Destiny's Fortune* jedem klargemacht, daß Richards Justin eine ganz heiße Sache war. Es war lediglich eine Frage dessen, ihn endlich für die richtigen Serien vorsprechen zu lassen. Experten für Massengeschmack warfen die wichtigsten Zutaten aller neueren Fernseherfolge in einen Topf und rührten dreimal um, und das Projekt, das dabei herauskam, war der potentielle Einschaltquotengewinner der kommenden Saison – *Colt Savage, Soldier of Fortune*.

Der Pilotfilm ging als Zwei-Stunden-Special gegen eine beliebte Seifenoper und einen Kinofilm über minderjährige Prostituierte ins Rennen, und *Colt Savage* verwies die beiden anderen Kanäle auf die hinteren Plätze der Einschaltquoten-Hitlisten. *Colt Savage* war der neueste Hit, ein gigantischer Renner gleich bei Sendebeginn. Die Serie war eine Mischung aus allem, was jemals kommerziell erfolgreich gewesen war – »eine Hommage an die großen Abenteuer-Klassiker der dreißiger Jahre«, wie ihre Macher sie zu bezeichnen beliebten.

Colt Savage, gespielt von Richards Justin, war stets damit beschäftigt, in den Städten und anderen exotischen Orten der Dreißiger seinen Charme zu versprühen – er fand verlorene Schätze, bekämpfte Spione und finstere Sekten, während er nebenbei tapfere junge Mädchen aus aller möglichen Unbill rettete. Colt Savage war der Beschützer eines brillanten Wissenschaftlers, der sein Vermögen sowie sein Genie der Vernichtung des Bösen gewidmet hatte. Er flog einen Hubschrauber und fuhr einen stromlinienförmigen Sportwagen, beide mit phantastischen Wunderwaffen ausgestattet, die den technischen Möglichkeiten ihrer Zeit weit voraus waren. Er verfügte über mehrere exotische Assistenten sowie, unvermeidlich, über strapazierfähige Gegenspieler, denen es immer wieder auf rätselhafte Weise gelang, der Explosion ihrer Hauptquartiere um Haaresbreite zu entgehen und zwei Episoden später wieder auf den Plan zu treten.

Colt Savage war der schiere Kitsch. In der typischen Folge begegnete Colt einem wunderhübschen Mädchen, das ihn mit großen Augen um Hilfe anflehte, um anschließend gekidnappt zu werden. Dann gab es Kämpfe, Autocrashs, Luftschlachten, Gefangennahmen und spektakuläre Fluchten, Showdowns in ausgefallenen Umgebungen und selbstverständlich reichlich Liebe und Romantik – genug, um eine Stunde Sendezeit auszufüllen. Das Publikum liebte es. Richards Justin war ein neuer Held für das moderne Publikum – der neue Bogart, ein auferstandener John Wayne der Achtziger. Der Sender betrieb eine exzessive Werbekampagne für *Colt Savage*. Die Lizenzen für Colt-Savage-Produkte allein brachten Dutzende Millionen ein.

Rick ließ die Regisseurin, die ihm anfangs geholfen hatte, fallen, bevor er ein angemessenes Domizil in Beverly Hills im Wert von etlichen Millionen Dollar bezog. Die Regenbogenpresse verfolgte seine zahlreichen Liebesaffären mit geradezu obsessivem Interesse.

Candace schob die ganze Schuld auf die Drogen. Sie brachte es nicht über sich zu glauben, daß Rick sie niemals geliebt, sondern einfach nur so lange ausgebeutet hatte, bis sie nichts mehr besaß, das sie ihm hätte geben können. Ihr Verstand verweigerte sich dieser Einsicht. Sie war es, die Rick enttäuscht hatte, indem sie zuließ, daß die Drogen sein Leben vergifteten und ihres zerstörten. Drogen hatten sie ihre Karriere gekostet, um ihretwillen war sie in der Gosse gelandet – nur um ihre Drogenexzesse finanzieren zu können. Sie hätten es zusammen schaffen können, wenn sie nicht alles ruiniert hätte.

Also hörte sie auf, Cold Turkey. Gebrochen an Körper und Geist, machten die Qualen des Entzugs fast keinen Unterschied mehr für sie. In den nächsten Tagen durchlebte sie zehn Jahre Hölle in einem todesähnlichen Delirium. Manchmal schaffte sie es, zum Kühlschrank oder ins Badezimmer zu kriechen, aber die meiste Zeit über lag sie einfach in der Haltung eines Säuglings da, verkrampft vor Schmerzen, bedeckt von verschwitzten Laken und verschorften Wunden. In ihren Alpträumen driftete sie aus Ricks Umarmung in den Folterkeller Satans, doch das fiebrige Entsetzen blieb stets das gleiche.

Sobald sie sich genug erholt hatte, verschnitt sie das Gramm Heroin, das Rick ihr hinterlassen hatte, bis zur fünffachen Menge und verkaufte es einem Freund, der nur sniefte und dem die geringere Konzentration gerade recht war. Das brachte ihr genug Geld, die laufenden Kosten zu decken, bis sie wieder in der Lage war, auf der Straße zu arbeiten. Sie lokalisierte den Zuhälter, der sie früher einmal zusammengeschlagen hatte; er erkannte sie nicht wieder, und als Candace ihn um Arbeit bat, lachte er sie aus.

Danach ließ sie sich ein oder zwei Monate durch Los Angeles treiben und nahm, was sie kriegen konnte. Sie war nicht länger konkurrenzfähig, aber irgendwie schaffte sie es immer, die Miete für das Haus am North Beverly Glen Boulevard zusammenzukratzen. Hier waren die Erinnerungen an Rick, und der Rausschmiß würde ihr auch noch dieses letzte Refugium ihrer Liebe nehmen. Sie brachte es nicht fertig, irgend etwas von seinen Sachen wegzuschmeißen; seine Zahnbürste und sein Rasierer lagen noch immer neben dem Waschbecken.

Bei ihrer letzten Verhaftung hatte Candace Herpes, eine penizillinresistente Sorte, und keinen Pfennig, um die Kaution zu bezahlen. Eingesperrt zu sein bedeutete, ihren Richards-Justin-Reliquienschrein, das Haus, zu verlieren, und was würde dann noch für sie übrigbleiben? Rick wäre in der Lage gewesen, ihr aus der Patsche zu helfen, aber irgendwie gelang es ihr nicht, ihn zu erreichen. Ein alter Eine-Hand-wäscht-die-andere-Freund von früher erbarmte sich schließlich, doch als er Candace zu Gesicht bekam, brachte er es nicht übers Herz, ihr Ricks Nachricht zu überbringen, und so bezahlte er die Kaution aus eigener Tasche und sagte Candace, daß das Geld von Rick käme, der seinen Namen nicht in diese Angelegenheit verwickelt sehen wollte.

Sie mußte sich eine richtige Arbeit suchen. Der Freund hatte einen Freund, der Teilhaber einer Plastikartikelfirma war, und man besorgte Candace einen Fabrikjob. Mittlerweile war nicht mehr viel von ihr übrig, das auf dem Strich irgendeinen Wert gehabt hätte, aber wenigstens war sie von den Drogen runter. Zum Erstaunen aller Beteiligten fing sie sich wieder und entpuppte sich sogar als gute Arbeiterin. Ihr Job reichte zum Leben, und abends ging sie nach Hause und las alles über Richards Justin, dessen sie habhaft werden konnte – ansonsten sah sie sich Videos von ihm an, wenn er nicht auf Sendung war.

Wirklich grausam war, daß Candace immer noch hoffte, sie könne Rick zurückgewinnen, wenn sie ihr Leben erst wieder im Griff hätte. Regelmäßiges Essen, ein ruhiger Lebenswandel, ärztliche Betreuung und die Zeit heilten einige Wunden. Das Gesicht, das ihr aus dem Spiegel entgegensah, glich nicht länger dem eines Hungeropfers aus der Sahelzone. Die Männer bei der Arbeit begannen, sie zur Kenntnis zu nehmen, und ein paarmal war sie um eine Verabredung gebeten worden. Unter Umständen wäre sie beizeiten über Richards Justin hinweggekommen.

Der Freund eines Freundes klopfte an ein paar Türen und erinnerte ein paar Leute an ein paar alte Gefallen, wodurch es ihm gelang, die Vertriebsrechte für das Colt-Savage-Action-Set an Land zu ziehen. Außer der Colt-Savage-Puppe beinhaltete das Set noch alle seine Wunderwaffen und Actionkostüme sowie Modelle des Superhubschraubers »Black Blaze« und des Megaflitzers »Red Lightning«. Zusätzlich gab es noch Plastikfiguren des genialen Wissenschaftlers und aller nennenswerten Bösewichter samt ihrem diabolischen Waffenarsenal. Die Fabrik lastete sämtliche Kapazitäten aus, um die enorme Nachfrage für das bevorstehende Weihnachtsgeschäft befriedigen zu können.

So saß Candace am Fließband und beobachtete Tausende von Richards-Justin-Plastikimitationen, die unaufhörlich an ihr vorbeirollten.

Sie mußte Rick einfach sehen, aber die Leibwächter am Tor hatten Anweisung, sie auf keinen Fall vorzulassen. Er weigerte sich auch, am Telefon mit ihr zu sprechen oder ihre Briefe zu beantworten. So wie er sie in Erinnerung haben mußte, konnte sie ihm nicht wirklich einen Vorwurf daraus machen.

Sein Geburtstag nahte, und sie war sicher, daß er eine Party geben würde. Sie schrieb ihm mehrmals, ließ ihm über alte Kontakte Botschaften zukommen und bettelte, er möge sie kommen lassen. Als die gedruckte Einladung schließlich im Briefkasten lag, hatte sie ihm bereits ein Geschenk besorgt. Candace wußte, daß ihr Vertrauen und ihre Geduld nicht umsonst gewesen waren. Sie nahm sich einen Tag vorher frei, um sich auf ihren gemeinsamen Abend vorzubereiten.

Als Candace ankam, war die Party bereits in vollem Gange, und Rick war angeturnt von Koks und Champagner. Er umarmte sie kurz, ohne sie zu küssen, und bugsierte sie in Richtung einer Videoleinwand, um die jede Menge Partygäste herumstanden.

Ladies and Gentlemen, hier ist sie – unsere Leading Lady, die vielseitige Miss Candi Thorne.

Die Gesichter drehten sich von der Leinwand weg zu Candace um, und in den vielen Augen blitzte ein gemeinsamer Funke des Wiedererkennens auf. Ein ungeheurer, von Hurrarufen begleiteter Applaus brach los. Rick hatte seine Gäste mit einigen ihrer Filme unterhalten. Im Moment lief der mit dem Esel.

Später konnte Candace sich nicht mehr daran erinnern, wie es ihr gelungen war, den Weg nach Hause zu finden.

Die Idee kam ihr, als sie gedankenverloren die Klinge aus Ricks altem Rasierer pulte. Der Rasierer war mit Rasierschaum und Barthaaren verkrustet, und sie hatte ihn gründlich säubern wollen, bevor sie ihn für ihre Handgelenke benutzte. Eine Szene aus einem ihrer Filme, *Voodoo Vixens*, stand plötzlich klar vor dem Hintergrund ihrer wirren Gedanken. Sie legte den Rasierer vorsichtig zur Seite.

Candace machte sich eine Tasse Kaffee und ließ den Plan Gestalt annehmen. Sie war jetzt ganz gefaßt – die hysterische Energie, die sie fast zum Selbstmord getrieben hätte, lenkte ihr konfuses Bewußtsein in eine andere Richtung.

Sie hatte noch alle möglichen Überbleibsel von Rick, und im Laufe der Nacht ging sie sie durch, kühl und methodisch. Sie kratzte Hautfetzen und Bartstoppeln von Ricks Rasierer, sammelte Haare und Schuppen aus Kamm und Bürste, untersuchte die Borsten seiner Zahnbürste auf winzige Reste von Blut und Zahnbelag. Sie fand ein blutgetränktes Taschentuch – Kokain verursacht zuweilen heftiges Nasenbluten –, und der Matratzenschoner war von beider Körperflüssigkeiten befleckt. Alte Kleider beherbergten Haare, Schweißränder, Flecken von Körpersekreten. Candace durchsuchte das Haus ohne jeden Anflug von Mitgefühl. Sie fand zahllose Fragmente, Überreste seiner physischen Präsenz.

Am nächsten Tag meldete sie sich krank. Sie verbrachte den Tag mit einer Tournee durch Los Angeles' zahlreiche Okkultismusbuchläden, machte ein paar Besorgungen, telefonierte mit ein oder zwei Leuten, die sie am Set von *Voodoo Vixens* kennengelernt hatte. Alles schien ganz klar. Die kritischeren Stimmen waren der Ansicht, daß es eine Sache des Glaubens sei – und wer besaß einen reineren Glauben an die Kraft der Magie als Kinder?

Candace schichtete ihre Beutestücke zu einem sauberen Häufchen auf – Farbe und Konsistenz der Bartstoppeln und Hautfetzen erinnerten sie an einen unsauberen Verschnitt mexikanischen Heroins.

Candace ging wieder zur Arbeit und wartete auf die richtige Gelegenheit. Immer wenn niemand hinsah, praktizierte sie ein wenig von ihrem Richards-Justin-Staub in einen der Plastikrümpfe, aus denen Richards-Justin-Puppen entstehen würden. Dazu murmelte sie leise und finstere Gebete.

Unter dem Weihnachtsbaum spielt der kleine Joshua mit seiner Richards-Justin-Puppe. Pow! Eine Laserkanone schießt den Superhubschrauber ab, und er zerschellt auf den Felsen!

Jason läßt Colt gegen seine Spieldinosaurier antreten. Da! Sie zerstampfen ihn zu Brei!

David veranstaltet ein wildes Autorennen mit »Red Lightning«. Er läßt das Auto mit einer Geschwindigkeit von hundert Meilen über den Rand der Klippen stürzen.

Bill ist noch zu klein, um mit seiner Colt-Savage-Puppe zu spielen, aber er kaut gern darauf herum.

Mark probiert aus, ob Colt Savages Flugobjekt »Black Blaze« eine Attacke seiner Platzpatronen-Spielbomben aushält.

Jessica ist wütend auf ihren Bruder. Sie sieht seine Colt-Savage-Puppe und trampelt darauf herum, so fest sie nur kann.

Tyrone heult, weil er seiner Colt-Savage-Puppe die Arme ausgerissen hat und sie sich nicht wieder in den Rumpf zurückstopfen lassen.

Richards Justin brach am Set zusammen, und nur unter schwerster Betäubung ließ sein qualvolles Schreien schließlich nach. Bald stellte sich heraus, daß es sich um eine ernste Krankheit handelte, nicht um einen vorübergehenden Nervenzusammenbruch. Er befindet sich in einer psychiatrischen Klinik, wo man ihn durch die permanente Gabe von Psychopharmaka ruhigstellt. Die Ärzte interpretieren seinen Zustand als Spätfolge jahrelangen Drogenmißbrauchs.

Nichts erregt das Publikum mehr als ein gefallener Held. »Richards Justin – die wahre Geschichte« von Candace Thornton kletterte mit rasender Geschwindigkeit in den Bestsellerlisten nach oben. Wie aus informierten Kreisen kürzlich verlautete, soll man ihr für die Filmrechte an ihrem Buch weit über eine Million Dollar geboten haben.

Der Sittich und die Katze

Scott Bradfield

Und noch eine Trouvaille – eine hinreißende Fabel vom Autor der Geschichte der leuchtenden Bewegung, *ganz bestimmt nicht die Art Story, wie man sie in einem Horror-Lesebuch erwartet. Trotzdem: Die Stimme des Unmenschen ist immer unheimlich, und Sid, der Protagonist der folgenden Story, hört sie deutlicher, als ihm lieb sein kann. Und Horror oder nicht: Scott Bradfield ist ein großartiger, begnadeter und souveräner Schreiber. Das muß man einfach gelesen haben.*

»Man selbst zu sein, ist eine ziemlich schwierige Sache«, sagte Sid, während er säuerlich an einem Stück Rinde knabberte. »In der Tat ist es zuweilen eine ziemlich üble Erfahrung, der einzige herrenlose Sittich in einer Welt voller gurrender, ewig turtelnder Tauben, Spatzen, Raben und hormongesteuerter Finken zu sein. Gerade, wenn man ganz auf sich allein gestellt ist. Gerade, wenn man so ist wie ich und dazu neigt, sich schon von Kleinigkeiten schlecht draufbringen zu lassen.«

Der Winter war zweifellos die härteste Jahreszeit. Im Winter verließen einen selbst die Blätter, während die ganzen Vögel, die man auf den Hochspannungsleitungen gerade erst langsam kennenlernte, auf einmal fickrig wurden und sich überstürzt in warme, paradiesische Gegenden aufmachten – zu Orten mit mythischen, unbefleckten Namen wie Capistrano, Sezuan, São Paulo, Bengalen. Die anderen Vögel erzählten einem nie, wo sie hinflogen oder wie lange man brauchte, um dort hinzukommen, luden einen nicht mal zum Mitfliegen ein. Sie schienen zu glauben, daß, wenn *sie* einen hübschen Ort zum Überwintern hatten, einfach *jeder* einen haben mußte.

»Es ist so, als hätte man sich in Schale geworfen, ohne zu wissen, wohin man eigentlich gehen soll«, sagte Sid zu den Enten am Teich. »Meine Hormone spielen verrückt. Mein Blut kocht, weil ich mich fortpflanzen will. Und nicht nur, daß ich weit und breit keine Sittichmädchen finden kann – ich bin nicht mal in der Lage, den gottverdammten australischen Kontinent zu finden.« Die Enten waren ein fauler, plumper Haufen, von dem außer ambitionslosem Quaken und starken Blähungen nichts zu erwarten war, fett geworden von Weißbrot und Popcorn, das ihnen Kinder und Rentner hingeworfen hatten. Da saßen sie und schaukelten ihre Körper auf den freien blauen Stellen des schon halb zugefrorenen Teichs hin und her. Überall lag Schnee. Es war Winter, daran gab's nichts zu deuteln.

»Gott*verdammt*nochmal, ist das kalt«, krakeelten und schnatterten die Enten. »Verfickter Jesus Christus, es ist kalt, kalt, kalt. Wir frieren uns hier draußen zusammen unsere kleinen Ärsche ab.«

Es mochte sein, daß Enten die meiste Zeit mit sich selbst beschäftigt waren, dachte Sid, aber sie waren immer noch um einiges besser als gar keine Gesellschaft. Wenn man sich in der Nähe der Enten hielt, konnte man zuweilen ein übersehenes Stück Keks oder nützliche Informationsfetzen aufschnappen, manchmal warnte ihr Kreischen einen auch vor beutegierigen

Wölfen oder heranschleichenden Wieseln. Die Winterwelt war ein gefährlicher und bedrückender Ort, und man konnte gar nicht genug Freunde haben. Busse und Flugzeuge und wirbelnde Frisbeescheiben und knisternde Starkstromleitungen, Kinder mit Steinen und Schleudern und Luftgewehren und Taschenmessern. Das große Rund der Welt war voll von spitzen und stumpfen Gegenständen, die auf einen zugeflogen kamen, ohne auch nur die geringste Rücksicht auf persönlichen Freiraum oder faire Spielregeln zu nehmen. Die noch größeren Unannehmlichkeiten wie Einsamkeit und Exil gar nicht zu erwähnen. Ebenso wie Hunger, Traurigkeit, veranlagungsbedingte Langeweile oder einfach auch nur das beschissene Wetter.

Einst hatte Sid ein Zuhause gehabt. Einen winzigen vergoldeten Käfig, dessen Boden mit Zeitungspapier ausgelegt war, mit einer Plastikleiter, einem von einem Faden hängenden Glöckchen, einem blankgeputzten Spiegel, in dem man sich von allen Seiten betrachten konnte, und ab und an gab es feuchte Salatblätter und harte, bißfeste Karottenstückchen. Außerhalb des Käfigs, verhängnisvoll wie der Lauf der Geschichte, erstreckte sich ein erhabenes Universum von massiven Wänden und Möbeln und gleich hohen Zimmerdecken, in dem gargantueske Kreaturen mit glitzernden Haarwäldern und langen fetten Fingern lebten. Diese gargantuesken Kreaturen zeigten immer mit diesen fetten Fingern auf einen und zwangen einen dann auch noch, sich daraufzusetzen. Sie pfiffen und machten Knutschgeräusche oder kleine schnalzende Laute, als wären in Wirklichkeit *sie* die Sittiche und man selbst zu blöd, um es zu bemerken.

»Man denkt, man hätte das große Los gezogen, wenn man alles hat«, erklärte Sid den Enten, die sich mit nervösen kleinen Schnaubern eine wasserfeste, ölige Substanz in die Federn rieben. »Fressen, Wasser, ein warmes Plätzchen – das ist alles, was einen kümmert. Freudig besteigt man die Plastikleiter oder läßt freudig das Glöckchen ertönen oder erzählt sich den ganzen Tag freudig was vor dem blitzblanken Spiegel, und alle freuen sich, weil genau das von einem erwartet wird, weil das genau das Leben ist, das man führen soll. Friede, Freude, Eierkuchen den ganzen verdammten fröhlichen Tag lang, ein fröhlicher kleiner Schwachkopf, dem sein fröhliches Leben in irgendeinem blöden Käfig zwischen den Krallen verrinnt. Man *glaubt*, daß man sein eigenes Leben lebt, versteht ihr, aber das ist nicht *wirklich* so. Man lebt bloß das Leben, das von einem erwartet wird. Deshalb ist man ja letztlich auch in einem Käfig. Deshalb kriegt man ja auch das ganze Fressen umsonst.«

Manchmal, wenn Sid besonders mit seinem Schicksal haderte, schritt er auf einem knorrigen Ast hin und her, von dem aus man den Teil des Teichs mit der größten Entendichte überblicken konnte. Er pickte kleine Stücke aus Zweigen und Blättern und warf sie hastig über die Schulter, wie aufgegebene Illusionen. »Aber dann wird man eines Tages krank, nur eine kleine Kopfgrippe, und man macht sich auch keine Sorgen. Aber die gargantuesken Leute draußen sind nicht so optimistisch, und wollt ihr wissen, was *dann* mit einem passiert? Soll ich euch sagen, wohin einen der fröhliche kleine Ausflug, diese fröhliche kleine Spritztour führt? In die Mülltonne, genau dahin. Schnurstracks in die stinkende alte fröhliche Mülltonne, ob es einem gefällt oder nicht.«

Wenn Sid am äußersten, dünnsten Ende des Asts stand, fühlte er das Leben des Baums entfernt zwischen seinen Krallen pulsieren, konnte er bis zum Ende des zugefrorenen Sees blicken, hinaus in den weißen Winterhimmel. »Meine Herren, an *den* Tag werde ich mich erinnern, solange ich lebe. Ich habe Wahnsinnskopfschmerzen, und mir geht's echt mies. Ich huste Schleim ohne Ende. Ich fühle mich zu schwach, um weiter das Gleichgewicht auf der Stange halten zu können, gehe also herunter auf den Käfigboden, um ein Nickerchen zu halten. Während ich geschlafen habe, haben sie noch ein paarmal an die Käfigstäbe geklopft, glaube ich – jedenfalls meine ich mich daran zu erinnern. Aber ich war zu müde, um zu reagieren. Ich wollte bloß in Ruhe auf dem Boden schlafen, und das nächste, woran ich mich erinnere, ist, wie ich mich aus einer mit Zeitungspapier ausgelegten Schuhschachtel in der Mülltonne draußen herauskämpfe. Ich bin sterbenskrank. Es geht mir so dreckig, daß ich nicht mal mehr klar sehen kann. Und plötzlich ist überall so viel Platz, jede Menge Platz, wohin man auch sieht, auf einmal hat die Welt Dimensionen, die ich vorher nie bemerkt habe. Es war unglaublich. Unbeschreiblich. Überwältigend. Ich bin bloß immer weiter und weiter, und nicht lange darauf bin ich auf euch Typen gestoßen, auf euch und euren netten blauen Teich hier. Der Rest ist, wie man so sagt, Geschichte.«

Obwohl die Enten manchmal sitzenblieben und Sid eine Weile zuhörten, während sie geistesabwesend ihr Gefieder putzten oder nach Fliegen schnappten, reagierten sie schließlich doch ungeduldig und gereizt. Sie erhoben sich und watschelten wichtigtuerisch auf und ab.

»Er ist so ein Langweiler«, beschwerten sich die Enten lauthals und schlugen mit den Flügeln in Sids Richtung. »Schwätzen, schwätzen, schwätzen – das ist alles, was er tut. Und wie oft kommt er dabei mal auf uns Enten? Null mal, genau so oft. Langsam kommt uns der Verdacht, daß dieser Typ überhaupt keine interessanten Entengeschichten zu erzählen hat!«

Da die Chancen, auf ein Weibchen seiner eigenen Spezies zu treffen, etwa dreizehn Trillionen zu eins standen, hatte der Frühling Sid nicht viel zu bieten. Das war es, was die Winter besonders hart machte, gerade, wenn Schnee fiel und man eisigen Winden ausgesetzt war. Der Frühling gehörte zu der Art von Träumen, die man *mit* jemandem träumen mußte, und langsam begann Sid zu argwöhnen, daß dieser spezielle Traum einer war, den er niemals erfolgreich träumen würde.

»Habt ihr *irgendwo* Sittichmädchen *gesehen*?« fragte Sid, sobald er vereinzelte Spatzen oder Amseln traf. Gewöhnlich handelte es sich um herumirrende Vögel, die sich vor nicht allzu langer Zeit verletzt hatten oder krank geworden waren, in deren Augen sich Verzweiflung und Niedergeschlagenheit spiegelten, Erinnerungen an Vogelscharen, die sie vor langer Zeit zurückgelassen hatten. »Ich meine, sie müssen nicht mal hübsch oder so sein – mir egal. Und wenn ihr keine Sittichmädchen gesehen habt, wie steht's mit Australien? Ein riesiges, gewaltiges gelbes Land – eigentlich eine Insel, so groß wie ein Kontinent. Ich glaube nicht, daß man es je vergißt, wenn man es einmal gesehen hat. Ich war nie da, aber ich träume jede Nacht davon.«

Sids Träume von Australien waren voll von auf- und abhüpfenden, prähistorisch aussehenden Kreaturen und geschmeidigen schwarzen Aborigines, die kriegsbeilähnliche Bumerangs warfen und Giftpfeile aus Blasrohren abfeuerten. Farbenprächtige Wolken von Sittichen schwärmten aus über das hellblaue Firmament, und sie riefen Sids Namen, zogen ihre Kreise und sangen Lieder von einem unmittelbar bevorstehenden Frühling, der niemals enden würde. Als Sid auf seinem kalten Ast erwachte, konnte er immer noch die Gesänge der weit entfernten Sittiche hören. Dann warf er einen Blick über den zugefrorenen, kristallgleichen, vertrauten Teich. Es war nichts weiter als das übliche Schnattern der Enten zu hören. Enten, Enten und nochmals Enten.

»Seht euch Screwy an!« riefen sie (wie alte Jungfern lagen sich die Enten dauernd in den Haaren). »Versucht er doch schon wieder, Kaugummipapier zu fressen.«

»He, seht mal – da kommt Big Bubba Duck. Junge, Junge, seinem Gesicht nach zu urteilen muß er ja bei Harriet ganz schön abgeblitzt sein!«

Irgendein Erbfaktor ließ Sid ganze Tage damit zubringen, Dinge zu zernagen. Zweige und Blätter und Nüsse, deren knotigem, faserigem Gewebe er mit seinem scharfen gebogenen Schnabel zu Leibe rückte.

»Das ist es, was ich tue«, erklärte Sid den Enten, während er wie eine Miniaturkreissäge Holz- und Laubteilchen um sich herum verteilte. »Ich bin ein Holzbohrer. Ich mache Bohrungen.« Wenn Sid nicht mit den Enten sprach, hackte er alles in seiner Reichweite Befindliche in kleine Splitter. Tag für Tag, Stunde für Stunde, manchmal sogar bis in die Nacht hinein, wenn er keinen Schlaf finden konnte.

»Ich bin ein Holzbohrer«, verkündete Sid gereizt mit wie in Panik geweiteten Augen. »Holzbohrungen gehören eben zu den Dingen, die ich wirklich gut kann.«

Eines Tages, nach dichtem Schneetreiben, kam ein Kater am Teich vorbei, und mit sich brachte er eine dunkle, blutrote Ahnung von Zynismus und Beklemmung.

»He da, ihr Burschen«, sagte der Kater, der einen höflichen Abstand einhielt. Der Kater war grau und machte es sich auf einem großen grauen Stück Fels gemütlich. »Junge, Junge, seid ihr ein gutaussehender Haufen Enten! Ganz im Ernst, ich bin echt beeindruckt. Ich hätte nie gedacht, daß es so gutaussehende Enten wie euch Burschen geben könnte, oder auch nur halb so intelligente. Na, da hab ich mich wohl ziemlich getäuscht, was? Was letztlich beweist, daß ich bis jetzt wohl nicht viel Ahnung von Enten hatte.«

Zuerst glitten die Enten träge in den kalten Teich, taten so, als würde sie nichts bekümmern, auch wenn sie den Kater nicht eine Sekunde aus den Augen ließen.

»Ich werd euch was erzählen, Jungs«, fuhr der Kater fort, mit einer Stimme, so sanft und beherzt wie die Leidenschaft selbst. »Ich komme gerade aus der Stadt, und ihr habt echt keine Ahnung, wie gut ihr es hier draußen getroffen habt. Was für ein Alptraum. Smog und Urin und Kriminalität und Armut – Junge, Junge, eine schöne Senkgrube haben die sich da angelegt. Jeder gegen jeden, Hund gegen Hund, Katze gegen Katze, und wenn man nicht aufpaßt, wird man ohne ein ›Hallo‹ oder ›Wie geht's‹ vom nächsten Auto überfahren. Krach schepper boing schepper krach – Stadtleben hab ich für die nächsten paar tausend Jahrhunderte oder so jedenfalls genug gehabt. Was mich natürlich darauf bringt, warum ich mich dazu entschlossen habe, nach hier draußen zu euch Burschen in die Natur zu ziehen. Frische Luft, Sonne, und dazu kann man noch jede Menge für seinen Körper tun. Mal ganz abgesehen davon, daß ich mich künftig strikt vegetarisch ernähren werde. Ich werde mein Leben ändern, mich neu orientieren. Nennt mich einen Outlaw, wenn ihr wollt, oder einen Rebell. Jedenfalls hab ich's satt, das Leben zu leben, das mir die Gesellschaft vorschreibt. Ab jetzt werd ich *mein* Leben für *mich* leben, und weder Höllenfeuer noch Sintflut werden etwas daran ändern. Danke fürs Zuhören.«

Mit sanftem, einnehmendem Schnurren leckte der Kater seine kurzen, eingefahrenen Krallen und strich sich über die langen, zuckenden Schnurrbarthaare, als wollte er sich für die Kirche feinmachen. Dann, nachdem er den Enten einen letzten liebevollen Blick über die Schulter zugeworfen hatte, legte er seinen Kopf auf den großen grauen Stein und schlief sofort ein.

»Ehrlich gesagt seid ihr Enten nicht gerade der hellste Haufen Federvieh, dem ich auf meinen zahlreichen Reisen begegnet bin«, sagte Sid, der hoch oben in einer dünnen, ausladenden Weide saß. »Wir reden hier von einem fetten grauen Kater, einem verdammt gefährlichen K-A-T-E-R, obwohl ich echt nicht glauben kann, daß man euch das noch extra buchstabieren muß. Jeder weiß, daß Katzen notorisch scharf auf Geflügel sind, und Geflügel, das sind wir, sowohl ihr Enten als auch ich. Für diesen Kater sind wir sozusagen ein Traum von einer Hauptmahlzeit, und ich gebe einen Dreck darauf, was er über Solidarität in der Wildnis, Karma, Pantheismus oder von mir aus auch freien Willen von sich gibt. Dieser Kater will uns bei lebendigem Leib fressen. Er will unser Fleisch zwischen seinen Zähnen zerreißen und unsere Blutgefäße zu Pasta verarbeiten. Aber vorher will er noch sein Spiel mit uns treiben. Er will uns quälen und verwunden und uns dabei zusehen, wie wir langsam verrecken. Das ist deshalb so, weil *er* ein Kater ist und *wir* Geflügel sind. Geht das in eure Köpfe, oder muß ich das noch mal wiederholen?«

Mit der Ankunft der Katze und ihrer beharrlichen grauen Stimme begann sich eine Wolke der Trägheit und Zufriedenheit über den kleinen Ententeich zu senken. Die Enten hielten jetzt längere Nickerchen am Ufer und schnatterten nicht mehr so viel, genauso, wie sie weniger herumflatterten, flirteten und sich gegenseitig piesackten. Sie watschelten ziellos im Unterholz herum, pickten nach Würmern und Samen, kuschelten mit ihren Kleinen und starrten hinauf in das verhangene Durcheinander der weißen, hypnotischen Wolken am Himmel. Es war, als ob alle plötzlich das Träumen aufgegeben hatten, dachte Sid. Es war, als ob Erwartungen auf einmal keine Rolle mehr spielten, genausowenig wie Erregung, Leidenschaft oder das Blut. Jenseits der kalt strahlenden Logik des Teichs war das einzige Verlangen, das es noch gab, das Verlangen des großen grauen Katers, war die einzige zu hörende Stimme die Stimme des großen grauen Katers, das Feuer, das Flüstern, der gedämpfte rote Pulsschlag, alles gehörte allein dem Kater, dem Kater, dem Kater, dem Kater.

»*Carpe diem*«, sagte der Kater. »Nützt den Tag, lebt für den Augenblick, genießt, solange ihr genießen könnt. Solange ihr gesund seid, habt ihr doch alles.« Wenn der Kater nicht schlief, drang seine Stimme leise über den Teich, eine Stimme, die die stählerne Wasseroberfläche wie Licht oder Temperatur zu reflektieren und zu verstärken schien. »Schlaft und eßt und macht Liebe und feiert, bis der Morgen anbricht. Warum für morgen leben, wenn morgen vielleicht niemals kommt? Geschichte, Genetik, Philosophie, Evolution, Teleologie und Mathematik – das gehört zum Leben in der Stadt, Jungs, zu dieser Welt aus Maschinen, Beton, Hypermärkten, Tankstellen und Tod. Wir dagegen leben in und von der Natur. Wir schaffen uns unsere eigenen Regeln, definieren unsere eigenen Charaktere und Einstellungen und Gesetze. Ihr mögt Enten sein und ich eine Katze, aber das heißt ja noch nicht, daß wir nicht trotzdem gute Freunde sein könnten. Eigentlich bin ich nämlich ein ziemlich rücksichtsvoller und aufrichtiger Zeitgenosse – das wissen jedenfalls diejenigen, die sich die Mühe gemacht haben, mich etwas besser kennenzulernen. Jeder mag mich, jeder vertraut mir. Einfach jeder, vielleicht mit Ausnahme meines kleinen Freundes, dem Sittich. Hab ich nicht recht?« sagte der Kater und spähte hinauf in die in spitzen Winkeln einfallenden Sonnenstrahlen, die wie kosmische Oberleitungen durch das Astwerk der Weide brachen. »Hab ich nicht recht, mein kleiner Freund?«

Und ob, dachte Sid bei sich, ohne dem Kater auch nur einen Seitenblick zu schenken oder sich mit einem Räuspern bemerkbar zu machen. Er wollte dem Kater keine Antworten geben, damit dieser sie dann nach seinem Gusto auf brillante Weise auslegen, manipulieren und verdrehen konnte. Er wollte nicht, daß seine festen Ansichten und Gedanken von einem Kater zu dessen Zwecken entstellt wurden.

Nur um das Ganze noch ein bißchen zu präzisieren, dachte Sid, ich traue dir wirklich nicht einen Millimeter über den Weg.

»Hat dir schon mal jemand gesagt, daß du ein wirklich wunderschönes Gefieder hast?« sagte der Kater und fing wieder an, seine Pfoten zu lecken, mit seiner dicken Zunge über die kaum andeutungsweise zu sehenden Krallen zu fahren.

Ich weiß, dachte Sid, den Blick beharrlich auf ein entferntes Felsmassiv gerichtet. Mein Gefieder ist wirklich außergewöhnlich schön, in der Tat.

Etwa zur Zeit des ersten Tauwetters machte sich Sid zu einem Rundflug um den Teich auf und entdeckte dabei die hinter ein paar Blaubeersträuchern verborgenen Überreste einer Ente. Fliegen sammelten sich um den Kadaver, und der Geruch von fauligem Fleisch und Verwesung lag in der Luft. Erst überkam Sid für einen Moment ein schwindelerregendes, elektrisierendes Gefühl, als stünde er neben sich, als würde er plötzlich sein eigenes Abbild in einem Zerrspiegel sehen. Der Himmel schien näher, der Wind stärker, das Eis kälter. Dann, in einem unfreiwilligen Anfall von Panik, erhob sich Sid mit einem jähen Flügelschlag in den strahlenden weißen Himmel.

»Es war Screwy«, erzählte Sid den anderen Enten, als er zurück am Teich war. »Es ist genau das passiert, wovon ich die ganze Zeit geredet habe. Lunge, Nieren, Leber, Gehirn – selbst die Milz hat die Katze gefressen. Wir müssen endlich zusammenhalten. Wir müssen wachsam sein, Wachen aufstellen und Anführer bestimmen. Wir müssen Ruhe bewahren und, was immer auch passiert, uns zur Hölle noch mal aus dem Unterholz heraushalten. Frauen – laßt eure Kleinen nicht aus den Augen. Männer – wetzt eure Schnäbel an dem Sandstein da drüben. Das hier ist Krieg, das hier ist Jericho, die letzte Schlacht. Das Böse ist an unseren Teich gekommen, da drüben auf dem großen grauen Felsen schlummert es vor sich hin. Das Böse ist in Gestalt einer Katze an unseren Teich gekommen, und *jeder von uns* kann ihr nächstes Frühstück sein.«

»Das Böse?« seufzte die Katze und streckte langsam und ausgiebig ihre Vorderpfoten. »Ist das nicht ein bißchen dick aufgetragen? Sind wir nicht alle Teil derselben Nahrungskette, sind wir in den Augen von Mutter Natur nicht alle gleich? Kommen Sie mir bloß nicht auf die Moralische, Herr Sittich. Die Zeit vergeht, und Enten sterben, genau wie Katzen auch – das ist der Gang allen Fleisches. Und Screwy war ja, falls sich jemand erinnert, auch nicht sonderlich mit Grips gesegnet. Wenn ihr mal einen Moment darüber nachdenkt, wird euch vielleicht aufgehen, daß Screwy von so gut wie *jedem* gefressen worden sein könnte. Also fang bloß nicht an, mich zu verurteilen, nur weil ich einer bestimmten Spezies angehöre, mein Freund. Ich mag der Gattung der Katzen angehören, aber mein Herz ist rein, und ich wünsche euch allen – sowohl Enten als auch Sittichen – nichts weiter als Gesundheit, ein langes Leben und die Verwirklichung eurer glücklichsten Träume. Und jetzt, falls es euch nichts ausmacht«, sagte der Kater, während er sein Kinn auf seine Pfoten legte, »würde ich mich ganz gern noch ein Weilchen meinen eigenen glücklichen Träumen widmen.«

»Quack quack«, sagten die durch und durch verwirrten Enten, ein völlig verlorener, durcheinanderschwimmender Haufen Federvieh. »Screwy ist nicht länger eine Ente, die Katze nicht länger eine Katze. Sittiche und Katzen haben nichts als Geringschätzung für Enten übrig, reden die ganze Zeit nur abstrakt vom Bösen und Gesetzen und Gesellschaft und Krieg. Das ist uns ein bißchen zu hoch. Das hat doch nichts mit der Wirklichkeit zu tun. Laßt uns das machen, was die Katze macht, und erst mal eine schöne Mütze Schlaf nehmen. Laßt uns alle eine Mütze Schlaf nehmen und von fetten, fleischigen Fliegen träumen, von einer Welt, in der es nichts gibt als frohe und glückliche Enten.«

Sid begann, peinlich genaue Zählungen unter der sich zunehmend verringernden Entenschar anzustellen. Siebenundfünfzig, sechsundfünfzig, vierundfünfzig, vierzig. Neununddreißig, siebenunddreißig, einunddreißig, fünfundzwanzig. Er konnte nicht immer herausfinden, wohin sie verschwunden waren, aber ziemlich schnell spürte er die generelle Teilnahmslosigkeit und sorglose Gleichgültigkeit, die die übriggebliebenen Teichbewohner wie eine kollektive Prägung zu durchdringen schien. Die Überlebenden sahen sich nur selten nach ihren Artgenossen um, ließen kein Zeichen von gegenseitiger Zuneigung erkennen. Sie erlaubten ihren Kleinen, ohne Aufsicht im Strauchwerk zu verschwinden, sie fraßen nicht soviel wie sonst, wurden dünn, unscheinbar und diarrhoeanfällig. Manchmal schliefen sie, trieben ziellos zwischen großen Eisstücken auf dem tauenden Teich umher oder zogen leichtfertig am Ufer ihre Kreise, schnappten nach Kieseln und Insekten. Es war, als hätte eine Macht von den Enten Besitz ergriffen, die weit stärker als ihre eigene war, eine Macht, die ihnen nur mehr Schlafen, Trägheit, Herumwandern, Selbsttäuschung,

Selbstaufgabe und Resignation erlaubte. Je augenscheinlicher die Wirklichkeit wurde, desto unverständlicher und auf Mutmaßungen angewiesen stellte sie sich den Enten dar. Bald waren das Ufer und das angrenzende Unterholz übersät von zersplitterten Entenknochen, gebrochenen Entenschnäbeln und einsamen Pfützen, in denen blutige Entenfedern lagen.

»Sie hören mir einfach nicht zu«, klagte Sid laut. »Es ist, als würde ich mit mir selbst reden. Es ist, als würden wir nicht einmal mehr dieselbe Sprache sprechen.«

»Sie folgen dem Ruf der Natur«, sagte der Kater, während er seine Krallen am Fuß von Sids Weide schärfte. »Deshalb sind sie auch mit sich im reinen, deshalb können sie schlafen, vor sich hin dümpeln und sich treiben lassen. Sie haben verstanden, daß das Universum nichts weiter als ein Hochofen ist, der ganze Planeten verbrennt, um seinen Betrieb zu sichern, Planeten, die ziellos ihre Bahnen ziehen und in schwarzen Löchern verschwinden. Enten haben nicht genug auf der Pfanne, um sich mit solchen Dingen wie Moral oder Gerechtigkeit zu belasten – und in der Hinsicht sind sie mir und dir voraus. Der Himmel, das ist etwas, was man *nach* diesem Leben erfährt und nicht vorher. Warum versuchst du nicht auch, so zu denken, mein Freund? Warum nimmst du's nicht einfach leicht und schließt dich den anderen an? Wir alle sterben, wir alle leiden, und keiner unserer Träume wird erfüllt. Das ist nicht notwendigerweise schlecht, furchtbar, tragisch oder traurig. Sieh dich doch nur mal um – das Eis glitzert, die Blätter bewegen sich im Wind. Der Winter kann wunderschön sein, wenn man nur seine Einstellung ändert. Solange man ein dickes Fell hat, das einen warm hält.«

Nacht für Nacht wurde Sid von Fieberträumen und schwarzen Gedanken heimgesucht. Er versuchte, wach zu bleiben und den Kater im Auge zu behalten, der sich nie von seinem grauen Felsen wegzubewegen schien. Er konnte die grünen Augen des Katers in der Dunkelheit leuchten sehen, Augen, die ihm folgten, während er ins Beinahe-Delirium driftete, eingelullt von der grauen Stimme des Katers, der unablässig zu ihm zu sprechen schien.

»Komm doch von deinem Baum herunter«, flüsterte der Kater. »Komm herunter und nimm ein Bad im Teich. Die Erfahrungen, vor denen du solche Angst hast, sind nicht so schmerzhaft, wie du denkst. Es kann sogar eine ziemlich sinnliche Erfahrung sein, zumindest habe ich das so gehört. Du wirst nicht länger einsam sein. Du wirst nicht leiden. Du wirst keine Träume träumen, die doch nicht wahr werden, keine Hoffnung mehr haben, die doch nur trügt, keine Liebe erfahren, die doch nur enttäuscht.«

Sid begann, seinen enormen Appetit zu verlieren; er hörte auf, die Enten in taktische Überlegungen mit einzubeziehen und in Verantwortung einbinden zu wollen; er hörte sogar mit seinen Holzbohrungen auf. Den ganzen Tag saß er hoch oben in der Weide, versuchte nichts weiter, als sich wachzuhalten, verfiel in Träumereien und Halbschlaf, bevor er aufschreckte, als er witterte, daß der Kater auf den Baum geklettert und in seiner Nähe war.

»Ich dachte bloß, ich komm mal hoch, dich besuchen«, sagte der Kater, der sich mit ausgefahrenen Krallen den Stamm der Weide hinaufangelte. »Macht's dir was aus, wenn ich ein bißchen näher komme? Oh, schon okay. Vielleicht ein andermal? Später die Woche?« Dann zog sich der Kater mit einem beiläufigen Blick über die Schulter zurück, den Baumstamm hinab, mit hin- und herschweifendem Schwanz, während sein fettes Hinterteil sich langsam, fast aufreizend von einer Seite zur anderen bewegte.

Welchen Dingen konnte man sich im Leben sicher sein? fragte sich Sid. Einsamkeit, Ausgeliefertsein, Gejagtsein, Agonie und Tod? Dem kalten Trost von Abstraktionen? Die Enten im Teich wurden immer weniger, dümpelten friedlich vor sich hin. Dreiundzwanzig, neunzehn, achtzehn, zwölf. Winter, dachte Sid. Kalt und sehr, sehr weiß.

»Worum geht es hier eigentlich?« fragte sich Sid laut im Halbschlaf, während eine weitere Flutwelle der Mutlosigkeit über ihn hinwegschwappte. »Was hat das alles nur zu bedeuten?«

»Nichts«, flüsterte der Kater. »Wenigstens nichts, was irgendwie von Wichtigkeit wäre.«

»Wen kümmert's schon?« fragte Sid. »Wer hält einen in der Nacht, wer hört einen schon weinen? Wer ist da, um einem zu sagen, daß am nächsten Tag alles gut sein wird?«

»Niemand«, flüsterte der Kater. »Niemand, nirgendwo.«

»Warum dann das alles? Warum weiter kämpfen? Warum es weiter versuchen?«

»Laß es sein«, flüsterte der Kater in der Dunkelheit. »Dein Kampf ist sinnlos, sieh's doch ein. Komm einfach von deinem Baum herunter, mein Freund. Komm einfach hier zu mir herunter, und *ich* werde für dich dasein. Wir beide, du und ich, sind uns im Grunde ziemlich ähnlich. Wir sind anders als die anderen. Wir gehören *zusammen.*«

Nachts konnte Sid jetzt hören, wie sich der Kater ungeniert seinem Treiben hingab und eine Ente nach der anderen riß. Die Enten hatten so gut wie allen Widerstand aufgegeben, gaben noch nicht einmal mehr Geräusche von sich. Nur das gierige Schmatzen des Katers war zu hören.

Nacht und Nebel waren hereingebrochen. Den ganzen lieben langen Tag schlief der fette graue Kater auf seinem großen grauen Felsen.

Sid wußte, daß er nicht durchhalten würde; er wußte, daß er über kurz oder lang aufgeben würde.

»Regel Nummer eins: Ich will nicht zerrissen werden«, sagte Sid. »Ich will nicht gebissen, gequält oder gefoltert werden. Ich will, daß meine Würde bewahrt wird. Was danach passiert, ist mir egal. Das ist nur meine körperliche Hülle, nicht mein wahres Ich. Aber ich weiß, daß ich es nicht allein kann. Ich habe zuviel Angst. Ich weiß, daß ich im letzten Moment kneifen werde. Deshalb brauche ich *dich.*«

»Hab keine Angst«, sagte der Kater und starrte zufrieden zu Sid hoch. »Natürlich helfe ich dir, wo *ich* kann.«

Eines Morgens nach einem kalten Regen gingen sie es an. Die schwarzen Wolken hoch oben am Himmel begannen sich gerade langsam zu verziehen. Am Ufer schliefen ein paar letzte versprengte Enten im Schatten des großen grauen Felsens, schnauften und träumten. Zuerst watete der Kater in den Teich und zuckte zusammen.

»Ziemlich kalt, das Wasser«, sagte der Kater. »Aber ich habe ja ein schönes dickes Fell, deshalb macht es mir eigentlich nichts aus.«

Als der Kater weiter ins Wasser hineinging, erhob sich Sid mit letzter Kraft von seinem Ast und landete auf dem fetten Rücken des Katers.

»Da drüben will ich hin«, sagte Sid. »Zu der Insel.«

Auf der Insel befanden sich ein paar kahle Bäume und ein verfallenes, lange aufgegebenes Fort, das Kinder aus Brettern und Orangenkisten zusammengezimmert hatten. An diesem Morgen schien Sid alles wie durch Nebel zu sehen. Er hatte seit Wochen nicht richtig geschlafen. Er konnte nichts mehr bei sich behalten. Er wußte, was er zu tun hatte, aber er verspürte weder Verzweiflung noch Trauer noch besondere Eile. Er wußte einfach, daß er müde war, daß er so nicht länger weiterleben konnte. Er mußte es hinter sich bringen, solange er noch die Kraft dazu hatte.

»Ich geh mit dir, wohin du willst«, sagte der Kater gefällig und warf Sid einen Blick über die Schulter zu, während er sich angespannt und vorsichtig durch das Wasser bewegte.

»Ich hab immer gedacht, Ertrinken wäre der beste Abgang«, sagte Sid leise, während er seine Spiegelbilder auf der verzerrten Wasseroberfläche zählte und beobachtete, wie die Insel näher rückte. »Ich hab immer gedacht, es wäre so, als würde man einfach einschlafen.«

»Ich bin sicher, daß es ein sehr friedvoller Tod ist«, sagte der Kater. »Aber auf lange Sicht ist es ja eigentlich ziemlich unwichtig, *wie* man geht, oder?« Die Augen des Katers waren verschlagene Halbmonde, wie Signale aus dem Weltall. »Was zählt, ist doch, *daß* man geht, ohne dabei besonders leiden zu müssen – das ist jedenfalls *meine* Philosophie. Ich meine, die einzigen Leute, denen der Tod wirklich etwas ausmacht, sind doch die Hinterbliebenen, die einen geliebt haben – und du kannst ja nun wahrlich nicht sagen, daß du eine große Trauergemeinde hinterläßt, mein Freund. Oder?«

»Nein«, sagte Sid. »Ich glaube nicht.«

»Wenn man sich mal ein paar tieferschürfende Gedanken macht, kommt man schnell zu dem Schluß, daß der Tod ziemlich überbewertet wird«, sagte der Kater, während seine Stimme mit schroffer grauer Logik über den Teich drang. »Ich glaube nicht, daß der Tod letzten Endes ein größeres Mysterium als das Leben darstellt. Er ist keine Vorherbestimmung, kein Ende, kein Verschwinden. Ich stelle ihn mir eher wie einen Übergang vor – eine Wiedereingliederung des eigenen, selbstbezogenen Ichs in den ewigen kosmischen Prozeß allen Lebens, der immer weiter und weiter und weiter geht, in dem es keine Wahrheit, keine Gerechtigkeit, keine Moral und kein Gesetz mehr gibt. Und erst recht keine Individualisten wie dich und mich, mein Freund. Was sind ein paar eigenwillige Geister schon im Vergleich zu den ewig brennenden Maschinen der Nacht? Zeit und Raum, planetare Explosionen, Hungersnöte und Flutkatastrophen und Wahnsinn und Krieg. Tja, in deinen Augen bin ich wohl eine ziemlich pantheistische Katze... holla, was ist denn jetzt los?«

Sie waren nur noch ein paar Meter vom Inselufer entfernt, und der Kater war abrupt im Wasser zum Stehen gekommen.

»Was ist das?«

Ein irgendwie zerbrechlicher Unterton hatte sich in die Stimme des Katers geschlichen, etwas Zögerliches und gar nicht Katzenhaftes.

»Was ist was?« fragte Sid und beförderte sich mit ein paar Flügelschlägen auf einen knorrigen, vorbeitreibenden Ast.

Der Kater blinzelte jetzt vor Anstrengung, während sich sein Kinn teilweise unter der Wasseroberfläche befand. »Scheint so, als hätte ich mir die Pfote in irgend etwas verfangen.«

»Mach sie mit der anderen Pfote frei«, sagte Sid. Ihm war träumerisch und traurig zumute. Still lag der Teich da, weit und breit war nichts auf dem Wasser zu sehen außer den ernsten, verschwörerischen Gestalten des Sittichs und der Katze.

»Ja«, sagte der Kater. »Wenn ich nur... Oh, das war's nicht. Jetzt hab ich mir die andere Pfote auch noch verfangen.«

»Die Enten nennen sie Schlingpflanzen«, sagte Sid, »weil sie einen echt in der Schlinge haben, wenn man erst mal reingetreten ist. Mag sein, daß es kein besonders origineller Name für diese Pflanzen ist – nun, eigentlich ja auch kein Wunder, was die Enten angeht. Ich weiß nicht, ob du es bemerkt hast, aber die Enten schwimmen nie in Reichweite der Insel. Die Enten bleiben immer auf der anderen Seite des Teichs.«

»Ach du meine Güte«, sagte der Kater. Seine Augen hatten sich plötzlich geweitet. Er spuckte Wasser, das ihm seitlich in den Mund rann. »Das ist ja entsetzlich.«

»Für dich vielleicht«, sagte Sid.

»Hör mal«, sagte der Kater, »wenn du vielleicht ein bißchen näher kommen würdest...«

»Vergiß es«, sagte Sid. »Ein Schneeball in der Hölle hätte bessere Chancen.«

»Du kannst mich nicht besonders leiden, was?« Der Kater versuchte verzweifelt, sich zu befreien, wie ein Fisch an der Angel. »Das ist ziemlich unfair von dir. Für eine Katze bin ich nämlich eigentlich ein ziemlich netter Kerl, weißt du.«

»Da bin ich mir sicher«, sagte Sid, während ihn seine eigene Stimme wie ein Traum einhüllte. Er tat sein Bestes, seine Augen offenzuhalten. Er tat sein Bestes, nicht auf der Stelle einzuschlafen. »Ich bin sogar sicher, daß du ein Heiliger bist – jedenfalls für eine Katze, soviel steht fest.«

»Zur Hölle noch mal«, sagte der Kater, und dann verzog sich sein Gesicht zu einer schmerzlichen Grimasse, bevor seine runde schwarze Schnauze mit einem plötzlichen Platschen unter der Wasseroberfläche verschwand, wie ein Bild am Mitternachtshimmel, das unter den ersten grellen Sonnenstrahlen verlischt.

Sid war zu erschöpft, um zu fliegen. Stundenlang ließ er sich auf dem knorrigen Ast treiben und lauschte dem unergründlichen Rhythmus der Wellen, während er von Zeit zu Zeit einen Schluck köstlichen Wassers nahm oder über sein eigenes rätselhaftes Spiegelbild auf der glänzenden Wasseroberfläche sinnierte.

»Vielleicht hatte die Katze recht, was das mit der Vorherbestimmung angeht«, dachte Sid, während er auf dem hin- und herschaukelnden Ast immer wieder aus dem Schlaf erwachte. »Vielleicht legen wir die Vorherbestimmungen in Wirklichkeit selber fest. Liebe, Zuhause, Sicherheit, Tod. Himmel und Heirat und Familie und Hölle. Vielleicht sind das alles nur unsere Versuche, so etwas wie Dauer in unser Dasein zu bringen, der allgemeinen Unbeständigkeit des Lebens entgegenzuwirken. Vielleicht ist das Universum tatsächlich ein Ofen. Vielleicht hat das Leben wirklich keinen Sinn. Aber vielleicht, nur *vielleicht*, sind das alles gar keine Gründe, nicht mehr leben zu wollen, sondern bloß Argumente, das Leben um so mehr zu genießen und zu schätzen. Vielleicht kommen wir niemals ans Ziel, vielleicht finden wir niemals, was wir suchen, vielleicht werden wir niemals etwas wirklich wissen. Aber vielleicht bedeutet das auch, daß wir damit aufhören können, uns pausenlos selbst zu bestrafen. Einfach jeden Tag aufzustehen und das Beste aus allem zu machen – vielleicht ist es genau *das*, was wir vom Leben erwarten sollten. Jeden Tag das Beste aus allem zu machen und uns danach dafür zu belohnen.«

Als Sids Ast das Ufer erreichte, war es spät am Nachmittag, und Sid nahm ein kleines Bad. Er pickte feuchte übersehene Krumen aus dem Sand und spürte, wie ein winziges Samenkorn der Hoffnung langsam in seinem Herz aufzugehen begann. Im schwindenden Sonnenlicht sah alles einen Hauch kostbarer, wärmer, blauer und wirklicher aus, als es noch am Morgen geschienen hatte. Im Schatten des großen grauen Felsens begannen sich sogar die erschöpften Enten zu rühren. Sid konnte einfach nicht anders, als momentan vollauf mit sich zufrieden zu sein.

»He, Katze!« rief Sid laut über seine Schulter, während er sich das Wasser aus den Flügeln schüttelte.

Wie als Antwort stiegen ein paar zitternde Blasen aus dem blauen Wasser.

»Fick dich ins Knie, *mein Freund*!« rief Sid, und dann bemerkte er es plötzlich.

Wie aus heiterem Himmel hatte der Frühling begonnen.

Garten der Götter

Whitley Strieber

Als Romancier kennt man Whitley Strieber spätestens seit Wolfen*; als Autor von Stories tritt er nur selten in Erscheinung. Die folgende Geschichte liest sich, als hätten sich John Steinbeck und William Faulkner im* Diner of the Damned *getroffen, um dort ihre Sexualpsychosen zu literarisieren.* Stylish *darf man das durchaus nennen, ziemlich* weird *wohl auch, und vollendeter kann man nackte Wahrheiten wie diese wohl kaum zu Papier bringen: Man weiß eben nie, wer neben einem liegt, wenn das Licht angeht.*

Frank war es leid, dieses Leben im Dunkeln, den ewigen Schmutz und die Angst und diese gottverdammte Müdigkeit. Und den Hunger. Wie immer wurde er nicht satt von dem einen Doughnut, den er sich hatte leisten können. Einen Hamburger hätte er haben müssen, oder ein Steak oder Chateaubriand – oder sogar mehr noch, die sanfteste aller Berührungen. Er nippte seinen Kaffee und sah der Kellnerin zu, die hinter dem weißen Tresen hin und her eilte. Ihre Haut war so blaß wie die Beschichtung aus Marmorplastik auf dem Tresen, ihr Haar aschblond, und ihre Augenbrauen wären unsichtbar gewesen, hätten in den Härchen nicht kleine Schweißperlen geglitzert. Als die Fliegengittertür quietschte, sah sie kurz auf. Ein Lächeln huschte über ihr Gesicht, als sie den neuen Gast erkannte, und sie wischte mit einem sorgfältig manikürten Finger eine Locke aus der Stirn. »He, Becky«, sagte sie zu der großgewachsenen Frau, die gerade hereingekommen war.

Kleinstadtmenschen. Jeder kennt jeden. Frank sah in seine Tasse. Er wußte, daß die zwei Hilfssheriffs an dem Tisch in der Ecke ihn im Auge hatten und nur darauf warteten, einen drekkigen Landstreicher wie ihn für ein paar Wochen zur Strafkolonne zu schicken. Einer der beiden hatte eine dick bandagierte Unterlippe, und seine Augen waren hart und schimmernd wie Kugellager.

Die Kellnerin kam und ging, eilte mal hierhin, mal dorthin wie ein Sonnenstrahl. Zwei adrette kleine Mädchen saßen an einem Tisch und tranken Limonade. Sie kannten die Kellnerin ebenfalls und nickten der großen Frau zu, als sie sich an den Tresen setzte. Komisch, daß die Kinder noch so spät draußen sein durften und sich niemand daran zu stören schien.

Die große Frau war nicht mehr jung; zuviel Make-up ließ ihr Gesicht starr wirken, und ihre brüchigen Fingernägel verrieten die harte Arbeit. Sie bestellte Würste und Eier. Die Kellnerin übernahm auch das Kochen, und sie bereitete mit raschen Handbewegungen am Grill die Mahlzeit zu und gab eine Extraportion Pommes frites und sogar eine halbe Tomate auf den Teller. Frank wußte, daß er keine Sonderbehandlung bekommen würde, wenn er etwas zu essen bestellte. Als der Teller vor der großen Frau stand, beugte sie sich darüber und begann zu essen.

Es war Mitternacht in dieser staubigen, gottverlassenen Gegend, und dafür war hier mächtig was los. Aber Frank wußte, daß sich draußen im Dunkel die endlosen Ebenen von Texas erstreckten, daß es da meilenweit nichts gab außer von Rüsselkäfern heimgesuchte Baumwollpflanzen, verlassene Häuser, an denen die Fensterläden rasselten, stickige Betten und Wind, Wind ohne Ende.

Frank grämte sich. Es hatte eine Zeit gegeben, wo er ein Mädchen wie diese Kellnerin keines Blickes gewürdigt hätte. Der Aktienanstieg von 1928 hatte ihn so reich gemacht, daß er mit der *Berengaria*, dem luxuriösesten Schiff der Welt, nach Europa gereist war. Das Zischen der Wellen, das eisige, perlende Geplauder von Rebecca Landauer, die Rosen und die raschelnden Laken...

Rebecca Landauer, so dunkel wie dieses Mädchen hier blond, Augen, die ein Lodern und dunkle Verwicklungen verhießen. Was hatte diese Kellnerin zu bieten? Ihren Freunden wollüstige Zerstreuung. Einem Landstreicher absolut gar nichts.

Es machte ihm nichts aus. Er hatte Verständnis dafür. Er wollte keine Schwierigkeiten. Er war hier hereingekommen, um seine müden Knochen auszuruhen und sich an den unerschöpflichen Kaffeepott zu halten, weiter nichts.

»He, Kleine.« Er nickte in Richtung seines Bechers.

»Geht klar.« Sie wirbelte herum, goß ihm nach. Er betrachtete die blaßblauen Adern auf ihrem Handrücken, sah dann hoch in ihre Augen. Da war etwas Unerwartetes, eine Schärfe, die ihn wunderte und erschreckte, und er schaute schnell weg. Auf ihren vollen Lippen spielte ein vielsagendes Lächeln.

Ein Mann, der einen Dollar und sieben Cents in der Tasche hat, macht einer anständigen Frau keine Avancen, nicht einmal einer Kellnerin. Er schob seinen alten Filzhut auf dem Kopf zurecht und wünschte sich Rosen und Visitenkarten und seinen imposanten Wagen herbei. Aber Leben bedeutet Verlust, das Grün wird zu Braun, die Tänzer gehen nach Hause.

Und die Oktober kommen, wie zum Beispiel der Oktober vor zwei Jahren: Männer, die den einen Tag noch in Nadelstreifen einherstolziert waren, hatten am nächsten Morgen keinen Cent mehr besessen. Er wußte noch genau, wie er seinen Duesenberg zum letzten Mal gefahren, den Duft der kastanienbraunen Ledersitze ein letztes Mal gerochen hatte, wie er seine Massage im Athletic Club und seine letzte Verabredung mit Rebecca Landauer abgesagt und seine elegante Suite im Majestic aufgegeben hatte, und dann, stolpernd und blind vor Tränen, mitten in der Nacht zum ersten Mal auf einen Güterzug aufgesprungen war.

Rebecca Landauer. Wenn sie ihn nur nicht dazu überredet hätte, so viel Geld in den Commercial Solvents Pool zu investieren. Vorbei. Sie hatte ihn mit ihrem unschuldigen Hinweis umgebracht.

Für Rebecca Landauer war die Depression ein Segen. Bei ihr war es ein paar Tage vor dem Crash knapp geworden.

Und sie hatte gesagt: »So geht's zu unter der Sonne, Frankie: Wer schnell sein will, muß laufen.« Ihre Gleichgültigkeit war so grenzenlos, daß sie zum Gebrechen wurde, wie ein verkrüppeltes Glied oder die Unfähigkeit zu lachen.

Er entdeckte, wie dunkel es im Land nach Sonnenuntergang wurde und wie Landstreicher in Güterwaggons riechen und wie sich Schlagstock und Gewehrschaft anfühlen. Man hatte ihn geschlagen und bedroht und zwei Tage in eine Zelle gesperrt, die früher ein Hühnerstall gewesen war. Er konnte die Züge und die anderen Tramps und die Bullen nicht mehr ertragen und ließ die Gleise in Waco links liegen, um auf der Straße weiterzuziehen. Er war jetzt nur noch einer aus der Armee der Heimatlosen, und er wußte alles, was es zu wissen gab, über Staub und Verlassenwerden und den Wunsch, einfach umzukippen und wegzusterben.

Früher war Frank einer gewesen, der einem Mädchen eine Zweitausend-Dollar-Kette zum Geburtstag geschenkt hatte, doch heute waren nur noch der Nachgeschmack seines Doughnuts und sein dampfender Kaffee von Wert für ihn.

Er hatte dem Wind gelauscht, der im Präriegras raschelte, und sich für die Nächte entschlossen, weil die Dunkelheit den Hoffnungslosen wohlgesonnen ist. Er wanderte die Straßen entlang, blieb ab und zu stehen, um leere Verpackungen von Süßigkeiten in Augenschein zu nehmen, und sehnte sich danach, nur für fünf Minuten in einem dieser alten Schlitten zu sitzen, die ab und an vorbeituckerten. Den Nachmittag heute hatte er in einem Abwasserkanal verschlafen, weil er es nicht wagte, am hellichten Tag nach Waco zu kommen. Dort hätten sie ihn geschnappt und ihn dazu verdonnert, angekettet an andere stinkende Pechvögel am Straßenrand Büsche abzuhacken oder Schotter für die Bankette zu schleppen.

Vor zwei Wochen hatte eine Frau ihm drei Dollar für das Abreißen ihrer Scheune gegeben. Er hatte zwölf Stunden am Tag geschuftet, fünf Tage lang, und es schließlich geschafft – und dabei gelernt, wie man mit Händen, die bislang kaum etwas anderes als schmale Taillen, Schuldverschreibungen und Tafelsilber berührt hatten, Vorschlaghammer und Brecheisen einsetzte.

Die Tür klapperte, als die zwei Hilfsheriffs gingen. Sie ließen ihren Ford an und fuhren davon, und ein Bremslicht glühte rot im Dunkeln vor den Fenstern des Diners.

Frank hatte seinen zweiten Becher Kaffee zur Hälfte ausgetrunken. Er beeilte sich nicht. Die Deckenventilatoren verschafften ihm Kühlung, und der Duft von Bacon und Steaks und gebratenen Eiern weckte wohltuende Erinnerungen. Er erwog ein weiteres Mal das Frühstück für zehn Cent, wagte es aber nicht, diesen einen Dollar anzubrechen, der laut Gesetz zwischen ihm und der Landstreicherei stand. Er konnte es nicht riskieren, wieder ins Gefängnis zu kommen. In den Strafkolonnen starben viele.

»Ihr Mädels solltet jetzt heimgehen, 's ist schon spät«, sagte die Kellnerin zu den adretten kleinen Mädchen. »Und ihr wißt auch bestimmt, was ihr jetzt machen müßt?«

»Ja, Ma'am«, sagte die Ältere, die von seltsamer, ungewöhnlicher Schönheit war. Ihre strohblonden Haare waren zu einem Knoten frisiert, und sie strahlte eine Art zwingender Energie aus. Ihre Augen waren kalt.

Als die Mädchen aufstanden, streckte sich die große Frau plötzlich und gähnte ausgiebig. »Jetzt hast du mich zum Gähnen gebracht, Pearl. Vielleicht hau ich mich in die Falle.« Sie sah zu Frank hinüber, und er wußte, daß ihr Blick die Frage beinhaltete, ob Pearl Probleme hatte, allein mit einem Landstreicher zu sein.

Pearl lachte. »Geh du nur. Ich mach in 'ner Viertelstunde zu. Kommt jetzt keiner mehr, wo selbst die Sheriffs weg sind.«

Frank sah der Kellnerin dabei zu, wie sie mit einem großen grauen Lappen den Tresen abwischte. Man hörte nur das Surren des Ventilators und das Klatschen des Lappens, bis sie sprach. »Eine Tasse noch, Tramp, dann bist du weg. Und laß dir nicht einfallen, da draußen zu schlafen. In der Morgenschicht ist 'n Kerl, der hat letzten Monat 'nen Tramp kaltgemacht. Hat ihm den Schädel eingeschlagen. Kann euch Tramps nicht ausstehn.«

Er dachte: Mein Name ist Franklin Waring III. Ich bin Enkel vierten Grades von General Augustus Waring von der Kontinentalarmee, der in Valley Forge seine Stiefel aß.

Und dann kamen die Tränen, fielen wie Regentropfen vom Oktoberhimmel. Schluchzer drängten sich aus seiner Kehle. Wenn er gegen sie ankämpfte, verwandelten sie sich in abgehackte, würgende Knurrlaute, aber er konnte sie nicht unterdrücken.

Sie hob sein Kinn und sah ihm ins Gesicht. Er wollte nicht, daß sie ihn so von Tränen entstellt sah, und versuchte sich abzuwenden. »Nein«, sagte sie, »du hast auch ein Anrecht, Tramp.« Und er offenbarte ihr die bescheidene Wahrheit seines Kummers. Als er in ihr hübsches, einfaches Gesicht blickte, sah er etwas, das keine Grenzen und kein Ende kannte.

Sie fragte: »Was machst du, fahren oder wandern?«, und sein Herz begann zu hämmern.

Er wollte sie fragen, anflehen – erlöse mich von dieser düsteren Dichtung, meinem Leben. Aber er sagte bloß: »Wandern.«

»Ich an deiner Stelle würd fahren. Am Eight-Mile Bend sind

die Züge langsam, und Bullen gibt's keine. Gut zum Aufspringen, wenn du willst. In acht Tagen bist du in L. A.«

»Die Katy Railroad ist sicher. Aber in San Antonio muß man auf den Santa Fe umsteigen, und die Bullen von Santa Fe schießen nur einmal.«

»Du bist kein echter Tramp. Du redest zu gepflegt.«

»Ich komm aus dem Osten drüben.«

Sie beugte sich über den Tresen, und er dachte, daß ihr Busen bestimmt so cremig weiß war, wie es keiner anderen Sterblichen je vergönnt sein würde. Er witterte die Verheißung ihrer Brüste und erhaschte einen Blick auf kleine edelsteingleiche Schweißtröpfchen. »Willst du den Kaffee, Osten drüben? Die letzte Chance.«

»Frank.«

»Hi, Frank. Ich bin Pearl.«

»Hallo, Pearl.«

»Ich bin vom Garten der Götter, Frank. Ich bin Schauspielerin. Das hier ist nur 'n Nebenjob.«

»In dieser Gegend gibt's einen Nachtclub?«

»Der Garten der Götter ist keiner. Ist ein Varieté. Fängt erst spät in der Nacht an. Sie haben ein Haus drüben bei den Brazos. Die Leute kommen von New York und überall her, um den Garten der Götter zu sehen.«

»'n Gasthaus? Da würd ich reingehen und bloß zum Kellner sagen, bring mir das größte und beste Steak, das ihr habt. Ich würd mich zu Tode futtern und glücklich sterben.«

»Du wirst nicht an zuviel Essen sterben.« Ihre Blicke trafen sich, und Frank war, als berühre sie ihn, doch an einer Stelle, die so intim war, daß er sie nicht benennen konnte. Er war abgestoßen, wie damals im Güterzug, als der kleine Junge ihm angeboten hatte, ihm für einen Nickel »Schlummer zu verschaffen«. Dieser Junge hatte dasselbe Gefühl von unangenehmer, klebriger Süße in ihm hervorgerufen; als würde er auf eine Art gestreichelt, die er nicht ertragen und doch nicht verwehren konnte. »Ich habe das Zweite Gesicht«, sagte Pearl. Sie nahm seine Hand und öffnete sie. »Du wirst in einem Feuer sterben. Bald. Sehr bald.«

Ihre Worte trafen ihn wie ein Blitz, an Orten, wo kein Licht sein sollte. Er lachte natürlich. »Du mußt noch viel lernen über das Weissagen. Für solche Prophezeiungen wird dir keiner je Geld bezahlen.«

»Aber genau das sehe ich.«

»Ich habe genug gelitten!« Die Heftigkeit seiner Worte erstaunte ihn selbst. Als sie frech und unbeeindruckt lächelte, spürte er das Bedürfnis, ihr eine zu verpassen, seine Knöchel in dieses weiße Fleisch zu schlagen. Plötzlich begriff er, warum Männer zu Mördern wurden und warum man sie dafür hinrichten mußte.

»Ogottogott«, hatte ein riesiger schwarzer Kerl gesagt, den sie in Kansas in einer Arrestzelle eingesperrt hatten, einem großen Sammelkäfig im Perry County Jail, »ogottogott, sie tun mich auf den elektrischen Stuhl.« Er kam von seiner Verurteilung und sollte ins Staatsgefängnis gebracht werden. Ein großer Kerl, der nicht lesen und schreiben konnte und einen Federhalter hatte, den er als eine Art Zauberstab betrachtete, und da stand er in dem Käfig und befingerte die Gitterstäbe.

Als Tramp konnte man fünfzehn Jahre kriegen, wenn man einen Nickel klaute, lebenslänglich, wenn man einem Ladenbesitzer einen Dollar stahl, und die Todesstrafe, wenn man eine Frau bedrohte.

Kleine Orte mögen keine Heimatlosen; sie haben den Geruch der Straße an sich. Das Verbrechen, weniger als einen Dollar zu besitzen, hatte Frank büßen müssen, indem er einen Monat lang in der Strafkolonne von Perry County Steine schlug, beobachtet von einem ausdruckslosen Aufseher und gehetzt von Kindern, die sich die Sommerlangeweile vertrieben, indem sie den Sträflingen Steine an den Kopf warfen.

»Du hast Erinnerungen«, sagte Pearl. »Du hast ein angenehmes Leben gehabt. Und es fehlt dir schrecklich.« Sie war um den Tresen herumgegangen und stand jetzt hinter ihm.

»Keine guten Erinnerungen. Hab mein ganzes Geld verloren. Bin auf der Straße gelandet. Hab Steine gebrochen.«

Es schien, als verschleierten sich ihre Augen. »Hör zu, wenn du einen Platz brauchst, um ein Weilchen auszuruhen –«

Sie verstummte, stellte den Kaffeepott bedächtig auf den Tresen. Nicht einmal flüsternd hätte Frank es gewagt, solche wilden, entlegenen Hoffnungen zu äußern, und er blickte sie unsicher an. Als sie lächelte, begann sein Herz wieder zu hämmern. »Miss, wenn Sie ein Bett hätten, wo ich mich hinlegen könnte, würde ich alles in der Welt tun, um es zu Gesicht zu kriegen.«

Ihre Hand näherte sich und strich ihm über die Schläfe, eine sanfte, mütterliche Geste. Der Nachtwind jammerte in den Ritzen des Diner. »Du kannst mit mir kommen.«

Er fühlte, wie sich in seinen Lenden etwas regte. »Danke«, brachte er mühsam hervor. Eine Welle der Dankbarkeit erfaßte ihn, flutete über ihn hinweg wie eine mächtige Woge, und als noch mehr Tränen flossen, mußte er den Blick senken.

Sie hob noch einmal sein Kinn. »In harten Zeiten muß man sich nicht schämen, Frank.«

Sie schaltete alle Ventilatoren aus, dann den Grill und den Kaffeewärmer, dann verstaute sie den Inhalt der Kasse in einem Safe im Fußboden. Sie blickte um sich und seufzte. »So'n Diner macht viel Arbeit.« Dann sah sie Frank an, der noch am Tresen saß. Wenn er aufstand, würde sein Körper sein Begehren unübersehbar machen. Sein Overall war dünn. Er besaß keine Unterwäsche, die es hätte verbergen können. Wärme trat in ihre Augen, und sie schaltete das Licht aus. »Gehen wir doch los«, sagte sie. »Es ist schon ein Stück zu laufen.«

Sie ging die unbefestigte Straße entlang, und er folgte ihr steifbeinig, sah ihre weiße Uniform vor ihm leuchten wie ein Irrlicht. Sie kamen zu den Brazos, den finsteren Hütten der Armen, und erreichten schließlich ein gewaltiges Haus, das umgeben war von ausladenden Paradiesbäumen. Ein dumpfes Murren drang aus den Brazos, deren Umrisse sich schwach im

Sternenlicht abzeichneten. Frank hörte das Knirschen von Kies unter den Füßen, dann das Tappen der Schritte auf Granitplatten. Er war ein wenig verwirrt, aber sein Blut jauchzte: Frau, Frau, Frau. Der Wind trug das Aroma von Lorbeer und das betörende Parfüm ihrer Körperdüfte zu ihm.

Im Inneren des Hauses war es schwül und stickig, die Luft stand, pechschwarz und reglos. Er schien sich in einem großen Raum zu befinden. Und hier waren noch mehr Düfte, Parfüms, an die er sich sogar erinnern konnte: Arpège, Lanvin und Rebeccas Lieblingsparfüm, La Nuit.

Er sah Pearls Uniform nicht mehr.

Dann berührten ihre Hände seine Wangen, so sicher, daß er wußte, sie konnte sehen, deutlich sehen. Einen Augenblick lang preßte sich ihr Körper an seinen, und er spürte, wie üppig und stark sie war, ganz und gar nicht so fragil wie die Großstadtmädchen aus Manhattan. Sein Fleisch verzehrte sich nach diesen schweren, erdigen Hüften. Ein Finger berührte seine Lippen. »Du hast Angst«, sagte sie. Dann hörte er ein Kichern aus dem Dunkeln. »Ich glaube, das ist das Lampenfieber.«

Er hörte, wie Stoff sich an Haut rieb, und dachte, daß sie sich wohl auszog. Dann schloß sich ihre Hand um sein Handgelenk. »Komm«, sagte sie in einem seltsamen Tonfall, als rufe sie einen Schoßhund. »Komm.« Ihr Griff war zu fest. Hätte er nicht gewußt, daß diese Hand zu einer anschmiegsamen Frau gehörte, hätte er sich gesträubt.

Sie führte ihn zu einem Raum im hinteren Teil des Hauses. Er hatte eine Vision von Fluren, gesäumt von Vorhängen, und auf einmal war ihm, als höre er ein Flüstern. »Wo sind wir?«

»In einer verlassenen Villa. Joringel hat man sie genannt. Sie gehört einem Baumwollpflanzer, der bankrott gegangen ist. Davon gibt's 'ne Menge hier in Texas.«

Er hörte ein leises Klicken. Sie hatte die Tür verriegelt. Die Dunkelheit war undurchdringlich. Er sah nicht einmal Umrisse. Als sie seine Hand auf ihren kühlen Schenkel legte, wußte er, daß sie wirklich nackt war. »Komm hier herüber«, sagte sie, »das Bett ist hier.« Er hörte ein Quietschen. »Ich will dich ausziehen, Tramp, dann legst du dich hin.« Er widersetzte sich ihren flinken Fingern nicht, und bald spürte er die Liebkosung der Nachtluft auf seiner steinernen Haut. »Was ich auch tue, Tramp, du bleibst ganz still liegen.«

»Ich werd mich nicht rühren, Pearl.« Er spürte ihr Gewicht, als sie sich auf ihn setzte, und dachte für sich, daß er unter dem wahrhaftigen Körper der Güte lag.

Als sie zu ihm sprach, kamen Erinnerungen in ihm hoch, wie er als Kind getröstet worden war. Das Bett war eng und hart, doch sie war ganz anders, und er lag in den schwelgenden Kissen ihres Fleisches und küßte sie, wo er nur konnte. Sie stieg von ihm herunter, dann nahm sie seinen Kopf und führte ihn hinunter zu den unbekannten Zonen ihres Körpers, wo er zufrieden weidete wie ein junger Ochse.

Er berührte und küßte ihre sanfte Haut, ließ sie nicht mehr los und fühlte, daß er sich der Grenze zur Leidenschaft näherte, daß er noch nie so weit ins Reich der Liebe vorgedrungen war.

Sie jagten weiter durch die Nacht, schwitzend und dampfend im Dschungel ihrer Glieder und Lippen, und währenddessen wurde der Himmel ein anderer, und in den kleinen Raum drang das Atmen anderer.

Weite lag in der Luft, und es wurde kühler. Er war irritiert. Was war diese weite Dunkelheit, dieses sanfte, große Rauschen, als würden sich die Wände erheben? »Ich hab dir doch gesagt, Tramp, mach einfach weiter.«

»Herr im Himmel, wir sind auf einer Bühne!«

»Tramp, du kriegst Ärger, wenn du nicht ruhig bist!« Ihre Stimme war schrill, aufgeregt. »Vor diesen ganzen Leuten hier, Tramp. Wird dir nicht gefallen.«

Eines der kleinen Mädchen aus dem Diner zündete Kerzen an, die um das Bett herumstanden, Kerzen, die mit kleinen roten Flammen brannten.

Vor der Bühne sah Frank die ersten Zuschauerreihen, die Gesichter des Publikums, starr wie aus Wachs.

»Willkommen, Ladies and Gentlemen«, sagte eine Stimme, die zu einem der Hilfssheriffs aus dem Diner zu gehören schien, »im Garten der Götter, wo wir Ihnen das Spektakel von Liebe und Tod präsentieren, Ladies and Gentlemen, zu Ihrem Vergnügen und zu Ihrer Erleuchtung.«

Frank kam in den Sinn, daß er schon einmal von diesem Ort gehört hatte, und die Erinnerung daran ließ seinen Mund trokken werden. Er entsann sich an Gerüchte, die man sich im Salonwagen des Century zuflüsterte, im Rauchzimmer des Union Club... von einem Haus irgendwo im Süden, in dem furchtbare Dinge geschahen, wo man der Liebe und auch dem Tod beiwohnen konnte. Rebecca hatte davon gewußt. »Dort ist die Wirklichkeit Unterhaltung«, hatte sie gesagt. »Der letzte Vorposten der Zivilisation, wo Kunst Tod ist.« Rebecca Landauer konnte ziemlich geschwollen daherreden. Aber sie hatte Frank auch in die speziellen Genüsse von Absinth und Opium eingeführt, an langen trägen Nachmittagen in ihrer Suite im Astor. Nachmittage der Nacktheit, und Rebecca flüsterte ihm all die Verrenkungen ihrer Phantasie zu, dann sprach sie sie laut aus: erstaunliche Abartigkeiten, Spiele, bei denen man kostete, was nicht gekostet werden durfte, und berührte, was keine Zärtlichkeiten ertragen konnte, Spiele von solcher Lust, daß sie schwerer zu ertragen war als Schmerz.

Er begriff, daß sie den Garten der Götter gekannt haben mußte. In gewisser Weise hatte sie ihn vielleicht sogar hierhergelockt, nicht mit List, sondern mit spinnenartiger Geduld.

»Rebecca«, rief er in die Reihen von Gesichtern hinunter. Aber natürlich kam keine Antwort.

Pearl lag auf ihm, während die Mädchen aus dem Diner mit flinken Fingern seine Handgelenke an das Bettgestell banden.

»Laß sie«, sagte Pearl, »du könntest dich verletzen, wenn du dich wehrst.«

Es überraschte ihn, wie wenig er sich fürchtete.

Die Hilfssheriffs trugen jetzt Abendkleidung und standen wie Wachen zu beiden Seiten der Bühne. Hoch oben öffnete sich das Dach. Die Nachtluft strömte herein, kühl und frisch. Frank richtete den Blick auf die Sterne und versuchte nicht wahrzunehmen, was Pearl mit ihm machte.

Aber sein Körper nahm es wahr und zuckte unter der Lust, die ihre Hände ihm verschafften. Jeder Krampf, jedes Keuchen erzeugte eine Beifallswoge im Publikum.

Die Welt war so ganz anders, als sie sich gab. Die Häuserreihen, die Fords, die Männer mit Strohhüten, der Eistee im Sommer und der Glühwein im Winter, sie waren nicht wirklich, und auch nicht die Mütter mit ihren Umlegetüchern, nicht die Princeton Crew und dreimotorigen Flugzeuge und der Zeppelin, und auch nicht der alte Haushaltsladen in Cox's Corner in Maine, bei dem Rebecca und er angehalten hatten, um Löffel zur Zubereitung von Opium zu kaufen, und sie hatte gesagt: »Es verdient eine Behandlung in Silber.«

Und dann nahm sein Körper wahr, wie grob Pearl mit ihm umging. Mit durchdringender Stimme sagte der Hilfssheriff: »Das Verbrechen der Hindu-Priesterin Lopapimmel!« Das Gelächter war messerscharf, und ein abrupter weißer Schmerz zwischen den Beinen machte ihn würgen und keuchen.

Die Trophäe, sein Ich, wurde auf ein Silbertablett gelegt und von dem Hilfssheriff mit der verletzten Lippe durch die Reihen getragen.

Als es zurückkam, war das blutige Stück Fleisch mit Gaben überhäuft: Goldstücke, Hundert-Dollar-Noten, Schmuckstücke, sogar die Schlüssel zu einem Auto. Pearl hielt die Schlüssel hoch und zeigte sie dem Publikum, die Mädchen klaubten die anderen Gaben von dem blutigen Haufen.

Frank dachte, daß er sich im Schock befand. Er verstand das Entsetzen, das ihn heimgesucht hatte, und spürte den Schmerz, doch er fühlte sich seltsam unberührt davon. Er blickte zu den Sternen empor und hörte, wie sein eigenes Blut in eine Blechdose tröpfelte. Pearl strich ihm mit einem feuchten Lappen übers Gesicht. »Du könntest mich küssen«, sagte er.

»Meinem Bruder ist letzte Woche die halbe Lippe abgebissen worden, als er eine Kundin geküßt hat. Sie hat eine Brust verloren, und sie war wütender als du.«

»Ich bin nicht wütend.« Er starrte in das blasse, sanfte Gesicht und sehnte noch diese eine geschlechtliche Berührung herbei, diesen letzten bedeutungsvollen Kontakt von Lippen mit anderen Lippen. Aber sie zog sich zurück, strich leicht mit den Fingern über seinen Mund. »Pearl, sterben alle so?«

Sie lächelte. »Mach dir keine Sorgen darüber. Schließ jetzt nur die Augen, Tramp.«

»Ich möchte die Sterne sehen.«

»Wenn du siehst, was wir tun, wirst du leiden. Du hast einen friedlichen Tod verdient, Tramp.«

»Wer sind die Leute im Publikum?«

»Still jetzt, Tramp.« Ein Flackern. Sie hielt ein brennendes Streichholz in der Hand. Fast träge zerrte Frank an seinen Fesseln. Seine Hände und Füße waren fest an das Bettgestell gebunden.

Die Mädchen wickelten Frank in die Laken, und Pearl kniete sich neben das Bett. Dort war sie ein paar Minuten zugange.

Er sah das Feuer, das sie entzündet hatte, auf den Gesichtern der Zuschauer.

Eine Nadel schien seinen linken Oberschenkel zu durchstechen, dann noch eine und noch eine. Dann spürte er eine zwischen seinen Schultern. Er krümmte sich. Eine Band begann zu spielen, ein Tenor sang »Kon-stan-ti-no-pel, K-o-n-s-t-a-n-t-i-n-o-p-e-l!« Er hatte zu diesem Lied getanzt, als Regen das Deck der *Berengaria* überspülte und vor den Bullaugen das Meer tobte, mysteriös und unfaßbar.

Die Sterne flackerten und tanzten in einem erhitzten Wirbel, und in der Ferne hörte er das Wehklagen seiner eigenen Stimme.

Sie blieb so nahe bei ihm, wie sie konnte, schützte ihre Augen vor den Flammen, zeigte sich ihm.

Das Publikum beobachtete still und erschrocken die Qualen

der zuckenden, sich krümmenden Gestalt auf dem glühendroten Bettgestell.

Franks Herz schwang sich in weite Ferne auf, stieg mit dem Rauch empor, auf der Suche nach der Freiheit der Nacht. Hinter ihm war Stille. Auch vor ihm war Stille.

Er empfand sich nur noch als Schatten am Rand eines Traumes, obwohl er in Wirklichkeit das zerstörte, verkohlte Opfer einer obszönen Show war, ein einsamer Landstreicher, der zur Unterhaltung anderer nicht weniger Einsamer sterben mußte, doch sein Herz quoll über vor Achtung und Freude, obwohl es hätte brechen müssen. Es würde keine Wiederholung von letzter Woche geben, als das Opfer so gekämpft hatte und in Zorn und Bitterkeit gestorben war.

Nein, dies war ein Ort der Üppigkeit, wo der Tod herabfiel wie Tautropfen, wo sogar grausame Qualen Verzückung bewirkten.

In diesem Sinne war es der Altar eines Triumphes. Rebecca Landauer war sicher dieser Überzeugung, wenn sie den feinen Staub der Welt siebte, ihre Opfer suchte und präparierte. Und auch Pearl, die so entzückt von ihren Taten war, daß das Geflecht ihres Körpers in diesem Moment zitterte und bebte vor Lust.

Frank dagegen sah nichts, doch auf dem verkohlten Gesicht seiner Leiche lag ein unvergleichlich feines Lächeln.

Anmerkung des Autors

Ich bin jedesmal wieder schockiert, wenn ich merke, daß ich eine Erzählung geschrieben habe. Es kommt mir immer wie eine ganz und gar unwahrscheinliche Tätigkeit vor, und während ich mich ihr widme, habe ich eher das Gefühl, in einer kleinen Welt voller begrenzter, aber unglaublich intensiver Möglichkeiten zu leben, als wenn ich irgendeine andere Art von »Arbeit« ausführe.

Als ich »Garten der Götter« schrieb, lebte ich in einer erdachten Version meiner eigenen Wirklichkeit. Ich versuchte einem Zorn Ausdruck zu geben, den ich damals nicht benennen konnte. Nun, da ich ihn benennen kann, wie ich es in *Communion* getan habe, hat sich ein anderer Aspekt dieser Beziehung als grundlegend für meine Persönlichkeit erwiesen.

In meinem gesamten Werk findet sich eine rasende, ekstatische Beziehung zum Weiblichen. Dieses Weibliche ist nicht die moderne, idealisierte Form der »Frau«, sondern eine weitaus ältere Variante. Es ist die zornige, weise und gütige Form, die Ishtar, Astarte, Athene annahmen, die drei großen Göttinnen, deren Bundesgenossen nun im Westen zur Jungfrau Maria und im Osten zu Kali beten. Meine Erzählungen beschreiben die Verschmelzung dieser beiden Elemente durch das Feuer der Zuwendung. Darum erleben die Gequälten in *The Hunger, Pain, Garten der Götter* und *The Night Church* solche Ekstasen, und deshalb ist Jamshid in *Black Magic* eine sexuell so undurchsichtige Figur.

Der Mythos der Schöpfung: Als die Göttin heranwirbelte, vom Licht des Universums getroffen, warf sie nacheinander alle ihre Identitäten ab, und als sie ihre endgültige Reinheit erreicht hatte, lagen all ihre Erscheinungsformen funkelnd in der Erde und erfüllten sie mit jener Kraft, die dann zur erschaffenen Welt wurde.

Für mich bedeutet Suche, sich zu jenem Dasein zurückzuwenden. Es geht darum, den Wahnsinn der Lust wiederzuentdecken, der in einer Blume enthalten ist oder im Nachmittagslicht, das auf sanfte Haut fällt, oder in der Hingabe des Fleisches an die Flammen.

Whitley Strieber

Dracula A. D. 1888

Kim Newman

Sieh mal einer an. Mr. Newman persönlich, mit einer Novelle, wie sie sich Bram Stoker sicher nicht ausgedacht hätte. Da ist es wieder, das nebelverhangene Dungeon-London, in dem besessene Ärzte im Rotlichtviertel morbiden Leidenschaften frönen. Anyway, hier die originellste Ripper-Story seit Jahren, mit einer Menge Cameo-Auftritten, wie wir sie uns schon immer gewünscht haben; Steampunk vom Allerfeinsten, eine donnernde Achterbahnfahrt in die tiefsten Abgründe des Time Tunnels – Gott sei Dank mit Rückfahrkarte.

I

Dr. Sewards Tagebuch
(Auf Phonograph festgehalten)

8. September 1888. *Bei der von gestern abend ging es leichter als bei der von letzter Woche. Vielleicht wird ja mit ein wenig Übung alles leichter. Wenn auch nicht leicht. Leicht ... wird es nie sein.*

Tut mir leid.

Es fällt mir schwer, meine Gedanken im Zaum zu halten, und dieses Gerät ist Abschweifungen gegenüber absolut unnachsichtig. Ich kann übereilte Worte nicht mit Tinte unleserlich machen, unausgereifte Gedanken nicht abbrechen, mißlungene Seiten nicht herausreißen. Ich muß kurz und bündig formulieren. Schließlich bin ich studierter Mediziner. Dieser Bericht kann für die Nachwelt durchaus von Bedeutung sein.

Nun gut ...

Behandelte Person: weiblich, allem Anschein nach in ihren Zwanzigern. Erst seit kurzem tot, möchte ich meinen. Beruf: liegt auf der Hand. Ort: Hanbury Street, Whitechapel. In der Nähe der Mission der Heilsarmee. Zeitpunkt: kurz vor fünf Uhr morgens. Der Nebel war dicht, so dicht wie Morast, und deshalb ideal für meine nächtliche Arbeit. In diesem Jahr ist der Nebel hochwillkommen. Je weniger man von dem sehen kann, was aus London geworden ist, um so besser.

Sie sagte, ihr Name sei Lulu. Sie war keine Engländerin. Ihrem Akzent nach zu urteilen würde ich sagen, daß sie aus Deutschland oder Österreich stammte. Ein hübsches Ding, auffällig. Das schwarze Haar kurzgeschnitten und lackartig schimmernd, ein Stil, der beinahe chinesisch anmutete. Durch den Nebel und die dürftige Straßenbeleuchtung wirkten ihre roten Lippen geradezu schwarz. Wie alle ihrer Art lächelte sie nur allzu bereitwillig. Dabei entblößte sie ihre Zähne, die wie scharfe, kleine Perlensplitter aussahen. Eine Wolke billigen Parfüms, ein widerwärtig süßer Geruch, der den Fäulnisgestank kaschieren sollte.

Die Straßen von Whitechapel sind dreckig, offene Kloaken des Lasters und der Verderbtheit.

Ihr melodisches Lachen klang gepreßt, wie von einem mechanischen Gerät ausgestoßen. Sie winkte mich mit der einen Hand zu sich und lockerte mit der anderen die zerlumpte Federboa an ihrem Hals. Lulus Lachen erinnerte mich an Lucy. An die lebendige Lucy, nicht an das blutsaugerische Ding, dessen Existenz wir auf dem Friedhof von Kingstead ein Ende gesetzt haben.

Drei Jahre ist es her. Einzig Van Helsing war damals überzeugt... Die Welt hat sich seitdem sehr verändert. Dank des Prinzgemahls.

Van Helsing verstünde meine nächtliche Arbeit. Wenn er noch lebte. Und die anderen auch. Wir waren eine Familie. Mein Freund Arthur Holmwood, der Texaner Morris, der Rechtsanwalt Harker, seine Frau. Und der holländische Arzt mit seinem Akzent. Nur ich bin von dieser Familie übriggeblieben. Nur ich lebe noch. Ich muß den Kampf fortführen...

Bei der von letzter Woche in Buck's Row – Polly Nicholls hieß sie den Zeitungen zufolge, Polly oder Mary Ann –, bei der habe ich gelernt, wie man rasch und korrekt vorgeht. Kehle. Herz. Eingeweide. Dann herunter mit dem Kopf. Damit sind diese Wesen erledigt. Reines Silber und ein reines Gewissen. Van Helsing legte, da er sich von Überlieferung und Symbolik blenden ließ, immer größten Wert auf das Herz, aber alle anderen wichtigen Körperorgane erfüllen den Zweck genausogut. Die Nieren sind am einfachsten zugänglich.

Ich hatte mich sorgfältig vorbereitet. Ich setzte mich noch eine halbe Stunde in mein Büro und gestattete mir, mich auf den Schmerz in meiner rechten Hand zu konzentrieren. Der wahnsinnige Renfield ist tot – wahrhaftig tot –, aber er hat mir seine Kieferabdrücke hinterlassen, tief eingekerbte Halb-

kreise, über denen sich immer wieder Wundschorf gebildet hat, die aber nie mehr wirklich geheilt sind. Da mein Verstand bei der Nicholls noch von dem Laudanum benommen war, das ich gegen den Schmerz einnehme, arbeitete ich nicht so präzise, wie ich es eigentlich vermocht hätte. Der Umstand, daß ich mich auf Linkshändigkeit umstellen mußte, war auch nicht eben hilfreich. Ich verfehlte die Halsschlagader, so daß dieses Ding von einem Mädchen noch Zeit hatte aufzukreischen, bevor ich ihm den Hals durchtrennen konnte. Bedauerlicherweise verlor ich die Kontrolle über die Situation, und anstatt der Chirurg, der Erlöser zu sein, der ich hätte sein sollen, wurde ich zum Schlächter.

Bei Lulu ging es besser. Sie klammerte sich zwar ebenfalls hartnäckig an ihr Dasein, aber ich glaube, daß sie sich meiner Gabe durchaus öffnete und sie akzeptierte. Am Ende war sie erleichtert, daß ihre Seele durch Silber reingewaschen wurde. Es ist übrigens schwierig, an das Metall heranzukommen. Es gibt jetzt nur noch Gold- und Kupfermünzen. Als das Geld ausgetauscht wurde, habe ich mir jedoch einen Vorrat an Silbermünzen angelegt und mir einen Handwerker gesucht, der bereit war, meinen Auftrag auszuführen. Die chirurgischen Instrumente besitze ich schon seit meiner Zeit in der Irrenanstalt von Purfleet. Die Klingen wurden plattiert: Den kraftvollen stählernen Kern umhüllt jetzt ein Mantel tödlichen Silbers. Bevor ich mich in den Nebel hinauswagte, schloß ich meinen Privatschrank auf und ließ mein Auge eine Zeitlang auf dem Silberglanz ruhen. Heute abend entschied ich mich für ein Skalpell, das ich normalerweise für Obduktionen benutze. Ich finde es angemessen, für meine Aufgabe ein Werkzeug zu verwenden, das sonst für Leichname bestimmt ist.

Um ihrem Geschäft nachzukommen, führte Lulu mich in einen Hauseingang. Mit schaukelnden Hüftbewegungen zerrte sie ihr Kleid über ihre schlanken weißen Beine hinauf. Ich ließ mir Zeit, öffnete ihr die Bluse und befreite ihren unversehrten Hals von der Boa und dem Kragen. Sie fragte, warum meine Hand so dick verbunden sei, und ich erklärte ihr, daß es sich um eine alte Verletzung handele. Sie lächelte noch, da fuhr ich ihr mit meinem Skalpell schon quer über den Hals und schnitt, mit dem Daumen fest zudrückend, tief in ihr noch unverdorbenes Totenfleisch.

Indem ich meinen Körper gegen sie stemmte, hinderte ich sie am Umfallen und schützte meine Arbeit so vor den Blikken möglicher Passanten. Als ich ihr mein Skalpell zwischen den Rippen hindurch ins Herz stieß, spürte ich, wie ihr ganzer Körper aufbebte und dann leblos in sich zusammenfiel. Da ich aber weiß, wie zäh die Toten sein können, führte ich meine Arbeit sorgfältig zu Ende: Ich legte ihr Herz frei und durchbohrte es, durchtrennte im Bauch die Harn- und die Eileiter, entfernte die Nieren und einen Teil des Uterus und erweiterte die Wunde an der Kehle, bis sich schließlich der Kopf lockerte. Als ich den Hals bis auf die Wirbelsäule durchgeschnitten hatte, zerrte ich den Kopf hin und her, bis die Wirbel auseinanderbrachen.

Sie hatte nur wenig Blut in sich. Höchstwahrscheinlich hatte sie heute abend keine Nahrung zu sich genommen.

II

Sie lag in ihrem winzigen Büro in Toynbee Hall und ruhte. Es war genauso sicher wie jeder andere Ort, um jeden Monat die paar Tage zu verbringen, in denen sie die Mattigkeit überkam und sie den Schlaf der Toten schlief. Da sich das Zimmer im obersten Stockwerk des Gebäudes befand, verfügte es nur über eine Dachluke, und die Tür konnte von innen verriegelt werden. Es erfüllte seinen Zweck, so wie Särge und Grüfte ihren für die Artverwandten des Prinzgemahls erfüllten.

Sie hörte ein Hämmern. Eine Reihe von eindringlichen Schlägen. Lärm durchbrach den dunklen Nebel um sie herum. Der Krach von Fleisch und Knochen, die gegen Holz pochten.

In ihren Träumen war Geneviève in die Wärme ihrer Mädchenzeit zurückgekehrt. Als sie ihres Vaters Tochter gewesen war, nicht Chandagnacs Abkömmling. Bevor sie verwandelt worden war, bevor der Dunkle Kuß sie zu dem gemacht hatte, was sie nun war.

Auf den Zähnen ertastete ihre Zunge die pelzigen Ablagerungen des Schlafs. Ihre Augen öffneten sich, und sie versuchte, ihren Blick auf das trübe Licht zu richten, das durch die Dachluke einfiel. Die Sonne war noch nicht untergegangen.

In ihren Träumen hatte das Pochen von einem Holzhammer hergerührt, der auf das Ende eines abgebrochenen Spießes eingeschlagen hatte. Der englische Captain hatte ihren Vater-der-Finsternis wie einen Schmetterling niedergemacht, hatte Chandagnac an den blutgetränkten Boden genagelt. Zu jener Zeit hatten barbarische Sitten geherrscht.

Im Nu wurden ihre Träume weggespült, war sie hellwach, als hätte ihr jemand eine Gallone Eiswasser ins Gesicht geschüttet.

»Mademoiselle Dieudonné«, erklang eine Stimme. »Öffnen Sie.«

Als sie sich aufsetzte, fiel ihre Decke von ihr. Sie schlief auf dem Fußboden, auf einem Bettlaken, das auf den rauhen Dielen lag.

»Es ist schon wieder ein Mord passiert.«

Von einem Haken neben der Tür nahm Geneviève einen chinesischen Seidenmorgenrock, schlüpfte hinein und zog ihn um sich. Bei Herrenbesuch verlangte die Etikette zwar andere Kleidung, aber in diesem Fall mußte der Morgenrock genügen. Die Etikette, die noch vor einigen wenigen Jahren so wichtig gewesen war, verlor immer mehr an Bedeutung. Im reichen Mayfair schlief man in erdgefüllten Särgen und trank aus den Kehlen der Dienerschaft, und von daher war beispielsweise die korrekte Anrede für einen Bischof kaum noch eine Überlegung wert.

Als sie die Türriegel zurückzog, brach das Hämmern ab. Ihre

Gedanken waren noch von Nebelresten verhangen. Draußen neigte sich der Nachmittag seinem Ende zu. Erst wenn um sie herum wieder Nacht war, würde sie wieder im Vollbesitz ihrer geistigen und körperlichen Kräfte sein. Sie öffnete die Tür und erblickte auf dem Korridor einen kleinwüchsigen Neugeborenen, der einen langen Mantel wie ein Cape um sich gehüllt hatte und einen Bowler in der Hand hielt.

»Inspektor Lestrade«, sagte sie und ließ den Kriminalbeamten eintreten. Schartige, unregelmäßige Zähne standen sperrig aus seinem Mund hervor. Auch der ungepflegte Schnurrbart, den er sich hatte wachsen lassen, konnte sie nicht verbergen. Vielmehr ließen ihn seine spärlichen Barthaare einer Ratte noch ähnlicher sehen, als er es als Lebender ohnehin schon getan hatte. Er trug eine Brille mit dunklen Gläsern, aber die hochroten Punkte dahinter ließen auf rege, aufmerksame Augen schließen.

Der Scotland-Yard-Beamte legte seinen Hut auf dem Schreibtisch ab.

»Vergangene Nacht«, sagte er hastig, »in der Hanbury Street. Es war eine Metzelei, schlicht und einfach eine Metzelei.«

»Vergangene Nacht?«

»Verzeihen Sie«, sagte er und atmete tief ein. Er mußte berücksichtigen, daß sie bis eben geschlafen hatte. »Heute ist der 8. September.«

»Dann habe ich drei Tage geschlafen.«

»Ich hielt es für ratsam, Sie zu wecken. Die Gemüter sind erhitzt. Die Blutwarmen werden langsam unruhig, die Neugeborenen auch.«

»Sie haben recht daran getan, zu mir zu kommen«, sagte sie. Sie rieb sich den Schlaf aus den Augen. Selbst die letzten Sonnensplitter, die das schmierige Glasquadrat im Dach durchließ, waren noch eine Pein für sie. Es kam ihr vor, als würde man ihr Eiszapfen in die Stirn rammen.

»Sobald die Sonne untergegangen ist«, meinte Lestrade, »wird auf den Straßen der Teufel los sein. Möglich, daß es wieder zu einem Blutsonntag kommt. Manche behaupten, Van Helsing sei zurückgekehrt.«

»Der Prinzgemahl wäre entzückt.«

Lestrade schüttelte den Kopf. »Es ist nur ein Gerücht. Van Helsing ist tot. Sein Kopf steckt noch auf einem Gitter vor dem Palast.«

»Haben Sie sich vergewissert?«

»Der Palast wird ständig bewacht. Der Prinzgemahl hat seine Karpater immer um sich. Unsereins kann gar nicht vorsichtig genug sein. Wir haben viele Feinde.«

»Unsereins?«

»Die Untoten.«

Geneviève hätte beinahe gelacht. »Ich bin keineswegs eine von Ihnen, Inspektor. Sie gehören zur Blutlinie des Vlad Tepes, ich hingegen zu der Chandagnacschen. Wir sind bestenfalls entfernte Verwandte.«

Der Inspektor zuckte mit den Achseln und schnaubte dabei verächtlich. Blutlinien bedeuteten den Vampiren von London nicht das geringste, das wußte Geneviève sehr wohl. Selbst in der dritten, zehnten oder zwanzigsten Generation sahen sie alle den Prinzgemahl als ihren Vater-der-Finsternis an.

»Hat es sich schon herumgesprochen?«

»In Windeseile«, antwortete der Kriminalbeamte. »Alle Abendzeitungen berichten über den Fall. Mittlerweile wird man in ganz London davon gehört haben. Unter den Blutwarmen gibt es manche, die nichts für uns übrig haben, Mademoiselle Dieudonné. Die sind über die Angelegenheit hocherfreut. Und wenn die Neugeborenen herauskommen, könnte eine Panik ausbrechen. Ich habe Truppen angefordert, aber Commissioner Warren scheut sich, die Armee einzuschalten. Nach dem, was im letzten Jahr passiert ist...«

Eine Gruppe blutwarmer Rebellen, die den Aufstand gegen die Krone predigten, hatten auf Trafalgar Square randaliert. Irgend jemand rief die Republik aus und bemühte sich, die antimonarchistischen Kräfte zu sammeln. Sir Charles Warren, der

Leiter von Scotland Yard, hatte die Armee zu Hilfe gerufen, und ein neugeborener Leutnant hatte seiner Truppe, die aus Vampiren und Lebendigen bestand, befohlen, das Feuer auf die Demonstranten zu eröffnen. Danach wäre um ein Haar die Revolution ausgebrochen. Wenn die Königin nicht persönlich interveniert hätte, wäre das Britische Empire wie ein Pulverfaß in die Luft gegangen.

»Und was kann ich bitte tun«, fragte Geneviève, »um den Interessen des Prinzgemahls zu nützen?«

Lestrade kaute mit glänzenden Zähnen auf seinem Schnurrbart herum, Speichel auf den Lippen.

»Sie werden möglicherweise gebraucht, Mademoiselle. Es herrscht ein enormer Ansturm auf Toynbee Hall. Manche wollen sich wegen des Mörders nicht mehr auf der Straße aufhalten. Andere verbreiten Panik und Aufruhr und stacheln dazu auf, Bürgerwehren zu bilden. Sie haben einen gewissen Einfluß...

»So, habe ich den?«

»Ich wünschte... Ich möchte Sie ergebenst bitten, Ihren Einfluß zu nutzen, um für Ruhe zu sorgen. Bevor es zu einer Katastrophe kommt. Bevor es noch mehr unnötige Tote gibt.«

Geneviève war nicht darüber erhaben, den Anflug von Macht, den sie spürte, zu genießen. Sie zog ihren Morgenrock aus. Ihre Nacktheit schockierte den Kriminalbeamten. Tod und Wiedergeburt hatten ihn nicht von den Vorurteilen seiner Zeit befreit. Während Lestrade versuchte, hinter seinen dunklen Brillengläsern zu verschwinden, zog sie sich rasch an, wobei sie die Haken und Knöpfe ihres Kleides, deren Zahl in die Hunderte zu gehen schien, mit geschickten, feingliedrigen Fingern schloß. Nach all diesen Jahren kam es ihr vor, als wäre die Kleidung ihrer blutwarmen Tage, die so kompliziert und lästig wie eine Rüstung gewesen war, wieder in ihr Leben zurückgekehrt, um sie zu peinigen. Als Neugeborene hatte sie mit Erleichterung die einfachen Hosen und Jacken getragen, welche die Jungfrau von Orleans durchgesetzt, wenn nicht sogar in

Mode gebracht hatte, und sie hatte sich geschworen, sich nie wieder von atemabschneidender, förmlicher Kleidung einengen zu lassen.

Der Inspektor hatte zu wenig Blut in sich, um wirklich erröten zu können. Dennoch zeigten sich auf seinen Wangen rote Flecken, und er stieß unwillkürlich ein pikiertes Schnauben aus. Lestrade behandelte sie wie viele andere Neugeborene auch, als wäre sie so alt, wie sie aussah. Als Chandagnac ihr im Jahr 1432 den Dunklen Kuß gegeben hatte, war sie sechzehn gewesen. Sie war zehn oder noch mehr Jahre älter als der Prinzgemahl. Als er als Neugeborener Türken die Turbane an die Schädel genagelt und seine Untertanen gepfählt hatte, war sie schon ein voll entwickelter Vampir gewesen: Sie hatte die Blutlinie ihres Vaters-der-Finsternis fortgeführt und sich die Fertigkeiten angeeignet, die sie mittlerweile zu einem der ältesten Wesen ihrer Art machten. Viereinhalb Jahrhunderte lagen hinter ihr. Da fiel es schwer, nicht gereizt zu reagieren, wenn frisch wiederauferstandene Tote, die kaum abgekühlt waren, sie von oben herab behandelten.

»Dem Treiben dieses Mörders muß ein Ende gesetzt werden«, sagte Lestrade. »Und zwar, bevor er noch einmal jemanden umbringt.«

»Zweifellos«, pflichtete Geneviève ihm bei. »Es scheint sich hierbei um einen Fall für Ihren alten Detektivkollegen und Berater zu handeln.«

Mit der geschärften Wahrnehmung, die ihr sagte, daß es Nacht wurde, spürte sie, wie das Herz des Inspektors fröstelte.

»Mr. Holmes steht nicht zur Verfügung, Mademoiselle. Zwischen ihm und unserer Regierung bestehen gewisse Meinungsverschiedenheiten.«

»Sie meinen, man hat ihn – wie so viele unserer besten Köpfe – in eine jener Haftanstalten in den Sussex Downs geschafft. Wie nennen die Zeitungen sie noch? Konzentrationslager?«

»Ich bedauere seinen Mangel an Weitblick sehr…«

»Wo ist er? In Devil's Dyke?«

Lestrade nickte, beinahe beschämt. Er hatte immer noch sehr viel Menschliches an sich. Viele Neugeborene klammerten sich an ihr blutwarmes Leben, als ob sich überhaupt nichts geändert hätte. Geneviève fragte sich, wie lange es wohl dauern würde, bis sie sich zu solchen Vampirkanaillen entwickelt hatten wie jene, die der Prinzgemahl aus seinem Land hinter den Bergen hatte kommen lassen: Bluthunger auf Beinen, blindwütige Räuber.

Geneviève knöpfte ihre Manschetten zu, drehte sich zu Lestrade um und präsentierte sich ihm mit leicht von sich gestreckten Armen. 450 Jahre ohne Spiegel waren die Ursache dieser Angewohnheit, andere um ein Urteil über ihr Aussehen zu bitten. Als der Beamte ihr mit einem widerwilligen Nicken seine Anerkennung gezollt hatte, war sie bereit, sich der Welt zu stellen. Sie zog sich ein Kapuzencape um ihre Schultern.

Auf dem Korridor vor ihrem Zimmer brannten schon die Gaslampen. Draußen, hinter einer Reihe von Fenstern, schied der schwere Nebel gerade das letzte Blut der untergehenden Sonne aus.

Durch ein geöffnetes Fenster kam kalte Abendluft herein. Geneviève schmeckte Leben darin. Sie würde innerhalb der nächsten zwei oder drei Tage Nahrung zu sich nehmen müssen. So war es immer, wenn sie geschlafen hatte.

»Ich muß zur gerichtlichen Untersuchung des Falles«, sagte Lestrade. »Sie kommen am besten auch mit.«

»Gut, aber ich muß zuerst mit dem Direktor sprechen. Irgend jemand wird meinen Dienst übernehmen müssen.«

Sie waren noch auf der Treppe, aber auch dort war das Gebäude schon voller Leben. Egal wie sehr London sich mit der Ankunft des Prinzgemahls verändert hatte, ein Asyl wie Toynbee Hall war immer vonnöten. Die Armen und Mittellosen brauchten Obdach, Essen, medizinische Versorgung, Unterricht. Den neugeborenen Armen, die möglicherweise Unsterblichkeit erlangen würden, ging es kaum besser als ihren blutwarmen Brüdern und Schwestern. Manchmal glaubte Geneviève, daß sie, genau wie Sisyphos, fortwährend einen Felsen den Berg hinaufrollte und doch mit jedem Schritt, den sie tat, drei zurückfiel.

Auf dem Treppenabsatz der ersten Etage saß Lilly, eine Stoffpuppe auf dem Schoß. Einer ihrer Arme war geschrumpft, und die ledrige Hautfläche darunter bauschte sich in Falten. Man hatte Lillys grobes Wollkleid an der Seite aufgeschnitten, um ihr Bewegungsfreiheit zu verschaffen. Als sie Geneviève anlachte, kamen ihre spitzen, unregelmäßigen Zähne zum Vorschein. An einigen Stellen auf der Stirn und im Nacken war das kleine Mädchen mit Fell bewachsen. Neugeborene vermochten nicht, ihre Gestalt einwandfrei zu verändern, aber das hinderte sie nicht daran, es zu versuchen. Diese Versuche hatten zumeist Mißbildungen wie die von Lilly zur Folge; in anderen Fällen auch noch schlimmere...

Die Tür des Direktorzimmers stand offen. Geneviève streichelte Lilly kurz über das Haar, klopfte mit einem Knöchel an das Namensschild und trat ein. Der Direktor blickte von seinem Schreibtisch auf und schloß die Akten, die er studiert hatte. Er war ein junger Mann und noch blutwarm, aber sein Gesicht war zerfurcht, und in seinem Haar waren graue Strähnen. Viele von denen, welche die letzten paar Jahre miterlebt hatten, sahen aus wie er, älter als die Zahl ihrer Jahre. Er begrüßte den Polizeibeamten mit einem Kopfnicken.

»Jack«, sagte Geneviève, »Inspektor Lestrade möchte, daß ich an einer gerichtlichen Untersuchung teilnehme. Können Sie mich entbehren?«

»Schon wieder ein Mord«, meinte der Direktor. Seine Entgegnung war eine Feststellung, keine Frage.

»Eine Neugeborene«, sagte Lestrade. »In der Hanbury Street.«

»Einverstanden, Geneviève. Druitt kann Ihre Runden übernehmen, falls er schon von seinem gewohnten Bummel zurück ist. Wir, äh, hatten Sie sowieso erst in ein oder zwei Nächten zurückerwartet.«

»Danke.«

»Schon gut. Schauen Sie bei mir herein, wenn Sie zurückkommen. Auf Wiedersehen, Inspektor Lestrade.«

»Gute Nacht, Dr. Seward«, antwortete Lestrade und setzte seinen Hut auf.

III

»Was kann man nur tun?« rief ein Neugeborener mit Schirmmütze. »Wie kann man dieses Ungeheuer daran hindern, weiterhin unsere Frauen zu ermorden?«

Wynne Baxter, ein alter Herr vom Habitus des Staatsmannes Gladstone, bemühte sich verärgert, die Untersuchung nicht in einen Tumult ausarten zu lassen. Da ihm, anders als den Richtern des Hohen Gerichtshofs, kein Hammer zur Verfügung stand, war er gezwungen, mit der Faust auf die hölzerne Platte seines Tischs zu schlagen.

»Sollte es zu weiteren Störungen kommen«, drohte er, indem er einen wütenden Blick ins Publikum warf, »sehe ich mich gezwungen, die Öffentlichkeit aus dem Gerichtssaal entfernen zu lassen.«

Der Neugeborene, ein mürrisches Rauhbein, das selbst als Blutwarmer immer hungrig ausgesehen haben mußte, sackte auf seinen Stuhl zurück. Seine Kumpane, die um ihn herumsaßen, waren vom selben Kaliber wie er. Sie trugen lange Schals, zerlumpte Mäntel, deren Taschen von Büchern ausgebeult waren, schwere Stiefel und hatten dünne Bärte. Geneviève kannte diesen Typus. Im Bezirk Whitechapel gab es alle erdenklichen republikanischen, anarchistischen, sozialistischen oder sonstwie aufrührerischen Gruppierungen.

»Danke«, sagte der Untersuchungsrichter und ordnete seine Unterlagen. Die Neugeborenen schätzten es ganz und gar nicht, wenn Blutwarme Positionen innehatten, die mit Autorität verbunden waren. Aber ein Leben der Katzbuckelei vor den mißbilligenden Blicken alter Beamter hatte seine Spuren hinterlassen. Sie hatten die Angewohnheit, klein beizugeben, noch nicht verloren. Baxters Typus war Geneviève ebenfalls vertraut: Er widersetzte sich dem Dunklen Kuß und trug seine Falten und seinen kahlen Schädel wie Ehrenzeichen des Menschseins.

Dr. Llewellyn, der für Hanbury Street zuständige – und in Toynbee Hall wohlbekannte – Arzt, der die vorläufige Untersuchung des Leichnams vorgenommen hatte, war schon gehört worden. Seine Aussage hatte faktisch lediglich besagt, daß man Lulu Schön – einer jungen Deutschen, die erst vor kurzem in London eingetroffen und vor noch kürzerer Zeit verwandelt worden war – einen Stich ins Herz versetzt und sie dann ausgeweidet und enthauptet hatte. Um der lautstarken Empörung, die nach der Enthüllung der Morddetails im Saal ausgebrochen war, Einhalt zu gebieten, hatte Untersuchungsrichter Baxter manches Mal auf seinen Tisch klopfen müssen.

Jetzt hörte Baxter dem Wissenschaftler Dr. Henry Jekyll zu, der gerade sein Gutachten vortrug. »Immer wenn ein Vampir getötet wird«, meinte Lestrade, »kommt Jekyll auch angeschlichen. Er ist irgendwie eigenartig, wenn Sie verstehen, was ich meine...«

Geneviève fand den Mann, der eine detaillierte und anatomisch präzise Beschreibung der Greueltat gab, etwas fade, aber sie verfolgte seine Ausführungen mit Interesse – mit mehr Interesse jedenfalls als die gähnenden Zeitungsreporter in der ersten Reihe.

»...wir wissen bisher noch nicht, welche Veränderungen bei der sogenannten Transformation vom normalen Leben zum Zustand des Vampirismus im menschlichen Körper genau vorgehen«, erklärte Jekyll. »Es ist sehr schwierig, an exakte Informationen zu gelangen, und der Aberglaube liegt wie Londoner Nebel über dem ganzen Themenkomplex. Meine Untersuchungen wurden bisher von offizieller Seite durch Gleichgültigkeit, wenn nicht sogar durch Animositäten, behindert. Wir alle würden von umfassenderen Forschungen profitieren. Vielleicht könnte dann ja die Spaltung unserer Gesellschaft, die zu so tragischen Vorfällen wie der Ermordung jenes Mädchens geführt hat, überwunden werden.«

Die Anarchisten murrten wieder. Ohne Spaltung, ohne gesellschaftliche Klassen, hatte ihr Anliegen keinen Sinn.

»Ein zu großer Teil dessen, was wir über Vampirismus zu wissen glauben, wurzelt in Überlieferungen«, fuhr Jekyll fort. »Der Pflock, der durch das Herz getrieben wird, die silberne Sichel, um den Kopf vom Rumpf abzutrennen. Der *corpus* des Vampirs ist zwar erstaunlich widerstandsfähig, aber jede größere Verletzung eines lebenswichtigen Organs scheint, wie in dem vorliegenden Fall, zum Tod zu führen.«

»Würden Sie so weit gehen zu sagen, daß der Mörder mit der Anatomie des menschlichen Körpers, ob vampirisch oder nicht, vertraut war?«

»Ja, Euer Ehren. Das Ausmaß der Verletzungen deutet auf ekstatische Besessenheit bei der Tat hin, aber die Wunden an sich – man könnte sogar beinahe von Einschnitten sprechen – wurden durchaus mit Sachkenntnis ausgeführt.«

»Der Kerl ist ein verdammter Arzt«, rief der Anführer der Anarchisten.

Wieder brach ein Tumult im Gerichtssaal aus. Die Anarchisten, deren Gruppe jeweils zur Hälfte aus Blutwarmen und aus Neugeborenen bestand, stampften mit den Füßen und brüllten. Andere – ein Trupp verhärmter, keifender, zum größten Teil untoter Frauen in bunten Kleidern, die vermutlich Kolleginnen der Verstorbenen waren, vereinzelte seriös gekleidete Mediziner, einige von Lestrades uniformierten Untergebenen, ein paar Sensationshungrige, Presseleute, Geistliche und Sozialreformer – unterhielten sich nur laut untereinander. Baxter mußte so oft auf seinen Tisch schlagen, daß ihm die Hand zu schmerzen begann.

Geneviève fiel ein Mann mit Umhang und Hut auf, der an der Rückwand des Gerichtssaals stand und das Getümmel mit unterkühltem Interesse beobachtete. Wenn seine entschlossene Miene nicht gewesen wäre, hätte er mit seiner gepflegten Kleidung gut ein sensationshungriger Zuschauer sein können. Er war kein Vampir, aber anders als der Untersuchungsrichter oder auch Dr. Jekyll verriet er mit keinem Zeichen, daß ihm die Anwesenheit von so vielen Untoten Unbehagen bereitet hätte. Er stützte sich auf einen schwarzen Spazierstock.

»Wer ist das?« fragte sie Lestrade.

»Charles Beauregard«, antwortete der neugeborene Kriminalbeamte und verzog den Mund. »Haben Sie schon vom Diogenes-Club gehört?«

Sie schüttelte den Kopf.

»Der ist gemeint, wenn von ›höheren Orts‹ die Rede ist. An diesem Fall zeigen sehr einflußreiche Leute Interesse. Beauregard ist der Mann, der für sie die Kastanien aus dem Feuer holt.«

Der Untersuchungsrichter hatte unterdessen wieder für Ordnung gesorgt. Ein Gerichtsschreiber war aus dem Saal gelaufen und hatte sechs weitere Polizisten – allesamt Neugeborene – geholt, und die hatten als Wache entlang der Wände Stellung bezogen. Die Anarchisten grübelten wieder stumm vor sich hin. Offensichtlich war ihnen nur daran gelegen, genug Krawall zu machen, um die Stimmung anzuheizen, jedoch nicht so sehr, daß der Untersuchungsrichter ihre Namen zu Protokoll nehmen ließ.

»Wenn Euer Ehren erlauben, möchte ich gern auf die Frage eingehen, die der Herr in der zweiten Reihe mit seiner Äußerung impliziert hat«, wandte sich Jekyll an den Untersuchungsrichter, worauf dieser nickte. »Kenntnisse über die Lage wichtiger Körperorgane deuten nicht unbedingt auf eine medizinische Ausbildung des Täters hin. Wenn es nicht darauf ankommt, Leben zu bewahren, kann ein Fleischer ein Paar Nieren genauso sauber entfernen wie ein Chirurg. Dazu bedarf es lediglich einer ruhigen Hand und eines scharfen Messers, und die kann man in Whitechapel in Hülle und Fülle finden.«

»Was für ein Instrument hat der Mörder Ihrer Meinung nach verwendet?«

»Offensichtlich irgendeine Art von Klinge. Eine silberüberzogene.«

Angesichts des letzten Wortes ging ein kollektiver Laut des Entsetzens durch die Menge.

»Stahl oder Eisen hätten keinen solchen Schaden anrichten können«, fuhr Jekyll fort. »Die Physis der Vampire ist so beschaffen, daß Wunden, die ihr mit gewöhnlichen Waffen beigebracht werden, praktisch umgehend wieder heilen. Gewebe und Knochen bilden sich neu, genauso wie einer Eidechse ein neuer Schwanz wachsen kann. Silber verhindert diesen Prozeß jedoch. Einzig silberne Messer können Vampiren solch dauerhafte, tödliche Wunden zufügen.«

Beauregard pflichtete ihm mit einem Kopfnicken bei. »Sind Sie mit dem Fall der Mary Ann Nicholls vertraut?«

Jekyll nickte.

»Haben Sie aus dem Vergleich der beiden Vorkommnisse irgendwelche Schlüsse gezogen?«

»O ja. Zweifellos wurden die beiden Morde von ein und derselben Person begangen. Bei dem Täter handelt es sich um einen linkshändigen Mann von überdurchschnittlicher Größe. Seine Körperkraft liegt über der eines normalen Mannes…«

»Mr. Holmes hätte anhand eines Hauchs von Zigarrenasche den Mädchennamen der Mutter von dem Kerl benennen können«, flüsterte Lestrade Geneviève zu.

»Eines möchte ich noch hinzufügen. Ich bin, betrachte ich die Fälle von der Warte eines Nervenarztes aus, überzeugt, daß der Mörder selbst kein Vampir ist.«

Der Anarchist sprang auf, aber bevor er auch nur den Mund öffnen konnte, hatten ihn die Polizisten schon umzingelt.

Baxter, der sah, daß er das Publikum im Griff hatte, schmunzelte zufrieden, notierte sich Dr. Jekylls letzte Feststellung und bedankte sich dann bei ihm.

Beauregard hatte den Saal schon verlassen, wie Geneviève

feststellte. Der Untersuchungsrichter faßte den Sachverhalt ausführlich zusammen, um endlich zu dem Schluß zu kommen, daß es sich bei der vorliegenden Straftat um »Mord durch einen oder mehrere unbekannte Täter« handelte. Er fügte noch die Einschätzung hinzu, daß der Mord an Lulu Schön von demselben Täter begangen worden war, der eine Woche zuvor schon Mary Ann Nicholls ermordet hatte.

Daraufhin begannen alle Reporter auf einmal, Fragen zu stellen.

IV

Beauregard schlenderte durch den Nebel und versuchte, die Informationen, die er im Verlauf der Untersuchung gesammelt hatte, zu verdauen. Er würde später noch einen detaillierten Bericht abgeben müssen, und deshalb wollte er die Fakten gedanklich ordnen.

Irgendwo in der Nähe leierte eine Drehorgel eine Melodie in die Nacht hinaus. Es war »Nimm ein paar leuchtendroter Augen« aus Gilbert und Sullivans *Die Vampire von Venedig oder Eine Jungfrau, ein Schatten und eine Klinge*. Die Melodie schien ihm durchaus passend. Die Jungfrau – sozusagen – und die Klinge waren offensichtlich Teil des Falls, und der Schatten war, verborgen von Nebel und Blut, der Mörder.

Dr. Jekylls Gutachten zum Trotz hatte Beauregard mit dem Gedanken gespielt, daß es sich bei den Gewaltverbrechen der letzten Zeit um die Taten verschiedener Männer handelte, um Ritualmorde ähnlich den in Indien vorgekommenen *Thuggee*-Strangulierungen, um rebellische Akte der Auflehnung gegen die neuen Herren. Solche Vorfälle waren nicht ungewöhnlich, aber die vorliegenden Morde waren doch anderer Natur. Sie waren nicht die Tat eines Aufständischen, sondern eines Wahnsinnigen. Das würde großmäulige Volksredner wie jene, die die gerichtliche Untersuchung gestört hatten, natürlich nicht daran hindern, die kläglichen Ausweidungen als Siege hinzustellen.

Eine Vampirhure, die an der Ecke Flower und Dean Street stand, bot Beauregard an, ihn für ein oder zwei Unzen seines Blutes unsterblich zu machen. Er schnippte ihr eine Kupfermünze hin und ging seines Wegs. Er fragte sich, wie lange er wohl die Kraft haben würde zu widerstehen. Er war mit seinen fünfunddreißig Jahren schon nicht mehr so kraftvoll und schnell wie früher. Würde sein Entschluß, blutwarm zu bleiben, mit fünfzig, sechzig lächerlich oder widernatürlich wirken? Vielleicht sogar sündhaft? War die Ablehnung des Vampirismus das moralische Pendant zu Selbstmord? Sein Vater war mit achtundfünfzig gestorben.

Die Vampire brauchten die blutwarmen Menschen für ihre Ernährung und als Helfer. Es gab – hier im East End bestimmt, wenn nicht sogar in den Salons von Mayfair – bereits Vampire, die hungerten, so wie die Armen es immer getan hatten. Wie lange würde es noch dauern, bis man die »dringlichen Maßnahmen«, die Lord Henry Wotton im Parlament immer befürwortete, ernsthaft in Betracht zöge, nämlich die Internierung weiterer Blutwarmer, aber nicht einfach nur der Kriminellen, sondern jedweder gesunder Menschen, um die Vampiroberschicht, die für die Herrschaft über das Land von grundlegender Bedeutung war, mit Vieh zu versorgen? Aus Devil's Dyke drangen Geschichten nach London, die Beauregards Herz zu Eis gefrieren ließen. Die Definition des »kriminellen Individuums« wurde mittlerweile so weit ausgelegt, daß schon jetzt zu viele anständige Männer und Frauen darunterfielen, denen es lediglich nicht gelang, sich an das neue Regime anzupassen.

Er brauchte eine Weile, um eine Droschke zu finden. Sobald es dunkel war, erwachte Whitechapel zum Leben. In den Gasthäusern und Varietés drängte sich dann lachendes, johlendes Volk, und auf den Straßen herrschte geschäftiges Treiben. Straßenhändler verkauften Notenblätter mit Gassenhauern, Arzneifläschchen mit »menschlichem« Blut, Scheren, Souvenirs mit königlichem Konterfei. In Half Moon Street wurden über offenen Feuern Eßkastanien geröstet und an Neugeborene und Blutwarme gleichermaßen verkauft. Vampire brauchten zwar nicht zu essen, aber es fiel ihnen offensichtlich schwer, die Angewohnheit abzulegen. Die Menschenmassen bemerkten Beauregards Kleidung und gingen ihm größtenteils aus dem Weg. Er gab auf die Uhr in seiner Weste und auf die Brieftasche in seiner inneren Brusttasche acht. Um ihn herum gab es viele flinke Finger und Klauen mit scharfen Fingernägeln. Die Neugeborenen waren nicht nur auf Blut aus. Um das Böse abzuwehren, ließ er seinen Stock entschlossen kreisen.

Er fand schließlich eine zweirädrige Droschke und bot dem Kutscher drei Shilling, um ihn nach Cheyne Walk in Chelsea zu bringen. Der Mann legte die Peitsche salutierend an seine Bowlerkrempe, und Beauregard stieg ein. Der Fahrgastraum der Droschke war, genau wie die noblen Särge, die in den Geschäften in der Oxford Street ausgestellt waren, rot gepolstert. Das Fuhrwerk war viel zu luxuriös für diesen Stadtteil, und Beauregard fragte sich, ob es einen oder zwei vornehme Besucher aus dem West End hergebracht hatte, denen es nach amourösen Abenteuern gelüstete. Es gab in diesem Bezirk zahlreiche Bordelle, Häuser, in denen man jeder Neigung frönen konnte. Frauen und Knaben, blutwarm oder vampirisch, standen für ein paar Shilling zur Verfügung. Straßendirnen wie Polly Nicholls und Lulu Schön waren schon für etwas Kupfergeld oder für einen Spritzer Blut zu haben. Es war sehr gut möglich, daß der Mörder nicht aus Whitechapel stammte, sondern daß er einer jener feinen Pinkel war, die hier herkamen, um ihren exzentrischen Neigungen nachzugehen. In Whitechapel, so hieß es, konnte man alles haben, entweder indem man bezahlte oder indem man es sich einfach nahm.

Seine Aufgaben im Rahmen des Großen Spiels, wie seine Auftraggeber es nannten, hatten Beauregard schon an schlimmere Orte geführt. Als Bettler verkleidet hatte er mehrere Wochen in Afghanistan zugebracht und den Aktivitäten eines russischen Gesandten nachgespürt, der unter dem Verdacht gestanden hatte, die Bergstämme aufzustacheln. Während des Boer-Aufstandes hatte er sich bemüht, einen Vertrag mit den Amahagger auszuhandeln, deren Vorstellung von einem unterhaltsamen Abend darin bestanden hatte, die Köpfe ihrer Gefangenen in großen Töpfen zu kochen. Und ein anderes Mal war er einen Monat lang in den Verliesen eines einfallsreichen chinesischen Mandarins zu Gast gewesen. Trotzdem hatte es ihn nach Jahren diskreter Pflichterfüllung im Ausland im Dienste Ihrer Majestät einigermaßen überrascht, London bei seiner Rückkehr in eine Stadt verwandelt zu sehen, die gefährlicher und bizarrer war als alle anderen, die er kennengelernt hatte. Dieses London war nicht mehr das Herz des Britischen Empire, sondern nur noch ein Schwamm, der das Blut des Herrschaftsgebiets der Königin bis zum Zerplatzen aufsog.

Das regelmäßige Rasseln der Droschkenräder auf den Pflastersteinen machte ihn, ähnlich wie das sanfte Schlagen von Wellen gegen einen Schiffskörper, schläfrig.

In Beauregards Abwesenheit hatte der Prinzgemahl London übernommen. Er hatte der Königin den Hof gemacht und sie erobert. Nachdem er sie überredet hatte, das Schwarz ihrer Witwenschaft abzulegen, hatte er auf den Britischen Inseln den Vampirismus eingeführt und das größte Reich der Erde nach seinen eigenen Vorstellungen und Wünschen umgestaltet. Charles Beauregard diente immer noch seiner Königin. Er hatte einmal geschworen, daß selbst der Tod seine Loyalität ihr gegenüber nicht ins Wanken bringen könnte, aber als er jenen Eid abgelegt hatte, hatte er seinen eigenen Tod gemeint.

Der Prinzgemahl, der für sich auch noch den Rang des Lordprotektors beanspruchte, herrschte jetzt über Großbritannien, und seine Abkömmlinge erfüllten ihm all seine Wünsche und Launen. Ein Vampir, Lord Ruthven, fungierte als Premierminister, und ein weiterer, Sir Francis Varney, war Vizekönig von Indien. Eine karpatische Elitetruppe stellte die Palastwache, die in absurden Operettenkostümen auf dem Gelände des

Buckingham Palace Patrouille lief und im gesamten West End wie der heilige Schrecken hauste und zechte. Die Armee, die Marine, das diplomatische Korps, die Polizei und die Kirche von England waren alle in der Gewalt des Prinzgemahls, und bei Beförderungen wurden Neugeborene, wo es nur ging, Blutwarmen vorgezogen. Beauregard war von seinem neugeborenen Kollegen Adamant darauf hingewiesen worden, daß sich seine eigenen Aufstiegschancen innerhalb des Diogenes-Clubs – dem vielleicht am wenig bekanntesten Arm der britischen Regierung – um ein Hundertfaches vergrößern würden, so er nur den Dunklen Kuß akzeptierte.

Während die Geschäfte des Königreichs größtenteils wie eh und je ihren Lauf nahmen, gab es doch manche Veränderungen: Menschen verschwanden aus dem öffentlichen und dem Privatleben, in abgelegenen Landesteilen schossen Lager wie Devil's Dyke aus dem Boden, und es entwickelte sich ein Regierungsapparat – mit Geheimpolizei, überraschenden Verhaftungen und willkürlichen Exekutionen –, den Beauregard nicht mit der Königin, sondern mit den Zaren oder Taiping verband. Es gab republikanische Banden, die im tiefsten Schottland oder Irland Robin Hood spielten, und Pfarrer, die das Kreuz schwenkten und immerzu versuchten, neugeborenen Provinzbürgermeistern das Kainszeichen aufzudrücken.

Plötzlich fühlte sich Beauregard irritiert. Er hatte sich daran gewöhnt, seinem Instinkt zu vertrauen, wenn der ihm irgend etwas Ungewöhnliches meldete. Er hatte ihm bei mehreren Gelegenheiten das Leben gerettet.

Die Droschke fuhr durch Commercial Road, jedoch nicht, wie vorgesehen, in westlicher, sondern in östlicher Richtung. Beauregard konnte die Docks riechen. Er beschloß abzuwarten, was bei dieser Sache herauskommen würde. Es handelte sich jedenfalls um eine interessante Entwicklung, und er hoffte sehr, daß der Kutscher nicht einfach nur vorhatte, ihn zu ermorden und auszurauben.

Beauregard schob die Sicherung am Knauf seines Stocks zur

Seite und zog ein paar Zoll glänzenden Stahls aus dem Schaft. Er würde die Klinge, falls nötig, problemlos ziehen können. Dennoch, sie war nur aus Stahl. Er fragte sich, ob es nicht klüger gewesen wäre, für eine silberne zu sorgen.

V

Im Polizeirevier von Whitechapel stellte Lestrade Geneviève Inspektor Abberline vor. Abberline leitete die Ermittlungen in der vorliegenden Mordsache. Da er bereits den Fall Nicholls bearbeitet hatte, wenn auch ohne nennenswerte Ergebnisse, hatte man ihm auch den Mord an Lulu Schön aufgehalst. Jekylls Aussage hatte Genevièves Vermutungen bestätigt. Die Greueltaten würden nicht von selbst aufhören. Der Mann mit dem Silbermesser würde weitermetzeln, bis man ihn gefangen oder getötet hatte.

Lestrade und Abberline gingen gemeinsam fort, um sich zu beraten. Abberline war blutwarm, und er fand mit Sicherheit immer irgend etwas für seine Hände zu tun, wenn er sich gezwungen sah, einen Vampir zu begrüßen. War er sich dessen vielleicht nicht einmal bewußt? Er zündete sich seine Pfeife an und hörte Lestrade zu, der ihm detailliert Bericht erstattete, wobei er jeden Punkt an den Fingern abhakte. Geneviève sah sich in der Aufnahme des Reviers um. Es herrschte schon reger Betrieb.

Vor dem Revier standen mehrere Gruppen unterschiedlicher Couleur herum, die sich für den Fall interessierten. Eine Schar von Kreuzzüglern Christi unterstützte unter einem wehenden Banner mit dem Georgkreuz einen Prediger, der den Mörder von Whitechapel als wahrhaftiges Werkzeug im Namen Jesu Christi darstellte und den Herrn anflehte, gegenüber dem Vampirtum seinen gerechten Zorn walten zu lassen. Sie wurden von einem Trupp berufsmäßiger Aufständischer, von denen Geneviève schon einige bei der gerichtlichen Untersuchung gesehen hatte, durch Zwischenrufe gestört. Und von einer Clique stark geschminkter neugeborener Frauen, die teure Küsse und ein vollständig verwandeltes Leben anboten, wurden sie verhöhnt. Geneviève wußte, daß viele, die den Vampirismus als Ausweg ansahen, bezahlten, um Abkömmling irgendeiner Straßennutte zu werden.

Ein Polizeisergeant war im Begriff, einige Stammgäste des Reviers vor die Tür zu setzen. Geneviève kannte die meisten von ihnen. Viele, sowohl Blutwarme als auch Vampire, brachten ihr Leben damit zu, auf ihrer immerwährenden Suche nach einem Bett und einer kostenlosen Mahlzeit zwischen den Zellen und Toynbee Hall hin- und herzuschlurfen.

»Miss Dee«, sagte eine Frau, die Geneviève erkannte, »Miss Dee...«

»Cathy«, grüßte Geneviève die Neugeborene, »werdet ihr auch gut behandelt?«

»Ja, 'türlich, richtig galant sogar, Miss, richtig galant«, antwortete sie und lächelte den Sergeanten dabei gekünstelt an, »wie Zuhause fühl' ich mich hier, wie Zuhause.«

Cathy Eddowes sah als Vampir kaum besser als zu blutwarmen Zeiten aus. Durch den Gin und die allzu vielen im Freien verbrachten Nächte war sie aufgedunsen, und ihre Augen glänzten fast so rot wie ihr Haar. Wie so viele andere Frauen in Whitechapel gab Cathy ihren Körper immer noch für einen guten Schluck her. Das Blut ihrer Freier enthielt wahrscheinlich genauso viel Alkohol wie der Gin, dem sie sich früher hingegeben hatte.

Die Neugeborene ordnete ihr Haar und rückte eine rote Schleife zurecht, die verhinderte, daß ihr die dichten Locken in das breite Gesicht fielen. Auf der Rückseite ihrer Hand hatte sie eine eiternde Entzündung.

»Laß mich das mal ansehen, Cathy.«

Geneviève kannte diese Art von Wunden schon. Neugeborene mußten vorsichtig sein. Sie waren stärker und ausdauernder als die Blutwarmen, aber ein zu großer Teil der Nahrung, die sie zu sich nahmen, war verseucht. Und Krankheiten stellten immer noch eine Gefahr für sie da. Der Dunkle Kuß hatte merkwürdige Auswirkungen – die Dr. Jekyll sicher hochinteressant finden würde – auf Krankheiten, welche die Leute, ohne es zu wollen, aus ihrem blutwarmen Leben in den untoten Zustand hinüberschleppten.

»Hast du viele solche Entzündungen?«

Cathy schüttelte den Kopf, aber Geneviève wußte, daß es nicht die Wahrheit war.

Aus dem roten Fleck auf dem Handrücken der Neugeborenen tränte eine klare Flüssigkeit, und auf ihrem knappen Mieder waren feuchte Stellen zu sehen, die auf weitere Entzündungen schließen ließen. Cathy trug ihren Schal auf eine seltsame Art, nämlich so, daß er ihren Hals und den oberen Teil ihrer Brüste bedeckte. Als Geneviève den Wollfetzen entfernte, stieg ihr der beißende Geruch des Ausflusses, der auf Cathys Haut glänzte, in die Nase.

Geneviève blickte der Frau in die Augen und sah nackte Angst in ihnen. Cathy Eddowes wußte, daß mit ihr etwas nicht stimmte, aber aus Aberglauben fürchtete sie sich davor herauszufinden, was ihr fehlte.

»Cathy, du mußt dich noch heute nacht in Toynbee Hall sehen lassen. Geh zu Mr. Druitt, oder besser noch zu Dr. Seward. Man kann etwas gegen deine Krankheit tun. Ich verspreche es dir.«

»Wird schon alles wieder gut, Herzchen.«

»Nicht, wenn du dich nicht behandeln läßt, Cathy.«

Cathy versuchte zu lachen und wankte hinaus auf die Straße. Der Absatz ihres einen Stiefels war abgebrochen, so daß sie grotesk hinkte. Hoch erhobenen Hauptes warf sie ihren Schal um sich, als handele es sich dabei um die Pelzstola einer Herzogin, und ging mit provozierend wackelndem Hinterteil am Redner der Kreuzzügler Christi vorbei. Dann verschwand sie im Nebel.

»Die ist in einem Jahr hinüber«, meinte der Sergeant, ein rotäugiger Neugeborener. In der Mitte seines Gesichts wölbte sich eine schnauzenähnliche Ausbuchtung vor.

»Wenn es an mir ist, nicht.«

VI

Die Droschke brachte ihn nach Limehouse. Er war mit diesem verelendeten Bezirk Londons nicht besonders gut vertraut, obwohl er ihn im Dienste Ihrer Majestät schon mehrere Male aufgesucht hatte. Die Droschkentür wurde geöffnet. Draußen in der Dunkelheit funkelte ein Paar roter Augen.

»Verzeihen Sie die Unannehmlichkeiten, Beauregard«, schnurrte eine ölige Stimme, »doch ich hoffe, daß Sie Verständnis haben werden. Das Spiel steht nicht zum besten...«

Beauregard stieg aus. Er befand sich auf einem Hof abseits des Straßengewirrs an den Docks, und außer ihm war noch eine ganze Anzahl von Leuten da. Die Dunkelheit verbarg das Gesicht des Mannes, der ihn angesprochen hatte. Er war Engländer, ein Vampir mit teurem Mantel, weichem Hut und betont träger Haltung. Unter der zur Schau gestellten Ruhe bemerkte Beauregard einen athletischen Körperbau. Es hätte ihm gar nicht gefallen, mit diesem Mann über vier Runden gehen zu müssen. Bei den anderen Anwesenden handelte es sich um bezopfte Chinesen, die die Hände in die Ärmel geschoben hatten und sich verbeugten. Die meisten von ihnen waren blutwarm, aber der massige Bursche, der neben der Droschkentür stand, war ein Neugeborener. Bis zur Hüfte entblößt, stellte er seine Drachentätowierungen zur Schau und brüstete sich mit seiner vampirischen Unempfindlichkeit gegenüber der herbstlichen Kühle.

Der Engländer machte einen Schritt nach vorn. Mondlicht fiel auf sein jugendliches Gesicht. Seine hübschen, langen Wimpern erinnerten an die einer Frau. Beauregard erkannte ihn wieder.

»Ich habe Sie '85 mit sechs Bällen sechs Sechser schlagen sehen«, sagte er, »mit dem Manchester Cricket Club. Eine Meisterleistung.«

Der Sportler zuckte bescheiden mit den Achseln. »Man muß die Bälle spielen, wie sie kommen, sage ich immer.«

Beauregard hatte gehört, wie man den Namen des Neugeborenen im Diogenes-Club vorsichtig im Zusammenhang mit einer Serie tollkühner Juwelendiebstähle erwähnt hatte. Daß der Sportler jetzt in diesen offensichtlichen Fall von Entführung verwickelt war, bestätigte ihm nur, daß der Mann jene kriminellen Bravourstücke tatsächlich begangen hatte.

»Hier entlang«, sagte der Freizeiteinbrecher und deutete auf eine feuchte Mauer. Der neugeborene Chinese drückte auf einen Ziegel, und ein Teil der Mauer klappte nach oben und gab einen kleinen Durchgang frei. »Bücken Sie sich, sonst stoßen Sie sich den Kopf. Verflixt klein, diese Schlitzaugen.«

Beauregard folgte dem Neugeborenen, der in der Dunkelheit besser zu sehen vermochte als er, und ihm folgten wiederum einige der Chinesen. Da sie einen stark abfallenden Korridor hinuntergingen, mußten sie sich unterhalb der Straße befinden. Die Wände und der Boden glänzten vor Feuchtigkeit, was darauf hindeutete, daß diese unterirdischen Räumlichkeiten in der Nähe des Flusses lagen.

Türen wurden geöffnet, und Beauregard wurde in einen schwach erleuchteten, gediegen eingerichteten Salon geleitet. Es gab keine Fenster, nur Trennwände *à la chinoise*. Die Mitte des Raumes wurde von einem schweren Schreibtisch beherrscht, hinter dem ein betagter Chinese saß. Seine langen, harten Fingernägel, die auf der Schreibtischunterlage ruhten, wirkten wie Messerspitzen. In bequemen, halbkreisförmig um den Schreibtisch angeordneten Lehnstühlen saßen weitere Personen.

Ein Mann drehte seinen Kopf zu Beauregard um. Das glühende Ende seiner Zigarre ließ sein Gesicht wie eine Teufelsmaske aufscheinen. Er war, anders als der Chinese, ein Vampir.

»Mr. Beauregard«, begann der Sohn des Reichs der Mitte, »es ist zu gütig von Ihnen, daß Sie uns Elenden und Unwürdigen Gesellschaft leisten wollen.«

»Es ist zu gütig von Ihnen, daß Sie mich eingeladen haben.«

Der Chinese klatschte in die Hände und nickte einem Diener zu, einem Burmesen mit tödlichem Gesichtsausdruck.

»Nimm unserem Besucher Mantel, Hut und *Stock* ab.«

Beauregard wurde von seinen Lasten befreit. Als der Burmese nah genug war, bemerkte Beauregard seinen einzelnen Ohrring und die rituelle Tätowierung, die sich um seinen Hals zog.

»Ein burmesischer Dakoit-Bandit?« fragte er den alten Chinesen.

»Sie sind sehr aufmerksam.«

»Ich habe in der Welt der Geheimbünde meine Erfahrungen gesammelt.«

»In der Tat, Mr. Beauregard. Unsere Wege haben sich dreimal gekreuzt: in Ägypten, in Kaschmir und in der Provinz Shansi. Sie haben mir einige kleine Unannehmlichkeiten bereitet.«

Beauregard wurde klar, mit wem er es zu tun hatte. »Verzeihen Sie, Doktor.«

Der Chinese trommelte mit den Fingernägeln auf die Tischplatte und beugte sich vor, so daß Licht auf sein Gesicht fiel. Er wischte Beauregards Entschuldigung mit einer Handbewegung beiseite. »Vergeuden Sie keinen Gedanken daran. Diese Banalitäten haben den Rahmen des Gewohnten nie gesprengt.«

Man kannte diesen Mann unter den Namen »Teufelsdoktor« oder »Herr der merkwürdigen Tode«, und er galt als einer aus dem Rat der Sieben, dem herrschenden Organ des *Tong* Si-Fan. Der Einflußbereich dieses Geheimbundes erstreckte sich von China über die ganze Erde. Einer von Beauregards Vorgesetzten, der mittlerweile im Exil in Frankreich lebte, zählte diesen Chinesen zu den drei gefährlichsten Männern der Welt.

Der Freizeiteinbrecher erhöhte die Gaszufuhr der Lampen, so daß die Gesichter deutlicher zu sehen waren und die dunklen Ecken des Raumes ausgeleuchtet wurden.

»Zur Sache, die Geschäfte rufen«, schnaubte ein militärisch aussehender Vampir. »Vergessen Sie nicht, Zeit ist Geld...«

»Ich bitte tausendmal um Entschuldigung, Colonel Moran. Bei uns im Fernen Osten ist alles anders. Aber hier müssen wir uns Ihren westlichen Gewohnheiten beugen, müssen uns um Eile und Emsigkeit bemühen, müssen hetzen und hasten.«

Der Zigarrenraucher faltete sich aus seinem Lehnstuhl und stand auf. An seiner hoch aufgeschossenen Gestalt hing ein Gehrock, um dessen Taschen Kreidespuren zu sehen waren. Der Colonel fügte sich ihm und trat zurück, indem er die Augen niederschlug. Der Kopf des Rauchers schwenkte wie der einer Eidechse hin und her. Seine Eckzähne ragten über seine Unterlippe hinaus.

»Mein Freund hier ist Geschäftsmann«, erklärte er Beauregard, wobei er an der Zigarre zog, »unser kricketspielender Freund ist Amateur, Griffin da drüben ist Wissenschaftler, Sikes führt das Unternehmen seiner Familie fort, ich bin Mathematiker, aber Sie, mein lieber Doktor, sind ein Künstler.«

»Professor, Sie schmeicheln mir.«

Von dem Professor hatte Beauregard auch schon gehört. »Da zwei der drei gefährlichsten Männer der Welt in diesem Raum sind, frage ich mich natürlich, wo der dritte wohl sein könnte?«

»Wie ich sehe, sind Ihnen unsere Namen und Ränge nicht unbekannt, Mr. Beauregard«, entgegnete der Chinese. »Dr. Nikola kann an unserer kleinen Zusammenkunft nicht teilnehmen. Soviel ich weiß, sucht er vor der Küste Tasmaniens nach ein paar gesunkenen Schiffen. Er ist für uns nicht mehr von Belang. Er geht seinen eigenen Interessen nach.«

Beauregard sah sich jene Mitglieder der Runde an, über die er bisher noch keinen umfassenden Aufschluß hatte. Der vom Professor erwähnte Griffin war ein Albino, der wie ein Chamäleon mit seinem Hintergrund zu verschmelzen schien. Sikes war ein schweinsgesichtiger, brutal wirkender Blutwarmer mit einem breiten Brustkorb. Mit seinem buntkarierten Jackett und der billigen Pomade im Haar wirkte er in dem distinguierten Kreis fehl am Platze. Er entsprach als einziger der Anwesenden dem Bild eines Kriminellen.

»Professor, wenn Sie bitte erklären wollen...«

»Danke, Doktor«, antwortete der Mann, den man allgemein als den »Napoleon des Verbrechens« bezeichnete. »Mr. Beauregard, Sie werden bemerkt haben, daß es unter den in diesem Raum Versammelten – und ich beziehe Sie ausdrücklich mit in unseren Kreis ein – nichts gibt, was man als ›gemeinsame Sache‹ bezeichnen könnte. Wir verfolgen alle unsere eigenen Bahnen, und wenn die sich zufällig kreuzen... nun, dann ist das häufig verhängnisvoll. Die Welt hat sich in letzter Zeit sehr verändert, aber egal welcher Metamorphose der einzelne für sich persönlich den Vorzug gegeben hat, unser Geschäft ist doch im Kern dasselbe geblieben. Wir sind eine Schattengesellschaft, so wie wir von jeher eine gewesen sind. Wir haben eine weitgehende Verständigung untereinander erzielt. Wir spielen unsere geistigen Fähigkeiten gegeneinander aus, aber wenn die Sonne aufgeht, ziehen wir eine Grenze und lassen es auf sich bewenden. Es bereitet mir großen Kummer, es sagen zu müssen, aber diese Grenze scheint nicht mehr wirksam zu sein...«

»Im ganzen East End hat die Polizei Razzien veranstaltet«, unterbrach Sikes. »Jahre verdammt harter Arbeit wurden innerhalb eines Tages zunichte gemacht. Spielhöllen, Opiumhöhlen und Bordelle wurden zerschlagen. Nichts ist mehr heilig. Wir haben teuer dafür bezahlt, unsere Geschäfte aufziehen zu können, aber die Polypen haben uns übel mitgespielt, als sie unsere Abmachung gebrochen haben.«

»Ich habe mit der Polizei nichts zu tun«, wandte Beauregard ein.

»Halten Sie uns bitte nicht für naiv«, sagte der Professor. »Genau wie alle anderen Mitglieder des Diogenes-Clubs bekleiden Sie natürlich keine offizielle Position, aber das besagt nichts über Ihre Effektivität. Offizielle Ämter und Einfluß sind zwei vollkommen voneinander unabhängige Dinge.«

»Die Angriffe auf unsere Unternehmen werden fortgesetzt werden«, sagte der Sohn des Reichs der Mitte, »solange der Mörder von Whitechapel frei herumläuft.«

Beauregard nickte. »Davon gehe ich aus. Aber es besteht ja immerhin die Möglichkeit, daß der Mörder im Zuge der Razzien gefunden wird.«

»Er ist keiner von uns«, knurrte Colonel Moran.

»Ein tollwütiger Hund, das ist er. Hören Sie, niemand von uns ist ausgesprochen zimperlich, wenn Sie wissen, was ich meine, aber dieser Bursche geht zu weit. Wenn eine Nutte Zikken macht, zieht man ihr das Rasiermesser durchs Gesicht, aber man schneidet ihr nicht ihre verdammte Kehle durch.«

»Soweit ich weiß, hat bisher noch niemand angedeutet, daß einer von Ihnen etwas mit den Morden zu tun hat.«

»Das ist nicht der springende Punkt, Mr. Beauregard«, fuhr der Professor fort. »Unser Schattenreich ist wie ein Spinnennetz. Es zieht sich über die ganze Welt, aber sein Zentrum ist hier, in dieser Stadt. Das Netz ist dicht, kompliziert und überraschend empfindlich. Wenn eine gewisse Zahl von Fäden durchgetrennt sind, fällt es in sich zusammen. Und die Fäden werden momentan an allen Ecken und Enden durchgeschnitten. Wir alle haben seit dem Mord an Mary Ann Nicholls Schläge einstecken müssen, und seit heute abend sind die Schikanen doppelt schlimm. Jedesmal, wenn dieser Mörder in der Öffentlichkeit zuschlägt, versetzt er auch uns einen Stich.«

»Meine Schnepfen wollen nicht mehr auf der Straße anschaffen gehen, solange er sich da draußen rumtreibt. Die Verluste tun mir verdammt weh.«

»Ich bin sicher, daß die Polizei den Mann fassen wird. Man hat für Informationen, die zu seiner Ergreifung führen, Belohnungen in Höhe von fünfzig Pfund Sterling ausgesetzt.«

»Und wir haben eine Belohnung von tausend Guineas bereitgestellt, aber es ist nichts dabei herausgekommen.«

»Mr. Beauregard«, sagte der Chinese. »Wir möchten mit unseren bescheidenen Anstrengungen gern die Bemühungen der ausgezeichneten Polizei dieser Stadt unterstützen. Wir verpflichten uns, alle Erkenntnisse, die uns über den Fall zu Ohren kommen, umgehend an Sie weiterzuleiten. Als Gegenleistung bitten wir Sie, diesen Fall, mit dem Sie der Diogenes-Club, wie wir wissen, höchstpersönlich beauftragt hat, mit äußerstem Nachdruck zu verfolgen.«

Beauregard gab sich Mühe, sich nichts anmerken zu lassen, aber er war zutiefst schockiert, daß es dem Herrn der merkwürdigen Tode gelungen war, von den geheimsten Absprachen des Diogenes-Clubs zu erfahren. Dieser verschlagene Chinese verfügte tatsächlich über detaillierte Kenntnisse hinsichtlich der Instruktionen, die er selbst erst vor wenigen Stunden erhalten hatte.

»Der Bursche verstößt gegen alle Spielregeln«, meinte der Freizeiteinbrecher, »und deshalb wäre es am besten, wenn er schnellstens vom Spielfeld verschwände.«

»Wir haben tausend Guineas für Informationen betreffs der Identität des Mörders ausgesetzt«, sagte der Colonel, »und weitere zweitausend auf seinen verdammten Kopf.«

»Sind wir uns einig, Mr. Beauregard?«

»Ja, Professor.«

Der Neugeborene verzog seinen Mund zu einem feinen Lächeln, so daß seine Reißzähne leicht über seine dünne Unterlippe schabten. Ein simpler Mörder war für diese Männer von geringer Bedeutung, aber sie waren nicht gewillt, einen außer Rand und Band geratenen Verbrecher zu dulden.

»Eine Droschke wird Sie jetzt nach Cheyne Walk bringen«, sagte der Sohn des Reichs der Mitte, wobei ein Lächeln seine Augenpartie in Falten legte und seinen langen, dünnen Schnurrbart anhob. »Die Besprechung ist beendet. Dienen Sie unseren Interessen, werden Sie belohnt werden. Enttäuschen Sie uns aber, sind die Konsequenzen... weniger angenehm.«

Er winkte beiläufig mit der Rechten, und Beauregard war entlassen.

Während der Freizeiteinbrecher ihn durch den unterirdischen Gang zurückführte, fragte Beauregard sich, mit wie vielen Teufeln er sich würde verbünden müssen, um seinen Pflichten gegenüber der Krone nachkommen zu können.

Sein Hut, sein Mantel und sein Stock warteten in der Droschke auf ihn.

»Gute Nacht«, sagte der Kricketspieler, dessen rote Augen leuchteten, »und auf ein baldiges Wiedersehen.«

VII

Als die Sonne aufging, huschten die Neugeborenen in ihre Särge und Verstecke. Geneviève schleppte sich ohne eine Spur von Angst vor dem weichenden Dunkel durch die leeren Straßen nach Toynbee Hall zurück. Genau wie der Prinzgemahl war auch sie alt genug, um in der Sonne nicht zu verwelken, wie es den empfindlicheren Neugeborenen passierte, aber während sich das erste Dämmerlicht orangefarben durch die Nebelfahnen wand, spürte sie, wie ihre Energie verrann. Auf der Commercial Road kam sie an einem blutwarmen Polizisten vorbei und nickte ihm grüßend zu. Er wandte sich jedoch ab und ging seines Wegs. Selbst zu dieser frühen Stunde waren in Whitechapel mehr Polizisten auf den Straßen, als man am 9. November, also in sechs Wochen, anläßlich des Festzugs des Oberbürgermeisters würde sehen können.

In den letzten eineinhalb Wochen hatte sie mehr Zeit auf den »Ripper« verwandt, wie der Volksmund den Mörder nannte, als auf ihre Arbeit. Druitt, der unterdessen Doppelschichten absolvierte, jonglierte mit der begrenzten Zahl von verfügbaren Plätzen in Toynbee Hall, damit zumindest die Bedürftigsten versorgt werden konnten. Sie selbst war zu einem Komitee für öffentliche Sicherheit abkommandiert worden, und sie hatte so viele Versammlungen besucht, daß ihr die gehörten Parolen sogar jetzt noch in den Ohren klangen, so wie Musik im Gehör jener nachhallt, die sich bei Konzerten zu nah zum

Orchester setzen. Die Sozialisten George Bernard Shaw und Beatrice Webb benutzten die Morde in ihren Reden als Aufhänger, um die Aufmerksamkeit der Allgemeinheit auf die Zustände im East End zu lenken. Toynbee Hall erhielt derzeit so viele Spenden, daß Druitt gemeint hatte, es sei, um weitere Gelder lockerzumachen, eine gute Idee, die Schirmherrschaft für das Wirken des Rippers zu übernehmen. Den ernsthaften Jack Seward hatte dieser Vorschlag überhaupt nicht belustigt. Weder Shaw noch die Webb waren selbst Vampire, und zumindest Shaw hatte, soweit Geneviève wußte, mit einer der republikanischen Gruppierungen zu tun gehabt.

An der Mauer einer Pferdestallung hing ein Plakat. Darauf wurde eine wiederum erhöhte Belohnung für Informationen in Aussicht gestellt, die zur Festnahme von Jack the Ripper, dem stechenden, schlitzenden Jack, führten. Das Plakat zeigte eine fotografische Wiedergabe des Briefes mit dem spinnwebartigen, roten Gekritzel, der bei der Central News Agency eingegangen war. Bisher hatte noch niemand die Handschrift identifiziert, und Geneviève ging davon aus, daß die Polizei, selbst wenn sie den Scherzbold mit der roten Tinte ausfindig machen würde, auch nicht viel mehr Aufschluß über den Mörder von Whitechapel erhalten würde, als sie schon hatte. Und das bedeutete: ausgesprochen wenig Aufschluß.

Rivalisierende Gruppen von Bürgerwehren aus Blutwarmen und Neugeborenen waren mit Schlagstöcken und Rasiermessern durch die Straßen gezogen, hatten sich geprügelt oder waren über Argwohn erregende, aber unschuldige Passanten hergefallen. Seit dem letzten Mord beklagten sich die Straßenmädchen weniger über die Gefahr, die von dem Mörder ausging, als vielmehr über den Mangel an Freiern. Die hatten sich spürbar rar gemacht, als die Bürgerwehren angefangen hatten, jeden zu belästigen, der auf der Suche nach einer Frau nach Whitechapel kam. Geneviève hatte gehört, daß die Huren von Soho und Covent Garden Rekordeinnahmen verbuchen konnten, und ihre Häme brach ebenfalls alle Rekorde.

Ein Verrückter – mit ziemlicher Sicherheit nicht der Mörder – hatte seine scharlachrote Botschaft an die Central News Agency geschickt: »Ich habe die Huren und die Blutsauger auf dem Kieker, und ich werde mit dem Schlitzen nicht aufhören, bis es mich erwischt... Ich habe ein bißchen von dem echten roten Saft in einer Bierflasche gesammelt, doch das Zeug ist wie Klebe eingedickt und taugt deshalb nicht mehr zum Schreiben. Aber ich hoffe, daß rote Tinte auch gut genug ist, haha... Mein Messer ist silbern und scharf, und ich möchte, wenn möglich, bald wieder an die Arbeit gehen.« Der anonyme Spinner hatte seinen Brief mit »Hochachtungsvoll, Jack the Ripper« unterzeichnet, und der Name hatte in Windeseile die Runde gemacht.

Geneviève hatte schon sagen hören, Jack sei ein Schuhmacher mit einer Lederschürze, ein Ritualmörder polnisch-jüdischer Herkunft, ein ausländischer Seemann, ein degenerierter Adeliger aus dem West End, der Geist von Abraham Van Helsing oder Charley Peace. Er war ein Polizist, ein Arzt, eine Hebamme, ein Pfarrer. Mit jedem Gerücht, das aufkam, gerieten weitere unschuldige Menschen in Gefahr. Ein Schuster namens Pizer mußte zu seinem eigenen Schutz in Polizeigewahrsam genommen werden, als es irgendeinem Zeitgenossen eingefallen war, »Jack's Bude« an seine Ladentür zu schmieren. Nachdem ein Redner der Kreuzzügler Christi behauptet hatte, der Mörder könne deshalb ungehindert in der Gegend herumlaufen und nach Gutdünken Morde begehen, weil er ein Polizist sei, wurde ein vampirischer Wachtmeister auf einen Hof abseits von Coke Street geschleppt und auf einen Zaunpfahl gespießt.

Geneviève passierte den Hauseingang, in dem Lilly für gewöhnlich schlief. Das neugeborene Kind, das vielleicht alt, doch nie erwachsen werden würde, rollte sich gerade für den Tag unter einer zerfetzten Decke zusammen, die es in Toynbee Hall bekommen hatte. Geneviève sah, daß sich der Zustand von Lillys halbverwandeltem Arm, diesem nutzlosen Flügel, der ihr zwischen Hüfte und Achselhöhle sproß, verschlimmert hatte. Das Annehmen einer anderen Gestalt war ein Trick, den der Prinzgemahl für sich behielt, und so gab es in der Stadt eine Unzahl verunstalteter Monstren. Die Kleine hatte ein Kätzchen an ihr Gesicht geschmiegt, wobei sie seinen Nacken mit den Zähnen festhielt. Es war kaum noch Leben in dem Tier.

Abberline und Lestrade hatten Dutzende von Personen verhört, aber niemanden verhaftet. Vor dem Polizeirevier hielten sich ständig rivalisierende Gruppen von Protestierenden auf. Geneviève hatte Gerüchte gehört, denen zufolge man hellseherische Medien wie Lees und Carnacki um Mithilfe gebeten hatte. Sir Charles Warren war zu einem klärenden Gespräch unter vier Augen zum Premierminister beordert worden, und Ruthven würde vom Polizeichef erwarten, daß er zurücktrat, falls nicht bald irgend etwas geschah. Eine Anzahl von konsultierten Detektiven – Sexton Blake, Martin Hewitt, Max Carados, August Van Dusen – hatte Whitechapel in der Hoffnung durchkämmt, irgendeinen Hinweis zu finden. Selbst der ehrwürdige Hawkshaw war aus dem Ruhestand zurückgekehrt. Aber da ihre einhellig anerkannte Koryphäe in Devil's Dyke einsaß, hatte der anfängliche Enthusiasmus der Detektivgemeinde bald beträchtlich nachgelassen, und die Lösungen ließen auf sich warten. Die Königin, die, wie man sagte, wieder jung geworden und aufgeblüht war, hatte ihre Besorgnis über die »gräßlichen Morde« zum Ausdruck gebracht, aber vom Prinzgemahl hatte man nichts gehört. Geneviève ging davon aus, daß ihm das Leben einiger Straßenhuren, ob Vampir oder nicht, ungefähr so wichtig war wie das von irgendwelchen Käfern.

Nach und nach erkannte Geneviève, wie wenig es in ihrer Macht stand, auf das Wirken dieses unbekannten Wahnsinnigen Einfluß zu nehmen, und im selben Maße spürte sie, welche Bedeutung dieser Fall bekam. Alle, die mit ihm zu tun hatten, schienen ihre Ausführungen zum Thema mit dem Hinweis zu beginnen, daß es um mehr als nur zwei tote Vampirhuren ging.

Es ging vielmehr um D'Israelis »zwei Nationen«, es ging um die bedauerliche Ausbreitung des Vampirtums in den unteren Klassen, es ging um das empfindliche Gleichgewicht innerhalb des verwandelten Königreichs. Die Morde waren bloß Funken, aber das Britische Empire galt als Pulverfaß.

Geneviève brachte viel Zeit mit Prostituierten zu – sie war selbst lange genug eine Ausgestoßene gewesen, um sich mit ihnen identifizieren zu können – und teilte ihre Ängste. Letzte Nacht, kurz vor Anbruch der Morgendämmerung, hatte sie im Bordell der Mrs. Warren in der Raven Row ein blutwarmes Mädchen gefunden und von ihm getrunken, aus Notwendigkeit, nicht aus Lust. Sie sollte sich nach all den Jahren eigentlich an ihr räuberisches Leben gewöhnt haben, aber der Prinzgemahl hatte alles auf den Kopf gestellt, und so schämte sie sich wieder, doch keineswegs der Dinge, die sie tun mußte, um ihr Dasein zu verlängern. Sie schämte sich vielmehr für das, was das Vampirtum, das der Blutlinie des Vlad Tepes, um sie herum anrichtete. Da das warme Mädchen schon mehrmals gebissen worden war, war es blaß und schwach. Früher oder später würde es die Wandlung zum Vampir durchmachen. Da es aber niemandes Abkömmling war, würde es sich seinen Weg durch die Finsternis allein suchen müssen und zweifellos verwahrlost und aufgedunsen wie Cathy Eddowes enden oder sterben wie Polly Nicholls.

Geneviève war benommen von dem Gin, den das Mädchen getrunken hatte. Die ganze Stadt kam ihr krank vor. Die Morgendämmerung pumpte den Nebel voll mit Blut.

VIII

28. September 1888. *Heute fuhr ich nach Hampstead, um den alljährlichen Kranz niederzulegen. Es ist exakt drei Jahre her, daß Lucy gestorben ist. Oder besser gesagt, daß sie vernichtet wurde. Auf dem Grab steht das Datum ihres ersten Todes, und*

nur ich allein – so dachte ich zumindest – erinnere mich noch an das Datum von Van Helsings Expedition. Es ist schließlich sehr unwahrscheinlich, daß der Prinzgemahl und Lordprotektor diesen Tag zu einem nationalen Feiertag macht. Wir haben den alten Holländer damals begleitet, ohne wirklich an das zu glauben, was er uns über Lucy gesagt hatte. Mein Kummer über ihren Tod war, auch ohne erfahren zu müssen, daß sie aus ihrem Sarg auferstanden war und daß es sich bei ihr um die dunkle Frau handelte, die auf Hampstead Heath begonnen hatte, Kinder zu beißen, so schon kaum zu ertragen gewesen.

Ich träume immer noch von Lucy, träume viel zuviel von ihr. Ich hatte einmal gehofft, sie zur Frau nehmen zu können, aber dann obsiegte Arthurs Charme – von seinem Titel und seinem Vermögen ganz zu schweigen. Ihre Lippen, ihre feine, blasse Haut, ihr Haar, ihre Augen. Meine Träume von Lucy haben mir schon so oft nächtliche Samenergüsse verursacht. Feuchte Küsse und feuchte Träume…

Lucy war der erste Abkömmling des Prinzgemahls in England und der erste Vampir, der vernichtet wurde. Ich bedauere heute lediglich, daß Arthur Holmwood – Lord Godalming – die Ehre hatte, ihr den hölzernen Pfahl ins Herz zu stoßen und sie aus ihrem schrecklichen Zustand zu befreien. Ich half mit, den noch fauchenden Leichnam zu enthaupten. Hätte Van Helsing uns doch genauso rasch zum zweiten, dritten, zehnten, hundertsten Neugeborenen geführt. Ich nehme an, daß Dracula bis zu einem gewissen Zeitpunkt noch von unserer Insel hätte vertrieben, in seinen transsylvanischen Schlupfwinkel zurückgejagt, mit Holz, Silber und Stahl formvollendet ins Jenseits befördert werden können. Aber ich weiß nicht, bis wann das möglich gewesen wäre.

Ich habe mich entschieden, in Whitechapel zu arbeiten, weil dieser Bezirk der schäbigste im Reich des Prinzgemahls ist. Angesichts der Vampirhuren, die an jeder Ecke stehen und um Blut betteln, und der berauschten oder toten Männer, die auf den engen Straßen herumliegen, kann man hier das wahre, wurmzerfressene Antlitz der Veränderungen sehen, die stattgefunden haben. Es fällt mir schwer, inmitten dieser Unmenge von Blutsaugern nicht die Fassung zu verlieren, aber meine Berufung gibt mir Kraft. Früher einmal war ich Arzt, Spezialist für Geisteskrankheiten. Jetzt bin ich Vampirjäger. Ich habe die Pflicht, das verdorbene Herz der Stadt herauszuschneiden.

Der Nebel, der sich im Herbst immer schon über London gelegt hat, ist seit der Ankunft Draculas noch dichter geworden. Alle Arten von Parasiten – Ratten, wilde Hunde und Katzen – gedeihen prächtig, und einige Stadtteile haben ein Wiederaufleben der mittelalterlichen Krankheiten erlebt, die diese Bestien verbreiten. Der Prinzgemahl scheint der Mittelpunkt einer brodelnden Kloake zu sein, aus der Unrat und Kot strömen und sein ganzes Königreich überziehen, während er dasitzt und mit seinem wölfischen Grinsen zuschaut. Daß der Nebel so dicht geworden ist, bedeutet einfach nur, daß der Unterschied zwischen Tag und Nacht immer geringer wird. In Whitechapel scheint die Sonne an manchen Tagen überhaupt nicht. Das stachelt die Neugeborenen auf und treibt sie aus ihren Löchern. In letzter Zeit hat das trübe Licht, das tagsüber herrscht, einer ganzen Reihe von ihnen das Gehirn versengt und sie halb wahnsinnig gemacht.

In der übrigen Stadt ist es ruhiger, aber nicht besser. Auf dem Weg nach Kingstead kehrte ich in Hampstead in einem Gasthaus ein, um mir eine Portion Schweinefleischpastete und einen Krug Bier zu genehmigen. Im düsteren Nachmittagslicht promenierten vornehme Leute mit blasser Haut und leuchtendroten Augen durch Hampstead Heath. Wie ich höre, gilt es als stilvoll, den Moden, die die Königin eingeführt hat, zu folgen, und der Vampirismus ist – obwohl man sich ihm mehrere Jahre widersetzt hat – mittlerweile akzeptabel. An sonnenlosen Nachmittagen strömen propere, hübsche Mädchen mit Hauben auf dem Kopf en masse nach Hampstead Heath. Sie halten undurchlässige, schwarze Sonnenschirme über sich und verstecken ihre Zähne, die wie elfenbeinerne Dolche aussehen, kokett hinter japanischen Fächern. Im Grunde besteht zwischen ihnen und den blutsaugerischen Huren, die in Whitechapel vor den Spelunken Ten Bells und Vlad IV herumstehen, überhaupt kein Unterschied.

Die Tore des Friedhofs von Kingstead standen offen, und es war kein Wärter zu sehen. Seitdem das Sterben unmodern geworden ist, werden auch die Kirchhöfe nicht mehr benutzt. Die meisten Kirchen sind ebenfalls leer, wenngleich der Hof seine zahmen Erzbischöfe hat, die verzweifelt versuchen, den Vampirismus mit der Anglikanischen Kirche in Einklang zu bringen. Als er noch wirklich lebte, hat der Prinzgemahl bei der Verteidigung des christlichen Glaubens Tausende abgeschlachtet, und er sieht sich auch immer noch als Christen. Als ich den Friedhof betrat, konnte ich nicht umhin, mich zu erinnern… an Lucys »Krankheit«, an ihr Begräbnis, an Van Helsings Diagnose, an die Behandlung. Wir haben ein Ding *zerstört, nicht das Mädchen, das ich geliebt habe. Als ich ihren Hals durchtrennte, fand ich meine Berufung.*

Meine Hand, dieser pochende Gewebeklumpen, tat mir wieder verteufelt weh. Ich weiß, ich sollte mich behandeln lassen, aber ich glaube, daß ich den Schmerz brauche. Er verleiht mir Entschlossenheit.

Ganz zu Anfang hatten manche Neugeborene die Gräber ihrer toten Verwandten in der Hoffnung geöffnet, diese durch irgendeine seltsame Osmose ins Vampirleben zurückholen zu können. Ich mußte mich vorsehen, um nicht in eines der tiefen Löcher zu stürzen, die von diesen fruchtlosen Unterfangen zurückgeblieben waren. Der Nebel dort oben war dünn, dünn wie ein Musselinvorhang.

Es schockierte mich in gewissem Sinne, vor der Gruft der Westenras eine Gestalt stehen zu sehen. Es handelte sich um eine schlanke, junge Frau dunklen Typs; sie trug einen Mantel mit Samtkragen, und auf ihrem straff zusammengebundenen Haar saß ein Strohhut, den ein ausgestopfter Vogel zierte.

Als sie meine Schritte hörte, wandte sie sich zu mir um. Ihre Augen funkelten rötlich.

Mit dem Licht in ihrem Rücken sah sie fast wie Lucy aus.

»Sir?« fragte sie, von meinem Erscheinen verwirrt. »Wer sind Sie?«

Ihrem Tonfall nach zu urteilen, war sie Irin. Sie klang ungebildet und unbeschwert. Sie war nicht Lucy.

Ich nahm meinen Hut nicht ab, grüßte aber mit einem Kopfnicken. Die Neugeborene kam mir irgendwie bekannt vor.

»Na so was«, sagte sie, »wenn das nicht Dr. Seward von Toynbee Hall ist.«

Ein später Sonnenstrahl, der durch den Nebel drang, ließ die Vampirfrau zusammenzucken. Ich sah ihr Gesicht.

»Kelly, nicht wahr?«

»Ja, Sir, Marie«, antwortete sie. Sie fand ihre Fassung wieder und setzte prompt ein affektiertes Lächeln auf. »Sind Sie gekommen, um ihr Ihre Aufwartung zu machen?«

Ich nickte und legte meinen Kranz nieder. Ihr eigenes billiges Sträußchen, das sie neben die Tür des Grabmals gelegt hatte, verschwand geradezu neben meiner kostspieligen Achtungsbezeigung.

»Kannten Sie die junge Miss?«

»Ja.«

Ich dachte daran, daß Arthur mich beim Kampf um Lucys Gunst geschlagen hat, so wie er mir später auch mit Hammer und Holzpfahl zuvorgekommen ist. Lord Godalming ist jetzt selbst Vampir, ein Kerl mit scharfgeschnittenem Gesicht, der jedes gesellschaftliche Ereignis ziert. Ich werde ihm früher oder später mein Silberskalpell durch sein treuloses, kaltes Herz bohren müssen.

»Sie war bildschön«, sagte die Kelly. »Bildschön.«

Ich konnte mir nicht vorstellen, welche Beziehung zwischen meiner Lucy und dieser grobknochigen Prostituierten bestanden haben sollte. Mary Kelly – unseren Unterlagen zufolge heißt sie Mary Jane, aber sie nennt sich manchmal Marie

Jeanette – ist noch frischer als das Gros, aber letzten Endes ist sie auch nur eine Hure, nicht anders als die Nicholls und die Schön...

»Sie hat mich verwandelt«, erklärte die Kelly. »Hat mich eines Nachts in Hampstead Heath abgefangen, als ich von einem Besuch bei einem Herrn nach Hause ging, und mir ein neues Leben geschenkt.«

Ich sah mir die Kelly genauer an. Wenn sie tatsächlich Lucys Abkömmling war, dann erhärtete sie die Theorie, derzufolge die Nachkommen eines Vampirs letzten Endes ein ähnliches Aussehen wie ihr Vater- oder ihre Mutter-der-Finsternis annehmen. Ihr kleiner roter Mund und ihre kleinen weißen Zähne hatten tatsächlich etwas von Lucys Zartheit an sich.

»Ich bin ihr Abkömmling, so wie sie Abkömmling des Prinzgemahls war. Das macht mich fast zu einem Mitglied der königlichen Familie. Die Königin ist meine Tante-der-Finsternis.« Die Kelly kicherte. Ihre Fangzähne glänzten.

Sie trat nahe an mich heran, so nah, daß ich unter ihrer Parfümwolke den Verwesungsgeruch in ihrem Atem riechen konnte. Mit der Hand strich sie über meinen Mantelkragen.

»Das ist ein guter Stoff, Sir.«

Sie schlang einen Arm um mich und drückte mir blitzschnell einen Kuß auf den Hals, daß sich mir das Herz zusammenkrampfte. Ich kann selbst jetzt noch nicht die Gefühle erklären, die mich in dem Moment überkamen.

»Ich könnte Sie verwandeln, blutwarmer Herr, ich könnte Sie zu einem Mitglied der königlichen Familie machen...«

Mein Körper war starr, als sie sich an mich schmiegte, ihre Hüften gegen mich drückte und ihre Arme um meine Schultern, meinen Rücken legte.

Ich schüttelte den Kopf.

»Selber schuld, Sir.«

Sie trat von mir zurück. Das Blut pochte mir in den Schläfen, und mein Herz raste wie das eines Rennpferdes, nachdem es den Wessex Cup gewonnen hat. Dieses Ding erfüllte mich mit

Ekel. Wenn ich mein Skalpell in der Tasche gehabt hätte, hätte ich ihr das Herz herausgerissen, wie es sich für Jack the Ripper, den Reißer und Schlitzer, gehört – scheußliche Worte, geprägt von dem anonymen Spaßvogel, der mir so zu meinem »Firmennamen« verholfen hat. Aber in mir waren auch noch andere Gefühle. Sie ähnelte Lucy so sehr, jener Lucy, die mich immer wieder im Traum verfolgt.

Ich versuchte zu sprechen, bekam aber nur ein Krächzen heraus. Die Kelly verstand. Sie muß einige Erfahrung haben.

»Sie haben einen Wunsch, Sir?!«

Ich nickte. Sie öffnete langsam meine Kleidung, zog meine Hand aus der Manteltasche und gurrte angesichts der Wunde. Als sie den blutdurchtränkten Verband leckte, überliefen sie wohlige Schauer. Ich sah mich besorgt um.

»Hier wird uns niemand stören, Doktor, Sir…«

»Nenn mich Jack«, murmelte ich.

»Jack«, sagte sie. Der Klang meines Namens gefiel ihr.

(Wer ist der Briefschreiber? Jack oder John sind weit verbreitete Namen. Er kann unmöglich über mich Bescheid wissen. Wenn er alles wüßte, wäre ich nicht mehr am Leben.)

Auf der Wiese vor Lucys Grab besprang ich dieses verdorbene Wesen. Ich hatte Tränen in den Augen, und in meinem Inneren loderte es. Ihr Fleisch war kühl und weiß. Anschließend nahm sie mich in den Mund und ließ mich – mit äußerster, peinigender Vorsicht – ganz leicht zur Ader. Ich bot ihr Geld an, aber sie war mit meinem Blut zufrieden. Bevor sie schließlich ging, sah sie mich zärtlich, ja, fast mitleidsvoll an. Hätte ich doch nur mein Skalpell bei mir gehabt.

Ich bin jetzt nervös, ganz außer mir. Es ist schon viel zu lange her, seit ich das letzte Mal zugeschlagen habe. Whitechapel ist gefährlich geworden. In letzter Zeit schnüffeln hier andauernd irgendwelche Leute herum und sehen den Ripper in jedem dunklen Hauseingang.

Mein Skalpell liegt auf dem Schreibtisch. Glänzendes Silber. Scharf wie ein Wispern.

Es heißt, ich sei wahnsinnig. Man versteht mein Anliegen nicht.

Bei der Rückkehr von Kingstead gestand ich mir etwas ein: Wenn ich von Lucy träume, träume ich nicht von dem lebendigen Menschen, den ich geliebt habe. Ich träume von Lucy, dem Vampir.

Es ist fast Mitternacht. Ich muß aus dem Haus.

IX

Die Stadt befand sich in hellem Aufruhr!

Soviel Geneviève wußte, hatte der Ripper in der letzten Nacht zweimal zugeschlagen. An der Berner Street hatte der Mörder einer neugeborenen Hure die Kehle durchgeschnitten, war dabei aber von einem Passanten namens Diemschutz gestört worden und geflohen, bevor er sein Vorhaben zu Ende bringen konnte. Weniger als eine Stunde später hatte er sich am Mitre Square Catherine Eddowes gegriffen – ausgerechnet Cathy! – und sie gründlich seziert. Er war dabei so weit gegangen, ihr die Ohren abzuschneiden und ein paar der inneren Organe mitzunehmen.

Ein Doppelvorfall.

Geneviève hatte die Nacht in Toynbee Hall verbracht. Der Direktor hatte ihr den Nachtdienst übertragen, da Druitt irgend etwas Persönliches zu erledigen hatte.

Lilly lag im Sterben, und Geneviève war nicht von ihrer Seite gewichen. Der menschliche Körper des Mädchens war unsterblich, aber das Tier, in das sich die Kleine hatte verwandeln wollen, war dabei, die Oberhand zu gewinnen, und dieses Tier war tot. Mit jedem Zoll ihres Gewebes, das sich in ledriges, totes Fleisch verwandelte, wich das Leben aus ihr. Geneviève wünschte sich, sie hätte auch ein silbernes Messer wie der Ripper, um Lilly den Gnadenstoß geben zu können. Eine der warmen Schwestern hatte Lilly etwas Blut zukommen lassen, aber es nützte nichts. Geneviève redete auf die Kleine ein und sang ihr Lieder aus ihrer eigenen, lange vergangenen Kindheit vor, aber sie wußte nicht, ob Lilly sie überhaupt hören konnte.

Eine Stunde vor Tagesanbruch hatte die Nachricht sie erreicht. Ein Zuhälter, dem jemand mit einer Rasierklinge den Arm bis auf den Knochen aufgeschnitten hatte, war eingeliefert worden, und die Meute um ihn herum hatte mindestens fünf verschiedene Versionen der Geschichte auf Lager gehabt. Man hatte Jack the Ripper gefaßt und hielt ihn im Polizeirevier fest, aber sein Name würde nicht bekannt gegeben, da er ein Mitglied der königlichen Familie sei. Jack hatte vor aller Augen ein Dutzend Personen ausgeweidet und war seinen Verfolgern über eine zwanzig Fuß hohe Mauer entkommen, die er mit Hilfe von Sprungfedern unter seinen Stiefeln überwunden hatte. Jack hatte einen Schädel aus Silber, seine Arme waren blutige Sensen, beim Ausatmen spie er lodernde Flammen.

Jack hatte wieder getötet. Zweimal.

Ein Polizeibeamter hatte sie über die nüchternen Fakten in Kenntnis gesetzt. Die Nachricht von Cathys Tod hatte sie zutiefst schockiert. Die andere Frau hatte sie, soweit sie wußte, nie getroffen.

»Jetzt nimmt er sich schon zwei auf einmal vor«, hatte der Polizist gesagt, »man muß ihn beinahe bewundern, diesen Satansbraten.«

Die Sonne war aufgegangen, und Geneviève war fast eingenickt. Sie hatte es satt, den Betrieb von Toynbee Hall aufrechtzuerhalten, während sich Druitt und Seward sonstwo herumtrieben. Ein paar hysterische Huren waren gekommen und hatten um Geld gebettelt, um aus der Todesfalle Whitechapel entkommen zu können. In Wirklichkeit war Whitechapel, lange bevor der Ripper seine Klingen versilbert hatte, eine Todesfalle gewesen.

Lilly starb mit einem furchtbaren, gequälten Röcheln.

Geneviève wickelte den winzigen Leichnam in ein Bettlaken. Er begann schon zu verwesen und mußte weggeschafft werden, solange der Gestank noch einigermaßen erträglich war. Immer wenn jemand starb, den sie gekannt hatte, setzte sich an ihrem Herzen ein weiterer Eiszapfen fest. Ihr wurde langsam klar, wie leicht man zu einem gefühllosen Ungeheuer werden konnte. In ein paar Jahrhunderten würde sie es in der Hinsicht vermutlich mit Vlad Tepes aufnehmen können. Dann würde sie sich für nichts anderes mehr als für Macht und warmes Blut in ihrer Kehle interessieren.

Unten in der Aufnahme kam es – schon wieder – zu einem Tumult. Geneviève war davon ausgegangen, daß im Laufe des Tages weitere Verletzte eingeliefert würden. Nach den Morden kam es mit Sicherheit zu Straßenkrawallen, Übergriffen durch die Bürgerwehren, und vielleicht sogar zu einem Fall von Lynchjustiz nach amerikanischem Vorbild…

In der Eingangshalle standen vier uniformierte Polizisten. Zwischen sich trugen sie, eingehüllt in ein Wachstuch, etwas Schweres. Lestrade ging nervös auf und ab. Seine Kleidung war zerrissen. Die Polizisten hatten sich durch feindselige Menschenmengen kämpfen müssen. »Es kommt mir vor, als machte er sich über uns lustig«, hatte der Beamte vorhin gesagt, »so wie er alle gegen uns aufhetzt.«

»Mademoiselle Dieudonné, räumen Sie ein Privatzimmer.«

»Inspektor…«

»Widersprechen Sie nicht, tun Sie es einfach. Eine von ihnen lebt noch.«

Geneviève verstand, was er meinte, und sah in ihre Belegliste. Es gab ein freies Zimmer.

Geneviève ging den Männern, die unter ihrer sperrigen Last stöhnten, voraus nach oben und führte sie in Lillys Zimmer. Sie nahm das kleine Bündel vom Bett, und die Polizisten wuchteten statt dessen die Frau auf die Matratze, wobei sie sie von dem Wachstuch befreiten.

»Mademoiselle Dieudonné, ich möchte Ihnen Liz Stride vorstellen, genannt ›die Lange‹.«

Die Neugeborene war groß und dünn; das Rouge auf ihren

hohlen Wangen war verschmiert, und ihr Haar war von einem schäbigen, stumpfen Grau. Das baumwollene Unterkleid, das sie trug, war vom Halsausschnitt bis zur Hüfte blutgetränkt, und in ihrer Kehle klaffte eine Wunde, die bis zur Wirbelsäule reichte. Der Ripper hatte ihr den Hals von Ohr zu Ohr aufgeschlitzt. Der Schnitt wirkte wie das breite Lachen eines Clowns.

Die Frau stieß einen glucksenden Laut aus, während die durchgeschnittenen Röhren in ihrem Hals versuchten, wieder zusammenzuwachsen.

»Der gute Jackie war zu sehr in Eile, um bei ihr sein gewohntes Programm zu absolvieren«, erklärte Lestrade. »Bei Cathy Eddowes hat er sich dafür Zeit genommen, der blutwarme Mistkerl.«

Liz Stride versuchte zu schreien, aber sie konnte keine Luft aus der Lunge in ihren Kehlkopf befördern. Ein Luftzug huschte durch die Wunde. Ihre Gliedmaßen zuckten krampfhaft wie elektrotherapeutisch behandelte Froschschenkel. Zwei Polizisten mußten ihre ganze Kraft aufbieten, um Liz Stride niederzuhalten. Die Hände der Frau zitterten wie Bäume im Sturm.

»Sie kommt nicht durch«, sagte Geneviève zu Lestrade. »Ihr Zustand ist viel zu schlecht.«

Ein anderer Vampir hätte solch eine Verletzung überleben können – Geneviève selbst hatte schlimmere durchgestanden –, aber Liz Stride war eine Neugeborene, und sie war viel zu spät verwandelt worden. Da sie sich mit schlechtem Gin vergiftet und zu viele harte Schläge eingesteckt hatte, war sie im Grunde schon seit Jahren gestorben.

»Sie braucht auch nicht durchzukommen; sie muß eine Aussage machen.«

Geneviève hielt dieses Ansinnen kaum für realistisch.

»Inspektor, ich weiß nicht, ob sie überhaupt sprechen *kann*. Ich glaube, daß ihre Stimmbänder durchtrennt worden sind.«

Lestrade kaute auf seinem Schnurrbart herum. Da Liz Stride

noch lebte, bot sich ihm zum ersten Mal die Chance, den Ripper zu erwischen, und diese Chance wollte er sich nicht entgehen lassen.

Die Tür wurde aufgestoßen, und Leute drängten ins Zimmer. Lestrade drehte sich um und wollte gerade »Hinaus!« schreien, als er sich in letzter Sekunde eines Besseren besann und sein Kommando wieder hinunterschluckte.

Statt dessen sagte er: »Mr. Beauregard, Sir.«

Der große, gutgekleidete Mann, den Geneviève schon bei der gerichtlichen Untersuchung im Fall Lulu Schön gesehen hatte, trat, gefolgt von Dr. Seward, ins Zimmer. Auf dem Korridor standen Krankenschwestern und -pfleger.

»Inspektor«, sagte der hochgewachsene Mann. »Erlauben Sie...?«

»Es ist mir immer ein Vergnügen, dem Diogenes-Club behilflich sein zu können, Mr. Beauregard«, antwortete Lestrade in einem Tonfall, der darauf hindeutete, daß es für ihn noch eher ein Vergnügen gewesen wäre, sich Natronlauge in die eigenen Augen zu schütten.

Beauregard schlängelte sich mit eleganten Bewegungen zwischen den Polizeibeamten durch und warf sich, um seine Hände frei zu haben, seinen Mantel über die Schultern.

»Lieber Gott«, sagte er. »Kann man für dieses arme Geschöpf denn nichts tun?«

Geneviève war auf eigenartige Weise beeindruckt. Beauregard hatte als erster das Gefühl zum Ausdruck gebracht, daß Liz Stride es wert war, daß man etwas für sie tat, und nicht nur ein Wesen, mit dem man irgendwie fertigwerden mußte.

»Es ist zu spät«, antwortete ihm Geneviève. »Sie versucht, sich zu regenerieren, aber ihre Verletzungen sind zu schwer und ihre Kraftreserven zu gering.«

»Dr. Seward?« bat Beauregard den Direktor um seine Meinung.

Der trat zu der sich aufbäumenden, um sich schlagenden Frau. Geneviève sah wieder, welche Abneigung er gegenüber

Vampiren empfand, eine Abneigung, die er fast immer perfekt zu unterdrücken verstand.

»Mademoiselle Dieudonné hat, fürchte ich, recht. Armes Ding. Ich habe oben noch etwas Silberbromid. Wir könnten ihr das Hinscheiden erleichtern. Das wäre die gnädigste Lösung.«

»Nicht solange sie uns nicht einige Fragen beantwortet hat«, unterbrach Lestrade ihn.

»Um Himmels willen, Mensch«, entgegnete Beauregard. »Sie ist ein menschliches Wesen, auch wenn Ihnen Ihre Ermittlungen vielleicht wichtiger sind.«

Seward berührte Liz Strides Stirn und sah in ihre Augen, die wie rote Murmeln aussahen. Er schüttelte den Kopf.

Plötzlich mobilisierte die verletzte Neugeborene eine letzte Kraftreserve. Sie schüttelte den Polizisten ab, der sie an den Schultern festhielt, und stürzte auf den Direktor los. Dabei riß sie ihre Kiefer so weit wie eine Kobra auf.

Geneviève stieß Seward so heftig zur Seite, daß er stürzte, und duckte sich selbst, um Liz Strides scharfen Krallen auszuweichen.

»Sie verändert ihre Gestalt«, rief jemand aus.

Das stimmte. Liz Stride bäumte sich auf, wobei sich ihr Rückgrat krümmte und sich ihre Gliedmaßen einzogen. In ihrem Gesicht wuchs eine wolfsähnliche Schnauze, und auf ihrer Haut bildete sich, so weit man sehen konnte, ein Fellmantel.

Seward zog sich, wie ein Krebs seitwärts gehend, zur Wand zurück. Lestrade rief seine Männer aus der Gefahrenzone zurück, und Beauregard fingerte in seinem Mantel herum.

Liz Stride versuchte, sich in einen Wolf oder einen Hund zu verwandeln. Aber das war ein schwieriger Vorgang – wie schon ihr Vater-der-Finsternis vor ihr vermochte auch Geneviève nicht, ihre Gestalt zu verändern –, der enorme Konzentration verlangte. Die Kraftreserven einer unter Sterbensqualen leidenden Neugeborenen reichten dafür nicht aus.

»Höllenfeuer«, stieß jemand aus.

Liz Strides Unterkiefer ragte hervor wie der eines Alligators.

Er war schon viel zu groß, um noch zu ihrem Schädel zu passen. Ihr rechter Arm und ihr rechtes Bein schrumpften, während ihre linke Seite vor Muskelwülsten anschwoll, die sich um die Knochen herum bildeten. Ihr blutdurchtränktes Kleid zerriß.

Die Wunde in ihrer Kehle heilte und regenerierte sich derart, daß an den Rändern des Einschnitts plötzlich neue, gelbliche Zähne aufleuchteten. Ein Fuß trat aus, und seine Krallen schnitten in die uniformierte Brust eines blutwarmen Polizeibeamten. Aus der Wunde des Mannes trat ein Strom von Blut.

Durch das Loch in seiner Kehle stieß das Zwitterwesen ein gellendes Jaulen aus. Mit einem Satz drängte es sich zwischen den Polizisten hindurch, kroch über den Fußboden und versuchte, mit seiner rasierklingenscharfen Klaue Seward zu fassen zu kriegen.

»Zur Seite«, befahl Beauregard.

Der Mann vom Diogenes-Club hielt einen Revolver in der Hand. Er spannte die Waffe mit dem Daumen und zielte sorgfältig.

Liz Stride drehte sich um und blickte in den Revolverlauf.

»Das ist sinnlos«, protestierte Geneviève.

Liz Stride sprang auf.

Beauregard drückte ab. Liz Stride wurde von dem Schuß, der sie mitten ins Herz traf, mit dem Rücken gegen die Wand geschleudert. Während sie leblos auf Seward sackte, nahm sie wieder ihre ursprüngliche Gestalt an, und die verwandelte sich wiederum in einen Haufen verdorbenen Fleisches.

Geneviève sah Beauregard fragend an.

»Eine Silberkugel«, erklärte er ohne eine Spur von Stolz.

Seward stand auf und wischte sich zitternd das Blut vom Gesicht. Er konnte seinen Ekel kaum unterdrücken.

»Nun ja, somit haben Sie das Werk des Rippers zu Ende geführt; daran ist nicht zu rütteln«, murmelte Lestrade.

»Kann mich darüber nicht beklagen«, meinte Watkins, der blutwarme Polizist mit der Wunde in der Brust.

Geneviève beugte sich über die Leiche und bestätigte, daß

Liz Stride tot war. In einer letzten Zuckung schlug deren – noch wölfischer – Arm plötzlich aus, und ihre Klaue verkrallte sich in Sewards Hosenumschlag.

X

»Ich glaube, daß sie uns etwas mitteilen wollte«, sagte er.

»Was denn?« fragte die Vampirfrau. »Daß der Mörder ... eine Schwäche für Hosenumschläge hat?«

Beauregard lachte. Was Geneviève da sagte, war nicht besonders komisch, aber von Vampiren erwartete man auch keinen Humor. Nur wenige der Untoten gaben sich mit Witzeleien ab.

»Unwahrscheinlich«, antwortete er. »Aber vielleicht ist sein Nachname ›Stiefel‹.«

»Oder er ist Schuhmacher. Wie ›Lederschürze‹.«

»Pizer hatte für den Mord an Polly Nicholls ein Alibi. Außerdem ist er vor einer Woche aus Whitechapel fortgezogen.«

Lestrade hatte es übernommen, Liz Stride zur Leichenhalle zu karren. Beauregard legte die Strecke zwischen Berner Street, wo der Ripper über die Frau hergefallen war, und Mitre Square zu Fuß zurück, und die Vampirin aus Toynbee Hall begleitete ihn.

Geneviève Dieudonné trug, ganz Neue Frau, eine enganliegende Jacke und ein schlichtes Kleid, bequeme Schuhe mit flachen Absätzen, eine Art Baskenmütze und ein Cape, das ihr bis zur Taille reichte. Wenn Großbritannien noch ein Parlament gehabt hätte, wäre sie für das Frauenwahlrecht eingetreten. Und, so vermutete Beauregard, sie würde nicht für Ruthven gestimmt haben.

Sie erreichten den Wohnblock, auf dessen Hof Cathy Eddowes ermordet worden war. Ein blutwarmer Polizist hielt bei dem Blutfleck Wache, so daß die Menschenmenge auf Distanz blieb.

»Der Ripper muß schnell zu Fuß sein.«

Beauregard sah auf seine Uhr.

»Wir waren fünf Minuten schneller als er, aber wir wußten auch, wo wir hinwollten. Er hat sich erst ein Mädchen suchen müssen.«

»Und eine stille Ecke.«

»Hier ist es nicht sehr still.«

Hinter den Fenstern, die zum Hof lagen, waren Gesichter zu sehen. Man beobachtete, was unten vorging.

»In Whitechapel haben die Menschen Übung darin, Dinge zu übersehen.«

Geneviève durchmaß den winzigen, von Mauern umgebenen Hof, als versuchte sie, ein Gefühl für die Lokalität zu bekommen.

»Sie sind ganz anders als die anderen Vampire«, bemerkte er.

»Ja«, pflichtete sie ihm bei.

»Wie...«

»456.«

Beauregard war verwirrt.

»Ganz recht«, sagte sie. »Ich gehöre nicht zur Blutlinie des Prinzgemahls. Mein Vater-der-Finsternis war Chandagnac, und dessen Mutter-der-Finsternis war Melissa d'Acques, und...«

»Dann haben Sie mit all dem nichts zu tun?« fragte er, wobei er mit einer ausladenden Handbewegung um sich wies.

»Alle haben mit all dem zu tun, Mr. Beauregard, jeder ist betroffen. Vlad Tepes ist ein krankhaftes Ungeheuer, und seine Abkömmlinge verbreiten seine Krankheit. Die Frau heute morgen, diese Liz Stride, war ein gutes Beispiel für das, was von seiner Blutlinie zu erwarten ist...«

»Sie arbeiten also als Ärztin?«

Sie zuckte die Achseln. »Ich habe mir über die Jahre eine ganze Menge Fähigkeiten angeeignet. Ich war Hure, Soldatin, Sängerin, Geographin, Kriminelle. Was immer gerade angemessen zu sein schien. Und zur Zeit halte ich es für das beste, als Ärztin zu wirken.«

Beauregard stellte fest, daß er dieses uralte Mädchen mochte. Geneviève war anders als alle Frauen – blutwarm oder untot –, die er kannte. Frauen schienen, ob nun aus freien Stücken oder gezwungenermaßen, immer am Rand zu stehen, zu beobachten, Kommentare abzugeben, aber nie aktiv einzuschreiten. Geneviève Dieudonné jedoch war mehr als nur eine Zuschauerin.

»Ist dies eine politische Affäre?«

Beauregard dachte sorgfältig über eine Antwort nach.

»Ich habe Erkundigungen über den Diogenes-Club eingezogen«, erklärte sie. »Es handelt sich dabei um eine Art von Regierungsbehörde, nicht wahr?«

»Ich diene der Krone, ja.«

»Und aus welchem Grund interessiert sich der Diogenes-Club für diese Angelegenheit?«

Geneviève trat zu dem Blutfleck, der von Catherine Eddowes übriggeblieben war.

»Die Königin höchstpersönlich hat ihre Besorgnis zum Ausdruck gebracht. Wenn sie anordnet, daß wir versuchen sollen, den Mörder zu finden, dann…«

»Der Ripper könnte Mitglied irgendeiner anarchistischen Fraktion sein«, sagte sie nachdenklich, »oder ein verstockter Vampirhasser.«

Ein klcines Stück weit von ihnen entfernt scharte sich jetzt eine Gruppe von Polizisten, darunter Lestrade und Abberline, um einen dünnen Mann mit traurig herabhängendem Schnurrbart und Seidenhut. Der Mann war der Polizeichef, Sir Charles Warren. Dieses Viertel der Stadt war ihm verhaßt, aber die Morde hatten ihn gezwungen herzukommen.

Beauregard ging, begleitet von der Vampirin, gemessenen Schritts zu der Gruppe hinüber.

Ein neugeborener Polizist schob eine große Holzkiste zur Seite, die an einer Mauer lehnte. Eine fette Ratte wurde dadurch aufgescheucht und schoß zwischen den polierten Schuhen des Polizeichefs hindurch. Ihr Körper war auf die Größe eines Rugby-Balls angeschwollen, und ihr Gequieke klang, als schrappte jemand mit rostigen Nägeln über eine Schieferplatte.

Lestrade trat zur Seite, um Beauregard und Geneviève in den Kreis zu lassen.

Der Polizist hatte eine Wandkritzelei freigelegt.

DEN VAMPIEREN WIRD MAN FÜR NICHTS KEINE SCHULD GEBEN.

»Also wird man den Vampiren offensichtlich doch für irgend etwas die Schuld geben«, folgerte der Polizeichef scharfsinnig.

»Könnte es sich bei dem Ripper um einen von uns handeln?« fragte ein vornehm aussehender, neugeborener Mann in Zivil, der mit Sir Charles gekommen war.

»Um einen von Ihnen«, murmelte Beauregard.

»Der Mann versucht offensichtlich, uns in die Irre zu führen«, warf der noch blutwarme Abberline in die Runde. »Er ist ein gebildeter Mann, der uns glauben machen möchte, er sei ungebildet. Nur ein Schreibfehler und ein doppelter Negativ, den in Wirklichkeit nicht einmal der dümmste Straßenhöker benutzen würde.«

»Und die Briefe?« fragte Geneviève.

Abberline dachte nach. »Ich persönlich glaube, daß es sich dabei um eine reißerische, aber kluge Trommelei des *Whitechapel Star* handelt, um die Auflage zu steigern. Diese Handschrift hier sieht anders aus. Sie stammt vom Ripper. Sie ist einfach zu nahe am Tatort, als daß es sich um einen Zufall handeln könnte.«

»Stand die Kritzelei gestern noch nicht hier?« fragte Beauregard.

»Nein, der für dieses Revier zuständige Schutzmann beschwört es.«

Der betreffende Polizist pflichtete dem Inspektor bei.

»Wischen Sie das weg«, befahl Sir Charles.

Niemand rührte sich.

»Der Pöbel wird sich erheben. Wir sind immer noch wenige, und die Blutwarmen sind viele.«

Der Polizeichef zog sein eigenes Taschentuch aus der Tasche und wischte die Kreideschrift weg. Niemand protestierte.

»Na bitte«, meinte Sir Charles nach getaner Arbeit. »Manchmal kommt es mir so vor, als müßte ich alles selbst erledigen.«

Beauregard erkannte in ihm eine engstirnige Impulsivität, die in Rorke's Drift oder Lucknow als beherzte Tapferkeit hätte durchgehen können, und er verstand, wie Sir Charles eine Entscheidung hatte treffen können, die zu einem Blutbad geführt hatte.

Die Würdenträger setzten sich ab. Sie kehrten zurück zu ihren Kutschen, in ihre Clubs, in ihr bequemes Leben. Und die Polizisten von East End blieben zurück, um aufzuräumen.

»Also«, sagte Lestrade. »Ich möchte, daß die Zellen bei Sonnenuntergang voll sind. Kassiert alle Nutten, alle Zuhälter, alle Schläger, alle Taschendiebe ein. Setzt sie richtig unter Druck. Irgend jemand weiß etwas, und früher oder später wird auch jemand auspacken.«

Diese Entwicklung würde dem Limehouse-Kreis überhaupt nicht gefallen. Abgesehen davon irrte sich Lestrade. Beauregard hatte eine hohe Meinung von dem Professor und seinen Kollegen und war sicher, daß er es längst erfahren hätte, falls irgendein Krimineller in London auch nur eine leise Ahnung hinsichtlich der Identität des Rippers hatte. Er hatte jetzt seit eineinhalb Wochen nichts mehr von den Herren der Unterwelt gehört.

Als die Sonne unterging, stellte er fest, daß er mit Geneviève allein war. Sie nahm ihre Mütze ab.

»So ist es besser«, sagte sie und schüttelte ihr Haar.

XI

22. Oktober 1888. *Ich halte Mary Kelly aus. Sie ähnelt Lucy so sehr. Der verwandelten Lucy. Ich habe ihre Miete bis zum Ende des Monats bezahlt. Ich besuche sie, wann immer ich kann, wann immer meine Arbeit in Toynbee Hall es gestattet, und dann geben wir uns unserem eigenartigen Austausch von Körpersäften hin.*

Der »Doppelvorfall« – scheußlicher Ausdruck – hat mich nervlich sehr mitgenommen, und ich glaube, daß ich meine nächtliche Arbeit einstellen werde. Sie tut zwar immer noch not, wird aber langsam zu gefährlich. Die Polizei ist gegen mich, und überall wimmelt es von Vampiren. Außerdem lerne ich von Mary Kelly, lerne etwas über mich.

Wenn wir in ihrer Unterkunft in Miller's Court auf dem Bett liegen, sagt sie mir, daß sie nicht mehr anschafft, daß sie sich mit keinen anderen Männern trifft. Ich weiß, daß sie lügt, mache ihr aber keine Vorwürfe. Ich öffne ihr das rosige Fleisch und entlade mich in sie, und sie läßt ihre Zähne in mich gleiten und zapft mir sanft Blut ab. Mein Körper ist von Narben bedeckt, Narben, die wie jene Wunde jucken, die ich Renfield aus Purfleet zu verdanken habe. Ich bin fest entschlossen, mich nicht in einen Vampir zu verwandeln, nicht schwach zu werden.

Geld spielt keine Rolle. Die Kelly kann haben, was mir von meinem Vermögen geblieben ist. Seit ich in Toynbee Hall angefangen habe, habe ich keinerlei Lohn erhalten, sondern vielmehr die Anschaffung von medizinischen Geräten und anderen notwendigen Dingen bezuschußt. Meine Familie hat immer Geld gehabt. Keinen Titel, aber immer Geld.

Die Stride hat mich wiedererkannt, als die Polizisten sie in Toynbee Hall eingeliefert haben, und sie hätte mich identifiziert, wenn Beauregard sie nicht erledigt hätte. Es müssen mich noch andere bei meinem nächtlichen Wirken beobach-

tet haben – zwischen der Stride und der Eddowes bin ich mit meinem Skalpell in der Hand blutüberströmt und in heller Panik durch die Straßen gelaufen –, denn in der Police Gazette *ist eine gar nicht so üble Beschreibung von mir abgedruckt. Über den Ripper kursieren jedoch so viele Geschichten – angeregt durch weitere alberne Bekennerbriefe, die bei Presse und Polizei eingegangen sind –, daß meine Identität weiterhin verborgen bleibt, selbst wenn ihr das eine oder andere Gerücht unangenehm nahekommt.*

Einer meiner Patienten, ein ungebildeter Einwanderer namens Kosminsky, hat mir gestanden, er sei Jack the Ripper, und ich habe ihn pflichtschuldigst Lestrade übergeben. Der zeigte mir einen Ordner mit ähnlichen Geständnissen. Und irgendwo da draußen sitzt der wahre Briefschreiber und lacht über seine alberne rote Tinte und die blödsinnigen Witze. George Lusk, dem Vorsitzenden der freiwilligen Bürgerwehr, hat man eine halbe Kalbsniere zugeschickt. Auf dem beiliegenden Zettel hieß es unter der Überschrift »Aus der Hölle«, das Fleisch stamme von einer der toten Frauen.

Ich mache mir Sorgen um Geneviève. Die Gehirne der anderen Vampire sind mit einer Art von rotem Nebel verhangen, doch sie ist anders. In einer medizinischen Fachzeitschrift habe ich einen Artikel von Henry Jekyll gelesen, in dem er Spekulationen über die vampirischen Blutlinien anstellte. Er deutete so vorsichtig wie möglich an, daß die königliche Linie, die mit dem Prinzgemahl in unser Land gekommen ist, nicht ganz rein sein könnte. So viele von Draculas Abkömmlingen sind krankhafte, selbstzerstörerische Wesen, die von ihren unkontrollierten Trieben zerrissen werden. Jekyll ist mittlerweile übrigens »verschwunden«. Lestrade streitet ab, daß man ihn nach Devil's Dyke geschafft hat, aber viele von denen, die es wagen, etwas gegen den Prinzgemahl zu sagen, scheinen im Nebel verlorenzugehen.

Ich weiß, daß das, was ich tue, richtig ist. Ich habe recht daran getan, Lucy zu retten, indem ich ihr den Kopf abschnitt, und ich habe recht daran getan, die anderen zu retten. Die Nicholls, die Schön. Die Stride und die Eddowes. Ich habe recht.

Doch ich werde mit meinem Tun aufhören.

Ich bin Nervenarzt, und Mary Kelly hat mich dazu gebracht, wieder über mich selbst nachzudenken. Unterscheidet sich mein Verhalten denn so sehr von dem des armen Renfield, der seine winzigen Tode sammelte, wie ein Geizhals seine Pennies zusammenrafft? Dracula verwandelte ihn in ein Monstrum, so wie er auch mich in ein Ungeheuer verwandelt hat.

Ja, ich bin ein Ungeheuer. Jack the Ripper. Der schlitzende Jack. Man wird mich neben Sweeney Todd, Sawney Bean, Jonathan Wild und Billy Bonney einordnen und die Police Gazette und Berühmte Verbrechen der Vergangenheit und der Gegenwart werden mich den Lesern bis ans Ende aller Zeit auftischen. Schon jetzt gibt es Heftchenromane über den saftigen Jack, den roten Jack, Jack mit den Sprungfedersohlen, den blutigen Jack. Bald wird es Varietênummern und effekthascherische Melodramen geben, wird in Madame Tussaud's Kammer des Schreckens eine Wachsfigur von mir stehen.

Ich hatte die Absicht, ein Ungeheuer zu vernichten, aber nicht, selbst zu einem zu werden.

Ich habe die Kelly veranlaßt, mir von Lucy zu erzählen. Und die Geschichte – ich schäme mich nicht mehr dieser Erkenntnis – erregt mich. Aus der Kelly selbst mache ich mir nichts. Also muß ich um Lucys willen Gefühle für sie aufbringen.

Die Lucy, an die ich mich erinnere, war adrett, schmuck und kokett, ohne den Anstand zu verletzen. Sie ermutigte mich schlau, ihr den Hof zu machen, wies mich dann aber brüsk zurück, als Arthur ihr seinen Titel vor die Nase hielt. Irgendwo zwischen diesem verwirrenden, aber bezaubernden Mädchen und dem kreischenden Blutsauger, dem ich den Kopf von den Schultern gesägt habe, gab es die Neugeborene, welche die Kelly verwandelt hat. Draculas Abkömmling. Jeder weiteren Erzählung von ihrer nächtlichen Begegnung in Hampstead Heath fügt die Kelly neue Details zu. Entweder sie *fallen ihr nach und nach ein, oder aber sie erfindet sie mir zuliebe.*

Ich bin mir nicht sicher, ob ich wirklich wissen möchte, welche der beiden Möglichkeiten zutrifft.

Manchmal sind Lucys Avancen gegenüber der Kelly zärtlich, verführerisch, geheimnisvoll, und dem Dunklen Kuß gehen erregte Liebkosungen voraus. Dann wieder ist die Verwandlung eine brutale Vergewaltigung, bei der sich Lucys nadelspitze Zähne durch Fleisch und Muskeln der Kelly bohren und der Schmerz von Lust durchsetzt ist.

Mit dem Spiel unserer Körper illustrieren wir ihre Erzählungen.

Ich kann mich nicht mehr an die Gesichter der toten Frauen erinnern. Ich kenne nur noch das Gesicht der Kelly. Und das sieht mit jeder Nacht, die vergeht, dem Antlitz Lucys ähnlicher.

Ich habe Mary Kelly Kleider gekauft, wie Lucy sie besaß. Das Negligé, das sie trägt, bevor sich unsere Körper vereinen, ähnelt sehr dem Totenhemd, in dem Lucy begraben wurde. Die Kelly hat inzwischen auch dieselbe Frisur wie Lucy damals. Ihre Ausdrucksweise wird besser, ihr irischer Tonfall legt sich.

Bald, so hoffe ich zögernd, wird die Kelly sich in Lucy verwandelt haben.

XII

»Seit dem letzten Mal ist fast schon ein Monat vergangen, Charles«, wagte sich das Vampirmädchen vor. »Vielleicht ist jetzt Schluß mit dem Schrecken.«

Beauregard schüttelte den Kopf.

»Nein, Geneviève«, meinte er. »Gute Dinge gehen von selbst zu Ende, schlechten muß man ein Ende setzen.«

»Natürlich, Sie haben recht.«

Es war lange nach Einbruch der Dunkelheit, und die beiden saßen im Ten Bells. Beauregard wurde langsam mit Whitechapel vertraut, so wie er sich auch an andere fremdartige Territorien gewöhnt hatte, in die ihn der Diogenes-Club im Rahmen verschiedener Missionen geschickt hatte. Er verbrachte seine Tage schlafend in Chelsea, und nachts begab er sich in Whitehall zusammen mit Geneviève auf die Jagd nach dem Mörder. Erfolglos.

Die Leute begannen, sich wieder zu beruhigen. Die Bürgerwehren, die noch vor zwei Wochen unablässig durch die Straßen gestreift waren und sich an Unschuldigen vergriffen hatten, trugen zwar immer noch ihre Schärpen und schwangen ihre Totschläger, aber sie verbrachten mittlerweile mehr Zeit in rauchschwadenverhangenen Kneipen als im Nebel. Nach einem Monat mit Doppel- und Dreifachschichten wurden die Polizisten nach und nach wieder für ihre gewohnten Dienste eingeteilt. Es war schließlich nicht so, als wäre die Kriminalität in den anderen Stadtteilen durch die Taten des Rippers zurückgegangen.

In der vergangenen Woche hatte man eine Verschwörung gegen den Prinzgemahl aufgedeckt, und so hatte Van Helsings Kopf vor dem Buckingham Palace Gesellschaft bekommen. Der Sozialist Shaw hatte sich zu ihm gesellt und dazu noch ein junger Abenteurer namens Rassendyll. Unter den Verschwörern waren auch ein oder zwei Neugeborene gewesen, was das politische Spektrum um eine neue Farbe bereicherte. Die Polizei hatte Order, Vergeltungsmaßnahmen gegen die Verschwörer und ihre Familien durchzuführen. Devil's Dyke war überfüllt von Agitatoren und Aufständischen. W. T. Stead, ein Redakteur, der sich gegen den Prinzgemahl geäußert hatte, war von wölfischen Karpatern aus seinem Redaktionsbüro gezerrt und zum Zeitvertreib zerfetzt worden.

Im Moment tranken weder Geneviève noch Beauregard etwas. Sie beobachteten lediglich die anderen Gäste. Außer betrunkenen Bürgerwehrleuten hielt sich eine große Zahl von

Frauen im Pub auf, bei denen es sich entweder um echte Prostituierte oder um getarnte Polizistinnen handelte. Letztere einzusetzen, war eine von mehreren dümmlichen Strategien, die man bei Scotland Yard zunächst belacht hatte, um anschließend auf sie zurückzugreifen.

Im Diogenes-Club war von offener Rebellion in Indien und im Fernen Osten die Rede. Ein Reporter der *Civil and Military Gazette* hatte versucht, Varney bei einem offiziellen Besuch in Lahore zu ermorden, doch der Attentäter war immer noch auf freiem Fuß und schmiedete weiterhin Komplotte – und vermutlich nicht nur er. In den überseeischen Ländern des Empire hatten schon viele Menschen aufgehört, die Königin als ihre rechtmäßige Herrscherin anzusehen, und wenn auch nur, weil sie spürten, daß sie die Krone seit ihrer Auferstehung nicht wirklich eigenverantwortlich getragen hatte. Mit jeder Woche wurden mehr Botschafter vom britischen Hof abberufen. Die Türken, deren Erinnerung weiter zurückreichte, als Beauregard gedacht hatte, verlangten vom Prinzgemahl lautstark Reparationszahlungen für die Kriegsverbrechen, die im 15. Jahrhundert an ihnen begangen worden waren.

Beauregard versuchte, Geneviève anzuschauen, ohne daß sie es merkte, ohne daß sie seine Gedanken erkennen konnte. In dem Licht, das im Lokal herrschte, sah sie geradezu absurd jung aus. Er mußte ihr gegenüber Vorsicht walten lassen. Es fiel ihm schwer, seine Gedanken im Zaum zu halten, und es war schlicht unmöglich, irgendeinem Vampir volles Vertrauen entgegenzubringen.

»Sie haben recht«, sagte sie. »Er treibt sich immer noch da draußen herum. Er hat noch nicht aufgegeben.«

»Kann es vielleicht sein, daß der Ripper eine Art Verschnaufpause einlegt?«

»Oder er ist sonstwie verhindert.«

»Manche sagen, er sei Kapitän. Er könnte auf See sein.«

Geneviève dachte angestrengt nach, um dann ihren Kopf zu schütteln. »Nein. Er ist noch hier. Ich spüre es.«

»Sie klingen wie Lees, dieser Hellseher.«

»Das ist ein Teil von mir«, erklärte sie. »Der Prinzgemahl kann seine Gestalt verändern, aber ich kann bestimmte Dinge vorausahnen. Das hat mit unseren Blutlinien zu tun. Es liegt ein Nebel über allem, aber ich spüre einfach, daß der Ripper irgendwo da draußen ist. Er ist noch nicht am Ende.«

»Dieses Lokal gefällt mir nicht«, sagte er. »Lassen Sie uns gehen und sehen, ob wir irgend etwas Nützliches tun können.«

Im Grunde liefen sie wie Polizisten Streife. Wenn sie nicht einen der unzähligen Hinweise verfolgten, die sich bei diesem Fall täglich einstellten, patrouillierten sie in der Hoffnung durch Whitechapel, zufällig auf einen Mann zu stoßen, der einen großen Sack Messer bei sich hatte und dessen Herz voll Finsternis war. Es war absurd, wenn man es sich genau überlegte.

»Ich möchte gern in Toynbee Hall vorbeischauen. Seitdem Jack Seward eine neue Geliebte hat, vernachlässigt er seine Arbeit.«

Sie standen auf, und er half ihr, sich ihren Umhang um die Schultern zu legen.

»So ein nachlässiger Kerl«, meinte er.

»Überhaupt nicht. Er ist rastlos und besessen. Ich bin froh, daß er eine Ablenkung gefunden hat. Er steuert nämlich seit geraumer Zeit auf einen Nervenzusammenbruch zu. Ich glaube, daß er einiges durchgemacht hat, als Vlad Tepes seinerzeit hier angekommen ist. Er redet allerdings nicht gerne darüber.«

Sie öffneten die Flügel der reich verzierten Glastür und traten hinaus auf die Straße. Beauregard fröstelte in der Kälte, aber Geneviève rauschte durch den eisigen Nebel, als handele es sich dabei um heitere Frühlingssonne. Er mußte sich ständig daran erinnern, daß dieses aufgeweckte Mädchen kein Mensch war.

Etwas weiter die Straße hinunter stand eine Droschke, deren Zugpferd Dampfsäulen durch seine Nüstern ausstieß. Beauregard erkannte den Kutscher wieder.

»Was ist?« fragte Geneviève, die seine plötzliche Anspannung spürte.

»Ein flüchtiger Bekannter.«

Der sanfte Schwung, mit dem die Tür der Droschke aufging, kräuselte den Nebel. Beauregard wußte, daß sie umzingelt waren. Der Landstreicher, der auf der anderen Straßenseite in einem Durchgang lag, der Müßiggänger, der wegen der Kälte seine Arme um seinen Körper schlug, der Mann, den er im dunklen Eingang des Tabakgeschäftes nicht genau erkennen konnte. Mit dem Daumen öffnete Beauregard die Sicherung an seinem Stock, aber er bezweifelte, daß er es mit allen aufnehmen und sich dabei noch um Geneviève kümmern konnte.

Jemand beugte sich aus der Droschke und winkte Beauregard zu sich. Der trat gelassenen Schrittes näher.

XIII

»Geneviève Dieudonné«, stellte Beauregard das Vampirmädchen vor, »Colonel Sebastian Moran, ehemals von den First Bangalore Pioneers, Autor des Buches *Das Wild des westlichen Himalaya*, und einer der größten, nicht gehenkten Halunken der Welt...«

Der Neugeborene, der in der Kutsche saß, war ein grimmig aussehender Rohling mit einem borstigen Schnurrbart. Er sah aus, als fühlte er sich in seinem Frack unbehaglich. Als lebendiger Mensch mußte er die rötliche Sonnenbräune der »alten Indienhasen« gehabt haben, aber angesichts der Säcke unter seinem Kinn, die sich wie Giftdrüsen aufblähten, ähnelte er jetzt einer Viper.

Moran brummte irgend etwas, was als Begrüßung gelten mochte, und befahl ihnen, in die Kutsche zu steigen.

Beauregard zögerte, um dann zurückzutreten und Geneviève den Vortritt zu lassen. Ein schlauer Zug, wie sie fand. Falls der Colonel Böses im Schilde führte, würde er ihren Begleiter im

Auge behalten, weil er ihn als gefährlich einschätzte. Der Neugeborene hielt es kaum für möglich, daß sie mit ihren viereinhalb Jahrhunderten stärker war als er. Doch wenn es darauf ankam, konnte sie ihn leicht in Stücke reißen.

Geneviève setzte sich Moran gegenüber, und Beauregard nahm neben ihr Platz. Moran schlug gegen das Dach, und die Fahrt ging los.

Als sich die Kutsche in Bewegung setzte, kippte das schwarzvermummte Bündel, das neben dem Colonel saß, nach vorn, so daß der es wieder aufrichten und gegen das Polster drücken mußte.

»Ein Freund?« fragte Beauregard.

Moran schnaubte verächtlich. Unter dem schwarzen Tuch steckte ein Mensch, und der war entweder tot oder bewußtlos.

»Was würden Sie sagen, wenn ich Ihnen erklärte, daß das hier Jack the Ripper ist?«

»Ich nehme an, daß ich das wohl ernst nehmen müßte. Soviel ich weiß, jagen Sie schließlich nur das allergefährlichste Wild.«

Moran setzte ein teuflisches Grinsen auf, so daß seine tigerartigen Fangzähne über dem Schnurrbart zum Vorschein kamen.

»Ja, man muß Raubzeug jagen«, meinte er. »Das ist der einzige Sport, der wirklich der Rede wert ist.«

»Es heißt, Quatermain und Roxton könnten besser mit dem Gewehr umgehen als Sie, und jener russische General, der mit dem Tartarenbogen schießt, sei der beste Jäger überhaupt.«

Der Colonel wischte die Vergleiche mit einer Handbewegung beiseite.

»Die sind noch warm.«

Moran drückte das ungelenke Bündel mit einem steif ausgestreckten Arm nach hinten.

»Wir befinden uns ganz allein auf diesem Jagdausflug«, sagte er. »Die anderen sind nicht dabei.«

Beauregard überlegte.

»Der letzte Vorfall liegt beinahe einen Monat zurück«, fuhr der Colonel fort. »Jack ist am Ende. Aber damit geben wir uns nicht zufrieden, nicht wahr? Damit die Dinge wieder ihren gewohnten Gang nehmen können, müssen wir der Öffentlichkeit vor Augen führen, daß er tatsächlich erledigt ist.«

Sie befanden sich in der Nähe des Flusses. Der beißende, faulige Geruch der Themse lag in der Luft. Der ganze Unrat der Stadt wurde in den Fluß geleitet und von dort über die sieben Weltmeere verbreitet. Abfall aus Rotherhithe und Stepney trieb bis nach Shanghai oder Madagaskar.

Moran griff nach dem schwarzen Tuch, das über das Bündel gebreitet war, und riß es weg. Darunter kam ein blasses, blutverschmiertes Gesicht zum Vorschein. Geneviève erkannte den Mann.

»Druitt«, sagte sie.

»Montague John Druitt, soviel ich weiß«, bestätigte der Colonel. »Ein Kollege von Ihnen. Er hat einige sehr absonderliche Angewohnheiten, denen er des Nachts frönt.«

Druitts blutverkrustetes linkes Auge öffnete sich. Man hatte ihn brutal zusammengeschlagen, aber er lebte noch.

»Die Polizei hat ihn zu Beginn der Ermittlungen als Täter in Betracht gezogen«, sagte Beauregard zu Genevièves Überraschung, »ist aber zu dem Schluß gekommen, daß er nicht in Frage kommt.«

»Er hatte leichten Zugang zu den Opfern«, erwiderte Moran. »Toynbee Hall liegt fast genau im Zentrum der Tatorte. Er entspricht genau der Vorstellung, die man in der Öffentlichkeit von dem Täter hat: Er ist ein verrückter feiner Pinkel mit bizarren Neigungen. Ich bitte vielmals um Verzeihung, Ma'am, aber niemand glaubt doch im Ernst, daß ein gebildeter Mensch aus christlicher Nächstenliebe unter Huren und Bettlern arbeitet. Es wird niemand Einwände erheben, wenn Druitt für die Metzelei an ein paar Huren hingerichtet wird. Er ist schließlich nicht gerade von königlichem Geblüt, nicht wahr? Außerdem hat er für keinen der Morde ein Alibi.«

»Sie haben offensichtlich gute Freunde bei Scotland Yard.«

Moran ließ wieder sein wildes Grinsen aufblitzen.

»Darf ich denn etwa Ihnen und Ihrer Bekannten gratulieren?« fragte er. »Zur Festnahme von Jack the Ripper?«

Beauregard erwiderte lange Zeit nichts, sondern dachte nach. Geneviève, der klarwurde, wieviel man ihr verheimlicht hatte, war verwirrt. Druitt versuchte, etwas zu sagen, aber er brachte kein Wort heraus. Die Kutsche roch stark nach Blut, und Genevièves Mund war trocken. Sie hatte schon viel zu lange keine Nahrung mehr zu sich genommen.

»Nein«, sagte Beauregard. »Druitt ist nicht der richtige. Er spielt Kricket.«

»Das tut auch ein anderer Lump, dessen Namen ich Ihnen nennen könnte. Das hindert ihn nicht daran, ein dreckiger Mörder zu sein.«

»In diesem Fall spricht es schon dagegen. An den Morgen nach dem zweiten, dritten und vierten Mord war Druitt auf dem Spielfeld. Am Morgen nach dem Doppelmord hat er in einer phänomenalen Verfassung eine stattliche Punktzahl erzielt. Ich glaube kaum, daß er das geschafft hätte, wenn er die ganze Nacht auf den Beinen gewesen wäre und Frauen gejagt und getötet hätte.«

Das Argument ließ Moran unbeeindruckt. »Sie klingen langsam schon wie dieser verflixte Detektiv. Sie mit all Ihren Spuren und Beweisen und Schlußfolgerungen. Der gute Druitt wird heute abend jedenfalls Selbstmord begehen, indem er seine Taschen mit Steinen füllt und ein Bad in der Themse nimmt. Doch bevor Druitt zur Tat schreitet, wird er ein Geständnis verfassen. Und seine Handschrift wird der auf diesen blödsinnigen, versponnenen Briefen verdammt ähnlich sehen.«

Moran versetzte Druitt einen Stoß, so daß der mit dem Kopf nickte.

»Das zieht nicht, Colonel. Was ist, wenn der echte Ripper wieder einen Mord begeht?«

»Huren gehen nun einmal vor die Hunde, Beauregard. Das passiert oft. Wir haben einen Ripper gefunden, und wir können jederzeit einen neuen finden.«

»Lassen Sie mich raten. Pedaschenkow, den russischen Agenten? Die Polizei hat ihn ja für kurze Zeit als Täter in Betracht gezogen. Sir William Gull, der Leibarzt der Königin? Dr. Donstan, der Theosoph? Der Anwalt Soames Forsyte? Der Kretin Aron Kosminsky? Die arme alte ›Lederschürze‹ Pizer? Dr. Jekyll? Prinz Eddy? Walter Sickert? Dr. Cream? Einem x-beliebigen Menschen ein Skalpell in die Hand zu drücken und ihm die Rolle des Mörders anzuhängen, ist ziemlich einfach. Aber das Morden beendet man so nicht...«

»Ich hätte nicht gedacht, daß Sie so anspruchsvoll sind, Beauregard. Es macht Ihnen doch auch nichts aus, Vampiren zu dienen oder...« – er sah Geneviève an –, »mit solchen Umgang zu pflegen. Sie mögen blutwarm sein, aber Sie kühlen mit jeder Stunde weiter ab. Ihr Gewissen erlaubt es Ihnen immerhin, dem Prinzgemahl zu dienen...«

»Ich diene der Königin, Moran.«

Der Colonel begann zu lachen, verstummte aber, als in der dunklen Kutsche Metall aufblitzte und er plötzlich Beauregards Spazierstockklinge an seiner Kehle spürte.

»Ich kenne ebenfalls einen Silberschmied«, sagte Beauregard, »genau wie Jack.«

Druitt sackte von seinem Platz, doch Geneviève fing ihn auf. Er war zuinnerst gebrochen.

Morans rote Augen leuchteten in der Finsternis. Beauregard hatte seine Klinge fest in der Hand. Der Druck ihrer Spitze ritzte die Haut des Colonels am Adamsapfel leicht auf.

»Ich werde Druitt in einen Vampir verwandeln«, warf Geneviève ein. »Er ist zu schwer verletzt, um anders gerettet werden zu können.«

Beauregard nickte ihr zu, ohne seine Hand auch nur im geringsten zu bewegen.

Sie biß leicht in ihr Handgelenk und wartete, bis Blut aus der

Wunde quoll. Falls Druitt genug davon trinken konnte, während sie ihn entleerte, würde die Transformation beginnen.

Es war lange her – buchstäblich Jahrhunderte –, seit sie zuletzt einen Abkömmling gehabt hatte. Sie war mit den Jahren vorsichtig geworden, vielleicht sogar verantwortungsbewußt.

»Noch ein Neugeborener«, knurrte Moran. »Wir hätten wählerischer sein sollen, als alles anfing.«

»Trinken Sie«, ermunterte Geneviève den Verletzten.

Was wußte sie wirklich über Montague John Druitt? Genau wie sie selbst war auch er kein ausgebildeter Arzt, sondern ein Laie, der sich einiges an medizinischem Wissen angeeignet hatte. Sie verstand auch nicht, warum ein Mann von Rang, der über bescheidene, jedoch unabhängige Einkünfte verfügte, überhaupt den Wunsch hatte, in Toynbee Hall zu arbeiten. Er war kein besessener Philanthrop wie Seward. Seine Motive waren auch nicht religiöser Natur wie bei Booth. Geneviève hatte ihn einfach immer als gegeben hingenommen, als einen Helfer mit einem Paar nützlicher Hände. Jetzt mußte sie die Verantwortung für ihn übernehmen, möglicherweise für alle Zeiten.

Es wäre ihre Schuld, wenn er sich zu einem Ungeheuer wie Vlad Tepes oder auch nur wie Colonel Sebastian Moran entwickelte. Praktisch wäre sie dann für den Tod all jener Leute verantwortlich, die Druitt töten würde.

Außerdem hatte man ihn der Taten verdächtigt. Selbst wenn er unschuldig war, würde dieser Makel für immer an ihm hängenbleiben.

»Trinken Sie«, zwang sie sich zu sagen. Das Blut tropfte von ihrem Handgelenk.

Sie hielt Druitt ihre Hand an den Mund. Ihre Vampirzähne schoben sich aus dem Zahnfleisch hervor, und sie beugte ihren Kopf rasch über ihn. Der Geruch seines Blutes stieg ihr beißend in die Nase.

Druitts Körper wurde von einem Krampf geschüttelt, und sie erkannte, daß die Zeit drängte. Wenn er nicht sofort ihr Blut trank, würde er sterben.

Sie drückte ihr Handgelenk sachte gegen seine zerquetschten Lippen. Er fuhr zitternd zurück.

»Nein«, lehnte er ihre Gabe gurgelnd ab, »nein...«

Ein Schauder des Ekels durchzuckte ihn. Dann starb er.

»Nicht jeder möchte um jeden Preis ewig leben«, bemerkte Moran. »Was für eine Vergeudung.«

Geneviève beugte sich schnell vor und ohrfeigte den Colonel mit der Rückseite ihrer Hand, wobei sie Beauregards Stock zur Seite fegte.

Als sie sah, wie sich Morans rote Augen scheu zusammenzogen, wußte sie, daß er sie fürchtete. Da sie ihrem Blutdurst einmal erlaubt hatte, in ihr aufzusteigen, fühlte sie sich jetzt ungesättigt. Druitts verdorbenes, totes Blut konnte sie nicht trinken. Sie konnte nicht einmal Morans Blut aus zweiter oder dritter Hand zu sich nehmen. Aber sie konnte ihre Ohnmachtsgefühle mildern, indem sie ihm ein Stück Fleisch vom Gesicht riß.

»Rufen Sie sie zurück«, stotterte Moran.

Mit einer Hand umklammerte sie seine Kehle. Die andere hatte sie zurückgenommen, wobei sie die Fingerspitzen zusammendrückte, so daß ihre Krallen einen Pfeil bildeten. Sie hätte Morans Gesicht mit Leichtigkeit durchbohren können.

»Das lohnt sich nicht«, meinte Beauregard. Irgendwie gelang es seinen Worten, durch die Weißglut ihrer Wut zu ihr durchzudringen. Sie hielt sich zurück. »Er ist vielleicht ein erbärmlicher Wurm, aber er hat Freunde, Geneviève. Freunde, die Sie sich nicht zu Feinden machen sollten.«

Ihre Zähne glitten wieder ins Zahnfleisch, und ihre scharfen Fingernägel zogen sich zurück. Es gelüstete sie immer noch nach Blut, doch sie hatte sich wieder unter Kontrolle.

Beauregard nickte Moran zu, und der befahl dem Kutscher anzuhalten.

Der Colonel, dessen Selbstvertrauen zutiefst erschüttert war, zitterte, als Beauregard und Geneviève aus der Droschke stiegen. Aus einem seiner Augenwinkel rann eine Blutspur.

Beauregard steckte seine Klinge wieder in den Stock, und Moran wickelte sich einen Schal um den Hals.

»Quatermain hätte nicht mit der Wimper gezuckt, Colonel«, meinte Beauregard. »Gute Nacht, und grüßen Sie den Professor von mir.«

Moran wandte sein Gesicht ab, so daß es im Dunkel des Fahrgastraumes verschwand. Dann rollte die Droschke vom Trottoir weg und raste im Nebel davon.

In Genevièves Kopf drehte sich alles.

Sie waren wieder an der Stelle, von der sie losgefahren waren. In der Nähe des Ten Bells. Der Pub war keineswegs ruhiger als zu dem Zeitpunkt, als sie ihn verlassen hatten. Vor der Tür schlenderten Frauen hin und her und boten sich den Passanten an.

Genevièves Mund schmerzte, und ihr Herz pochte. Sie ballte ihre Hände und versuchte, die Augen zu schließen.

Beauregard hielt ihr sein Handgelenk an den Mund.

»Hier«, sagte er, »nehmen Sie sich, was Sie brauchen.«

Plötzlich hatte sie das Gefühl, als könnte sie sich nicht mehr auf den Beinen halten. Sie wäre beinahe in Ohnmacht gefallen, fing sich dann aber wieder und konzentrierte sich auf ihr Bedürfnis.

Sie biß ihn sanft und entnahm ihm gerade genug, um ihren Blutdurst zu stillen. Sein Blut tropfte in ihre Kehle, beruhigte sie, verlieh ihr Kraft. Als sie fertig war, fragte sie ihn, ob es für ihn das erste Mal gewesen war. Er nickte.

»Es ist nicht unangenehm«, lautete sein neutral gehaltener Kommentar.

»Man kann es auch persönlicher gestalten«, sagte sie. »Irgendwann.«

»Gute Nacht, Geneviève«, sagte er und wandte sich ab. Er ließ sie stehen, sein Blut noch auf ihren Lippen, und verschwand im Nebel.

Ihr wurde klar, daß sie über Charles Beauregard genauso wenig wußte, wie sie über Druitt gewußt hatte. Er hatte ihr nie wirklich gesagt, aus welchem Grunde er sich für den Ripper interessierte. Oder warum er immer noch seiner Vampirkönigin diente.

Sie hatte einen Augenblick lang Angst. Alle um sie herum trugen Masken, und hinter diesen Masken konnte... alles mögliche sein.

XIV

Sie war, wer sie verdammt noch mal sein wollte – wen auch immer die *Männer* in ihr sehen wollten. Mary Jane. Marie Jeanette. Oder Lucy. Sie würde Ellen Terry sein, wenn es sein mußte. Oder Queen Victoria.

Er saß jetzt neben ihrem Bett.

Sie erzählte ihm wieder einmal, wie sie verwandelt worden war. Wie seine Lucy damals in Hampstead Heath aus der Nacht aufgetaucht war und ihr den Dunklen Kuß gegeben hatte. Nur erzählte sie ihm die Geschichte jetzt so, als wäre sie Lucy und Mary Jane irgendeine andere Frau, irgendeine billige Hure...

»Mir war so kalt, John, ich war so hungrig, ich war eben erst neu geboren worden...«

Es fiel ihr leicht, Lucys Empfindungen zu schildern. Sie hatte sich genauso gefühlt, als sie aus ihrem tiefen Schlaf erwacht war. Nur war Lucy, respektvoll aufgebahrt, in einer Gruft aufgewacht. Mary Jane dagegen hatte auf einer Karre gelegen, um wenige Minuten später in eine Kalkgrube geworfen zu werden. Eine von vielen Toten, um deren Beisetzung sich keine Angehörigen gekümmert hatten.

»Sie war warm, rundlich, lebendig. Das Blut pulsierte in ihrem zarten Hals.«

Er hörte zu und nickte. Sie hielt ihn für wahnsinnig, doch er war ein Gentleman. Und er war gut zu ihr, gut für sie.

»Die Kinder hatten mir nicht gereicht.«

Ihre neuen Begierden hatten Mary Jane verwirrt. Sie hatte

Wochen gebraucht, um sich an sie zu gewöhnen. Sie hatte Hunde gerissen, um an ihr Blut zu kommen. Sie hatte nicht gewußt, daß sie sich nicht der Sonne aussetzen durfte, und ihre Haut hatte sich in eine schmerzende Kruste verwandelt.

Aber all das kam ihr jetzt wie ein Traum vor. Sie begann, Mary Janes Erinnerungen zu vergessen. Sie war jetzt Lucy.

»Ich brauchte sie, John. Ich brauchte ihr Blut.«

Er saß an ihrem Bett, ganz der reservierte Arzt. Später würde sie ihn befriedigen. Und dann würde sie von ihm trinken.

Mit jedem Mal, wenn sie von ihm trank, löste sich Mary Jane weiter auf und verwandelte sich in Lucy. Es mußte an seinem Blut liegen.

Seit ihrer Wiedergeburt brauchte sie den Spiegel in ihrem Zimmer nicht mehr. Niemand hatte sich je die Mühe gemacht, ihr Porträt zu zeichnen, und so konnte sie ihr Gesicht leicht vergessen. Er hatte Bilder von Lucy, auf denen sie wie ein kleines Mädchen aussah, und sie stellte sich vor, daß es ihre Augen waren, die sie aus Lucys Gesicht anblickten.

»Ich forderte sie auf, den Weg zu verlassen und zu mir zu kommen«, sagte sie, während sie ihr Gesicht ganz nah neben das seine brachte. »Ich sang im Flüsterton und winkte ihr zu. Ich *wünschte* sie zu mir, und sie kam...«

Sie streichelte seine Wange und legte ihren Kopf an seine Brust.

Er hielt den Atem an; er schwitzte und war völlig verkrampft. Aber bald würde sie ihn soweit haben, daß er sich entspannte.

»Ich sah rote Augen vor mir und hörte eine Stimme nach mir rufen. Ich verließ den Weg. Sie erwartete mich. Die Nacht war kalt, doch sie trug nur ein weißes Hemd. Ihre Haut war im Mondlicht ganz weiß. Ihr...«

Sie fing sich, brach mitten im Satz ab.

Mary Jane, mahnte sie eine innere Stimme, sei vorsichtig...

Er stieß sie sanft zurück, stand auf und durchquerte den Raum. Mit beiden Händen stützte er sich auf ihren Waschtisch und betrachtete sich im Spiegel. Er versuchte, irgend etwas in seinem Spiegelbild zu finden.

Sie war verwirrt. Sie hatte ihr Leben lang Männern gegeben, was die von ihr hatten haben wollen. Jetzt war sie tot, und es war immer noch dasselbe Spiel.

Sie ging zu ihm und umarmte ihn von hinten. Als sie ihn berührte, zuckte er überrascht zusammen.

Er hatte sie natürlich nicht im Spiegel kommen sehen.

»John«, gurrte sie, »komm ins Bett, John. Wärme mich.«

Er stieß sie wieder von sich, grob diesmal. Sie war sich ihrer großen vampirischen Kraft nicht bewußt. Da sie immer noch ein schwaches Mädchen zu sein glaubte, war sie auch schwach, ein Schilfrohr, das leicht zu zerbrechen war...

»Lucy«, sagte er nüchtern, aber er meinte nicht sie...

Sie spürte Zorn in sich aufkeimen.

»Ich bin nicht deine verdammte Lucy Westenra«, schrie sie. »Ich bin Mary Jane Kelly, und dafür brauche ich mich nicht zu schämen.«

»Nein«, sagte er, faßte in sein Jackett und griff fest zu, als er fand, was er suchte, »du bist nicht Lucy...«

XV

Die Verbindung mit ihr hatte ihn verändert. Seit jener Nacht wurde Beauregard von Träumen heimgesucht. Von Träumen, in denen Geneviève Dieudonné, manchmal in ihrer eigenen Gestalt, manchmal als Katze mit spitzen Fangzähnen, sein Blut schlürfte.

Im Grunde war es eine voraussehbare Entwicklung gewesen. Nach Lage der Dinge wäre er früher oder später zwangsläufig von einem Vampir angestochen worden. Da er sein Blut freiwillig gegeben hatte, anstatt es mit Gewalt abgenommen zu kriegen, hatte er noch mehr Glück als die meisten gehabt.

Der Nebel war in dieser Nacht besonders dicht. Und die Novemberkälte liebkoste ihn wie ein Rasiermesser. Oder wie ein Skalpell.

Geneviève hatte ihm etwas genommen, aber sie hatte ihm auch etwas gegeben. Einen Teil von sich selbst.

Er stand jetzt bereits seit einer Stunde vor Toynbee Hall. Aber so dringend war sein Anliegen auch nicht.

Sie war in dem Gebäude. Er *wußte* es.

Er fürchtete, daß er den Wunsch hatte, daß sie wieder von ihm trank. Nicht, daß sie an seinem geöffneten Handgelenk noch einmal ihren Durst stillte, sondern daß sie ihn mit dem vollen Ausmaß des Dunklen Kusses umarmte. Geneviève Dieudonné war nach den Maßstäben jedes beliebigen Zeitalters eine außergewöhnliche Frau. Zusammen würde es ihnen ein leichtes sein, die Jahrhunderte durchzustehen.

Die Versuchung war groß.

Ein grellgeschminktes Mädchen, dessen neu gewachsene Zähne so groß waren, daß es seinen Mund nicht über ihnen schließen konnte, kam zu ihm geschlendert und hob den Rock. Er schob die Kleine zur Seite, und sie zog sich mit einem Schmollen zurück.

Er besann sich auf seine Pflichten.

Fast zwei Wochen lang war er aus dienstlichen Gründen nicht nach Toynbee Hall gekommen. Doch jetzt hatte ihn sein Weg wieder hergeführt.

Der Professor hatte ihm eine kurze Nachricht in den Diogenes-Club geschickt, worin er sich entschuldigte und ihn darüber unterrichtete, daß Colonel Moran für seine unüberlegte Handlungsweise scharf gerügt worden war. Montague Druitt konnte das kaum noch trösten. Seine Leiche war vor ein paar Tagen in Deptford an Land gespült worden. Die Fische hatten von seinem Gesicht nichts übriggelassen.

In Beauregards Hinterkopf geisterte noch immer eine Äußerung herum, die Moran damals gemacht hatte.

Genevièves Lippen waren kühl gewesen, ihre Berührung sanft, ihre Zunge angenehm rauh wie die einer Katze. Das Gefühl, das sich eingestellt hatte, als sie ihm so zärtlich und so gemächlich das Blut abgesaugt hatte, war köstlich gewesen. Es hatte ihn augenblicklich süchtig gemacht.

Toynbee Hall, eine Missionsstation inmitten von Whitechapel, war nach ihrem philanthropischen Gründer benannt worden. Arnold Toynbee war der Ansicht gewesen, daß die Briten des East End christlicher Nächstenliebe viel mehr bedurften als die heidnischen Afrikaner, die Dr. Livingstone so am Herzen gelegen waren.

Toynbee Hall lag genau im Mittelpunkt der Orte, an denen der Ripper seine Morde begangen hatte.

Beauregard überwand endlich seine konfuse Trägheit und trieb sich zum Handeln an. Er überquerte die schmale Straße und betrat das Gebäude.

Die blutwarme, matronenhafte Schwester, die am Empfang saß, verschlang *Thelma*, das letzte Werk von Marie Corelli. Seitdem die gefeierte Schriftstellerin als Vampirin neu geboren worden war, war ihre Prosa, soweit Beauregard gehört hatte, noch schlechter geworden. Geneviève hatte einmal bemerkt, daß Vampire nie sehr kreativ waren, da sie all ihre Energien darauf ausrichten mußten, ihr untotes Leben zu verlängern.

»Wo ist Mademoiselle Dieudonné?«

»Sie mußte für den Direktor einspringen, Sir. Sie wird in Dr. Sewards Büro sein.«

»Danke.«

»Wünschen Sie, daß ich Sie anmelde?«

»Nicht nötig, danke.«

Die Matrone runzelte die Stirn und fügte ihrer geistigen Beschwerdeliste, auf der sie »die Mängel dieses Vampirmädchens« notierte, einen weiteren Punkt hinzu. Beauregard war für einen Augenblick überrascht, als er merkte, daß er Zeuge ihrer unverblümten, säuerlichen Gedanken war, aber als er die Treppe hinauf zum Büro des Direktors ging, widmete er sich schon wieder anderen Überlegungen.

Geneviève war überrascht, ihn zu sehen.

»Charles«, sagte sie.

Sie saß, von allerlei Papieren umgeben, an Dr. Sewards Schreibtisch. Er fand, daß sie bestürzt wirkte, als hätte er sie dabei ertappt, wie sie in Dingen herumschnüffelte, die sie nichts angingen.

»Wo sind Sie die ganze Zeit gewesen?«

Beauregard wußte keine Antwort.

Er sah sich im Zimmer um. Ein Gerät, das zum Schutz vor Staub in einem Glasschrank stand, fesselte seinen Blick. Es bestand aus Messinggehäusen, an denen ein großes trompetenartiges Rohr befestigt war.

»Das ist ein Edison-Bell-Phonograph, nicht wahr?«

»Jack benutzt ihn für seine medizinischen Aufzeichnungen. Er hat ein Faible für technische Spielereien.«

Er drehte sich um.

»Geneviève...«

Sie war plötzlich ganz nah bei ihm. Er hatte nicht gehört, wie sie hinter dem Schreibtisch hervorgekommen war.

»Machen Sie sich keine Sorgen, Charles. Ich wollte Sie nicht behexen. Die Symptome werden in ein oder zwei Wochen zurückgehen. Glauben Sie mir, ich habe meine Erfahrungen mit dem Zustand, in dem Sie sich momentan befinden.«

»Es geht mir um etwas anderes...«

Er konnte keinen klaren Gedanken fassen. Einsichten flatterten wie Schmetterlinge in seinem Hinterkopf herum, waren aber einfach nicht zu fassen.

Unter großer Willensanstrengung konzentrierte er sich auf den dringlichen Fall des Rippers.

»Warum in Whitechapel?« fragte er. »Warum nicht in Soho oder im Hyde Park oder wo auch immer? Weder Vampirismus noch Prostitution sind auf diesen Stadtteil beschränkt. Der Ripper jagt hier, weil es für ihn am bequemsten ist, weil er sich hier aufhält. Irgendwo hier, ganz in der Nähe...«

»Ich habe unsere Unterlagen durchgesehen«, sagte sie, indem sie auf einen der Aktenstapel auf dem Schreibtisch klopfte. »Alle Opfer sind irgendwann einmal hier eingeliefert worden.«

»Es läuft immer auf Toynbee Hall hinaus, egal welchen Weg man einschlägt. Druitt hat hier gearbeitet, die Stride wurde hergebracht, die Morde wurden alle im Umkreis dieser Adresse begangen, alle toten Frauen wurden hier betreut…«

»Ob Moran vielleicht doch recht hatte? Vielleicht war Druitt wirklich der Täter. Seit seinem Tod sind jedenfalls keine Morde mehr passiert.«

Beauregard schüttelte den Kopf. »Es ist noch nicht vorbei.«

»Wenn Jack doch nur hier wäre.«

Er ballte eine Hand zur Faust. »Dann hätten wir den Mörder.«

»Nein, ich meine Jack Seward. Er hat die Frauen alle behandelt. Er weiß vielleicht, ob sie irgend etwas gemein hatten.«

Als ihm die volle Bedeutung von Genevièves Worten bewußt wurde, blitzten seine Augen auf. Plötzlich *kannte* er die Lösung…

»Sie hatten Dr. Seward gemein.«

»Aber…«

»Dr. *Jack* Seward.«

Er wußte, daß sie, obwohl sie den Kopf schüttelte, sofort erkannt hatte, was er meinte. Sie sah, was er sah.

Beiden fiel ein, wie Liz Stride nach Dr. Sewards Knöchel gegriffen hatte. Sie hatte versucht, ihnen etwas mitzuteilen.

»Gibt es hier irgendwelche Tagebücher?« fragte Beauregard. »Persönliche Aufzeichnungen, Notizen, irgend etwas in der Art? Triebverbrecher haben oft den zwanghaften Drang, Souvenirs, Andenken, Erinnerungsstücke aufzubewahren…«

»Ich habe heute abend all seine Aktenordner durchgesehen. Sie enthalten nur das übliche Material.«

»Gibt es hier irgendwelche verschlossenen Schubladen?«

»Nein. Da wäre nur der Phonographenschrank. Die Wachswalzen sind sehr empfindlich – sie müssen deshalb vor Staub geschützt werden.«

Beauregard öffnete den Glasschrank und zog dann an einer verschlossenen Schublade im unteren Teil des Möbels. Ihr fragiles Schloß brach.

In der Schublade lagen die Walzen nebeneinander aufgereiht. Sie steckten in Metallhülsen, deren Etiketten sauber mit Tinte beschriftet worden waren.

»*Nicholls*«, las Beauregard laut vor, »*Schön, Stride/Eddowes, Kelly, Kelly, Kelly, Lucy…*«

Geneviève stand bereits neben ihm und entnahm der Schublade weitere Walzen.

»Und hier… *Lucy, Van Helsing, Renfield, Lucys Grab.*«

Van Helsing war jedermann ein Begriff, und Beauregard wußte sogar, daß Renfield der leidgeprüfte Jünger des Prinzgemahls in London gewesen war. Aber…

»Kelly und Lucy? Wer sind die beiden? Bisher unbekannte Opfer?«

Geneviève ging noch einmal die auf dem Schreibtisch liegenden Papiere durch. Während sie das tat, beantwortete sie Beauregards Frage.

»Ich vermute, daß es sich bei letzterer um Lucy Westenra handelt, die erste englische Eroberung von Vlad Tepes, die erste seiner Blutlinie in diesem Land. Dr. Van Helsing hat sie vernichtet, und Jack Seward war einer seiner Helfer, möchte ich wetten. Was diese Kelly anbelangt… nun, wir führen in unseren Büchern eine ganze Menge Frauen namens Kelly. Aber nur eine davon entspricht den Anforderungen unseres Jack. Hier.«

Sie reichte Beauregard ein Blatt Papier mit dem detaillierten Behandlungsbericht einer Patientin.

»Kelly, Mary Jane. 13, Miller's Court.«

XVI

»Verfluchte Sauerei!« rief Beauregard.

Geneviève konnte ihm nur zustimmen.

Der Gestank toten Bluts traf sie wie ein Faustschlag im Magen. Sie mußte sich am Türrahmen festhalten, um nicht auf der Stelle in Ohnmacht zu fallen. Sie hatte früher schon die Schauplätze von Morden gesehen, auch blutgetränkte Schlachtfelder, von der Pest befallene Städte, Folterkammern und Hinrichtungsstätten.

Aber was sie im Zimmer der Kelly in Miller's Court sah, war schlimmer als all das.

Dr. Seward kniete inmitten von roten Trümmern, die kaum mehr als menschliches Wesen zu erkennen waren. Er war immer noch bei der Arbeit. Seine Schürze und seine Hemdsärmel waren rotgefärbt, und sein Skalpell blitzte im Licht des Kaminfeuers auf, als er immer neue, sinnlose Schnitte anbrachte.

Mary Kellys Behausung war, ganz typisch für diesen Stadtteil, beengt. Ein Bett, ein Stuhl und ein Kamin. Es gab kaum genug Platz, um um das Bett herumgehen zu können. Seward hatte das Mädchen seziert und die Teile über Bett und Fußboden verstreut. Die Wände waren bis zu einer Höhe von drei Fuß mit Blut beschmiert, und die billigen Musselin-Vorhänge waren rot gesprenkelt.

Auf dem Feuerrost brannte noch ein Holzscheit, und das rote Licht der Flammen sengte sich in Genevièves nachtsichtige Augen.

Beauregards und Genevièves Eindringen schien Seward nicht übermäßig zu berühren.

»Bin gleich fertig«, sagte er, während er aus der formlosen Masse, die einmal ein Gesicht gewesen war, einen Augapfel klaubte und geschickt den Sehnerv durchschnitt. »Ich muß sichergehen, daß Lucy tot ist. Van Helsing sagt, daß sie wirklich tot sein muß, damit ihre Seele Ruhe finden kann.«

Beauregard zog seinen Revolver und legte an.

»Lassen Sie das Messer fallen und gehen Sie von ihr weg«, sagte er.

Seward legte das Messer auf die Bettdecke, stand auf und wischte sich die Hände an seiner blutverschmierten Schürze ab.

Mary Kelly war tot, daran gab es nicht den geringsten Zweifel.

»Es ist vorbei«, sagte Seward. »Wir haben ihn geschlagen. Wir haben Dracula geschlagen. Die Seuche kann sich nicht weiter ausbreiten.«

Geneviève brachte kein Wort heraus. Ihr Magen war immer noch zusammengekrampft wie eine Faust.

Seward sah Geneviève an, als erblicke er sie zum ersten Mal.

»Lucy«, stammelte er, aber er sah irgendeine andere Person. »Lucy, ich habe es für euch alle getan…«

Als er sich bückte, um sein Skalpell aufzuheben, schoß Beauregard ihm in die Schulter.

Seward wirbelte herum, griff mit seinen Fingern in die Luft und prallte gegen die Wand. Seine Beine knickten ein, und seine Knie schoben sich vor, während er langsam zu Boden glitt.

Geneviève hatte das Messer vom Bett genommen. Seine silberne Klinge verursachte ihr Juckreiz, doch sie hielt es an seinem emaillierten Griff fest. Es war unglaublich, welche Verwüstung Seward damit angerichtet hatte.

»Die Hausbewohner werden den Schuß gehört haben«, meinte Beauregard. »Wir müssen Seward von hier wegschaffen. Der Mob wird ihn sonst in Stücke reißen.«

Geneviève zog Seward hoch. Sie und Beauregard nahmen ihn in ihre Mitte und brachten ihn auf die Straße hinaus. Seine Kleidung war klebrig von geronnenem Blut.

Da der Morgen nah war, wurde Geneviève plötzlich müde. Die kalte Luft konnte das schmerzhafte Pochen in ihrem Kopf nicht vertreiben. Das Bild, das sich ihr im Zimmer der Kelly in Miller's Court geboten hatte, hatte sich für immer in ihre

Netzhaut gebrannt. Sie würde den Anblick niemals vergessen können.

Seward leistete keinerlei Widerstand. Er würde mit ihnen bis zum Polizeirevier, ja, selbst bis in die Hölle gehen.

Aus der Hölle, von dort war auch eine jener Nachrichten im Namen von Jack the Ripper gekommen.

XVII

Sobald sie das Todeshaus verlassen hatten, traf Beauregard einen Entschluß. Die Frauen waren tot, und Seward war wahnsinnig. Der Gerechtigkeit war nicht gedient, wenn man ihn Lestrade übergab.

»Halten Sie ihn aufrecht, Geneviève«, sagte er. »Gegen die Wand.«

Sie wußte, was er vorhatte, und sie war einverstanden. Seward lehnte an der Gassenwand. Sein Gesicht war bar jeden Ausdrucks. Aus seiner Schulterwunde rann Blut.

Beauregard zog seinen Stockdegen.

»Er hat mich gebissen«, erinnerte sich der Ripper an irgendeinen banalen Vorfall, »dieser Wahnsinnige hat mich gebissen.«

Seward streckte seine geschwollene, behandschuhte Hand aus.

Geneviève nickte. Daraufhin durchbohrte Beauregard Sewards Herz mit seiner Klinge, bis ihre Spitze über die Ziegelmauer schrappte. Beauregard zog den Degen heraus und schob ihn wieder in die Scheide.

Seward war schon tot, als er zusammenbrach.

»Der Prinzgemahl hätte ihn unsterblich gemacht, um ihn bis in alle Ewigkeit foltern zu können«, sagte Beauregard.

Geneviève pflichtete ihm bei.

»Er war wahnsinnig und deshalb für seine Taten nicht verantwortlich.«

»Aber wer ist dann verantwortlich?« fragte sie.

»Das Wesen, das ihn in den Wahnsinn getrieben hat.«

Beauregard richtete seinen Blick gen Himmel. Der Wolkenvorhang hatte sich gelichtet, so daß der Mond jetzt durch den sich lichtenden Nebel auf sie herabschien.

Beauregard meinte, gesehen zu haben, wie eine große, schwarze Fledermaus in die Stratosphäre hinaufgeflattert war.

Seine Aufgabe war noch nicht erledigt.

XVIII

Die Kutsche der Königin hatte sie in Toynbee Hall abgeholt. Ein geschäftiger Kutscher namens Netley lenkte das Gefährt feinfühlig durch die engen Straßen von Whitechapel. Zuvor hatte Netley Beauregard im Diogenes-Club abgeholt. Die beiden schwarzen Pferde würden sich weniger eingeengt fühlen, wenn sie erst die breiten Hauptverkehrsstraßen der Stadt erreicht hatten. Im Straßengewirr von Hampton Court bewegte sich die Kutsche jetzt eher wie ein Panther auf der Pirsch voran, anstatt wie sonst elegant und eilig dahinzufliegen. Während ihrer Fahrt durch die Nacht richtete sich manches fcindselige Auge auf die schwarze Kutsche mit dem königlichen Wappen.

Geneviève bemerkte, daß Beauregard leicht gedämpfter Stimmung war. Sie hatte ihn mehrmals getroffen seit den Ereignissen von 13, Miller's Court. Anläßlich einer Anhörung in kleinstem Kreis, bei der Beauregard über Dr. Sewards Tod berichten mußte, hatte man ihr sogar gestattet, die allerheiligsten Räumlichkeiten des Diogenes-Clubs zu betreten, um ihre Aussage zu machen. Sie wußte sehr wohl um die heimlichen Mittel und Wege der Regierung, und sie erkannte, daß es bei diesem Tribunal um die Entscheidung ging, welche Wahrheiten der großen Öffentlichkeit vorenthalten und welche ihr preisgegeben werden sollten. Der Vorsitzende, ein ehrwürdiger, blutwarmer Diplomat, der manchen Regierungswechsel überstanden hatte, hörte sich alles an, fällte aber kein Urteil. Er sog einfach nur Informationen auf, da jedes Körnchen Wahrheit die Politik dieses Clubs mitprägte. Unter den Mitgliedern gab es nur wenige Vampire, und Geneviève fragte sich, ob es sich beim Diogenes-Club um ein Refugium für die Säulen des *ancien régime* oder um eine Brutstätte für Aufrührer handelte.

Die gravierte Einladung in den Palast war ihr persönlich überreicht worden. Als amtierende Direktorin von Toynbee Hall hatte sie jetzt mehr zu tun denn je. Unter den Neugeborenen von Whitechapel grassierte eine neuartige Seuche, die ihre undisziplinierten und unkoordinierten Fähigkeiten, die Gestalt zu verändern, wahllos auslöste und so eine Horde kurzlebiger, Höllenqualen leidender Monster hervorbrachte. Aber den Ruf der Königin und des Prinzgemahls konnte sie unmöglich ignorieren.

Geneviève vermutete, daß sie und Beauregard für die Rolle geehrt werden sollten, die sie bei der Beendigung der Karriere von Jack the Ripper gespielt hatten. Darüber hinaus fragte sie sich, ob Beauregard stolz darauf sein würde, seiner Monarchin vorgestellt zu werden, oder ob ihn ihre derzeitige Verfassung betrüben würde. Sie hatte Geschichten über die Situation im Palast gehört. Und sie wußte mehr über Vlad Tepes als die meisten. Unter den Vampiren hatte er immer als der Mann gegolten, der unbedingt König werden wollte.

Die Kutsche fuhr durch Fleet Street – vorbei an den ausgebrannten und mit Brettern vernagelten Redaktionen der größten Zeitungen der Nation – und durch The Strand. Nebel herrschte in dieser Nacht nicht, es wehte nur ein eisiger Wind.

Die tonangebende Clique im Diogenes-Club hatte beschlossen, daß die Identität des Mörders zurückgehalten werden sollte, obwohl in der Öffentlichkeit allgemein bekannt war, daß man seinem Treiben ein Ende gesetzt hatte. Bei Scotland Yard hatte man Konsequenzen gezogen. Der Polizeichef hatte seinen Rücktritt eingereicht und war nach Übersee versetzt worden, und Lestrade und Abberline bearbeiteten neue Fälle.

Ansonsten hatte sich nicht viel geändert. In Whitechapel fahndete man jetzt nach einem anderen Wahnsinnigen, nach einem Mörder von roher Gemütsart und Erscheinung namens Edward Hyde. Er hatte zuerst ein kleines Kind zu Tode getrampelt und dann seine Ambitionen hochgeschraubt, als er einem neugeborenen Parlamentsmitglied einen abgebrochenen Spazierstock durch das Herz gestoßen hatte. Sobald man seinem Tun Einhalt geboten hätte, würde ein neuer Mörder auf der Bildfläche erscheinen, und dann wieder ein neuer, und wieder ein neuer...

Auf Trafalgar Square brannten Freudenfeuer. Das leuchtend rote Licht ihrer Flammen erfüllte den Fahrgastraum der Kutsche, als diese die Nelsonsäule passierte. Die Polizei löschte die Feuer zwar, aber die Aufrührer entzündeten sie immer wieder. Das Brennholz mußte stückchenweise herbeigeschmuggelt werden. Man benutzte selbst Kleidungsstücke, um die Feuer am Leben zu halten. Die Neugeborenen hatten eine geradezu abergläubische Angst vor Feuer und kamen nur höchst ungern näher.

Beauregard betrachtete die Flammen, die um die steinernen Löwen herum loderten. Eigentlich waren sie zum Gedenken an die Opfer des Blutsonntags entfacht worden, aber mittlerweile hatten sie eine andere Bedeutung bekommen. Aus Indien war die Nachricht von einer neuerlichen Meuterei gekommen, bei der eine große Zahl blutwarmer britischer Soldaten und Beamter mit den Eingeborenen gemeinsame Sache gemacht hatte. Sir Francis Varney, der unpopuläre vampirische Vizekönig, war vom Mob aus seinem Schupfwinkel im roten Fort in Delhi gezerrt und auf einem Scheiterhaufen verbrannt worden – nichts als Asche und Knochen war von ihm übriggeblieben. Die Kolonie erlebte den offenen Aufstand, und in Afrika und an verschiedenen anderen Orten des Fernen Osten machte sich auch schon Unruhe breit.

Bei den Feuern standen Trauben von mit den Füßen scharrenden Menschen, und ein Mann aus der karpatischen Palastwache des Prinzgemahls schikanierte blutwarme junge Männer, während die Feuerwehr – vielleicht nur halbherzig – versuchte, die Wasserschläuche auf die Flammen zu richten.

DER RIPPER SCHLITZT WEITER, lautete eine Wandkritzelei.

Es trafen auch immer noch Briefe ein, die mit roter Tinte verfaßt waren und die Unterschrift »Jack the Ripper« trugen. Mittlerweile riefen sie aber die Blutwarmen dazu auf, sich gegen ihre vampirischen Herren zu verbünden, und immer wenn ein Neugeborener getötet wurde, bekannte sich »Jack the Ripper« zu der Tat. Beauregard hatte sich nicht dazu geäußert, aber Geneviève hatte den Verdacht, daß die Briefe auf das Konto des Diogenes-Clubs gingen. Sie hatte das dumpfe Gefühl, daß eine Verschwörung im Gange war – mit dem Ziel, den Prinzgemahl zu vernichten. Dr. Seward mochte wahnsinnig gewesen sein, doch seine Taten waren nicht ganz umsonst gewesen. Selbst wenn ein Ungeheuer zu einem neuen Helden – à la Guy Fawkes – wurde, war das zweckdienlich.

Geneviève war Vampirin, aber sie gehörte nicht der Blutlinie des Vlad Tepes an. Somit stand sie, wie immer, als Zuschauerin am Rande der historischen Entwicklungen. Sie konnte für keine der beiden Seiten gesteigertes Interesse aufbringen. Eine Zeitlang war es für sie zwar erfrischend gewesen, nicht so tun zu müssen, als sei sie warm, aber letzten Endes hatte das Regime des Prinzgemahls die meisten Untoten in eine unangenehme Lage gebracht. Auf jeden vornehmen Vampir, der in einem Palais saß und über einen Harem williger Blutsklaven verfügte, kamen zwanzig Mary Kellys, Lillys oder Cathy Eddowes', die weiter ihr erbärmliches Leben fristeten und denen ihre vampirischen Kennzeichen mehr Nach- als Vorteile brachten.

Das Gespann, das endlich wieder Bewegungsfreiheit hatte, trabte The Mall hinunter zum Buckingham Palace. Entlang der Allee standen kreuzförmige Käfige, in denen man Anführer der Aufständischen an Ketten aufgehängt hatte. In einigen der

Männer war kaum noch ein Funken Leben. Während der letzten drei Nächte hatte im St. James Park ein offener Kampf zwischen den Blutwarmen und den Untoten getobt.

»Sehen Sie nur«, sagte Beauregard traurig, »da ist Van Helsings Kopf.«

Geneviève drehte sich um und sah auf einer Zaunspitze einen verrottenden Schädel. Es kursierte die Geschichte, Van Helsing sei noch am Leben, befände sich in der Gewalt des Prinzgemahls und müsse von einem hohen Aussichtspunkt die Herrschaft Draculas über London mit ansehen. Das war eine Lüge. Von Van Helsing war nur noch der besudelte Schädel übrig, von dem einige Stoffetzen hingen.

Sie erreichten den Palast. Zwei Karpater in mitternachtsschwarzen Uniformen, die von hellroten Spritzern übersät waren, schoben die riesigen Eisentore mit einer Leichtigkeit zur Seite, als handelte es sich dabei um Seidenvorhänge.

Die Fassade des Palastes war hellerleuchtet, und davor hatte man den Union Jack und die Flagge mit Draculas Familienwappen gehißt.

Beauregards Gesicht war ausdruckslos.

Die Kutsche hielt am Palasteingang und wurde von einem Lakaien geöffnet. Geneviève stieg zuerst aus, Beauregard folgte ihr.

Sie hatte sich für ein schlichtes Kleid entschieden, weil sie wußte, daß ihr feine Garderobe nie gestanden hatte. Beauregard trug seinen gewohnten Frack. Er reichte dem Diener, der bereits Genevièves Mantel an sich genommen hatte, seinen Umhang und seinen Stock. Ein Karpater, dessen Gesicht eine Maske aus borstigem Haar war, ließ ihn dabei nicht eine Sekunde aus den Augen. Seinen Revolver händigte Beauregard ebenfalls aus. Silberkugeln erregten bei Hofe Mißfallen, und das Schmieden von Silber wurde mit dem Tode bestraft.

Die hohen Palasttüren schwankten leicht, als sie geöffnet wurden. Das merkwürdige Wesen, das Geneviève und Beauregard eintreten ließ, trug einen enganliegenden bunten Anzug, der die enormen, grotesken Verformungen seines Körpers unterstrich: Seinem Torso entsprossen Wucherungen von der Größe von Brotlaiben, und sein riesiger Kopf, in dem kaum menschliche Züge zu erkennen waren, erinnerte an eine knorrige Rübe. Geneviève, die sofort sah, daß es sich bei dem unglücklichen Mann um einen blutwarmen Menschen handelte und nicht um einen Vampir, dessen Gestaltwandlungsversuche katastrophal gescheitert waren, überkam eine Woge des Mitleids.

Beauregard nickte dem Diener zu und sagte: »Guten Abend, Merrick – so heißen Sie doch, nicht wahr?«

Irgendwo auf der teigigen Fläche von Merricks Gesicht bildete sich ein Lächeln. Der Gruß, den der Diener folgen ließ, war wegen der Fleischwülste um seinen Mund kaum zu verstehen.

»Und wie ist das Befinden der Königin heute abend?«

Merrick antwortete nicht, aber Geneviève meinte in der unlesbaren Landkarte seines Gesichts eine Reaktion zu erkennen. Sein eines, nicht hinter Fleischlappen verborgenes Auge wirkte traurig, und seine Lippen waren verbissen aufeinandergepreßt.

Beauregard reichte Merrick eine Karte und sagte: »Mit den besten Empfehlungen des Diogenes-Clubs.« Zwischen dem fabelhaft gepflegten Gentleman und Abenteurer und dem schrecklich deformierten Diener schien eine Art verschwörerisches Einverständnis zu bestehen.

Merrick führte sie durch die Eingangshalle. Er ging vornübergebeugt wie ein Gorilla und trieb seinen Körper mit Ruderbewegungen seines überlangen Arms voran. Der andere Arm war normal lang, wurde aber von klumpigen Fleischschwellungen so eingeengt, daß er nutzlos von seinem Körper abstand.

Es amüsierte Vlad Tepes offensichtlich, sich dieses bedauernswerte Geschöpf als eine Art Haustier zu halten. Er hatte immer eine Schwäche für Mißgeburten und Monströses gehabt.

Merrick klopfte an eine Tür.

»Geneviève«, sagte Beauregard in einem Ton, der kaum mehr als ein Flüstern war, »falls Sie durch das, was ich tun werde, Unannehmlichkeiten bekommen, tut es mir aufrichtig leid.«

Sie verstand nicht, was er damit meinte. Während sie sich noch bemühte, ihm zu folgen, neigte er sich ihr zu und küßte sie nach Art der Blutwarmen auf den Mund. Als sie seine Lippen auf ihrem Mund schmeckte, kamen Erinnerungen in ihr hoch. Der Blutaustausch hatte ein Band zwischen ihnen geschaffen.

Er ließ den Kuß enden und trat von ihr zurück. Geneviève war verwirrt, aber dann wurde eine Tür geöffnet. Sie und Beauregard wurden zu den königlichen Hoheiten vorgelassen.

Sie war nicht im geringsten auf den Schweinestall vorbereitet, zu dem der Thronsaal geworden war. Es war ein unvorstellbarer Anblick. Die ehemals eleganten Wandbehänge und die Gemälde waren zerfetzt und verdreckt, der Geruch von getrocknetem Blut und menschlichem Kot lag schwer in der Luft, die zerbeulten Leuchter und Lüster tauchten den Raum in ein düsteres Licht, und es wimmelte nur so von Menschen und Tieren. Gelächter vermischte sich mit Gewinsel, und der Marmorboden war von schmierigen Absonderungen bedeckt. Ein Gürteltier, dessen Hinterteil von seinem eigenen Kot verkrustet war, lief vorbei.

Merrick meldete sie an. Das Aussprechen ihrer Namen bereitete ihm größte Mühe, und als jemand eine rohe Bemerkung über sein Leiden fallen ließ, platzten aus dem allgemeinen Lärm Lachsalven heraus, denen der Prinzgemahl schließlich mit einem Winken seiner schinkengroßen Hand Einhalt gebot.

Vlad Tepes auf dem Thron wirkte so wuchtig wie ein Standbild, und sein monströs aufgedunsenes Gesicht unter den welken, grauen Haaren war tiefrot. Sein übelriechender Schnurrbart, der steif von frischem Blut war, hing ihm bis auf die Brust hinunter, und sein mit schwarzen Bartstoppeln übersätes Kinn war von Soßenflecken, die von seinem letzten Mahl stammten, verschmiert. Der Mantel mit Hermelinkragen, der ihm über den Schultern hing, erinnerte an die Flügel einer riesigen Fledermaus; darunter war er nackt. Sein Körper war über und über mit verfilzten Haaren bewachsen, und Blut- und Schmutzrinden bedeckten seine Brust und seine Glieder. Sein weißes Geschlecht, dessen Spitze hochrot wie eine Natternzunge war, lag, wie eine Schlange gerollt, in seinem Schoß. Sein Körper war geschwollen wie der eines Blutegels, und seine seildicken Adern pulsierten deutlich.

Beauregard, den der Geruch wie ein Faustschlag traf, wankte bei diesem Anblick. Geneviève hielt ihn fest und sah sich im Saal um.

»Das hätte ich mir nie träumen lassen...«, murmelte Beauregard, »niemals...«

Ein Karpater in zerfetzter Uniform jagte ein blutwarmes Mädchen durch den Raum. Er brachte es mit einem Schlag seiner Bärentatze zu Fall und schlug seinen Kiefer in ihren Rükken und ihre Seiten. Er trank von ihr und riß Fleischstücke aus ihr heraus.

Der Prinzgemahl lächelte.

Die Königin kniete vor dem Thron. Sie hatte ein nagelbesetztes Halsband um, das durch eine schwere Kette mit einem lokker sitzenden Armband an Draculas Handgelenk verbunden war. Sie trug nur ein Hemd und Strümpfe; ihr braunes Haar fiel offen auf ihre Schultern, und ihr Gesicht war blutverschmiert. Es war unmöglich, in diesem mißhandelten Mädchen die rundliche alte Frau wiederzuerkennen, die sie einmal gewesen war. Geneviève hoffte, daß die Königin den Verstand verloren hatte, befürchtete aber, daß sie nur zu gut wußte, was um sie herum vor sich ging. Sie blickte zur Seite, um dem Karpater nicht bei seiner Mahlzeit zusehen zu müssen.

»Königliche Hoheiten«, sagte Beauregard und verbeugte sich.

Das Gelächter, das im mit kantigen Zähnen besetzten Rachen des Vlad Tepes explodierte, klang, als hätte sich eine enorme Darmverstopfung gelöst. Sein Mundgeruch füllte den Raum. Alles an ihm war tot und verwest.

Ein eleganter Vampirjüngling in einem enganliegenden Anzug aus schimmerndem schwarzen Samt stellte dem Prinzgemahl die beiden Gäste vor. Geneviève erkannte unter den Anwesenden auch den Premierminister Lord Ruthven.

»Dies sind die Helden von Whitechapel«, erklärte der englische Vampir, wobei er vor Mund und Nase vornehm ein Taschentuch schwenkte.

Der Prinzgemahl verzog sein Gesicht zu einem grausamen Lächeln. Seine Augen leuchteten dabei wie grellrote Öfen, und sein Schnurrbart knarrte wie Lederriemen.

»Die Dame und ich sind miteinander bekannt«, sagte er überraschend prononciert und höflich. »Wir haben uns im Schloß der Gräfin Dollingen in Graz kennengelernt, vor ungefähr hundert Jahren.«

Geneviève konnte sich gut an die Begegnung erinnern. Die Gräfin hatte, snobistisch wie eh und je, das eingeladen, was sie als Aristokratie der Untoten bezeichnete. Die blassen, uninteressanten Karnsteins aus der Steiermark waren gekommen, dazu einige von Vlad Tepes' transsylvanischen Kumpanen, nämlich Prinzessin Vajda, Gräfin Bathory, Graf Iorga und Graf Krolock. Aus Frankreich war Saint-Germain angereist, aus Spanien Villanueva, aus Mexiko Duval. Bei jenem Treffen war Vlad Tepes allen wie ein ungehobelter Parvenü vorgekommen, und sein Vorschlag, einen Vampirkreuzzug zu unternehmen, um die erbärmliche Menschheit seinem Banner zu unterwerfen, war allgemein ignoriert worden. Geneviève hatte sich seitdem bemüht, andere Vampire zu meiden.

»Sie haben uns hervorragende Dienste geleistet, Engländer«, meinte der Prinzgemahl, doch das Lob klang wie eine Drohung.

Beauregard trat vor.

»Ich habe ein Geschenk mitgebracht, königliche Hoheiten«, sagte er, »ein Andenken an unsere Arbeit im East End.«

Vlad Tepes' Augen schimmerten vor Lust. In der Tiefe seines Herzens war er so spießbürgerlich habgierig wie alle wahren Barbaren. Trotz seiner hochtrabenden Titel hatte er sich kaum eine Generation von den Gebirgsrüpeln entfernt, die seine Vorfahren gewesen waren. Nichts liebte er mehr als hübsche Dinge. Grelle, schimmernde Spielzeuge.

Beauregard entnahm seiner inneren Brusttasche einen Gegenstand, der in ein Tuch eingewickelt war, und packte ihn aus.

Silber leuchtete auf.

Im Thronsaal kehrte Ruhe ein. Die Vampire, die sich in dunklen Ecken lautstark schmatzend am Fleisch von Knaben und Mädchen gütlich getan hatten, die Karpater, die sich in ihrer schlichten Sprache angeraunzt hatten, alle wurden still.

Der Prinzgemahl legte seine Stirn in zornige Falten, aber dann verwandelten Verachtung und amüsiertes Interesse sein Gesicht in eine breit grinsende Maske obszönen Vergnügens.

Beauregard hielt Dr. Sewards Silberskalpell in der Hand. Geneviève hatte es ihm in jener Nacht gegeben. Als Beweisstück, wie sie geglaubt hatte.

»Bilden Sie sich etwa ein, mich mit diesem Nädelchen herausfordern zu können, Engländer?«

»Es ist ein Geschenk«, antwortete Beauregard. »Aber es ist nicht für Euch.«

Geneviève trat vorsichtig zur Seite. Die Karpater hatten von ihren Vergnügungen abgelassen und sich im Halbkreis um Beauregard aufgebaut. Zwischen letzterem und dem Thron stand niemand, aber falls Beauregard auch nur einen Schritt in Richtung des Prinzgemahls tun würde, würde er auf eine stabile Mauer aus Vampirfleisch und -knochen stoßen.

»Es ist für meine Königin«, sagte Beauregard und warf ihr das Messer zu.

Geneviève sah, wie Vlad Tepes' Augen das Silber reflektierten und dunkler Zorn in seinen Pupillen explodierte. Victoria fing das taumelnde Skalpell aus der Luft auf...

Um diesen einen Augenblick hatte sich alles gedreht. Alles hatte darauf abgezielt, Beauregard in den Palast zu bringen. Alles nur, damit er diese Pflicht erfüllen konnte. Geneviève, die ihn noch in ihrem Mund schmeckte, verstand.

Victoria stach mit dem Skalpell unter ihrer Brust zu, heftete sich das Hemd an den Leib und durchbohrte sich ihr Herz.

Aus ihrer tödlichen Wunde schoß Blut. Mit einem Ausdruck des Triumphs und der Freude fiel sie vom Thronpodest und rollte, ihre rasselnde Kette nach sich ziehend, die Stufen hinunter.

Vlad Tepes, der plötzlich kein Prinzgemahl mehr war, war aufgesprungen. Sein Mantel umwehte ihn wie eine Gewitterwolke, riesige Hauer explodierten in seinem Gesicht, und seine Hände wurden zu einem Bündel von Speeren. Beauregard, das wußte Geneviève, war so gut wie tot, aber er hatte jenem mächtigen Monstrum einen Schlag versetzt, von dem es sich nie wieder erholen würde. Das Britische Empire, das Vlad Tepes an sich gerissen hatte, würde sich gegen ihn erheben. Er war in seinem Hochmut zu weit gegangen.

Die Karpater hatten sich auf Beauregard gestürzt, und ihre reißenden Krallen und Zähne waren schon blutrot. Geneviève glaubte, auch sterben zu müssen. Indem er sie nicht in seine Pläne eingeweiht hatte, hatte sich Beauregard bemüht, Schaden von ihr abzuwenden, aber sie war zu dickköpfig gewesen. Sie hatte darauf bestanden, herzukommen und Vlad Tepes in dem Drachennest zu sehen, das er sich bereitet hatte.

Der kam jetzt vom Thronpodest herunter und auf sie zu. Aus seinem Mund und seinen Nasenlöchern trat übelriechender Dampf.

Aber sie war älter als er, und sie wurde nicht wie er durch beschränkte, selbstsüchtige Phantasien geblendet. Er hatte sich über Jahrhunderte hinweg für etwas Besonderes, für ein höheres, von der Menschheit unabhängiges Wesen gehalten, während sie wußte, daß sie nur eine Zecke in der Haut der Blutwarmen war.

Sie duckte sich vor dem Zugriff seiner Hände, so daß er ins Leere faßte, das Gleichgewicht verlor und wie ein gefällter Baum zu Boden stürzte. Der Marmor zersprang unter dem Aufprall seines Gesichtes. Das Alter und sein aufgedunsener Zustand hatten ihn langsam werden lassen. Er hatte zuviel geschwelgt und zu isoliert gelebt. In seinem Hals platzten Adern, daß das Blut nur so herausspritzte, aber sie wuchsen sofort wieder zusammen.

Während Vlad Tepes schwerfällig versuchte, sich wieder aufzurappeln, herrschte unter seinen Höflingen Verwirrung. Einige wandten sich wieder ihren blutigen Vergnügungen zu; andere fielen dem Stumpfsinn anheim.

Geneviève konnte nichts für Beauregard tun.

Ruthven wußte nicht recht, was er tun sollte. Da die Königin jetzt wirklich tot war, würde manches anders werden. Er hätte Geneviève am Verlassen des Palastes hindern können, zögerte als ewiger Politiker jedoch und trat schließlich zur Seite.

Merrick hatte ihr schon die Tür geöffnet, und so entkam sie der infernalischen Hitze und dem Gestank des Thronsaals. Der Diener schlug die Türen zu und stemmte sich mit dem Rücken dagegen. Er war Teil von Beauregards Verschwörung gewesen, und er war ebenso gewillt, für seine Monarchin das Leben zu geben. Mit einem Kopfnicken wies er Geneviève zum Hauptportal hin und stieß ein langgezogenes Gebrüll aus, das sie als »Raus hier« deutete.

Sie grüßte den Mann kurz zum Abschied und lief aus dem Palast. Draußen loderten große Feuer in der Nacht. Die Nachricht würde sich bald verbreiten.

Auf das Pulverfaß war ein Funke übergesprungen.

Sommergeister

Antonia Byatt

Eine unheimliche Geschichte der ganz leisen Art, ein stilles, abgründiges Stück Filigranliteratur von Antonia Byatt, einer Wordsworth-Kennerin, die mit Besessen *einen nichtkalkulierten Bestseller gelandet hat, was man heutzutage durchaus als Seltenheit betrachten darf.* Sommergeister *ist eine komplexe, lyrische und merkwürdig sonnendurchflutete Geistergeschichte, die mit einem Stilmittel arbeitet, das so häufig nun wirklich nicht eingesetzt wird – dem Moment des Schweigens.*

»Ich glaube, ich muß aus meiner derzeitigen Wohnung ausziehen«, sagte er. »Ich habe Probleme mit meiner Vermieterin.«

Er pflückte ein langes, blondes Haar vom Rücken ihres Kleids, so gewandt, daß es einfach nur aufmerksam wirkte. Auch wenn es darum ging, Glas, Teller und Besteck zu balancieren, war er sehr geschickt. Er hatte eine gewisse würdevolle Trübsal an sich, wie ein deprimierter Raubvogel. Sie fand ihn interessant.

»Was für Probleme? Beziehungs-, Finanz- oder häusliche Probleme?«

Er wickelte das Haar um seinen Finger und betrachtete es aufmerksam; dabei wich er ihrem Blick aus.

»Keine finanziellen also. Erzählen Sie's mir? Vielleicht weiß ich eine Übergangslösung für Sie. Ich kenne eine Menge Leute.«

»Das glaube ich gern.« Er lächelte schüchtern. »Es ist nicht einfach zu beschreiben. Wir sind nur zu zweit im Haus. Ich wohne im Dachgeschoß. Hauptsächlich.«

Er verstummte. Offensichtlich war er ziemlich zurückhaltend und verschlossen. Aber er hatte ihr etwas von sich erzählt. Und das wirkt im allgemeinen recht anziehend.

»Hauptsächlich?« ermutigte sie ihn.

»Ach nein, *so* ist es nicht. Na ja, nicht... Wollen wir uns nicht setzen?«

Sie schoben sich an den anderen Gästen vorbei; es war eine große Party, an einem heißen Tag. Er blieb stehen, fand eine Flasche und goß ihr ein. Er hatte nicht fragen müssen, was sie trank. Sie setzten sich nebeneinander auf ein Sofa: Er bewunderte die leuchtend roten Mohnblüten auf ihrem smaragdgrünen Kleid und ihre hübschen Sandalen. Sie war den Sommer über nach London gekommen, um im Britischen Museum zu arbeiten. Eigentlich hätte sie die wenigen Manuskript-Recherchen auch in Tucson durchführen können, mit Mikrofilmen, aber sie mußte eine Liebesaffäre zu Ende bringen, die sich dahinschleppte. In einem bestimmten Alter kann man in gestohlenen Momenten, Tagen oder Wochen mit einem verheirateten Professor noch so herzzerreißend glücklich sein – irgendwann gibt man ihn entweder frei oder macht einen glatten Schnitt und flieht. Sie hatte beides versucht und ging jetzt davon aus, ihre Flucht sei gelungen. Daher war es angenehm, hier so freundlich aufgenommen zu werden. Probleme lassen sich lösen. Das hatte sie ihm schon gesagt und dabei ihr hübsches

Gesicht seiner unglücklichen Miene zugewandt, und ihr langes, helles Haar war ihr über die Schulter gefallen. Es hatte vor einem Jahr angefangen, erzählte er ihr hektisch, es hatte sogar ebenfalls auf einer Party begonnen; er hatte diese Frau kennengelernt, seine derzeitige Vermieterin, und dann hatte er, wenn auch nicht sofort, eine Art Fauxpas begangen, das war ihm jetzt klar, und sie hatte sich sehr anständig benommen, wenn man alles in Betracht zog, und daher...

Er hatte gesagt: »Ich glaube, ich muß aus meiner derzeitigen Wohnung ausziehen.« Er war ziemlich verstört gewesen, wäre beinahe auch nicht zu dieser Party gegangen, aber er hatte nicht mehr allein weitertrinken wollen. Die Frau hatte ihn kühl angesehen und gefragt: »Warum?« Man konnte nicht an einem Ort weiterleben, sagte er, an dem man einmal unglaublich glücklich gewesen war und an dem man sich jetzt hundeelend fühlte, ganz gleich, welche Vorteile dieser Ort haben mochte. Vorteile, Freunde, alle möglichen Dinge kamen ihm jetzt blaß und nichtssagend vor, verglichen mit der Erinnerung und der Hoffnung, die Tür zu öffnen und Anne davor zu finden, lachend und atemlos, Anne, die erwartete, daß er ihr erzählte, was er den Tag über gelesen oder gedacht oder gegessen oder gefühlt hatte. Jemand, den ich geliebt habe, ist gegangen, sagte er. Er war auch damals zurückhaltend gewesen und hatte es sich versagt, in eine Flut von Sätzen auszubrechen: wie vollkommen unerwartet alles für ihn gekommen war, wie er beim Nachhausekommen nur einen Umschlag auf dem leeren Tisch gefunden hatte, Lücken in den Bücherregalen, in der Plattensammlung, im Küchenschrank. Sie mußte es schon seit Wochen geplant haben, daran gedacht haben, wenn er auf ihr lag, wenn sie ihm ein Glas Wein eingoß, wenn... Nein. Er wollte sich nicht in würdelosen Beschimpfungen ergehen, und was er fühlte, war ohnehin schlimmer als jede Wut: Er spürte nur Trauer, einfache, kindliche Trauer. »Orte sollten einem eigentlich gleichgültig sein«, sagte er zu der Frau. »Sie sind es aber nicht«, hatte sie geantwortet. »Ich kenne das.«

Sie hatte ihm vorgeschlagen, ihr Untermieter zu werden; sie hatte viel zuviel Platz, und ihr Mann war selten zu Hause. »Wir hatten uns in der letzten Zeit nicht mehr viel zu sagen.« Er würde eine abgeschlossene Wohnung haben, es gab eine Küche und ein Bad im Dachgeschoß; sie würde ihn nicht stören. Außerdem gehörte ein großer Garten zum Haus. Vielleicht gab das den Ausschlag. Es war sehr heiß, mitten in London, in jener Jahreszeit, in der ein Mann das Gefühl bekommt, alles für ein Zimmer zu geben, das sich auf Gras und Bäume hinaus öffnet; er wollte nicht mehr in einer Wohnung hoch über einer staubigen Straße leben. Und wenn Anne zurückkam, würde die Tür verschlossen und verriegelt sein. Er konnte aufhören, dauernd an Annes Rückkehr zu denken. Das war immerhin ein Entschluß: Anne hatte ihn immer für unentschlossen gehalten. Er würde ohne Anne auskommen.

In den ersten Wochen nach seinem Einzug sah er wenig von der Frau. Sie begegneten einander auf der Treppe, und einmal, an einem heißen Sonntag, war sie heraufgekommen, um ihm zu sagen, daß er den Garten jederzeit benutzen dürfe. Er hatte angeboten, ein wenig Unkraut zu jäten und den Rasen zu mähen, und sie hatte das Angebot angenommen. Das war an jenem Wochenende, als ihr Mann zurückkehrte, dicht vor die Haustür fuhr, hereingerannt kam und im leeren Treppenhaus rief: »Imogen, Imogen!« Worauf sie erstaunlicherweise mit einem hysterischen Aufschrei geantwortet hatte. Nichts in der Erscheinung ihres Mannes – er hieß Noel – rechtfertigte diese Reaktion; ihr Untermieter, der nach dem Schrei über das Treppengeländer spähte, hatte durch den Treppenschacht ihr ihm zugewandtes Gesicht gesehen und beobachtet, wie es wieder die übliche unbewegte und ruhige Miene annahm, als sie ihn bemerkte. Nachdem er Noel gesehen hatte, einen kahl werdenden, etwa fünfunddreißigjährigen Mann in einem abgewetzten Cordanzug, konnte er jetzt auch ihr Alter erraten, wozu er vorher nicht imstande gewesen war. Sie war eine sehr gepflegte Frau, das ausgebleichte blonde Haar zu einem Knoten im Nacken geschlungen, mit langen, schlanken Beinen, den Blick meist zu Boden gesenkt. Trotzdem war »sanft« irgendwie nicht das richtige Wort für sie. Sie erklärte, sie habe geschrien, weil Noel so unerwartet nach Hause gekommen war und sie sich erschreckt habe: Es tue ihr leid. Das schien eine akzeptable Erklärung zu sein. Die verblüffende Heftigkeit des Schreis hing vielleicht nur mit dem Echo im Treppenschacht zusammen. Trotzdem schien Noel von dem Vorfall völlig niedergeschlagen zu sein.

Er war ihnen aus dem Weg gegangen an diesem Wochenende, hatte leichten Fußes immer zwei Stufen zugleich genommen und sich ein wenig bedrückt gefühlt, als er aus seinem Küchenfenster in den wunderschönen, überwucherten Garten hinabsah. Sonntag um die Mittagszeit hatte er Noel, den Ehemann, auf der Treppe schreien hören.

»Ich kann so nicht weitermachen, wenn du dich nicht änderst. Ich habe mein Bestes gegeben, ich habe tausendmal versucht, zu dir durchzudringen. Aber du willst es nicht einmal *versuchen*! Also gut, ich muß mein eigenes Leben leben, man kann ein Leben ja nicht einfach wegwerfen... oder?«

Er war wieder auf den dunklen oberen Treppenabsatz geschlichen und hatte gesehen, wie sie vollkommen reglos auf der Treppe stand und zusah, wie Noel mit den Händen herumfuchtelte und brüllte, ihre Miene gelassen, geduldig, als würde auch diese Belästigung bald wieder vorübergehen. Noel schluckte und holte tief Luft; er sah zu ihr auf und sagte traurig: »Du siehst ja, ich halte es einfach nicht aus. Ich werde mich melden, ja? Du mußt doch... doch auch wollen... du mußt...«

Sie gab keine Antwort.

»Wenn du etwas brauchst, weißt du ja, wo du mich findest.«

»Ja.«

»Also gut...« sagte Noel und ging zur Tür. Sie sah ihm von der Treppe aus nach, bis er die Tür hinter sich geschlossen hatte, und ging dann weiter nach oben, Stufe für Stufe, als müsse sie sich dazu zwingen, um schließlich bei ihm anzuklopfen und ihn – vollkommen ungezwungen – zu bitten, doch den Garten zu benutzen, wenn er wolle, und sich nicht an den Streitigkeiten zu stören. Er würde doch sicher verstehen... die Dinge waren nicht einfach... Noel würde einige Zeit nicht zurückkommen. Er war Journalist und aus diesem Grund viel unterwegs. Vielleicht war es besser so. Sie beließ es bei diesem »Vielleicht ist es besser so«. Mit Worten ging sie sehr sparsam um.

Also gewöhnte er sich an, im Garten zu sitzen. Es war ein reizender Ort: ein ausgedehnter, versteckter, von einer Mauer umgebener Garten im Süden Londons, mit alten Obstbäumen am Ende, einem wild wogenden Schmetterlingsstrauch, halbkreisförmig angelegten Beeten voll alter Rosen und einem Rasen aus zu hoch gewachsenen, dichten Gräsern. Auf der anderen Seite der Mauer lag ein kleiner Park, das alte Gemeindeland, gesäumt von einem Pfad, der an den Gärten entlangführte. Sie kam hinaus und half ihm im Schuppen, den alten Rasenmäher wieder zusammenzusetzen und zu ölen, und stand unter den Zweigen des Apfelbaums, während er probeweise eine Schlangenlinie in ihre Wiese schnitt. Jenseits der Mauer waren Kinder zu hören, die miteinander Fußball spielten. Er fragte sie, wie man die Messer richten könne: Was Mechanik anging, war er nicht besonders begabt.

»Die Kinder sind manchmal ziemlich laut«, sagte sie. »Und die Hunde. Ich hoffe, das stört Sie nicht. Aber heutzutage gibt es so wenig Plätze, wo Kinder spielen können.«

Er antwortete ihr wahrheitsgemäß, daß er Geräusche, die ihn nicht betrafen, einfach nicht wahrnahm, wenn er sich konzentrierte. Nachdem er den Rasen auf Vordermann gebracht hatte, wollte er sich im Gras niederlassen und lesen, sich ein paar Notizen über Hardys Gedichte machen, über ihr merkwürdig altertümliches Vokabular.

»Es ist übrigens gar nicht weit bis zur Straße«, sagte sie. »Der Eindruck täuscht. Der Park schafft eine Illusion von Entfernung. In Wirklichkeit besteht er nur aus ein paar Brombeerhekken und einem Bolzplatz, und dahinter liegt die Schnellstraße. Ich hasse diese kleinen Londoner Parks.«

»Aber es riecht gut, nach Ginster und nach nassem Gras. Eine angenehme Illusion.«

»Illusionen sind niemals angenehm«, sagte sie entschieden und ging ins Haus zurück. Er fragte sich, womit sie ihre Zeit verbrachte; von kurzen Einkaufsgängen abgesehen schien sie immer im Haus zu sein. Er war sicher, daß sie ihm als berufstätige Frau vorgestellt worden war; wahrscheinlich hatte sie irgend etwas mit Büchern zu tun, wie alle Leute, die er kannte. Vielleicht saß sie in ihrem nach Norden gelegenen Wohnzimmer und dichtete. Er konnte sich diese Gedichte nicht vorstellen. Frauen schrieben im allgemeinen sehr gefühlsbetonte Gedichte, bei weitem angenehmere als Männer, wie schon Kingsley Amis festgestellt hatte, aber trotz ihrer Gelassenheit und Schweigsamkeit kam sie ihm zu verschlossen und zu leidenschaftlich – zu verbissen? – für so etwas vor. Er erinnerte sich an ihren Schrei. Vielleicht schrieb sie Gesänge von Haß und Gewalt wie die Plath. Aber auch das wollte irgendwie nicht passen. Vielleicht arbeitete sie als freie Mitarbeiterin beim Rundfunk. Er machte sich nicht die Mühe, irgendwelche gemeinsamen Bekannten nach ihr zu fragen. Während dieses ganzen Jahres, erklärte er der Amerikanerin auf der Party, hatte er mit niemandem wirklich über sie *gesprochen*. Natürlich nicht, entgegnete sie gleichermaßen vage wie teilnahmsvoll. Selbstverständlich, daß er das nicht getan hatte. Er wußte nicht, was daran so selbstverständlich war, fuhr aber erst einmal mit seinem Bericht fort.

Während der nächsten Wochen hatten sie sich ein wenig näher kennengelernt, jedenfalls bis zu dem Punkt, an dem man sich gegenseitig Teebeutel ausborgt oder sich hin und wieder sogar eine Kanne teilt. Der Sommer war heißer geworden. Er hatte im Schuppen einen altmodischen Liegestuhl mit verblaßtem gestreiften Bezug gefunden, hatte ihn abgestaubt und hinaus auf den frischgemähten Rasen gestellt, und dort saß er, las ein wenig, schrieb ein wenig, stand ab und zu auf und zog ein paar Quecken aus dem Boden. Er hatte sich verschätzt, was die Störungen durch Kinder anging: Er wurde ständig von Kindern aller Altersstufen unterbrochen, die nach allen möglichen Arten von Bällen suchten, die entweder vor seine Füße fielen oder ins Gebüsch krachten oder im Staudenbeet verschwanden, schwarzweiße Fußbälle, Strandbälle mit konzentrischen Kreisen in den Grundfarben, grellgelbe Tennisbälle. Die Kinder kamen über die Mauer: schwarze Gesichter, braune Gesichter, wehendes langes Haar, rasierte Nacken, anständige Sonnenhüte mit Pünktchenmuster und Armeekappen in Tarnfarben von Millett's. Sie erklommen die Mauer mühelos, in Sandalen, Turnschuhen, einige auch barfuß, schmutzige, sonnengebräunte Beine, Baumwollröcke, Jeans, Fußballshorts. Manchmal hockten sie oben auf der Mauer, sahen ihn und zeigten auf den Ball; manchmal warf er einen Ball zurück, um dabei wiederholt kleine unreife Äpfel oder Birnen vom Baum zu holen. Es gab auch ein Tor unter den Bäumen, das er einmal zu öffnen versuchte, aber nachdem er sich einige Zeit mit dem rostigen Riegel abgemüht hatte, entdeckte er, daß das Schloß neu war und kein Schlüssel darin steckte.

Der Junge im Baum schien nicht nach einem Ball zu suchen. Er saß in einer Astgabel, ließ die Beine baumeln und fingerte an einem Knoten im ausgefransten Ende des Seils herum, das an dem Ast befestigt war, auf dem er saß. Er trug Jeans, Turnschuhe und ein leuchtend buntes T-Shirt, gestreift wie ein Regenbogen, und zwar in der korrekten Farbabfolge, was dem Mann auf dem Rasen gefiel. Er hatte ziemlich langes blondes Haar, das ihm über die Augen fiel und verhinderte, daß man sein Gesicht genau erkennen konnte.

»He, du da! Paß auf, daß du nicht runterfällst.«

Der Junge blickte auf, grinste und verschwand wie ein Affe über die Mauer. Sein Grinsen war offen und freundlich gewesen, nicht im mindesten unverschämt.

Am nächsten Tag war er wieder da, lehnte sich mit gekreuzten Armen in der Baumkrone zurück. Er trug dasselbe T-Shirt, dieselben Jeans. Der Mann beobachtete ihn, erwartete, daß er wieder verschwinden würde, aber der Junge blieb ruhig sitzen, lächelte freundlich zu ihm hinab und starrte dann nach oben, in den Himmel. Der Mann las ein wenig, blickte wieder auf, sah ihn immer noch im Baum und sagte:

»Hast du was verloren?«

Der Junge antwortete nicht; kurz darauf kletterte er ein wenig tiefer, hangelte sich an einem Ast entlang, ließ sich zu Boden fallen, hob grüßend den Arm und verschwand auf dem üblichen Weg über die Mauer.

Zwei Tage danach lag er am Rand des Rasens auf dem Bauch, diesmal in einem weißen T-Shirt mit blauen Schiffen und Wellen darauf. Er kaute auf einem Grashalm und betrachtete den Boden, als würde er Insekten beobachten. Der Mann sagte: »Hallo«, und der Junge hob den Kopf, erwiderte seinen Blick aus leuchtend blauen Augen unter langen Wimpern, schenkte ihm abermals dieses durch und durch warme und offene Lächeln und wandte seine Aufmerksamkeit wieder dem Boden zu.

Er zögerte, den Jungen zu erwähnen, der so harmlos und rücksichtsvoll zu sein schien, aber als er ihm begegnete, wie er aus der Küchentür trat, ihn ansprach und wieder keine andere Antwort erhielt als das freundliche Lächeln, bevor der Junge zur Mauer davonrannte, dachte er doch daran, mit der Vermieterin darüber zu sprechen. Also fragte er sie, ob sie Kinder im Garten stören würden. Sie verneinte das, die Kinder müßten nach ihren Bällen suchen können, so etwas gehörte einfach zur Kindheit. Aber er blieb beharrlich – eines der Kinder habe er dabei angetroffen, wie es gerade aus dem Haus kam. Der Junge hatte offenbar nichts weiter getan, aber man wußte ja nie. Er dachte, sie solle das wissen.

Das war vielleicht ein Freund ihres Sohnes gewesen, antwortete sie. Sie sah ihn freundlich an und erklärte: Ihr Sohn war im Sommer vor zwei Jahren, zusammen mit anderen Kindern, aus dem kleinen Park hinausgerannt und auf der Straße überfahren worden. Mehr oder weniger sei er sofort tot gewesen, fügte sie ungerührt hinzu, als ginge sie davon aus, daß er nicht weiterfragen würde, wenn sie ihm das unbedingt Notwendige mitteilte. Er erklärte, das tue ihm sehr, sehr leid, und fühlte sich lächerlicherweise schuldig und ein wenig verletzt, weil er nichts davon gewußt und sich mit dieser beiläufigen Bemerkung und seiner peinlichen Unkenntnis vielleicht unbeabsichtigt zum Narren gemacht hatte.

Wie hatte der Junge ausgesehen, fragte sie. »Ich – ich spreche nicht mit seinen Freunden. Es tut mir weh. Es könnte Timmy sein oder Martin. Vielleicht hat der Junge etwas verloren, oder vielleicht will er...«

Er beschrieb den Jungen. Blond, etwa zehn Jahre alt, auch wenn er das Alter von Kindern nicht gut einschätzen konnte, mit sehr, sehr blauen Augen, schmal, in Jeans und mit einem T-Shirt in Regenbogenfarben, das er aber nicht immer trug – ach, und mit Fußballschuhen in Schwarz und Grün. Das andere T-Shirt hatte ein blaues Schiffe-und-Wellen-Muster gehabt. Und er hatte ein besonders nettes Lächeln. Ein wirklich *liebenswertes* Lächeln. Ein netter Junge.

Er war an ihr Schweigen gewöhnt. Aber diesmal dauerte es länger und länger. Sie starrte einfach in den Garten hinaus. Nach einiger Zeit sagte sie mit dem üblichen präzisen, gelassenen Tonfall: »Alles, was ich mir noch wünsche auf dieser Welt, ist, diesen Jungen zu sehen.«

Sie starrte hinaus in den Garten, und er starrte mit ihr, bis das Gras zu tanzen schien und die Umrisse der Büsche vor seinen Augen verschwammen. Einen Augenblick lang teilte er ihre Qual, den Jungen nicht sehen zu können. Dann seufzte sie leise und sank ohnmächtig zu seinen Füßen nieder.

Danach war sie, für ihre Verhältnisse, beinahe redselig. Er

hatte sich nicht von der Stelle gerührt, nachdem sie ohnmächtig geworden war, sondern war geduldig sitzengeblieben, bis sie sich wieder regte und sich aufsetzte; dann holte er ihr ein Glas Wasser und hätte sich zurückgezogen, aber sie fing an zu reden.

»Ich bin zu rational, um Gespenster zu sehen, und ich glaube auch nicht an ein Leben nach dem Tod, abgesehen davon, daß ich nicht verstehe, wie andere das können; ich fand die Vorstellung immer ganz zufriedenstellend, daß man einfach zum Ende kommt, wie abgeschnitten. Ich dachte, Geister wären etwas, was die Leute sehen *wollen*, oder was sie zu sehen befürchten... und nachdem er tot war, war meine einzige Hoffnung, daß ich verrückt werden, mir tatsächlich einbilden würde, ich könnte ihn sehen oder hören, statt jeden Tag auf seine Rückkehr von der Schule zu warten. Denn ich kann weder meinen Körper noch meinen Geist davon abbringen zu warten, jeden und jeden Tag, ich kann einfach nicht damit aufhören. Und sein Zimmer, manchmal gehe ich abends herein, und ich denke, ich könnte vielleicht einen einzigen Augenblick lang vergessen, daß er *nicht* dort liegt und schläft. Ich glaube, ich würde alles geben, um ihn einen Augenblick lang zu sehen, so, wie er früher war. Im Schlafanzug, mit verwuscheltem Haar und mit... Sie haben ja selbst gesagt, mit seinem... mit diesem *Lächeln*.

Als es passiert ist, haben sie Noel geholt, und Noel kam herein und rief meinen Namen, wie neulich, deshalb habe ich geschrien, weil es ganz genauso war – und dann haben sie gesagt, er ist tot, und ich dachte nur, er *ist* tot, das wird jetzt weiter und weiter gehen bis ans Ende der Zeit, ›ist‹ ist immer Gegenwart, man denkt die lächerlichsten Dinge, und ich dachte an Grammatik, an das Verb ›sein‹, und wann man aufhört, tot zu sein... Und dann ging ich hinaus in den Garten und habe irgendwie vor meinem geistigen Auge so eine Art gespenstischen Abdruck seines Gesichts gesehen, nur die Augen und das Haar kamen auf mich zu – wie jeden Tag, wenn ich gewartet habe, daß er nach Hause kommt, so, wie man eben an seinen Sohn denkt, mit so viel Liebe, wenn er nicht da ist, und ich... ich dachte – nein, ich *will* ihn nicht sehen, weil er tot ist, und ich will nicht von ihm träumen, weil er tot ist, ich werde vernünftig sein und praktisch denken und mein Leben weiterleben, weil ich es muß, und dann war da noch Noel...

Ich habe es völlig falsch angefangen, wissen Sie. Ich war so *vernünftig*, und dann war ich so entsetzt, weil ich mich einfach nicht mehr dazu bringen konnte, irgend etwas zu wollen. Ich konnte nicht mal mit Noel *reden*. Ich... ich habe Noel gezwungen, alle Fotos zu zerstören, ich habe nicht geträumt, man kann sich dazu bringen, nicht zu träumen, und ich habe sein Grab nicht besucht, keine Blumen, das macht alles keinen Sinn. Ich war so vernünftig. Nur mein Körper hat nie aufgehört zu warten, und er will nur eines – den Jungen sehen. *Diesen* Jungen. Den Jungen, den Sie... gesehen haben.«

Er sagte nicht, daß es vielleicht ein anderer Junge gewesen sein könnte. Er sagte nicht – obwohl ihm die Idee durch den Kopf schoß –, daß er vielleicht etwas gesehen hatte, was Ergebnis ihres intensiven Wunsches war, einen Jungen zu sehen, wo nichts war. Der Junge hatte nichts Schreckliches an sich, keine Ausstrahlung von Schmerz und Qual gehabt; er war, diese Erinnerung konnte er nicht leugnen, einfach ein reizender, höflicher, selbständiger Junge, der seinen eigenen Interessen nachging. Und tatsächlich hatte die Frau ja selbst sofort die Möglichkeit ins Spiel gebracht, daß er gesehen hatte, was sie unbedingt sehen wollte, eine Art atmosphärischer Störung, Wellensalat, wie wenn man plötzlich Polizeifunk im Radio hört oder BBC1 bekam, obwohl man den mit »ITV« beschrifteten Schalter betätigt hatte. Sie überlegte schnell weiter und fuhr beinahe gleich darauf fort mit der Vermutung, daß vielleicht seine eigene Trauer, die Trauer um Anne, sie beide – wenn sie das so ausdrücken durfte – einander nahe genug gebracht hatte, so daß sich ihre Wellenlängen vermischt hatten und er vielleicht empfänglich geworden war... Meinen Sie damit, hatte er gefragt, daß wir beide, wenn wir hier zusammen sind, ein emotionales Vakuum darstellen, das gefüllt werden muß? Etwas in dieser Richtung, hatte sie geantwortet, und hinzugefügt: »Aber ich glaube nicht an Geister.«

Anne, dachte er, konnte kein Geist sein, weil sie irgendwo anders war, zusammen mit einem anderen, und für diesen anderen all die Dinge tat, die sie immer so vergnügt für ihn erledigt hatte: sie hatte wohlschmeckende kleine Mahlzeiten zubereitet, kleine Recherchen für ihn durchgeführt, eine Vase ungewöhnlicher Blüten auf seinen Schreibtisch gestellt, ein neues Hemd mit gewagtem Muster gekauft, das überhaupt nicht seinem vorsichtigen Geschmack entsprach, aber er hatte gut darin ausgesehen, wirklich gut. Irgendwie war Anne sogar noch verlorener, weil sie willentlich abwesend war, eine Abwesende, die man nicht lieben konnte, denn die Liebe hatte, für Anne, ein Ende gefunden.

»Ich denke nicht, daß sich das jetzt weiter fortsetzen wird«, sagte die Frau. »Ich nehme an, darüber zu sprechen wird diesem Wellensalat ein Ende setzen, wenn es sich um so etwas handeln sollte, glauben Sie nicht auch? Aber *wenn* er wiederkommt«, – und jetzt füllten sich ihre Augen zum ersten Mal mit Tränen –, »Sie müssen mir versprechen, daß Sie es mir *sagen*, wenn er wiederkommt, Sie müssen es mir versprechen.«

Er hatte es versprochen, ohne weiter nachzudenken, denn er war sicher gewesen, daß sie recht hatte, daß er den Jungen nicht wiedersehen würde. Aber am nächsten Tag war er wieder da, näher als je, saß auf dem Gras neben dem Liegestuhl, die Arme um die angewinkelten, warmen, braunen Knie geschlungen, und sein dichtes, helles Haar glänzte in der Sonne. Diesmal trug er ein T-Shirt mit Farben und Aufdruck einer Fußballmannschaft, Chelsea. Der Mann im Liegestuhl hätte die Hand ausstrecken und ihn berühren können, aber er tat es nicht; die Geste kam ihm irgendwie unpassend vor. Aber der Junge blickte auf und lächelte, freundlich, ja komplizenhaft, als würde stilles Einvernehmen zwischen ihnen herrschen. Der

Mann versuchte es mit Reden, er sagte: »Schön, dich wiederzusehen«, und der Junge nickte zustimmend, sagte aber selbst nichts. Das war der Anfang der Kommunikation zwischen ihnen, jedenfalls hielt es der Mann dafür. Er dachte nicht daran, die Frau zu holen. Ihm wurde bewußt, daß er sich auf eine merkwürdige Weise in der Gesellschaft des Jungen *wohl fühlte*. Sein Schweigen – er saß den ganzen Morgen da oder starrte nachdenklich zum Haus hinüber – war beruhigend und angenehm. Der Mann kam mit seiner Arbeit gut voran – er schrieb drei brauchbare Seiten über Hardy – und blickte hin und wieder auf, um sich zu versichern, daß der Junge immer noch dort war, in seiner Nähe blieb.

Am Abend erstattete er der Frau Bericht – immerhin hatte er es ihr versprochen. Sie hatte ganz offensichtlich gewartet, gehofft – ihre unnatürliche Ruhe war nervösem Auf- und Abgehen gewichen, und ihre Augen wirkten dunkler und tiefliegender. An dieser Stelle hielt er es für nötig, die Geschichte für die mitfühlende Amerikanerin ein wenig zu verwässern, wie er es bereits vorher getan hatte. Er hatte nur ein Kind erwähnt, das dem verstorbenen Sohn der Frau »ähnlich sah«, und ab jetzt erwähnte er den Jungen überhaupt nicht mehr als handelnde Person in seiner Geschichte, mit dem Ergebnis, daß die Amerikanerin nur noch erfuhr, wie er, der Mann, sich immer mehr in die Trauer der Frau hatte einbeziehen lassen, wie die Trauer für beide eine Art *folie à deux* geworden war, aus der er sich nicht mehr befreien konnte. Was nun folgt, ist nicht das, was er der Amerikanerin erzählte, aber es wird wohl deutlich, an welchen Punkten sich die verwässerte Version mit dem überschneidet, was er wirklich erlebt zu haben glaubte. Er hatte das vage Gefühl, daß es unangemessen sei, über den Jungen zu reden – nicht, weil er befürchtete, man könne ihm nicht glauben, sondern weil vielleicht etwas Schreckliches passieren würde.

»Er hat den ganzen Morgen auf dem Rasen gesessen. Er hatte ein Fußball-T-Shirt an.«

»Was hat er getan? Sieht er glücklich aus? Hat er etwas gesagt?« Ihre Gier, etwas zu erfahren, war bedrückend.

»Er redet nicht. Und er bewegt sich nicht viel. Er wirkte – sehr ruhig. Er ist lange geblieben.«

»Das ist schrecklich. Es ist absurd. Es *gibt* diesen Jungen nicht.«

»Nein. Aber ich habe ihn gesehen.«

»Warum Sie?«

»Ich weiß nicht.« Pause. »Ich habe ihn *wirklich* gern.«

»Er ist – war – ein sehr liebenswerter Junge.«

Ein paar Tage später sah er den Jungen abends durch den Flur laufen; er trug so etwas wie einen Schlafanzug aus pfauenblauem Frottee, oder vielleicht war es auch ein Jogginganzug. Ein Schlafanzug, sagte die Frau sehr bestimmt, als er ihr davon erzählte: sein neuer Schlafanzug. Mit weißen Strickbündchen, nicht wahr, und einem weißen Rollkragen. Er bestätigte das, sah zu, wie sie weinte – das Weinen schien ihr jetzt leichter zu fallen –, und konnte ihre Qual und ihre Verstörtheit kaum ertragen. Aber nie war ihm der Gedanke gekommen, sein Versprechen zu brechen und ihr nicht von dem Jungen zu erzählen. Irgend jemand hatte ihm nun mal eingebleut, daß Versprechen gehalten werden mußten.

Sie sprachen über Kleidung. Wenn es Geister gab, wie konnten sie Kleider tragen, die schon lange verrottet waren, oder die jetzt andere Menschen trugen? Man konnte sich ja vielleicht noch vorstellen – da waren sie sich einig –, wie es die Tibeter und andere Menschen glaubten, daß die Seele eine Zeitlang beim Körper verharrte, bevor sie sich zu ihrer langen Reise aufmachte. Aber Kleidung? Und so viele unterschiedliche Sachen wie in diesem Fall? Es sind wohl tatsächlich Ihre Erinnerungen, die ich sehe, sagte er, und sie nickte nachdrücklich, preßte die Lippen zusammen, stimmte zu, daß dies möglich sein könnte und fügte hinzu: »Ich bin zu rational, um verrückt zu werden, also übertrage ich es offenbar auf Sie.«

Er versuchte zu witzeln: »Wollen Sie damit andeuten, ich wäre empfänglicher für Wahnsinn als Sie?«

»Nein, aber Sie sind sensibler als ich. Ich war nie besonders feinfühlig, und das hat es jetzt nur schlimmer gemacht. Ich wäre die letzte, die einen Geist sehen würde.«

»Es waren also Ihre Erinnerungen, die ich gesehen habe.«

»Ja, das ist wohl eine vernünftige Erklärung. Jedenfalls die vernünftigste, die unter diesen Umständen möglich ist.«

Trotzdem wirkte das Strahlen der blauen Augen des Jungen, sein ernsthaftes Begrüßungslächeln am nächsten Morgen nicht wie die quälende Erinnerung eines anderen Menschen an zurückliegendes Glück. Also sprach der Mann den Jungen direkt an:

»Kann ich etwas für dich tun? Kann ich dir helfen?«

Der Junge schien einige Zeit darüber nachzudenken und hielt den Kopf leicht schräg, als fiele es ihm schwer zu hören. Dann nickte er rasch und vielleicht auch irgendwie dringlich, drehte sich um und rannte ins Haus, wobei er sich umsah, um sich zu überzeugen, daß der Mann ihm folgte. Der Mann betrat das Wohnzimmer durch die Terrassentür, hinter dem Jungen, der einen Augenblick lang mitten im Zimmer stehenblieb, während der Mann blinzelnd versuchte, sich an die veränderten Lichtverhältnisse zu gewöhnen. Die Frau saß in einem Sessel und starrte ins Leere. Sie saß häufig so da. Sie blickte auf, an dem Jungen vorbei zu dem Mann hin, und der Junge, auf dessen Miene zum ersten Mal so etwas wie Beunruhigung trat, sah wieder den Mann an, bittend diesmal, bevor er das Zimmer verließ.

»Was ist? Was ist denn? Haben Sie ihn wieder gesehen? Warum sind Sie...?«

»Er ist gerade hier hereingekommen. Und wieder gegangen – durch die Tür dort.«

»Ich habe ihn nicht gesehen.«

»Nein.«

»Hat er – mein Gott, wie *dumm* ich mich benehme – hat er mich gesehen?«

Er konnte sich nicht erinnern. Er sagte ihr alles, was er wußte.

»Er hat mich hierher gebracht.«

»Oh, was soll ich nur tun, was soll ich nur *tun*?« Sie klang verzweifelt. »Ich habe schon daran gedacht, mich umzubringen, aber die Vorstellung, daß ich dann bei ihm sein würde, ist doch nichts weiter als eine Illusion... War er wirklich hier drin, *zusammen mit mir*?«

»Ja.«

Und sie weinte wieder. Draußen im Garten konnte er den Jungen sehen, der am Ast des Apfelbaums schaukelte.

Im nachhinein war er sich nicht mehr ganz sicher, wann er begriffen hatte, was der Junge von ihm wollte. Das verursachte in seinem Bericht, was er als die schlimmste Verwässerung betrachtete, obwohl es in mancher Hinsicht genau das Gegenteil davon war. Er sagte der Amerikanerin, er sei zu dem Schluß gekommen, die Frau selbst habe es gewollt, obwohl sie tatsächlich absolut keinen Anlaß zu der Vermutung gegeben hatte, sie wolle mehr als nur den Jungen sehen. Der Junge war nun mutiger geworden und häufiger aufgetaucht, im Flur, er spazierte zwischen Badezimmern und Schlafzimmern hin und her, ruhelos, ein wenig aufgeregt, suchend beinahe, bis der Mann endlich »begriffen« hatte, daß der Junge von ihm verlangte, sozusagen wiedererschaffen zu werden, daß er, der Mann, seiner Mutter ein anderes Kind geben sollte, in das er sich friedlich auflösen konnte. Der Gedanke war so deutlich, daß er ihm plötzlich wie eine Anordnung erschien, obwohl er nicht den Mut hatte, sich seine Vermutung von dem Kind bestätigen zu lassen. Vielleicht hatte das mit Taktgefühl zu tun – das Kind war nicht alt genug, um mit ihm über Sex zu sprechen. Vielleicht gab es auch noch andere Gründe. Vielleicht irrte er sich; die Situation machte ihn langsam hysterisch, und er hatte das Gefühl, daß man Taten von ihm erwartete und daß es irgendwie möglich sein mußte, etwas zu tun. Er konnte nicht den Rest dieses Sommers, den Rest seines Lebens, damit verbringen, nicht existente T-Shirts und ein Lächeln zu beschreiben.

Ihm fiel kein vernünftiger Weg ein, seinen Plan auszuführen, also betrat er schließlich eines Abends einfach ihr Schlafzimmer. Sie lag im Bett und las, und als sie ihn sah, versuchte sie instinktiv, etwas zu verbergen, nicht ihre nackten Arme und den Hals, sondern ihr Buch. Sie schien nicht überrascht zu sein, ihn im Schlafanzug zu sehen, und nachdem sie ihre Gelassenheit zurückgewonnen hatte, holte sie das Buch entschlossen wieder hervor und legte es auf die Bettdecke.

»Mein Geschmack hat sich ziemlich verändert, was Literatur angeht. Ich verstecke das Zeug in einer Schachtel unter meinem Bett.«

Das Medium Ena Twig. Die unendliche Wiederkehr. Die Welt der Geister. Gibt es ein Leben nach dem Tod?

»Lächerlich, nicht wahr?« sagte sie.

Er ließ sich vorsichtig auf dem Bett nieder.

»Bitte, quäl dich nicht so. Bitte, laß dich doch trösten. Bitte...«

Er legte den Arm um sie. Sie schauderte. Er zog sie enger an sich. Er fragte sie, wieso sie nur das eine Kind gehabt hatte, und sie schien den Grund für seine Frage zu verstehen, denn sie versuchte, frierend und hager, sich ein wenig an ihn anzulehnen – sie wollte ihm offensichtlich entgegenkommen. »Es gab eigentlich keinen Grund«, versicherte sie, keinen physischen Grund. Nur den Beruf ihres Mannes und einen Mangel an Leidenschaft, das war alles.

Vielleicht, meinte er, wenn sie sich ein wenig trösten ließe, vielleicht könnte sie hoffen, vielleicht...

»Zum Trost also«, sagte sie traurig und lehnte sich zurück, schob das Buch mit einer heftigen Bewegung vom Bett und blieb dann ruhig liegen. Er schlüpfte neben sie, legte die Arme um sie, küßte ihre kalte Wange und dachte an Anne, an etwas, was nie wieder sein würde. »Komm schon«, sagte er zu der Frau, »du mußt leben, du mußt versuchen zu leben, wir wollen einander trösten.«

»Sei *still*«, fauchte sie zwischen zusammengebissenen Zähnen, also streichelte er sie sanft, über ihrem Nachthemd, ihre Brüste, den Hintern und die langen unbeweglichen Beine, während sie dalag wie eine Statue auf einem elisabethanischen Grabmal. Sie ließ das Streicheln zu, zitterte leicht und dann intensiver: Er nahm es als Zeichen für eine Mischung aus Schmerz und Genuß, als Zeichen, daß Leben in den Stein zurückkehrte. Er legte die Hand zwischen ihre Beine, und sie riß sie auseinander, er wälzte sich auf sie und drängte gegen sie. Sie war verkrampft, fest verschlossen: Frigide, dachte er grimmig, war nicht das richtige Wort. *Totenstarre*, schoß ihm durch den Kopf, und dann fing sie an zu schreien.

Er war lächerlich wütend darüber. Er zog sich sofort zurück und sagte grob: »Sei still«, und dann, mürrisch: »Tut mir leid.« Sie hörte so plötzlich auf zu schreien, wie sie angefangen hatte. Sie sah ihn an, und dann gab sie eine ihrer quälend knappen Erklärungen.

»Sex und Tod passen nicht zueinander. Ich kann mir nicht leisten, mich gehenzulassen. Ich hatte es gehofft. Was du gehofft hast. Es war keine gute Idee. Tut mir leid.«

»Keine Ursache«, sagte er und verließ schnell das Zimmer; er kam sich dumm vor und weinte beinahe vor Sehnsucht nach der warmen, liebevollen Anne.

Der Junge war im Flur und wartete. Als der Mann ihn bemerkte, schaute er fragend, drehte sich dann zur Wand um und lehnte sich dort an, steif, mit hochgezogenen Schultern, das Haar verbarg sein Gesicht. Es bestand eine gewisse Ähnlichkeit zwischen der Frau und dem Kind. Der Mann spürte, daß er zum ersten Mal gereizt auf den Jungen reagierte, und dann spürte er noch etwas anderes.

»Hör mal, es tut mir leid. Ich habe es versucht. Wirklich. Bitte, dreh dich doch um.«

Unversöhnlich und steif bot ihm der Junge seinen Rücken.

»Na gut«, sagte der Mann und ging in sein Schlafzimmer.

Und jetzt, erzählte er der Amerikanerin auf der Party, komme ich mir vor wie ein Idiot, das alles ist mir peinlich, und ich habe das Gefühl, daß wir uns gegenseitig nur weh tun und nicht helfen, es führt einfach zu nichts. Natürlich fühlen Sie sich so, sagte sie, natürlich haben Sie recht – es war einige Zeit lang notwendig und half Ihnen beiden, aber Sie müssen Ihr eigenes Leben leben. Ja, sagte er, ich habe mein Bestes getan, ich habe versucht, zu ihr durchzudringen, und jetzt muß ich wieder mein eigenes Leben leben. Ich möchte Ihnen helfen, sagte sie, wirklich, ich habe diese sehr lieben Freunde, die mir die Wohnung vermietet haben, warum kommen Sie nicht ein paar Tage mit, nur zur Erholung? Es sind wirklich nette Leute, Sie werden sie mögen, ich habe sie sehr gern, und Sie könnten sich irgendwie über Ihre Gefühle klarer werden. Sie ist vielleicht sogar froh, Sie nicht zu sehen, es muß ihr mindestens ebenso schlecht gehen wie Ihnen; sie wird auf ihre eigene Weise mit der Situation fertigwerden müssen. Das müssen wir alle.

Er sagte, er würde darüber nachdenken. Er wußte, er hatte sich diese mitfühlende Frau als Gesprächspartnerin ausgesucht, weil er gespürt hatte, sie würde ein Ausweg sein. Er brauchte diesen Ausweg. Er brachte sie nach der Party nach Hause, ohne sie in ihre Wohnung zu begleiten. Beide wußten, daß seine Zurückhaltung vielversprechend war – er war nicht mit hereingekommen, weil er vorhatte, später wiederzukommen. Ihre Wärme, ihre Offenheit waren wie ein Sonnenstrahl. Er wußte nicht, was er der Frau sagen sollte.

Sie machte es ihm einfach: Energisch fragte sie ihn, ob es ihm jetzt vielleicht unangenehm sei zu bleiben, und er erwiderte, er habe das Gefühl, er solle ausziehen, er könne ihr wahrscheinlich ohnehin nicht helfen... Also gut, hatte sie zugestimmt, und kühl hinzugefügt, daß es besser für alle sei, wenn »all das« zu einem Ende kam. Er erinnerte sie an die Bestimmtheit, mit der sie ihm einmal gesagt hatte, Illusionen seien niemals angenehm. Sie war stark, stärker, als gut für sie war. Es würde Jahre brauchen, bis diese steinerne, verschlossene, ganz einfach hartnäckige Unempfindlichkeit verschwunden wäre. Und das war nicht seine Aufgabe. Er würde gehen. Trotzdem fühlte er sich schlecht.

Er holte seine Koffer und räumte ein paar Kleinigkeiten hinein. Er ging hinunter in den Garten, ziemlich nervös, und stellte den Liegestuhl weg. Der Garten war leer. Keine Stimmen von jenseits der Mauer. Die Stille war zäh und erstickend. Er fragte sich, ob sonst jemand jetzt den Jungen sehen würde. Langsam ging er wieder auf sein Zimmer.

Der Junge saß mit verschränkten Armen und ernster Miene auf seinem Koffer. Für eine Zeitlang erwiderte er den Blick des Mannes, und dann ließ sich der Mann auf seinem Bett nieder. Der Junge blieb sitzen. Schließlich brach der Mann das Schweigen:

»Du siehst doch ein, daß ich gehen muß? Ich habe versucht, zu ihr durchzudringen. Ich kann es nicht. Ich kann dir nicht helfen, oder?«

Der Junge rührte sich nicht, den Kopf schiefgelegt, nachdenklich. Der Mann stand auf und ging auf ihn zu.

»Bitte, laß mich gehen. Was sind wir denn schon in diesem Haus? Ein Mann und eine Frau und ein Kind, und keiner kann zum anderen durchdringen. Das kannst du doch auch nicht wollen?«

Er trat so dicht an den Jungen heran, wie er es nur wagte. Irgendwie hatte er wohl vorgehabt, den Jungen zu berühren – oder durch ihn hindurchzugreifen. Aber er hatte Angst zu spüren, daß gar kein Junge da war. Also blieb er stehen und wiederholte: »Ich kann nicht zu ihr durchdringen. Möchtest du denn, daß ich bleibe?«

Und während der Mann noch hilflos vor ihm stand, wandte der Junge ihm wieder sein strahlendes, offenes, wunderschönes Lächeln zu.

Erdbeerfrühling

STEPHEN KING

Location Neuengland. Eine Story aus den siebziger Jahren, ein fieses kleines Stück Ripper-Kurzprosa von dem Mann, der sich heute nicht mehr so recht mit profanem Kleinstadthorror abfinden mag. Egal, Stephen King ist vielleicht der letzte der klassischen Geschichtenerzähler des Genres, einer, der mehr von Bloch und Bradbury gelernt hat, als er im nachhinein zugeben will. Achten Sie auf dieses gewisse Mitternachtsfeeling und die maliziöse Volte im letzten Satz – da ist er wieder, der Master-Touch.

Der unheimliche Jack…

Ich las diese drei Worte heute morgen in der Zeitung, und mein Gott, was für Erinnerungen sie in mir wachrufen! Es war vor acht Jahren, fast auf den Tag genau. Einmal war ich dabei sogar im überregionalen Fernsehen – im Walter-Cronkite-Report. Zwar nur als flüchtiges Gesicht in der Menge hinter dem Reporter, aber meine Familie hat mich sofort erkannt und mich angerufen. Dad wollte meine Meinung zu der Situation; er war richtig aufgeschlossen und redete mit mir wie mit einem Erwachsenen. Meine Mutter wollte nur, daß ich nach Hause kam. Aber ich wollte nicht nach Hause, denn ich war fasziniert und gefesselt.

Ich war gefesselt von jenem dunklen und nebligen Erdbeerfrühling und von dem Schatten des gewaltsamen Todes, der in seinen Nächten vor acht Jahren umging. Der Schatten des unheimlichen Jack.

In Neuengland nennen sie es einen Erdbeerfrühling. Niemand weiß, warum; es ist einfach eine Bezeichnung, die von den Alteingesessenen gebraucht wird. Sie sagen, daß es alle acht bis zehn Jahre einmal passiert. Was damals, in jenem Erdbeerfrühling, am New Sharon Teacher's College passiert ist... auch hier läßt sich vielleicht ein Zyklus finden, aber falls jemand auf diesen Gedanken gekommen ist, wurde er doch nie erwähnt.

In New Sharon begann der Erdbeerfrühling am 16. März 1968. An jenem Tag war der kälteste Winter seit zwanzig Jahren zu Ende. Es regnete, und man konnte das Meer noch zwanzig Meilen von der Küste entfernt riechen. Der Schnee, der stellenweise fünfunddreißig Zoll hoch gelegen hatte, begann zu schmelzen, und die Campuswege waren völlig aufgeweicht. Die Schneeskulpturen vom Winterkarneval, die bei den Minustemperaturen der letzten zwei Monate unverändert dagestanden hatten, sackten in sich zusammen und zerflossen. Die Karikatur von Präsident Johnson vor dem Studentenheim weinte geschmolzene Tränen, und die Taube vor der Prashner Hall verlor ihre Eisfedern, und stellenweise schimmerte schon traurig ihr Sperrholzskelett durch.

Mit dem Abend kam der Nebel, der sich lautlos und weiß auf die Wege des College-Geländes legte. Wie hochgereckte Finger schimmerten die Kiefern auf der Promenade durch die Wattewand, und wie Zigarettenrauch trieb der Nebel unter der kleinen Brücke bei den Kanonen aus dem Bürgerkrieg hindurch.

Alles schien plötzlich merkwürdig fremd und verzaubert. Arglos kam man aus der vom Lärm der Musikbox erfüllten Mensa ins Freie und erwartete, daß einen die frostige Starre des harten Winters empfing... und statt dessen fand man sich plötzlich in einer schweigenden Welt von weißem, dahintreibendem Nebel wieder, die einzigen Geräusche um einen herum die eigenen Schritte und das leise Tropfen von Wasser aus den löchrigen Dachrinnen. Man erwartete fast, irgendwelche Märchengestalten vorbeihuschen zu sehen, oder sich umzudrehen und plötzlich entdecken zu müssen, daß die Mensa auf einmal verschwunden und an ihre Stelle ein nebelumhülltes Panorama von Mooren, Eiben und vielleicht einem Druidenkreis oder einem funkelnden Feenring getreten war.

Die Musikbox spielte in jenem Jahr »Love Is Blue«... Sie spielte immer und immer wieder »Hey, Jude«, und sie spielte »Scarborough Fair«.

Und um zehn Minuten nach elf an jenem Abend begann John Dancey, ein Student aus dem ersten Semester, der auf dem Weg zu seinem Schlafsaal war, in den Nebel zu schreien und ließ seine Bücher auf und zwischen die gespreizten Beine des toten Mädchens fallen, das in einer dunklen Ecke des Parkplatzes vor der veterinärmedizinischen Fakultät lag. Ihre Kehle war von einem Ohr bis zum anderen aufgeschlitzt, aber ihre Augen waren offen und schienen fast zu blitzen, als ob sie gerade jemandem den besten Streich ihres jungen Lebens gespielt hätte – Dancey, mit Hauptfach Pädagogik und Nebenfach Sprachwissenschaft, schrie und schrie und schrie.

Der folgende Tag war düster und bedeckt, und wir gingen mit einer Reihe neugieriger Fragen auf der Zunge in unsere Klassen – Wer? Warum? Wann sie ihn wohl kriegen werden? Und zuletzt immer die spannende Frage: Hast du sie gekannt? Hast du sie gekannt?

Ja, sie war mit mir zusammen in einem Kurs.

Ja, ein Freund meines Zimmergenossen ist letztes Semester mal mit ihr ausgegangen.

Ja, sie hat mich mal in der Mensa um Feuer gebeten. Sie saß am Nebentisch.

Ja,

Ja, ich

Ja... ja... o ja, ich

Wir kannten sie alle. Sie hieß Gale Cerman (ausgesprochen Kerr-men) und studierte Sprachwissenschaft. Sie trug eine runde Nickelbrille und hatte eine gute Figur. Sie war beliebt, aber ihre Zimmergenossinnen hatten sie gehaßt. Sie war selten ausgegangen, obwohl sie eins der leichtesten Mädchen auf dem Campus gewesen war. Sie war häßlich, aber süß. Sie war ein lebhaftes Mädchen gewesen, das wenig sprach und selten lächelte. Sie war schwanger gewesen und hatte Leukämie gehabt. Sie war eine Lesbierin, die von ihrem Freund ermordet worden war. Es war Erdbeerfrühling, und am Morgen des 17. März kannten wir alle Gale Cerman.

Ein halbes Dutzend Polizeifahrzeuge trafen auf dem Campus ein, die meisten von ihnen parkten vor der Judith Franklin Hall, wo die Cerman gewohnt hatte. Auf dem Weg zu meinem Zehn-Uhr-Kurs kam ich daran vorbei und wurde prompt nach meinem Studentenausweis gefragt.

»Haben Sie ein Messer bei sich?« fragte der Polizist listig.

»Geht es um Gale Cerman?« wollte ich wissen, nachdem ich ihm erklärt hatte, daß das einzige Metallene an mir meine Gürtelschnalle war.

»Wie kommen Sie darauf?« Er schien eine Spur zu wittern.

Ich kam fünf Minuten zu spät zum Unterricht.

Es war Erdbeerfrühling, und niemand ging an jenem Abend allein über den halb akademischen, halb phantastischen Campus. Der Nebel war zurückgekommen, dicht und schweigend und begleitet von dem Geruch des Meeres.

Gegen neun kam mein Zimmergenosse in unseren Raum gestürmt, wo ich mich seit sieben mit einem Aufsatz über Milton herumschlug. »Sie haben ihn«, erklärte er. »Ich habe es drüben in der Mensa gehört.«

»Von wem?«

»Keine Ahnung. Kenne ihn nicht. Ihr Freund war's. Er heißt Carl Amalara.«

Ich lehnte mich zurück, erleichtert und enttäuscht. Bei einem solchen Namen mußte es stimmen. Ein schmutziges kleines Eifersuchtsdrama mit tödlichem Ausgang.

»Gut«, sagte ich. »Sehr gut.«

Er verließ das Zimmer, um die Neuigkeiten zu verbreiten, während ich meinen Milton-Aufsatz noch einmal durchlas, nicht mehr wußte, was ich gerade hatte sagen wollen, und ihn zerriß, um noch einmal von vorn anzufangen.

Am nächsten Tag stand es in den Zeitungen. Sie zeigten ein unpassend nettes Foto von Amalara – vermutlich ein Foto von seinem High-School-Abschluß, auf dem ein Junge mit einem ziemlich traurigen Gesicht, olivfarbenem Teint, dunklen Augen und Pockennarben auf der Nase zu sehen war. Er hatte noch nicht gestanden, aber das Beweismaterial gegen ihn war schwerwiegend. Er und Gale Cerman hatten in den letzten Wochen ziemlich oft Streit gehabt und sich vor einer Woche getrennt. Amalaras Zimmergenosse hatte ausgesagt, er sei ziemlich niedergeschlagen gewesen. In einer Feldkiste unter seinem Bett hatte die Polizei ein sieben Zoll langes Jagdmesser und ein Bild des Mädchens gefunden, das offensichtlich mit einer Schere zerschnitten worden war.

Neben dem Foto von Amalara brachten die Zeitungen eins von Gale Cerman. Es war ziemlich undeutlich und zeigte einen Hund, einen Gipsflamingo mit abblätternder Farbe und ein eher unscheinbares blondes Mädchen mit Brille. Ihre Lippen waren zu einem verlegenen Lächeln hochgezogen, und sie blinzelte in die Kamera. Eine Hand lag auf dem Kopf des Hundes. Es stimmte also. Es mußte stimmen.

Auch an jenem Abend kam der Nebel, nicht auf Katzenpfötchen, sondern in einem schweigenden breiten Teppich. Ich ging an jenem Abend spazieren. Ich hatte Kopfschmerzen und wollte ein bißchen frische Luft schnappen, den feuchten, nebligen Geruch des Frühlings riechen, der langsam den hartnäckigen Schnee verschwinden ließ und hier und da kahle Flecken des Rasens vom vergangenen Jahr aufdeckte, wie das Haupt einer seufzenden alten Großmutter.

Für mich war es einer der schönsten Abende, an die ich mich erinnern kann. Die Leute, an denen ich unter dem Schein der Straßenlaternen vorbeikam, waren murmelnde Schatten, und es schienen alles Liebende zu sein, die Hand in Hand gingen und die Blicke ineinander versenkt hatten. Der schmelzende Schnee tropfte und rann, tropfte und rann, und aus den dunklen Kanalisationsrohren trieb das Geräusch der See hinauf, eine dunkle Wintersee, die jetzt stark zurückging.

Ich ging fast bis Mitternacht spazieren, bis ich feucht bis auf die Haut war, und ich kam an vielen Schatten vorbei und hörte viele Schritte wie im Traum über die gewundenen Wege davoneilen. Wer weiß, ob nicht einer jener Schatten der Mann oder jenes Wesen war, das als der unheimliche Jack bekannt wurde? Ich jedenfalls weiß es nicht, denn ich kam an vielen Schatten vorbei, aber ich sah in dem Nebel keine Gesichter.

Am nächsten Morgen weckten mich aufgeregte Stimmen draußen auf dem Korridor. Ich benutzte meine zehn Finger als Kamm, fuhr mir mit der haarigen Raupe, die ich jetzt anstelle meiner Zunge im Mund zu haben schien, über den trockenen Gaumen und torkelte nach draußen, um den Grund für den Aufruhr zu erkunden.

»Er hat wieder zugeschlagen«, erklärte mir jemand, dessen Gesicht vor Aufregung ganz blaß war. »Sie mußten ihn wieder freilassen!«

»Freilassen? Wie? Wen?«

»Amalara!« sagte jemand anders schadenfroh. »Er saß nämlich hinter Gittern, als es passierte.«

»Als was passierte?« fragte ich geduldig. Früher oder später würde ich es schon erfahren, dessen war ich mir sicher.

»Der Kerl hat letzte Nacht wieder jemanden umgebracht. Und jetzt suchen sie überall danach.«

»Wonach suchen sie?«

Das blasse Gesicht zappelte wieder vor mir. »Nach ihrem Kopf. Wer immer sie getötet hat, hat ihren Kopf mitgenommen.«

New Sharon ist auch heute noch keine große Schule, und damals war sie noch kleiner – die Public-Relations-Leute bezeichnen diese Art von Lehranstalt vertraulich als »Gemeinschafts-College«. Und es war wirklich wie eine kleine Gemeinschaft, zumindest damals; jeder kannte jeden, und sei es auch nur flüchtig. Gale Cerman war eins von den Mädchen gewesen, die man nur flüchtig kannte, und wenn sie einem über den Weg lief, dann erinnerte man sich dunkel, sie schon mal gesehen zu haben.

Ann Bray kannten wir dagegen alle.

Sie war zweite im Miss-New-England-Wettbewerb im Vorjahr geworden, und ihre Talentprobe hatte darin bestanden, daß sie einen Leuchtstab zur Melodie von »Hey, Look Me Over« herumwirbelte. Aber sie war auch intelligent; bis zu ihrem Tod war sie Herausgeberin der Studentenzeitung gewesen (ein Blatt mit einer Menge politischer Cartoons und hochtrabenden Briefen, das einmal in der Woche erschien), Mitglied der studentischen Theatergemeinschaft und Präsidentin der Nationalen Studentinnenverbindung, Zweig New Sharon. Mit dem überschäumenden, fanatischen Eifer des Erstsemestlers hatte ich einen Artikel für die Zeitung eingereicht und sie um ein Rendezvous gebeten – und hätte sowohl bei dem einen wie bei dem anderen einen Korb bekommen.

Und jetzt war sie tot... noch schlimmer als tot.

Ich ging wie jeder andere zum Nachmittagsunterricht, nickte den Leuten zu, die ich kannte und sagte »hi« mit ein bißchen mehr Nachdruck als sonst, als ob ich damit die eindringliche Musterung entschuldigen konnte, der ich ihre Gesichter unterzog. Dabei sahen sie mich genauso prüfend an wie ich sie. Es war jemand unter uns, der dunkel war, so dunkel wie die Wege, die sich durch das Campusgelände und durch die hundertjährigen Eichen hinter der Turnhalle schlängelten. Einer blickte dem anderen ins Gesicht und versuchte, hinter irgendeinem das Böse zu entdecken.

Diesmal verhaftete die Polizei niemanden. Die blauen Streifenwagen fuhren in den nebligen Nächten des achtzehnten, neunzehnten und zwanzigsten unaufhörlich auf dem Campusgelände Patrouille, und Scheinwerfer bohrten sich mit regellosem Eifer in dunkle Ecken und Winkel. Die Schulleitung verhängte eine Ausgangssperre ab einundzwanzig Uhr. Ein mutiges Pärchen, das engumschlungen in den Büschen in der Nähe des Tate Alumni Building entdeckt wurde, wurde zum Polizeirevier von New Sharon gebracht und dort drei Stunden lang erbarmungslos ausgequetscht.

Es gab einen hysterischen Falschalarm, als man auf demselben Parkplatz, auf dem die Leiche von Gale Cerman entdeckt worden war, einen bewußtlosen Jungen fand. Ein kopfloser Campuspolizist lud ihn auf den Rücksitz seines Streifenwagens, deckte sein Gesicht mit einer Landkarte zu, ohne sich erst die Mühe zu machen, seinen Puls zu fühlen, und raste dann mit heulender Sirene quer über den verlassenen Campus in Richtung Krankenhaus.

Auf halbem Weg dorthin hatte sich der Tote im Wagenfond aufgerichtet und tonlos gefragt: »Wo, zum Teufel, bin ich?« Der Polizist stieß einen Schrei aus und kam von der Straße ab. Wie sich nachher herausstellte, handelte es sich bei der vermeintlichen Leiche um einen Studenten namens Donald Morris, der die letzten zwei Tage mit einer anständigen Grippe im Bett gelegen hatte – war es in jenem Jahr die asiatische? Ich kann es nicht mehr genau sagen. Wie auch immer, er war jedenfalls auf dem Weg zur Mensa, um sich dort mit einer heißen Suppe und belegten Broten zu stärken, als er auf dem Parkplatz ohnmächtig wurde.

Die folgenden Tage waren warm und bedeckt. Man bildete kleine Grüppchen, die sehr leicht wieder auseinanderbrachen, um sich überraschend schnell wieder neu zu formieren. Man kam nämlich sehr schnell auf merkwürdige Gedanken, wenn man zu lange in dieselben Gesichter sah. Und die Geschwindigkeit, mit der sich Gerüchte von einem Ende des Campus bis zum anderen ausbreiteten, näherte sich langsam aber sicher der des Lichts; jemand hatte einen allgemein beliebten Geschichtsprofessor unten bei der kleinen Brücke lachen und weinen gehört; Gale Cerman hatte auf dem Asphalt des Parkplatzes der veterinärmedizinischen Fakultät eine mysteriöse Botschaft hinterlassen, die aus zwei Worten bestand und mit ihrem eigenen Blut geschrieben war; beide Morde waren in Wirklichkeit politische Verbrechen, rituelle Morde, die von einer Splittergruppe der Studentenbewegung für eine Demokratische Gesellschaft begangen worden waren. Letzteres Gerücht war wirklich mehr als lachhaft. New Sharons Studentenvereinigung für eine Demokratische Gesellschaft bestand nämlich nur aus sieben Mitgliedern. Wo hätte man da noch eine Splittergruppe hernehmen sollen? Diese Tatsache brachte eine noch finsterere Variante von den Rechten des Campus: Agitation von außen. Also hielten wir in diesen etwas verrückten, warmen Tagen alle Ausschau nach fremden Agitatoren.

Die Presse, die ja immer unberechenbar ist, ignorierte die starke Ähnlichkeit unseres Mörders mit Jack the Ripper und grub weiter zurück – bis 1819. Ann Bray war auf durchweichtem Boden ein paar Meter vom nächsten Weg entfernt gefunden worden, trotzdem gab es keine Fußabdrücke, nicht einmal ihre eigenen. Ein Journalist aus New Hampshire mit einer Passion für alles Geheimnisvolle taufte den Mörder den unheimlichen Jack, nach dem berüchtigten Dr. John Hawkins aus Bristol, der fünf seiner Ehefrauen mit unbekömmlichen Pharmazieprodukten ums Leben brachte. Und der Name blieb hängen, vermutlich wegen jenes durchweichten und doch spurenlosen Bodens.

Am einundzwanzigsten regnete es in Strömen, und der ganze

Campus war eine einzige Morastlandschaft. Die Polizei gab bekannt, daß sie männliche und weibliche Detectives in Zivil eingesetzt habe, und zog die Hälfte der Streifenwagen wieder ab.

Die Studentenzeitung veröffentlichte ein ziemlich empörtes, wenn auch etwas unlogisches Editorial, in dem sie gegen diese Maßnahme der Polizei protestierte.

Das Fazit schien darauf hinauszulaufen, daß es bei all den verkleideten Polizisten unter den Studenten unmöglich würde, einen echten Agitator von außen von einem falschen zu unterscheiden.

Mit der Dämmerung kam der Nebel, der langsam, fast nachdenklich über die baumbestandenen Wege trieb und die Gebäude eins nach dem anderen verhüllte. Er war weich und nicht zu fassen, aber irgendwie doch erbarmungslos und beängstigend. Der unheimliche Jack war ein Mann, daran schien es keinen Zweifel zu geben, doch der Nebel war sein Komplize, und er war weiblich... diesen Eindruck hatte ich jedenfalls. Es war, als befände sich unsere kleine Schule zwischen ihnen, in die Umarmung zweier verrückter Liebender gepreßt, Teil einer Ehe, die in Blut vollzogen worden war. Ich saß in unserem Zimmer, rauchte und beobachtete die Lichter, die in der hereinbrechenden Dunkelheit angingen. Mein Zimmergenosse kam herein und schloß leise die Tür hinter sich.

»Es wird bald schneien«, stellte er fest.

Ich drehte mich um und sah ihn an. »Haben sie das im Radio gesagt?«

»Nein. Um das zu wissen, brauche ich die Wetterfrösche nicht. Hast du schon mal was vom Erdbeerfrühling gehört?«

»Möglich«, antwortete ich. »Muß aber schon lange her sein. Das ist so etwas, wovon die Großmütter erzählen, nicht?«

Er stand neben mir und starrte hinaus in die herankriechende Dunkelheit.

»Der Erdbeerfrühling ist wie der Indianersommer«, erklärte er, »nur viel seltener. In diesem Teil des Landes haben wir alle zwei oder drei Jahre einen Indianersommer, aber so eine Wetterperiode, wie wir sie jetzt haben, soll nur alle acht bis zehn Jahre einmal vorkommen. Es ist ein falscher Frühling, ein trügerischer Frühling, genauso wie der Indianersommer ein falscher Sommer ist. Meine Großmutter sagte immer, ein Erdbeerfrühling bedeutet, daß der schlimmste Sturm des Winters noch nicht vorbei ist – und je länger dieser Frühling dauert, desto härter der Sturm.«

»Ammenmärchen«, erwiderte ich. »An so was glaube ich nicht.« Ich sah ihn an. »Aber ich bin nervös. Du auch?«

Er lächelte wohlwollend und klaute mir eine Zigarette aus dem offenen Päckchen auf der Fensterbank. »Ich habe jeden außer dir und mir im Verdacht«, meinte er, und dann wurde sein Lächeln schwächer. »Und manchmal bin ich mir bei dir auch nicht sicher. Hast du Lust, Billard zu spielen?«

»Ich habe nächste Woche Trigonometrieprüfung und muß noch eine Menge tun.«

Noch lange, nachdem er fort war, saß ich da und starrte aus dem Fenster. Und selbst nachdem ich mein Buch aufgeschlagen und mit Lernen angefangen hatte, war ein Teil von mir noch immer dort draußen und ging durch den Abend, der jetzt von etwas Dunklem beherrscht wurde.

In jener Nacht wurde Adelle Parkins ermordet. Sechs Polizeifahrzeuge und siebzehn als Studenten ausstaffierte Detectives (acht von ihnen waren Frauen, die man extra aus Boston hatte herkommen lassen) waren auf dem Campus unterwegs, aber der unheimliche Jack schlug trotzdem wieder zu, wobei er sich mit untrüglicher Sicherheit eine der unseren heraussuchte. Der falsche Frühling, der trügerische Frühling, half ihm dabei – er brachte sie um und setzte Adelle hinter das Steuer ihres 1964er Dodge, wo sie am nächsten Morgen gefunden wurde. Andere Teile von ihr entdeckte man auf dem Rücksitz und im Kofferraum. Und auf die Windschutzscheibe – diesmal war es eine Tatsache und nicht nur Gerücht – waren mit Blut zwei Worte geschrieben: HA! HA!

Der ganze Campus schien daraufhin leicht durchzudrehen. Jeder und keiner hatte Adelle Parkins gekannt. Sie war eine jener namenlosen, ausgebeuteten Frauen, die von sechs bis elf abends in der Mensa arbeiteten und Horden hungriger Studenten auf dem Weg von der Bibliothek in ihre Unterkünfte mit Hamburgern abfütterte. Sie mußte es an den letzten drei nebligen Abenden ihres Lebens verhältnismäßig ruhig gehabt haben; die Ausgangssperre wurde streng eingehalten, und die einzigen Besucher der Mensa nach neun waren hungrige Polizisten und glückliche Hausmeister – die leeren Gebäude hatten ihre gewöhnlich schlechte Laune beträchtlich gehoben.

Viel mehr gibt es über die Sache eigentlich nicht zu erzählen. Die Polizei, genauso hysterieanfällig wie jeder von uns, mußte irgend etwas tun und verhaftete einen harmlosen, homosexuellen Soziologiestudenten namens Hanson Gray, der vorgab, sich »nicht erinnern zu können«, wo er einige der fraglichen Abende verbracht hatte. Er wurde angeklagt und vor Gericht gestellt, doch dann ließ man ihn eilig wieder frei und in seine Heimatstadt in New Hampshire zurückkehren, nachdem in der letzten entsetzlichen Nacht des Erdbeerfrühlings Marsha Curran auf der Campuspromenade umgebracht worden war.

Man hat nie herausgefunden, was sie allein auf dem Campus gesucht hatte – sie war ein dickes, ziemlich unansehnliches Mädchen, das sich mit drei anderen eine Wohnung in der Stadt teilte. Sie war genauso lautlos und unbemerkt auf den Campus geschlüpft wie der unheimliche Jack selbst. Was hatte sie hergeführt? Vielleicht ein Drang, der genauso stark und unbändig war wie der ihres Mörders und ebenso unbegreiflich. Vielleicht der Drang nach einer verzweifelten, leidenschaftlichen Romanze mit der warmen Nacht, dem warmen Nebel, dem Geruch des Meeres und dem kalten Messer.

Das war am dreiundzwanzigsten. Am vierundzwanzigsten gab der Rektor des Colleges bekannt, daß die Semesterferien um eine Woche vorverlegt würden, und wir zerstreuten uns, nicht freudig, sondern wie ängstliche Schafe vor einem Sturm, um den Campus der Polizei und einem düsteren Gespenst zu überlassen.

Ich hatte meinen eigenen Wagen dabei und nahm sechs Kommilitonen mit, das Gepäck kreuz und quer verstaut. Es war nicht gerade eine angenehme Fahrt, denn wir alle wußten, daß einer von uns der unheimliche Jack sein konnte.

In jener Nacht fiel das Thermometer auf fünfzehn Grad minus, und der ganze Norden Neuenglands wurde von einem beißenden Wetterumschwung gebeutelt, der mit Schneeregen begann und mit einer tiefen Schneedecke endete. Wie üblich bekamen ein paar Verrückte Herzanfälle beim Schneeschaufeln – und dann war es auf einmal plötzlich April. Reiner Regen und sternenklare Nächte.

Die Leute nennen es Erdbeerfrühling, und der Himmel weiß, warum. Es ist eine schlimme, eine trügerische Zeit, die nur alle acht bis zehn Jahre einmal vorkommt. Der unheimliche Jack verschwand mit den Nebelschwaden, und Anfang Juni wandte sich das allgemeine Interesse auf dem Campus einer Reihe von Protesten gegen Wehrdienst und einem Sitzstreik zu, der vor dem Gebäude stattfand, in dem ein bekannter Napalmhersteller Einstellungsgespräche abhielt. Das Thema »der unheimliche Jack« wurde einmütig vermieden – zumindest nach außen hin, obwohl ich annehme, daß sich jede Menge Leute immer und immer wieder insgeheim den Kopf darüber zerbrochen und nach irgendeiner logischen Erklärung für die Morde gesucht haben.

In jenem Jahr machte ich mein Examen, und im Jahr darauf heiratete ich. Ich bekam eine gute Stellung in einem Zeitungsverlag der Stadt. 1971 bekamen wir einen Sohn, der mittlerweile schon fast im Schulalter ist. Er ist ein intelligenter und wißbegieriger Junge mit meinen Augen und ihrem Mund.

Und dann das heute morgen in der Zeitung.

Natürlich wußte ich es. Ich wußte es schon gestern morgen, als ich aufstand und das geheimnisvolle Rauschen des Schmelzwassers hörte, das in die Straßenkanalisation lief, und von unserer Veranda aus den salzigen Geruch des Meeres roch, das neun Meilen entfernt ist. Ich wußte, daß wir wieder einmal einen Erdbeerfrühling haben, als ich gestern abend von der Arbeit kam und meine Scheinwerfer einschalten mußte, weil der Nebel schon überall herausgekrochen kam, die Konturen der Gebäude verwischte und die Straßenlaternen mit einem verzauberten Schein umgab.

Die Zeitung von heute morgen berichtet, daß letzte Nacht auf dem Campus des New Sharon College in der Nähe der Kanonen aus dem Bürgerkrieg ein Mädchen ermordet worden ist. Man fand sie in einer schmelzenden Schneewehe. Aber sie war nicht... sie war nicht *ganz* da.

Meine Frau ist völlig verstört. Sie will wissen, wo ich letzte Nacht gewesen bin, aber ich kann es ihr nicht sagen, weil ich mich nicht erinnere. Ich weiß nur, daß ich von der Arbeit nach Hause gefahren bin und daß ich die Scheinwerfer eingeschaltet habe, um den Weg durch den schönen, kriechenden Nebel zu finden, mehr nicht.

Ich habe an jenen nebligen Abend denken müssen, als ich an die frische Luft gegangen bin, weil ich Kopfschmerzen hatte und an all den schönen Schatten ohne Form oder Substanz vorbeigekommen bin. Und ich habe an den Kofferraum meines Wagens denken müssen und mich gefragt, warum ich bloß Angst davor habe, ihn aufzumachen.

Während ich hier sitze und schreibe, kann ich meine Frau im Nebenzimmer weinen hören. Sie denkt, ich sei gestern abend mit einer anderen Frau zusammen gewesen.

Und, mein Gott, ich glaube, sie hat recht.

Wiedergeboren

ANNE BILLSON

Anne Billsons Yuppie-Vampir-Roman Biß für Biß *hat entschieden mehr Klasse, als es sich normalerweise für einen Genre-Roman gehört – auch wenn man das hierzulande erst merken wird, wenn sie ein Star geworden ist. Anne, eigentlich Filmkritikerin, lebt in Cambridge, wird als eines der heißesten Talente unter den jungen britischen Schreibern gehandelt und zeigt mit* Wiedergeboren, *daß ihr in Sachen schwarzem Humor und maliziöser Komik so schnell keiner etwas vormacht. Die Lieblingsstory des Herausgebers.*

Für schlechte Angewohnheiten hatte ich keine Zeit. Sex, Drogen, Zigaretten – all das hatte ich schon vor langer Zeit aufgegeben. Vage schwebte mir vor, daß ich eines Tages vielleicht wieder damit anfangen konnte, dann, wenn ich alles unter Kontrolle hatte, aber nicht jetzt. Die einzige Schwäche, die ich mir erlaubte, war Wein. Und als ich an jenem Morgen mit einem von üblen Kopfschmerzen begleiteten Kater aufwachte, führte ich es auf die Flasche zurück, die ich die Nacht zuvor geleert hatte.

Mein Magen revoltierte. Ich konnte nichts von dem bei mir behalten, was ich in ihn hineinschüttete: Orangensaft, Kamillentee, in Wasser aufgelöstes Aspirin. An Muesli war nicht zu denken. Allein die Vorstellung von trockenem Toast ließ mir schon die Galle hochkommen. Aber dann, im Taxi auf dem Weg zur Arbeit, fiel mir wie Schuppen von den Augen, wonach mir wirklich war. Ich hatte immer gedacht, daß Junk Food zum Allerschlimmsten gehörte, aber mein Verdauungssystem war entschieden anderer Meinung. Es wollte nichts von diesem frisch gepreßten Zeug; es schrie geradezu nach einer Familienpackung Softeis. Ich hatte nie zuvor Lust auf Softeis verspürt, aber jetzt wurde ich von einem so überwältigenden Verlangen getrieben, daß ich das Taxi am Marble Arch verlassen mußte, um mich auf die Suche danach zu machen. Eigentlich hatte ich ja einen Termin mit den Belgiern, aber jetzt war ich hier und suchte nach einer Softeisbude, während mir die Zeit zwischen den Fingern verrann.

Ich kämpfte mich durch die morgendliche Fußgängerbrandung; alle schienen mir entgegenzukommen. An diese Menschenmassen war ich nicht gewöhnt. Aber plötzlich wichen die Leute vor mir zurück. Sie traten zur Seite, während ich näher kam, drückten sich in die Eingänge von Geschäften oder verließen den Bürgersteig, und die Augen aller waren auf mich gerichtet. Oder vielleicht doch nicht ganz auf mich, sondern auf etwas, das sich direkt hinter mir befand. Ein paar kicherten, aber die meisten sahen eher erschrocken aus. Jemand öffnete den Mund, um etwas zu mir zu sagen, schüttelte dann den Kopf und ging weiter.

Ich warf einen Blick über die Schulter. Was ich sah, ließ mich wie erstarrt stehenbleiben. Direkt hinter mir war ein Mann. Als ich stehenblieb, hielt er ebenfalls inne. Normalerweise hätte er wohl kaum Aufsehen erregt, aber sein grauer Anzug war zerknittert, und abgesehen davon hatte er einen leicht irren Ausdruck in den Augen. Der Grund jedoch, warum ihn alle anstarrten, war, daß er ungefähr in Hüfthöhe ein Küchenmesser umklammert hielt. Das Messer war geradezu absurd groß. Es war keine versteckte Waffe; man hätte sie von einer vorüberfliegenden 747 aus sehen können. Ich nahm das Ganze nicht sonderlich ernst. Nein. Wenn es irgendein Irrer auf einen abgesehen hatte, schlich er sich nicht wie ein Schmierentheaterschurke von hinten an, schon gar nicht mit einer Waffe wie dieser. Nicht am hellichten Tag. Nicht vor Hunderten von Augenzeugen. Nicht auf der *Oxford Street*.

Dann sah ich, daß Speichel an seinem Kinn hinunterlief. Es war dieser Anblick, der mich aus dem Gleichgewicht brachte.

Wir standen uns gegenüber und starrten einander an. Er murmelte etwas vor sich hin. Ich sah auf meine Uhr und sagte ihm die Zeit. Einer der Umstehenden trat nervös von einem Fuß auf den anderen. Der Mann runzelte die Stirn und murmelte wieder etwas.

Ich dachte, er hätte sich vielleicht verlaufen und würde nach dem Weg fragen. »Sorry«, sagte ich. »Könnten Sie etwas lauter sprechen? Ich bin heute morgen nicht ganz auf der Höhe.«

Er schien sich noch einmal zu überlegen, was er eigentlich wollte, öffnete dann den Mund und schrie: »Abscheulichste aller Schlampen! Königin der Schändlichkeiten! Hure von Babylon!«

»Ich glaube, Sie verwechseln mich mit jemandem«, sagte ich.

Er schüttelte den Kopf, schloß seine Finger fester um den Messergriff und rannte auf mich zu.

Es war nicht so, daß mein Leben noch einmal wie ein Film vor meinen Augen ablief, aber es gab mir doch einen leichten Stich, daß ich all diese Dinge aufgegeben hatte, weil sie schlecht für meine Gesundheit waren. Die ganze Selbstverleugnung war für die Katz gewesen. Dann wich das Bedauern einem ziemlich lahmen Überlebensinstinkt. Ich überlegte kurz, mich in die Menge zu flüchten, aber es war zu spät. Niemand würde vortreten und mir helfen; ich war ganz auf mich allein gestellt.

Die näher kommende Stahlklinge war sehr groß und sah verdammt scharf aus. Jetzt war sie gerade noch sechs Fuß entfernt. Jetzt nur noch fünf. Vier Fuß. Drei.

Der Mann legte alles, was seine Lungen hergaben, in einen geifernd-sabbernden Schrei und stürzte sich auf mich. Ich konnte mir nicht vorstellen, daß er mich verfehlen könnte, aber genau das tat er. Er gab einen überraschten Grunzer von sich und erstarrte wie ein Pantomime vor einer unsichtbaren Wand.

Und dann machte er so etwas wie einen Luftsprung nach hinten. Eigentlich war es unmöglich, aber er vollführte die Bewegung so leichtfüßig und graziös wie ein olympischer Turner. Sein Gesichtsausdruck ließ erkennen, daß das nicht seine Absicht gewesen war, und irgendwo in der Luft verpuffte alle Leichtigkeit und Grazie, so daß er taumelnd auf dem Boden aufkam. Er streckte eine Hand aus, um den Sturz abzufangen, aber unglücklicherweise war es die Hand mit dem Küchenmesser, und er fiel geradewegs in die Klinge.

Es stellte sich heraus, daß das Messer genauso scharf war, wie es aussah. Es schnitt ihm fast die ganze Kehle durch. Eine Pause entstand, und dann war es, als hätte irgend jemand einen Hahn aufgedreht. Das Blut sprühte aus ihm heraus wie aus einer Sprinkleranlage, und alle sagten *Ooooh*. Nicht ganz alle. Einer gab einen gellenden Schrei von sich. Ich hoffe, Sie können sich vorstellen, wie peinlich es mir war, als mir aufging, daß ich dieser Jemand war.

»Wie fühlen Sie sich?« fragte der Mann in der Tweedjacke.

Ich sagte ihm, daß es mir ziemlich beschissen ging.

Ich lag angezogen auf einem Bett, aber meine Sachen fühlten sich an, als hätte jemand an ihnen herumgefummelt. Ich versuchte mich aufzusetzen, was nicht ganz einfach war.

»An Ihrer Stelle würde ich noch nicht aufstehen«, sagte der

Mann in der Tweedjacke und sah über den oberen Rand seiner Brille auf das Klemmbrett in seiner Hand. »Entspannen Sie sich. Sie haben einen leichten Schock erlitten, aber es gibt wirklich keinen Anlaß zur Besorgnis.«

»Was ist passiert?«

»Wir haben Ihnen ein Beruhigungsmittel gegeben, und wahrscheinlich sind Sie deswegen noch ein bißchen durcheinander. Das Mittel ist aber vollkommen ungefährlich.«

»Was ist mit dem Softeis?« fragte ich, und dann erinnerte ich mich wieder. »Da war dieser Mann mit dem Messer...«

»Machen Sie sich keine Sorgen«, sagte der Mann. »Sie sind im Krankenhaus. Wir haben Sie untersucht, und alles ist in Ordnung. Übrigens, ich bin Dr. Webster.«

»Ist er... tot?«

»Ich fürchte ja.« Er machte sich irgendeine Notiz. »Haben Sie eine Idee, wer er gewesen sein könnte?«

Ich schüttelte den Kopf. »Ich habe ihn noch nie gesehen. Er muß verrückt gewesen sein.«

Dr. Webster nickte. »Sieht ganz so aus. Nun, das ist jetzt Aufgabe der Behörden. Möchten Sie jetzt gerne Ihren Mann anrufen?«

»Ich bin nicht verheiratet«, sagte ich.

»Ihren Freund?«

»Ich habe keinen Freund«, sagte ich. »Aber ich würde gern im Büro anrufen. Mein Gott, so spät ist es schon? Jesus, ich sollte doch mit den Belgiern essen gehen.«

Ich versuchte wieder aufzustehen. Diesmal konnte ich mich wenigstens aufsetzen. Der Arzt zog die Stirn in Falten.

»Dann wenigstens den Vater. Wir können den Vater anrufen und ihm sagen, daß alles in Ordnung ist.«

»Sie können meinen Vater nicht anrufen«, sagte ich, leicht verstimmt darüber, mit welcher Beharrlichkeit er die Männer in mein Leben zurückbringen wollte, gehörten sie doch ebenfalls zu den schlechten Gewohnheiten, die ich aufgegeben hatte. »Mein Vater ist tot.«

Der Arzt runzelte wieder die Stirn. »Das tut mir leid«, sagte er. »Miss... Miss ist doch richtig, oder? Miss...«

»Oh, das ist schon sieben Jahre her«, sagte ich. »Loughlin, Nancy Loughlin.« Die Attacke des Irren war inzwischen kaum noch mehr als die Erinnerung an einen längst vergangenen Traum, aber langsam wurde ich argwöhnisch, was das Hier und Jetzt anging. »Wieso müssen Sie überhaupt jemanden anrufen? Es geht mir doch gut, oder?«

Dr. Webster zuckte mit den Schultern. »Ich dachte nur, Sie wollten dem Vater vielleicht sagen, daß es dem Baby gutgeht.«

Meine Aufmerksamkeit ließ nach. Sie verlagerte sich über seine linke Schulter, bis mein Blick auf einem Anti-Raucher-Plakat an der Wand hinter ihm hängenblieb. Plötzlich zog es mich völlig in seinen Bann.

Ich hörte mich selbst sagen: »Wie bitte?«

»Dem Baby geht es gut.«

Kurze Zeit später, nachdem ich mich von einer weiteren Dosis des vollkommen ungefährlichen Beruhigungsmittels erholt hatte, führten Dr. Webster und ich ein langes Gespräch. Ich begriff schnell. Ich begriff, daß es keinen Sinn hatte, damit zu argumentieren, daß ich nicht schwanger sein konnte. Obwohl es einfach nicht möglich war, daß ich ein Baby erwartete, weil ich eine wiedergeborene Jungfrau war; seit Jahren schon hatte ich keinen Sex mehr gehabt. Ich sagte Dr. Webster das auch, aber er glaubte mir nicht. Er dachte, daß meine Weigerung, die Tatsache zu akzeptieren, auf moralische Verwirrung und tiefsitzende Schuldgefühle zurückzuführen war.

Ich begann an meinem Verstand zu zweifeln. War ich die ganzen Jahre einem Irrtum aufgesessen? Vielleicht hatte ich einfach die Fakten durcheinandergebracht. Ich hatte immer angenommen, daß man durch Geschlechtsverkehr schwanger wurde, vielleicht hatte ich mich aber auch getäuscht. Was, wenn es durch Küssen oder Niesen oder Händeschütteln passierte? Vielleicht hatte ich nie wirklich begriffen, was Sex eigentlich *bedeutete.* Vielleicht hatte ich Sex mit jemandem gehabt, ohne es zu bemerken. Oder vielleicht litt ich an irgendeiner seltenen Krankheit, die dieselben Symptome wie eine Schwangerschaft hatte.

Ich konnte mich nicht einmal erinnern, daß meine Periode ausgeblieben war, obwohl ich mich auch nie weiter darum gekümmert hatte. Aber ich war definitiv schwanger. Dr. Webster zeigte mir die Bilder der Ultraschalluntersuchung. Als ich mich weiter weigerte, es zu glauben, rollte er mit den Augen und rief eine Schwester herein, die mir ebenfalls bestätigte, daß ich definitiv schwanger sei, und mir gratulierte, ich müßte ja überglücklich sein. Ich brach in Tränen aus, aber das änderte auch nichts.

»Ich kann unmöglich ein Kind haben«, sagte ich. »Was wird dann aus meiner Karriere?«

Dr. Webster verdrückte sich, nachdem seine Miene gelangweilter und gelangweilter geworden war. Ich sagte, daß ich nicht warten könnte und daß ich das Kind so schnell wie möglich abtreiben lassen wollte. Die Schwester gab mir ein paar Telefonnummern; ich schob ihr eine Zehn-Pfund-Note hin, telefonierte und machte einen Termin für den nächsten Morgen aus. Dann rief ich im Büro an und sagte Jamie, daß ich mir ein paar Tage freinehmen würde. Davon wollte er nichts wissen, aber als ich einfließen ließ, daß mich ein Verrückter auf offener Straße angegriffen hatte, zeigte er sich tief betroffen und versuchte mich zu überreden, gleich die nächsten vierzehn Tage freizunehmen. Ich sagte, nein, das wäre nicht nötig, ich würde gegen Ende der Woche wiederkommen, und Susie könnte ja die Sache mit den Belgiern übernehmen und mich jederzeit zu Hause anrufen, wenn irgendwelche Probleme auftauchen würden.

Die Schwester lächelte mich traurig an, als ich auflegte. »Das ist eine schwerwiegende Entscheidung«, sagte sie. »Wollen Sie nicht noch mal darüber nachdenken?«

Ich dachte über den Embryo nach, der in mir heranwuchs,

und fragte mich, ob er schon kleine Arme und Beine und Finger und Zehen hatte. Ich fragte mich, ob er schon ein Gesicht hatte und ob er nach mir oder nach seinem nicht vorhandenen Vater kommen würde. Ich fragte mich, ob das Ganze eine Art Wunder war, und konnte es nicht erwarten, das Kind so schnell wie möglich wieder loszuwerden.

Ich sagte ihr, daß ich nicht weiter darüber nachdenken müßte; für mich sei schon immer klar gewesen, was ich in so einem Fall tun würde. Als sie mich daraufhin fassungslos ansah, fügte ich etwas in der Art hinzu, wie verdammt mies ich mich deswegen fühlen würde, worauf sie mir ein mitleidiges Lächeln schenkte.

Es war kein Taxi zu bekommen. Es goß wie aus Kannen, und ich würde die U-Bahn zur Klinik nehmen müssen. Auf dem Weg zur U-Bahn-Station hatte ich das Gefühl, daß mich jemand verfolgte. Während ich auf den Zug wartete, sah ich den Bahnsteig hinauf und hinunter. Außer mir warteten noch ein paar Dutzend anderer Leute, aber soweit ich sehen konnte, hatte niemand von ihnen ein Messer dabei. Ich kam zu dem Schluß, daß ich unter Verfolgungswahn litt. Aber nach dem, was ich erlebt hatte, war das eine ganz natürliche Reaktion.

Auf der Anzeigentafel wurde der nächste Zug angekündigt. Ein entferntes Donnern war zu hören, begleitet von einem leichten Luftzug. Als ich einen Schritt auf den Bahnsteigrand zutrat, fühlte ich, wie ich von hinten gestoßen wurde. Ich versuchte, mich irgendwo festzuhalten, griff aber nur ins Leere. Das Wort *unfair* zuckte wie ein Blitz durch mein Gehirn.

Dann segelte der Mann, der mich gestoßen hatte, an mir vorbei. Er stürzte kopfüber über den Bahnsteigrand und landete rücklings auf den Schienen. Als er sich aufzusetzen versuchte, sah ich für einen Sekundenbruchteil seine Augen, die mich aus einem glänzend weißen Gesicht heraus anstarrten. Seine Lippen bewegten sich, aber ich konnte nicht mehr herausfinden, was er sagte, denn plötzlich war die Bahn da, und zwar mit einem solchen Lärm, daß ich mir das Klatschen eingebildet haben muß, als ihn die Zugmaschine zerquetschte.

Türen gingen auf, und Leute stiegen aus, ohne bemerkt zu haben, daß etwas passiert war. Ich fragte mich, ob ich schreien sollte, ließ es dann aber, weil ich nicht noch mehr Scherereien haben wollte. Ich wollte auf keinen Fall mehr mit der Polizei sprechen müssen. Ich wußte, daß sie mich diesmal richtig in die Mangel nehmen würden. Die Sache mit dem Messerstecher war Zufall gewesen. Aber das jetzt – das sah langsam verdächtig aus.

Weiter vorn am Bahnsteig lehnte sich der Zugführer aus seiner Kabine, grün im Gesicht. Überall waren Schreie zu hören, während Leute hin und her liefen, aber niemand schenkte mir Beachtung, als ich mich in Richtung Ausgang davonmachte. Ein oder zwei Leute hatten den armen Wicht die Balance verlieren sehen, aber niemand hatte beobachtet, was er vorher mit mir gemacht hatte.

Der Mann am Schalter sah mich fragend an, als ich ihm mein ungebrauchtes Ticket gab. »Jemand ist unter den Zug gekommen«, keuchte ich. Draußen lehnte ich mich gegen eine Mauer und sog tief die Luft ein. Ich blieb dort stehen und fühlte mich hundeelend, bis mir der Gedanke an eine Familienpackung Softeis kam und ich mich plötzlich erheblich besser fühlte.

Langsam begann ich mich abgestumpft und gleichgültig zu fühlen. Ich war immer gut darin gewesen, mich den jeweiligen Verhältnissen anzupassen, was auch der Grund dafür war, daß ich es immer weiter nach oben geschafft hatte, während andere untergegangen waren. Ich holte mir ein Softeis an einer Bude, drängte mich vor ein paar Touristen, die es gerade geschafft hatten, ein Taxi anzuhalten, winkte ihnen vom Fond aus zu, während sie mir hinterherglotzten, und lehnte mich im Sitz zurück.

Ich fühlte mich, als ob jetzt kommen könnte, was wollte, und ich mußte auch nicht lange warten. An der Knightsbridge beobachtete ich interessiert, wie ein Ford Fiesta eine rote Ampel überfuhr und uns zu rammen versuchte. Der Taxifahrer riß das Steuer herum, aber ich wußte, daß der Fiestafahrer nicht treffen würde, und genauso kam es auch. Während der Fahrer noch das Taxi wieder unter Kontrolle zu bringen versuchte, schleuderte der andere Wagen über die Straße und geradewegs ins Schaufenster von Harvey Nichols. Mein Fahrer sah das Ganze im Rückspiegel. »Der Typ muß 'nen Herzanfall gehabt haben«, knurrte er, während wir weiterfuhren. Ich aß mein Softeis und drehte mich um, um durch die Heckscheibe zu beobachten, wie der zerstörte Fiesta in Flammen aufging.

Sonst passierte nichts auf dem Weg zur Klinik. Ich zerbrach mir den Kopf über einen möglichen Zusammenhang zwischen meiner Person und den wiederholten Anschlägen auf mich. Vielleicht hatte ich ein Vermögen geerbt, ohne etwas davon zu wissen, oder war bei meiner letzten Italienreise unabsichtlich der Cosa Nostra in die Quere gekommen. Vielleicht hatten die Behörden versehentlich Giftmüll ins Trinkwasser kippen lassen. Vielleicht rasteten die Leute in der ganzen Stadt aus.

Trotzdem hatte ich meine Zweifel. Langsam kam ich zu dem Schluß, daß ich ein besonderer Fall war.

Beim Termin in der Klinik ging alles glatt. Ich behielt Dr. Madison im Auge, halb in der Erwartung, daß er jede Sekunde ein Skalpell zücken und damit auf meine Kehle losgehen würde, aber er war höflich und professionell. Er verschwendete auch keine Zeit mit ethischen Grundsatzdiskussionen. Ich füllte ein paar Formulare sowie einen Scheck aus und vereinbarte einen weiteren Termin in zwei Tagen. Ich würde kurz vor Mittag kommen, kurz danach den Eingriff über mich ergehen lassen und dann auf meine Freundin Belinda warten, die mich nach Hause bringen würde. Mit ein bißchen Glück war ich zu den Neun-Uhr-Nachrichten wieder in meinen eigenen vier Wänden.

»Ich wußte nicht, daß Abtreibungen so einfach sind«, sagte ich.

»Eine Frau hat das Recht auf freie Entscheidung«, sagte Dr. Madison, und keiner von uns beiden erwähnte die fette Summe, die ich gerade ausgespuckt hatte.

Der Leichenberg wuchs rapide. Meine Fahrt nach Hause war wie ein Roadrunner-Zeichentrickfilm, mit meinen Angreifern in der Rolle des Kojoten. Sie versuchten es wieder und wieder, auf jede erdenkliche Weise, aber keiner von ihnen kam in Reichweite. Der nächste Attentäter hatte eine Spritze bei sich, aber sobald ich sie gesehen hatte, drehte er eine entzückende kleine Pirouette und stolperte seitwärts vor einen vorüberfahrenden Bus. Zehn Minuten später kam ein anderer Mann auf mich zu und zog irgendeinen metallischen Gegenstand aus einer Innentasche, als von oben ein »Grundgütiger«-Schrei zu hören war und der verzierte Aufsatz einer Turmuhr, den ein paar Arbeiter gerade reinigten, herunterkrachte und seinen Kopf mit einem übelkeitserregenden Geräusch zermalmte. Und gerade, als ich langsam dachte, daß ich auf den nächsten Mann vergeblich warten würde, stürmten zwei Pitbull-Terrier vor mir aus einem Schuhgeschäft. Ich drehte mich nicht um, als sie an mir vorbeirannten, nicht einmal, als ihr Knurren aufhörte und die Schreie einsetzten.

Mag sein, daß es noch weitere Anschläge gab, ich bemerkte sie jedenfalls nicht. Ich hielt ein Taxi auf der Brook Street an und fuhr auf direktem Weg nach Hause. Sobald ich in meiner Wohnung war, schloß ich von innen ab und legte die Kette vor, aber nur, um in zwei Läufe einer Schrotflinte zu starren, als ich mich umdrehte.

»Hure von Babylon!« geiferte der Mann. »Sterben sollst du!«

»Oh, um Himmels willen«, sagte ich, »aber *warum*? Warum *ich*?«

Sein Anzug war zerknittert, aber wären da nicht der herabrinnende Speichel, die blutunterlaufenen Augen und das zerwühlte Haar gewesen, hätte man ihn ohne weiteres für einen durch und durch seriösen Geschäftsmann halten können. Er senkte die Waffe, anscheinend ziemlich verblüfft darüber, daß ich nicht auf den Knien um Gnade bettelte. Aber ich fühlte mich sicher, selbst jetzt. *Gerade* jetzt.

»Nichts Persönliches«, sagte er.

»Sie haben mich gerade als Hure von Babylon bezeichnet«, sagte ich. »Wenn das nichts Persönliches ist, weiß ich's auch nicht.«

An seinem Gesicht konnte ich sehen, wie Zweifel in ihm aufstiegen. »Es tut mir leid«, sagte er. »Wirklich. Wir wissen, daß Sie nichts dafür können.«

»Wir?«

»Die Brüder des Göttlichen Ordens der Toten Heiligen.«

»Was ist denn nun eigentlich?«

»Soll das heißen, Sie wissen es nicht?«

»Ich weiß nur, daß ich den ganzen Tag mit einem Legt-mich-um-Schild auf dem Rücken herumgelaufen bin.«

»Sie tragen etwas...«

»Ach, und das sagen Sie mir *jetzt*.«

»Sie tragen etwas unter dem Herzen, das zerstört werden muß.«

»Hören Sie«, sagte ich, »ich weiß nicht, wo das Problem liegt.«

»Sie verstehen es nicht«, sagte er und begann zu weinen. »Sie haben keine Vorstellung, was es bedeutet.«

»Na, dann erklären Sie doch mal«, sagte ich.

Er hob ruckartig den Kopf, und dieser irre Blick stand wieder in seinen Augen. »Das Ende von *allem*«, brabbelte er. »Das Ende allen Lebens. Die Posaunen werden ertönen, und *niemand* wird gerettet werden.«

Plötzlich kam mir ein Gedanke. »Auf welcher Seite stehen Sie eigentlich? Und was ist mit mir? Reden wir hier vom Jüngsten Gericht, oder geht es um so was wie in *Rosemarys Baby*?«

»Das Blut des Lamms!« brach es aus ihm heraus, was mich auch nicht schlauer machte. Wieder richtete er die Schrotflinte auf mich, aber seine Hände waren schon ruhiger gewesen. Ich bot an, ihm eine Tasse Tee zu machen. Er schüttelte den Kopf, während Tränen über seine Wangen liefen. »Es tut mir leid«, sagte er, »wirklich. Aber ich muß es tun. Es gibt keine andere Möglichkeit.«

»Das stimmt nicht«, sagte ich und griff in meine Handtasche. »Werfen Sie mal einen Blick hier drauf.« Ich reichte ihm die Formulare, die ich in der Klinik ausgefüllt hatte.

»Was sind das für Papiere?«

»Übermorgen«, sagte ich. »Ich will es genausowenig wie Sie. Sie müssen sich absolut keine Sorgen machen.«

Er verstand nicht auf Anhieb, worauf ich hinauswollte. Dann hellte sich seine Miene auf. »Sie meinen...«

»Alles kein Problem«, sagte ich. »Wer immer es war, er hat sich die Falsche ausgesucht. Ich bin einfach nicht der mütterliche Typ, bin es nie gewesen. Schließlich muß ich an meine Karriere denken.«

Ich machte ihm eine Tasse Tee, bei der wir lange miteinander redeten, und schließlich ging er.

Es wurden keine weiteren Anschläge auf mein Leben verübt, weder für den Rest des Tages noch am folgenden Tag. Der Mann mit der Schrotflinte hatte zu seinem Wort gestanden und seine Brüder vom Plan gerufen. Sie wußten, daß ich auf ihrer Seite war, gut, vielleicht aus weltlichen Gründen, aber das Ziel war das gleiche. Es war ein seltsames Abenteuer gewesen, aber jetzt war es vorbei und mir blieb nur noch, mir das, was immer in mich hineingepflanzt worden war, vom Leib zu schaffen und wieder zu meiner Arbeit zurückzukehren.

Am Morgen meines Kliniktermins wachte ich erfrischt und optimistisch auf. Leichten Herzens fuhr ich zum Krankenhaus, zog ein Nachthemd an, machte es mir in meinem kleinen Zimmer bequem und blätterte die neuesten Zeitschriften durch, obwohl sie so öde und trivial waren, daß ich mich schließlich lieber mit einem der Berichte befaßte, die ich mir mitgebracht hatte.

Kurz nach Mittag kam die Schwester herein, um Temperatur und Blutdruck zu messen. »Sind Sie nervös?«

»Kein bißchen.«

»Brauchen Sie auch nicht zu sein«, sagte sie. »Ist ja bloß eine Routinesache.«

Eine halbe Stunde später rollten sie mich in den winzigen Operationsraum, legten ein Tuch über meinen Unterleib und schnallten meine Füße fest. Dr. Madison sah auf mich herunter und lächelte. Ich hatte seinen Zähnen bislang keine Beachtung geschenkt. Sie waren glänzend weiß wie die Wände um mich herum. »Alles klar mit Ihnen, Miss Loughlin?«

»Mir geht's bestens«, sagte ich.

»Das ist Arthur. Er ist unser Anästhesist.«

»Hallo, Arthur.«

Arthur steckte eine Nadel in meinen Arm und wies mich an, mit dem Zählen zu beginnen. »Eins«, sagte ich. »Zwei. Sie haben doch ein Auge darauf, daß ich nichts spüre, oder?«

»Aber natürlich«, sagte er. »Zählen Sie einfach weiter, und nachher werden Sie sich wundern, wie...«

»Drei«, zählte ich. »Vier... fünf...«

Mir war wieder ziemlich schummerig. Ich wußte, daß irgend etwas passiert war, aber mir fiel einfach nicht ein, was. Ich öffnete die Augen. Es war unangenehm hell, und mir war kalt. Wo war mein Softeis?

»Nancy? Nancy? Bist du okay?«

Jemand beugte sich über mich. Ich zwinkerte heftig, um zu sehen, wer es war.

»Belinda? Du bist schon da?« Erleichterung überkam mich. Alles war vorbei.

»Oh, Nancy«, sagte sie.

Ich zwinkerte wieder. So hatte ich Belinda noch nie gesehen. Jemand hatte ihr alles Blut aus dem Gesicht gepumpt und es durch Porridge ersetzt. »Du siehst ja schrecklich aus«, sagte ich.

»Hey, wir machen dich erst mal hier los.« Ihre Stimme zitterte.

Ich versuchte, mich selbst zu befreien, aber meine Glieder wogen Tonnen. »Wo ist die Schwester?« fragte ich, und in genau diesem Moment wurde mir wieder klar, was geschehen war.

»Was, zum...« sagte ich und versuchte mich aufzusetzen.

»Nein, sieh nicht hin«, sagte Belinda und drückte mich zurück. Dann war irgend jemand neben ihr, und ich wurde auf eine Bahre gehoben, zugedeckt und weg aus dem hellen Licht geschoben, und jede Menge Leute wieselten um mich herum. Ein paar von ihnen waren in Uniform.

Belinda beugte sich über mich und ergriff eine meiner Hände. »Nun, wenigstens ist es vorbei«, sagte ich und bemerkte, daß sie mich ängstlich ansah. »Es ist doch vorbei, oder?«

Und da wußte ich plötzlich, daß es ganz und gar nicht vorbei war. Der Operationsraum war weiß gewesen, als ich hineingeschoben worden war. Jetzt war er größtenteils rot. Jetzt konnte ich der Roadrunner-Liste einen Arzt, eine Schwester und einen Anästhesisten hinzufügen. Es war nicht ihr Fehler gewesen. Sie hatten es gut gemeint.

Die Polizei versuchte, im Verhör die ganz harte Tour anzuwenden, aber ich sagte ihnen, daß ich mit niemandem reden würde, bevor ich nicht endlich ein Softeis bekommen hätte. Aber selbst dann hatte ich immer noch keine Lust, ihnen zu erzählen, was hinter der ganzen Sache steckte. Sie wußten, daß ich irgend etwas damit zu tun hatte, nur nicht was, aber aus einer schwangeren Frau konnten sie schlecht ein Geständnis herausprügeln.

Ich würde es schließlich den Brüdern des Göttlichen Ordens der Toten Heiligen überlassen. Wenigstens ließen sie mir etwas Luft; nämlich achtundvierzig Stunden, bevor es wieder mit den Anschlägen losging. Sie versuchten es, immer und immer wieder, aber keiner von ihnen schaffte es. Ich wußte nicht, auf welcher Seite sie waren, und scherte mich auch nicht weiter drum, weil das meiner Meinung nach sowieso keinen großen Unterschied machte.

Ich begann, das Ganze als einzigartige Gelegenheit zu betrachten. Ich konnte die Eiger-Nordwand besteigen oder die tiefsten Tiefen des Marianengrabens erforschen. Ich konnte bei Nacht durch den Central Park schlendern oder Leber vom japanischen Kugelfisch essen. Ich konnte Kleiderschränke von Männern mit riesigen Oberarmen und martialischen Tätowierungen auffordern, den Müll aufzuheben, den sie gerade weggeworfen hatten. Ich konnte einfach *alles* tun.

Sieben Monate hatte ich noch vor mir. Ich dachte, daß ich genausogut wieder mit dem Rauchen anfangen konnte.

Am Nerv

CHRISTOPHER FOWLER

Noch ein Brite: Christopher Fowler, der mit Über den Dächern von London *einen der innovativsten Noir-Thriller der Achtziger geschrieben hat; keine Frage, daß er der kommende Mann im Genre ist. Die Ausgangssituation von* Am Nerv *kennt fast jeder, und Fowler hat seine Story auch nach einer ebenso ausgiebigen wie prägenden Sitzung bei seinem Dentisten hinter sich gebracht. Hier geht es nicht an die Eingeweide, aber marathonmannmäßig direkt an die Wurzel: Dr. Szell würde jedenfalls vor Neid erblassen.*

Eine Paranuß, dachte Thurlow, ausgerechnet so ein Mistding. Wird mir eine Lehre sein. Vorsichtig lehnte er sich auf dem Plastikstuhl zurück und musterte die rundum an die Wand geklebten Plakate.

STRENG VERTRAULICHE HIV-Tests.
UNGEWOLLTE SCHWANGERSCHAFTEN.
KINDER HABEN MANCHMAL TAUBE OHREN.

Kein Wunder, daß die meisten Menschen so ungern hierherkommen, dachte er. Im Warteraum zu sitzen gab einem Gelegenheit, in aller Ruhe über sein Schicksal nachzusinnen. Er blickte auf seine Uhr, dann lauschte er. Hinter einer abgelegenen Tür ertönte das Winseln eines elektrischen Bohrers. Entschlossen, sich innerlich gegen das Geräusch zu wappnen, wühlte er in den Illustrierten auf dem Tisch vor sich. Zwangsläufig lagen da zwei zerfledderte Ausgaben des *Tatler*, zwei uralte *Punch*-Hefte und eine Illustrierte namens *British Interiors*. Während er unterbewußt das gedämpfte Jaulen des Bohrers wahrnahm, blätterte er müßig in den Lifestyle-Illustrierten. Eine mit Onyx und Gold verzierte Zweitwohnung in Kensington. Ein Landhaus in Berkshire mit einem marmornen Basrelief in der Küche, auf dem Szenen aus der *Aeneis* dargestellt waren. Vermutlich Drogenbarone, die in diesem Anwesen wohnten. Sicher warfen ihre Kinder gelegentlich die kunstvoll arrangierten getrockneten Blumensträuße um oder verschwanden auf Nimmerwiedersehen in geheimen Schlupfwinkeln im Gemäuer.

Als er die Magazine angewidert hinwarf, jaulte der Bohrer in einer höheren Tonlage auf, was darauf schließen ließ, daß zur Überwindung eines besonders hartnäckigen Hindernisses größere Kraft aufgewendet werden mußte.

Eine verdammte Paranuß. Nächstes Mal würde er den Nußknacker nehmen statt der Zähne. Gott, tat das weh! Der ganze Backenzahn war mitten durchgebrochen. Aufgeplatzte Haut, alles voller Blut. Er war sicher, daß noch immer ein Stück Nußschale zwischen Gaumen und Zahn steckte, irgendwo tief drinnen, nah am Nerv. Bei jeder Kopfbewegung fuhr ihm der Schmerz wie ein weißglühendes Messer durch den Kiefer.

Die Dame an der Anmeldung – sie hatte irgendeinen gewöhnlichen Namen, den er nie ganz mitbekam – hatte bei seinem Anblick einen tiefen Seufzer von sich gegeben. Mit zweifelndem Kopfschütteln hatte sie ihren Terminkalender studiert. Er hatte sich zu dem Hinweis gezwungen gesehen, daß er Privatpatient war. Wozu gab es dieses System schließlich? Seit Jahren war er regelmäßig hierhergekommen. Genauer gesagt, er hatte auf diese Weise Termine vereinbart, wann immer er Ärger mit den Zähnen hatte. Offensichtlich war Dr. Samuelson auf einem Lehrgang in Florida, so daß er zu jemand neuem gehen und eine Weile warten mußte. Angesichts des ihn langsam zum Wahnsinn treibenden Schmerzes in seinem Zahn hatte Thurlow ganz und gar nichts gegen die Warterei einzuwenden.

Zwei andere Leute saßen mit ihm im Zimmer. Den Privatpatienten erkannte er auf einen Blick. Die Frau gegenüber, ausländisch aussehend, zu schwarze Haare, zuviel Gold, hatte offensichtlich Geld. Das dürre Teenagermädchen in Jeans und T-Shirt roch geradezu nach sozialem Wohnungsbau. Thurlow schniefte, und das Messer schoß in seinem Schädel hoch. Als der Schmerz einmal mehr einem beständigen dumpfen Pochen gewichen war, zog er erneut seine Uhr zu Rate. Er saß bereits seit beinahe vierzig Minuten hier! Das war doch lächerlich! Er erhob sich von seinem Platz und öffnete die Tür, die zur Anmeldung führte. Als er dort niemanden vorfand, wandte er sich in Richtung des dahinter liegenden, weiß gekachelten Flurs. Wenn er Stunk machte, mußte ihn schließlich jemand drannehmen.

Im ersten Raum, in den er kam, befand sich eine in Rückenlage fixierte übergewichtige Frau mit beiderseits des Behandlungsstuhls herunterbaumelnden Beinen; der über sie gebeugte Zahnarzt langte in ihren Mund wie jemand, der einen Schlüsselbund aus dem Gulli zu fischen versucht. Im zweiten Zimmer entdeckte er die Quelle der Bohrgeräusche. Hier klammerte sich ein erschöpfter Teenager mit beinweißen Fingerknöcheln an die Armlehne des Stuhles, während sein Zahnarzt den Bohrerkopf überprüfte, um ihn dann wieder in seinen Mund zu schieben, worauf es, als sich Metall in Zahnschmelz fräste, ein Geräusch gab wie das nervtötende Quietschen einer eisernen Gabel auf einem leeren Teller.

»Entschuldigung, aber Sie haben hier hinten keinen Zutritt.«

Thurlow drehte sich um und sah sich einem schlanken jungen Mann in einem weißen Kittel gegenüber, der ihn böse anblickte.

»Ich warte jetzt schon fast eine Stunde«, sagte Thurlow in dem Gefühl, daß er in dieser Situation ruhig übertreiben durfte.

»Und Sie sind…?«

»Mein Name ist Thurlow. Abgebrochener Zahn. Ich wollte eine Paranuß essen…«

»So etwas bespricht man nicht auf dem Gang. Kommen Sie lieber herein.«

Normalerweise hätte sich Thurlow über die schroffe Art des Zahnarztes geärgert, hätte er nicht dessen Oberschichtstonfall gehört und den eleganten Knoten seiner Universitätskrawatte bemerkt. Keine Frage – hier hatte er es mit einem Fachmann zu tun.

Thurlow betrat den Raum, legte sein Sakko ab und wartete neben dem roten Plastikpolster des Behandlungsstuhles, während der Zahnarzt etwas in seinen Computer eingab.

»Normalerweise bin ich bei Doktor Samuelson«, erklärte er, während er sich umblickte.

»Nun, der ist nicht da, er ist…«

»In Florida, ich weiß. Na ja, wer's mag. Sie sind neu, nehme ich an. Sie sind noch sehr jung.«

»Wenn man älter wird, sieht jeder jung aus. Ich bin Doktor Matthews, Mister Thurlow.« Er tippte weiter auf der Tastatur herum, dann hob er den Blick zum Bildschirm. »Sie sind seit über einem Jahr nicht mehr zum Nachsehen gewesen.«

»Zum Nachsehen nicht, nein«, sagte Thurlow, während er in den Stuhl stieg.

»Ich hatte da was, einen Knoten.« Er wedelte mit den Fingern vor seiner Wange herum. »Ich dachte, es wäre eine Zyste.«

»Wann war dieser Termin?« Offenbar fand Dr. Matthews am Bildschirm keinen Eintrag.

»Ich hatte keinen. Jedenfalls war's keine Zyste. Es war ein Pickel.«

»Und davor?«

»Ich hatte eine Füllung verloren. Ingwerplätzchen. Im Jahr vorher dasselbe. Pfefferminz.«

»Sie sind also schon eine ganze Weile nicht mehr zur Mundpflege gewesen?«

»Und ich brauche auch jetzt keine«, sagte Thurlow. »Die wollen einem doch immer nur Zahnseide und diese Stocher mit Gummispitze andrehen. Was soll das überhaupt, dieses Gerede von wegen Nachsehen? Kriegen Sie etwa Prozente?«

Dr. Matthews überhörte seine Bemerkung und näherte sich dem Behandlungsstuhl. Während Thurlow es sich bequem machte, hängte der Zahnarzt ihm einen Papierlatz um den Hals.

»Haben Sie keine Sprechstundenhilfe?«

»Früher hatte ich eine, aber sie mochte meine Methode nicht, deshalb habe ich sie ermordet«, sagte Matthews. »Ha ha.« Er trat mit dem Fuß auf ein Einstellpedal, bis er den Stuhl in der gewünschten Lage hatte, dann schaltete er die Pumpe am Nachspülbecken ein.

»Ich mache immer Witze. Ist gut für die Nerven. Dann lassen Sie mich mal sehen, bitte.« Er klappte einen Ablagearm mit zahnmedizinischen Geräten über Thurlows Brust. Thurlow machte den Mund weit auf, und das Licht aus der Stiftleuchte des Zahnarztes stach ihm in die Augen. Er sah, wie die Hakensonde eingeführt wurde, wie der Doktor seine linke Backenzahnreihe abklopfte, und nahm am Rande seines Blickfeldes den kleinen runden Spiegel wahr. In seinem Mund bildete sich rasch Speichel. Das Abklopfen ging weiter. Er wußte, daß er bald schlucken mußte. Matthews, der seiner Unruhe rasch gewahr wurde, hängte ihm eine Speichelpumpe in den Mundwinkel. Sie gab ein lautes Saugen von sich, wie wenn Wasser im Abfluß verschwindet.

Plötzlich spürte Thurlow, wie die scharfe Spitze der Sonde den blanken Nerv in seinem zersplitterten Zahn berührte. Es war, als hätte man ihm einen Stromstoß durch den Kopf gejagt. Nur eine Sekunde länger, und er hätte das Werkzeug mitten durchgebissen. Matthews bemerkte das zähe Zurückzucken seines Patienten und zog das Instrument rasch zurück.

»Ich glaube, wir können mit Bestimmtheit sagen, daß wir die Problemzone lokalisiert haben«, sagte er trocken, leuchtete mit der Stiftlampe herum und zog dann die große Behandlungsleuchte herunter. »Sieht ziemlich böse aus. Wäre nicht so schlimm, wenn's ein Schneidezahn wäre. Ist von der Krone bis zur Wurzel durchgesplittert. Das Zahnfleisch ist geschwollen und gerötet, wahrscheinlich also entzündet. Ich werde einen Teil davon wegschneiden müssen.«

Thurlow zog den Speichelabsauger aus dem Mund. »Ich möchte keine Einzelheiten hören«, sagte er. »Davon wird mir bloß übel.« Er setzte den Sauger wieder ein, legte sich zurück und schloß die Augen.

»Bestens. Ich werde Ihnen einen Schuß verpassen, und dann können wir anfangen.« Matthews bereitete eine Spritze vor, entfernte die Plastikkappe von der Nadel und preßte die Luft heraus. Mit einem kaum wahrnehmbaren Knacken wurde die Oberhaut von Thurlows Zahnfleisch durchstochen, und Zentimeter um Zentimeter glitt das kühle Metall in den Kiefer. Thurlow spürte, wie sich die betäubende Flüssigkeit in seinem Mund verteilte.

»Da Sie offenbar empfindlich sind, werde ich Ihnen zusätzlich noch eine Dosis Valium geben. Dann kann ich arbeiten, ohne daß Sie sich unnötig aufregen.« Er rollte Thurlows Hemdsärmel hoch und setzte eine zweite Spritze an. »Schon komisch, wenn man's bedenkt«, sagte er, während er auf die Eichstriche seitlich am Kolben achtete. »In Anbetracht der ganzen Speisen, die Sie mit Ihren Eck-, Schneide- und Backenzähnen zerteilen und zerkauen müssen, ist es ein Wunder, daß Sie überhaupt noch etwas im Mund haben. Natürlich haben Menschen vergleichsweise winzige Zähne. Es ist ein Zeichen unserer Überlegenheit gegenüber den Tieren.«

Endlich begann sich Thurlow zu entspannen. Lag es an der Droge, daß er sich in Matthews Händen so sicher und geborgen fühlte, oder war dies lediglich auf die fachkundige, vertrauenerweckende Ausstrahlung des Zahnarztes zurückzuführen? Er summte bei der Arbeit leise vor sich hin, während er die Instrumente vor sich hinlegte und darauf wartete, daß die Wirkung der Drogen einsetzte. Ein Gefühl des Wohlbefindens überkam Thurlow. Seine Arme und Beine waren zu schwer geworden, als daß er sie hätte bewegen können. Sein Herz schlug langsamer. Seine untere Gesichtshälfte war jetzt vollkommen taub. Zwischen Schlaf und Wachzustand schwebend, versuchte er die Melodie zu erkennen, die Matthews summte, konnte sich jedoch nicht lange genug darauf konzentrieren.

Der Zahnarzt hatte zwei weitere Metallinstrumente in seinem Mund angebracht – wann hatte er das getan? Das eine diente offenbar dazu, seine Kiefer auseinanderzuhalten. Obwohl das Licht der Behandlungslampe indirekt und diffus war, drang es als warmes, rotes Glühen durch Thurlows Lider. Auf der Ablage schepperte irgend etwas metallisch.

»Ich werde jetzt einen Teil schadhaften Zahnfleisches wegschneiden«, sagte Matthews. Hatte er ihn nicht gebeten, er möge ihn mit Einzelheiten verschonen? Die längliche Schere schimmerte im Licht, dann verschwand sie in seinem Mund, um Fleisch und Muskeln zu durchtrennen. Er gab sich seinen Gedanken hin und versuchte, nicht an die unmittelbar darunter stattfindende Schnippelei zu denken.

»Ich glaube, zum Überkronen ist nicht genug übriggeblieben«, sagte Matthews. »Der danebenliegende sieht ebenfalls ziemlich mitgenommen aus. Was, zum Teufel, war bloß in dieser Nuß?«

Als der Bohrer einsetzte, öffnete Thurlow noch einmal die Augen. Offenbar war einige Zeit vergangen, denn nun schien es, als befänden sich etliche weitere Instrumente in seinem Mund. Der Bohrer jaulte weiter, und der beißende Geruch von verbranntem Knochen stieg ihm in die Nase. Dank der Einwirkung des Valiums jedoch blieb er weiter ungerührt. Der Bohrer wurde entfernt, und Matthews Finger untersuchten die Stelle. Es gab ein lautes Knacken, und danach präsentierte er Thurlow den Zahn des Anstoßes, erst die eine Hälfte, dann die andere.

»Möchten Sie den als Andenken haben? Ich glaube nicht. Nun sollte ich, um die Sache ordentlich zu machen, Ihren Wurzelkanal richtig ausräumen und einen Metallstift in den Gaumen einsetzen«, sagte er. »Aber das ist ein langwieriger und schmerzhafter Vorgang. Wollen wir mal sehen, wie wir das hinkriegen, ohne Ihnen dabei den ganzen Kiefer abzureißen. Ha ha.«

Wieder setzte der Bohrer ein. Thurlow konnte nicht feststellen, mit welchem Zahn er in Berührung kam, nahm aber angesichts des wohlvertrauten brenzligen Geruchs an, daß er sich tief in den Schmelz eines Backenzahns bohrte.

»Schon besser«, sagte Matthews. »Ich kann Tageslicht durch das Loch sehen. Nun, da wir Spielraum haben, können wir das schwere Geschütz einsetzen.« Er förderte eine große, halbrunde Metallspange zutage und befestigte sie seitlich an Thurlows Unterlippe. Ein weiteres Instrument tauchte im Licht auf, eine Art große, gebogene Rasierklinge mit gezackter Spitze, wie eine Käseraspel mit Zähnen. Der Zahnarzt führte sie in seinen Mund ein und zog sie über den Stumpf seines schadhaften Backenzahnes hin und her. Thurlows Kopf vibrierte unter dem Raspeln, hin und her, hin und her, bis er sich allmählich fragte, ob es wohl jemals wieder aufhören würde.

»Das geht nicht, überhaupt nicht.« Matthews entfernte das Instrument, prüfte die stumpf gewordene Spitze und warf es angewidert auf die Ablage. »Ich brauche etwas anderes. Etwas Modernes, etwas – Technologisches.« Er verschwand aus dem

Blickfeld, und Thurlow hörte, wie er auf der anderen Zimmerseite in irgend etwas herumkramte. »Eines Tages«, rief er, »wird sämtliche Zahnbehandlung durch Laser erfolgen. Denken Sie nur mal an den Spaß, den wir dabei haben werden!« Er kehrte mit einem großen elektrischen Gerät zurück, auf dem sich eine rot blinkende Leuchtdiode befand. Plötzlich hatte Thurlow nur mehr Matthews grinsendes Gesicht im Blick.

»Sie können sich äußerst glücklich schätzen«, sagte er. »Dieses Schnuckelchen hier bekommen nicht viele Leute in den Mund.« Er tätschelte das Gerät, aus dem eine gerippte Metallröhre mit einer winzigen rotierenden Säge ragte. Als er es anstellte, war der Lärm so groß, daß er lauthals brüllen mußte. »Sehen Sie, ein Zahn besteht zum größten Teil aus Dentin, aber innerhalb des Zahnfleisches wird es zu einer knochenartigen Masse, die weicher ist...«

Das Folgende verpaßte er, als die Säge in seinen Mund eingeführt wurde und auf Zahnschmelz traf. Aus einer zwischen seine unteren Schneidezähne geklemmten Röhre spritzte Wasser auf die zu behandelnde Stelle, während eine andere geräuschvoll Speichel absaugte. Sein ganzer Mund fühlte sich an wie eine Baustelle. Plötzlich lief ihm etwas feucht und warm die Kehle hinunter. Matthews stellte die Säge ab und zog sie hastig zurück.

»Mist«, sagte er lauthals, »das war mein Fehler, weil ich einen Moment nicht aufgepaßt habe. Neuerdings bin ich etwas nervös.«

Er langte hinter sich, griff nach einem Wattebausch, den er in Thurlows Mund stopfte, wo er den behandelten Bereich abtupfte, um die Watte dann rot, vollgesaugt und triefend wieder herauszuziehen. »Tut mir leid, ich war in Gedanken woanders. Gut, daß ich kein Kranführer bin, sonst würde ich überall Stahlträger fallen lassen.«

Nun schien irgend etwas in Thurlows Speiseröhre zu stekken. Trotz des Betäubungsmittels spürte er ein Brennen. Gallenflüssigkeit stieg ihm in den Hals, und er begann zu würgen.

»Moment, Moment, ich weiß, was das ist.« Matthews langte zu, entfernte etwas und warf es auf die Ablage. »Sie sind ein tapferer Junge gewesen. Vor hundert Jahren wäre das ohne Betäubungsmittel ein furchtbar schmerzhafter Vorgang gewesen, doch dank unserer modernen Technik werde ich in ein paar Stunden mit Ihnen fertig sein. Ha ha. Bloß ein Witz.«

Er griff wieder auf die Ablage und brachte eine weitere, diesmal wie der Faden in einer Glühbirne geformte Stahlkammer zum Vorschein. Er schraubte sie vorsichtig auf und befestigte die Vorrichtung dann seitlich am Mund seines Patienten. Thurlow wurde allmählich immer unruhiger. Möglicherweise ließ das Valium nach, war die Dosis nicht groß genug gewesen. Angenommen, sein Schmerzempfinden setzte mitten im Bohren wieder ein? Ja, jetzt konnte er seine Kiefer zweifellos wieder spüren. An seiner Nasenwurzel hatte ein dumpf pochender Schmerz eingesetzt. Der Zahnarzt rührte gerade etwas in einer kleinen Plastikschüssel an, als er sah, daß Thurlow auf dem Stuhl hin und her rutschte.

»Sieht aus, als hätte ich Ihnen eine zu schwache Dosis verpaßt«, sagte er betroffen. Er entfernte den Plastikschutz von einer weiteren Spritze und stach sie in Thurlows Arm.

»Hier«, sagte er und drückte vergnügt auf den Kolben. »Ein Prosit auf Ihren Drogencocktail! Möchten Sie ein kleines Schirmchen drin haben?«

Thurlow, keineswegs belustigt, starrte ihn mit verkniffenen Augen an. Matthews wurde wieder ernst. »Keine Sorge, wenn Sie wieder aufwachen, werde ich fertig sein. Ich glaube, für heute haben Sie genug mitgemacht, deshalb werde ich Ihnen jetzt eine provisorische Füllung einsetzen, und den Wurzelkanal nehmen wir uns bei Ihrem nächsten Termin vor.«

Als er anfing, mit einem Gummispatel Zement in Thurlows Mund zu schaufeln, spürte dieser, wie er in einen ätherischen Zustand zwischen Schlaf und Wachsein wegdriftete.

Während er in diesem vagen Traumstadium dahintrieb, machte sich seine Einbildungskraft selbständig, und seltsame

Gesichte boten sich ihm in wogenden Regenbogenfarben dar. Das Summen des Zahnarztes wurde zu einer gedämpften Litanei, einer warmen und vertrauten Tonuntermalung, wie der Singsang einer Näherin. Ineinander übergehende Farben, der bittere Duft von Jasmin und Desinfektionsmittel. Er war wieder ein Kind, sicher und zu Hause. Dann bekam die Gegenwart wieder zunehmend die Oberhand und löste diese halbgaren Erinnerungen ab, und er begriff, daß er in die Wirklichkeit zurückkehrte.

»Ah, gut«, sagte Matthews, als er die Augen aufschlug. »Wieder im Reich der Lebenden. Eine Minute lang dachte ich schon, ich hätte Ihnen eine Überdosis verpaßt. Ha ha. Wir warten nur noch, bis der letzte Teil hart geworden ist.« Er langte in Thurlows Mund, stocherte mit einem Spatel herum und kratzte das restliche Füllmaterial weg. Thurlow wurde sich mit einemmal des über seinem Schoß befestigten Haltegurtes bewußt. Wie lange war der da schon?

»Wissen Sie, letzte Woche hatten wir hier einen häßlichen Fall von ›Zahnquetschung‹. Schon mal davon gehört? Entschuldigung, mit dem ganzen Müll in Ihrem Mund können Sie ja nicht antworten, nicht wahr? Na ja, der Patient war Pilot bei einer Fluglinie. Auf dem Flug kam es in der Kabine zu einem Druckabfall, und wie sich herausstellte, hatte er eine Luftblase unter einer Füllung. Als der Kabinendruck fiel, dehnte sich die Luft. Der Zahn explodierte ihm buchstäblich im Munde. Sogar in seiner Zunge steckten Splitter. So eine Sauerei.« Matthews kniff ein Auge zu und starrte in Thurlows Mund. »Tiefseetauchern kann das auch passieren, nur daß deren Zähne implodieren. Aber ich habe Schlimmeres gesehen. Da war mal ein Patient, ein Kind, das mit den Rollschuhen in einen Wasserspender gefahren war...« Gnädigerweise verlor er den Faden, während er sein Werk begutachtete. »Nun, mit diesem letzten Klacks scheint das Kunststück geglückt.« Langsam kehrte wieder Gefühl in Thurlows Gesicht zurück. Irgend etwas war sehr wund, ausgesprochen wund. Er hob die Hände in der Hoffnung, die Quelle des Schmerzes lokalisieren zu können, doch Matthews schlug sie ihm herunter. »Fassen Sie eine Zeitlang nichts an. Sie müssen warten, bis alles fest geworden ist. Außerdem muß ich noch ein paar abschließende Arbeiten erledigen.«

Die Schmerzen nahmen mit jeder Sekunde zu. Allmählich waren sie viel schlimmer als vor Beginn der Behandlung. Irgend etwas war schiefgelaufen, dessen war er sicher. Er konnte lediglich durch die Nase atmen, und auch das nur mit einigen Schwierigkeiten. Er versuchte zu sprechen, doch kein Ton drang aus seinem Mund. Als er sich hochziehen wollte, drückte ihn Matthews mit einer entschiedenen Handbewegung zurück. Nun hatte er den Zahnarzt ganz und gar im Blick. Thurlow japste nach Luft.

Der Arzt sah aus, als hätte jemand vor ihm eine Blutkonserve zerplatzen lassen. Von Kopf bis Fuß war er triefend rot. Blut war ihm über Brust und Bauch gespritzt, rann von seiner Gummischürze und bildete eine größer werdende Pfütze zwischen seinen Füßen. Der weiß gekachelte Boden war glitschig vor Blut. Schmierige Streifen bedeckten die Wände in langgezogenen Bögen, als hätte jemand heftiges Nasenbluten gehabt. Thurlows Kopf sank gegen die Nackenstütze; seine Gedanken rasten. Was, in Gottes Namen, war passiert? Schmerz und Entsetzen überwältigten ihn, als er verzweifelt aufzustehen versuchte, während chromatische Farbkleckse vor seinen Augen zerplatzten. Noch immer befanden sich die einschläfernden Drogen in seinem Körper und beeinträchtigten seine Sehkraft.

»Sie sollten jetzt nicht aufstehen«, sagte Matthews. »Ich bin noch nicht fertig.«

»Sie sind kein Zahnarzt«, wollte Thurlow sagen, während sich weißglühende Messer durch seine Kopfhaut bohrten, doch statt der Worte brachte er nur ein paar rasselnde Töne hervor.

Der Zahnarzt verstand ihn anscheinend. »Recht haben Sie, recht haben Sie, ich bin kein Zahnarzt.« Achselzuckend streckte er die Hände aus. *Verklagen Sie mich doch.* »Ich wollte immer einer werden, konnte aber keine Zulassung bekommen. Ich bestehe einfach kein Examen. Ich werde zu leicht wütend. Dennoch ist es für mich wie ein Auftrag, eine Berufung. Ich weiß, daß ich alles richtig mache. Ich bin einfach meiner Zeit voraus. Lassen Sie mich das hier zu Ende bringen.«

Er stieß seinem Patienten die Hand in den Mund und machte eine Schraubbewegung. Zwischen Thurlows Augen explodierte der Schmerz wie ein Feuerball. Der Zahnarzt drückte seinen Kopf fest an die Nackenstütze, während er an etwas zerrte. Es gab ein metallisches *Pling*, und er zog eine Spiralfeder heraus. Am anderen Ende befand sich eine in einem blutigen Fetzen Zahnfleisch steckende kleine, silberne Schraube.

»Das Teil brauchen Sie nicht«, sagte Matthews jovial. Er griff zu einem Phillips-Schraubenzieher und führte ihn in Thurlows Mund ein, wo er fröhlich damit herumfuhrwerkte, als würde er ein Auto reparieren. »Ich bezeichne das gerne als homöopathische Medizin«, erklärte er, »abgesehen davon, daß ich eher ein Künstler bin. Ich war auf der Kunstakademie, bestand aber das Examen nicht, weil – Sie haben es erraten –« er nickte dümmlich, *alter Schussel, der ich bin*, »ich wieder wütend wurde. Na ja, sie haben mich dann eine Zeitlang aus dem Verkehr gezogen.« Er entfernte den Schraubenzieher und wischte ihn an seiner Schürze ab, dann blickte er wohlwollend lächelnd in Thurlows schmerzenden Mund. »Dennoch – Ideen sind schließlich dazu da, daß man sie verwirklicht. Ich wähle eine Stadt aus und schlage in den Gelben Seiten nach, dann suche ich sämtliche aufgeführten privaten Zahnärzte auf. Manchmal stoße ich bei einem auf ein leeres Sprechzimmer, und dann warte ich einfach auf Kundschaft. Die Rolle liegt mir, sehen Sie: weißer Kittel, eleganter Schlips, angenehm klingende Stimme. Kulis in der Brusttasche.« Er deutete auf seinen Kittel. »Und ich schließe während der Arbeit die Tür ab. Bislang hat noch niemand versucht, mir das Handwerk zu legen, und wenn es mal passieren sollte, käme nichts in die Zeitung, weil private Zahnärzte viel zuviel Angst haben, ihre Kunden zu verlieren. Sie hätten bestimmt nie gedacht, daß es so einfach ist, nicht wahr?«

Er ging zu dem Schreibtisch neben dem Behandlungsstuhl und entnahm ihm einen großen Rundspiegel. »Geben Sie's zu, wann wollten Sie das letzte Mal von einem Zahnarzt den Ausweis sehen? Ist ja nicht wie bei der Polizei. Nun sehen wir mal, wie es geworden ist.«

Thurlow konnte vor Schmerzen kaum atmen, doch als der Zahnarzt den Spiegel in seine Richtung kippte, wäre er angesichts dessen, was seine Augen erblickten, beinahe in Ohnmacht gefallen.

»Gut, nicht wahr?« sagte Matthews. »Kunst in der Zahnmedizin.«

Thurlows Gesicht war nicht wiederzuerkennen. Seine Lippen waren aufgeschnitten, in fleischigen Streifen abgeschält und dann mit Stahlnadeln an die Wangen geheftet worden. Der Großteil seiner Zähne war eckig geschliffen, manche zugespitzt, andere lediglich angeschrägt. Sein oberes Zahnfleisch war aufgetrennt, und darunter sah man den blanken Knochen. Eine Unzahl mit Drähten befestigter Schrauben war in seinen gehäuteten Kiefer getrieben worden. Die vorderen fünf Zentimeter seiner Zunge – der Klumpen, den er im Hals gespürt hatte – fehlten vollständig. Er sah den nässenden Stumpf ekelerregend wie eine zerhackte Schlange hin und her zucken. Rund um seinen Mund war ein Gebilde aus glänzendem Stahl angebracht, das wie eine aberwitzige Klammer wirken sollte, ein kompliziertes Netz aus Drähten und Federn, Zahnrädern und Zügen. Die Haut unter seinen Augen hatte sich aufgrund der Mißhandlung seines Mundes schwarz verfärbt.

»Ich weiß, was Sie denken«, flüsterte Matthews. »Es ist etwas Besonderes, aber nichts Spektakuläres. Das Beste haben Sie noch gar nicht gesehen. Es ist nicht einfach Kunst, es ist – kinetischer dentaler Futurismus. Aufgepaßt.«

Matthews langte nach oben und drehte an einem kleinen silbernen Griff an Thurlows linkem Kiefer. Die Federn und

Drähte spannten sich. Die Zahnräder drehten sich. Thurlows Mund verzerrte sich, und die Hautfetzen von seinen Lippen wanden sich hin und her, als sein Gesicht zu einer Reihe breit grinsender Grimassen und böser, verkniffener Mienen verzogen wurde. Seine auf einer einzelnen Feder angebrachte Zungenspitze zuckte aus dem Ohr heraus und wieder zurück. Der Schmerz war unerträglich. Frische Wunden brachen an seinem Gaumen und seinen Wangen auf, als der Mechanismus seinen Mund zu einem absurden, gequälten Lachen zwang. Matthews nahm die Hand von dem silbernen Griff und lächelte selbstzufrieden.

»Ist da drin jemand?« rief die Anmeldedame und klopfte an die Tür.

»Es wird wohl noch Jahre dauern, bis sich das durchgesetzt hat«, sagte der Zahnarzt, ohne sich um das Rütteln an der Türklinke hinter ihm zu kümmern. Er schwenkte den Spiegel vor Thurlows entsetztem Gesicht hin und her. Schließlich legte er den Spiegel hin und löste den Haltegurt am Behandlungsstuhl. Thurlow, durch die an seinem Kiefer angeschraubte schwere Stahlkonstruktion behindert, konnte kaum stehen. Als er den Kopf nach vorne neigte, zog ihn das Gewicht herunter, und Blut strömte aus seinem Mund. Er wollte schreien, doch er wußte, daß es zu sehr schmerzen würde, wenn er den Mund ohne Unterstützung durch die Spange aufreißen würde. Die Anmeldedame begann an die Tür zu hämmern.

»Keine Sorge«, sagte der Zahnarzt mit einem aufmunternden Lächeln. »Zuerst wird es Ihnen fremd vorkommen, aber mit der Zeit werden Sie sich daran gewöhnen. Letztlich tun das alle meine Patienten, da bin ich sicher.« Er drehte sich um und blickte aus dem Fenster. »Das ist das Schöne an diesen alten Häusern: Es gibt immer eine Feuerleiter.«

Er entriegelte das Fenster, stieß es auf und zwängte sich durch die Öffnung. Mit seiner blutgetränkten Hose verschmierte er das weiße Fensterbrett. »Beinahe hätte ich's vergessen«, rief er zurück, während Thurlow blindlings gegen die

Tür prallte und sie voller Blut spritzte. »Was immer Sie auch machen, vergessen Sie um Himmels willen nie die Zahnseide.«

Sein Lachen hallte in Thurlows Ohren nach, als sich ein roter Nebel über seine gequälten Augen senkte.

Der Nußknacker

NANCY A. COLLINS

Nancy hat vor kurzem in Las Vegas geheiratet und ist zu Joe nach New York gezogen, und ihre Sonja-Blue-Romane sind schon heute Hardcore-Klassiker, hard-edged killers *im besten Sinne des Wortes; daß ihre Bücher keine Parental-Advisory-Aufkleber tragen, ist vielen jedenfalls ein Rätsel.* Der Nußknacker *zeigt eine andere Nancy Collins: Hier ist sie, eine Konföderierten-Elegie, bei der man den Wind durch die Trauerweiden pfeifen hört, ganz gewiß nicht die Art Story, die wir von ihr erwartet hatten.*

Der hungrige Mann kauerte im Schatten der Baumreihe, die die Grenze des Killigrew-Anwesens markierte. Sein Blick haftete unablässig an der Rückseite des Hauses. Seine brennenden Augen folgten den wenigen Hühnern, die hier und da im Sand scharrten. Seit drei Tagen hatte er nichts mehr gegessen, trotzdem hatten die Hühner nichts von ihm zu befürchten. So einfach war es nicht mehr für ihn, seinen Hunger zu stillen.

Seine besenstieldürren Arme umschlangen die knochigen Knie, und er betrachtete die ausgeblichenen Gardinen in den hohen, schmalen Fenstern des zweigeschossigen geschindelten Hauses. Er erhaschte einen flüchtigen Blick auf eine Frau, die Trauerkleidung trug, und erstarrte. Heiß und kalt durchfuhr es ihn. War es wieder das Fieber? Oder war es diesmal etwas anderes?

Die Hintertür flog auf, und eine alte Negerin, um den Kopf ein verschossenes Tuch, trat auf die Veranda und trocknete die Hände in einer weiten Schürze, die ihr bis zu den Knöcheln reichte. Sie sah nachdenklich ins Dämmerlicht, stieg dann die kleine Treppe hinunter und hinkte zu einer kleinen Hüttc unweit des Hauses.

Dem anderen Halbdutzend Sklavenhütten nach zu urteilen war die alte Amme als einzige in ihrer Stellung geblieben.

Es wurde dunkel. Die Familie im Innern des Hauses hatte sich sicherlich am Abendbrottisch versammelt. Wenn er sein Vorhaben in die Tat umsetzen wollte, mußte er sein Versteck bald verlassen. Sein hungriger Magen zog sich noch stärker zusammen.

Hester Killigrew stocherte angeekelt in dem Essen auf ihrem Teller herum. Grünkohl, gebackene Süßkartoffeln und Maisfladen. Schon wieder. Arme-Leute-Essen. Negerfraß. So nannte das zumindest Fanny Walchansky.

Fannys Vater, Mr. Walchansky, gehörte das Textilgeschäft in Seven Devils. Er war einer der wenigen Händler, die von der Ankunft der Eisenbahn im letzten Jahr hatten profitieren können. Mr. Walchansky war äußerst wohlhabend, und es gehörte zu Fannys Lieblingsbeschäftigungen, genau das jedem mitzuteilen, der sich zufällig in ihrer Nähe befand. Hester konnte sich lebhaft vorstellen, was Fanny dazu sagen würde, daß die Killigrews ihr Essen in der Küche zu sich nahmen und nicht im Speisezimmer.

Sie sah ihre Mutter an, die am Kopfende des Tisches saß,

dann ihren kleinen Bruder. Francis war darin vertieft, sich Essen in seinen rosigen Mund zu schaufeln. Er war erst zweieinhalb Jahre alt, und an die Zeit vor dem Krieg konnte er sich nicht erinnern. Jene Zeit, als Mammy Joella noch nicht die einzige gewesen war, die für sie gearbeitet hatte. Jene Zeit, als sie jeden Tag im Speisezimmer und von richtigem Porzellan gegessen hatten.

Hester wußte, daß sie sich nicht beklagen durfte. Denn dann würde ihre Mutter sie schelten, oder schlimmer, zu weinen beginnen. Hester war sich darüber im klaren, daß sie nicht halb so schlimm dran waren wie andere Bewohner von Choctaw County. Immerhin hatten sie noch ein Dach über dem Kopf und etwas Anständiges zu essen. Gut, es gab nicht mehr so viel rotes Fleisch wie früher, und die Milch bekamen sie von einer Ziege anstatt von einer Kuh, doch immerhin hatten sie genug Hühner und Eier.

Sie dachte daran, wie der alte Stackpole einsam in seinem großen Landhaus gesessen hatte, bis er verrückt geworden war, Feuer gelegt und sich dann eine Kugel in den Kopf geschossen hatte. Vielleicht war er davon krank geworden, immer nur Gemüse und Maisfladen essen zu müssen.

An der Hintertür klopfte es. Da Mammy Joella bereits in ihre Hütte gegangen war, öffnete Mama die Tür selbst. Hester reckte den Hals, um an den Röcken ihrer Mutter vorbeizulinsen.

Auf der Veranda stand ein dünner, zerlumpter Mann mit langem, staubbedecktem Haar. Er sah so aus – und so roch er auch –, als hätte er sich seit Wochen nicht mehr gewaschen. Irgendwie erinnerte er Hester an den Nußknacker-Soldaten, den sie im Fenster von Walchanskys Textilgeschäft gesehen hatte.

»Wenn Sie Arbeit wollen, ich kann Ihnen keine geben – und ich hätte auch gar kein Geld, um Sie zu bezahlen«, sagte Penelope Killigrew kurz angebunden. Im vergangenen Jahr, seit der Krieg zu Ende war, waren heruntergekommene, hungrige Fremde auf der Suche nach Essen und Gelegenheitsarbeiten an der Tagesordnung gewesen. Die meisten schlugen sich, so gut es eben ging, in ihre Heimat durch. Andere dagegen waren nur auf Ärger aus.

Der Fremde sabberte beim Sprechen, und Hester mußte unwillkürlich an den zurückgebliebenen Sohn der Waschfrau unten an der Straße denken.

»Nell – erkennst du mich denn nicht?«

Penelope Killigrew stieß einen Schrei aus und schüttelte den Kopf. Francis, der mit seinen Wurstfingern selig Maisfladen zerbröselte, sah beim Schluchzen seiner Mutter auf. Hester fürchtete, daß der lustig aussehende Fremde ihr etwas getan haben könnte. Sie sprang von ihrem Stuhl auf und schoß zur Tür.

»Was haben Sie meiner Mutter getan?!« fragte sie aufgeregt.

Penelope Killigrew drehte sich um und legte ihrer Tochter die Hände auf die Schulter. Sie lachte und weinte gleichzeitig. Hester fuhr der Schrecken in die Glieder.

»Es ist alles gut, Liebes! Alles wird wieder gut werden. Daddy ist heimgekommen!«

Verwirrt starrte Hester den halbverhungerten Mann in den Fetzen einer Konföderierten-Uniform an. Er starrte zurück und blinzelte mit seinen feuchten Augen. Jetzt, wo sie ihn richtig betrachtete, bemerkte sie, warum er sie an diesen Nußknakker-Soldaten erinnert hatte.

Er hatte ein hölzernes Kinn.

So laut sie konnte, knallte Hester die Tür ihres Zimmers zu. Es war ihr egal, ob das ganze Haus dabei wackelte. Es war ihr genauso egal, ob das Haus davon einstürzen würde. Mama hatte sie auf ihr Zimmer geschickt. Also, wenn Mama es so wollte! Sie konnte sich genauso verrückt aufführen wie Mama.

Mama hatte die Beherrschung verloren, weil sie sich geweigert hatte, ihn zu küssen. Hester war es egal, ob sie hinterher dafür bestraft würde. Sie würde ihn nicht küssen! Es war ihr egal, was Mama oder irgend jemand anders dazu sagen würde.

Dieser Mann war nicht ihr Daddy.

Alle taten so, als sei Hester zu jung, um sich an die Zeit vor dem Krieg zu erinnern. Das war zu dumm. Wenn sie sich an den alten Hund, Cooter, erinnern konnte, warum nicht an Daddy? Sie konnte sich doch auch noch genau an den Krieg erinnern – zumindest an die Ereignisse, mit denen er in ihr Leben eingebrochen war. Hester konnte nicht verstehen, warum Mama dem Nußknacker weiterhin weismachte, sie wisse es nicht besser. Vielleicht fühlte sich Mama mit dem Fremden im Haus wohler. Aber warum mußte Mama dann so tun, als sei es Daddy?

Daddy war der stattlichste Mann von ganz Arkansas gewesen. Zumindest jedoch von Choctaw County. Er hatte dunkles Haar und tiefblaue Augen gehabt. Und er hatte viel gelacht und bezaubernd gelächelt. Das hatten selbst die anderen Männer gesagt.

Hester erinnerte sich, wie sie im Wohnzimmer immer auf dem Boden gesessen, mit ihrer Stoffpuppe gespielt und auf die Tritte seiner Stiefel in der Halle gewartet hatte. Dann hatte er sie in die Arme genommen und sie hoch in die Luft geworfen. Manchmal hatte sie mit dem Scheitel den Kronleuchter berührt, und die Kristalltropfen hatten geschaukelt und getanzt. Wie der Gesang von Engeln hatte es geklungen.

Sie hatte gekreischt und gekichert, und auch Daddy hatte gelacht – seine Stimme hatte wie Donner gedröhnt. Mama hatte solche Albernheiten nicht besonders gern gesehen. Hester vermutete, daß sie Angst um den Kronleuchter gehabt hatte.

Als Daddy fortging, um für Präsident Davis zu kämpfen, war Hester sechs. Mama hatte geweint, aber Daddy hatte nur gesagt, es sei eine Sache, die er tun müsse. Hester wußte nicht genau, was eigentlich geschehen war, aber sie fand, daß Daddy in seiner grauen Uniform ungemein stattlich aussah.

Alle zusammen gingen sie zu Mr. Potters Tiefdruck-Atelier hinten am Bahnhof, und Daddy ließ ein Bild von sich machen. Mama bewahrte es in der Familienbibel auf, zwischen die Seiten gepreßt wie eine getrocknete Blume.

1861 verließ Daddy sie, um unter General Lyon bei Oak Hills an der Grenze zu Missouri gegen General McCulloch zu kämpfen. Jeden Tag schrieb er einen Brief, und Mama las sie abends vorm Zubettgehen im Wohnzimmer vor. Meistens berichtete er davon, wie sehr er sie vermißte und wie schlecht das Essen in der Armee war.

1862 schloß sich Daddys Einheit mit der von General van Dorn zusammen, um zu verhindern, daß die Yankees die Konföderierten aus Missouri zurückschlugen. Das war bei Pea Ridge. Die Konföderierten erlitten eine Niederlage, und den Yankees gelang es, bis nach Helena vorzurücken. Danach kam Daddy auf Besuch nach Hause. Er war abgemagert und trug einen Bart, aber soweit Hester erkennen konnte, war es immer noch Daddy. Er nahm sie so fest in die Arme, daß Hester fürchtete, ihre Rippen würden brechen. Er roch unangenehm, doch Hester tat so, als würde sie es nicht merken, um ihn nicht zu verletzen. Als Mama ihn sah, begann sie zu weinen. Daddy schüttelte den Kopf.

»Scht, Nell. Doch nicht vor dem Kind.«

Zwei Tage später war er wieder fort.

Kurz vor Weihnachten dieses Jahres kämpfte Daddy unter General Hindman bei Prairie Groove. Beim Rückzug nach Fort Smith gehörte Daddy zu den wenigen Männern, die nicht desertierten. Er schrieb weiterhin Briefe nach Hause, doch manchmal kamen sie erst lange, nachdem er sie abgeschickt hatte, an. Hester wußte, daß ihn die Briefe, die Mama ihm schickte, manchmal nicht erreichten, so wie jener, in dem sie ihm mitteilte, daß Francis geboren worden war.

Der letzte Brief, den Daddy schrieb, berichtete davon, daß er unter General Holmes die Yankees aus Helena zurückdrängen wollte. Das war 1863.

Sie erhielten keine weiteren Nachrichten über das, was sich bei Helena ereignet hatte. Erst etwa einen Monat später erfuhr Mama davon. Es war ein Gemetzel gewesen. Das sagte Mama zumindest. Ein regelrechtes Gemetzel. Hester wußte damals noch nicht, was das bedeutete, aber so, wie sich jedermann danach benahm, stellte sie sich etwas wirklich Schlimmes darunter vor. Mama hörte nicht mehr auf zu weinen, sie trug Francis auf dem Arm herum und gab ihn nicht mehr aus den Händen. Selbst Mammy Joella durfte ihn nicht mehr nehmen.

Mammy Joella regte sich darüber sehr auf und bekniete Mama, etwas zu essen. Wenn schon nicht ihrer selbst wegen, dann wenigstens für das »Kindes sein Wohl«. Alles, was sie damit erreichte, war, daß Mama noch heftiger weinte.

Die Dinge änderten sich. Mama legte Trauerkleidung an und verlangte das auch von Hester, obwohl das viel zu warm für diese Jahreszeit war. Mama ließ sich die Haare kurz schneiden, und die meiste Zeit über war sie sehr traurig. Obgleich sie niemals eine offizielle Benachrichtigung von der Armee bekommen hatte, war sie davon überzeugt, daß Daddy tot war. Oder so gut wie.

Auch im Haushalt änderten sich die Dinge. Die meisten der Nigger liefen davon, als sie von Mr. Lincolns Proklamation hörten, die die Sklaverei beendete. Nicht, daß Hesters Familie so viele Sklaven gehabt hätte wie zum Beispiel Old Man Stackpole auf seiner Plantage oben an der Straße. Der einzige Nigger, der blieb, war Mammy Joella, die behauptete, sie sei zu alt, um irgendwo anders noch einmal neu anzufangen.

Mama verkaufte etliche Parzellen des Killigrew-Landes, damit sie das Haus halten konnten. Nachdem General Lee kapituliert hatte, verkaufte sie ihre sämtlichen Ballkleider mit der Begründung, daß sie nie wieder etwas zu feiern haben werde. Sie verkaufte auch die Möbel des Speisezimmers und das gute Porzellan und das Silberbesteck.

Zuerst hatte Hester gedacht, Mama würde es nur im Spaß meinen, daß der schmutzige, übelriechende Mann Daddy sei. Dann kam Mammy Joella aus ihrer Hütte, um den Grund für die Aufregung zu erfahren. Nach einem kurzen Blick auf den

Nußknacker stieß sie einen Schrei aus, so als wäre ihr gerade ein Geist erschienen.

»Das is Mr. Ferris! Mr. Ferris!«

Mammy Joella hatte Grandma Killigrew beigestanden, als sie vor langer Zeit Daddy bekommen hatte. Sie kannte Ferris Killigrew länger als irgendwer sonst im Ort. Aber sie war schon alt und konnte nicht mehr so gut sehen und denken wie früher. Jedermann wußte das.

Penelope Killigrew saß auf einem Stuhl in der Küche, hatte ein zusammengelegtes sauberes Handtuch auf ihrem Schoß und beobachtete schweigend, wie Mammy Joella das abschrubbte, was von ihrem Ehemann übriggeblieben war. Sie starrte auf den Rücken ihres so lange verschollenen Gatten. Seine Wirbel traten hervor wie die Perlen einer Halskette.

Das taube Gefühl fiel langsam von ihr ab, so wie Jahre zuvor, als sie geglaubt hatte, Ferris sei tot. Ein Teil von ihr fühlte sich schuldig, weil sie so voreilig die Hoffnung aufgegeben und sich hinter der Trauerkleidung versteckt hatte.

Ferris Killigrew, seit fünfzehn Jahren ihr Ehemann und der Vater ihrer zwei Kinder, war wie Lazarus aus dem Reich der Toten zurückgekehrt, in das er so eilig verbannt worden war.

Oder vielleicht nicht?

Aus der verbeulten Zinkwanne stieg Dampf auf und hüllte die ausgemergelte Gestalt in feuchten Dunst. Penelope wischte sich die Augen und wandte den Blick ab.

Mammy Joella fuhr mit resoluter Entschlossenheit über ihren früheren Herrn, schrubbte seine gräuliche Haut, goß ihm gelegentlich mit einer Schöpfkelle warmes Wasser über seine zerzausten Haare und schnalzte dabei mit der Zunge.

Killigrew wußte, daß er die Riemen, die sein Kinn hielten, vor dem Bad hätte abnehmen sollen, aber er konnte Nell diesem Anblick noch nicht aussetzen. Es hatte sie schon genügend erschreckt, als er plötzlich unangekündigt auf der Veranda gestanden hatte.

Mammy Joellas Geruch und die Berührungen ihrer schwieligen Hände auf seinem nackten Fleisch erinnerten Killigrew daran, wie sie ihn als Kind immer gebadet hatte. Der Gedanke war so überwältigend, kam so unerwartet, daß er zu weinen begann.

Er war gleichermaßen überrascht und angeekelt davon, so daß die Tränen über seine Wangen liefen, so sehr, daß seine Seiten unter der Wucht der Schluchzer zitterten und zuckten. Er hatte noch nie vor Nell geweint, selbst nicht, als seine Mutter gestorben war. Er drückte die Augen zusammen, er schämte sich zu sehr, um seine Frau anzusehen.

Mammy Joellas Stimme flüsterte ihm etwas ins Ohr. »Machen Sie nur weiter, Mister Ferris. Weinen Sie sich nur richtig aus. Wenn's einer verdient hat, dann Sie.«

Hester wachte von dem Schrei ihrer Mutter auf.

Es war dunkel, nur der Mond warf sein kaltes, fahles Licht ins Zimmer. Hester lag in ihrem Bett und hielt den Atem an. Was ging da vor? Brannte das Haus? War etwas mit Francis passiert?

Dann fiel ihr der Nußknacker ein, und sie sprang aus dem Bett und eilte über den Gang zum Schlafzimmer ihrer Mutter. Sie faßte den Türknauf, doch er ließ sich nicht drehen.

Hester hämmerte mit den Fäusten gegen die Tür und schrie aus Leibeskräften. »Was tun Sie meiner Mutter? Lassen Sie sie in Ruhe! Verlassen Sie das Haus! Gehen Sie fort! Lassen Sie uns in Ruhe!«

Die Tür wurde so ruckartig aufgerissen, daß Hester beinahe kopfüber ins Zimmer ihrer Mutter gestürzt wäre. Mrs. Killigrew stand in der Tür, und ihr Gesicht wirkte wie versteinert – ob vor Ärger oder vor Schreck, konnte Hester nicht sagen.

»Hester, was machst du denn hier um diese Zeit? Geh sofort zurück in dein Zimmer!«

Hester konnte die spindeldürre Gestalt des Nußknackers auf der Kante des Betts ihrer Eltern sitzen sehen. Sein Gesicht war im Schatten verborgen. »Ich habe dich schreien gehört, Mama...«

»Unsinn, Kind. Du mußt schlecht geträumt haben...«

»Ich *hab* nicht geträumt! Ich *hab* dich gehört!« Sie verzog das Gesicht zu einer finsteren Miene und deutete auf den Nußknacker. »Was macht *er* hier, Mama?«

Mrs. Killigrew runzelte die Stirn und warf einen Blick über die Schulter. Ihr Griff schloß sich fest um den Türknauf. »Komm jetzt, Liebes. Sei still, sonst weckst du noch Francis auf. Ich bring dich ins Bett«, flüsterte sie und zog die Tür hinter sich zu.

»Aber Mama, du *hast* geschrien. Ich *hab* es doch gehört«, protestierte Hester, während ihre Mutter sie zurück in ihr Zimmer scheuchte.

»Habe ich dir nicht gesagt, daß du jetzt wieder ins Bett gehen sollst!« zischte Mrs. Killigrew. »Du weckst noch das ganze Haus auf, wenn du nicht still bist.«

Hester krabbelte ins Bett und sah ihre Mutter an. »Ist dieser Mann *wirklich* Daddy?«

»Ja, Liebes. Er ist es wirklich.« Mrs. Killigrew zog die Bettdecke über ihrer Tochter zurecht und strich sie mit zitternden Händen glatt.

»Aber warum sieht er so... komisch aus?«

Mrs. Killigrew holte tief Luft, als hätte sie im nächsten Moment einen Sprung ins kalte Wasser vor sich. »Als dein Vater unter General Holmes loszog, um die Yankees aus Helena zu vertreiben, geriet er schließlich in Gefangenschaft. Sie brachten ihn in ein Lager irgendwo im Norden, wo sie die konföderierten Soldaten gefangenhielten. Über ein Jahr war er dort.

Einige Wochen bevor... bevor General Lee kapitulierte, führte dein Daddy einen Aufstand an, für mehr Essen und anständige Kleidung für die Insassen. Unglücklicherweise schlug ihm dabei einer der Yankees den Kolben seines Gewehrs ins Gesicht. Die Yankee-Ärzte amputierten ihm schließlich den Unterkiefer, damit sich der Wundbrand nicht weiter ausbreiten konnte. Und dann gaben sie ihm ein hölzernes Kinn als Ersatz und ließen in frei. Seitdem hat er sich den ganzen Weg bis nach Hause durchgeschlagen.«

»Wird er hier bei uns bleiben?«

»Ja, Darling. Für immer und ewig.«

»Aber die Leute müssen ihn doch nicht sehen?«

Die Ohrfeige kam so plötzlich und verblüffte Hester so sehr, daß sie außerstande war, etwas darauf zu erwidern. Mrs. Killigrew drehte sich ohne ein weiteres Wort auf dem Absatz um, knallte die Tür hinter sich zu und ließ ihre Tochter in der Dunkelheit zurück. Hester lag in ihrem Bett und versuchte, die Tränen zurückzuhalten. Sie drückte ihre gerötete, brennende Wange in Grandma Killigrews Patchwork-Decke und fragte sich, was bloß mit den Erwachsenen los war.

Es kam ihr vor, als sei sie in einem schlechten Traum gefangen und als sei sie die einzige, die wußte, daß sie schlief. Als seien alle außer ihr verrückt geworden. Aber vielleicht war es das, was das Erwachsensein ausmachte – an Dinge zu glauben, von denen man wußte, daß sie nicht wahr waren.

Daß der Nußknacker zum Beispiel Daddy sei.

Hester hatte die Lüge von den Augen ihrer Mutter ablesen können, während sie ihr versicherte, daß der Nußknacker Daddy sei. Aber im tiefsten Herzen wußte sie es, genau wie Hester; wer auch immer diese abgemagerte Vogelscheuche war, es *war nicht* Ferris Killigrew. Warum tat Mama also weiterhin so?

Penelope Killigrew stand zitternd auf dem Gang.

Sie war sich dessen bewußt, daß sie nicht hätte schreien dürfen, aber sie hatte sich nicht beherrschen können. Als er ihr seine Verletzungen gezeigt hatte, war sie so erschrocken... Am Abend war sie so erleichtert gewesen, daß Ferris noch lebte, und sie hatte gar nicht richtig wahrgenommen, wie schwer seine Verletzungen eigentlich waren. Doch jetzt konnte sie darüber nicht mehr hinwegsehen.

Die halbverhungerte Kreatur, die ihren Weg zurück nach Hause gefunden hatte, war nicht der Mann, den sie vor dem Krieg geliebt hatte. Der heimgekehrte Ferris Killigrew war nur noch ein entstelltes, unvollkommenes Abbild ihres Gatten, der vor vier Jahren in den Krieg gezogen war. Aber sie war es dem Andenken jenes Mannes, den sie verehrt hatte, schuldig, daß jemand das, was von ihm geblieben war, pflegte und sich darum kümmerte. Das war das mindeste, was sie tun konnte.

Als Hester aus der Schule nach Hause kam, sah sie den Wagen vor dem Haus. Beim Näherkommen erkannte sie, daß es der Wagen des Mannes war, der mit gebrauchten Möbeln handelte; der gleiche, der im vergangenen Jahr die Möbel des Speisezimmers gekauft hatte.

»Mama! Mama!«

Hester schoß durch die Haustür und rannte ihre Mutter dabei fast um. Mrs. Killigrew stand mit Francis im Arm in der kleinen Halle.

»In Gottes Namen, Kind! Was ist denn *jetzt* wieder passiert?« seufzte sie.

»Was machen die Männer hier?« fragte sie herausfordernd und zeigte auf die zwei Männer im Wohnzimmer. Der eine breitete dünne Decken auf dem Fußboden aus, während sich der andere an einer schweren, mit Holzwolle gefüllten Kiste zu schaffen machte.

»Sie holen einige Möbel ab, die ich Mr. Mercer verkauft habe. Sonst nichts.«

»Und was nehmen sie diesmal mit?«

»Hester Annabelle Killigrew, sprich nicht in diesem Ton mit mir!«

In diesem Moment erfüllte das Lachen von hundert Engeln den Raum, und Hester wirbelte herum, gerade rechtzeitig, um zu sehen, wie einer der Möbelpacker den Kristallkronleuchter über den altmodischen Flaschenzug, den Grandpa Killigrew vor Jahrzehnten angebracht hatte, zu Boden ließ.

»Nein! Nein! Das kannst du nicht machen! Du darfst ihn nicht verkaufen!« kreischte Hester und knallte ihre Bücher auf den Boden.

»Hester! Hester, was ist denn in dich gefahren?!«

Hester warf sich auf den Arbeiter, der den Kronleuchter herunterließ, und hämmerte mit geballten Fäusten auf seine Brust ein. »Sie dürfen ihn nicht mitnehmen! Niemals! *Niemals!*«

»*Hester!*«

Der zweite Arbeiter packte das Mädchen und zog sie von seinem Kollegen fort. Über die Schulter warf er der Mutter des Kindes einen besorgten Blick zu. »Sollen wir vielleicht später wiederkommen, Miz Killigrew, wenn sie sich ein bißchen beruhigt hat...«

Penelope Killigrew wich die Farbe aus dem Gesicht. »Das kommt gar nicht in Frage! Sie nehmen den Kronleuchter jetzt mit, genauso, wie ich das mit Mr. Mercer abgesprochen habe. Und wenn Sie jetzt meine Tochter loslassen würden...«

Der Arbeiter ließ das Mädchen los. Mrs. Killigrew faßte ihre Tochter am Ohr und zog heftig daran.

»Mama! *Aua!* Du tust mir *weh*!«

»Und du bringst mich schrecklich in Verlegenheit, junge Dame!« Mrs. Killigrew zerrte ihre Tochter in die Halle, fort von Mr. Mercers Männern. »Wie kannst du es wagen, dich fremden Leuten gegenüber auf diese Art und Weise aufzuführen!« zischte sie. »Die müssen doch denken, du wärst in der *Gosse* aufgewachsen! Ich habe den Kronleuchter schließlich nur an Mr. Mercer verkauft, damit wir die Sachen bezahlen können, die dein Vater dringend benötigt! Wir müssen jetzt noch jemanden miternähren, und es wird einige Zeit dauern, bis es deinem Vater wieder so gut geht, daß er für uns sorgen kann. Also, würdest du mir jetzt bitte erklären, junge Dame, was eigentlich in dich gefahren ist?«

Hester schüttelte den Kopf, und dem vorangegangenen Schmerz folgten jetzt die Tränen. Francis, vom Schluchzen seiner Schwester verängstigt, begann zu wimmern.

»Jetzt fang du nicht auch noch an!« stöhnte Mrs. Killigrew. »Hester, du gehst sofort auf dein Zimmer! Ich will dich vorm Abendessen nicht mehr sehen. Ist das klar?«

Hester stürmte die Treppe hinauf und hielt sich mit beiden Händen die Ohren zu. So mußte sie wenigstens den Engelsgesang des Kronleuchters, der gerade eingepackt wurde, nicht hören. Sie blieb kurz stehen, um einen giftigen Blick auf die Schlafzimmertür ihrer Eltern zu werfen. Bevor sie überhaupt richtig begriff, was sie tat, hatte sie die Tür schon aufgestoßen und schrie auf den Nußknacker ein.

»Es ist alles *Ihre* Schuld! Sie hat ihn nur wegen Ihnen verkauft! Ich hasse *Sie*! Warum gehen Sie nicht dorthin zurück, wo Sie hergekommen sind, und lassen uns in *Ruhe*?!«

Mammy Joella sprang von der Bettkante auf und schoß in einem Tempo auf sie zu, das Hester nie für möglich gehalten hätte. »Kind, los, raus aus 'm Zimmer, sonst knall ich dir eins an den Kopf!« In ihrer gichtigen Hand einen Holzlöffel, scheuchte sie Hester mit ihrer Schürze wie ein Huhn aus dem Zimmer. Hester stolperte zurück auf den Gang, doch nicht, ohne vorher einen Blick auf den Nußknacker zu werfen.

Von Kissen umgeben, saß er aufrecht im Bett und hatte eine von Francis' alten Windeln um den Hals gebunden. Auf dem Schränkchen neben dem Bett standen eine Schüssel mit gelbem Maisbrei und ein Krug Ziegenmilch. Ein langer Gummischlauch, an dessen Ende ein kleiner metallener Trichter befestigt war, hing mitten aus seinem Gesicht. Ein Gemisch aus Maisbrei und Milch tröpfelte aus dem Loch, das den Mund des Nußknackers darstellen sollte.

Der vom Gesicht des Nußknackers herabbaumelnde Schlauch erinnerte Hester an etwas, das sie vor dem Krieg einmal im Wanderzirkus in Arkansas City gesehen hatte.

»Er sieht aus wie ein Elefant!« kicherte sie.

Mammy Joella schlug mit dem Löffel nach ihr, und ein Klecks Brei blieb auf Hesters Stirn kleben. »Sprich so nich von deinem Pappy!«

Hester fehlten angesichts dieses unerwarteten Affronts die Worte. Solange sie denken konnte, war Mammy Joella eine angenehme, wenn auch etwas klapprige Bedienstete gewesen; liebevoll, nachsichtig und nicht leicht aus der Ruhe zu bringen. »Du darfst mich nicht schlagen. Du bist bloß ein Nigger!«

»Klar bin ich nur ein Nigger – aber ich bin der einzige Nigger, den ihr noch habt!« zischte Mammy Joella zurück. Damit richtete sie ihre Aufmerksamkeit wieder auf den Nußknacker und knallte Hester die Tür vor der Nase zu.

Am nächsten Tag lud Mrs. Killigrew ihren Mann in den Wagen und fuhr mit ihm in die Stadt zu Doc Turner. Doc Turner maß Ferris Killigrews Kopf mit einem Greifzirkel genau aus und untersuchte die Verletzungen seines Patienten sorgfältig, bevor er ihnen den Katalog einer Firma aus dem Norden zeigte.

»Es gibt nichts, was sie heute nicht herstellen könnten«, sagte er aufmunternd. »Holzbeine, Armprothesen, Glasaugen, Nasen aus Zinn... Da es wirklich etwas nutzt, ist die Nachfrage allerdings groß! Also, was kann ich für dich tun, Ferris?«

Das Sonntags-Ausgeh-Kinn kam einen Monat später mit der Post. Die Killigrew-Kinder sahen zu, wie ihre Mutter das Paket in der Küche auspackte. Während sich Francis allerdings mehr dafür interessierte, mit den abgerissenen Briefmarken und Schnüren zu spielen, richtete sich Hesters Aufmerksamkeit auf den Inhalt des Päckchens.

Das neue Kinn des Nußknackers steckte in einem speziellen Kasten, der Hester an die Schachtel erinnerte, in der Mama früher ihre Smaragdkette und ihre Perlenbrosche aufbewahrt hatte – damals, als sie noch Schmuck gehabt hatte. Das Kinn ruhte auf einem kastanienbraunen Samtfutter, und darunter fand sich ein zusammengelegtes Geflecht von Riemen und Schnallen, die an einen Hundemaulkorb erinnerten.

Mrs. Killigrew hatte der Prothesenfabrik eine der wenigen Fotografien von Mr. Killigrew geschickt, die sie noch aus der

Zeit vor dem Krieg besaß. Besondere Kundenwünsche kosteten extra, doch Doc Turner hatte ihnen versichert, daß es sich lohnte. Als sie das Kinn nun wie eine Uhr im Schaufenster eines Juweliers vor sich liegen hatte, war Mrs. Killigrew verwirrt. Abgesehen davon, daß seine Farbe dem Hautton eines Weißen gleichen sollte und daß es eine deutlich männliche Form besaß, war schwer zu beurteilen, wie eng sich die Leute in der Prothesenfabrik an die Fotografie gehalten hatten.

»Ferris, sieh doch! Es ist angekommen!«

Ferris Killigrew starrte auf das glänzende Stück harten Holzes auf seinem Samtkissen, machte aber keine Anstalten, es in die Hand zu nehmen.

»Probier es doch mal an«, drängte Mrs. Killigrew.

Killigrew grunzte und löste langsam die Riemen, die das armeegefertigte Holzkinn an seinem Platz hielten. Während sie den Blick zur Seite wandte, gestattete Mrs. Killigrew ihrem Lächeln nicht, sich davonzustehlen.

Als er die Riemen angelegt hatte, schlurfte er hinüber zu dem Drehspiegel, den seine Frau in einer Ecke des Zimmers aufgestellt hatte, und begutachtete sein neues Kinn.

Er mußte zugeben, daß es nicht halb so künstlich wie das alte wirkte. Außerdem paßte es viel besser. Allerdings hinterließ die unnatürliche Färbung den Eindruck, als würde er sich das Gesicht oberhalb des Kinns niemals waschen.

»Oh, Ferris! Es ist noch besser, als ich dachte!« Mrs. Killigrew lächelte. »Jetzt siehst du so aus wie... wie du selbst!« Sie schlang die Arme um ihren Ehemann und legte den Kopf an seine Schulter, wie sie es in ihrer Verlobungszeit immer getan hatte. »Und am Sonntag kannst du mit uns in die Kirche gehen!«

Killigrew erwiderte ihre Umarmung unbeholfen und gab sich alle Mühe, nicht wieder zu weinen.

»Ich liebe dich, Ferris«, flüsterte sie.

Er wollte ihr sagen, daß er sie auch liebte; daß es diese Liebe gewesen war, die ihn während der furchtbaren Monate im Gefangenenlager am Leben gehalten hatte; daß ihn seine Liebe für sie durch vier Staaten zu ihr zurückgetrieben hatte, obwohl ihn rauhes Wetter, Hunger und Erschöpfung beinahe das Leben gekostet hatten.

Er wollte ihr all diese Dinge mitteilen, doch er konnte nicht.

Wie ihnen Doc Turner schon vor Wochen vorausgesagt hatte, erwies sich das Modell, das Mrs. Killigrew für ihren Mann ausgesucht hatte, trotz des hohen Preises als reine Dekoration. Es sah natürlich aus, aber das war auch alles, wozu es taugte.

»Aber Mama! Alle werden uns *angucken*!«

»Dann laß sie doch gucken«, seufzte Mrs. Killigrew, die damit beschäftigt war, eine der alten Hosen ihres Mannes enger zu machen. Sie runzelte die Stirn über ihre Handarbeit. Selbst danach würde Ferris noch Hosenträger *und* einen Gürtel tragen müssen.

»Mama! Du verstehst mich nicht!« Allein die bloße Vorstellung, mit dem Nußknacker in die Erste Methodistenkirche von Seven Devils zu gehen, drehte ihr den Magen um.

»Da hast du wohl recht, das kann ich wirklich nicht verstehen!« schnauzte Mrs. Killigrew. »Genausowenig, wie ich verstehen kann, warum du dich wie ein undankbares kleines Scheusal benimmst! Da läßt der Herr deinen Daddy aus dem Krieg heimkehren…«

»Er ist nicht mein Daddy! Er ist es *nicht*!«

»Hör mal gut zu, junge Dame! Du bist noch nicht so groß, daß ich dich nicht mehr übers Knie legen könnte. Wenn du wieder so einen Anfall kriegen solltest, schneide ich mir eine Rute und versohle dir den Hosenboden! Du kommst morgen mit zur Kirche, und wenn ich dich hinter dem Wagen herzerren muß wie eine Kuh, die auf dem Markt verkauft werden soll!«

»Dir ist das alles ganz egal! Und ich bin dir auch egal!« brüllte Hester und wischte mit einem Streich ihrer Hand den Nähkorb vom Küchentisch. »Du denkst nur noch an diesen

Nußknacker! Du glaubst, du kannst ihn zu Daddy machen und alles wird wieder so wie früher! Aber das geht nicht! Daddy ist tot!«

»*Hester!*« Mrs. Killigrew schnappte sich ihre Tochter mit der linken Hand und drehte ihr den rechten Arm auf den Rükken. »Das reicht, junge Dame! Das muß ich mir nicht von dir bieten lassen!« zischte sie und hob ihre rechte Hand.

»Mach schon! Schlag mich! Schlag mich doch!« spottete Hester unter Tränen. »Prügel mich, solange du willst! Es ist trotzdem wahr!«

Mrs. Killigrew zauderte einen Moment lang, dann senkte sie die Hand und zog ihre Tochter an ihre Brust. Hester wehrte sich, doch der Griff ihrer Mutter war zu fest. Nach ein paar Augenblicken begann sie zu weinen – mit tiefen, gequälten Schluchzern –, während Mrs. Killigrew ihre Tochter in den Armen hielt und sie wiegte, wie sie es früher, vor gar nicht allzu langer Zeit, immer getan hatte.

Die Familie Killigrew hatte ihren Platz in der dritten Reihe auf der linken Seite des Kirchenschiffs. Das war eine Tradition, die bis in die Zeit vor Hesters Geburt zurückging. Solange sie denken konnte, hatte ihre Familie bei allen Gottesdiensten hier gesessen.

Als sie den Gang herunterkamen, drehte sich jedermann um und *guckte*. Hesters Wangen glühten wie heiße Kohlen. Sie konnte Fanny Walchanskys gierige Augen förmlich spüren; sie verschlang vermutlich jede kleine Einzelheit, um sie später überall herumerzählen zu können. Beim Gedanken daran, was sie morgen in der Schule zu erwarten hatte, drückte Hester Francis' Hand fester. Ihr kleiner Bruder begann zu weinen, doch sie tröstete ihn gleich wieder.

Sie hörte das Gemurmel in der Gemeinde; die Frauen bewegten die stehende Luft mit ihren Fächern, während sie ihre Hälse reckten, um besser sehen zu können.

Reverend Cakebread beobachtete von seinem Platz hinter

der Kanzel, wie die Killigrews durch den Gang nach vorn kamen. Er war ein dicklicher Mann mit einem rosigen Gesicht und dichten Augenbrauen, die so groß wie Raupen waren. Jetzt sahen die Raupen so aus, als wollten sie ihm in die Haare kriechen.

Abgesehen von dem sicheren Bewußtsein, daß sie jedermann beobachtete, verlief der Gottesdienst wie gewöhnlich; Francis wand sich schlafend neben seiner Schwester auf der Bank, während sie mit halbem Ohr der Predigt von Reverend Cakebread lauschte.

Vom leiernden Näseln des Priesters gelangweilt, ertappte sich Hester dabei, daß sie den Nußknacker ansah. Bestürzt entdeckte sie den undeutlichen Umriß des Profils ihres Vaters. Ohne sich darüber im klaren zu sein, was sie da tat, berührte sie seinen Ärmel mit ihrer Hand.

Der Nußknacker drehte seinen Kopf, sah sie an – und zerstörte die Illusion. Die Traurigkeit in seinen Augen erinnerte sie an den Tag, als sie den in der Schlinge gefangenen Hasen gefunden hatte.

Und dann sagte Reverend Cakebread: »...wenn es noch irgendwelche Bekanntmachungen an die Gemeinde gibt, dann wäre jetzt die richtige Zeit dafür, sie kundzutun...«

Mrs. Killigrew stand auf und zupfte nervös das Tuch um ihre Schulter zurecht. »Ich würde gern etwas bekanntgeben, wenn Sie erlauben, Reverend.«

Der Priester nickte zustimmend, und Mrs. Killigrew drehte sich zur Gemeinde um.

»Wie ihr sicher schon gehört habt, ist mein Gatte – Captain Ferris Killigrew, den ich in dieser Welt schon verloren geglaubt hatte – in sein rechtmäßiges Heim zurückgekehrt. Danket dem Herrn. Er ist nunmehr so gesundet, daß er seinen Platz in der Gemeinschaft wieder einnehmen kann. Ich möchte euch alle hiermit einladen, nach der Kirche bei uns vorbeizukommen und die Gnade des Herrn mit uns zu feiern. Es wird für alle zu essen und zu trinken geben.«

Nachdem sich Mrs. Killigrew wieder gesetzt hatte, stand Mr. Eichorn auf und gab bekannt, daß am Abend ein Ku-Klux-Klan-Treffen in der Ruine von Old Man Stackpoles Landhaus stattfinden würde, danach beteten sie gemeinsam den Segen, und die Kirche war vorbei.

Eine Fliege krabbelte über den Salat. Mrs. Killigrew verscheuchte den Eindringling mit der Hand, nur damit er sich anschließend auf den gefüllten Eiern niederließ.

»Mama, können wir endlich essen?«

»Du weißt genau, daß du mich gar nicht erst zu fragen brauchst, Hester! Du weißt, wir bekommen noch Besuch!« Sie versetzte der Hand ihres Sohnes einen leichten Klaps, damit der seine Finger von den Haferplätzchen ließ. »Francis! Nicht!«

Francis plumpste auf den Boden, fing an zu weinen und nukkelte an seinen malträtierten Fingern.

Ferris Killigrew saß wie eine gutgekleidete Vogelscheuche auf dem kleinen Sofa im Wohnzimmer und hatte seine gefalteten Hände in den Schoß gelegt. Er brachte es nicht fertig, seiner Frau in die Augen zu sehen.

Mrs. Killigrew rieb sich die Stirn und versuchte damit den Kopfschmerz hinauszuzögern, von dem sie ahnte, daß er bald einsetzen würde. *Das ganze Geld, das ich für das Essen ausgegeben habe. Das beste Hähnchen habe ich geschlachtet. Und keiner hat den Anstand, vorbeizukommen. Nicht einer.* Sie zog sich in die Küche zurück, wo Mammy Joella das Mehl für Ferris' abendliche Portion Brei aus Mais und Blackstrap-Sirup mahlte.

»Schon jemand dagewesen?«

»Bis jetzt nicht. Nein, das ist nicht richtig. Reverend Cakebread ist gleich nach der Kirche vorbeigekommen.«

»Dazu sind die Priester ja da, denen Besuche abzustatten, mit denen sich sonst keiner abgibt.«

»Das stimmt doch nicht! Ferris ist in Seven Devils geboren,

und er ist hier aufgewachsen! Er hat viele Freunde hier. Das weißt du auch!«

Die alte Frau seufzte, fuhr aber mit der Zubereitung des Babybreis fort. »Das war vorm Krieg. Heute is alles anders. Die Leute dachten, Mr. Ferris ist tot. Ich mein, die wärn auf die Art mit ihm viel zufriedener.«

»Was murmelst du da?« zischte Mrs. Killigrew.

»Wenn er nich als Krüppel zurückgekommen wär, säh's vielleicht anders aus. Vielleicht. Aber is er nich. Er erinnert die Leute daran, daß es so nich wieder sein wird, wie es mal war. Wie mit uns schwarzen Leuten. Er is lästig. Er erinnert die Leute daran, was sie verlorn haben.«

Mrs. Killigrew starrte die mürrische alte Negerin sprachlos an. Seit sie ein Mitglied der Familie Killigrew war, seit fünfzehn Jahren also, war dies das einzige Mal, daß Mammy Joella über etwas anderes als Hausarbeit und Kinderhüten geredet hatte. Es war, als würde der Türrahmen plötzlich anfangen, die Zukunft vorherzusagen.

In dem Moment, als Mrs. Killigrew das Zimmer verließ, machte Francis einen kleinen Satz und bediente sich an den Haferplätzchen. Nachdem er seinen Hunger gestillt hatte, watschelte er hinüber zu seinem Vater und bot ihm ein Plätzchen an.

Killigrew nahm es, nickte dankbar und versuchte angestrengt, mit seinem Kinn zu lächeln. Es war nicht leicht. Er zerzauste die Locken seines Sohnes und streichelte mit zitternder Hand die Wangen und die weichen Augenbrauen des Jungen.

Als er aufsah, stand Hester in der Wohnzimmertür und fixierte ihn wie einen dicken Käfer.

Man fand ihn am nächsten Morgen; er hing am Haken des Kronleuchters im Wohnzimmer, noch im Nachthemd. Sein Gesicht war vom aufgestauten Blut dunkel, während sein Kinn rosig und gesund zu glühen schien. Obwohl das Sonntags-Ausgeh-Kinn nicht zum Essen oder zum Sprechen taugte, hatte es sich für einen Selbstmord als ausreichend stabil erwiesen.

Mrs. Killigrew entdeckte ihn. Sie starrte einen Moment lang auf die Leiche ihres Mannes, dann ging sie nach oben und weckte Hester. Sie sagte ihrer Tochter, sie solle das Maultier nehmen, in die Stadt reiten und Mr. Mouzon, den Beerdigungsunternehmer von Seven Devils, herbeiholen.

Nachdem sie sich davon überzeugt hatte, daß Hester durch die Hintertür hinausgegangen war, kehrte Mrs. Killigrew in ihr Zimmer zurück und zog sich an. Als sie wieder ins Wohnzimmer hinunterging, um auf die Ankunft des Beerdigungsunternehmers zu warten, entdeckte sie Mammy Joella, die in der Wohnzimmertür stand und ihren früheren Herrn anstarrte.

»Mammy Joella?«

Die alte Frau grunzte, drehte sich um und ließ ihre Arbeitgeberin an sich vorbei, ohne sie anzusehen.

»Joella!«

Die einzige Antwort war das Knallen der Hintertür.

Hester saß auf dem kleinen Sofa und betrachtete die Wachstropfen, die von den dicken weißen Kerzen an jedem Ende des Sargs heruntertropften. Sie trug ihr bestes schwarzes Kleid, und ihr Haar war mit einem schwarzen Seidenband zusammengebunden. Sie schaukelte mit den Beinen und beobachtete ihre Schuhspitzen dabei, wie sie erst unter dem Saum ihres Rocks verschwanden und dann wieder hervorkamen. Sie hörte, wie ihre Mutter mit gesenkter Stimme in der Küche mit Reverend Cakebread und Mr. Mouzon redete.

Francis krabbelte auf allen vieren über den abgelaufenen Teppich und schob seine kleine Holzeisenbahn immer wieder im Kreis herum. Hester war sich im klaren darüber, daß sie ihm eigentlich verbieten mußte, in seinem guten Anzug auf dem Boden herumzurutschen, aber sie wußte auch, daß er dann zu weinen anfangen würde, und danach stand ihr im Augenblick überhaupt nicht der Sinn.

Hester wünschte, daß Mammy Joella noch da wäre, dann hätte man nicht von ihr erwartet, die ganze Zeit auf ihren Bruder aufzupassen. Aber Mammy Joella war fortgegangen, an dem gleichen Tag, als sich der Nußknacker erhängt hatte, sie war aus ihrer Hütte ausgezogen, nur mit den Sachen auf dem Leib und einem Leinensack mit etwas Brot, Ziegenkäse und einem Einmachglas voller Sassafrastee.

Mama hatte Sheriff Cooper davon in Kenntnis gesetzt, doch der war keine große Hilfe gewesen.

»Was erwartest du von mir, Nell? Soll ich die Hunde auf sie hetzen? Nigger können heutzutage abhauen, wann immer sie es für richtig halten.«

Trotzdem, dachte Hester, ihre Mutter benahm sich sehr würdevoll. In mancher Hinsicht schien sie eher müde als traurig zu sein. Sie hatte keine einzige Träne vergossen, soweit Hester das mitbekommen hatte. Wenn sie die Mitleidsbezeugungen entgegennahm, klang ihre Stimme dumpf und hohl. Hester wußte, ihre Mutter war insgeheim darüber erleichtert, daß alles vorbei war, daß sie jetzt nicht mehr so tun mußte, als sei der Nußknacker ihr Ehemann. War es nicht besser, ihn einfach zu begraben und mit dem täglichen Leben fortzufahren? Sie fragte sich, was sich die Schulhofspötterin Fanny Walchansky wohl als Kommentar zusammenphantasieren würde, und war überrascht, wie wenig es sie eigentlich interessierte, was Fanny Walchansky dachte oder machte.

Hester starrte den Nußknacker an, wie er da in seiner schmalen Kiefernholzkiste mit einer Lilie auf der regungslosen Brust lag. Mr. Mouzon hatte gute Arbeit geleistet. Das Gesicht des Nußknackers hatte jetzt die gleiche Farbe wie sein Kinn, was ihm die Ebenmäßigkeit verlieh, die ihm im Leben gefehlt hatte.

Während sie den Nußknacker betrachtete, beschlich sie das gleiche seltsame Gefühl wie zwei Tage zuvor in der Kirche. Für einen Moment sah sie das Gesicht ihres Vaters, Ferris Killigrew, vor sich. Dann verschwamm das Bild und verschwand.

An seiner Stelle erschien wieder der tote Nußknacker; aber jetzt hatte man den Hasen aus der Schlinge befreit.

Hester spürte etwas auf ihrer Wange und wischte sich darüber. Lange starrte sie auf die Tränen, bevor sie begriff, daß sie weinte.

Placebo

Andrew Vachss

Manche hatten ihn schon abgeschrieben, aber seit Shella, *seinem bislang düstersten und bittersten Buch, ist Andrew Vachss, Anwalt für mißhandelte Kinder und einer der kompromißlosesten Autoren seiner Generation, wieder voll da.* Placebo *läßt keinen Zweifel daran, daß er auch in der Kurzform keine Gefangenen macht: eine zähneknirschend zynische, knallhart-einfühlsame und mitleidlos auf den Punkt gebrachte Story, wie sie heute weltweit sonst niemand schreibt – Zeit, mal wieder Partei zu ergreifen.*

Ich weiß, wie man Sachen in Ordnung bringt. Ich weiß, wie sie funktionieren. Wenn sie nicht so funktionieren, wie sie sollten, weiß ich, wie man sie richtig hinkriegt.

Ich krieg's nicht immer auf Anhieb richtig hin, aber ich arbeite so lange, bis ich's habe.

Ich bin schon an allerhand Orten gewesen. Einige ziemlich schlimme drunter – einige, wo ich nicht sein wollte.

An einigen dieser Orte hab ich schon allerhand Sachen gemacht in meinem Leben. An den schlimmen Orten hab ich einige schlimme Sachen gemacht.

Ich habe allerhand bezahlt für das, was ich weiß, aber ich rede nicht drüber. Reden bringt nichts in Ordnung.

Heute bezeichnen mich die Leute als allerhand. Hauswart. Portier. Reparaturmensch. Allerhand Namen für dieselbe Kiste.

Ich wohne im Keller. Ich kümmer mich um das ganze Haus. Geht etwas kaputt, rufen die mich. Ich bin immer da.

Ich wohne allein. Ein Hund wohnt bei mir. Ein großer Dobermann. Eines Nachts hab ich hinter meinem Haus ein Geräusch gehört – klang wie ein weinendes Kind. Ich habe den Dobermann gefunden. Er war damals ein Welpe. Irgendein Freak hat an ihm rumgeschnippelt. Alles voller Blut. Ich habe mich um den Freak gekümmert, dann hab ich den Welpen zu mir in den Keller geschafft und ihn wieder in Ordnung gebracht. Mit Messerwunden kenn ich mich aus.

Der Freak hat ihm ziemlich tief in den Hals geschnitten. Als die Fäden rausgekommen sind, war er okay, aber er kann nicht bellen. Er funktioniert trotzdem.

Ich misch mich nicht groß unter die Leute. Sie bezahlen mich, damit ich Sachen in Ordnung bringe – ich bringe Sachen in Ordnung. Ich probier gar nicht erst, für die ganze Welt Sachen in Ordnung zu bringen. Ich kümmer mich nicht um die ganze Welt. Bloß um meinen eigenen Kram. Ich kümmer mich bloß um meine Arbeit.

Die Leute bitten mich, alle möglichen Sachen in Ordnung zu bringen – nicht bloß den Boiler oder ein verstopftes Klo. Eine der Gangs in der Gegend hat immer vor meinem Haus rumgehangen, den Leuten das Leben schwergemacht, ihnen Schiß eingejagt, ihre Briefkästen aufgebrochen, lauter Mickerzeug. Ich bin raufgegangen und habe mit der Gang geredet. Ich hatte den Hund dabei. Die Gang ist fortgegangen. Ich weiß nicht, wo sie hingegangen sind. Ist auch egal.

Mrs. Barnes wohnt in dem Haus. Sie hat ein Kid, Tommy. Er ist 'n gutmütiger Junge, vielleicht zehn Jahre alt. Tommy ist 'n bißchen langsam im Kopf, geht auf 'ne Sonderschule und so. Die andern Kids in dem Haus haben ihn immer angemacht. Das hab ich in Ordnung gebracht.

Vielleicht hat mir Mrs. Barnes deswegen von den Monstern erzählt. Tommy ist in der Nacht aufgewacht und hat geschrien. Er hat seiner Mutter gesagt, in dem Zimmer wohnen Monster, und wenn er schlafen geht, sind sie hinter ihm her.

Ich hab ihr gesagt, sie soll mit jemand reden, der weiß, wie man das in Ordnung bringt, was mit dem Jungen nicht stimmt. Sie hat mir gesagt, sie hat schon jemand. Einen Therapeuten an seiner Sonderschule – ein älterer Typ namens Dr. English. Mrs. Barnes konnte den Typ gar nicht genug loben. Er ist wie ein Vater zu dem Jungen, hat sie gesagt. Nimmt ihn wo mit hin, kauft ihm Zeug. Ein richtig vornehmer Mann. Sie hat mir ein Bild gezeigt, auf dem er neben Tommy steht. Er hatte die Hand auf dem Jungen seiner Schulter.

Der Junge kommt selber auch runter in den Keller. Nach der Schule hauptsächlich. Der Hund mag ihn. Tommy schaut mir bei der Arbeit zu. Sagt nie groß was, tätschelt bloß den Hund und reicht mir ab und zu ein Werkzeug. Eines Tages hat er mir selber von den Monstern erzählt. Hat mich gebeten, die Sache in Ordnung zu bringen. Ich habe drüber nachgedacht. Schließlich hab ich ihm gesagt, ich könnte es machen.

Ich bin hoch in sein Zimmer gegangen. Großes, nettes Zimmer, hübsch hellblau gestrichen. Zur Rückseite vom Haus hin gelegen. Durchs Fenster kommt allerhand Licht. Gleich neben dem Fenster ist eine Feuerleiter. Tommy erzählt mir, an schönen Tagen sitzt er gern da draußen und schaut den andern Kids unten beim Spielen zu. Es ist nur im ersten Stock, so daß er sie gut sehen kann.

Ich habe das Zimmer nach Monstern abgekämmt. Er hat mir erzählt, daß sie nur nachts kommen. Ich habe ihm gesagt, ich könnte die Sache in Ordnung bringen, aber ich würde ein paar

Tage dazu brauchen. Der Junge war richtig selig. Man konnte es sehen.

Ich habe einiges gelesen und mir gedacht, ich würde das schon auf die Reihe kriegen. Die Monster waren in seinem Kopf. Ich hab im Keller ein Gerät gebaut – bloß ein Metallkasten mit einer Reihe Birnen obendrauf und einem Kippschalter. Ich hab ihm gezeigt, wie er ihn anstellen kann. Die Birnen haben unregelmäßig durcheinandergeblinkt. Der Junge hat lange draufgestarrt.

Ich hab ihm gesagt, das wär ein Gerät gegen Monster. Solange das Gerät angestellt wär, könnten die Monster nicht in sein Zimmer. Noch nie hab ich ein Kind so lächeln sehen wie ihn.

Als ich gegangen bin, wollte mir seine Mutter ein paar Kröten zustecken. Ich hab sie nicht genommen. Mach ich nie. Sachen in Ordnung bringen ist mein Job.

Sie hat mir zugezwinkert, gesagt, daß sie Dr. English von dem Gerät berichten wird. Vielleicht könnte er es bei allen seinen Kids benutzen. Ich hab ihr gesagt, daß ich nur in meinem Haus Sachen in Ordnung bringe.

Danach hab ich den Jungen jeden Tag gesehen. Er hatte keinen Schiß mehr. Seine Mutter hat mir erzählt, sie hätte mit Dr. English geredet. Der hätte ihr gesagt, das Gerät wär ein Placebo und Tommy würde immer in Therapie müssen.

Ich gehe oft in die Bibliothek, weil ich mehr drüber erfahren will, wie Sachen funktionieren. In dem großen Wörterbuch, das die da haben, hab ich unter »Placebo« nachgeschaut. Es heißt soviel wie Fälschung, aber eine Fälschung, an die jemand glaubt. So ähnlich, wie wenn man zum Beispiel jemand, der massenhaft Schmerzen hat, eine Zuckerpille gibt und ihm sagt, es wäre Morphium. Es wirkt nicht richtig von sich aus – das ist alles bloß im Kopf.

Eines Nachts ist Tommy schreiend aufgewacht und hat nicht mehr damit aufgehört. Seine Mutter hat bei mir durchgeklingelt, und ich bin hoch in ihre Wohnung gegangen. Der

Kleine hat von Kopf bis Fuß gezittert, war über und über voll Schweiß.

Er hat mich gesehen. Er hat gesagt, mein Gerät funktioniert nicht mehr.

Er war nicht sauer auf mich, aber er hat gesagt, daß er nicht wieder einschlafen kann. Nie mehr.

Ein paar Typen in weißen Kitteln sind mit einem Sanitätswagen gekommen. Sie haben den Jungen weggebracht. Am nächsten Tag hab ich ihn im Krankenhaus besucht. Die hatten ihm am Abend vorher irgendwas zum Schlafen gegeben, und er hat bedröhnt gewirkt.

Am Tag danach hat er gesagt, er hat keine Angst mehr. Die Pillen haben gewirkt. Nachts sind keine Monster mehr gekommen. Aber er hat gesagt, er kann nie mehr nach Hause. Er hat gefragt, ob ich ihm ein stärkeres Gerät bauen könnte.

Ich hab ihm gesagt, daß ich dran arbeiten wollte.

Seine Mutter hat erzählt, daß sie bei Dr. English in der Sonderschule angerufen hat, aber der wäre ein paar Tage fort. Hätte sich beim Skifahren oder so verletzt. Sie konnte es nicht abwarten, Dr. English von dem besonderen Medikament zu erzählen, das die dem Jungen gegeben hatten, und ihn fragen, ob das von ihm aus in Ordnung geht.

Ich hab in der Schule angerufen. Gesagt, ich wäre von der staatlichen Behindertenkommission. Die Frau am Telefon hat mir gesagt, Dr. English würde daheim einen gebrochenen Arm auskurieren. Ich habe von ihr seinen vollen Namen rausgekriegt, sie zum Reden gekriegt. Ich weiß, wie so was funktioniert.

Sie hat mir erzählt, sie wären froh, daß sie Dr. English hätten. Er hätte früher an irgendeiner Schule oben im Norden gearbeitet – in Toronto, Kanada –, wäre da aber gegangen, weil er Kälte haßt.

Ich habe lange darüber nachgedacht. Gebrochener Arm. Skifahren. Kälte.

Die Bibliothekarin kennt mich. Sie sagt, ich wäre ihr bester

Kunde, weil ich nie Bücher ausleihe. Ich lese sie immer gleich dort. Ich schreib mir auch nie was auf – ich behalte es im Kopf.

Ich habe der Bibliothekarin ein paar Fragen gestellt, und sie hat mir gezeigt, wie man die Stichwortkartei von einer Zeitung liest. Ich bin sämtliche Zeitungen von Toronto durchgegangen, bis ich es gefunden habe. Ein Riesenskandal an einer Sonderschule für zurückgebliebene Kids. Ein paar Angestellte wurden angeklagt. Dr. English war einer von denen, die man verhört hat, aber er wurde nie wegen irgendwas angezeigt. Vier Angestellte sind ins Gefängnis gekommen. Ein paar andere wurden entlastet. Dr. English, der hatte von sich aus gekündigt.

Dr. English stand im Telefonbuch. Er wohnt in einer echt netten Gegend.

Ich habe noch ein paar Tage gewartet, mir im Kopf alles zurechtgelegt.

Mrs. Barnes hat mir gesagt, daß Dr. English nächste Woche wieder in die Schule kommt. Sie wollte wegen Tommy mit ihm reden, ihn vielleicht dazu bringen, daß er im Krankenhaus ein bißchen Therapie mit ihm macht, bis der Junge soweit ist, daß er wieder nach Hause kann.

Ich habe Tommy gesagt, ich wüßte jetzt, wie ich die Monster garantiert zum Aufhören kriegen kann. Ich habe ihm gesagt, daß ich ihm ein neues Gerät baue – nächste Woche hätte ich's fertig. Ich hab ihm gesagt, wenn er nach Hause kommt, möchte ich, daß er meinen Hund für mich ausführt. Hinten draußen, wo die andern Kids spielen. Ich hab ihm gesagt, daß ich's ihm beibringe.

Tommy hat das echt gefallen. Er hat gesagt, wenn ich sicher wäre, daß das neue Gerät funktioniert, wollte er versuchen, nach Hause zu kommen. Ich hab ihm mein Wort gegeben.

Jetzt arbeite ich grade in meinem Keller an dem neuen Gerät. Ich klemme eine Hartgummikugel in den Schraubstock und spanne sie fest ein. Genau durch die Mitte bohre ich ein winziges Loch. Dann fädel ich eine Klaviersaite durch, bis sie hinten fünfzehn Zentimeter rausragt. Ich verknote sie ganz ordentlich und zerre mit aller Kraft am Knoten. Er hält. Mit der anderen Kugel mach ich genau dasselbe noch mal. Nun hab ich anderthalb Meter Klaviersaite, an jedem Ende in einer kleinen Gummikugel verankert. Die Gummikugeln passen genau, in jede Hand eine.

Ich weiß, wie man Sachen in Ordnung bringt.

Wenn's heute abend dunkel wird, zeig ich Dr. English ein Gerät, das funktioniert.

Hinter der grünen Tür

Robert Vito

Einfach mal antesten. Eine Story über Väter und Söhne, eine Ich-möchte-wissen-warum-Variation von Robert Vito, der im Titel auf die Mitchell-Brothers und die Cramps anspielt, um danach eine leicht melancholisch angehauchte Story zu entwickeln, in der man den Surf der Sixties rauschen und den Herbst in den Blättern rascheln hört. Die letzten Tage der Kindheit sind die schlimmsten, keiner bekommt seinen Einsatz wieder, und plötzlich steht man mit Augen wie Einschußlöchern da. (Andreas Decker)

Die Dämmerung war flaschengrün und tauchte die Felder in ein unwirkliches Licht; es war, als würde man Hardys Traktorschuppen und die verkrüppelten Pinien durch eine Glasscherbe betrachten, als könnten Wünsche wahr werden, an die man nie gedacht hatte. Es war immer noch warm, nur ein leiser Windhauch ließ die Blätter sanft erzittern. Wir hatten den halben Sommer hier oben verbracht, einen dieser Sommer, die sich wie eine unendliche Welle vor uns auftürmen, träge, dunkelblau, unausweichlich, und wir ließen uns in der Gischt der Nachmittage treiben. Davey und ich teilten uns gerade eine Kippe, als wir unten Zweige knacken, ein Rad zu Boden fallen und dann die Stimme hörten, auf die wir schon geraume Zeit gewartet hatten.

»He, Trench, Dave. Laßt mal die Leiter runter.«

Es war keine Leiter, sondern ein Turnseil, das Duane in der College Station High School organisiert hatte, aber dann war er auch schon oben, braungebrannt, luchsäugig, ganz Muskeln und Sehnen und Grinsen. Mit einer beiläufigen Geste strich er sich durch das blonde Stoppelhaar und sah uns an. »Hi, Boys.«

Duane Carver war nur drei Monate und sechs Tage älter als ich, aber gut einen halben Kopf größer, ein harter Knochen, der sich nichts gefallen ließ und einen ebenso ausgeprägten wie seltsamen Gerechtigkeitssinn besaß. Terry Dolan, der zwei Klassen über uns war, hatte das kurz vor Ferienbeginn herausgefunden, als er Wilbur Barnes nach Schulschluß eine Abreibung verpassen wollte. Wilbur Barnes war alles andere als Duanes Kumpel, aber wenn Duane eines nicht leiden konnte, dann jemanden, der einen Schwächeren abbürsten wollte. Danach war Duane zu Wilbur gegangen, hatte ihm tief in die wäßrigen Augen hinter der zu großen Hornbrille geblickt und gesagt: »Er macht's nicht noch mal. Aber vielleicht seh ich nächstes Mal einfach zu.«

Mann, cool, so war Duane, klar einer der Besten, einer, bei dem man nie so recht wußte, woran man war, wenn man ihn nicht kannte. Davey und ich kannten ihn am besten von allen. Jetzt legte Davey seinen zerfledderten Spillane beiseite, sah ihn mit hochgezogenen Augenbrauen an und sagte: »Wo, zum Teufel, hast du gesteckt, Alter?«

»Scheiße, Mann, es ging nicht eher. Mußte noch den Rasen für meinen alten Herrn mähen. Aber dafür hab ich was auf dem Dachboden gefunden. Na, was haltet ihr davon?«

Es baumelte an einem Lederriemen um seinen Hals, ein

Fernglas aus stumpf gewordenem Metall, dessen abgegriffenes Grau zwischen Duanes schlanken braunen Fingern irgendwie abgestorben wirkte. Ein begehrlicher Schimmer trat in Daveys Augen, als er nach dem Fernglas griff, das Duane ihm mit einem bereitwilligen Grinsen überließ. Er setzte es an seine Brille, was ihm für einen Moment das groteske Aussehen eines erbosten Froschs verlieh, und spähte dann über den Rand der engen Plattform, die zusammen mit den drei zeitungspapierverkleideten Wänden und dem Dach aus Teerpapperesten unser Versteck – ich sollte erst Jahre später erfahren, daß unsere Eltern immer von dem Baumhaus gewußt hatten – bildete, hinaus über die leicht schwankenden Ähren von Potters Weizenfeld und in die im Zeitlupentempo heraufziehende Abenddämmerung.

»Wow, zieht's euch rein, ich seh Flowers' Farm – die muß doch mindestens eine Meile entfernt sein.« Er hielt einen Moment inne, bevor er weitersprach. »Betty Sue Flowers ist gerade mit ihrem Köter unterwegs.«

Betty Sue saß in der Klasse zwei Reihen vor Davey und mir, ein dünnes Ding mit großen, erschreckten Augen und merkwürdig staksigen Bewegungen, was auf eine Knochenoperation an ihrem linken Bein zurückzuführen war. Nicht, daß wir ihr sonst große Beachtung geschenkt hätten. Aber der Gedanke, Betty Sue jetzt aus der Entfernung nahe zu sein, ohne daß sie etwas davon wußte, hatte den eigentümlichen, überwältigenden Reiz des Verbotenen. Ich knuffte Davey in die Seite und schnappte mir das Fernglas.

Ich sah Flowers' Scheune, den Mähdrescher, die Stallungen und die Staubstraße, und dann sah ich sie. Im Profil, während sie nach Steinen trat, der Hund, ein großer schwarzgrauer Mischlingsrüde mit geknickten Ohren, etwa zwanzig Meter vor ihr. Ihr Gesichtsausdruck spiegelte einen Gemütszustand zwischen Versonnenheit und Langeweile wider, und die tiefstehende Sonne überzog die Umgebung mit einer drückenden Schwärze.

In dem Moment knickte ihr linkes Bein weg. Sie verlor das Gleichgewicht und stürzte in den Staub. Sie stützte sich mit einer Hand auf und verharrte für einen Moment in dieser Position, und auf einmal war mir, als würde sie sich gleich umdrehen und direkt in meine Augen sehen, mit einem anderen Gesicht, verzerrten Zügen wie bei einer halbseitigen Lähmung, wie sie mein Großvater nach seinem zweiten Schlaganfall gehabt hatte, einem blutroten Mund mit aufgeworfenen, klaffenden Lippen und einem lidlos starrenden Blick. Vielleicht hatte das etwas mit dem vagen Gefühl zu tun, daß ich auf eine nicht näher bestimmbare Weise schuld an ihrem Sturz war. Aber dann, nach diesem Augenblick, der sich quälend ins Endlose verlängerte, rappelte sie sich auf, viel leichter, als man es ihr zugetraut hätte, klopfte sich den Staub von ihrem Kleid und ging langsam dem Hund entgegen, der den Weidezaun entlang auf sie zugetrottet kam.

»He, sieht nach Gewitter aus.« Duane deutete auf den Horizont, und ich gab ihm das Fernglas zurück. Wir kletterten zu unseren Rädern herunter, und Davey fragte Duane, was er machen würde, wenn seine Eltern tot wären, und Duane gab zurück, erst mal würde er Dads Bill-Monroe-Platten wegwerfen und dann wegziehen, nach Lubbock oder Dallas, Nashville klang auch nicht schlecht. Wir trennten uns an der Boyett Creek Road, und ich trat in die Pedale, um dem bevorstehenden Platzregen zu entkommen.

Weit vor mir färbte sich der Himmel kobaltblau, und es hätte mich kein bißchen überrascht, schemenhafte Reiter zu sehen, Männer mit prallen Satteltaschen und undurchdringlichen Blicken, auf geisterhaften Pferden mit flatternden Mähnen und schnaubenden Nüstern, die im Zeitlupentempo die Hügel hinabstoben, geschmeidig rauhe Hände, die eingefettete Zügel hielten, Staubmäntel, die sich im Gegenwind bauschten, Sporen und Sattelbeschläge, die matt im aufgehenden Mondlicht blinkten, längst vergangen, aber doch für immer da. Und irgendwie sah ich sie auch.

Die Tage glichen sich. Mein Vater nahm seinen Urlaub immer erst im Oktober, und ich hatte das Glück, daß meine Mutter mit meiner kleinen Schwester beschäftigt war; LonAnn konnte wie am Spieß brüllen, wenn sie ihren Schnuller verloren hatte, was etwa alle zehn Minuten vorkam. Ich radelte die Larrabee Street hinunter, nahm die Abkürzung durch den Park und bog auf die Church Road ab. Der alte Canning, damals schon weit über achtzig, lud mit ein paar Lehrlingen Holz von einem verbeulten Pick-up, und Earl und Lyle – weit und breit als die Front Porch Boys bekannt – saßen mit Gitarre und Banjo gegenüber der Presbyterianerkirche auf ihrer Veranda und beobachteten das Geschehen mit amüsierter Langeweile, ohne dabei auch nur einen Finger zu rühren. Dewey Laine hievte ein paar Obstkisten in seinen Laden, und Danny McKees Mutter stand oben im ersten Stock im Fenster und schüttelte die Bettdecken aus. Danny war im Ferienlager, und ich winkte ihr im Vorüberfahren zu, bevor ich in die Height Road und die Auffahrt der Millers einbog. Davey war hinten im Garten, fütterte seine Stallhasen und sah noch reichlich müde aus der Wäsche, aber ein paar Minuten später starteten wir durch. Über den Kanal und in die Wälder.

Duane war bereits da, hielt irgend etwas im Auge und zischte leise, als könnte uns sonst noch jemand außer ihm hören. Auf seinen Wangen befanden sich zwei braune, waagerechte Striche, Dekorationen aus einem unbekannten Krieg. »Ich seh den alten Stanton. Na ja, sein Pickup. Schätze, der ist zu den Flowers' unterwegs.«

»Na und?« sagte Davey.

Kein Grund für Duane, das Fernglas auch nur für eine Sekunde abzusetzen. »Ich bin auf Posten, Dave«, sagte er mit betont ruhiger Stimme. »Man weiß nie, wer so alles auftaucht. Besser, wenn wir vorbereitet sind.«

Das war so einfach wie einleuchtend. Während die Schatten kürzer und kürzer wurden, wechselten wir uns ab, beobachteten die Gegend, ließen den Feldstecher über die Wipfel schweifen, ertappten Baumhörnchen, die alle paar Augenblicke innehielten und den Kopf reckten, behielten vorüberfahrende Wagen im Auge und teilten uns wortlos eine Zigarette. Die Farm der Gannetts. Das Windrad am Larrabee Creek. Das Sägewerk an der Straße nach Hillsboro. Betty Sues Vater mit zwei gesattelten Braunen. Die stillgelegten, löwenzahnüberwucherten Gleise hinter dem Friedhof. Der Bus nach Gainesville. Dann nahm Davey das Glas von den Augen und sah uns an.

»Das Haus an der Edgeware«, sagte er nur.

Wir wußten, was er meinte. Das Haus an der Edgeware Road war ein einstöckiges, schindelgedecktes Gebäude mit einer überdachten Veranda, an dem wir nur selten vorbeikamen, weil es am anderen Ortsende von College Station lag, eigentlich schon im Niemandsland zwischen Cokliss' Tankstelle und der Gannett-Farm. Vor den Fenstern befanden sich dunkelrote Vorhänge, und niemand von uns wußte, wer dort, hinter der mattgrün gestrichenen Eingangstür, von der die Farbe abblätterte, wohnte. Früher einmal hatte das Haus Lorraine Williams gehört, eine Zeit, von der das Schild über dem Eingang kündete, aber nie hatte einer von uns die Buchstaben *Lorraine's* erleuchtet gesehen.

Vor ein paar Monaten, als wir nach Gainesville zu Moms Schwester Allie – *Tante* Allie, aber ich konnte nie Tante sagen, weil sie dreizehn Jahre jünger als Mom und nicht verheiratet war – gefahren waren, hatte ich meinen Dad gefragt, ob das Haus leerstehen würde, aber er hatte nach einem Seitenblick auf Mom nur die Stirn gerunzelt und mit den Schultern gezuckt, als wüßte er das nicht genau, aber mir war instinktiv klar gewesen, daß das nicht stimmte, weil ich Moms »Tu doch bloß nicht so«-Blick kannte, wenn sie sauer auf Dad war, aber wenn sie mehr wußte, hatte sie jedenfalls kein Sterbenswörtchen darüber verloren, sondern mit Dad darüber gestritten, warum er immer die Kurven so schneiden mußte, und dann war das Haus mit der grünen Tür hinter der nächsten Biegung verschwunden, während Dad am Senderknopf des Radios herumfummelte, bis er nach Äonen endlich eine Station gefunden hatte, und schließlich hatte sich auch Mom wieder beruhigt und ihre Hand wie gewöhnlich auf Dads Schulter gelegt.

»Weißt du, was mein Dad sagt?« Duane holte sein Taschenmesser heraus und nagelte es zwischen uns auf den Boden. »Da gehen Männer hin, wenn sie's brauchen.«

»Wenn sie was brauchen?« Davey sah nicht so aus, als hätte er die Pointe verstanden.

»Hat er nicht gesagt.« Ich konnte Duane ansehen, daß er jetzt gern das As aus dem Ärmel geholt hätte, aber er machte nur eine wegwerfende Handbewegung. Als er seinen Blick auf Davey richtete, sah er entschlossener denn je aus. »Aber wir werden's herausfinden.«

Wir hatten unser Zielobjekt, und Duane legte sich eine imaginäre Bazooka über die Schulter und feuerte. Der Dschungelkrieg war eröffnet, und wir hielten abwechselnd Wache, ließen die grüne Tür nicht aus den Augen, den ganzen Nachmittag nicht, Stunde um Stunde, während Duane Heckenschützen aus den Bäumen holte, Davey Slalom durch das mit Bouncing Bettys gespickte Minenfeld lief und ich ein halbes Platoon Angreifer erledigte, die unsere Stellung stürmen wollten. Es passierte nichts. Das Haus mit der grünen Tür lag still da, als hätte es seit Jahrzehnten niemand betreten. Niemand kam, niemand ging, kein Vorhang bewegte sich, und nur ein halbes Dutzend Autos fuhr vorbei, bis Davey schließlich, wenn auch ziemlich lahm, verlauten ließ, daß er seine Hasen füttern müßte. Worauf Duane kurz die Hand hob und sagte: »Da wirst du was verpassen, Dave. Da ist nämlich gerade ein Buick vorgefahren.«

»He, laß sehen!« Davey wand ihm das Fernglas aus der Hand und hielt es sich vor die Brille. Vor Überraschung und Erstaunen blieb ihm der Mund offenstehen. »Mann, das ist ja der Wagen von Brock Gannett.«

»Und es sieht nicht so aus, als wollte er tanken.« Duane war wieder obenauf, hatte das Spiel gewonnen. »Was macht er?«

»Setzt seinen Wagen in den Hof, hinter die Mauer.« Davey

machte eine Pause. »Jetzt seh ich ihn wieder. Er geht gerade die Treppe hoch. Jetzt klopft er. Passiert aber nichts. Doch, jetzt. Die Tür geht auf. Ich kann aber niemanden sonst erkennen. He, jetzt ist er drin.« Er starrte weiter angestrengt durch die Okulare, ohne weiteres verlauten zu lassen. Dann reichte er das Fernglas an mich weiter.

Es war, als hätten sie sich eine Geschichte für mich ausgedacht, als hätten sie sich abgesprochen, um mir irgendeine geheime Lektion zu erteilen. Klar, daß ich Gannetts Buick nicht sehen konnte, wenn er hinter der Mauer stand. Das Haus mit der grünen Tür lag still da. Für einen Moment schien es, als hätte alles rundherum aufgehört zu atmen. Nichts bewegte sich hinter den Fenstern, nichts ließ darauf schließen, daß sich in der Zwischenzeit irgend etwas ereignet hatte. Aber als ich in Daveys Gesicht blickte, wußte ich, daß sich etwas verändert hatte. Dort, vielleicht anderthalb Meilen entfernt. Hinter der grünen Tür.

Dieser Sommer hatte ein Geheimnis, und wir waren drauf und dran, es herauszufinden. Brock Gannett war der erste gewesen, und wir wollten wissen, was es mit seinem Besuch im Haus an der Edgeware Road auf sich hatte. Wir erzählten niemandem davon; ich wußte sowieso, daß ich von Dad keine Antwort bekommen würde. Aber wir stellten unsere eigenen Theorien auf. Es war eine Verschwörung, die dort vor sich ging, und wir konnten uns genau vorstellen, wie Brock Gannett – breitbeinig, vierschrötig, einsilbig – unten in der Halle verharrte, die in unserer Vorstellung größer war als das Haus selbst, seinen Hut wie in der Kirche vor sich in den Pranken hielt und zu jemandem hinaufstarrte, der oben auf der Galerie regungslos hinter einem Mahagonigeländer stand. Es war kalt in der Halle, eine Kälte, die beim Einatmen direkt ins Blut ging, und dann begann die Gestalt auf der Galerie zu sprechen, preßte trokkene, keuchende Laute aus der Kehle hervor, Anweisungen, die von den kahlen Wänden widerhallten, während Gannett mit zusammengekniffenen Lippen lauschte und sich genau einprägte, was er zu tun hatte.

Aber das konnte nicht sein, denn Duane hatte Gannett zwei Tage später in Ike Frantzens Laden gesehen, als er sich mit Büchsenfleisch, filterlosen PallMalls und Dosenbier eingedeckt hatte. Er hatte ausgesehen wie immer und Ike von seiner in Waco lebenden Schwester erzählt, die für zwei Wochen mit ihrer kleinen Tochter zu Besuch kommen würde, und nicht das kleinste Anzeichen hatte darauf hingewiesen, daß ihn sein Abstecher hinter die grüne Tür in irgendeiner Weise verändert hatte. Verdammt noch eins, er hätte überhaupt nichts Verschwörerisches an sich gehabt, meinte Duane, unbeholfen hätte er gewirkt, klobig wie ein Mistgabelstiel, und niemand würde jemanden wie Brock Gannett in ein Komplott mit einbeziehen, wo dieser nicht mal in der Lage sei, in etwas anderes als seinen Hemdsärmel zu rotzen.

»Oder vielleicht gerade deswegen«, meinte Davey.

Ich sagte gar nichts, sondern konzentrierte mich auf die grüne Tür. Wir hielten jetzt seit fast einer Woche die Stellung, und inzwischen war klar, daß Brock Gannett ganz und gar nicht allein war, egal, was hinter der grünen Tür vor sich ging. Russ Hill, der Bestattungsunternehmer, an dessen Geschäft Davey nicht mehr vorbeigehen wollte, seit seine Grandma gestorben war, gehörte mit dazu. Hugh Marston, der seiner Frau mal ein blaues Auge geschlagen hatte, als sie ihn aus *Rick's Diner* holen wollte, aber trotzdem als Sheriff wiedergewählt worden war, war ebenfalls mit von der Partie. Harv Cokliss, der Pächter der Tankstelle, hatte es nicht weit, und Delbert Haines, der drüben in Gainesville als Nachtportier arbeitete, war offensichtlich schon am frühen Abend heillos betrunken gewesen. Das waren schon fünf, und wir wußten nicht, wer nach Einbruch der Dunkelheit kam.

»Vielleicht machen die so was wie 'nen Elternabend«, argwöhnte Davey. »Die sitzen zusammen und beraten, wer nächste Woche Hausarrest kriegt oder so.«

»*Elternabend?*« Duane konnte es nicht glauben. »Und weißt du auch, worüber die reden? Die reden über dich. Weil du *zurückgeblieben* bist!«

Wie auch immer, langsam kristallisierte sich ein bestimmtes Raster heraus. Es waren ausschließlich Männer, die hinter der grünen Tür verschwanden, und sie kamen alle allein. Keiner von ihnen blieb länger als drei Stunden, und sie kamen alle mit dem Wagen. Sie waren alle mittleren Alters, außer Del Haines allesamt lange verheiratet, und alle kamen sie nach der Arbeit, keiner jedenfalls vor dem frühen Abend, wenn die Schatten fahler wurden und ein leichter Wind über die Felder strich.

Es war ein Freitag, einer dieser drückenden Tage, an denen selbst Potters Schäferhund nicht mehr zum Bellen zu bewegen war, und wir hielten Ausschau, zogen Möglichkeiten in Betracht und verwarfen sie wieder. Klar, daß alles einfacher gewesen wäre, wenn es einer von uns geschafft hätte, einen Blick hinter die roten Vorhänge zu werfen, aber Davey war alles andere als ein Draufgänger, und Duane und ich waren von Harv Cokliss erwischt worden, als wir zwei Tage zuvor auf der Edgeware herumgelungert hatten, unschlüssig, was wir unternehmen sollten. Cokliss hatte uns von seinem Pickup aus gesehen und angehalten. Er war ein kantiger Kerl mit einer Zapfsäulenfigur und tonnenweise Dreck unter den Fingernägeln, und seine Miene war nur unwesentlich freundlicher als die eines beim Fressen gestörten Schwarzbären gewesen, als er uns mit seinem besten Kammerjägerblick festgenagelt hatte. »Verpißt euch«, hatte er mit einer kaum wahrnehmbaren Kopfbewegung in Richtung der grünen Tür gesagt. »Ich will euch hier nicht noch mal sehen, verstanden.«

Das war eine unmißverständliche Warnung gewesen, und Davey ging der Arsch auf Grundeis, als wir ihm von unserer Begegnung mit Cokliss erzählten. »Die wissen bestimmt alles«, sagte er. »Auch, daß wir sie beobachten.«

»Na klar, und in einer Viertelstunde kommen sie und holen

uns.« Duane hatte eigentlich nicht vor, Davey Angst einzujagen, aber der Blick hinter den dicken Gläsern sprach Bände. »Mann, Dave, mach dir nicht ins Hemd«, fuhr Duane fort. »Wir haben die Sache im Griff. Wir sind nah dran. Außerdem kriegen die dich auch, wenn du den Rest des Sommers in deinem Zimmer verbringst.«

»Na ja...« Davey schien sich da nicht so sicher.

»Eins können wir doch schon mal festhalten.« Duane kniff leicht die Augen zusammen, während er auf das Fernglas deutete, als sei es eine Art Gedankenstütze. »Cokliss wohnt am nächsten dran, und er paßt auf, daß ihnen keiner in die Quere kommt. Und wißt ihr, was ich langsam glaube? Egal, was es ist, sie hängen alle mit drin. Alle *Männer* des Ortes. Weil es etwas ist, was nur mit Männern zu tun hat. Frauen haben dort keinen Zutritt.«

»Kann nicht sein«, sagte Davey im Brustton der Überzeugung. »Dad geht abends nie weg. Er kommt nach Hause, zieht sich um, schaut sich Mr. Ed an, und dann macht Mom Abendessen, und...«

»Möglich, Dave, aber dann ist er vielleicht der einzige«, sagte Duane. »Trotzdem, sie sind alle dabei, und der Sheriff deckt sie, weil er selbst dazugehört.«

»Aber was haben sie vor?« fragte ich.

»Ich weiß es nicht«, sagte Duane, »nicht genau jedenfalls. Sie gehen dahin, wenn sie es brauchen. Und das *wenn*, das ist es, worauf es ankommt. Daveys Mom braucht es nicht, deine nicht, und meine auch nicht. Und von uns braucht es auch keiner. Es muß mit ihrem Alter zusammenhängen. Du wirst anders, wenn du älter wirst. Verdammt, das kennt ihr doch auch, Dads Bruder oder sonstwer kommt zu Besuch, und als erstes heißt es, Junge, hast du dich verändert, bist ja kaum wiederzuerkennen, Mann. Und es stimmt, die Zeit hat sie verändert. Sie sehen anders aus, sie bewegen sich anders, sie reden anders. Aber hast du je bemerkt, daß sich hier jemals etwas ändert? Mom, Dad, die Häuser, die Straßen, alles ist genauso wie voriges Jahr auch. Sie holen sich, was sie brauchen, damit alles so bleibt, wie es ist.«

»Moment mal«, sagte Davey, »das ist doch bloß so, weil wir sie jeden Tag sehen.«

Ich griff nach dem Fernglas, ließ meinen Blick über die Felder schweifen. Potters Scheune. Das Windrad am Larrabee Creek drehte sich langsam und unregelmäßig, als würde eine unsichtbare Hand damit spielen. Drüben bei den Flowers verluden Harry Flowers und Dewey Laine Kälber auf einen Laster. Ich sah ihre aufgerissenen Mäuler, hörte ihre stummen Klagerufe. Das Gatter zu Gannetts Farm. Ein Wagen, der langsam über die Hillsboro Road kam und eine graugelbe Staubspur hinter sich aufwirbelte.

»Das sagst du!« hörte ich Duane. »Scheiße auch, sie bleiben immer gleich. Und deshalb schaut sich dein Alter auch jeden Abend Mr. Ed an. Das ist es, was er braucht. Sein gottverdammtes sprechendes Pferd, bis in alle Ewigkeit.«

»He«, protestierte Davey zaghaft, »ist doch nichts dabei, wenn Dad auf Mr. Ed steht. Ich...«

Der Wagen bog von der Hillsboro Road auf die Edgeware ab. Ich folgte ihm, während ich bereits zu wissen glaubte, wohin er wollte. Es war ein mattgrün lackierter Mercury, Baujahr '56 oder '57, wenn ich mich nicht täuschte. Die Windschutzscheibe reflektierte die nur noch schwach einfallenden, verbleichenden Sonnenstrahlen.

»Scheiß drauf«, sagte Duane. »Ich sag dir eins, auch wenn du's nicht kapierst, Dave. Ich weiß nicht, ob es etwas mit dem verdammten Haus zu tun hat, aber eines ist mir jetzt ganz klar. Ab einem bestimmten Alter bleiben sie, wie sie waren. Sie werden immer nur älter, aber sie verändern sich nicht mehr.«

Der Wagen hielt neben dem Haus. Die Beifahrertür öffnete sich, und ein Mann in einem anthrazitgrauen Anzug stieg aus. Seine Hosenbeine hatten messerscharfe Bügelfalten, und seine Haare waren sorgfältig gescheitelt, das war selbst aus dieser Entfernung zu erkennen. Er polierte seine Schuhe an der Hinterseite seiner Hosenbeine und warf die Beifahrertür zu. Es war Duanes Dad. Auf der anderen Seite stieg ein Mann aus, den ich noch nie gesehen hatte. Vielleicht ist es jemand aus Gainesville, dachte ich. Er trug einen Fedora und ein weißes Hemd unter seiner offenen Anzugjacke. Während er ein paar Worte an Duanes Dad richtete, warf er einen Blick über das Wagendach. Seine Augen schweiften nur scheinbar ziellos über die Landschaft, weil ich wußte, wo er hinsehen würde. Der Fremde starrte mir direkt in die Pupillen, und ich konnte meinen Blick nicht mehr abwenden, sosehr ich es auch wollte; er lähmte meinen Willen, indem er mich zwang, mich über Hunderte von Metern in seiner Iris zu spiegeln, während Duanes Worte in meinen Ohren widerhallten und sich mit den Silben vermischten, die der Unbekannte mit seinen blassen Lippen formte. *Da gehen Männer hin, wenn sie es brauchen*, toste es in mir, während ich das Fernglas wie in einem Krampf an meine Augenhöhlen hielt. *Und irgendwann brauchst du es auch*.

»Du hast heute wohl überhaupt nichts zu sagen, Trench!« hörte ich Duane hinter mir. »Was gibt's denn da so Wichtiges zu sehen?«

»Nichts«, murmelte ich, aber da war er auch schon bei mir und griff nach dem Fernglas. Er zerrte an dem Halteriemen um meinen Hals, wollte ihn mir über den Kopf ziehen, während ich ihn halbherzig abwehrte und zur Seite zu schieben versuchte. Ich wußte, daß er, egal, was passieren würde, nicht durch das Fernglas sehen durfte, nicht um alles in der Welt, und ich war derjenige, der das verhindern mußte. Duane war mein bester Freund, neben Davey der einzige, den ich hatte, und ich zerrte an dem Riemen, bis das brüchige Leder riß und ich das Fernglas wieder in meinen Händen hatte. Duane und ich standen uns gegenüber, umgeben von Teerpappe und Bäumen, und unmittelbar unter uns gähnte der Canyon mit den Krokodilen.

»Gib's her«, sagte Duane und fixierte mich mit wildem Blick. »Du weißt, du hast immer noch eine Chance.«

Das mußte er aus irgendeinem Sonntagnachmittagswestern haben. »Vergiß es«, sagte ich. »Kapierst du's denn nicht, Duane. Das Spiel ist vorbei. Der Saft ist raus.«

Ich hatte mich schon entschieden. Ich holte weit aus und warf den Feldstecher in hohem Bogen in das wuchernde Astwerk zu meiner Linken. Irgend etwas splitterte, gefolgt von einem dumpfen Poltern, als das Fernglas auf dem Boden auftraf.

Duane mußte nichts sagen. In seinen Augen stand all das, was er nicht über die Lippen brachte, um vieles deutlicher, als man es mit Worten sagen konnte. Ich bin fertig mit dir, hieß der Satz. Für immer.

Am Ende wird man von seinem eigenen Leben oder dem Gesetz eingeholt, sagt man. Und nach mehr als zwanzig Jahren bin ich wieder hier, in College Station, Texas. Gehe die Church Road hinunter und wünsche mir, es wäre Memphis gewesen. Oder irgendeine andere Stadt.

Duanes Vater war der einzige, der nicht zurückkam. Er blieb hinter der grünen Tür, und nur einer wußte, wo er geblieben war. Aber niemand hat Johnny Trench je gefragt, und überhaupt, was hätte das schon für einen Sinn gemacht. Was blieb, war Schweigen. Billy Potter meinte, Duanes Dad in Austin gesehen zu haben, aber ganz sicher konnte er sich schon damals nicht sein, nach all den Jahren. Duanes Mutter glaubte schließlich, daß er mit einer anderen Frau in einen anderen Staat gezogen wäre.

Duane ist Anwalt geworden. Ich bin gerade an seinem Büro vorbeigegangen. Davey Miller war der einzige von uns, der wirklich in den Krieg zog. Er war MP und ist in Saigon von einem rauschgiftsüchtigen GI erstochen worden. Brock Gannett ist Großvater geworden. Earl und Lyle haben es tatsächlich nach Nashville geschafft. Und Betty Sue wurde das schönste Mädchen von College Station. Sie ist weggezogen, als sie achtzehn war.

Das Haus mit der grünen Tür gibt es immer noch. Nach

mehr als zwanzig Jahren habe ich es endlich betreten. Es heißt heute »Wilbur's Paradise Bar & Grill«. Es gibt Miller's vom Faß, Patsy Cline aus den Boxen, eine Menge Gerede und einen Haufen Leute, die Clinton ihre Stimme gegeben haben und das jetzt bereuen. Beim Hinausgehen fiel mir dieses Schild über dem Türbogen auf. Du kommst wieder, Freund. Das muß niemand beschwören. Wir kommen alle zurück. Schließlich wollen wir wissen, was hinter den grünen Türen liegt.

Dildo-Nächte

RICHARD SUTPHEN

Richard Sutphen ist so kalifornisch wie die Beach Boys und T-Bird-Heckflossen, ohne dabei indes seine dunklen Passionen zu verhehlen. Seine Storysammlung Sexpunks & Savage Sagas, *im Eigenverlag Spine Tingling Press erschienen, ist eine bahnbrechende Compilation abseitiger Ideen, kruder Einfälle und kopfkranker Wendungen.* Dildo-Nächte *macht da keine Ausnahme, ein fieses, haargenau pointiertes und vielleicht auch noch wahres Stück Kurzprosa über die intimsten Träume von Männern und Frauen.*

Wet-T-Shirt-Wettbewerbe hatten in der Palace Bar zwei Jahre lang für volles Haus gesorgt, bis das Publikum die Nase voll von hängenden Titten hatte. Danach war Schlammringen angesagt gewesen, aber nach einem Jahr blieben auch hier langsam die Leute aus.

Drew Digby verbrachte einen Monat damit, sich jeden Sonntag den Kopf über neue Marketingstrategien zu zerbrechen. Er brauchte etwas, was den Prügel richtig zum Stehen brachte – etwas, worauf jeder Cowboy, jeder Bauarbeiter und jeder geile Schüler mit einem gefälschten Ausweis im Phoenix Valley schon immer gewartet hatte.

»Dildo-Nächte!«

»Dildo-Nächte?« sagte Brenda, die Mitbetreiberin des Palace.

»Harte Dollars für die Frau, die ihn am weitesten reinkriegt.«

Brenda strich sich ein paar lange Strähnen ihres roten Haars aus den Augen und sah Drew mit offenem Mund an. »Dafür knasten sie uns ein.«

Er nickte traurig, während er darüber nachdachte. »Sie müssen es unter einem langen T-Shirt machen.«

»Und wer soll die Wertung vornehmen?«

»Du, Brenda. Du markierst hinter einem Vorhang, wie weit er reingegangen ist, und mißt dann das Ganze vor den Zuschauern.«

»Verdammt, du bist echt krank.«

»Hast du dir mal deinen Kontostand angesehen?«

Brenda schlenderte zum Eingang der Bar. Das Palace öffnete erst in einer Stunde, aber die Leuchtreklame war bereits an, spiegelte sich auf dem vom Winterregen nassen Bürgersteig. Brenda ging stramm auf die Vierzig zu, hatte einen Körper wie eine Dreißigjährige und ein Gesicht, das die Phantasien des Publikums immer noch zum Kochen brachte. Sie drehte sich um und sah nachdenklich zu ihrem Partner hinüber, der hinter der Bar zwischen der Registrierkasse und einem Coors-Reklameständer stand.

»Bringt jede ihren eigenen mit?«

»Was?«

»Ihren eigenen Vibrator?«

»Yeah. Aber wir könnten auch welche verkaufen und ein bißchen Extrakohle machen.«

Drew war fünfundfünfzig, Ex-Dockarbeiter und gebaut wie

ein Brückenpfeiler. Er hatte tiefliegende, leicht schläfrige Augen und trug sein sich lichtendes Haar, das immer nach etwas aus einem Friseurladen von anno dazumal roch, straff nach hinten zurückgekämmt.

»Dildo-Nächte.«

Sie warben dafür mit Anzeigen in einschlägigen Blättern und schickten Handzettel an ihre Stammkunden. Frauen, die sich anmeldeten, konnten fünfhundert Dollar als ersten Preis gewinnen. In Mesa, Chandler und Tempe klebten sie Plakate, vor allem in der Nähe von Baustellen. Drew bestellte einen Paravent, eine extra angefertigte Meßlatte, eine beleuchtete Anzeigentafel und eine Uhr. Schließlich sah es auf der Bühne aus, als würde dort eine billig produzierte Gameshow stattfinden.

Ein Schreiner zimmerte einen Kasten mit Glasplatte für die Dildos. Drew suchte persönlich die Exemplare aus, die für den Verkauf gedacht waren: Electro-Pecker, The Black Tower, Pleasure Pumper, Real-Feel, Wild Rider und seinen Favoriten, den Doubleheader – der als »fünfundvierzig Zentimeter geballte Manneskraft mit zwei Köpfen« angepriesen wurde.

Am Abend der Neueröffnung wurden sie regelrecht überrannt. An jedem der Cocktailtische, die für zwei Personen gedacht waren, quetschten sich fünf Leute zusammen. An der Bar herrschte ein Höllenbetrieb, und nur am äußersten Rand des Raums war noch Platz zum Stehen. Ein George-Thorogood-Tape brachte die Lautsprecher mit kreischenden Bluesgitarrenriffs zum Dröhnen. Im Palace war Party angesagt.

Dreiundachtzig Frauen hatten sich angemeldet, und zehn von ihnen wurden für die erste Nacht ausgewählt. Brenda betrat die Bühne in weißen Leggings und einem enganliegenden blauen Top, das nur das Nötigste verdeckte. Die Leggings lagen an ihrem Körper wie eine zweite Haut. Sie wurde mit Johlen, Pfiffen und Applaus begrüßt.

»All right, Ladies und Gentlemen, Zeit, mit der Show zu beginnen«, rief Brenda, das Mikrofon in der einen, den Doubleheader in der anderen Hand. Die Menge ging voll mit. »Okay, eins nach dem anderen.« Mit einer Handbewegung brachte sie die Anwesenden zum Schweigen. »Zuerst möchte ich Ihnen unsere beiden ersten Teilnehmerinnen vorstellen, Millie und Darcy.«

Die Menge applaudierte. Zwei Frauen in identischen Big Shirts, auf denen in leuchtend roten Buchstaben *Palace Bar Dildo Night* stand, kamen auf die Bühne. Millie sah annähernd volljährig aus, hatte langes blondes Haar und noch längere Beine. In der Hand hielt sie einen fünfundzwanzig Zentimeter langen, schwarzen, batteriebetriebenen Vibrator. Darcy war ein paar Jahre älter, eine kleinere und kräftigere Brünette mit großen Brüsten. Sie hatte einen Doubleheader dabei.

»Darcy, was, zum Teufel, treibst du da oben?« brüllte ein Kerl aus dem Publikum und bahnte sich seinen Weg zur Bühne, bis er von einem Rausschmeißer gestoppt wurde. »Das da oben ist meine Frau, Mann.« Er holte zu einem Schwinger aus, aber der Rausschmeißer duckte sich und riß ihm einen Arm auf den Rücken.

»Ich verdien uns doch nur ein bißchen was dazu, Honey«, rief Darcy. »Du meinst doch immer, ich wär so talentiert... verstehst du.«

Darauf hatte die Menge nur gewartet und brach in tosenden Applaus aus.

»Und jetzt zu den Regeln«, sagte Brenda in ihr Mikro. »Beide haben fünf Minuten Zeit. Sie können es im Stehen, im Sitzen oder im Liegen machen.« Sie wandte sich um, sah zu den beiden Frauen hinüber, nickte und fuhr fort: »Drei. Zwei. Eins. Los.« Eine Glocke erklang, und die große Uhr auf der Anzeigentafel begann zu laufen.

Mit gespreizten Beinen und den Händen unter ihren T-Shirts standen die beiden Frauen nebeneinander, während sie die plastikbeschichteten Mutantenschwänze in sich hineinzukriegen versuchten. Millie warf den Kopf nach vorn, hob eine Schulter, blies die Wangen auf wie ein Backenhörnchen und stellte sich auf die Zehenspitzen. Darcy legte ihr Kinn an die

Brust, brachte die Schultern nach vorn und bewegte ihren Unterleib auf und ab. Alle zwei Sekunden spreizte sie die Beine und seufzte.

Drew stand lächelnd hinter der Bar. Ungefähr hundertfünfzig Männer und fünfzig Frauen waren gekommen. Der Wettbewerb und sein durchschlagender Erfolg waren so stimulierend, daß er beschloß, es Brenda richtig zu besorgen, bevor die Nacht vorüber war.

Auf der Bühne wechselten die Frauen ihre Positionen. Darcy ging in die Hocke und hüpfte wie ein Frosch über die Bühne, während ein lang anhaltendes »Ah-h-h-a-y-a-a-a!« über ihre Lippen kam. Millie lag mit dem Kopf zum Publikum auf dem Rücken, die Beine angezogen, die Füße auf dem Boden, während ein Knie zehn, das andere zwei Uhr anzeigte.

Nach zwei Minuten und zwölf Sekunden sprang Millie auf, riß eine Hand hoch und rief: »Er ist drin.« Das Publikum stampfte mit den Füßen, pfiff und brüllte vor Begeisterung.

Ein Cowboy stieg auf einen der Cocktailtische, griff sich in den Schritt und rief: »Jetzt bin ich dran, Schätzchen.« Der Tisch kippte um, und er verschwand in der Menge.

Brenda führte Millie hinter die Bühne, um ihr Werk zu begutachten. Der durchsichtige Paravent zeigte dem tobenden Publikum die Schatten der beiden Frauen. Brenda kam wieder hervor, nickte in Richtung der Zuschauer und legte den Fünfundzwanzig-Zentimeter-Vibrator an die Meßlatte.

Währenddessen hüpfte Darcy immer noch auf der Bühne herum, versuchte seufzend, sich das Ding bis zum Anschlag hereinzuschieben. Drew beobachtete, wie ihre Augen aus den Höhlen traten, und fragte sich, ob ihr der Doubleheader gleich zum Mund herauskommen würde. Wenn sie so weitermachte, konnte das durchaus passieren.

Als die Glocke das Ende der fünf Minuten ankündigte, sah sie, die Hände unter dem Shirt, zu Boden. Sie blieb sitzen und starrte das Publikum unverwandt an.

»Kann ich helfen?« fragte Brenda über das Mikrofon.

Darcy nickte. Brenda half ihr auf und brachte sie hinter die Bühne. Im Publikum wurde es still. Darcy gab ein lautes Stöhnen von sich, und Brenda kam mit dem Beweisstück wieder hervor. »Sechsunddreißig Komma fünf Zentimeter.«

Die Männer im Publikum waren vollkommen aus dem Häuschen, trommelten auf die Tische und grölten. Ihre Frauen und Freundinnen warfen sich aus geweiteten Augen Blicke zu.

»Darcy kommt weiter in Runde zwei«, rief Brenda ins Mikro. »In einer halben Stunde geht's weiter mit den nächsten beiden Kandidatinnen.«

Am Ende des Abends waren fünf Frauen weitergekommen und fünf ausgeschieden. Das Wochenende sollte wie ein Tennisturnier verlaufen, wobei Herausforderinnen so lange eliminiert wurden, bis es zum Viertel- und Halbfinale und schließlich zum Kampf um das Grand-Championship kam.

Als die Veranstaltung vorüber war, zählten Drew und Brenda die Einnahmen. »Selbst an unseren besten Freitagen haben wir nicht mal die Hälfte gemacht.« Drew lehnte sich in seinem Stuhl zurück und nippte bedächtig an seinem Jack Daniels, hielt den Whisky eine Zeitlang auf seiner Zunge, bevor er ihn die Kehle hinuntergleiten ließ.

»Wenn sich das erst mal rumspricht«, sagte Brenda, »werden wir morgen dreimal so viele Leute hier haben. Außerdem sollen Reporter von der *Phoenix Times* und vom *Valley Weekly* dagewesen sein. Und verlaß dich drauf, daß das Ganze auch im Fernsehen kommt, wenn es erst mal in den Zeitungen war. Und wer weiß, was danach passiert.«

»Vielleicht können wir für die Endausscheidungen das Rodeogelände mieten«, sagte Drew.

»Vielleicht bringen sie das Ganze sogar in *Big World of Sports*«, sagte sie.

Das gefiel Drew. »Es könnte sogar nationaler Mannschaftssport werden. Wir könnten Singles gegen junge Mütter antreten lassen, Indianerinnen gegen Kameltreiberinnen, schwarze Frauen gegen…«

Brenda unterbrach ihn. »Wie viele Vibratoren haben wir verkauft?«

»Alle sechzig.«

Brenda schüttelte ungläubig den Kopf, seufzte und goß sich einen Whisky ein.

»Hast du je eins benutzt?« fragte er, während ihm durch den Kopf schoß, daß er jetzt Lust auf eine flotte Nummer hatte.

»Was?«

»Ein Dildo.«

»Klar. Als ich Big Thunder entdeckt habe, bin ich unabhängig geworden.«

»Unabhängig?«

»Tja, dein Ding ist nicht übel, Drew. Wie lang ist es, sechzehn, siebzehn Zentimeter? Und du weißt, was man damit anstellen kann. Im Laufe der Jahre haben wir schließlich 'ne Menge Spaß miteinander gehabt, oder?«

Er nickte und lächelte.

»Aber inzwischen reicht das nicht mehr. Old Thunder, das sind fünfundzwanzig Zentimeter vibrierende Lust, mit ein paar Extras, die kein Mann auf der Welt jemals haben wird.« Ein Schauder durchlief sie beim bloßen Gedanken daran.

»Willst du damit sagen, daß ein Dildo die Männer in deinem Leben ersetzt hat?«

»Auf jeden Fall hat man weniger Ärger damit. Man muß morgens kein Frühstück mehr machen. Keiner vergreift sich an meiner Zahnpasta, und mein Dildo gehört allein mir.«

»Na ja, das…« Drew wandte sich um und sah auf den leeren Vibratorkasten.

»Es wird ein bißchen dauern, Drew, aber du wirst berühmt werden. Nächsten Monat veranstaltet wahrscheinlich schon das halbe Valley Dildo-Nächte. Natürlich werden sie auch alle Dildos verkaufen. Dann wird sich das Ganze wie ein Lauffeuer über das ganze Land verbreiten, genau wie bei Wet-T-Shirt-Wettbewerben und Schlammcatchen. Am Anfang werden sie dich als den Mann bezeichnen, der die Dildos aus den Nachttischschubladen geholt und ins öffentliche Bewußtsein gerückt hat. Die Statistiken besagen, daß nur drei Prozent aller Frauen einen Vibrator besitzen. Aber später wirst du als der Mann in die Geschichte eingehen, der die Frauen vom Sexismus der Männerherrschaft befreit hat.«

In Drews Augen flackerte so etwas wie Angst auf. »Du hörst dich an wie eine verdammte Emanze.«

Brenda stand auf, zog ihren Mantel an und ging zur Tür. Die Hand an der Klinke, drehte sie sich um und sagte: »Mag sein, daß ich das in deinen Augen bin. Ich frage mich nur, wie die ganzen Männer da draußen dich dann nennen werden, Drew.«

Hermione und der Mond

Clive Barker

Folgende Story zeigt einen anderen Clive Barker: nicht den hämophilen Genre-Tachisten, sondern den Romantiker, der durchaus die Kunst des fein-verhaltenen Strichs beherrscht. Atmosphärisch eher Frédérik Boutet (dessen Erzählung Wenn wir gestorben sind *Sie dringend lesen sollten) als Blutbuchästhetik, kommt* Hermione und der Mond *als leises Märchen daher, mit dem Barker seine eigenen Show-and-tell-Maximen kurzerhand in Frage stellt. Und nebenbei eine ebenso sacht formulierte wie unmißverständliche Antwort gibt.*

Es waren nicht nur Maler, die ins Licht vernarrt waren, soviel hatte Hermione in den drei Tagen seit ihrem Tod erkannt; genauso verhielt es sich mit denjenigen, die gezwungen waren, sich von ihm fernzuhalten. Sie war jetzt Mitglied dieses mürrischen Clans – ein Phantom in der Welt des Fleisches –, und wenn sie länger mit ihnen verweilen wollte, mußte sie das Geschenk der Sonne meiden wie ein Priester die Sünde, im übrigen aus ziemlich ähnlichen Gründen. Erst wurde man vom Licht befleckt und vergiftet, und am Ende löschte es die Seele mit seiner Umarmung aus.

Es war nicht so, daß sie über alle Maßen unglücklich über ihren Tod gewesen wäre. Sie hatte versagt, in der Liebe, in der Ehe, in ihren Freundschaften, in ihrer Rolle als Mutter. Das Letztgenannte nagte am tiefsten an ihr. Hätte sie noch einmal ins Leben zurückkehren und eine Sache ändern können, hätte sie den zerrissenen Banden keine Beachtung geschenkt, wäre sie direkt zu ihrem sechsjährigen Sohn Finn gelaufen, um ihm eines zu sagen: Vertraue auf deine Träume und nimm die Welt nicht so schwer, weil sie nichts bedeutet, selbst dann, wenn du sie verlierst.

Nur einer einzigen Person erzählte sie von ihren Grübeleien. Sein Name war Rice – ein ätherischer Nomade wie sie selbst, der, vernachlässigt und wahnsinnig vor Schmerzen, an der Pest gestorben, jetzt aber im Tod wieder in bester körperlicher und geistiger Verfassung war. Zusammen hatten sie diesen dritten Tag hinter den Sonnenblenden seines Apartments verbracht, dem Straßenlärm gelauscht und Gedanken ausgetauscht. Gegen Abend kam ihre Unterhaltung auf das Licht.

»Ich verstehe nicht, wieso uns die Sonne verletzt, der Mond aber nicht«, überlegte Hermione. »Das Licht des Mondes, das sind doch nichts weiter als reflektierte Sonnenstrahlen, oder?«

»Sei nicht so logisch«, gab Rice zurück, »und vor allem nicht so *ernst.*«

»Und die Sterne sind kleine Sonnen. Warum kann uns das Sternenlicht nichts anhaben?«

»Ich hab nie gern zu den Sternen aufgesehen«, erwiderte Rice. »Ich hab mich dann immer so einsam gefühlt. Wenn ich hochsah, war da nichts weiter als diese gigantische Leere, und...« Er unterbrach sich mitten im Satz. »Verdammt, Frau, hör mir zu! Wir müssen hier raus und ein bißchen *Spaß* haben.«

Sie glitt zum Fenster.

»Da unten?« sagte sie.

»Da unten.«

»Werden sie uns sehen können?«

»Nicht, wenn wir nackt sind.«

Sie warf ihm einen Seitenblick zu. Er begann, sich das Hemd aufzuknöpfen.

»Ich kann dich aber gut sehen«, sagte sie.

»Weil du tot bist, Darling. Für die Lebenden ist das nicht so leicht.« Er streifte sein Hemd ab und gesellte sich zu ihr ans Fenster. »Wollen wir's wagen?« fragte er und zog die Jalousie hoch, ohne ihre Antwort abzuwarten. Das Licht hatte gerade noch genug Kraft, um sie wohlig schaudern zu lassen.

»Danach könnte ich süchtig werden«, sagte Hermione, während sie ihr Kleid auszog und den letzten Lichthauch des Tages über ihre Brüste und ihren Bauch schweifen ließ.

»Was du nicht sagst«, meinte Rice. »Gehen wir?«

Halloween war noch einen Tag entfernt, einen Tag und eine Nacht, und alle Läden an der Hauptstraße waren dementsprechend dekoriert. Hier ein paar Papierhexen, dort ein Pappskelett.

»Widerlich«, bemerkte Rice, als er in einem Schaufenster ein paar Gummifledermäuse erspähte. »Darüber sollte man sich beschweren.«

»Ist doch nur ein kleiner Spaß«, sagte Hermione.

»Es ist unser Tag, Darling. Das Fest der Toten. Ich fühle mich wie... wie Jesus bei einer Sonntagsandacht. Wie können sie es wagen, mich als so billig hinzustellen?« Er schlug mit seinen Phantomfäusten gegen die Fensterscheibe. Das Glas vibrierte, und der entfernte Hall seines Schlags drang an die Ohren einer vorbeigehenden Familie. Mehrere Augenpaare blickten in Richtung der Fensterscheibe, aber als die Leute nichts bemerkten, gingen sie weiter die Straße hinunter.

Hermione sah ihnen hinterher.

»Ich will Finn sehen«, sagte sie.

»Das ist nicht klug«, erwiderte Rice.

»Mir egal«, sagte sie. »Ich will ihn sehen.«

Rice kannte sie bereits gut genug, um zu wissen, daß Überredungskünste bei ihr nicht fruchteten, und so gingen sie zusammen den Hügel hinauf, auf das Haus ihrer Schwester Elaine zu, in dem ihr Sohn, wie Hermione wähnte, seit ihrem Ableben untergebracht war.

»Da gibt es etwas, was du wissen solltest...«, sagte Rice, während sie die Anhöhe erklommen. »Über das Totsein.«

»Sag schon.«

»Es ist ziemlich schwierig zu erklären. Aber es ist kein Zufall, daß wir uns unter dem Mond sicher fühlen. Wir sind wie der Mond, reflektieren das Licht eines Lebenden, der uns liebt. Verstehst du, was ich meine?«

»Nicht so richtig.«

»Dann ist es wahrscheinlich die Wahrheit.«

Sie blieb stehen und wandte sich zu ihm. »Willst du mich damit irgendwie warnen?« fragte sie.

»Würde das irgend etwas ändern?«

»Nicht viel.«

Er grinste. »Ich war genauso wie du. Eine Warnung war immer eine Einladung.«

»Ende der Diskussion?«

»Ende der Diskussion.«

Alle Räume in Elaines Haus waren von Lampen erleuchtet, als wolle sie damit die Nacht und alles in ihr Verborgene verbannen.

Wie traurig, dachte Hermione, immer in Furcht vor den Schatten zu leben. Barg der Tag letzten Endes nicht genauso viele Schrecken für Elaine wie die Nacht? Jetzt, nach einunddreißig Jahren ihrer schwierigen Beziehung als Schwestern, schienen die Spiegel, die sie sich gegenseitig vorgehalten hatten – und die bis zu diesem Moment getrübt gewesen waren –, klar zu sein. Trauer erfaßte sie, als ihr klarwurde, wie wenig sie diese einsame Frau gekannt hatte, deren mangelndes Einfühlungsvermögen ihr immer so übel aufgestoßen war.

»Bleib hier«, sagte sie zu Rice. »Ich will sie allein sehen.«

Rice schüttelte den Kopf. »Das werde ich mir nicht entgehen lassen«, sagte er und folgte ihr über den Pfad, dann über den Rasen auf das Eßzimmerfenster zu.

Von drinnen waren nicht zwei, sondern drei Stimmen zu hören: eine Frau, ein Junge und ein Mann, dessen Timbre Hermione so vertraut war, daß sie abrupt in ihren unsichtbaren Fußspuren stehenblieb.

»Thomas«, sagte sie.

»Dein Ehemaliger?« murmelte Rice.

Sie nickte. »Ich hatte nicht erwartet...«

»Wär's dir lieber, wenn er dir keine Träne nachweinen würde?«

»Das hört sich für mich nicht nach Trauer an«, gab sie zurück.

Und so war es auch nicht. Je näher sie zum Fenster kamen, desto deutlicher konnten sie das Gelächter hören. Thomas machte den Kasper, und Finn und Elaine stiegen voll auf seine Show ein.

»Er ist so ein Kindskopf!« sagte Hermione. »Hör dir das bloß an.«

Sie hatten jetzt die Fensterbank erreicht und spähten hinein. Es war schlimmer, als sie erwartet hatte. Thom hatte Finn auf den Knien und seine Arme um das Kind gelegt. Er flüsterte dem Jungen irgend etwas ins Ohr, und während er das tat, huschte ein Grinsen über Finns Gesicht.

Hermione konnte sich nicht erinnern, jemals zwischen derart gegensätzlichen Gefühlen hin- und hergerissen gewesen zu sein. Sie war froh, daß ihr süßer Finn nicht weinte – Tränen paßten nicht zu diesem unschuldigen Gesicht. Aber wie konnte er so mit sich in Einklang sein, so vergeßlich, was ihren Tod anging? Und was Thom, diesen Kindskopf, betraf, wie hatte er die Zuneigung seines Sohnes so schnell zurückgewinnen können, nachdem er sich fünf Jahre lang nicht bei ihnen hatte blicken lassen? Mit welchen Bestechungen hatte er sich Finns Gunst zurückerkauft, Meister der leeren Versprechungen, der er war?

»Ziehen wir morgen abend um die Häuser?« fragte der Junge.

»Na klar, Partner«, antwortete Thomas. »Wir besorgen dir eine Maske und einen Umhang, und dann...«

»Aber du mußt auch mitkommen«, sagte Finn.

»Alles, was du willst.«

»Dreckskerl«, sagte Hermione.

»Von jetzt an...«

»Er hat dem Jungen noch nicht mal *geschrieben*, als ich noch am Leben war.«

»...alles, was du willst.«

»Vielleicht hat er Schuldgefühle«, meinte Rice.

»Schuldgefühle?« zischte sie, während sie mit klauengleichen Fingern in Richtung des Fensters langte und sich wünschte, Thomas' verlogene Kehle zwischen ihnen zu haben. »Er weiß nicht mal, wie man das buchstabiert.«

Ihre Stimme war lauter und schriller geworden, und Elaine – die immer so unsensibel gewesen war, was Feinheiten anging –, schien sie als Echo wahrzunehmen. Sie erhob sich vom Tisch und wandte sich mit besorgtem Blick zum Fenster.

»Komm da weg«, sagte Rice und faßte Hermione am Arm. »Sonst nimmt das hier noch ein böses Ende.«

»Das ist mir egal«, sagte sie.

Ihre Schwester kam jetzt auf das Fenster zu, und Thomas hob Finn von seinen Knien, während er sich mit einer Frage auf den Lippen erhob.

»Da draußen ist jemand und... beobachtet uns«, murmelte Elaine. Ihre Stimme klang angstvoll.

Thomas kam neben sie und legte ihr einen Arm um die Hüfte.

Hermione gab etwas von sich, was sie für einen abgrundtiefen Seufzer gehalten hatte, aber bei ihrem Laut zerplatzte das Fenster, und ein Hagel aus Glas trieb Mann, Frau und Kind ins Innere des Raums zurück.

»Nichts wie weg«, sagte Rice, und dieses Mal willigte sie ein; sie ging mit ihm, über den Rasen und hinaus auf die Straße, durch die nächtliche Stadt und schließlich heim in das kalte Apartment, wo sie sich ihre Wut und Enttäuschung aus dem Leib weinen konnte.

Als es dämmerte, waren ihre Tränen nicht getrocknet; und auch nicht, als es Mittag war. Sie weinte aus vielen Gründen. Wie auch immer, schließlich wußte sie, was sie über ihr Unglück hinwegtrösten würde.

»Ich will ihn ein letztes Mal berühren«, sagte sie zu Rice.

»Finn?«

»Natürlich Finn.«

»Du wirst ihm einen Wahnsinnsschrecken einjagen.«

»Er wird nie erfahren, daß ich es war.«

Sie hatte einen Plan. Da sie nackt unsichtbar war, würde sie jeden Teil ihres Körpers in Kleider hüllen, eine Maske tragen und ihn in den Straßen aufspüren, während er um die Häuser zog. Sie würde mit ihrer Hand über sein feines Haar streichen oder ihre Finger auf seine Lippen legen und dann für immer fort sein.

»Ich warne dich«, sagte sie zu Rice. »Geh nicht mit.«

»Danke für die Einladung«, sagte er, ein bißchen traurig. »Gemacht.«

Seine Kleider waren bereits umzugsfertig in Kartons verpackt. Sie öffneten die Kartons und fingen an, sich zu verkleiden. Dann rissen sie die Pappe in Stücke und machten sich Masken daraus – Hörner für sie, Elfenohren für ihn. Als sie mit dem Mummenschanz fertig waren, war es Abend – Halloween.

Es war Hermione, die den Weg zurück zu Elaines Haus voranging, aber sie setzte ihre Schritte ohne Hast. Zu unausweichlichen Zusammentreffen mußte man nicht eilen, und sie war sicher, daß sie Finn ausfindig machen würde, wenn sie sich nur von ihren Instinkten leiten ließ.

Überall waren Kinder, ganz für das Geschäft der Nacht zurechtgemacht. Ghule, Zombies und Teufel, die, verborgen hinter Masken, in der Dunkelheit ihre Grausamkeit auslebten, so wie sie ihre Liebe. Ein letztes Mal, und dann fort.

»Da kommt er«, hörte sie Rice sagen, aber sie hatte Finn bereits an seinem behenden Gang erkannt.

»Du mußt Thom ablenken«, sagte sie zu Rice.

»Gern zu Diensten«, kam seine Antwort, und in der nächsten Sekunde war er von ihrer Seite gewichen.

Thom sah ihn auf sich zukommen und spürte, daß etwas nicht in Ordnung war. Er griff nach Finn, aber Rice warf sich gegen seinen stämmigen Körper, mit genug Kraft, um ihn mit seiner ätherischen Gestalt zu Boden zu reißen. Thom gab einen wüsten Fluch von sich, kam in der nächsten Sekunde wieder hoch und bekam Rice zu fassen. Er wollte zuschlagen, aber dann sah er Hermione, die auf Finn zuging, drehte sich zu ihr und faßte nach ihrer Maske.

Die Maske löste sich, und als er ihr Gesicht sah, gab er einen Schreckensschrei von sich. Er wich einen Schritt zurück, dann noch einen.

»Mein Gott... mein Gott...«, sagte er.

Sie näherte sich ihm, während Rices Warnung in ihrem Kopf widerhallte.

»Was siehst du?« wollte sie wissen.

Als er antworten wollte, würgte er sein Abendessen in den Rinnstein.

»Er sieht Verfall«, sagte Rice. »Verwesung.«

»Mom?«

Sie hörte Finns Stimme hinter sich, fühlte seine Hand an ihrer Kleidung. »Mom, bist du's?«

Jetzt war sie es, die einen qualvollen Schrei von sich gab, war sie es, die zitterte.

»Mom?« fragte er wieder.

Sie wollte sich umdrehen, über sein Haar, seine Wange streichen, ihm einen Abschiedskuß geben, um alles in der Welt. Aber Thom hatte die Spuren der Verwesung gesehen. Vielleicht würde der Junge das gleiche sehen, vielleicht etwas Schlimmeres.

»Dreh dich um«, bettelte er.

»Ich... kann nicht... Finn.«

»Bitte.«

Und bevor sie sich selbst daran hindern konnte, wandte sie sich um und nahm die Hände von ihrem Gesicht.

Der Junge blinzelte. Dann lächelte er.

»Wie du *strahlst*«, sagte er.

»Tue ich das?«

Ihr war, als würde sie ihr Leuchten in seinen Augen sehen, als sie seine Wangen, seine Lippen, seine Brauen berührte. So war es also, wenn man selbst wie ein Mond war, wenn man das Licht eines Lebenden reflektierte. Es war ein wunderbares Gefühl.

»Finn...?« rief Thom nach dem Jungen.

»Er fürchtet sich vor dir«, sagte Finn.

»Ich weiß. Es ist besser, wenn ich jetzt gehe.«

Der Junge nickte ernst.

»Wirst du es ihm erklären?« fragte sie. »Wirst du ihm erzählen, was du gesehen hast?«

Wieder nickte der Junge. »Ich werd's nicht vergessen«, sagte er.

Das war alles, was sie brauchte. Sie ließ ihn zusammen mit seinem Vater zurück und ließ sich von Rice fortführen, durch dunkle Gassen und über leere Parkplätze bis ans Ende der Stadt. Auf ihrem Weg entledigten sie sich ihrer Kleider. Als sie den Freeway erreichten, waren sie einmal mehr nackt und unsichtbar.

»Wie wär's, wenn wir einfach losziehen?« schlug Rice vor. »Richtung Süden.«

»Na klar«, sagte sie. »Warum nicht?«

»Weihnachten in Key West. Mardi Gras in New Orleans. Und nächstes Jahr kommen wir vielleicht wieder und sehen mal nach, wie die Dinge so laufen.«

Sie schüttelte den Kopf. »Finn gehört jetzt zu Thom«, sagte sie. »Er gehört dem Leben.«

»Und zu wem gehören wir?« fragte Rice etwas traurig.

Sie sah auf. »Das weißt du verdammt gut«, sagte sie und zeigte auf den Mond.

Bibliographie

Clive Barker: Hermione und der Mond. Deutsche Erstveröffentlichung. Originaltitel: »Hermione and the Moon«. Ins Deutsche übertragen von Robert Vito. Copyright © 1992 by Clive Barker. Abdruck mit freundlicher Genehmigung der International Literary Agency, London.

Anne Billson: Wiedergeboren. Deutsche Erstveröffentlichung. Originaltitel: »Born Again«. Ins Deutsche übertragen von Robert Vito. Copyright © 1993 by Anne Billson. Abdruck mit freundlicher Genehmigung der Autorin.

Scott Bradfield: Der Sittich und die Katze. Deutsche Erstveröffentlichung. Originaltitel: »The Parakeet and the Cat«. In: GREETINGS FROM EARTH. Ins Deutsche übertragen von Sky Nonhoff. Copyright © 1993 by Scott Bradfield. Published by arrangement with Curtis Brown Group, Ltd., London, and Agence Hoffman, Munich.

Alan Brennert: Ma Qui. Deutsche Erstveröffentlichung. Originaltitel: »Ma Qui«. Ins Deutsche übertragen von Klaus Fröba. Copyright © 1990 by Alan Brennert. First published in the Magazine of Science Fiction & Fantasy. Abdruck mit freundlicher Genehmigung des Autors und seiner Agenten, Howard Morhaim Literary Agency, New York, und Thomas Schlück, Garbsen.

Cliff Burns: In weiteren Hauptrollen. Deutsche Erstveröffentlichung. Originaltitel: »Also Starring«. Ins Deutsche übertragen von Sky Nonhoff. Copyright © 1992 by Cliff Burns. Abdruck mit freundlicher Genehmigung des Autors.

A. S. Byatt: Sommergeister. Deutsche Erstveröffentlichung. Originaltitel: »The July Ghost«. Ins Deutsche übertragen von Regina Winter. Copyright © 1987 by A. S. Byatt. Abdruck mit freundlicher Genehmigung der Intercontinental Literary Agency, London.